精神

景凤鸣 著

重庆出版集团 重庆出版社

目　录

引　子　　　　　　　　　　　　001

第一卷　违约事件

第一章
山　火　　　　　　　　　　　　002
想见到美国总统　　　　　　　　004
怕的是趁月黑风高　　　　　　　006
苍蝇无声落地　　　　　　　　　008
裤　门　　　　　　　　　　　　011
一起打拍子唱歌　　　　　　　　012

第二章
葵　花　　　　　　　　　　　　015
坚　定　　　　　　　　　　　　017
从梦境中漂浮上来　　　　　　　019
页脚与页眉　　　　　　　　　　020

第三章
大受精卵　　　　　　　　　　　022
证　明　　　　　　　　　　　　024
丁文福　　　　　　　　　　　　026
二房妻　　　　　　　　　　　　028
一个系统　　　　　　　　　　　030

第四章

鱼吐泡儿	033
老僧入定	035
下沉丹田	038
∵或∴	040

第五章

三只鸟	043
一次尾声	045

第二卷 他想培养农民

第六章

腾	049
解决不了的	051
初飞的麻雀	053
那两个人（1）	055
那两个人（2）	056
娘希匹	058
联合执法	060
关于诚信	061

第七章

也是必定的	063
怪　物	064
人怎样轰动一时	066
看人家	067
代食品（1）	069
代食品（2）	070

第八章

民俗哲学关系	072
你就是我爹	074
闪回·想戒就戒	077
闪回·伏虎拳	078
向前，向前，向前	079
隔过裤兜	081
想　说	083

第三卷　叫作五户联保

第九章

急嚷嚷	086
文以载道	087
蒙汗药都麻不翻	089
七　寸	091
报春鸟在叫	094

第十章

那　晚	097
乘以十亿	099
青灯之下（1）	100
青灯之下（2）	102
青灯之下（3）	103
纪检的力量	105
清水煮肉	107
月亮论	109

第十一章

颜色光鲜的果子　　　　　　112
鹰派与小罢工　　　　　　　113
刀　旗　　　　　　　　　　115
文艺审评员　　　　　　　　118
孱弱的外表下　　　　　　　119
桃花红，杏花白　　　　　　120

第十二章

哲学与武术　　　　　　　　123
小苗初长成　　　　　　　　125
嘴和腔　　　　　　　　　　127
面对思想巨匠　　　　　　　130
所以活该　　　　　　　　　131

第十三章

各类誓词　　　　　　　　　133
◎、⊙或 ω　　　　　　　　136
对一头母猪的判定　　　　　137
腥肉或青草　　　　　　　　138
一颗中老年的心　　　　　　140
百分之九十九的情况下　　　142

第四卷　分会长

第十四章

原省级领导　　　　　　　　145
法庭的演讲　　　　　　　　147
天　伦　　　　　　　　　　150
透明的蓝耳　　　　　　　　151
莎士比亚　　　　　　　　　154
慢镜头　　　　　　　　　　157

第十五章

小凡卡　　　　　　　　　　160
土豆搬家　　　　　　　　　161
如何展开想象　　　　　　　163
佐藤先生来信了　　　　　　165
撒尿的意义　　　　　　　　168

第十六章

快来抢注东北亚　　　　　　172
向诚信洪水开战　　　　　　175
褶　了　　　　　　　　　　179
我们事业的基石　　　　　　181

第十七章

器官、感官和臆想　　　　　184
山村小会　　　　　　　　　186
手　法　　　　　　　　　　190

第十八章

自我、本我与超我　　　　　194
半　身　　　　　　　　　　197
场　　　　　　　　　　　　199
野　战　　　　　　　　　　201
黑丛丛　　　　　　　　　　203

第五卷　附红细胞体

第十九章

汽水里的酒　　　　　　　　206
《希你赋》　　　　　　　　209
十三顶　　　　　　　　　　211
日　报　　　　　　　　　　214
负　责　　　　　　　　　　217

第二十章

正、清、硬 219
簿 册 222
金杯银杯不如 223
摔碟子 225
内紧外松 228
风泪眼 231
秧叽秧叽 234
还是说猪吧 237
一个肾和半个肝 240

第二十一章

楔子头 244
有烟吗，来一棵 247
几根白毛 250
电光石火 253

第二十二章

星 空 255

第六卷 通 牒

第二十三章

二号奶 259

第二十四章

务 虚 261
伏 卧 264
东北农民 266
老太太 270

第二十五章

谁热爱猪，景精神就热爱他	272
想法在悄悄变化	275
有两多	278

第二十六章

民情研究会	280
太　像	284
跟你说一句话	286
几幕对话与场景	288

第二十七章

微晃才是结实的	291
一片空茫带雪	294
对话与自白	297
新一轮	300

第七卷　是谁亲近了大地

第二十八章

既是无法抗拒	303
就没有谁能	306
盘瑟俚	308

第二十九章

倾　诉	311
老　大	314
咱	316

第三十章

帕萨特	320
道德猪歌	323
铁娘子的礼品	325
赔挣我都养	325
不能没有她	325
不用你张罗了	326
让他跳	327
夏天的猪瞅着大	327
红布与粉旗	327

第三十一章

一掬秋雨从脸上淋过	331
王　蛇	334
"哈着来"	337

第三十二章

捉虫子的虫子	339
歌　唱	342

第三十三章

你终于来了	346
幻　听	349

第三十四章

看　山	352
洗　礼	355

引 子

一

　　这其实是一本涉及养猪和如何养猪的书。作者不会奢求将其当作新农村建设系列丛书里的一本,那种类似于科普的读物。不过倘据此就判定此书是反映社会人文的,似乎又有些勉强。书的主角虽然是人,毕竟有太多有关养猪的情节,包括养猪知识以及猪们的福利生活等。姑且当作是与农业、畜牧养殖业相关的小读物或参考资料吧。其他行业的人们,有兴趣了解养猪或者完全没有兴趣的,则可视其为生活里的小百科,或者有助悦读的调剂品。

　　道德猪是有谱系的。就是有祖宗,并非无根无脉,空穴来风。谱系是育种学的专用名词,人类把它叫作家谱。谱系是猪类认祖归宗的依据。
　　道德猪的远祖代是北京黑猪、松辽黑猪和大白约克猪。这些黑或白的猪祖宗,若是往上数,仍是各有出处,让人不免眼乱。譬如:
　　北京黑猪是英联黑猪、本地猪和英国巴克夏猪的后代。
　　松辽黑猪是长白猪、本地黑猪和国外猪的后代。
　　大白约克猪来自英国,体形很长,优势也在于体长。
　　上述的列祖列宗,经过层层的杂交——远祖代杂交出祖代,祖代杂交出父母代,到父母代这里,终于顺风顺水,生产出更多的商品代。这些猪的子孙们正得意地摇着腚,品味青春的旺盛、刚猛和快乐,而像上帝一样在高处观测的人类,已将它们推到了体重秤的上面。当然,此种称量绝非是为了健康。
　　老猫房上睡,一辈传一辈。因为人类的保媒拉纤,道德猪谱系比较清楚,品质越发稳定。这自然是景精神繁茂丛生的理念之一。如果有可能,景精神愿意像曾在农博会上做过的那样,把肉煮熟了,拿牙签扎着,诚恳地递给过路的行人。让肉香迷倒他们,让肉味征服他们,让美味无比的猪肉绊他们个跟斗。

二

农场主是景精神最喜欢的叫法,算得上情有独钟。这样称呼养殖户,不仅取自计划经济的农场,更主要是因为国外——英国、日本、韩国这些老牌或愣充老牌的市场经济国度——不管养猪还是种地,不管永久还是暂时据有,都可以称为农场主。美国更不用提的,景精神常举例子,当年江泽民总书记赴美访问,布什总统就是在自家的农场里,接待这位来自东方大国的贵宾。布什总统的另一个身份正是农场主!拥有自己的土地,建筑自己的房屋,种植得意的粮食,养殖认可的畜生和禽鸟,才算真正的满心欢喜。景精神愿意并且决心,同讲诚信的保持愉快合作的农场主们一道,向国外看齐,向国际标准靠近。

大会小会,大文件小文件,大交流小交流,景精神都把农场主挂到嘴边。董事会的其他成员,公司的所有人员,见老景如此张嘴闭嘴地叫,也都放口里衔着。使用的频率,像有了奸情的老婆,虚衍了事地招呼老公。地方的官员,包括县里的县长、乡上的乡长,财政信用社、法院检察院、林业局林场,也都竞相仿效。虽然仿效的时候,并不留心其间的区别,也不知道景精神猫在后头的真正想法。总之农场主成了一个专有称呼,一个习惯叫法。而养殖户们也据此自称,仿佛天生是农场主似的。

每逢此时,景精神便会得意地笑。

首先,黑猪是土生土长的,具有中国本土产权。日本鹿儿岛也有,不过跟日本的文化一样,是舶来的,杂过交的,串了种的。它们的黑猪,没准是从中国剽窃过去,又再行改造的。日本惯来这一手,当年从堂堂东北偷走的木材、煤炭、石油和金属矿产,用不了的埋起来,地球人都知道。

其次,东北有放猪的习俗。如果在山上放猪,让猪穿林海跨雪原,定量的饲料里,杜绝了有害的瘦肉精、添加剂和重金属之类,生长的黑猪完全可以和明清时期的媲美,想成为目前欧美推崇的有机食品,也系小菜一碟。

再次是四代繁衍的品种优势。当然别家的品种未必不好。景精神进行的是四代繁衍,人家还有六代繁衍的。这就好比四代行医与六代行医。不过老婆是别人的好，猪是自己的好，因此自夸一下料也无妨。

其他方面的优势还有：若论养殖，景精神是散养的；若论散养地，景精神把猪放在长白山坡地。著名的长白山坡地，出产人参、貂皮、乌拉草的坡地，养育古老东北民族的坡地。

只是所谓的长白山坡地，所指的确太广。方圆几百公里的地方，任何一道支脉或余脉，褶皱和沟坡，都可以实现贴标。这是所有打着长白山牌子的商人的聪明处。

人的因素当然要考虑的，否则就是不讲哲学，也违背了唯物主义的基本原理。景精神当过生产队长，上过农大，生产饲料赚了钱。用行话、套话讲，叫生在农村，学的畜牧，有生产基础。景精神是从官场跳脱出来的，懂得调理人，也会调理猪。总之养猪可以说是为他量身定做的。

什么叫量身定做？就是半吊子画家画大炮——低头看一看，抬头画一画。

此处特指男画家。

三

叫了农场主，总得拿筐装。公社装的社员，乡政府装的村组，工厂装的主人翁。公司装的白领，企业装的蓝领。好马配好鞍，夫妻生活合手，说的都是这个道理。

不过农场主的筐，编成协会式还是合作社式，景精神一直反复思忖。不算犹豫不定，而是寻求最佳方案。况且编成什么式样，不能他一个人说了算。景精神从心里出发，也不喜欢一个人说了算。

这个协会或者合作社，不同于普通的协会或合作社。那些普通的协会，卖大葱的叫大葱协会，卖杂粮的叫杂粮协会，卖香瓜的叫香瓜协会，轻易得像鱼吐泡，嘴吹气，实是泛滥得很。

当然景精神的协会，也不像国外的那些。即便欣然向往，却绝不承认模仿的嫌疑。虽只是低头画大炮，因为落在了宣纸上，终算是酣畅淋漓的创作。至于一些人说的，只属于个人的浪漫臆想，景精神同样不能阻止他们。评头品足真像拉屎撒尿，差不多是一个人的自由，哪怕是随地便溺。景精神对此没时间争辩，也不屑争辩。

若只走个形式，发出一纸通知，也可算成立了。但景精神不喜花拳绣腿，一定要实实在在。景精神要让协会像床，不论刮风下雨，高兴不高兴，都得往上面躺。不管有没有老婆，四肢摆开，被子一拽，就香喷喷地进入梦乡。

只是想不到，成立协会或合作社，会如此易，又如此难。

第一卷

违约事件

第一章

山　火

　　景精神是养猪的，猪肉价格上涨，应该高兴才是，起码也要喜上眉梢。可从景精神脸上看不出来。不但看不出来高兴，反而还有些焦急。紧张窘迫的样儿，像是让他去扑山火，即刻的。

　　头一宗山火，是东阳镇的信用社主任王伟，要将不久就要出栏的五百头猪，违约卖给高价收购的活猪贩子。情况迅速经由东阳镇办事处上报过来。景精神不免一惊，即便此种情形早在预料中，山雨果真来时，仍不免震动。

　　震动归震动，问题还要解决。景精神调控情绪，迅速作出指示：办事处的老杜和景秀敏马上代表公司，去找王伟严正交涉，并转告这个叫王伟的，选择和出路只有一条，就是无条件信守合同。

　　若不信守怎么办？老杜和景秀敏没问。明知是公司的短板，当然不能够问。不过老杜和景秀敏相信，景精神会有办法，也想得出办法。

　　号令虽已发布，景精神却不能平静，还隐隐着恼。着恼是种态度。合同明明白白约定，市价再低公司也保价，反过来市价再高公司绝不提价，养殖户更不能私自出售。前半段公司一直执行的，情形刚翻过来，有人便要不执行了。

　　说了不算，算了不说，事情还有的做？

　　景精神笔直着身体，目光向前地冥想一会儿，伸手按向桌角的棕色按钮。助理赵红很快赶了过来，站在距离大班台旁一米处。这个长相文静身材矬矮的姑娘，手持着笔，用期待而崇敬的目光看着景精神。景精神感受到了，却只面容平静，不露声色地口述电文。

没有电文哪，全装在景精神的脑海里呀，如此赵红的心里又增添了几分崇敬。只见赵红粗腿并直，两颗龅牙咬紧，刷刷点点地不落一字，坚决配合景精神，把与道德猪有关的电文传播到四面八方。

座机响起来，打断了景精神的电文，几乎同时，手机也响起来。景精神分别看了看两个，略带思忖地抄起手机。

景精神声音嘶哑道："柳总你好。"

对方则柔缓而客气："董事长你好。"

互相非常地敬重。助理赵红在一旁安静等候，却显得进退两难。直到景精神摆了摆手，她才轻手轻脚地退出去了。掩门的时候，脸颊忽然泛起不易察觉的微红。

被景精神细长的眼睛看到了。

手机的来电是长途。长途还在其次，主要是它来自产品销售的最前沿。在北京、深圳、重庆……它们像蛔虫一样游荡在这些经济繁茂的肠子里，将产品转化成现金，再回笼成新一轮的资金。此时打电话的，是身在北京的董事会成员，公司的副总柳芭。

办公室里很静，隐隐可听见内容。产品销售不再像以往那样停滞，而是出现了可喜的供不应求。即便柳芭语调柔缓，景精神却感到了里面的兴奋与焦急。这样的局面不常有，它意味着公司的销售量要实现突破，也意味着销售人员的提成将翻几番。

在北京的柳芭焦急，景精神这里又何尝不急？真正的品牌不仅要永葆质量，还要保证不断货。这是商业诚信，景精神将它视为必须。

可景精神的道德猪，它们的生产周期长啊，从太爷太奶那儿起头，一路生育繁衍下来，定格到能够与顾客见面的商品代，准准需要两年。也就是说，今年的猪须在前年预约。可是猪肉的大幅涨价并没有预约，猪只的供不应求也没有预约。

声音嘶哑未必就是上火，因为不上火的时候也是嘶哑的。可因为隐隐的焦急，景精神的嗓音更嘶哑了。

景精神撂下手机，去按座机的回拨键，和东阳办事处通话，想再次确认猪只的预备出栏数。可是电话一接通，他的脸色顿时变化了：什么？交县，苗曼妙？景精神原本坐在大班台后的，这时严肃地站起来，脚趾尖抠着地板，双腿弯曲，脸色暗黄，表情呆滞，一副打太极的形状。

想见到美国总统

老杜和景秀敏执行指示，当即去找王伟。知道事情的分量，不过尚有些自信。并不是轻视，而是心有底数，觉着公司的实力比较强大，又占在理上，不信摆不平小小的信用社主任。论起纯工资来，王伟还没有办事处员工的高呢。员工们参照的是省城的平均标准，而王伟等人执行的是县里的标准。一样的地区，两样的待遇，那没办法。当然有些自我吹嘘，人家服务的老总再不好，它叫作组织，可以赖着躺着，退休有老保，看病有医保，还可以抄起笊篱捞。这个嘴称的老总再好，也是个体户资本家，其间的差别自不必说。

女员工里面，景秀敏的岁数最大，也可说岁数最小，原因是正式聘用的只她一个。还有一个炒菜做饭的小姑娘，是从村里雇的临时工。挣丁儿点的钱，干丁儿点的活，饭焖熟了拉倒，碗都不好好刷，女员工景秀敏的眼里，便对她有些轻视。小姑娘脸色红润，还特别能喝酒，四两白酒一口闷进，跟喝矿泉水似的。红润让景秀敏生气，矿泉水更让景秀敏生气，就是没有男人招惹她，若果真有人招惹，景秀敏肯定制止。这样的好事，坚决不能让小贱人得逞，即便是老杜这样的邋遢货。不过小姑娘都没人招惹，景秀敏更难有人招惹，既没有人肯，也没有人敢。多亏有个老杜，不嫌弃景秀敏人老珠黄，偶尔半荤半素地和她开几句玩笑，给生活多少添点滋润。老杜敢于招惹的原因，除了员工里面他岁数最大，还因为屁了吧唧的天性。来了屁了吧唧的劲儿，别说景秀敏，就是见到美国总统他也敢抠个腚沟儿，景精神就更不用提了。不过前提的前提是得在景精神高兴时。总统虽大，距离太远，况且管不着中国；景精神虽小，月月给开工资，是俗话所说的衣食父母。不过各类玩笑拿捏得当，景精神也会开心地乐。看来景精神也需要乐啊。景精神的嘴比较小，微笑的时候是一个点，开心的时候是一个半圆，就没有朗声大笑的时候。不过沙哑的声音是快乐的，眼睛也会随之弯成小月牙儿。景精神乐的时候，周边的人都跟着快乐地乐，跟过节似的，仿佛景精神的高兴，是众人乐呵的源泉。当然景精神是喜欢这个氛围的，他时刻强调他是公司的普通员工，大家都是公司大家庭的一员，因此每个人都要像在家那样舒服顺心，也要像在家那样撅起屁股干活。

景秀敏这厢便跟老杜商量，如何去跟王伟谈。老杜才不商量，有什么商量的，商量好了，让景秀敏冒这个尖儿。景秀敏愿意随地拉屎，老杜未必肯做垫脚的石，便挤挤眼道："你是女的，你打头炮。"景秀敏或许不知"打头炮"的玄机,也或许知道,便说:"凭什么我打头炮?"老杜咬着字眼:"你是女的呀。"景秀敏拿起拳头搥老杜,老杜夸张地咧开憨嘴:"有能耐搥王伟去,那家伙硬实,把他给搥软了。"景秀敏泼辣道:"怕他怎的?不讲理就收拾,伢猪都照样劁,不信他更难摆弄。"老杜心里说,虎娘们,别让人反过来把你劁了,也算生猪育肥了。但他还是板住嘴没说。老杜不说,景秀敏急切了,上赶着撩拨老杜:"你这个人,见硬就往后缩,不是吃软饭的主儿,就是当王八的料。"老杜笑道:"吃你的软饭?"景秀敏很高兴,结实的小拳头哪哪地搥老杜。

    信用社离着不远,说话间就到的距离。之前通了电话,王伟便在办公室等候。见俩人进屋,并没有起身,而是慢条斯理地修剪指甲。待俩人自寻到沙发坐定,王伟肉滚滚的眼泡里,一双小眼珠猪痘儿似的转溜几下,率先指责道:"我养的猪,凭什么不能卖?"景秀敏本想诱问的,没想到王伟如此单刀直入,连点准备都不给,一时便有些发愣。老杜见景秀敏递不上捻子,不说话不仗义了,便半笑不笑道:"王主任,是你养的猪不假,可合同上说了,猪只的所有权归公司,不得私自单方处理。"

    王伟拽了拽领带,嫌那道绳子勒得难受,他大咧咧地靠在椅背上,嘘出口气,道:"可我不能做亏本买卖,对不对?"

    老杜说:"你不亏本啊。"

    王伟说:"咋不亏本?低于市价卖给你们,你们转手挣大了。"

    老杜说:"公司也是低于市价出手啊。"

    王伟说:"谁让你们低于市价的,你们是在装,是犯装屄罪。"

    景秀敏见老杜抢话,本就不太乐意,听见王伟说什么犯罪的话,更有些生气。两腿本来往一边并收的,那样的话,粗腿会绷出壮美,景秀敏欣赏这壮美,觉得肉感结实。现在因为生气,腿也不并了,而是直接蹚踏开,谴责道:"你是信用社主任,你不带头讲信用,农场主们怎么办?"

    王伟瞄眼景秀敏的粗腿,居然毫无反应,看着跟没看着一样,这就比不看还要缺德。仗着自己是个主任,东阳镇的头面人物,平时又气盛惯了,便强词夺理道:"普通毛猪如今市价七块五,你们的特种猪五块六,你给我说说,啥叫信用?"

    景秀敏一时无话,老杜居然也不吭声,这个鬼。

    王伟继续说道:"咱是想光明正大,犯不着偷偷摸摸,要不然,把事偷偷地做了,你们不得认?"

    老杜嬉笑道:"生米做成熟饭,那可要负责任的。不怕人家告你强奸?"

景秀敏满腹的火气，顿时喷给老杜："能不能不要流氓！整天把强奸挂嘴上，你那嘴好歹也是吃饭的。"说完拿眼横着王伟。老杜的脸有些青灰，却又不好驳斥，知道是在指鸡骂鸭，因此好歹也得忍了。嘴干鱼似的嘎巴两下，看不出说话还是没说话。

因为出了火，景秀敏开始顺溜，拿出大姐的腔调，对王伟推心置腹道："老弟呀，当时选咱们做养殖户，首先这第一条，就是遵守合同……"

王伟却听也不听，瞅也不瞅，像是拿定主意，等着跟景精神对话。

出门时，老杜激愤得就想吐，对景秀敏倾诉道："妈……"景秀敏彩旦亮相似的立起了眼。老杜忙摊开手，表示断无此意，结果景秀敏又很愤怒。

所涉的情况，自然要向景精神反映。景秀敏支持老杜说，老杜却富含深意地一笑："你说。"景秀敏故作生气道："出头烂橼子的事都让我做，是不？"老杜嬉笑道："给你报销电话费。"景秀敏"喊"了一声："话费就不用了，仨瓜俩枣的。你给我报销饭费吧。"老杜说："中，到我家吃，加上我老伴，咱仨起伙。"景秀敏再捶老杜，老杜叫道："我老婆站地上伺候不行吗？"

电话打给景精神。景精神听得挺认真，却并不惊讶，因基本是此前料想的。王伟敢叫号，定是咬住了他的歪理邪说。只是心绪不宁，直替祖国的信用社事业担忧。这些不可信任的官养户呀。但终于还是按捺住情绪叮嘱道："下次也让老杜汇报。"景秀敏似很委屈："我让他了。"景精神沉吟着不吱声，不吱声便是态度。虽远隔百里，景秀敏仿佛被蠓虫叮住一样，并起粗腿，绯色满脸地检讨："老叔，我知道了。"

怕的是趁月黑风高

此后的老杜，领着办事处的两个年轻人，又找了王伟几次。过程与结果都不太顺。敢于公开叫号，除了漠视合同，显然王伟是做过一番估测的。景精神的心里便阴恻恻的。景精神犹记得某家著名的三农企业，年初与村民们签订协约种小型粮，到年终兑现时，却遭到了村民们的普遍反对。理由是村民们没看内容，不理解合同的意思。当初干啥了？分明是临到践约时，眼看时价有变，觉着经济上亏了。结果又经官又经法的，事情始终僵持不下。后来经过媒体扩散，当初的一纸合同竟形同作废了。逼得这家企业放言，从此不再与村民们打交道。那么与谁打交道？没说。只是彼家企业的小型粮可以不种，或者可以从其他的省份购进，景精神的道德猪怎么办？离开层层的养殖户或者农场主，不说产业缺少了生存之本，就连当初设计的运营模式都要重新调整。而这个调整在景精神看来，很可能就是颠覆。

这个王伟，显然摸准了景精神的底牌。

景精神枯黄的脸拉得更长，话语也更少。平时就要忙碌到夜里的，这时候便比平时更晚一些。稍感到疲乏了，就用以前的老办法，先闭目提气，再迅捷出拳，伴着前后抽送腰肌。或者把次序倒过来，先抽送腰肌，再迅捷出拳，再闭目提气。都是坐椅子上进行。想站起身来，找个描画阴阳鱼儿的场地成套地打，显系没有时间的。不过虽然坐着进行并且零打碎敲，总算得到了一次调整。景精神自信地认为，此举有提神醒目的功效。

总部的职员们大都知道违约的事情，尤其见景精神满脸疲忙，生怕触碰或者惹着了他。这样的状态，反倒令景精神不自然。景精神觉得有些个过，因为小心翼翼的气氛，既不够民主，也不合乎他平素倡导的企业文化。不过他并没有立即反应，而是待节奏稍松时，特地挑选人数最多的一个办公室，站到了屋子中间，认真地微笑道："唔，这几天我是否太严肃了？这非常不好，我表示道歉。"说罢象征性地鞠躬，至少上半身有前倾的倾向。职员们都明白，便配合似的笑。听着满屋的快乐，他却感得到做作和拘谨。不过景精神不看也不管了，说了应该说的话，做了该做的事，他完成了规划就忙别的去了。

针对违约的情形，景精神在听取各路汇报的同时，有意跟进了几件事。一是派人深入到农场主中间走访民情，联络感情，走群众路线。在景精神的眼里，这个跟打压王伟之流同样重要。结果就挺宽慰人，大多数农场主表示要遵守合同。景精神认为这个结果有说服力，让人信服，并据此判断，一段时间内起风浪的，应该只限于官养户和极少数的农场主。就是说大部分农场主是稳定的。这是公司最强大最有力的底牌。心情激动，便漾起别样的情感，一层层地温柔触碰着多日来的霜与冰。农民兄弟，是最可靠最持久的后盾。农村包围城市是有道理的，工农联盟也有道理的。平时看了农场主就亲，这时想起一张张面孔，更是倍觉着亲。心情浪漫，就想让办公室的人去买张《看见你们格外亲》的碟片来。可最终只是有想的激情，却没有做的激情，便自动地将这想法存止于心了。

这期间的另件事是较短的时间内出了一记快拳。针对王伟违约，向永县法院提起诉讼并要求财产保全，怕的是趁月黑风高，王伟将猪悄悄地卖掉。这个办法特别好，若是行动，相当于堵住了王伟的后路。而法院行动也特别迅速，第二天便按着程序正式通知，只是王伟不肯同意，拒不接招。不管接不接招，洞都堵死了，看他往哪里蹽。

景精神又特意约请律师，商量如何向法院提出先予执行的申请，要再出记快拳或者快腿。当然直到现在，哪怕到执行之前，只要王伟幡然悔悟，表示遵守合同，公司仍可既往不咎。但若仍执迷不悟，负隅顽抗到底，也只好维护法律和诚信的尊严了。

事情想和议到了这步，景精神便再次心情愉快。因茶水喝得多些，跑到洗手间认真地洗了几次手。事情通畅，尿路也通畅，虽带些可疑的沫儿，却既非肾炎，也不是糖尿疾病，因此让人高兴。

苍蝇无声落地

第二宗山火，是乡妇女主任苗曼妙。这拨山火有分量。王伟果真卖了，周边的农场主未必相跟。群众环境好，想搞事和搞起事真正地难。但苗曼妙若是卖了，周边的农场主很可能一哄而起。那帮狼心狗肺的，差不多都有背信弃义的想法。

需要补充几句。王伟和苗曼妙，既不在一个乡，也不在一个县。王伟在永县，苗曼妙在交县，两县都有景精神的养殖基地，可情形却是大不相同。永县的养殖户，除了王伟等个别情况，绝大部分是普通村民。交县的养殖户恰好反过来，大多是当地的头头脑脑，起码是个机关干部。他们见识广能量大，因此说道也多。景精神不叫他们农场主，而叫养殖户，几番接触下来，养殖户也不叫了，叫"官养户"。

名称的花样或者说法的变迁，官养户们才不在乎。不过是养猪赚钱，管它什么户不户的，不想当，不理会，不值钱。再者说了，不信村民们有啥搭理的，景精神再搭理，搭理得一片融洽，也无非是耗子吃猫咂儿，既看不出情同手足，也没有一衣带水。至于基地都渐渐往永县聚拢，天要下雨，娘要改嫁，就由他去吧。不信景精神挪了基地，官养户们就没有好日子了。因此对此报之的，只是旁观冷笑。

至于苗曼妙的违约偷卖，不管卖不卖成，都要攀比瞧看。一头猪差价四百，二百头就是八万。家家都是二百头以上啊，够吃多少年的大米了。莫说苗曼妙动心，稍逮着机会，所有的官养户都要动心。

且说这苗曼妙，原是地市级的三八红旗手，见过许多大大小小的场面，起码跟地委书记握过手的。如今虽只抓经济不问其他，人前人后仍是欻尖儿卖快的性儿，便宜早占得习惯了。丈夫也不简单，乡司法助理，两口子串烧起来，乡党委书记都得重看。乡党委书记自然重看，因为他也养猪，只不过雇人经营，大甩手，全脱产。不似一摊子的日常工作，事无巨细狠抓到底，坚决为人民服务。乡党委书记养猪，既有带头致富的成分，更属于苗曼妙当初撺掇的，也正因如此，苗曼妙的压力很大，以至于辗转反侧夜不能寐，跟公司争讲也厉害。至于有人猜测的，乡党委书记靠养猪洗钱，那才是没话凑话，即便是养两千头猪，又能洗去多少？景精神不喜听这个，更不愿任何的洗钱跟养猪有所瓜葛。

为扑灭苗曼妙的山火，景精神特地选的人。景秀敏自是要去的，女人对付女人总归方便些，倘蹭到了屁股碰着了奶，断不至于挨诋。男的选的是柴师傅而非老杜。老杜需带人对付王伟，再就是因为他心眼儿多不实诚，得罪人的事往后捎，而柴师傅呢，又需要不断历练。斗争虽然严酷，带人也很要考虑，景精神喜欢套作间种。柴师傅平时做总部办公室主任兼司机，拟任职工健身运动总教头、农民太极拳推广丛书的编审。后两项工作都是景精神臆想的，起因是景精神痴迷太极运动及推广。柴师傅是被当作特殊人才引进的，太极功夫十分了得，行内的渊源深，辈分也高。他八十岁的恩师在加拿大开设武馆，名扬欧美的圈内，柴师傅本人则和省里的一位过气诗人合作，参加过全国的太极推手比赛，虽没取得名次，不过两眼幽光，显见内力深厚。起势推掌，足可应对苗曼妙的魅场。当然一切只是备用，不信苗曼妙敢伸手。法制这样健全，谁伸了手，谁便把理让给了人，还找不着被打的机会哩。

苗曼妙毫无怯意，且富于斗争经验。张嘴就是公司的不足。平时组织妇女习惯了的，说话嘎巴嘎巴响，看景秀敏的眼光，也有些瞧不起。景秀敏自是不屑于她。苗曼妙好比过气的女篮中锋，景秀敏就是退役的女子举重教练。不过看柴师傅时倒有些光亮，仿佛眼前是杯气蕴蒸腾的好茶，却也只是一怔，很快便怨毒起来。

苗曼妙说的不足主要是，上次回收她的猪时，半路车翻砸死了八头。可公司的人竟裁定，司机赔四头，苗曼妙赔四头。司机认为不应理赔，便往苗曼妙身上推，苗曼妙则是反过来，结果司机和苗曼妙龃龉得不行。司机本是个粗鲁汉，专门压制滚刀肉的，苗曼妙就被弄得很窝火。再个是花钱买公司的饲料，却还要看公司的脸，急等用料时，不晚两天都是怪的。可签订的合同又要求了的，不买和不用都不行。若再指责，就是公司偏心眼子，好事先可着永县的那些老农，然后才轮到交县的这些干部，众人可都是看着的。

苗曼妙说的差不多是事实，不算望风捕影。景秀敏和柴师傅都不吱声，由着她说。可是苗曼妙不说了,一只眼梢吊起来,斜看着柴师傅,然后盯住地面,谁也不看。

偷着卖猪的事情,看来是不想提了。苗曼妙不提,景秀敏自然要提。景秀敏是永交二县的质量监督部部长,景精神口头授封的,这时候要冲锋在前。

景秀敏低沉着嗓子,特别稳重地提醒:"你这批猪该出栏了。"

苗曼妙警惕地看着景秀敏。

景秀敏则继续挑衅:"明天来收猪,怎么样?"

苗曼妙的眼里,顿时就有了迎战的意味,声音变得尖厉高亢,手指着景秀敏塌圆的鼻子尖:"平时找不着影儿,收猪时冒出来了,不卖!"

景秀敏保持着有修养的微笑:"留家里养着?"

苗曼妙毫不客气地回应:"你这叫放屁!"

柴师傅以为景秀敏要上前,将苗曼妙抓举过头顶。景秀敏却并不为所动,反倒是苗曼妙抄起自制的拍子,将苍蝇啪啪地打死。击打的声音很脆很响。

苗曼妙激动地质问:"就你们这种服务,猪怎么养?谁给你们养?"

景秀敏控制道:"姐妹儿,服务的事情你只管提,可这跟卖猪是两码事。"

苗曼妙继续激动道:"咋是两码事?就是一码事。"说罢炯炯地盯住景秀敏,看她还能说出什么。

空气中一阵凝滞,有苍蝇在嗡嗡地飞。不劳苗曼妙举起拍子,柴师傅轻松地伸出细长的秀手,苍蝇已无声地落到地上。几个人都木然地看,一时没有反应,半天才面露惊异。柴师傅像老和尚一样漫不经心:"当初合同已经立好,双方都签字认可的。"秀手之下,苗曼妙竟没吭声,倒是引发了景秀敏的感慨。柴师傅这种类型,日常应对就没他人麻利的,想不到竟藏着如此手段,足见景精神的知人善任。知人善任给了景秀敏力量,景秀敏主动提醒道:"听说你爱人是司法所长……"

苗曼妙大声截断:"他是他,我是我,别往一块儿扯。"虽不往一块儿扯,嘴边却挂着委屈跟自豪。

景秀敏心内一阵酸麻,看人家,看人家提及老公的样儿,却语重心长道:"老苗,你可得知法守法呀。"

苗曼妙很不客气:"你懂法,我看你啥也不懂。"

柴师傅又摆出秀手:"有话好好说,咱们不是商量吗?"

"有什么呀,吓着谁了吗?"苗曼妙的手掌于是也有力地往空中一刹,快捷堪比柴师傅,"啥也别说,这猪我不养了!"

裤　门

　　说话的地点，此时就转到了乡党委书记的办公室。一把手的办公室都希求大，这间办公室也是，能摆两张乒乓球案台，让乡党委书记坐班台后边看球。因阳光过于充沛，不得不拿绸窗帘遮上。还有烟，便是房间阔大，也抵不住一拨又一拨的烟枪鼓捣。蓝色的烟雾到处跑，在各个角落撩骚。

　　"你们的景精神干啥去啦，他怎么不来呀？"乡党委书记一副美国乡村歌手的嗓子，说话时张着两条长胳膊。他慷慨评议道："我的干部是有素质的，把事情做在亮处。若是偷着卖了，你们找着能咋的，猪肉早变成人屎了。"

　　景秀敏和柴师傅面面相觑。公司已做到这种管理，猪只进出栏多少，都有个总体掌握，想瞒都瞒不掉。况且未涨价时，养到了时候，不待办事处去催，农场主们会主动打电话，要求安排车收猪，也包括苗曼妙和乡党委书记自己。如今如何就振振有词，闭眼帮别人说话，苗曼妙究竟给他什么了？

　　景秀敏脑海中，一个念头在闪亮：莫非眼前的乡党委书记，跟司法所所长是"连桥"，穿一条"裤子"？这样想着，不由低眼打量乡党委书记的裤门，希望得到印证。乡党委书记迅速觉察到了，非但不起兴，反而十分不满，没好气地瞪景秀敏，直到她收敛目光，女组工干部般地重新直起腰板。

　　柴师傅放松肩头，丹田下沉，两腿分开："书记，是这么个情况。"

　　乡党委书记伟人般摆动大手："不用说了，我知道。"

　　柴师傅还没等说，乡党委书记便知道，这是可能的，更是不可能的。不过柴师傅被噎得没话了。鉴于方才的眼光，景秀敏不想沉默，也沉默不下去了。她昂头道："好，那么，咱打开天窗说亮话，基地若不设在贵乡，我们就不坐在这儿了，您不做这个乡的父母官，我们也不坐您对面了。可以说请我们都不来，为什么，没那工夫儿。"

　　因没私心，又逼急眼了，此话侃得甚硬，灰黑的衣服裹着胸脯，神态姿势也硬。

　　乡党委书记的手不摆动了，双肘支到桌面，不慌不忙道："公司的收购价跟市场价差这么大，你们不考虑？平时又有机又放牧的，最后养黑猪竟不如养白猪了？"

　　柴师傅正言道："市场价再涨，我们的价格维持不变，这是对消费者诚信。"

乡党委书记毫不客气："养殖户辛辛苦苦跟你们一回，这些人的利益都不维护，你们的诚信就是耍噱头，吹牛皮。"

景秀敏眼睛竖立起来，仿佛鸡见了虫子："公司对农场主是不是诚信，农场主们知道，你养过两批猪，也应该知道。"

乡党委书记说："我不知道。"

景秀敏也不客气地摆手制止："你听我说完！苗曼妙是乡政府的干部，你是苗曼妙的书记，苗曼妙不讲诚信，你这个做书记的得说话。"

乡党委书记将烟屁股狠狠一拧，冷笑道："工作上我管，工作之外我也管？我问你，景精神八小时之外管你不？"

说罢啪啪摔打着手中的文件："我开会去了。"便咄咄地傲然出屋。

对于上述情形，景精神没做评价，自始至终只是静听。中间穿插几次，也只是简单地"唔""噢"，或是"我知道"，最长一句是"你们辛苦了"。

乡党委书记无论怎样大撒手，都是不折不扣的官养户，起码顶着养猪的名。因为这层关系，平时进到乡里，员工们就难免自来熟。乡党委书记也算讲究，赶到饭时，一定吩咐食堂或者饭店安排。只要排得开，还亲自出面陪同，自然是公款。这个景精神知道，却都默许了。虽然养猪可以促进乡镇的经济增长，若非这层关系，想大模大样地蹭上一顿，还真的不易。可那是最热和的时候，正所谓此一时彼一时了。

心中就生出些凄凉，脸上外加些冷笑。

而景精神就不想说，会见交县县委书记的情形。

一起打拍子唱歌

那天是个阴雨天，不过不影响开车。晴天或者雨天，对庄稼作物有意义，对景精神越来越没意义。只要是想走，便可以风雨无阻。略成功的人士都是这样，想去南美便南美，想去阿拉斯加便阿拉斯加，不怕地震、海啸、塌方或者泥石流。

一路上风光秀美，到处皆绿，绿得豪情万丈。植被们都吃饱了、喝足了、穿暖了，凑到一起打拍子唱歌，像每天泡在公园里的人们。景精神对此无暇观瞧，一双失神的眼暗淡地看着前方，头脑里却在高速运转。几年来公司的盘子支得不算小，从深山到浅山再到丘陵，都建立了养殖基地。销售的线路延伸得更长，东西南北几乎折腾到了国境线。不过距离理想仍远，因为景精神的目标是出境直至欧美。目前正积极争取的是日本市场，准确地说是日本设在中国的连锁超市，不过终属日本人投资的买卖，距离登陆日本已经不远了。

景精神正待敲交县书记的门，秘书已走过来，将他和柴师傅礼让到另间屋里，言称书记有客人，请景精神稍候。景精神不动声色。莫说书记有客，便是没有客，如此回敬他的贸然拜访，也未必不可。在展露态度是吧，那么对方也在展露态度。

景精神坐在椅式沙发里，看上去举止拘谨，嘴角却不断浮出一瞬即过的微笑。

继上次景秀敏和柴师傅之后，公司曾几次派人找苗曼妙协商，不过就连副总级别的出面，结果却依然不变。苗曼妙这样违约，是要赔偿损失的，其数额足以抵消她设想的各种收益。可无论怎样苦口婆心，苗曼妙都是抱定屎橛子不撒手。景精神恼了，指示向交县法院提起诉讼，让司法来拾掇她。可在永县顺理成章的事，到了交县却落不到实处，财产保全拖着不办，先予执行更属一厢情愿。

它们构成了景精神面见县委书记的理由。

县委书记热情又具体，让景精神等十分钟，却将他礼让到小会议室，郑重与规格是显见的。结果是两张笑脸相对，县委书记的笑容如水中欢游的红鲤，景精神脸上的纹路则似枯菊盛开。

盛开归盛开，谈事情却按礼数。先由景精神介绍，包括猪只涨价的情况，苗曼妙等人预计私售猪只的情况。县委书记不欢游了，打断道："你有什么要求？"

景精神说："我的要求很明确，养殖户要信守合同，讲求诚信。法院也要站稳立场，据以公断。"

有点学生腔。县委书记恢宏地笑了："老景啊，农民不履行合同也是有的，并不是一县一地，你为什么不考虑提高活猪价格，这也符合市场规律嘛。"

景精神一时无言以对。论及此事，乡党委书记还遮遮掩掩，县委书记竟如此坦白，令景精神料想不到。

县委书记坦诚道："你说的是实情，县里也诚心帮你，但是帮你的同时，是不是也要考虑一下广大农民？法律是针对双方的，政府也同样如此，既要支持民营企业发展，也要考虑老百姓的利益。你说对不对？"

景精神沉吟片刻："现在不仅是考虑谁的利益的问题，这样的时段出现这样的动摇，它旨在提醒我们，市场需要培育，民众也需要培育呀。"

景精神此话道出了他的心中所想，也算面见县委书记的深刻理由。公司的不作为不只是执法尺度，也不只是软环境，景精神宁愿把它们看成人的问题。

因此说得呕心沥血，脸色青黄里外发硬，直逼冰箱里镇着的脱水生杏。

县委书记则是诧异，如此僵化教条，企业是怎么做的，又怎样做过来的？便语重心长道："精神同志，我承认你说的道理，你考虑培育，未必我就不考虑培育？进门时你注意到两块牌子没有，院子里的叫实事求是，进门的叫为人民服务，这可是我们的宗旨呀。"

面见这位县委书记，本属不太情愿，一非会友，二非做客，这样的见面容易头疼。可想做事业，和此类截然分开是不可能的。那就相当于试图把空气隔开，或者把水流切断，因此除了硬起头皮，别无选择。可县委书记这样说，景精神就没什么可说的了，也不想再说了，说了也没用。景精神的脸有些板，眼神更加暗淡，冲县委书记点点头，辅以标准的日本式礼节："谢谢。"就告辞要走了。

县委书记用大咧咧的语气，很开心地补充道："精神同志你来得好呀，县里正组织评选我县荣誉市民，你老兄也位列其中呀。"

景精神心想，对不起，少扯猫。

出门不久即听到一个消息，交县的招商投资又见成效，从苏南引进一户大规模的白猪养殖企业，投资实力可比景精神大多了，而且带生产线的，能就地加工转化。景精神不免冷笑几声，县委书记的态度，应与此事有关了。

经过县城的零公里收费站时，发现居然开始收费了。以往认识车号就直接放行了，不认识车号报声公司名号也就过去了，全体上下都在营造软环境，如今却不营造了。开车的柴师傅难免与值班收费的争执：本地的车不交，外地的车交，那么公司的车算是本地的，还是外地的？景精神对此不予制止。心想让他吵去吧，该争的就应该争，该计较的也得计较，看来得有个声音，有个声音未必就不好。

第二章

葵　花

"都是些小事情。"景精神对柴师傅说。柴师傅仍是气咻咻，虽然短促的争执以没交费告终，但若通不过，若必须交那钱，景精神心情反倒好一些，因它能让景精神看到规则。景精神喜欢规则。

柴师傅便不吱声。怕的是哪件事提得不当，勾出景精神更多的心绪。这个时候，要么说个乐子逗一逗景精神，要么给他大段的时间，让他去思考。他是那么喜欢思考。而思考的东西，哲学、太极、社会构建，又那么跟养猪不刮边。

路上的风景一路排列，像哨兵等候景精神检阅。车行到一个叫星星哨的高地，耳朵里微微地鸣叫，头也有些晕。视线中的远处，又一条高速路在修筑。这是个大修道路不惜耕地的时代。可是即便修好了，运料的、拉送猪只的，包括下乡服务跑点的，又有几辆肯交那费？都是宁可绕道走老路。商业不得不计算成本，景精神的这个公司也概莫能外。

景精神一时不想控制，任思绪到处跑。

眼前的这条路，若在漫长的冬天，尤其下了雪又化了冰，本地司机都要打怵。至于外地车，常常得延请本地司机，帮忙把车开上坡或者开下坡。某个运输户讲，有次去交县送猪只，头天下场大雪又微融，路面已跟镜子一样。车爬到星星哨的岭尖上，便不敢往下开了，不过又不能不走，车上还有猪只呢。到了夜里十二点，仍没动多少地方，后来租附近农民的锹，用炉灰铺路，一点一点往下挪。终于抵达岭下相对安全的地段时，已是后半夜三点。多亏盖的厚苫布，保暖还行，猪没有冻死。运输户都哭了。当时说得动容，景精神听得也心疼。不容易，单个环节不容易，整个生产线不容易，这个企业做得也不容易。这样一步步艰难发展，交县的县委领导居然轻易地说，也可以跟着涨价。

换句话说，也可以跟着违约。

景精神鼻孔里"哧"的一声，柴师傅关注地扫一眼，没说话。

那晚的夜光静谧地照进第二十八楼的阳面房间。不用开灯，室内外的夜光和万家灯火，已混沌成暧昧的河面光影。感觉不是坐在房间，而是坐在豪华级的万吨客轮上。客轮上的景精神打起太极拳来。往回是坐着比画，这回是铺开身子打了一节。勾脚伸臂，走场画圈，却闭起眼睛梦游一样。脑海中转的，既不是苗曼妙，也不是那个乡党委书记，更不是王伟。那么是谁？景精神不想探究。只觉心中波波涌涌，与眼下的纷乱缥缈似乎切近，却又很远，却又温馨。

柳芭是个有葵花味道的女人，弹性、健康、纯朴、受看。这朵葵花是迎着朝阳的，不是夕阳时收敛打绺的，更不是怀抱着几百颗籽粒，沉甸甸地垂下脖颈的。葵花的面前，打拳的景精神有些累了，哪怕有太极和哲学提供支撑。

市场开拓，产品销量，专题片是否摆货架上反复播放，网购需要尽快建立……

得得得，景精神不想谈它们。心内一个声音对他自己说，暂放一放，暂放一放吧。

想像一只翠鸟，投奔到荷丛深处，啄取水面上晶莹的翻花。

想去熨帖那棵葵花，让阔大的叶片与重叠的金色花瓣相互拥裹，哪怕沾得满头满脸的细粉。

为什么要控制自己，约束自己？只因柳芭她，她她她怀孕了，而且是别人的。

董事会里只柳芭一位女性。王文娟可以加入但坚决不加入，而且景精神也不同意，两人协商的结果是各干各的，互不涉及，以免生气。而景秀敏，进公司的时间当然比柳芭早，公司的财务章还没抠，景秀敏就已从事道德猪的光辉事业了。老母猪下了猪羔，先抱进她敦厚的怀里揣暖，溺爱视如己出，并在老母猪坐月子期间不陪丈夫陪猪只，创造了草创时期的英模神话。如此为什么没加入董事会？因为能加入的时候景精神控制不让，有所松动时，猪只又用不着揣暖了。话说回来，景精神的控制当然也有理论的，那个理论后来很盛行，即防止并慎对公司的家族化。只是景精神铁面无私地践行时，那个理论刚开始贩卖炒作。

不过景秀敏不怪景精神。

怪也不说。

柳芭是从北京赶回来的,并且这夜在景精神的办公室住下。柳芭从来都在董事长的办公室住下的,因为董事长从来不住办公室。柳芭显见的比原来瘦了,因为怀上了别人的孩子,这真是件喜忧参半的事。可又看得出柳芭是愉快的,在品尝着将为人母的欣喜,景精神就不好说什么了。

见景精神郁郁并且窘急的样子,柳芭面色桃红地说:"要不那样吧。"景精神谦虚地点了点头。可接着更谦虚地说,"要不就算了。"柳芭不同意就算了,她坚持反对谦虚,强调要赶走豺狼。结果是手立了军功,让景精神的身体与意志泄松了不少,也让景精神的手最终感激地握住了柳芭的手。

而柳芭呢,她将手及时地撤出来,再将红润的一张脸换上,于是就变成了景精神的手捧握柳芭的脸。这个姿势最好,它让时光停滞,让俩人以貌似定格的动作,去品味相见的短暂美好。

只是初获神清气爽的景精神又故技重演,要重新坐椅子上收腹打坐,要弃绝清爽,放弃享受,走一条苦行僧般的道路。

柳芭心疼地说:"董事长就算你多清爽一会儿,谁又能知道?"

景精神说:"我自己知道。"

柳芭说:"不,你可以不知道。"

说罢一线青丝泻在景精神的老脸上。景精神挑开并抚拭柳芭茂密招风的长发:"怎不想清爽?不敢清爽,也清爽不起来呀。"

柳芭的眼潮潮的,脸贴在景精神肌健强劲但无弹性的硬背上:"你若是肯清爽就好了,你怎不知清爽呢?你知你若想,可以清爽八辈子的呀。"

说罢进一步搂住景精神的腰。

坚 定

次日的开会就挺重要,董事会的成员们,能赶回的都回来了。实在赶不回来的,会后电传会议纪要。依照以往习惯,景精神正拼抢会前的几分钟。只见他打开暗灯,坐也不坐,直接站大班台后急匆匆地翻阅资料。会前发狠似的忙,会上又发狠似的讲,再捞不着机会似的,结果该吃饭时不吃饭,该下班时不下班,让与会者绝望得绵长无期。

而此刻也如往常,不过氛围却好一些。有柳芭站在旁边帮衬,虽看着紧张高速,却止不住亲切默契。像生锈的齿轮浇过自来水一样,干燥的皮肤抹过花露水一样，龟裂的泥上走过疾雨水一样。怀孕的柳芭看起来依然很美，昨夜有股欣欣向荣的向日葵味道，今晨又让人想起冬日凛冽寒风中的冰糖葫芦。向日葵和冰糖葫芦本不在一个季节，也不属一个味道，但它们在东北大丫头的身上实现了聚合统一。景精神信马由缰地想，悄悄地心不在焉。

赵红站在门边的复印机旁，一语不发地伺立着，自动摆出"侍女"的姿态。柳芭倘不在，赵红是要侍到这边的，可是柳芭公主在了，赵红侍女就不要侍在这边了。不过赵红又不能走开，因为她是在工作，她和柳芭以及全体员工一样，要随着景精神这根永动轴心高速运转，不间歇地淋洒工业用水。会议开始就好了，她将不再做侍女，而是全身心地候在角落，认真记录，出色地整理出会议纪要，会议还没散便交由景精神审看。将长长的文字鞋垫子一样缝扎或缝扎成鞋垫子，这是她和景精神别具一格的交流方式，任谁也不能剥夺。

且说一鸟入林，百鸟清音。景精神进到会议室，霎时间就鸦雀无声了。论起行政级别，聘请的几个退休老厅级咋说都比景精神上，但此时都保持着比景精神下的姿态，每张多年假瞒岁数的脸上都是突然绽放的微笑。

微笑的前厅级干部们，一律是上午办完退休手续，下午便直接转身过来的。因此有人猜测，可能在位期间便约定好了的。至于如何进的董事会，凭的股金还是什么，只有景精神和他们自己知道。不过找到发挥余热的去处，总比待在公园打扑克晒太阳要好。打扑克晒太阳当然也不错，前提是不感到无所事事。戴眼镜的前文艺厅长爱写剧本，曾按景精神的授意，写过一个有关半路流产的养殖户的电视剧大纲，还写过表现葡萄酒基地的剧本并且成了稿，连电影厂分管剧本的副总都说创意好，理由是葡萄酒好喝，葡萄架下的爱情令人畅想，可是文艺厅长拿着半成品找这个看找那个看，景精神就不大喜欢他了。瘦高的俊俏厅长爱说风凉话，俊俏的形容在年轻时算是优势，到老年就难免流于浮浪。据说他原来做过副省长秘书，这便合了牙。白头的贾厅长说话节奏不快，甚至有些结巴，可是耐琢磨有道理，一句顶许多句，唯有他得到了景精神的器重。

景精神让白头贾先讲，白头贾推辞不受，坚决不上当。最后只好景精神先讲，然后大家依次地讲。

瘦高的俊俏厅长和爱写剧本的文艺厅长都主张提价，理由是市场经济，并且提价是公司员工和广大养殖户的心声，也未必不是消费者的心声。文艺厅长还瞄一眼景精神，分明就有献媚的意思，众人都看见的，但都装作没看见。因是众人中的文人，因此也特别愤激地问："这样的价给谁抗的？这样的寡给谁守的？"并没有针对谁，却弄得柳芭脸红一阵白一阵。

柳芭不同意涨，理由是这个市场铺得太不易。而且收购价高了，销售价维持不变，公司的利润还会降低。柳芭越来越成熟了，头饰和打扮均有了京城的随意和大方，而不是外省女子的精雕细琢。但与颇具风韵的打扮相比，大家显然注意到她说的销售价维持不变。挺巧妙啊，显系一种暗示呢。

景精神当然注意到了，他闭起眼，然后睁开眼，又平心静气地说："柳芭辛苦了。"

柳芭辛苦什么，是因为怀孕辛苦，还是因为销售辛苦？不过景精神说柳芭辛苦，那么柳芭就辛苦。柳芭急忙羞赧地摇手："我不辛苦您辛苦，各位辛苦。"

赵红埋头记录，偶尔抬起的眼神里，看不出些微的表情，却重又埋下头去。

白头贾仍不说话，景精神点将了："白头贾你讲两句嘛，各抒己见嘛。"

白头贾略微沉吟，大致一秒半。这个一秒半非常有讲究，长了就是大脑反应式慢，短了就是年轻急躁。仅凭这一秒半，即可知白头贾的历练和城府。

白头贾只说了"坚定"二字，产品贵在坚定。

坚定得景精神眼睛一亮。

白头贾说："我们不是小作坊或者二道贩子，巴不得涨价，好跟着捞趟浑水。我们办的是企业，目的是进行有机生产，建立坚定的品牌。由此我只问一件，如果猪价降了，我们怎么办？"

会议室一片肃静。景精神甚感满意，这个白头贾没白引进，总能让景精神眼睛一亮。

从梦境中漂浮上来

时钟在无声地走，阳光洒不进会议室。除了这是阴面，还因为全封闭的结构。墙的两侧，挨排悬挂着各类的方针，大部分由景精神拟定，所以只要人在权在，便具有恒定性。不过除了苍蝇和蚊子落脚，很少有人光顾。可看的倒是配置的一些图片，道德猪们聚集在白皑皑的雪地上或者昂首在草丛里，蹄下是倾斜的山坡、茂密的树林和隐隐冒着蓝气的山峦。山的整体轮廓是看不出的，不过从土质、树木、榛丛和气蕴上可判定为是东北的山。

头顶的灯光呲呲地响，谁的肚子很响地咕噜一声，快到中午了。景精神终于下决心张嘴了，他问道："还有没有要说的？"

肯定没有要说的，大家都竖起耳朵，或者表示已竖起耳朵。

景精神的豆角眼眯缝起来，出神地看着前方的虚空。前方虽然是虚空，但景精神的眼神不虚空。非但不虚空，而且面前很像有张大比例尺的地图，上面簇拥着一群红蓝箭头。他要透过红蓝箭头眺望繁华都市的熙攘客户，纵览远在山沟的农场主，关注变幻莫测的猪市风云。

他要一边嚼着炒黄豆粒一边看，像指挥刁钻的战役一样。

"几起违约事件正在处理中，进展可以说有，也可以说没有，不过目前更应考虑的，是如何超越这些事件，进而看得更高更远。即辨清事物发展的脉络，把握解决问题的主干，探讨事业发展的'大道'。"

白头贾深有所悟地点头，其他人也均做相视认定状，仿佛都理解了似的。理解不理解，景精神暂不管他们，因为让所有人立刻理解是不客观的，可不能等所有人都理解了再行探讨。景精神相信这些人迟早会明白，包括对世事所知最少、人生经历不多的赵红。

因为这份自信，因为郑重提及了更深层面的议题，景精神的上半身严肃而挺拔，双肘似挨非挨地轻触着桌面，瞬时进入了迷离状态。而那个卓远的或者久积的想法也在此时，从梦境中漂浮上来，从水面中探出头来。

景精神润湿了。事实以被动的方式再次证明了他曾经的思考和预判，那是他久已思谋并且张罗的大道与主张。景精神无须这个事实证明，更不因为正在发生的事情激动，可一旦真的关涉大政方针何去何从，景精神还是不由地润湿了。

而赵红果然明白吗？终于散会的景精神想试一试。

页脚与页眉

第二十八楼的董事长办公室里，赵红平静地走进来，将会议纪要递上，请景精神审阅。

如景精神的判定，纪要做得规矩完整，可以签字下发。可签过字的景精神突发奇想，提出要看一下会议记录。这在以往他是从来不看的，不过既然要看，就得随时提供。想不到赵红却脸一红，慌道："不必看了。"

景精神拿眼看着赵红，脸上写满善意的专供的温存。

赵红咬住嘴唇道："很简单，没记啥。"

景精神才不信，景精神讲了多少啊，都快把几个老厅级讲虚脱了。

赵红便又说："往回记得详细，这回记得不详细。"

景精神嘴角浮现一丝笑意："那就不看了？"

赵红说："字写得乱。"

景精神固执地微笑道:"是希伯来文吗?"

赵红似狠狠心,咬着两颗龅牙递上来。赵红果然没有说谎,会议记录只有两页,都记的骨干。但这分明不是原因,分明的原因是第二页的页眉和页脚多记了两行字,似随手而写,又随手而勾。

那写又勾的两行字是:内阴。外阴。

景精神就想快活地笑,甚至笑出声来。景精神的讲话中,的确提了半天内因外因的,可那是因果的因,而非阴天的阴哪。以赵红的才情,可断定不会是笔误,景精神就想起了开会之前,站在复印机旁边的那个龅牙姑娘的委屈神情。景精神不怪乎她,甚至很欣赏她。景精神想对她说笔误与不笔误都好玩儿,因果的因与阴天的阴,他都认可,虽然景精神最终还是选择了装作没看见。

页脚的字没看见,页眉的字可看见了。那几个字没有勾,很突出,像是随手为本次会议划拉的评语:人。农场主。协会。

看啊。景精神就感动。原来赵红才是彻底明白的,比许多人都明白。即便她有些心不在焉,即便她只记了两页字,即便她因心神恍惚而用力把内因写成了内阴。

"董事长,对不起,俺记得不够详细。"

"董事长,请原谅,昨夜我没休息好。"

景精神当然原谅。页眉原谅,页脚更原谅。这个可爱的小妮子。

望着两颗龅牙和两条并粗的腿,望遍赵红的全身,景精神再次为妮子的理解能力和才情感到震撼。那是怎样的龅牙,龅牙不说了,那是怎样的粗腿啊。漫长的臀部经过一条夸张的斜线,大胆地直跨到了小腿上。它们发生暴动,共同淹没大腿了,它们和臀部共同组成一道隆起的黄土高坡了。那是怎样的头发啊,粗重的头发看得出结实、光芒和重量,相当于受压迫妇女的打水罐子顶在了头上。那是怎样的眼睛和嘴唇啊,没有眼睑及睫毛的过渡,眼皮悄然落到了眼球上。嘴唇呢,厚厚的它没有唇线,直接形成了光秃秃无漫延的水岸大堤。

还有一双玲珑的、支撑起如此臀部、如此头颅、如此黑发的小脚呢。

因容貌和才情震撼的同时,景精神分明为一种可能遗憾着。如此清楚有力、富有逻辑的文字,分明是给高层干部写材料的料啊,分明应先做文字秘书而非生活秘书,逐渐升至秘书处处长、主管材料的办公厅副主任,然后再一路向上啊。作为连一句绯闻都没有的女性,生活应给予补偿,让她驰骋在权力的缝隙和官场的自由王国啊。

景精神忽然想开个玩笑,告诉赵红不叫赵红了,叫赵才华。

赵红会说，别叫赵才华了，还是叫赵柴火吧。

于是景精神一笑，赵红也一笑。两个人都嬉笑。

但内向而心思活跃的景精神没吱声，只是像缜密的老大哥一样，脉脉而有趣地看着赵红。赵红则咬着因唇线隐去而别具一格的唇。

第三章

大受精卵

几年以前，景精神就酝酿过协会的。彼时市场和猪价平稳，无违约事件，也没有暴涨风波，放眼望去，周边是平稳成片的"公司+农户"。如此景精神的协会想法，便获得了不同的评价。有人说他思路超前，有人说他天生的大扯。

协会可以做无限设想，最终的一项却要落在合同上，这就与"公司+农户"类似。景精神却不喜归为"公司+农户"，谁若简单地归为"公司+农户"，景精神就会抛除修养，毫不客气地脸色微沉，即便不评价或不过多评价，印象中却把你归到了俗不可耐的一类。

别人的"公司+农户"不过是普通鸡蛋，景精神的"公司+农户"不是普通鸡蛋，是大受精卵。

因是大受精卵，所以开初就强调并灌注自修自治，为强调养殖户们的这个自修自治，还特意弱化了公司设在基地的办事处，安排了一个重要的基地总经理，坚决朝着自己管理自己的方向走，其决心和力度，不亚于公车改革。

基地总经理的职务，落到了时任大岔村总支书的丁文福身上。景精神对此做出的理论解释是，先进的生产力要搭配先进的人。

彼时受到重视或者重用的人里，景秀敏和老杜还排不上号。景秀敏作为女人是首发优势，作为一般女人又没有了优势，作为景精神的侄女简直是要走投无路了。而老杜这个滑头，即便跟老婆办事儿，也不肯出力，而是自始至终地借力打力，白得力，害得老婆也不喜结交他。做了他的老婆不假，但不做他的朋友。

受重视的除了丁文福，还有个叫成阳的，是景精神从骡马市场，不，从人才市场挑选过来的。只见他溜溜的贼眼，一对尖形的耗子耳朵，说话嘎嘣溜丢脆，条理清晰得不行，直可做对外的新闻发言人。简历景精神也看了，纯粹的农家出身，从小接触牲畜，农业大学毕业，经过了科班训练。至于日本留学，去鹿儿岛的地方做过研修生，更属于难得。

而一旦来了，则果真见亮儿。尤其个高腿长，频率快，有干劲，过去叫又红又专。景精神宝贝似的稀罕，亲自驾着国产越野车，带着成阳踏察基地建设。面对山色风光，讲述他的哲学太极和有机养殖种植，还即兴吟诗：天赐机缘道德猪事业蒸蒸上，地讲诚信农场主财源滚滚来。原来是一副典型的对联，效果呢，是两人相视而笑，共同沐浴在山区西下的阳光中。此事后经传播——成为公司以及基地的美谈，养殖户们都以特别敬佩的眼光看待成阳。

因为是头生，景精神对大岔村，也就是丁文福那里的养殖户相当重视，答应的条件也多，许多事情几乎做到了炕头上。倘不做到炕头上，也发展不起来，因在景精神之前，来浅山区养狐的，养鸡的，养獭狸鼠的，所有眼前发生的或者道听途说的都陆续出过事，即便有政府推荐或者作保。他们最终不是卷款跑了，就是玩人间蒸发，血的教训，村民们都见着也都记着的。

种种的前因，在基地总经理丁文福的带领下，各方面就争取得比较到位。譬如公司的猪只可以赊，还要送到家里。饲料也可以赊，也要送到家里。倘不是人为原因，猪只死了公司也要负责补偿。公司只求养殖户们做一件事，每天执行饲放标准，按着规程当好猪倌。而且丁文福和大岔村的养殖户跟公司斗智斗勇，公司若想玩虚的，稍有风吹草动，大岔村马上集体出动。丁文福有时带头说话，有时两头协调，有时不两头协调，公司尤其办事处，对此也没什么办法。

成阳若早些进办事处，不好说能否将星火燎原的首发地定在大岔村。完全可能，也完全不可能。骑辆破摩托车，走遍东阳镇山山岭岭的成阳敏锐地发现，许多村落的山窝都比大岔村的多，林草也比大岔村的茂密。

别处胖女一样丰饶水蜜，而大岔村这个干瘪老太除了两条岔，剩下的就是水分不足。

如此情形，大岔村的村民们仍旧抱膀子，争待遇，讲条件，就倍觉难以容忍。不这样争讲，公司都不能吊紧一棵树，死憋一泡尿；这样争讲了，更要加紧谋拓，兔子尚且三个窝，人要向兔子学习。这样的意见及看法，成阳择选着说给景精神，景精神接受并且同意了，鼓励成阳好好整。

景精神给成阳定的政策，除了基本工资，每出栏一头道德猪都给成阳提成两块。就是说，每头黑乎乎的活猪身上，都贮存着成阳两块钱。猪是成阳的储蓄罐，一旦抬上磅秤，就开始哗哗往外掉钱，往兜里进钱。

证　明

基地开展得挺热闹，让景精神暂时或者相对放心。放心的景精神整天蹲在北京，挖空心思绞尽脑汁地谈判。美国的沃尔玛，法国的家乐福，日本的伊藤洋华堂，几个大型的国外连锁超市，在景精神心目中都是了不起的。它们趁着改革开放的春风进了中国大陆的都市，景精神如今也想把它们给进了。公司一揽子的大发展大繁荣计划中，此项算是最前沿最紧迫的。而且鉴于一夫当关、万夫莫开，景精神只能亲自率先全力一战。

顺便插上一句，和白头贾以及柳芭同居战斗的情谊，就是那个时候结下的。

同居战斗是没有办法，一口锅搅马勺也是没有办法，都为的俭省资金。

不得不全力一战呢，彼时出栏的猪因为没有市场，正悄悄地拉往关内，当作普通的肉食猪处理，近前则是一千个一万个不敢拉的，怕的是暴露行踪，动摇民心。此类情形似与景精神的坦诚不符，但大饼子卖个狗屁价，又怎是坦诚二字所能盛纳的？养一头赔一头，拉一车赔一车，既对不起猪，也对不起先人哪。

彼时有谁晓得景精神上的火，基本是茶饮不思，寝食难安。夜里悄悄地爬起来，行走在北京华灯绽放的大街上，任陌生、新鲜又隐隐激动的风一浪一浪地涌入鼻息。毗邻相接的店铺，哪家挂着景精神的名号？几家著名的国际连锁超市，什么时候才能进了它们？某夜走得乏了，景精神索性在家乐福超市的门前，迷迷瞪瞪地打起太极来。过瘾哪。悄悄跟出的柳芭不敢惊扰，只能任泪花涌出来又干了，干了又涌出来。扭转身，白头贾在更远处担心地看着。三位道德猪的全权代表，组成了兄弟同盟，一起品味销售无果这枚涩苦糙硬的酸果子，体验好事之初那种漫长的焦虑与藏埋不住的忧急。景精神的嘴角起泡了，柳芭的嘴角也起泡了，这真让柳芭不好意思并且兴奋。兴奋自不必说的，却又为何不好意思？便是董事长属于不塌架的驴，柳芭可以义无反顾地相跟，却又何必如此露骨露色？可是柳芭偏就隐隐喜欢这露骨露色，把它作为一种徽章或者业绩证明，或者纯洁证明。白头贾也着急上火吧，嘴角怎没跟着起火泡，柳芭的小心眼里，这便是对景精神最好的支持和证明。可是证明没多久，白头贾的嘴角也起泡了，而且起的黄泡，一动就出脓水。

束手解带，搂膝斜行，如封似闭，景精神四处舞弄着出击。沉沉的压力下，既然有些敛不住气凝不住神，那就索性过把瘾，跑到它们的家门口，以太极的方式写臆抒怀。魔怔了。北京的风月与璀璨的灯火，让景精神倍加思念基地，思念丁文福和成阳这些众生，包括侄女景秀敏粗糙而自来羞的小报告，包括总部二十八楼上的威风。当然还有二十七楼和二十九楼，还有三十八楼的某个房间。前三个"二"打头的楼层都是总部租来办公的，后个"三"打头的某个房间也是公司租来的，用它安置女员工们的单人床铺。赵红助理一直在那里驻守着，在那个房间的几张上下铺孤守空耗，但景精神顾念不上这些以及众生了。更多的养殖户和成批次出栏的道德猪，让景精神感到了紧迫和不断鼓起的雄赳赳的责任。为了固守人和猪的这份荣光，景精神宁愿蜗居都市，四处奔走，觍起老黄脸出击。

柳芭也尾随出击了。这个农家走出的孩子呀，上可穿貂裘戴假钻混进殿堂糊弄，下可扮千娇百媚的坊间尤物，不上不下时还可披起粗衣担水卖菜做小豆腐。只是苦了白头贾，久经考验的公职人员，从签字报销的重要岗位才卸任不久，却过起苦行僧般的生活。

想来都是罪过。景精神一边舞弄一边迷迷糊糊地想，可那又怎样？单鞭，三步捶，云手，过哪河脱哪鞋吧。

到家乐福店谈业务时，三个人好不容易约见到了超市经理。及至进屋，人家已把脚扛到了茶几上，晃荡着鞋底子示人。什么态度呀，鞋底子是脸吗？谁的鞋底子是脸？景精神颇有气度地一笑，白头贾则是不悦，柳芭更是愠怒。柳芭平时一直是温和之相的，打听道的或扮乞丐要小钱的都愿意找她，但为了维护董事长的尊严，她不打算温和了。只见她像所有姣好女性那样，粉面微愠道："请把脚拿下来，这样不好。"超市经理摇头晃脑道："今天是你们求我，等你们把产品做成了，我去求你们，你们也可以如此。"说罢更进一层，将两只脚交叠起来晃荡，换了个姿势。柳芭扭身就想找超市的总经理，起码就此吵闹几句，却又知绝不可以，唯其如此粉脸才更红，直至鼻尖浸出一颗豆粒大的汗珠。柳芭怂气至此，景精神在干什么？原来他在抽空欣赏。家乐福门前的一场太极秀，已使他心中和眼前的郁躁释放，使他趁机赏析特定情境下柳芭女士的一张粉脸。原来和密室中的粉脸差不多啊，只是现实的粉脸多了层恼，密室中的多了层扭。都扭得曲了呀。扭出了狠哪，扭出了绝望与渴望，暴力与施暴啊。而对于这位抬脚亮掌的，景精神就想给他讲讲生活哲学，讲讲盛衰转化盈满而亏的道理。不收学费，只要肯听。只是宣讲尚未开始，他的脚已搁放得累了，自动无趣地撤到地上，笑嘻嘻的。商谈的氛围反倒因此融洽一些，算是意想不到的效果，像朋友跟前毫无遮挡地放个屁，竟说不清这个屁到底拉开了距离，还是促进了沟通。

丁文福

养猪挣钱的消息听说得快，心动得更快，不待有人鼓噪，几个愣小子已积极主动地盯上来，要找致富路。村民们被如期吸引了。要的就是这个效果，可以说跟当初设计并预想的一样。

小子们来自蛤蟆塘。这个蛤蟆塘，跟大岔村虽建制不同，却只隔道窄窄的山脊。相当于人的左右手，猪的两个肋巴扇。

丁文福问蛤蟆塘的人，打哪里听说的。丁文福怀疑有人下蛊，至于下蛊者何人，丁文福心里头有数。可几个家伙居然说，是打村里的小卖店听说的。各村的小卖店，打牌搓麻聊天，属于众人杂聚的地方。可绕不过去的问题是村不同村，屯不同屯，大岔村争来的项目，凭什么蛤蟆塘要跟着？难道是看别人拉屎，自己屁股刺挠？丁文福因此看不上这几个上门的家伙，却不说别的，只又浊又慢地强调："你们不是大岔村的。"

几个家伙脸憨皮厚："不行就起户口，加入你们村。"

丁文福眼皮斜耷，不去搭理他们。先上个大岔村的户口，待签了养殖合同，再把户口转回去，算盘打得很精啊。谁不知道蛤蟆塘抬腿就过去，况且就算长期落户又如何，不信嫁到大岔村，就不是蛤蟆塘的人了。

弯弯绕，小儿科。

不怕没好事，就怕没好人。

抻着王八脖子，到大岔村的碗里争食来了。

这样想时，更觉几个家伙讨厌难缠。倒是林子大了，啥鸟都有，不过越是这个样子，越要把住关口。丁文福吸口烟，迂缓地吐出来，一字一顿道："不行。"然后紧皱眉头，傲慢而冷淡地看人。这样的目光坚持几十年了，村里的妇女说吓人，追随者则把它看成是魄力。身为村主任或者基地总经理，总得有镇唬人的东西。

几个家伙果然就有些怯。平时进到乡村饭店，敢坐桌子上大吵大嚷划拳喝酒的，如今站丁文福面前却不行。前边那个大个子喉结咕噜一下，还想说句什么，张着两只蒲扇似的大手，却是说不出来，拉迷了。

几个家伙未必就愿意找丁文福，一坡之隔，都知道丁文福不好办事儿。不过公司任用他做基地经理，财人大权都是他说了算，不找他又找哪个？只是发烧的热脸，果真就如预想的，贴到了挂霜的驴腚上。几个家伙不服气，大岔村养的道德猪，并不是丁文福的老婆或者小妍，若是就认了，不养也不争取了，可惜不是啊。而且就算是，他也应故作爽快地说：求求你们，对我老婆下手吧，哪怕给你们点钱。

有不少人是这样幽默的，幽默得无耻。

那个大个子张着的手合上又张开，像一直犹豫是不是狠狠地捶自己，或者照丁文福的后颈给来一下。身边的小胖子睁圆眼睛问："起户口都不行，咋的行？公司要是你们大岔村办的，请我们都不来！"小胖子越说越气，眼珠往上一探，脾气便要顶上来。大个子张着的手这回终于有了着落，它按到小胖子的肩膀上，然后用很标准的外交辞令道："请问丁主任，作为基地总经理，您能否答复我们，您所在的公司是否有这样的规定？"

信息时代资讯传播发达如此，美国总统大选出炉，不出几分钟，这个浅山洼子里的人就会知道，也难怪几个村民如此措辞了。都是跟电视里学的，不过学得再好，顶多对着猪说。

丁文福扔掉烟头，重又拔出一支，塞进牙口缝里点着。下巴颏很高地撅着，谁也不看，也不说话。

丁文福是大岔村的头儿不假，几个家伙未必就是蛤蟆塘的软虫子。是软虫子就不来了。

几个家伙中，大个子叫徐家辉，小个子呢，都叫他小和珅。

丁文福往出推，成阳一律往里接。越过丁文福，直接找董事会审批，帮助办养猪手续。算是正中下怀，猪身上的两块钱，找还找不到呢。只是手续好办，发展起来却困难重重。

所说的困难就包括，在一些孰是孰非的问题上，办事处的人非但不挺身出来说话，反而拿丁文福更尊重，好像他才是正宗，或者树立他的正宗。也包括景秀敏，成箱矿泉水就在角落里堆放着，伸手拎起一瓶就是了，景秀敏非让小姑娘将水倒进纸杯里，再递给来办事处的丁文福，搞色相服务。

不过不管怎样，都阻止不了养殖户扩大的趋势，就算乌云满天，也架不住发展的灿烂阳光。它们是历史的车轮。冲着景精神的一份重用，冲着俩人曾漫山遍野地转，成阳愿意主动自觉地把个人命运和有机事业紧密联系在一起，积极投身到道德猪繁殖发展的洪流中。

基地的这些个情形，景精神不知道才怪。

可是公司这只蚂蟥，两头都是吸盘，要一头吸住养殖，一头吸住销售。景精神即便是鞠躬尽瘁，却又如何能两头兼顾？只能先吸住一边。蛇吞鹅蛋一样，一头张开巨口，另一头扭起细尾。张开巨口是为着吞咽，扭起细尾是为着辅助这吞咽不受干扰。

而且眼里和心里，也许就把众人当成了自己的一群孩子。大的打小的一下，小的咬大的一口，或者爹踢儿子两脚，儿子犟几句嘴，都是无所谓的。或者就如圈里的猪，谁咬了谁一口，甚至破坏了圈，引起了骚动，也未必立马调整。极可能的，倒是一口锅里继续搅马勺。

当然不是淡视矛盾，所以再放一放，是自信坏不了年成。或者在景精神的心里，早酝酿着相应的办法。正如那句话，敢放风筝高飞，是因为手中攥着线。

二房妻

景精神长驻北京城，王文娟恼火了。

事实上，也需给王文娟一组镜头了。

即便柳芭是公司道德猪这边的副总，王文娟却相当于总公司的常务副总经理。公司若是家，王文娟就是这个家的女主人了。女主人给男主人打几次手机，却都是柳芭接的，什么意思？恼怒的王文娟毫不客气地质问："他的电话为什么你接？"柳芭生硬地回答："他不方便接听。"

王文娟控制着怒火："那么他在干什么？"

柳芭居然挑衅地说："他在我身边。"

让他在你身边？好，你等着。王文娟下楼驱车，即刻开往北京。汹汹的架势，不是捉放曹，而是要钟馗捉鬼。

作为二房妻，王文娟也是头房妻，因为头房妻退岗了，确切说是退岗又退编了。这样的退就进行得很彻底，符合体制改革的要求。头房兼二房妻王文娟实是了解老公，知道他虽然讲究调蓄养精，却几乎夜夜离不开女人。因为太极，才勉强改成三天、四天直至五天。五天绝对一大关了，可东奔西突的他二十来天没回家了呀，跟前还有个柳芭呀。虽然掺混个白头贾，可那白头贾他又老又聋了呀。

王文娟至今记忆犹新，这个柳芭是景精神去白头贾那里办事，当作登枝的喜鹊遇见的。时值青春，身形修长的柳芭站在楼梯缓台上，真像一株潮湿挺拔的向日葵。景精神不由自主地向这株植物打听白头贾办公室，认为这株植物应在白头贾的下边工作，不是负责对外新闻宣传，就是做机要员、打字员或者身在公务班，问后才知连洗手间搞清洁的临时工都不是，妈亲哪，是找白头贾推销某直销产品的。于是景精神既兴奋又放松，黑黄脸上的豆角眼激情地眯起道："去我们那里吧。"

销售人才就这样来了，直接推荐到鸡场和饲料厂，专放在王文娟的眼皮子底下。

是让王文娟考证，还是直接上道眼药，或是安插个稻草人借以迷惑真相？景精神一本正经地说："她是个销售人才，要从最逆势、最底层干起。"

谁是最逆势最底层？跟景精神，王文娟不想咬这小字眼。是什么人才王文娟不记得了，王文娟不能释怀的是，那贱人只是站在某政府的楼梯缓台上，既没回眸一笑，也没劈叉抬腿，更没摆 pose，就有人主动开挖了。

十二小时的长途跋涉，二房妻王文娟憋了一肚子的火，要拉开架势骂柳芭，数落景精神，说白头贾，可是看到逼仄的民房，地上摆的饭锅，墙边挤着的床铺，城郊拾荒般的状态，心内的硬墙先自水泡了。这个敢爱敢恨的女人！三副恶鬼似的消瘦面容，很像是穷困群居的京漂画家，因要忙活紧急画作，每天只啃方便面喝矿泉水，一周或者两周没有出屋，口腔都起溃疡了，嘴角生黄疮了，生黄疮后又长燎泡了。当然燎泡仅限景精神和柳芭有，但难道非得白头贾也有才合乎常理吗？羞恼、疲累、心疼和埋怨，让王文娟的眼里泪花闪烁。而十二小时的长途开车，让北京的三个也无话可说。素质优秀的人哪，这是一种什么样的精神。而最终可说的是景精神，他问王文娟做什么来了。王文娟违心地说："看望大家来了。"

看望大家来了。没拿家乡的大酱，也没拿家乡大地里生长的蘸酱小菜。

王文娟有智商，好会说呀。景精神虽心如明镜，却对此点头。这个点头让王文娟稍微愉快，结果不顾旅途疲累，亲自摆桌布菜，还上了一瓶白酒。王文娟平时可以独担一斤的，若和景秀敏"嘎对"起兴了，可以整上一斤半。但今次她只喝五两，很矜持，留着量。手持白酒瓶子的她致辞，这顿饭她动用的个人工资，感谢大家吃苦奋斗，也感谢大家对她老公的照顾。说到老公的时候，就似笑非笑地看了白头贾一眼，而柳芭呢，连个眼神都没挣着，并且在王文娟严厉的气场下，羞惭地垂下眼皮，一朵模糊的霞也飞到了脸上，像落到了河里。

那一宿白头贾想他的老伴了。虽已六十多岁，但也是人哪。柳芭更是感到一种只能忍受的屈辱。受大家情绪的影响，虽在宾馆开房，景精神和王文娟也只能草草进行。景精神打不起精神来，王文娟也是。对王文娟而言，当上领导就要多些矜持，少些人味，太难跳入跳出了。尤其不能跟柳芭之流一样，于是就难以应对景精神新增或新学的种种贱。总之第二天上午见面，几个人的面目都有些灰颓。王文娟除了灰颓之外，还有种被摧残的幸福，这幸福使她脚步画圈，头发散乱，不似平时那样溜光紧束。

临回返时，王文娟不看景精神和白头贾，反倒是看柳芭一眼。不看别的，看她尚属平整的肚子。心想贱人若早生几年，逮着自己当初的机会，会做得更快更狠。总经理都挡不住，得让董事长做她的总经理。可惜老天让王文娟早生了几年，还跟景精神生了孩子。不过也得警惕，哪怕有人借种，肯定是假冒伪劣，未做 DNA 之前，都可能搅扰一通呢。所以下一步王文娟肯定要上手段了。总公司董事长非景精神莫属，可其中两个有实力的厂子，对不起就是王文娟的了。有了二级法人这个把柄，不信王文娟还怕什么。至于景精神接着所说的，王文娟是以流氓手段夺了去，那就是各执一词，看怎样想了。

一个系统

如大岔村和丁文福所料，养猪户拓展的结果是，公司政策有了些调整。饲料不实行赊欠，也不送到家门口了。直接原因是蛤蟆塘的非养殖户们，觉着公司运料的大卡车轧坏了柏油路面。当初修路是全村集资的，它不是某部分人的，因此要求设卡收费。其实是养不上或者不想养的人，心里头不平衡，事情便协调不下来。而公司正好借机调整，将运料车一律停到村外，让各养殖户开着自家的小四轮子或者推着手推车，哪怕肩挑背扛的，都到村外去取。大岔村的养殖户们便跟着恼火，因为此种情况在大岔村断不会发生的，无论是谁，只要想到丁文福兼做道德猪基地的总经理，便是嗓子痒得不行，也得秋蝉似的噤声。

事情便凸显了丁文福，也验证了当初择定丁文福的眼光。但丁文福在意的分明不是这个，蛤蟆塘的村民设卡收费，或者公司户数多了忙不过来，它们都是事情的表面。形成了竞争相互压价，才是永远的实质。好比某些地方坚决举办人参节，满街堆的都是人参，看上去琳琅满目，人参却由此变成了胡萝卜。一头猪正在好好吃食，另一头非要跑过来凑热闹，哪怕满槽子的食水，猪们都要拱咬。一个正等着提拔的人，被另一个人拦腰杀入，列到前边，结果不是相互撕咬，就是卖身投靠竞相争宠。

如此大岔村的养殖户就有些众怒，齐聚到村部议论。丁文福大帅似的仰在西式皮革沙发里，听凭他们坐或者站。待各种嚷嚷过了，丁文福咬着烟卷问大家："这是不是村上的事？"村民摇头说不是。"是不是我定的？"村民依然摇头。丁文福疑惑道："那找我干啥，我能跨过山管蛤蟆塘去？"一个自诩聪明的，愿意替丁文福争口袋："大岔村归你管，蛤蟆塘也得归你管，不都是一个系统吗？"丁文福答得干脆："自家孩子犯了错，别人家的妈过来给两巴掌，你能干不？"众人哄地笑起来。丁文福摆摆手："去去去，该找谁找谁去。"

一些人便转去办事处。诸多经理们每天都要下乡，按着景精神确定的分工，各司其职相互交叉。对养殖户们的乱吵，也可适当劝解，不过见是大岔村的，加上指名道姓找成阳，便都置之不理。只有景秀敏，不顾念成阳，还顾念叔公公，心中时常有个大局，便抄起手机打电话，气咻咻地质问成阳干啥去了，还不赶快回来。成阳问啥子事，景秀敏像成阳老婆一样没好气地说："回来就知道了。"然后坐养殖户们的中间，专挑憨厚俊俏些的拉咯，还扑哧扑哧地笑。觉着这笑不太好，又拿粗胖的手去抵挡嘴巴，眼神却止不住地黑又亮。

外面突突地一阵摩托响，成阳一头闯进屋来，声音响亮地问："哪个找我？"其实也是故作。停车的时候，早已扫见了几辆摩托车和三轮车，当然扫见也当作不知，哈儿哈儿地跟大家打招呼。景秀敏扭着粗腿上前，拿胳膊肘蹭刮成阳后小声提醒："都是来找你的。"成阳笑嘻嘻地抓出烟来，小标枪一样抛投到全体每个人的手上。景秀敏摇手表示不抽的，成阳也硬要塞给，还特地给她点着了。而推让归推让，景秀敏接过烟后也真不客气，当众熟练地吞云吐雾，动作姿势竟比老烟枪还要老辣几分。虽是看得惯了，养殖户们仍不免惊奇，仅凭抽烟，就倍觉得是干事的料，标准的女中猛将。

点烟并不影响说话，有的率先道："公司规定的事，不能说变就变。"

其他人乱七八糟地附和。

"这事得给个说法。"

"再变我们就不干了。"

"公司对此得负违约责任。"

成阳摆出篮球裁判的手势，同时响亮地打断道："停，叫停。我负责猪只生产不假，但丁文福负责基地全面，李鸿章都没他大，你们咋不找他呢？"

有嘴刁的说："啥事都找他，那你们是干啥的？"

成阳煞有介事地点头："唔，行哈，学会抢答了。"

几个人继直搂道："说说咋解决吧。"

成阳收回风趣，变得掷地有声："咋解决？你们能把蛤蟆塘的路畅通了，我就做主，继续送到各家门口。"

这样的话很大，应报景精神决定，但成阳就这样说了，当着和他平起平坐的经理们。

养殖户们接着乱说起来。

"蛤蟆塘跟我们啥关系？"

"蛤蟆塘的送到村口，大岔村的继续送到家门口。"

"你们要不管，我们就继续找。"

成阳不耐烦了，扬起男高音道："好啊，去找吧。景精神从北京回来了，正坐总部办公室欢迎你们去哪。"

说罢腾地起身往出走，理由是信用社有个贷款事项，已约好了点的。大岔村的养殖户们便更增醋意，为啥去信用社？明摆着为了蛤蟆塘，大岔村这边已有了基础，轻易不指望贷款的。

光头冒进的养殖户嘲弄道："跑啥呀，还没说完哪。"成阳很威严地看他一眼，毫不拖泥带水，这眼神便很有威力。

光头果然低下头，却嘀咕道："不是蛤蟆塘养，能出现这个情况？"

成阳的两条长腿已叉到摩托上，听见这话亮底道："哥们儿，按着公司的规划，不仅蛤蟆塘养，狼头、白旗、关马山，整个永县都要养。交县也要养，双阳也要养。猪只不是咱小姨子，就别霸住不放了。"

说罢手上一拧，脚下突地一踹，摩托车的排气管立时冒出一股蓝色的轻烟，在清爽的空气中迅速散开。闻起来有些臭，却又新鲜奇异，众人觉得跟成阳的话一样。

一辆黑色轿车迎面开过来，众人都见了，是景精神的车号。居然是景精神的车号！再看车里，果然是一段时间没见的景精神。成阳也料不到的，他瘦长的腿公梅花鹿似的往开伸，将摩托转半个圈，掉过向来。

景秀敏则遇到亲人似的，含着泪花地笑。这笑专门给景精神用的，像一位慈祥的母亲站在村口的柴垛旁，看外出归来的儿子。

成阳用亲切而调皮的眼神看着景精神，又对着几个人大声总结："好啦，知道咋办了吧？"

第四章

鱼吐泡儿

　　景精神拎只熟悉的黑提包，就那样站立在大家面前。提包里面装的是纸笔材料以及必要的男子用品。只要可能，这个兜子将永远不换，也永远不离手。自己的兜子自己拎是他的原则之一。这个原则不同于流自己的汗，吃自己的饭，自己的事自己干。那是说给工农大众的，这个是他自己说给自己的。

　　他敞开怀，面带微笑地同久别的养殖户们握手，目光平静地扫视办事处的工作人员，又去拍成阳的肩。整个过程分量清楚，富于节奏，然后径直走进屋去。他走路的姿势是如此不谦让又谦让，直让其他的人规矩地分避两边，并且随着实力及受宠情况各自调整。景精神反对规矩，反对官场，但大家都规矩，尤其对他规矩，景精神并不反对，景精神把它视为必要和必须。

　　坐下来的景精神先向大家道歉，说"不好意思"。大家便不明白他这个不好意思从哪里来，从天上掉下来，从河里长出来，还是从生产实践中来？办事处是他的家，他顺路回家还要不好意思吗？

　　不好意思的景精神处在神采飞扬中，不是隐隐控制的，而是明显外露的。熟悉他的人都知道这个家伙，路途再疲劳，见到众乡亲尤其是养殖户，就像嗅到了大烟闻见了小酒看着了美女。至于刚才几乎撞见的争辩情形，景精神并不躁急，认为这个巧赶得好，利于他不失时机地进行一次有效的因势利导。

　　躁急劲当然早就过了，此事之初景秀敏的电话就播进了他的耳朵。从哲学和太极的角度，他厌烦这种小报告，可事实常常说明它的意义。

景精神是这样利导的。首先是不提或者绕开话题。不提并不是不提，而是缓冲或者技术绕行。一大堆鱼吐泡似的话题等着呢。景精神很想像二人转单出头《县长下乡到咱家》中唱的那样：盘腿炕上坐，卷烟手中掐，前前后后问呀嘛问个够啊，哎嗨哟。只是刚翻到此篇，大岔村的几个人里，已有人不客气地抢断："老景你就说，饲料为啥不送了？"

　　景精神暗自受惊，扬扬脖儿，公鸡打鸣似的"呃"了一声。"呃"的意思，既是有些突兀，也显示情况早已知晓。经理们都不干了，老景岂是谁都能称的？连白头贾都不敢哩。大岔村的养殖户这样称呼，分明就是对董事长的不敬，便都跟着乜斜着眼。

　　景精神却不动声色："这个问题暂不回答你，先听听大家的意见。"

　　平静的态度，就像问的是老杜而不是他。然后景精神逐个点将，好赖都得说。一定要听到意见，不听到意见不罢休。

　　结果大岔村的养殖户们坚持原来的做法，办事处的则强调只送到村口。意见虽暂不统一，但都动了脑筋，这就相当于每人都付出了劳动，所有人都不藏奸耍滑。景精神因此高兴了，像幼儿园阿爹面对可爱的幼儿，故作为难地说："那怎么办哪？饲料继续送到家里，行倒是行，可养殖户数目扩大，公司人力不足，这项服务已做不到。即便做到也要一碗水端平，不能只送大岔村的，不送蛤蟆塘的。"

　　话说到这儿，景精神提高声音道："那就只剩一个办法了。"

　　大家支起耳朵，想听听是什么办法，景精神便对成阳说："你来。"

　　成阳耸耸老鼠耳朵，像在判断动静或探试风声，却只是笑而不语。直到景精神有要求，才直截了当道："这事太简单了，想养猪就自己运，不想养就不运。"接着又冒出一句："还有一招儿，就是不许蛤蟆塘养。"

　　这样的话出口，大家都哄笑起来。养殖户们反倒喜欢这个话，直爽，不藏着掖着。

　　景精神也笑起来，觉得这个成阳确实聪明敏捷，和丁文福相反相克，运用好了能相辅相成。

　　景精神便招呼大岔村那个有些扑棱的光头："来来来，瞅你身体不错，多大岁数了？一顿吃多少饭？"

　　早有别的养殖户替答："这家伙身体老好了，肥肉片子一顿半水舀子。大葱蘸大酱，也能别进三碗干饭。"

　　景精神摇摇头："我不信。"

　　光头养殖户急道："扛二百斤大麻袋，走十五米的跳板，嗖嗖的不当事儿。"

话到这里,大家都开始乐。光头养殖户醒悟上了套,却也跟着乐。景精神简直乐不可支。因为眼小嘴小,笑口开起来,只相当于别人的微笑。不过豆角眼却弯成了小月牙儿,黑黄的脸上,衬着弯弯的两只小月牙儿。

这就是本事,大家都如此认为并且服气。景精神脸上的疲倦,却透过笑容止不住地往出渗,毕竟经历过飞行,又开车赶了这段路,又马不停蹄地开会。不过也只是一霎。只见他动了动肩,耸了耸腰,摆了摆肘,又闭目调息一会儿,脸上便重新现出半死不活的常态,方才的疲倦消失了。

景精神这时说道:"谁养猪养得好,年底奖他一辆山地自行车。"

一些人的眼睛开始放光。景精神不满足,要继续鼓舞斗志、激发豪情,仿佛他不是坐着,而是站了起来,不是在办事处,而是在窑洞前、山坡上。他用嘶哑的声音激昂地对大家说:"本次下乡的任务之一,就是找永县的李县长商量扩大养殖,因为此时具备条件了——不再偷偷拉往外地了,不再屈辱地充作普通猪了,可以扬眉吐气地发展了。"

这一切是由于什么?景精神忍不住站起来:"我们的产品终于进了沃尔玛超市并签订了合同,道德猪事业从此初步走上了法制化轨道。"

这算是什么话啊,卖个猪还法制化,都觉着景精神貌似诚实,却难免西葫芦地拉风匣——扇大叶儿。

老僧入定

回想合同签订的晚上,在北京的销售人员到一家中档饭庄喝了些酒。景精神依照惯例没有喝,可是柳芭喝了。喝过酒的柳芭回到住处便跑进洗手间,看着镜子中一张不惧太阳的向日葵脸,怎样渐渐变成酒水泡开的人参。柳芭哭了又吐了,吐了又哭了,不为她自己,不为销售事业,为的是景精神。景精神也太不容易了,可以做金牌寓公,可以开会所搞派对,也可以登珠穆朗玛峰朝着印度滑翔。可景精神不,他非要投入到道德猪这个劳什子事业上来,坚决同地沟油转基因作战,她在心里感佩呢。如果景精神这个时候挤过洗手间的门,对着镜子摩挲她,进而共同拥立在舒畅的淋浴喷头下,或浸泡在普通的搪瓷浴缸里,她都同意也都渴望呢。洗手间的铝合金门她很响地合拢后又悄悄地拉开了,拉开的动静白头贾听不见可是练武术的人轻而易举地听得见呢,以景精神这种哲学思维的人的智商,不会不知晓这些小聪明和鬼把戏呢。可景精神没动,入定的渔翁一样坐在沙发上，净等鲜活的鱼儿上钩。那好吧，就让柳芭做条金黄金黄的大鲤鱼，腾着浪花，跳一跳景精神这道亘古的老龙门。可满身清爽的柳芭走出洗手间，来到北京市普通民宅的某间客厅时，却发现景精神以打坐的姿势，老僧似的入定了。

随着公司进驻沃尔玛，景精神终于可以腾出精力关注猪只生产了。抓猪只促生产，抓协会稳生产，抓人力保生产，景精神的生产激情给点燃了，久已积蕴的想法也给点燃了。切·格瓦拉被玻利维亚政府军击伤并被捕，审讯者问他："你现在想什么？"切·格瓦拉说："直到永远胜利，为祖国毋宁死。"反对派把他就地杀害了。反对派令景精神无惧，景精神要坚持切·格瓦拉，学习切·格瓦拉，实现他一整套的完整体系，进行坚决的体制性的颠覆性的转变。

于是景精神下了飞机，公司也没到，就直接赶到东阳基地。

景精神突然想起似的问："丁文福呢？"几个经理相互看着，各作表情，都不吭声。景秀敏甚至惭愧夸张地低下了头，要进行主动的兜揽，以为不卸责是一种美德。

景精神气息就不禁浊重起来。那个光头养殖户说道："村部晒盖子哪。"算是嘻骂的话，因为只有王八才晒盖。景精神不喜欢这种玩笑，掏出手机，熟练地调号拨键，里面是"嘟"的接通声。景精神说："丁经理。"会场里的声音使电话里的丁文福一怔："你什么时候回来的？我这就过去。"景精神矜持道："哦，不必着急。生产上有什么困难没有？"丁文福说道："没有……就是饲料的事，养殖户们有点意见。"景精神清清嗓子，若无其事道："这个我知道，你是什么意见？"丁文福的声音比卫星传来的还要清晰："我没意见。"

大岔村的养殖户们都有些愣，景精神却不再说什么，而是略带深意地看着成阳。东阳办事处扩展基地的工作走到了前头，连他都没想到，景精神这样说着，豆角眼中的目光便热切起来，并且细小有神，炯炯成束。成阳呢，先是被炯束得局促不安，脸蛋发烧发红，一副比照组织要求还差得很远，今后要继续努力的样子，然后就感动地回望景精神，此时又是人才市场初遇时的情形。总之这路的眼神可以说久违了，因为事实上景精神是如此喜新厌旧，新的成阳虽然尚未出现，旧的成阳以及所有的周边工作人员肯定太旧太久。

不过旧也罢久也罢，成阳抱有相当的自信，不是不抛弃不放弃，而是无法抛弃或放弃。是成阳怀揣着万头攒动的理想，整天骑着摩托山山岭岭地转，家家户户地窜；是成阳带着蛤蟆塘的养殖户，把讲待遇要条件的大岔村养殖户顶得一愣一愣。全基地从老到少都知道成阳出的力，成阳可说是道德猪的功臣，起码不照柳芭的功低。

况且柳芭是有景精神罩着，她的功与其说是自建的，不如说是搂着景精神建立的。

至于丁文福，成阳就不想评价。包括他和王文艳的浪漫，成阳听都不想听。

所谓的浪漫或牵扯，在坊间是有传说的，而且是瞄得着影儿的。彼时王文娟的胞姐王文艳身在饲料厂，因此有若干机会与丁文福这个村主任或基地总经理碰面。而王文娟呢，就算再能也不好干涉胞姐的个人情事，只因自己和景精神在此前摆着呢，王文娟当时还号称姑娘呢，景精神当时还有家室呢，那可是更不顾一切。所以对事实上的业余连桥，景精神该如何做如何想，是该感谢还是舒口气，该睚眦以对还是庆幸卸了包袱，该获奖感言还是颁奖感言，因自身不硬，景精神都没了态度。

没有合适的沙发，没有饮品及水果供应，有的是新旧不一的塑料凳，但景精神依旧神采奕奕。景精神神采奕奕，大家就不能够疲累。

怎么办，若站走廊抽支烟，借机活动活动腿，便算是良好休息了，并且只有老资格才能这样。上厕所进行蹲起活动也可以较好地休息，但不能超过两次，超过两次就得惭愧地说，这两天肚子不好，省得人家说：懒驴拉磨屎尿多。不过若有人提出休息，景精神也会跟着休息。可是大家不提出，景精神也陷进了误区，因为他以为大家都能坚持，所以他当然更应该坚持。说会与听会其实是不一样的，开自家的会和听别人的会也是不一样的。前者不容易累，后者容易打盹和犯起迷糊。

彼时众人踊跃地提及已经过去的运料上门，为什么提及？因为它涉及景精神似乎永远感兴趣的管理。并且因景精神在场，都毫无保留地发表意见，很好地展示每个人的事业心和责任心。

景秀敏说："什么装车卸车，两垧地的老苞米，天下刀子都能扛回来。问问他们，哪家没种地，谁给他们拉了？"

老杜积极地附和："穷人别得意，得意就起屁。"说完去看景精神，见景精神毫无表情，便不说了。

这时候是让说也不能说了，因为丁文福赶来了。可景精神没要求不说，大家只得继续，于是景秀敏作风泼辣地推了下一直没抢着发言的成阳，推他瘦削有劲的肩膀头："没话啦？"成阳灵活的鼠耳一动："没啥说的，都是老丁的子民，让老丁说。"当然这话也就是成阳敢说，换作别人都会忌惮，而丁文福也未必买账。不过买不买账，这时都不能空场，只因这时是景精神的场。景秀敏便"扑哧"一笑，结实的小拳头一直够奔到丁文福的膝盖："你也说呀。"

丁文福眨巴着眼，抽着烟，很响地"唔"了一声。既不算说，也算是说了。

景精神正闭目养神，前后耸动晃悠，这时睁眼道："丁经理，你说说？"

业余连桥笑道："有啥说的？蛤蟆塘的一个没来，大岔村的来了，就算是我的工作没做到家。"众人都不接腔，景精神也不接腔，这便意味着丁文福说得准确。丁文福有些难堪。

景精神似没听够："请继续说。"

丁文福只好搔着后脑勺继续，景精神却不听了，保持着漠然的表情，去构想别的事情。

下沉丹田

如此的效果使成阳同志瞠目结舌，觉着难以理解。成阳的难以理解，原因不难理解。成阳认为这个协会是浪费精力，没有用，因为不搞协会，所求的生产规模也已经显见了。所以景精神不仅是形式主义，而且在恶搞形式主义。连形式主义都会不高兴。

而且景精神的话里话外，成阳就听到了一种倾向。协会成立是必须的，要省去一切繁文缛节？最终让养殖户们自己管理自己。那么谁是繁文缛节？如果办事处成了繁文缛节，那成阳只能觉得，这个景精神走火入魔了，一定是要走火入魔了。

具体来说，是这样的。景精神说："成阳，你看协会怎么样？"

成阳说："听实话还是听假话？"

景精神点头："当然是实话。"

成阳看看众人："我还是不说了。"

景精神颇具风度地说："知无不言，言无不尽嘛。"

成阳突然脸红道："我看不怎么样。"

景精神奇怪道："怎么不怎么样？"

成阳语速变得短平快："因为没有用！"

景精神收起了风度，忍住恼火，做出谦虚的笑意："干啥非得有用呢？"

成阳不说了，可是众人都记住了那一幕。成阳这小子。

景秀敏这丫头也跟着印象深刻。

景秀敏对成阳越来越印象深刻。除了成阳的硬顶，景秀敏还稀罕他惟妙惟肖的耗子耳朵。两颗长长尖尖的门牙，也是景秀敏以前从没看见过的。真的，她从来没有见过门牙可以那样长。黑星星般的眼睛湿润又明亮，略微突出的雷公嘴一旦开口，吐出来的将是清亮干脆的炒豆子，可以像呱嗒板，可以像报数器，而且不带口臭。至于两条善于跳跃肌肉结实优良种马般不知疲倦的长腿，景秀敏已痛苦地想不下去了。

景秀敏对老杜也印象深刻。工作上的老伙伴，混吃混喝的滥同谋，可以说打笑闹的老交情。他老婆已半年不在家了，因为去亲戚白头贾的家里了。是老杜主动请缨将老婆打发去的，因为白头贾的爱人及岳父母需要照顾。若前脚打发走，后脚便有举动，也不枉算得男人，可老杜是真打发无举动，独自待在家里干站桩，起码在目前，景秀敏便觉得这个男人不仗义，起码对他自己。

强权、强悍、霸道，是景秀敏认可丁文福的分泌腺，可丁文福和王文艳的传说太多太滥了，它们都跑进了景秀敏的耳朵和眼睛里。什么坐在三里外的水库边洗脚，钻进养蚕的柞树林子里躺倒，站在秋风吹响的高粱地里相互摩挲。她这个饱受爱情遗弃的强壮女人，经历了怎样的横心再横心，磨砺再磨砺，闭眼再闭眼，才做到了不愿意听，不愿意看，不愿意想，也不愿意分泌。

那么谁才是景秀敏心中地位不断升起和毕生瞩目的，真正树得住而不是死后追认才觉得更有把握的活典型？他就是景精神。

景秀敏愿做永远维护在景精神的身边，又永远不干涉景精神身体的美好女性。这样的女性可说少之又少，一个是景精神的母亲，她老人家去世了，一个是赵贤子，虽然后面的章节将要出现，但她与景精神离异了，还有一个就是优秀侄女景秀敏，国界线上的大山，记载了她最早的追随，第一批刚弄到的黑猪种，验证了她义无反顾不嫌屎臭的加入。

回想那批黑猪真的厉害，大卡车厢的围栏刚撤，几百斤重的它们已腾地从车上直跳到地上。须知现在的黑猪是走着跳板下车的，白猪则是见着跳板就哆嗦。第一批大黑猪野性、善于斗争、敢赴汤蹈火，它们是道德猪的祖先和至今令人怀想的精神之源。

终于歇息了，神思收敛的景秀敏，趁景精神独坐调息时走上前。

景秀敏感情复杂地说："董事长。"

董事长看她一眼："有事？"

景秀敏似有些小心："嗯哪。"

董事长觉着语气过于严厉，亲人之间大体威仪即可，于是无光泽的豆角眼泛出些热乎气，嘶哑的语声也柔缓下来："有什么事？"

景秀敏惭愧地笑道："你说的协会是不太急了？"

景精神说:"噢。"

景秀敏说:"成阳说的也未必没道理。"

景精神闭起眼睛不说话。他坐在椅子上,先是双拳停在腰际不动。然后突然迅疾地出腰,主要是进行前后耸。

因为耸,带动了胸肩,速度是由慢及快,又由快及慢。

最后收腰调气并下沉丹田。

∵ 或 ∵

第二十八楼的办公室是个套间,里面放着行李被褥,但景精神不用或极少用。对大部分进过董事长办公室的人而言,它是供想象用的。用过的想象,没用过的无尽地想象。

外间很大,挨着里间的门口摆着景精神的大班台。就是说只要是兴起,可以两步跨到里间的床上去。外间的另一头是六角形的会议桌,开小型会议的时候,也可以五步六步,从这边的大班台跨到那里去。不过景精神经常是踱,所以需要七步八步。这七步八步的空间很重要的,因为只要景精神想,可以打太极,做推手,站桩调气,还可以来几路北拳。最核心的几个动作,连踢带踹,连吆喝带喊的,外面都听不见。

窗台上摆着的几盆花没什么特别意义,不过一扇窗子里并排竖着的十几穗大苞米棒子很显眼。不知它们是什么品种,看个头、籽粒及光泽,像是杂交的。景精神平时不提,可是研究有机种植的时候就派上了用场,因为这些苞米棒子不仅不是杂交的,而且还上了农家肥,没洒除草剂。届时景精神会指着苞米棒子,微笑着对人说:有机种植的苞米,品质就是好。

像一位满脸皱纹的老农民在拍广告。

如果不是有事业可供指挥,每天都过决策的瘾,景精神真就是牙黄脸皱的老农民了。可是如今想老都老不了。事业这份天底下难寻的养老剂,能保证景精神包括任何的人活到老、做到老,有奔头。

公司总部原来租用管委会的大厦,在政府大楼里办公会客,景精神抨击又重视这个形象。每天见到大楼都要板起脸,眼见一辆辆官用的黑色轿车,一副副威风仪表的宽身板儿,景精神只管陌生地上楼,谁也不招呼,谁也不看。当然景精神如此,人家更如此,心态都麻烦得很。

那座宏伟的大厦,正实施新一轮的全面装修。景精神已同他们讲好的,事毕后再从这个二十八楼以及其他楼上搬回去，重新续租。想买人家当然不卖的，不过想卖景精神也不买，因为租同样是景精神的一项长期政策，思想宝库里的一条，叫作"做科技，做市场，不建厂"。经济学上的描述，叫最低运营资产，实现现金流的直接对接。其实就是没钱，钱真的花也花不出去，不建厂怎么办？办饭店，开洗浴，设赌局，无论赔上多大的本，都得将钱洗出来。

景精神自是没那黑钱，不过当年到处寻找合适的项目时，就计划了这样的傻瓜模式，并且更傻瓜地固守下来。否则可以先投资建厂，再寻求贷款，然后再投资建厂，这样一直建贷下去，事业和资金都会越滚越大。可那是建厂吗？是搞项目吗？是发展有机农业产业吗？是养道德猪吗？景精神的心里就架不住这样一问。

钱自然要挣，但它肯定不是景精神的最初和最终目标。

组建协会的事确定了，因为景精神想做。所以此前的一切反对，以及认真地征求意见、认真地听取意见一起，都属于走过场，都不过是过场。会长人选也经过了几番煞有介事的酝酿。副乡长、林业站长、林场场长、信用社主任都进入了视野。还有推荐乡党委书记的小舅子、县委书记的远房侄子的。各位的能力是不消说的，想让公司黄，他们个个都是合适人选，论及投机打洞，钻政策空子，更是一等一的高手。以上本领也许是协会需要的，不过刚一提起，景精神立刻表示不屑，理由是空子不能钻，但可以适当合理规避，不过最终有谁能靠空子或者逃税发财的？

彼时省城的上空雷声震耳，林木静静，各类树木与万物，都急巴巴地等待着夏雨的淋湿。种种的情形，景精神不用看便可以感受到，不是关节炎或者骨伤患者的冷湿酸痛，而是有一条脐带、一根筋与这山川地脉相连，一起阵痛，一起营养。

谁做这个养殖户协会会长，景精神觉着逻辑充分，理由不够。但若不管由，而只强调原则，就是另番的境况了。什么样的原则？即别人能干的事别人干，自己干别人不能干的事。它不是新原则，而是老原则。挂靠住这个老原则，然后按着几何证明的步骤，依次推论它，看看能够得出什么。

证明一
关于拟任协会会长丁文福的
∵别人能干的事别人干，自己干别人不能干的事。
∴养殖户能干的事养殖户干，公司要干养殖户不能干的事。

又∵协会的事农民也能干。
∴协会会长应由农民干,公司不能干,最好是农民干。
又∵矬子中拔大个儿,丁文福目前是基地养殖户中突出的。
∴协会会长可考虑丁文福干。

证明二
关于公司中层经理成阳的
∵公司不能干。
∴全体人员不能干。
∴各个层面管理人员及员工不能干。
∴成阳不能干,即不能做会长。

想完这一套,景精神就笑了,觉着多少有些荒唐。确定就确定了,不用就不用了,何苦摆弄这些,到底在证明他人,还是在证明自己?遥想当年的数学,学得并不很好,寻思搞哲学吧,谁想多年以后竟搞了经济,整天审看各类数字及报表,反倒学有所用。纷纷扰扰几十年,坚持学太极用武术讲哲学,一派光阴虽交付了胡说乱讲,不过到底带动了心智,磨炼了思维,取得了诸多的收获。而所有坚定的人生故事,包括曾经的种种轰动一时,既算义无反顾,也是来自哲学的引导,待容下空儿来,慢慢地说它们。

一阵击鼓传花的声音,雨水突然急骤地下起来,只是先大后小,先疾后缓,像是越急越泄劲,两三分钟就草草地收了尾。不过天继续阴着。地面此时已积了不少的水,道道浑浊细流,有的存在洼处,有的蜿蜒流动,若是蹲下去看,也算是微缩的河流。

城市的各种隐隐隆声,因这骤雨初歇,突然地冒了出来,轰响起来。

第五章

三只鸟

第二十八楼的房间里，六角形的桌子上方，景精神先生主动伸出了手，丁文福先生也伸出了手。两只手在空中找到一起，热情地甩动几下，然后又一齐去找白头贾的手。就很像两只折跑回来的工蚁，与一只尾随外出的工蚁触角相碰，或者三只蜜蜂在空中盘旋起舞。

景精神的眼神是热切的，充满希冀的，类似选定接班人的表情。

他客气含蓄地说："丁经理，坐。"

又十分温和地提议："贾厅长，你说说？"

白头贾连忙摆手："不，你说。"白头贾之所以连忙，是突然想到景精神一旦起了兴致，就很容易啰唆。可白头贾是等不得的，因为老杜媳妇已煮好了苞米子粥，搭配五颜六色的酱缸咸菜，和病媳妇一起等他回家吃午饭呢。白头贾便狠狠心提示："我看也别绕，就直接来吧。"

景精神谦逊地点头，转向丁文福道："目前我们的有机养殖事业已初具一定的基础，可是生产力发展了，生产关系还有待完善。也就是说，光有动力列车不行，还要有更好的轨道、车站和列车编乘。列车编乘是很重要的，比方说不久前南方发生的动车脱轨落桥事件……简单说吧，根据各方面情况，经公司董事会研究，拟请你出任协会会长，你觉着怎么样？"

丁文福没说话。不是不想说，而是有些愣。所说的会长居然不是别人，居然是他自己，真的是想到又想不到。丁文福点了支烟，解渴似的深吸一口，待烟雾徐徐喷出，补问道："抽袋烟行不行？"景精神呷口茶："咱们不拘小节，想抽就抽。"丁义福分明领情地一笑,当然不是想抽就抽的。在这种场合,除了养殖户没有任何人可以抽,包括董事会的全体成员。至于眼前的丁文福,相信有朝一日他会不抽,让他抽都不抽。

于是景精神非但点头同意,还将桌中间的烟灰缸推过去。

那烟灰缸大得,可容两条金鱼畅游。

三个人便一起笑。丁文福的粗,白头贾的浊,景精神的干哑,直让人想起黄昏时的三只鸟,愉快地落到一棵树上。

下面的话景精神本计划在养殖户全体大会上讲的,不过提前阐释给了丁文福:"本次任命协会会长,因客观条件不成熟,系由公司研究指定。虽然不是大家选的,但公司相信丁文福,能够把协会的工作挑起来。至于将来,终要过渡到会长任期制,民主选举也是肯定的。"

协会、协会、协会,景精神真的拿协会当成烟了?又上了瘾,只要得着空儿,很愿意并且很响地嘬两口。

白头贾斟酌着补充:"改革嘛,这次成立协会,公司驻基地办事处的部分职能也要挪过来。"

见景精神没说话,白头贾强调:"我说的是可能。"

景精神点点头:"不仅是可能。公司的授权之下,协会将负责下放仔猪,回收商品猪,饲料经营权和药品权也要下放。"

丁文福乍听有些不在意,接着却觉出了不对头。经营饲料和药品,景精神果真在进行一次重大改革呀。这个协会如今再不是空架子,而是动真格了呀。

丁文福惊讶之余,就想表达出惊喜。景精神却不容空儿,而且加快了语速:

"为什么搞得这样彻底?不仅是调动养殖户的积极性,重要的是让他们体会到责任。道德猪是公司的,也是市场的,是你们的也是我们的,不是给'别人'养,是给'我们'养。

"应该说这个做法是符合公司的基本原则的,养殖户能做的事养殖户做,公司做养殖户不好做和做不好的事,那么我们公司到底做什么?做好服务与监管。"

景精神还想告诉丁文福,以上决定与是否准连桥无关。准连桥的说法只是胡咝,并且他景精神从不徇私情,提还不如不提,过去是,现在是,将来也是。

丁文福终于听明白,听明白后就愣怔住了。他艰难地抽口烟又吐出来,心中止不住雷鸣电闪。这样的改革出乎想象和意料,景精神不愧为改革者,胆大有魄力。同时他莫名其妙地想起了成阳,此前公司界定不明,让那龟儿子插了一脚,什么蛤蟆塘青蛙窝的，搞得老子很被动，在大岔村民的眼里也丢了不少的份儿。不过今次好了。

白头贾看了看表，已是中午十二点半，该用午餐了，老杜媳妇也肯定着急了。不过景精神没说话，白头贾还真就没有办法。景精神对吃饭永远没兴趣，之所以坚持吃下去，只是因为不得不吃。当然这是针对人而不是猪，猪是千万要吃而且要吃好的，因为人可以依靠精神，而猪的支柱只有一样，就是吃，吃就是它的精神。

景精神略作思忖，还是想起白头贾多年养成的一日三餐的习惯，于是略带歉意道："耽误你时间了。"只说耽误时间，却仍不提耽误吃饭。白头贾略为虚弱地摆摆手："无妨，无妨。"心中却想，这个铁打的钢碾的，多亏搞了经营，若坐在机关，不是搅坏了风气，就是要把人拖死累死，当然更会成为死对头一个。

外面的空中，这时又下起雨来。因为伴着几点雷声，听起来便比较大。雨水落在窗玻璃上，唰唰地变形，看上去有些黏稠。

外面的雨又停了，云层的缝隙中，居然透射出几缕阳光。而旁边的一些云，分明氤氲着堆积着。一边金灿灿，一边墨沉沉，像涂过污泥的火鸡脖子。景精神走上前，将窗子打开，让新鲜空气喧喧嚷嚷地涌进来。迎着那些湿润的充满臭氧的空气，景精神满意地饱吸一口，做出捧碗喝粥的姿势。

丁文福咧咧嘴，很利索地将烟掐灭。

景精神面朝窗户，认真地叮嘱身后的淮连桥："抽你的。"

一次尾声

那天成阳进到景精神办公室，就有些激动。先为参与决策激动，后来明白是被决策了而激动。

成阳此前一直认同，起码不反感哲学、精神、理想的。人有理想所以称其为人，猪没理想所以才叫作猪，可这时不了。

成阳不愿相信，仅仅因为丁文福是实际或临时意义上的养殖户，景精神便将协会交付给他，成阳宁愿相信是因为王文娟的胞姐王文艳。不过王文艳不具备这个力量，王文娟也不具备。王文娟哪怕是一百层的高楼，也是建在景精神这道地基上的。于是就只有一种可能，即景精神不以为意，不当回事，本就想要动。

成阳的感觉是，身子都搭上，给自己树了块碑。先是口碑，后来是石碑。

平时不吭气是美德，这个时候不吭气便是软弱和缺德。成阳涌起许多的悲壮。景精神有钱啊。人若是有钱，便可以修炼到这样的程度：想在夜里做一个梦，便有众人帮助实现。也就是说景精神想砌墙，大家就搬砖或者当砖；景精神想捞月亮，大家就当梯子；景精神想成立协会，大家就说协会恰逢其时。

可成阳不恰逢其时，也不想恰逢其时。

眼前的会议桌为什么是六角形？成阳这时想起，蜜蜂的窝才是六角形的。景精神在号召大家做蜜蜂，不，是号召做工蜂。那些工蜂最大的快乐是发现蜜源，最大的享受是舔食沾在身上的残渣剩蜜。辛苦奋斗，忙碌得没有自己的生活，一直奉献到死，这不正是自己的命运写照吗。

成阳知道景精神一直在扫视自己，还有白头贾。都是多年的老油条了，人的成熟与不成熟，大致体现在这时候。可是倘若无尊严，还要成熟干什么？

成阳疾呼："我不干了！"

景精神的眼光遽地一跳。

白头贾劝诫道："成阳，我得说你两句，年轻人怎么沉不住性子？丁文福当会长是工作需要，你不当经理也是工作需要。在工作需要的面前，所有的调动与调配都要服从。况且倘若你干得不好，倘若董事长不肯定你的业绩，倘若不拿你当个人才，还用得着苦口婆心地找你谈话？连纸都不用，口头通知不就结了？"

白头贾抬头望墙，想援引一句方针，墙上挂着密麻麻的字，成排成趟的，像是落满了黑乎乎的苍蝇。其中有一趟是"工作服从发展，和企业一起成长"，可白头贾又不想引用了，只因文字，它是多么的模棱两可呀。

景精神笔直地坐在那里，像是在做功，又像是在思考，究竟先有蛋还是先有鸡，口中却突然说道：

"事实上是，你不走也得走。"

这回是成阳遽地一跳，白头贾也转不过神来。

景精神诚恳地说："我们的宗旨向来是因事设人，一个萝卜顶一个坑。新的岗位尚未出现，就没有必要因人设事。因此董事会研究决定，安排你去双阳种猪厂……执行这里的工资标准。当然你也可以选择离开，不过公司会感到惋惜。"

景精神忽地感到疲累，想抽动耷腰，却觉出不合时宜，因此只能僵挺着。是的，景精神不愿意这样的谈话，这样的情境总不能让人振奋。可景精神确是破例的，在种猪厂当个区长，管它一排猪舍，工资应是一千二。若执行这里的工资，应该保证两千八。对成阳同志，景精神显然是认定的，经过考虑的。

成阳的心情很乱。若不解景精神的考虑，那是胡扯，可因为了解便要跟着接受，成阳岂不成了猪尾巴，腚转到哪里，尾巴便跟到哪里？

只是个工资不变,便给收买了,心里竟还痒痒的,有些舒服。成阳瞧不起自己。

看来景精神是既不了解自己,也不了解他人,整个地昏了头。

有件事情,成阳硬是咬住没说,但他成阳凭什么说,凭什么要说。但他还是要说,只不过八股样式,春秋笔法。

成阳说:"比照国外,我们还缺少一些东西。所以一些经验做法在他们那里有效,在我们这里很可能行不通。"

景精神闭上豆角眼睛:"请说得明确些。"

还要怎样明确,已经够明确了。成阳直言道:"董事长,公司是你的心血,它不是村部,也不是乡站管所,不能怎么祸害都行。"

这小子算是有良心。景精神不怪罪,却摇摇头。

成阳走的那天,拎着他简单的小行李和牙具,像个退役的老兵,肩上和领前没有了肩章和领徽,头部顿时显得黯淡无光。

成阳的离开,直令景秀敏羞愧无言。既是替景精神羞愧难言,也是替她自己不能更好地进言而羞愧难言。

景秀敏能做到的,就是碰杯喝酒或杵上一小拳头,或者混到男生宿舍里鼓捣烟。只能鼓捣烟。景秀敏的烟抽得既狠又好,比成阳还下力,让人怀疑景秀敏抽的不是烟,或者不是用嘴抽的烟。那刻,景秀敏的肺子已不是肺子,而是庙前的焚香炉。那么就让景秀敏躲在角落里,一根接一根地抽,把对成阳的好感抽进肚子里,让它生根发芽开花结果。

离家在外的友谊啊。

只能浪漫而不可能实现的友谊啊。

平时令成阳躲闪不及,此时却倍感安慰的友谊啊。

成阳拎包走的时候,蛤蟆塘的养殖户相约赶到办事处,目送他搭上公司的车离去。成阳张望着平时工作和周游的这片山水,心中怅然若失。

第二卷

他想培养农民

第六章

腾

蛤蟆塘是这种地方，虽处浅山区，却是要山有山，要林有林，要水有水。水只狭长的一线，箭步可以跨越，却是山活水、清凌水，并且一年四季长流不断。尤其冰雪皑皑时，黑色的溪水流过村子，冒起腾腾的白气，近便的那些树木，山核桃、水曲柳、野梨树和古榆树都要借光，跟着挂上厚厚的雾凇，变得银装素裹，似朵朵白菊，盛开在晴冷的蓝天下。只是溪水边不雅地堆积着大大小小的柴垛和垃圾，一些人家干脆把简易厕所悬到溪水边，日久堆成的大粪溜子，从粪坑一直向上顶到踏板，甚至踏板以上，十分地不堪。只可惜了一泓溪水。蛤蟆塘是如此宝地，毗邻的那些个村，包括大岔、狼头、白旗，也都差不到哪儿去。东阳镇差不到哪儿去，永县差不到哪儿去，双阳和交县也差不到哪儿去。整个山区都差不到哪儿去，都托借巍巍长白山的福荫。这样的山水环境，可以养蘑菇、木耳，养林蛙、冷水鱼，养貂、貉子、狐狸，甚至可以养老虎、山熊、野狼。什么都不养，只粗粗拉拉耕种旱涝保收的谷地，也能凑合个饱腹。身处如此仙境，却又为何心内怅落，倘问他们，他们却不会说，轻易不会说。

纵有千种想法，却又对谁诉说。

景精神若是听到这样的叹息，细长眼里会闪出亲和幽亮的光，内心的情绪也莫名地波峰浪涌，哗哗地往堤岸上碰撞。一切像个善于出沫的诗人。当然景精神不是诗人，虽然尊重诗人，也不喜诗人。但景精神尊重的多了，包括路边的猪粪鸡粪。尊重得如此漫漶，等于不尊重。

按景精神的想法，猪只生产这一块，就全交给协会了，他则尽量地退出，去做农民不能做的事。激发人的潜能，发挥主观能动性，让他们像经管自己的家一样，像呵护责任田里的苗儿一样，把道德猪的事业做好。

景精神的心目中，养猪确已不只是养猪，而是什么呢，是一项饱含道德和科学的事业或产业。景精神要通过事业或产业，这两个模棱两可其实是一回事的"业"去提高人，通过提高了的人再反哺两个"业"。景精神断不肯承认这样的思路里，就留有国企政工的痕迹，果真有这样的痕迹，景精神就会认为他的哲学仍停留在过去，是纸面上的假哲学和伪哲学，既没有转化成理念，也没有转化成行动。这可是他既不能接受，也无法容忍的。

不容忍的当然还有许多。一位新华社驻省分社的女记者赶来采访，问他对国企与民企区别的看法，认为应理所当然地重点发展国企，当然也要考虑民企。女记者对经济学及社会学的无知让他觉出了幼稚，对国企和民企的分割更令他嗤之以鼻，他嘴角挂着轻淡的笑，反问女记者："既是企业，交税和解决劳动力就业就行了，用得着如此划分吗？"当然这样的问话并不影响他请女记者吃午饭。平时他下乡，偕八名随行员工吃饭，大抵只点四道菜，而且肉类的少，毛菜青菜水菜的多，这天景精神点了六道菜，只他和女记者以及当灯泡的柴师傅吃。三个人点六道菜可是打破先例的，这种高规格的待遇只有和白头贾吃饭时有过，而且账单是白头贾付的。

结果三个人就餐，就有两个人造得肚皮溜圆。柴师傅自不必说，景精神也不讲节食幸福了，他得吃回来。女记者倒没滚瓜溜圆，因她净是嘎嘎地说了。不过她挺满意，觉出了交流的畅快，景精神也满意，不待女记者说完北京总部相中了她的谈吐及酒量，要调她进京专攻外省联络，便毅然决然地派柴师傅塞给她五百元打发走人。太恨人了耶。

吃饱饭的景精神有些难受。景精神提倡节食节欲节能，认为这"三节"接近武术中的"辟谷"，对调理身体机能只会有好处，且有助于增加生活的幸福感。景精神率员工出行时这样做，独自一人时也这样做；一日三餐这样做，夜晚生活也这样做；节食这样做，节其他的也这样做。和王文娟的试图保留就不必说了，和柳芭也逐渐调整到理性的范围内。让生活更有板有眼，更能科学踱步，更具哲学思考。一切形如中老年华尔兹，而不是青春迪厅，更不是大刀向鬼子们头上砍去的壮烈厮杀。

待胃中的饱食消化，恢复到半饥半饿的美妙状态，却又情不自禁地想起了女记者。能说的女子模样常常稍逊，因此用口舌的伶俐遮掩面目的缺失。更多的拙舌美女则不得不反过来，用美好的面容说话，而不是牙和嘴。女记者却做到了兼顾，既巧舌能辩又双腿修长，既口吐莲花又长相周正。女记者的网页是如此便利，据她说，省内的高层领导每日进到办公室，第一件事便是打开电脑，那些没有硬茧的油手一按鼠标，相关页面便会"腾"地弹出来。一个"腾"字映射了女记者及其团队制网的高超，也让景精神想起了许多许多。太极拳中的白鹤亮翅，伏虎拳中的闪转腾挪，夜半睡醒侧旁无人时的反应。那个时候不是腾的，是腾腾的，是腾腾腾的，是幻想腾腾腾腾的。

解决不了的

协会的事协会自己解决，但也要有个接受和听取汇报的人，景精神把它交给了长驻北京的柳芭。丁文福如何向柳芭汇报，柳芭又如何指导基地的生产，那都不是景精神的事。景精神考虑的是，前方销售管理与后方的猪只生产，由此实现了首尾相接，柳芭有什么销售要求，可以直接传递到协会，农场主有什么生产想法，可以直接说给柳芭，如此省却了无数道无用的环节，形成了发展共同体。

那么景精神在做什么？他在考虑猪只的屠宰、包装与运送。这些都是养殖户解决不了的。他一次次地召开会议与调研，从不断的开会与调研中求证和认证，直到签订北京郊区的一家屠宰厂。活猪往它那里运送，经过屠宰、分割、包装，再送往北京的各个家乐福店。

只能往家乐福送，别的国际连锁超市还没有攻克下来呢。

至于忙完了这个忙什么，还有其他问题呢。解决了的问题都交出去了，剩下的是解决不了的问题。它们是如此的层出不穷，使景精神的状态像救火车，哪里出了情况，便呜呜地亮着红灯，一边着火似的提示行人避让，一边风驰电掣地开过去。

柳芭的权挺大吧，但她也不着消停，因为景秀敏赶来了，同一间办公室里，坐在柳芭的对面。景精神安排的，别人安排也不好使。老资格的景秀敏觉得被委以重任了，管柳芭不叫柳总而叫小柳，还主动担负起防控的责任。不防控不行啊，因为柳芭的哥弟亲属已开始陆续到京了，猪血猪蹄猪下水，这些超市营销之外的，柳芭悉数安排给了他们。柳芭还招聘服务、运送、结算等各类人员，因此带有乡土气的帅哥小荀荀也招进来了。景秀敏怀疑他是柳芭的马仔，或者极有可能成为柳芭的马仔，依据是小荀荀有一双烂边的大花眼，看柳芭时的目光灼灼，看景秀敏时则暗淡无光。景秀敏不怕暗淡无光，可自尊心不干，自尊心不同意景秀敏受到冷落无视，自尊心要求景秀敏不可受冷落，因它关系人的自尊。

景秀敏毅然决然地跟柳芭吵起来了。

她俩拍桌子指鼻子，怒目相向。

景秀敏说："我没像你一样出卖。"

柳芭没质问出卖什么了，而是坦然地说："我就出卖了，你怎么样？"景秀敏不能把柳芭怎么样，于是柳芭便说："咋的都比你强，你想出卖都没地方。"

这样的话景秀敏受不了，因为景秀敏真的想出卖，也真的没地方。这回算是捅到了心窝子。

论作战体格，一身向日葵味道的柳芭本应柔嫩可欺，没想到吃亏受气的却是景秀敏。气不过的景秀敏找亲叔反映，谁想亲叔非但不太同情，反而冷淡地说："人家可没来找我呀，做人做事，还是要大气些。"

亲叔要求景秀敏大气些，景秀敏便不能找了，可是柳芭找上了。柳芭说："董事长，要不销售让她管吧。"景精神断然道："她是那块料吗？"柳芭说："要不协会交给她联系。"景精神严肃道："你什么意思？"柳芭委屈地说："没什么意思。"

景精神明确地说："革命不是请客送礼。协会与基地不是没人联系，也不是非你联系不可，而是你处在前方的销售岗位上。柳芭同志，须知我进行的是一个课题，一项研究，一次具有改革意义的探讨。"景精神这样说着，脸颊不由镀上了一层辉光。

柳芭叹服了，赞道："光知你有深度，没想到你这样有深度。光知你有风度，没想你有这样的好风度。"

景精神抿着的小嘴笑了："你也蛮有深度嘛。"

柳芭说："让我们感受深度。"

景精神默许地说了一句："好。"

都以为事情就过去了，可是亲叔记着呢。不久的人事会议上，亲叔下达了将景秀敏调回东阳基地的指示，理由是工作需要。景秀敏不见得怎样，反倒是柳芭不过意，倍感到人们所说的，景精神对待亲戚是藏而不露型、宁肯受苦型、快刀先可着亲戚削、乱麻先可着亲戚斩型。看来若想逃避此类命运，就要戒做景精神的亲戚，最好成为景精神眼中的养殖户或农民。

有了点滴心得，夜里的再度欢聚上，柳芭让景精神着实变成了大地，她则变成了扶犁铲趟的农民。嘚儿驾喔吁，将脚下这方黑土彻底秋翻。让耗子惊慌失措，让土拨鼠到处乱窜，直到落英缤纷，直到大地宽松兴致懒散，直到万物一齐等待秋冻的来临和日后初春的苏醒。

趁景精神熟睡，柳芭幸福感伤得哭泣起来，因此前没少喝啤酒，酒劲这时铆上来了，她素衣长裙，莺声地呢喃道："我承认我对王文娟是缺德的，没良心的，但面对你我是有良心的，亲爱的。我承认我对未来的他是没良心的，但面对我自己我是有良心的，亲爱的。

"我承认我对这个没有标准和缺乏标准，没有观念和观念混乱的当下是没良心的，但对道德猪、养殖户和广大消费者是有良心的，亲爱的。"

景精神醒了，惺忪地看了柳芭一眼。

柳芭忸怩道："刚才我作了一首诗，亲爱的。"

景精神说："听着了。"

柳芭惊奇地问："听着了？咋样。"

景精神深情地点头："拽得好。"

初飞的麻雀

初飞的麻雀撞在了蛛网上，一只勤快的大蜘蛛围着小麻雀快速地绕上绕下。小麻雀渐渐不能够动了，沉甸甸地坠在蛛网上，在清爽的风声中等待着死亡的来临。蜘蛛也等待着那刻的来临。缠绕或者等待的情形，把几个养殖户惊讶坏了。

想不到蜘蛛有这样大的神力，令仰头望网的他们惊得张口结舌。

几个人前面章节里已经见过。大个子叫徐家辉，矮胖子叫小和珅，未婚的是洪宝昌，干瘦弱小的是刘桂珍，就是主动去大岔村找丁文福要求养猪的几个，都是被成阳吸收发展的骨干。协会成立了，成阳走了，他们一并归了过来。

信息若继续挖，还可知徐家辉和小和珅是亲连桥，名义上小和珅大，徐家辉小，可实际年龄上徐家辉大。不过既成了"一担挑儿"，就得按媳妇的年纪来排，于是徐家辉的大变成了小。徐家辉不仅岁数大，往人群中一站，从声音到形体，就没有一处不大的。一般的人是大而傻，会被称为傻大黑粗，徐家辉却不，做事有板有眼，思维有条有理，在几个人中比较好使。

"小和珅"是个绰号，是他本人看了热播电视剧后，自己给自己起的。觉着自己的圆眼睛、矮墩墩、说话大嗓门、胆大又机灵，跟电视剧里的角色契合。他是很喜欢这些长处的，他还喜欢将头顶的棒球帽子顽皮地反过来戴，让长长的帽舌随意地遮到他的脖颈上。

再说洪宝昌，他三十一岁仍保持未婚，引起了村民们的种种非议，也成为他的一个最大特征。假如殒了妻子而未行再娶，人们会施予同情，可是一直未能处成对象并且结婚，人们非但不同情，还多少地瞧不起。他还有个习惯，就是溜达。他不但去过海南，还去过新疆和西藏，这便有些不可解。他还偶尔地参与赌博，这个更不可解。以上无疑更加延迟了结婚的速度，也导致景精神的养殖户行为规范出台时，特别强调不准赌博，否则不予吸纳。可是洪宝昌赌博，为什么吸纳进去了，办事处对此的解释是，老人老办法，新人新办法。

至于干瘦弱小的刘桂珍，徐家辉他们先是不肯带她。当然任凭哪个男的也不会带她，干茧壳的样儿，风吹抽干的体态，就算是慈善机构的过来，怕是也要躲开。可看见刘桂珍破碎成串的笑，跟她说句话都感到满足的怜相，徐家辉他们又被打动了。

虽已叫了协会，对蛤蟆塘及大部分养殖户而言，却仍属初期草创的阶段。既然草创，就意味着要吃很多的苦。小和珅披块塑料布，顶着雨拉水。路是黄泥的，没有砂石，更非柏油路面，结果车辙深陷最终车子侧翻，两桶水全弄洒了不说，桶也摔得扁扁的。小和珅咒骂着，找村民赶来帮着掀起车，将桶梆圆了重新再拉，上百头的道德猪等着饮水呢。

小和珅冒雨拉水，洪宝昌则需昼夜住在猪舍。倒想建个耳房的，可资金全投到猪身上了。结果车停在猪棚里，他便躺在车上睡。好在猪棚比较高，三轮车能开进去，洪宝昌把着一头，猪们趴在另一头，洪宝昌看着猪们放心，猪们看着洪宝昌也放心。彼时成群的呼吸声酣酣沉沉，直似洗浴中心的午夜休息大厅。不过人有个事业相跟，不赌博也不溜达了。虽然这个道德与道德猪的关系，景精神尚未予以总结。

拉水看管只是一块儿，还有没完没了的放牧呢。景精神坚持要求放牧，因为每天定时定点的放牧，与窝吃窝拉的不放牧绝对不同的。放牧的猪拉黄屎，不放牧或者放牧不好的拉火大的黑屎。放牧的猪配以科学饲料，生长肥瘦兼配的五花肉，要肥有肥要瘦有瘦不柴不腻，不放牧的猪肉肥瘦分离，瘦的发柴发硬，肥的生成二指或三指膘。

所以好马是遛出来的，好鸡是溜达出来的，好猪也是放牧出来的。所以一天放牧两遍，一遍放牧两小时，无论刮风下雨天寒地冻，要日复一日坚持不断，一直到它们出栏。

除了放牧，还要按规定打针，打规定的针，按规定喂料。按规定打针是杜绝药物留存，按规定喂料是保证肉质。催肥剂永远不用，包括过去稀罕并广泛喂饮的糠秕泔水也不行。

那两个人（1）

　　那两个人，也不知丁文福打哪儿淘弄来的。组织程序是景精神设定的不假，可他们确是丁文福雇来的。因为是丁文福雇来的，他们理所当然地归丁文福领导，对丁文福负责，做丁文福的两只眼一双手。

　　众人都这样认为的。

　　眼也罢手也罢，各为其主，旁人就没什么说的。有说道的是，两个人的工作不是工作，而是看管，是替协会看管大家牧养道德猪。这样的判断便不让人舒服。

　　农民不需要看管，养殖户也不需要。养殖户不是婴幼儿，也不是行动不便的老人，更不是监牢里的囚犯。

　　按照规定，"囚犯"们每早八点钟准时在规定地点放牧，八点零一分也不行。可常常的情形是，养殖户们看错点了，钟表慢了，身体不爽了，给猪清粪了。所以常常的情形是，正懒懒散散地打开圈门往出撵猪呢，两个人已天兵一样降临了。还不知啥事呢，已经被罚三百了，怎么申辩都不好使。

　　为什么这么积极地罚？罚的钱哪儿去了？养殖户们便觉得，这个"公司"不是在定"标准"，而是在敛钱。于是养殖户们将两人的摩托车踹壕沟去了。结果再骑着摩托下乡，两人需先将摩托搁到平地，没有壕沟的地方，然后走着上山。再后来，就将车藏到隐蔽处，让养殖户找不到看不着。

　　只是做顺腿了，连下乡的畜牧师也要调理他俩。不是照相机没了，就是自行车没气了，再不就是记录本没了。畜牧师是科技人员，可是被捎带了，不过捎带也是有理由的。

　　彼时公司承诺，猪死要进行赔偿。具体确认办法，就是给猪照个相。一切以猪只的遗像为准。如此个别户便起了点子，要求换个角度照上两张，由死一头变成死两头。大岔村的养殖户们为此振振有词，称公司虽然赔偿了，但赔偿数额并没有达到成本，在此只有死一赔二才抵得住。还有，公司是大家，个人是小家，大家不能占小家的便宜。

　　再以后呢，两个人轻易不敢施罚了。果真施罚的话，大岔村的养殖户们齐心协力地往出赶，赶得俩人到处跑。就有些白匪进入解放区，被迎头痛击并抱头鼠窜的意思。

　　而畜牧师的照相取证也成了难题。

以上虽不效法，却令蛤蟆塘的新养殖户们反思，究竟做一个坚持标准的模范养殖户，还是争权益提疑问，探讨世间不公。

思考的结果，蛤蟆塘的养殖户们都承认，大岔村到底是老区，确有斗争传统，人心齐、有想法、能行动，让人敬佩。

那两个人（2）

徐家辉、小和珅和洪宝昌三人，组织了茬伙放牧。

茬伙的好处是省工又省力，甚至效果更好。能往更远处放牧不说，猪们也需要扩大交流。只是对林子破坏也甚。不过农民参与的事，只要不太越格，林业部门也睁一只眼闭一只眼了。

那天徐家辉决定向后延一会儿。因为头一晚下的雨夹雪，地面冻成了冰。这种恶劣天气，猪蹄子出来也会受不了，对此放牧合同上也已写明的。三个人的一致想法是，等太阳出来晃一晃，冰雪变得发软了再说。可是这工夫儿，两个人天神一般降临到猪舍的门口。三个人看得很清楚，他们虽然板起脸，却是一副掩饰不住的兴奋。他们捉贼挖宝似的说："没放猪。"

三个人便都分辩，分辩的内容大致一致，不想停放，也不是不放，这样的天气，需等上一等。

两个人不听解释，生硬地坚持："不行，罚款三百。"

三个人的九百块钱，于是落进两个人的衣兜里，并且眼见两个人骑着摩托扬长而去。

心不热乎，天气更冷，便是穿着大棉靴，套着老式的黄大衣，却依旧抵不住这硬风。三个人腰间都粗粗拉拉地扎根绳子，帽子也压得溜严，一直压到眉棱骨。道德猪们倒是欢实，摆动着一身膘肉到处拱蹭着。景精神说它们是在寻找矿物质，那土也应是富含矿物质，不过地球上的土细分起来，就找不到不含矿物质的，只是按含量的多少而论。除了拱土，猪们还要找根结实的树干，舒舒服服地蹭痒。三家都是同期进的猪，有许多当初就是同窝，黑树白雪中，看起来大小相仿，格外生动，像水流中相互碰撞的冰块。只是时间长了，猪们也感到冷，个别的猪还能看出肌肉瑟缩，小和珅便不耐烦起来，说便是大山里的野猪，这时候也要缩在窝里的，就要提前赶猪回家。天这样冷，傻狗才会死看死守。洪宝昌是天生的随从型，随从徐家辉也行，随从小和珅也行，总之需要随从。平时没媳妇照顾，夜里不知炕鞋垫子，脚上的棉靴早觉出了凉硬，再过一会儿，怕是要热痒了。那可是冻伤的前兆，所以毫不犹豫地随从了。

徐家辉没往回赶。徐家辉是个正直的青年。当然并不是说没往回赶猪就正直，也不能说往回赶猪就不正直。不往回赶大致属于一个人的天性，即怎样说的就怎么办，不愿意随意变更。如今太阳出来了，冰雪略微地发软，猪跳不了脚也闪不了腿。还有重要的一点，徐家辉的衣服是他娘给做的，外面衬的旧棉，里头絮的新棉，又挂了层羊羔子皮，穿起来特别地暖和抗风。与小和珅和洪宝昌比，小和珅是有媳妇没娘，洪宝昌的父母昏聩粗疏，唯有徐家辉，老少三辈其乐融融地过日子。所以与其说棉衣暖，莫不如说心头暖，与其说意志品性让徐家辉留下，不如说温暖的棉衣让徐家辉留下。

可就在这当儿，那俩人又出现了。徐家辉一愣，小和珅和洪宝昌也是一愣。如同被抓了现行，不知怎样才好。只见两个人熟练地穿过猪群，像穿过硝烟纷飞的战场，不待分说，咔地撕扯下协会自制的票据。

年轻的养殖户们忽然明白，方才的勒索并非放手，两个人仍是躲在暗处偷窥的。倒是难为了他们，这样寒冷的天气。

小和珅犟起来，手中的棍子往地上一撇，撸搭起脸说两个人安心找碴儿。不过撇棍子也没用，那是吓唬猪的，而两个人不是猪，他们是协会派出的行政执法者。

洪宝昌也跟着分辩。这小子既滑头又仗义，没安全时滑头，有安全时仗义。两个人更是毫不退让，硬气得不行。黑色的猪群中，灰色的身影争吵晃动，并且声音越来越高，气味越来越浓，猪们也感到了不安。

徐家辉高侉结实的个子，站在两个人的跟前，同时挡住愤怒的自家兄弟。他打抱不平地质问："请问你们罚款的目的，是为了进钱，还是执行标准？"

徐家辉的声音清楚，神态语调也有震慑力，还有就是往理上叨。俩人不免一怔，不过岂能退步，便指画道："你算干啥的，消停儿放你的猪去。"

放猪的话未必激怒徐家辉，却激怒了小和珅和洪宝昌。两个人说小和珅和洪宝昌可以，但不能说徐家辉，因徐家辉是哥两个心中的标准。徐家辉此时大义凛然地戳穿道："你们这不是工作，是在找碴儿。"

听见争吵，一些村民赶来了。乡间的空气传播声音快，又没什么热闹。徐家辉的爹也来了，他同样高侉结实，不紧凑，一看便是打篮球的身材，县队或乡队的。

两个人中的一个已把大衣脱了，嘴里叫着号，看架势要伸手。徐家辉当然不会退，不过徐家辉有些犹豫，即徐家辉肯定打得过他，想打不过都不行，可是一旦打坏了怎么办？徐家辉怎样应对景精神董事长的豆角眼？走了一个成阳，如今值得念叨的就是景精神啦。家辉爹决心替代这个为难，他伸出粗糙温暖的大手，把徐家辉拉到身后，拎起一柄管锹喝道："你们没完了，还要动手？你们动动我老头子！"

拧眉立目的篮球员形象，把代表公司及协会的两个人给震撼了。群情激昂面前，他们不由自主地畏缩。因为畏缩，人们更加群情激昂，要代表饱受监督折磨的全体养殖户揍他俩。后来还是徐家辉拦住了他爹，也拦住了众乡亲。拦虽是拦，徐家辉蔑视地对他们说："就你俩还负责标准，赶快回家抱孩子去吧。"

在长白山区海拔不超过二百米的丘陵地带，回家抱孩子是一句羞辱的话。男人是不抱孩子的，因为要种地铲趟，做瓦工力工。不过在这样的羞辱面前，两个人没有回嘴，他们灰溜溜地撤退了。骑来的摩托车没有像在大岔村一样被推进沟里，蛤蟆塘的养殖户们，更喜欢明人不做暗事。

徐家辉掏出手机，查找上面的电话。

"我这里有。"小和珅已将柳芭的号码快捷地调出来，并开始报号。

小和珅媳妇不满地白他一眼。旁的倒不差，只因柳芭是女的，并且长得好看。不过也没什么说的，知道小和珅在帮助妹夫，这个电话得打。

家辉爹看家辉娘一眼。

家辉娘看家辉媳妇一眼。

家辉媳妇看小和珅媳妇一眼。

几乎同时的事。都是家长里短，不过发生着。

徐家辉清楚有理地质问柳芭："你们口口声声'公司＋农户'，我问你们，你们是'加农户'吗，你们这是'减农户'。要求我们诚信，你们也得诚信，考虑你们利益，也得考虑我们的利益，保证公司尊严，更要考虑我们的尊严。"

娘希匹

谁说景精神在当甩手干部？那个时候他仍处困难中，需把重点放在促销和开拓阵地上。为此他的目光不仅放到北京，还开始考虑深圳、上海、成都这些居民消费较高的一、二线城市。还策划了一个大胆计划，即建立两个养猪基地：长白山区和江西婺源，届时由此两地分别向北方和南方供应猪只。由于南方基地尚未建立育种，此时已开始了几千里的仔猪大运送。

当然此情形下，暂不管协会，并不意味着放心它的无事。景精神仿佛听到养殖户们在吵吵：

"猪该出栏了，商品猪快超大了。"

"猪该出栏了，再大就没地方放了。"

"猪该出栏了，否则就进不了仔猪了。"

"猪该出栏了，否则种猪户变成养殖户了。"

"猪该出栏了，否则公司将违约了。"

想起这些，接到协会会长丁文福的类似电话，景精神就会郁闷。

为了很好地帮助景精神解除郁闷，那天柳芭洗完了澡，一扭三晃地走到景精神的腿前，伸手抚摸他缺少头发的头顶。景精神正以军人的姿势，双足着地上身挺直地坐在红木椅上，类似闭眼打坐，实则调整气息。见景精神苍老而可爱、性感又坚强的样子，柳芭轻轻一笑："这些养殖户，真似传说中的那个种萝卜的婆娘。"景精神虽保持闭眼，耳朵却稍微动了动："怎么个种萝卜？"柳芭说："有人进她的地偷吃萝卜，拔出来一个，嫌不好吃，将萝卜插进坑里，再拔一个，仍不好吃，又插进坑里。婆娘终于发现了，气得直骂。"景精神反应何其快，他一阵脸红，突睁细眼："别说了，骂什么我知道。"柳芭手抚景精神肉黄色的头顶，皮薄骨硬的那块："知道什么呀？"

景精神单手揽过柳芭粗嫩的腰。

柳芭被揽得心跳不已，这时就接到了徐家辉有理有据的来电，并引起了相应程度的重视和思考。在租住的房间里，景精神不是来回踱步，将地板踩得咯吱响，而是安静地坐着，微眯起眼一言不发。越是引起注意的事项，景精神越是这样的状态，内心里辗转反复，表面一片死寂。

标准名义下的私利，貌似严格的不择手段。景精神安静一会儿后，"突"地睁开眼睛，以公司老总对贴身副总的语气说：

"娘希匹。"

景精神接着又说：

"娘希匹，把他们都调到北京来。"

调到北京是相当严厉的一种处罚，因为调到北京不是在外省工作突出，也不是北京的工作需他们帮忙，此种情形是景精神掏车票费，对错误者实施当面训诫或者诫勉。

这样布置过后，景精神再次眯起豆角眼，屏息凝神，调精蓄气。今夜他又将加班工作，直至夜半更深，甚至东方鱼肚儿白。看着没，前方销售依然不能懈怠，而在基地，一直关注的各项标准建立起来又是如此艰巨，与此同时不断出栏的道德猪只，有时仍不免当普通猪只销售处理。可以说诸种情形是充满悲壮的，而它们一旦泄露到社会，情形将更加悲壮，因它关系到今天与明天，信誉与实力。

果真东方鱼肚白时，望着柳芭熟睡着的夜葵花一样的脸盘，景精神不由从根本上思考，协会怎么整的，还能不能引导个事儿，压服个事儿，摆平个事儿？不得不思考，它是否算先进的生产组织形式，对道德猪的发展是否构成了先进生产力。

关于协会的非议，从诞生之初就有了。它们不能对景精神产生影响，又不能不对景精神产生影响。在个别人的眼里，它似乎正在构成一种博弈，一场类似于围棋的博弈。为什么是围棋而非别的什么棋？因为只有围棋符合这样的条件，首先是对方不能够死，要保证对方生命又让对方俯首称臣。

联合执法

一行人进了院子，招呼也不打，便直接奔着下屋而去，比自家人还熟络。也知庄户人的习惯，药品都要放在阴凉的下屋里。然后又跑到徐家辉空着的房间察看，还跑到家辉爹娘的房间。

家辉爹站在院子里，什么话也没说。他们进下屋，老人没陪着走，他们溜进正屋，老人仍是站在原地。仿佛他们在翻别人的屋。这是种态度，他们这样做是失礼的。

搜查添加剂的人员里，竟然还有景秀敏。

景秀敏觉出了不过意，虽是挨家挨户翻箱倒柜，眼前的老者和村屯里的其他人并不相同。他过去做过大队书记的，在村子里也素有威望。因搜查不到，景秀敏歉然地说："不是信不着你们，需要走走形式，重点在旁人家。"家辉爹凄惶地笑。对着眼前的诸人，就很想问上一句：搜查令在哪儿？

却浮止于嘴角。

围观的村民都是听着看着，没有人评判或者制止，却都知家辉爹的大度透彻。尤其退出大队书记岗位后，不留一件"罗乱"事，饱受人的尊敬啊。他脸上的怨怼便让人添堵，一些想法竟跟着莫名其妙地涌上来。

譬如，以往的大岔村对还是不对？

若在平时，会觉着很奇怪，不应该有的，而且这样的疑问说出来，各个方面都觉得可怕。可一旦开了头，其他的想法便随之而出。譬如若是蛤蟆塘不养猪，只是大岔村独自养，那些淘猪、死猪、僵猪，公司是否会继续管，而不是现在的不管。若大岔村独自养，饲料是否就会送到了家里，而不是如今的撂在村头，任由各家去取。公司是否说提价就提价，而不是动用标准，让养殖户跟着瞎折腾。

而就眼前来说，若是暗中支持大岔村，或者只是静观，公司是否换下一张屁股似的脸。

养殖户们感慨万千。小和珅的眼睛热情得溜圆，闪烁着革命的光芒。每日太寂寞了，看样子很想热闹一番。徐家辉没有吱声，而是以静默的形式保持沉默，做派就比他爹还老成。家辉爹挺满意，觉着确是自己的儿子。此时此刻，见正抬眼搜觅自己，心上不禁一疼一热，却又掉开眼神不去看他。他苍老的语调，须眉直颤道："这件事情上，蛤蟆塘不能和大岔村一样。"

家辉爹的话，到底哪几种意思？是不能拿蛤蟆塘当大岔村看，还是翻抄大岔村可以，不能这样翻抄蛤蟆塘？或者乡亲们哪，事关当前，蛤蟆塘不能没有风度。意思不尽明确，却拿眼看景秀敏，责备的意味是明显的。景秀敏领悟地点头，心内却不免屈枉。她愿意来吗，以为她愿意来吗？这样的突击行动，像鬼子进村似的搜查，她是不想参与，可又不得不参与。这叫"联合执法大检查"。

关于诚信

两个人从北京挨训回来，挑这三家放牧的时候赔礼道歉，然后就一起调往江西了。为什么不是开除而是调走，养殖户们无从知晓。景秀敏也无法知晓，但终归一点，那两个人从养殖户的眼里消失了。取而代之的是景秀敏。只要往办事处这边靠，当然得是景秀敏，以往她就做质量监督的。为了表示支持，公司给她配了辆212大吉普，和景秀敏的气质很相配。

家辉爹可以责问景秀敏，景秀敏却没法说，此次"联合执法"，起码协会请示了公司。那么请示了公司的谁？虽可能是景精神，明面却肯定是柳芭。景秀敏便气不打一处来。贱人曾祸害过多少资源，全靠的是诱惑。若只诱惑领导也行，却还要诱惑群众。北京销售处的几个小伙子总在她跟前晃荡。那个叫小荀荀的，肯定蹭到床边了。如果不是女上属卖弄风骚，借几个胆子男下属也不敢，百分之一万的。相比之下景秀敏得有多亏，远走他乡的成阳也好，一直在身边绕晃的老杜也罢，都是阶段性的单身，换作柳芭早就勾连上了，可她景秀敏怎样？万不得已都要保持自尊，除非万不得已。若柳芭那样地撩裙撅腚，领导、同事、司机、办公室主任、厨师、社会闲散人等，你就说哪样吧，可以说要哪样来哪样。

所以如何服气，简直心绪难平。

可是搁在今天，大局仍要维持的。不是代表公司，起码也体现公司。站这个茅坑就需拉这个屎，开这个车就得说这个话。景秀敏便严肃地挺着丰满的胸脯，抑扬顿挫道："同志们，同志们哪，大家想什么我都知道，有意见我也知道，可我们不能昧着心说话。大家拍胸脯想想，公司有没有不诚信的情况。价高价低是枝节问题，送料不送料就不应该是问题。至于淘猪、死猪、僵猪，别说公司是个人的，走社会那时候的收购站都是不收，大家忘了吗？"

景秀敏说的"走社会"，是若干年前的集体经济。在年轻人的印象里，已是比较遥远。不过那是景秀敏他们的风云时代，当然现在也是他们的风云时代。不拘老少男女，每个人的风云时代都在延长。像景精神这样做董事长又有一番大事业的，风云时代会伴随到他咽气，炼灰火葬之后的五年十年也依然好使，不信想想。

徐家辉此时说话了，这个长相做派极像他爹的年轻人，举止有着超越同龄人的稳当。小和珅是狡兔，他则是一条威武的重量级大狗。一条既不像藏獒那样凶悍无敌，也不像德国狼狗那样残暴未泯的，安静而不怒自威的牧羊犬。相对于小狗，它不轻易开口，一旦开口，低沉雄浑的声音将传播出三五里。

"送料也好，淘猪、僵猪、死猪也好，诚信也好，提价也好，公司有公司的看法，我们有我们的意见，我以为都可以评议。这里我想提个问题，你们口口声声打造企业文化，要求诚信，尊重这个尊重那个，你们是怎样尊重我们的？你们给没给过我们尊重？"

家辉爹赞许地点头，其他人也都意见一致，都觉得徐家辉不是在镇唬景秀敏他们，而是在提关系到生死存亡的大问题。

第七章

也是必定的

丁文福很忙也很悠闲，很悠闲也很忙。

每天趁着阳光做完各类指示和部署，他就沉浸到对大领导的臆想中。别管多大的领导，每天早上到集体餐厅吃早餐，和各方人员见面是必定的，然后审阅与签字，将任务分解给这个，再分解给那个也是必定的。随着太阳的升高，屋子由煦暖变得更加煦暖，除却了笔挺西装，袒露出高级的量身定制的纯手工缝制的乳白色纺绸衬衣是必定的，若夏天就拉一半窗帘，若冬天也要拉一半窗帘，因为满屋子的阳光，充足得使不尽用不了也是必定的。午餐自然要在餐厅吃的，因它和早餐一样，表明上班了很敬业，而非空编空岗，这是必定的，待吃了营养充沛的午餐，彼此都照过面，就安然地回家里休息也是必定的。换上宽松的睡衣，躺在宽大的床上看中外历史，批文件，浏览新闻是必定的……

有这样的必定，丁文福就比景精神更悠闲也更忙。从气态上说，倘两人并行，若不是丁文福有意敛气避闪，人们就会盲目地把他当成领导，而让景精神成为随从的办公室主任或秘书……

因为在公司做领导，便有若干的待遇条件，种鸡厂门口那栋楼房里，有丁文福专用的休息室，除了王文艳，任何人不得进入。当然王文艳也不进入，因为丁文福配有专车，可以载着王文艳，浏览永县的山山水水。而且不只是永县，俩人曾一路向东，抵达八百里外的长白山主峰，并登临长白山天池。站在天池的边缘，丁文福略含挑逗地看王文艳。天池边上的王文艳在清风吹拂下，头发微微地飘动，脸颊好看地涂上了一抹红霞，就比王文娟还显得风骚水灵，也让丁文福觉得,尽管景精神有赵贤子、柳芭、王文娟以及其他,但"性福指数"未必比丁文福高,或者肯定没丁文福高。因为景精神享受到的是妻不如妾,丁文福享受的是妾不如偷。而柳芭虽然沾着些偷,但由于太明目张胆,又可以说不够偷。

一路向东之后,俩人又一路向西,一直西到省城,到达景精神租用的办公大楼。那座办公大楼的地下舞厅虽被火烧过,却不影响它上面的巍峨。就在巍峨大楼的对面,丁文福和王文艳度过了激情有加的夜晚。城市灯光次第亮起的时候,丁文福搂着王文艳,望着第二十八楼景精神窗前长明不灭的灯光,激情地揣度他此刻在干什么。是劳动间隙开展他的太极,还是逐一反复地修改那些章程与标准说明,还是认真勾勒未来发展的蓝图。丁文福搂着王文艳丰腴松懈的肩头,那份肩头让他感到,虽然是王文艳的肩头,却真的不如景秀敏的肩头黝黑而韧滑。可景秀敏的肩头再黝黑韧滑,毕竟是景秀敏的黝黑韧滑,同样王文艳的肩头再松懈,哪怕具有两层皮的质感,却终是王文艳自己的肩头。

丁文福于是贱贱地对王文艳说:"五千万虽是五十万的一百倍,但五千万未必比五十万强,对吗?"王文艳刚要摇头,却娇憨地点点头,把丰满的带有褶皱的前额,小狗找奶一样挲摩在丁文福肥厚的带着陈年酒糟味道的腋下。

丁文福继续说:"别说他五千万,他就算五个亿,就算咱只有五万或五万不到,他能把咱咋的?"

王文艳说:"咋的也不能咋的。"

丁文福说:"爱咋咋的。"

养殖户们在盼望领导啊,盼望一个真正的领导。

没有领导,他们会出现方向上的困难。猪当然不耽误养的,因为猪的成长只朝着一个方向。可他们所涉的不只是养猪,他们需要依靠这个方向,候鸟一般前行。

若有两天不管,他们会坚决地捧出领导,以利他们的自动依附。他们愿意这样做,这样做了心里会产生依靠。可他们发现如今再这样做,他们就会以他们自己的下属样儿,滋生出一副上级的说一不二、贪婪和横行霸道。

他们为此感到了闹心和可怕。

怪 物

景精神吩咐身边的柳芭上网,找几篇古代哲学论述。庄子、老子、孟子的,都行。景精神想寻找依据,品味他们。景精神的眼中,今人的精力都用到效仿欧美上了。当代拒杀了古代,后代漠视起祖先,哲学子孙宣扬先哲的虚无,唯利是图嘲笑亘古的贤良与美德,至于社会的潜规则,更是奸杀着流传五千年的与民同乐。而打着盛世文化旗号,一心贩卖形式主义,不惜耗费国家资财的那些急功近利的宵小之徒,更是大行其道。

景精神要探索自己的体系,以哲学引导现实,给现实寻找出哲学答案。

而此刻,他一手拿着古典哲学文籍的打印稿,一手拥搂着柳芭荡漾。是荡漾,俩人坐在硬质沙发上轻轻地晃。想象舟壁上刻着与仕女为乐的种种图画,拥搂绕怀,春光无限,景精神以为它们与所谓哲学并不矛盾,这些人间艳丽丰富着景精神的生活画卷,点缀了他行将老年却仍壮心不已的色彩。

忙碌的间隙,景精神总莫名其妙地回想起年轻时。景精神不否认柳芭的热切胴体点燃了他的年轻烈火,却也承认由此太极与气功的储存功效。经年累月的调控形成了丰富的天然气存贮,让景精神感到了一定程度的取之即来。

但倘取之无度,倘不一如既往地坚持调控,资源自会有枯竭时。

柳芭却受不了了,因柳芭不看也不想哲学,无法参加沉浸。柳芭便说:"老公,那上面有阴阳经吗?"景精神摇头:"非也。"柳芭说:"那你还看。"景精神看了柳芭一眼:"这上面有理想。"

柳芭亲他一口,重复道:"理想。"

心上却说:怪物。

真就是个怪物。一方面上帝终于青睐他,给他许多的财富,一方面是别人拿着财富享乐,而他抱着财富受苦。这个苦行修士,这个手持盾牌与长矛的斗士,要冲着软塌塌看得见湿得乎摸不着的人类开战。他的利剑之下,那些反人类的苍蝇被唰唰唰地不断击落,折翅断羽的,掉胳膊腿儿的,哭爹喊娘的,什么惨样儿的都有。

景精神想起他十九岁时出任生产队队长,那份被现实与历史封存的记忆,想到他当年全身投入的生产队与目前全身投入的协会的关系,想到对他来说协会是否就是生产队的替身,才如此吸纳他的理想,让他热情投靠。及至如此,景精神又迅速地予以否认!它们一个姓公,一个姓私,一个是拆掉私有强调公有,一个是拆掉公有而从头到尾强调个人私有。但景精神承认,无论为公与为私,不同的时段,都倾注了他充沛的达到百分之八十的精力和热情。

不能够百分之百,是因为能力问题。一天一次已做不到,只能保持到每周一歌的频次上。

作为生产组织形式，景精神对主张的协会不能不予评断。现在叫协会的可真不少，黄豆、圆葱、苏子、玉米、柴火、瓦盆、鸡粪、鹅屎，所有的名称后，都可能缀上一个协会，就都成了协会。如果这样，景精神宁肯向过去的生产队敬礼，而对现在的所谓协会或者合作社蔑视。它们的虚而不实和赶时髦，就像人类光污染一样，混淆遮掩了景精神探索的热情和可能。

人怎样轰动一时

景精神由此想起当年的自己，那轮早上八九点钟的太阳，那个希望和未来属于他们但归根结底不属于他们的青年以及青年们。八九点钟时段的太阳确实好，因为中国的领土范围内，任何一个经度，太阳都已冒尖露头了，或都快冒尖露头了。它冉冉升起，像一枚反着掉出的红鸡蛋，散发着新鲜的光晕，预示着可供油煎和油煎后的香味。

进入青年状态的景精神，又想起朝鲜族青年姑娘赵贤子。那个前额鼓突、小嘴鼓突、身材亦鼓突的姑娘。上长下短的身材，似乎与景精神同样上长下短的身材匹配。因这上长下短，景精神喜欢武术而不是喜欢舞蹈，喜欢武打而不是喜欢芭蕾，喜欢田赛中的铅球铁饼而不喜欢径赛中的百米跨栏。景精神不肯想象，他若百米跨栏会是什么样儿，到底如袋鼠跨跳还是狼或者狍搭跳。都有些不堪。不过十九岁末的那个晚上，山间枯黄柔软的草地上，景精神和鼓突的赵贤子跨栏了，以比普通百米还快的速度奔跑着，以比三级跳远更动感的姿态起伏着，以比背跃式跳高更持久的动作穿越着。赵贤子成为景精神生产队时代的炫目光亮，一束跨越时空弥久不散的激情彩虹。

可景精神并不是因赵贤子才放弃分配回返故土的，而是因三年前的一句承诺。都以为被推荐上大学的他从此出飞了，可被推荐的他居然回返了。回返的原因，不是因为别人不希望他出飞，或者希望他飞了一圈又回来，而是因为当初的招生设计，学成后是要回返的。当然与其说是设计，更莫如说是宣传。可到了景精神这里，它变成了原因。为了这个原因，他要回到当初起飞的地方继续战天斗地，换到别的大队和生产队都不肯。

若干年后这叫诚信守约。可对大队和生产队诚信，对拟接收人才的农业局就诚信吗？景精神付之一笑，只能付之一笑。在到底无原则地坚守诚信，还是哲学地看待诚信面前，景精神无以回答。

轰动一时的行动，造成轰动一时的名人，景精神成为扎根临秋末晚的新榜样。可没有人理解他，包括忍气吞声的赵贤子。不过它们阻挡不了景精神，阻挡不了他坚守大队书记岗位、带领全体村民按着上级的指引和公社的指示，"学大寨赶小乡"的壮志行动。

可干了不到半年，他就被调走了，到公社做宣传委员。

他没有选择权，因是调动，他的意见无足轻重。

不过正是因此，景精神有理由尊重任何瞧得上眼的大队书记。

有理由瞧不上任何牛气哄哄的大队书记。

看人家

夫妻俩参观高山种牛场，到山下时，主人指着吃草的一群种牛说："这些种牛好，一天可以交配一次，保证质量。"妻子略埋怨地说："看看人家。"丈夫不吱声。

到山腰时，主人指着几头种牛说："这些更好，一天可以交配两次。"妻子更加埋怨地说："看看人家。"丈夫依然不吱声。

到山顶时，绿草如茵，矮林丛立，空气清新。主人指着一头洋气的大种牛说："这个品种更好，是外国进口的，一天可以交配六次。"妻子简直急眼了："看看人家。"

种牛场主人接着说："但它有个条件，得跟不同的母牛。"

丈夫傲然道："看看人家。"

妻子顿时无言，是啊，看看人家。

一样的大队书记，景精神看看人家，人家再看看景精神。

预计申请的猪只贷款，事实上只兑现了一小部分，但刘桂珍为什么要养？因为已养上了。

一小部分贷款肯定不够这钱的，不够怎么办？刘桂珍靠的是朋友。朋友在刘桂珍的日子里分量最重。她向朋友东借西凑。凭着对朋友的信任和朋友对她的同情，把猪底子钱借到了。不过信任也饱和了，接近透支，再借就借不到了。

借刘桂珍的钱，就算帮助了，都不打算往回收了。

朋友们都觉得，这个珍惜朋友的女人忒不易。

组织是协会，协会是丁文福。因知事情的关键，所以抓猪前刘桂珍就与丁文福会长说好，要求帮助赊料，并取得了放心的允诺。可需兑现时，丁文福告诉她，饲料不赊了。

真好似掉进了冰窖里。

此时谁若能包养她，不拘景精神还是成阳，她都心甘情愿。可是丁文福不行，因为他让刘桂珍遭灾了。

如此又回到老路，只有指望借了。刘桂珍三天就得出去一趟，找不让她闭嘴的朋友。因为好不容易凑来的饲料，眼瞅着又吃光了。百十来头呢。

若有可能，刘桂珍可以让饥饿的猪啃吃她的双手。可她的一双枯手，又够吞咬几口？

求投借无门的时候，道德猪就成为她倾诉的朋友。望着没有饲料，只能啃些青苞米秆子的它们，刘桂珍先是吧嗒吧嗒掉眼泪，然后就搂着它们黑乎乎的脖子痛哭，带着丈夫赠予她的青紫瘀伤。感谢道德猪给她一段脖子，它成了刘桂珍的生命支撑。

不错，丁文福是答应过刘桂珍，可公司下了不赊料的指令，叫丁文福怎么办？貌似下放权力，实则处处监控。权力是柄双刃剑哩，拉伤别人的同时，也容易拉伤自己。

若刘桂珍高些胖些白细些，还会动用相帮的心思。可掰块豆饼照照，风干枯小的模样，都快"糠"了，也只配豆饼照。难怪搂着猪的脖子哭，没其他的脖子可以搂嘛。听说是成阳当初给跑的贷款，那好，再去找成阳啊，将猪脖子换成他的脖子。

什么？刘桂珍的情况无人攀比，可以当作困难户特殊处理？公司没有这样说嘛。

依景精神的设计，公司无偿提供配方，协会自己拌料。这样就不必去厂家购买，省下的利润空间，贴补到养殖户的身上。

所谓的厂家，就是公司的饲料厂，原本自家产自家卖的。景精神为了他的社会实践，把自家产取消了，变成了协会产。为了道德猪的事业，真算是豁出一头了。也以为养殖户应该皆大欢喜，虽不求皆大欢喜。那么缘何不赊料？只因此时赊料的太多，欠账的也多，而且有人赊的多，有人赊不来。老实人差十块钱买不到料，有关系有能耐的可以成半地赊，于是公司禁止赊料了。

只是禁止赊料的副作用，全部摊到了刘桂珍们的身上，让她动不动的满身青痕。

彼时景精神的目光冷峻而眷恋地掠过柳芭秀顾的头，心想那头若是剃度，也一定秀顾好看，于是他语重心长地说："让养却不肯养，想养而养不起，这是十分可怕的。"柳芭点点秀顾的头，表示同意景精神的讲话，可景精神并没有说完，示意她暂停点头，说道："要注意保护不偷奸耍滑、坚持诚实守信、一步一个脚印、不伸手索要条件的人。我们的原则，决不能让老实人吃亏。"

柳芭的眼潮潮的，被景精神的坚定感动了。心想此事与自己无关，不过老鬼他是怎么悟察的。是另有信息途径，还是心有所感，简直神怪了。于是小心地说："怎么跟协会招呼？"

是啊，该怎么招呼。手伸得多了，不利于他们"自我培养"，伸得少了，憨脸皮厚的又不进盐酱，景精神便皱眉道："办事处在干什么？请他们联系协会。"

柳芭只是略微地点点头，却不再搭腔。办事处不能做有机事业的旁观者，可就那几头蒜，他们力度在哪儿，谁肯买他们的账。

景精神显系知此，他忽然变得愠色，眉毛也拧成了天津小麻花。他迅疾地抄起电话，放到耳边时，却又坚强地停在那里，不动。想了想，开始叭叭地按键拨号。

代食品（1）

那几年文化界也在如火如荼地改革。它们把京剧、评剧和歌舞拼接到一起，成立演艺公司。将文化如此拼接，是为了挣钱做产业。不过这样的疯就不如景精神的疯。那个疯把文化的要义湮灭了，光剩下为了挣钱和妄图挣钱。而景精神的这个疯则把挣钱的环节拱手让出来。所以景精神这个疯的档次就高。

而且那个疯貌似什么都没丢弃，还在"演艺"着，但事实上什么都丢弃了。而景精神的这个疯却是真的奸，因为有朝一日得以实现，会见到更大更好的钱，像京评歌舞拼接时许诺的一样。

彼时接到景精神的电话，丁文福当即行动，走访了几个养殖户，刘桂珍那里也去了。结果把刘桂珍弄得十分紧张，也暗暗激动，就又想跑到猪舍，搂过毛戗戗的猪脖子哭。可不待有机会跑去，丁文福已大伢猪般地堵在跟前。刘桂珍很紧张，生怕丁文福有什么想法，却又奇怪地期盼。

事后的她敬仰地对家辉娘赞叹："赶上一尊天神了。"

家辉娘因是旧日大队书记的老婆，见识自比刘桂珍高。见刘桂珍不识时务，只识性别，见了男人就不由糊涂盲从，全忘记了平时的苦，便清楚利落地揶揄："咋，还成了天神？天狗还差不多。"

刘桂珍不作积极应答，依然沉浸在登门到访的回顾中。

令刘桂珍遗憾的是丁文福只问一句："你就是刘桂珍？"然后就不再看她，而去看因方便养猪而豢养的串种狼狗，耐心地问刘桂珍是啥品种。直到狼狗对他龇牙瞪眼，才腆起身子，下垂浮肿的斜眼皮下，是知足过瘾的笑。

不过彼时刘桂珍已不埋怨，也不会埋怨。丁文福并不是苍蝇，可以有复眼，三百六十度的全方位视角，况且欣赏他的派头，又稳当又慵懒的，像个官样儿。就不像景精神，头像推销员，腿像摇头迪厅，嘴像失控的交通广播，二十四小时不间歇。

总之能来一趟不容易，值得刘桂珍弥足珍惜。

又不禁怅落，虽然饲料有望赊欠了，但这批猪快要出栏了。

代食品（2）

疯是会传染的。彼时从上到下，似乎都沾上了景精神的异想天开。譬如某一天，他们把笤帚糜子籽给使上了。不知打哪儿弄的，也不知打哪儿弄那么多。有一点可以肯定，它是有机的。苞米上肥，果树喷药，就没见谁给笤帚糜子上肥或上农药。过去没有，现在没有，将来也不会有。因为果真给笤帚糜子上肥，就相当于给野草上肥了。

什么是笤帚糜子，就是通常扎笤帚用的，在村民的眼里，它跟草籽差不多。不过比草籽更加稀缺，因为自然界中的数量少。

总之村民们开了眼界，家辉爹把这个叫作"代食品"。三年自然灾害时的词儿，没有粮食，实施瓜菜代，甚至瓜菜也没有，仅凭此条，当年饿死了不少人。所以几十年过去了，老辈们仍旧不忘，新辈们则因其形象，很快随之叫开。

叫归叫，并非没有理解。以前不用不意味着现在不用，自家不用不意味着公司不用。酒糟喂牛，鸡粪喂猪，过去哪里听说过？现在不都成了现实？锯末子里长草木，草木养猪，猪粪再滋润锯末子，中国没实现，韩国实现了。白头贾说它不讲卫生，有违人伦。不讲卫生差不多，有违了什么人伦？它若有违人伦，克隆怎么算？

反对克隆吗，转基因又怎回事？景精神不予回答。景精神凭什么回答，全世界都在闭起眼睛回避。

现实就是不由得不信。信你要信，不信你也要信。

那些糜子饲料，洪宝昌一次进了三十吨。下手真狠呀。洪宝昌是实在人，既信得着质量，又信得着公司，更看好公司的前途。饲喂出两栏猪后，取得了一定的效益，这个效益鼓励着他，既不赌也不溜达了，所以弄出了天文数字。

糜子饲料用后不久，副作用就看出来了。猪吃了不长个，而且拉马屁屁。拉马屁屁还是好的，后来马屁屁都拉不出来了，拉牛屁屁。据小和珅的每日观察，猪肛门撑的，赶上老牛的大了。

有洪宝昌比着，大家进料又不多，小和珅马大牛大的话便到处引起笑骂。不是骂小和珅，而是骂饲料。家家的猪在那里摆着，都是一样的大便干燥，因此平衡之余，又觉出了烦恼。此时的洪宝昌呢，明明受到协会蛊惑，一次性买了这样多，却既不要求理赔，也不讨个说法，仿佛终于占了个先，出了个名。不过既是不吱声，这样甘愿忍受，洪宝昌的猪就跟着遭罪了。只是协会啥样都知道的，想退赔接近没门儿。协会跟养殖户相比，就不如养殖户"协会"。跟商人相比，就比商人还商人。

马大牛大的话，因成了茶余饭后的笑话，就流传得挺广，并且传进了景秀敏的耳朵里。景秀敏和老杜他们要定期到各村服务的，便趁机声明道：猪饲料是合乎要求的，蛋白达到了标准，来源也绿色有机。不仅这次用糜子籽，下次还要用苏子粕。总之又打手势又比画的，就很卖力。这些蛋白话农场主们也信，可具体事情怎么办？猪料总不能不吃，吃了总不能拉不下来屎吧？养殖户们这样问，景秀敏他们便支吾起来。养殖户们便付之讥笑。

猪悄悄地往南方拉，按着普通猪处理的事，此时早成了公开的秘密。司机们都敢开说了，办事处还挤挤咕咕地使眼色，就显得特别的假。还有放牧的事，管理的事，都逐渐地让人失望。公司可以将原因归到协会上，借机择开点身子，可养殖户的眼里，协会是公司确切不疑的代表，一举一动所作所为，都传达体现着公司。

相对于前述诸事，最明显的导火索是钱款的拖欠未还。标准也罢，放牧也罢，罚款也罢，万般辛苦，都只为四个半月出栏期后的结款。这笔终极结款可以补偿不堪的拖欠劳累，它好比温度宜人的淋浴，能将积郁已久的不快一扫而光。

可实际情形如何，养殖户们已养了近两批猪，头批猪连续三个月不到款，后批猪又连续三个月不到款，而抓猪时声称，猪出栏一周就到款的。

小和珅将此总结为，养半年猪，欠半年钱。

不利消息扩延到社会上，银行信用社明确表示不放款了。为什么不放款？因为用户信用等级不够，企业实力和各项综合指数也不够。这两样评价是标尺，它明确昭示众养殖户，景精神的公司未必和别家的不同，未必和骗到钱款便拎包走人的企业不同，也未必和要钱时让农民工成了孙子的黑包工头子不同。

没到款是有原因的，商超压公司，公司压养殖户，形成了三角债与连环套。可是养殖户是不管的，因为他们真的挺不住了，好几十万呢。公司与协会对此给出了种种解释，可无论怎样解释，都构不成长期压款的理由。

于是怨声渐近，风聚云涌。

第八章

民俗哲学关系

景精神喜欢这个协会，因它符合景精神的意念和想法。它可能超前，但它是方向；可能掺杂私利，但将逐渐得以纠正；可能蝇营狗苟，但不会影响整体前行。景精神愿将此种情形看成篮球场，他强调所有的养殖户都是亲爱的队员，如何掌握球技熟悉规则，最有效的办法就是扔几个篮球，让他们上场去抢，因为抢着抢着就会了。这种乐观态度影响到景精神对形势的判断，他没有感到困难与问题纷至沓来，不信任与怀疑正站在门外，愤怒的导火索正如大尾巴蛆般蠕动。他只看到他的有机事业和养殖户们同为一体，共同担负人类有机事业，因此在大风大浪中锻炼成长，也即不断前行，利润共生。

可是凭什么养殖户要与企业主一体？凭什么要分担他们的风险？企业主的资产千万倍地发展，养殖户发展了吗？历经缓慢积累得以实现的资财，还不及企业主需要修剪的那部分趾甲或者体毛。每头猪的收入明账，景精神尽管昭示，带领大家一笔一笔地明算，可再明算也挡不住经济学中的剩余价值。

没有剩余价值是不可能的。

只能是某段时间欠缺剩余价值，某段时间攫取更大的剩余价值，现在欠缺剩余价值，将来攫取更大的剩余价值。而当养殖户们具备了一定资金以后，也会迫不及待地开始获取剩余价值。

且不说剩余价值，且将视线收回，且说那年的年前与年后的民俗哲学。什么样的民俗哲学？年前要了钱齐了账，彼此都安心过年。若拖欠未还的，需待过完正月再说，彼此都过个消停年。可钱要不上来，还过的什么年？企业若黄了跑了，日子都过不了的。它虽没黄了跑了，也不能让它消停了。它欠钱不还，不让咱过好年，咱也不让它过好年。

莫提休戚与共，再提休戚与共跟你急眼。

大年初三的冒烟雪下得真大，蛤蟆塘的养殖户们心里蹿着丝丝的寒烟。谁不想过年？谁愿意这样扯？谁愿意这时往上拱？更别说硬风割脸，耳边挂霜，脚冻得硬麻。都是被逼的。不仅逼出了火气，还逼出了硬气。力往一块用，心往一块想，给钱。不给钱就来硬的，搬家什抵账。不过那就悲壮了，一些破砖烂墙，一堆破桌烂凳，有什么可抵的？能把厂房搬自己家去，还是把家搬进厂房去住？

二十多个养殖户，都是景精神口口声声培育的，开着二十多辆"蚂蚱子"，顶风冒雪地在沙石山路中行进。看着气势，有些恶狠狠，简直官逼民反啊！

养殖户们去的是协会，也是鸡场和饲料厂。整个一套院子，原来是部队的产业，后被景精神买下，几套人马分别安营扎寨。院子大，产业多，虽是大年初三，来往运货的车辆竟也多。不怕多，此时是越多越好。不用谁指挥，"蚂蚱子"们自动熟练地分伙，三五成群，道堵住，门封上，车锁住，让它里不出外不进。让协会里不出外不进，让鸡场与饲料厂里不出外不进，让不讲信用可能卷款逃跑的公司里不出外不进。待一切做好，然后晃晃荡荡径自上楼，大咧咧进到办事处坐下。天嘎实实地冷，养殖户们当然不会坐外面傻等。

下狠茬子了。

办事处是禁烟的，全公司都知道是谁的要求。养殖户们每次过来，若是犯了烟瘾，都自动退到走廊里。这时却悠闲地翘起二郎腿，仰头喷烟吐雾，叭叭往地上掸烟灰，有烟灰缸也不用，十分地肆无忌惮。

最大亨气派的是小和珅，四肢摊开地躺在椅子上，舒服得像个党棍。徐家辉平时不吸烟的，这时也主动噙上一支，噙的姿势，仿佛叼着奶嘴，不过技巧有些生疏了。洪宝昌甚至提议大家，就着简陋的办公桌摸把扑克，徐家辉半严肃地将他制止了。革命不是请客送礼，更不是满足个人赌瘾，要尽显奇肝义胆，不能弄得太佻。

办事处是怎样应对的？组建临时指挥部是来不及了，它采取的办法是，老杜在屋子里头稳住养殖户，景秀敏粗胖的身子闪进别的屋子里打电话。不能让人看到的。为什么不让人看到，景秀敏不想给出解释。

你就是我爹

事情突发并且急迫，想瞒也瞒不住，想瞒也不能瞒了。

景秀敏边拨号边着急地畅想，如此封门堵厂，看会长丁文福该怎么办。连打带骂连笑带哄地劝走养殖户吗？他倒是想，可只能是想。平时压迫得紧了，此时只能束手观望。说得多了，没准儿会换来两个脖拐，群情之下，没得理讲的。

老杜的维稳也不会有效果，既然事事做不了主，充其量只能是暂缓。何况众人都知，这家伙是个滑头。那么换上景秀敏又如何？以景秀敏的真诚，还不如滑头的好。心中便有一丝闪念，若是成阳在就好了，便是不稳，也达不到这个程度。不过现实就是现实，想别的没有用。

这帮贱民刁贼，多咱都改不了的习性。

文福从家里赶过来了。这样的称呼合适吧。一旦大敌当前，丁文福就是文福了。挺好，老虎既存，余威尚在，况且大岔的村主任仍兼着呢，虽有风雨飘摇的迹象。可是尽管如此实力，农场主们却当看不着。蛤蟆塘的几个平时突出的，真正的是王八吃秤砣，铁了心。看不着不怕，丁文福拿厚眼皮下的眼仁看他们，校注过油的小眼珠子就和小和珅的大眼珠子咣地撞到了一起。知道这小子不地道，丁文福打算将眼光移开，不过大小眼珠子已粘上了，一时择不开。

"丁会长，这件事情您得管哪。"

小和珅的这一句拖腔，就仿佛现代京剧唱段里头喊刁参谋长或者胡司令。而且满屋的狗头们听此话就是一振，烟雾缭绕中，看得见他们的各式表情，眯涩眼的，龇黄牙的，地上吐痰的，挠耳丫子的，还有接烟卷的。接烟卷的那个，居然用起了玻璃烟嘴。想减少尼古丁的侵入呢。把他们狂的。

屋子里供应的暖气因接近冷气，窗台上的一盆花叶已冻出了僵硬的翠色。好在大家穿得都厚，并不在乎。

丁文福兀地乐道："又不是我儿子，我管啥？"

众人不响。丁文福此话递得硬,有些打压,更包含挑衅。

小和珅并不急眼,二人转般嬉皮笑脸道:"你就是我爹,爹,管管我们吧。"

众人一阵哄笑,兴趣涨起来了。其实也不想久等,都希望打破僵局有个解决。莫说家中有若干的事忙,就算没事也愿意闲着。这样群访般地堵上门来,不是被逼就是无奈。丁文福却有些恼,板起脸道:"我没你这儿子。"

小和珅吐吐舌头:"我爹也早死了。"

众人便再笑。徐家辉说话了,众人上门可不是调闹的,丁文福之流也未必值得调闹。而且小和珅是他的连桥,处得跟哥弟一样,不能眼瞅着吃亏败阵。徐家辉便质问丁文福:"协会第七号总条文第八号分条文第九款上写着,'协会是养殖户的协会,管理养殖户的事情,代表养殖户的利益',可你们协会是怎么做的,代表的谁?"徐家辉这家伙,记性好得令人生妒,借用景精神亲手制定的细则,打算以毒攻毒。

丁文福说:"别张嘴协会闭嘴协会的。协会让你们就地解散,你们解散吗?"

说话狗屎一样赶劲,令徐家辉脸红不止:"协会真能把事解决了,我们可以马上解散。请问协会能解决吗,能帮助把钱要回来吗?"

丁文福的脸便有些黑,众人面前多少有些下不来台。什么时候开始,"小生荒子"们敢对他这么说话了?心里却有个底数,想让协会给出解决,简直是不可能的。协会只是一个概念,有钱人乐意搞的营生,这个营生不但什么主都做不了,而且什么主也不能够做。不过此次谁撑的底火,倒要探问个清楚。协会会长也好,村主任也罢,需要时刻知人善任的。于是眼也不瞅,冷漠地说道:"唔,你们往上找吧,这事我做不了主。"

小和珅说:"你是会长,你得负责任。"

丁文福防范地掰开眼珠子:"谁不负责任了?想负责任,你来当这个协会长,我让贤,你看如何?"

小和珅架受不住了,嬉笑道:"丁书记,我可没那意思。"丁文福就冷笑不止。徐家辉说:"有那意思能咋的,想要干,县长都敢当;不想干,给个县委书记都不做。"丁文福本想说,你嘞胡话啊,或者你感冒发烧呀。话到嘴边,却觉着不够劲,不由加狠道:"小伙子行啊,火车是人推的,牛皮是人吹的,肚脐眼是人'剋'的,对不对?"

徐家辉不吱声。丁文福声若洪钟地说:"当,你说当我马上就撂。"

短粗胖的身材上,各种肌肉块已抈挲起来。徐家辉无奈道:"当不当的,没人纠结这事儿。你就说这钱咋解决吧。"

丁文福解决不了。丁文福方才通过电话的,安慰景精神董事长不必着急。外面如此大的雪,不妨等等再说。

可听景精神的意思,莫说他在省城,仅只百公里的路程,便是在北京,正和柳芭小姐捉对儿呢,他也须撂下花酒,以扑火的速度赶过来。

这样的结果,弄得丁文福很无趣。

此时的协会和厂子内,景秀敏等几个工作人员继续和农场主们磨牙,起码拖延时间,缓和情绪,试图把问题给化解了。

几道山门堵上,像是拿屎糊了公司的脸,更别说影响多少事情,企业的损失多大。而损失里的有些损失,比如形象,可以说是无可挽回的。景秀敏止不住心中难过,又找不到发泄口,她泪花闪烁道:"你们光知自己困难,你们知道公司在商超有多困难吗?"说到此时,她的声音已嘶哑了。

徐家辉有些不忍,不过仍是硬顶道:"公司的困难我们给予理解,但我们的困难谁来理解?"

景秀敏说:"说这话没良心,公司啥时候不理解你们了?想想平时是怎么待你们的?"

老杜也说道:"就是,做人得有良心。景精神董事长平时理解你们,你们这时得支持公司,理解他。"

景秀敏白老杜道:"别把董事长和公司往一块扯好不好。"老杜悄声地不服气:"董事长和公司不就是一码事吗?"景秀敏恶狠狠地回应:"不是一码事儿,告诉你别往董事长那儿扯,这事儿可以不归董事长管,你懂不懂?"说罢被逼无奈地看向丁文福同志,又暗啐呆笨狡诈的老杜。

徐家辉阔嘴方脸,声音清晰且有磁性,有板有眼地说:"请问还要怎么理解?一不是利益共同体,二不让我们占股份,凭什么让我们无限期地跟着扛,你们只知道公司的难处,你们知不知道养猪户的难处?问问刘桂珍,她怎么熬过来的。"

小和珅跟着嚷:"对,让刘桂珍说说。"

众人都扭头去看刘桂珍。

刘桂珍早及时有效控制不住地抽泣起来,比景秀敏的泪花闪烁感人多了。组织啊组织,盼望多少年,才受到如此瞩目,加上养猪以来的酸甜苦辣,以及没养猪以前加倍的酸甜苦辣,一时间泪水奔流,决心做一场生动现成的时事报告。

把景秀敏给恨的。

这个只知无限忍受的弱女人，景秀敏直想照着她的屁股掀一脚，假使她蹲在灶前烧火的话。但刘桂珍既没有蹲着，也没有认真添灶，景秀敏于是蔑视她一眼，转头不客气地质问徐家辉："到这个份，得把话说明白了，你们到底想怎样？"

徐家辉迟疑一下说："别问我。"

景秀敏意味深长地盯着徐家辉："不问你问谁？"

徐家辉牙肌轻轻咬动，待要说句什么，小和珅的声音早已响起："还钱。"

众人大合唱似的齐和："对，还钱。"

闪回·想戒就戒

景精神当年是不考虑剩余价值的。若考虑剩余价值，就断不会放弃分配回到大队。他更无意剑走偏锋，把大队作为更奇崛因而可能更迅捷的步骤，他自认为不恋高深权力，也不想有那么老到的算法，因此与其说是眷恋而归，更真实的目的及想法不如说是，我说了，我做了，我回来了。

这曾经是他的誓言，他要遵守。

大队这个基层组织够他干的，发展经济够他忙碌的，改进机能更让他永远思考。他的碌碌之下，这个村将更适合居住，包括彼时刚刚提及的计划生育，似乎不会屡屡大月份引产，或者扒房子搬箱柜。他成了公社干部中突出的人。因他的大学学历，他的畜牧技术，他严苛的工作表现，还因他不同一般的思想。

注意是思想而不是想法。跟这个年轻的基层干部交流要小心，他没有谄媚，没有时尚，没有高谈阔论，坐在对面，只会感到潭水般的深邃平静。

麻将他从不涉及，喝酒他天生过敏，而对生产队时练就的吸烟，后来的某个晚上，戒的念头出现以后，他就立即开始戒并且戒掉了。不用戒烟糖，不用假烟嘴，用的只是一个念头，就是想戒，然后就戒了。

对了，那个时候似乎可以越境出国的。可既然是国境线，为什么要越过它？虽然那道境线只是一道山岽、一条河流。关键是境外可以是他的理想，但出逃这个行动却不合乎他的理想。它们不符合景精神光明正大的原则，包括后来和赵贤子出现的依然"性"福的情感危机。因为情感危机，他果断地将性福戒掉了。他要的是爱情笼罩下的性福，而出逃爱情的性福是不合规范的，也是不合理的，他宁可和赵贤子同床，但对着空气施展"伏虎拳"。

也正是因此，一当王文娟走到床榻之上，跨越双方的肉体进入他思想的时空，他立即光明正大地告诉赵贤子。他觉得应当坦白，因为他已在别的场地开展"伏虎拳"运动了。他要开始新纲领了。虽然施展新纲领的代价，是赵贤子一记透彻脆响的耳光。

闪回・伏虎拳

打通背拳之前，他打伏虎拳。伏虎拳是在生产队的时候跟边防武警战士学的。迄今或许他已忘记了那个战士的姓名。不，直到皓首白发的弥留之际，他也不会忘记那个战士的姓名。

边境的山脚下，宽阔的河滩上，东北亚黑土地丰茂的水草旁，南方战士认真地教他伏虎拳。而他一次又一次地徒步奔跑，去帮助圈回南方战士负责饲放的军马。他帮助看马，战士教他武术，他觉得是他学到了东西占了便宜。边境线的青草地上，高地的阳光生机勃勃地照映着他们年轻的没有皱纹的脸，照耀着他们不急于设想未来的黑眼睛。此后伏虎拳就跟随他走遍生活的任何角落，直到习练通背拳，修炼中华太极拳。不，哪怕是修炼太极拳，却依然有伏虎拳的存在，并让它弥漫到日常的每个角落，生活的每个缝隙。

他想起，在与赵贤子无休止的性福生活里，他可以采用伏虎拳的收式，也可以用伏虎拳的起式，可以随意抽出套路中的任何一节，让赵贤子这个朴实丰满的朝鲜族女子实现了欲罢不能，一咏三叹，却无暇端详每一招式的来龙去脉，因而也没让她偷学到任何一招一式。

十年哪，有十年之久，景精神问赵贤子什么叫伏虎拳，仍能问出一脸的眷恋和幸福的绯红，仍让赵贤子比画不出哪怕一个式样。除非依在景精神的身边，一切激情茫然的记忆才能跳跃性地突显。

在伏虎拳虎虎生机的激跳中，景秀男一出生了，景秀男二出生了。

和理想主义者景精神相比，赵贤子更加热爱私密的空间，寝室内部的炕。炕上的幔帐，幔帐里的寝被，寝被下属于景精神的那床。它们都令赵贤子顾盼流转、汹涌澎湃、波光浩渺。

但赵贤子的适应和宽松仅止如此。倘换成别的处所譬如厢房、走廊、电视柜的转角、洗手间，就都不可以了；夜间的门廊之旁、院落之中、豆角秧架下、田野阡陌、暮春河边，也都不可以。有第三者也不可以。第三者包括马匹、毛驴、牛群、羊，包括蚂蚁、蛐蛐、蝈蝈，包括天上飞行的鸟和水中游走的鱼。它们的在场均不可以。布娃娃也不可以，幼小的男一和男二在更不可以。因为他们，赵贤子会山门紧闭，会云遮日月，会不再清凌凌的水来蓝莹莹的天。当年山野中的激情没有了，当年山野中的三突姑娘赵贤子更是踪迹皆无。

可景精神呢，景精神决意像古巴的格瓦拉一样，单枪匹马地南下，去实现热血沸腾却遥不可及的理想。景精神当然比不得格瓦拉，但参天大树与纤纤树苗是没有本质区别的，从模拟和肖似的层面，猫和虎也是没有区别的，无非一个宏观，一个微观。可赵贤子不热爱他的理想，只热爱他的床，他的驾车，他的操纵怎么办？

理想主义者景精神于是气愤地说："我们离婚吧。"赵贤子似乎盼望已久地答应了。景精神恼怒地说："你简直不是朝鲜族妇女。"赵贤子说："你也不是汉族大汉，汉族大汉满算着也没你这样的。"景精神说："你不是总结中国男子足球吧？"赵贤子不以为然地说："你真会臭美。"景精神说："我有理想，我要实现理想，怎叫臭美？"赵贤子一脸卤肉地说："你那理想是理想吗，你那是不切实际的空想——格路的空想，格尿的空想，格棱子的空想，格操的空想，格掰的空想。"景精神空前绝后地张嘴骂人了。

赵贤子惊愕半天，带着朝鲜语口音，眼角泛泪地抚胸道："你知导致山门紧闭泉水断流的原因吗？它需要地气，它最不需要空想。可你呢，需要生活，需要一日三餐，挑水做饭炊烟袅袅。神，我的精神，不要让空想害了你，你那所谓的理想。"

向前，向前，向前

外面的雪开始飞飞扬扬。浅山近岭都披上了一层薄薄的雪衣。密集的树木榛丛，掺杂在白雪中，露出麻点点的黑。鸟雀无忧虑地在林梢跳跃，有的飞进村庄、飞到窗台上觅食，貌似漫不经心，实则十分警惕地张望屋内的人们。任何一个侵犯的眼神，稍有倾向性的抬手，或者故意装出的吓唬，都会使它们"扑棱"飞开。远处看不见的地方，乌鸦在嘎嘎地叫。山后哪个养殖户，笼养的几百只狐狸及貉子俱不作声。倒是周围看护的大狗，发出始终不安的汪汪吼叫。而过去的军工厂，现在公司的属地里，几十万只鸡雏以及成年鸡却阉割了喉咙似的，听不到丁点儿的声音。它们和山后的那些皮毛动物一起，只要进了笼子，就充满了伤痛而止住了声息。

将声息吞到了腹腔里。

景精神是在天傍黑时赶到的。实则是下午三四点钟。所以傍黑，除了春节的前后，冬日的白天特别地短，还有下冒烟雪的缘故。而山洼丛林间的光线，也自来得暗淡一些。

景精神有许多话要说。景精神一路上都对着养殖户说话，却始终是说不出来。那些话类似放进盐水中的活泥鳅，在腹腔胸腔中激动地上下翻涌。

在景精神看来，他是拿养殖户当阶级弟兄培养的，起码当成公司坚固的人员基础。景精神多么希望养殖户们和他结成一团势力，一股力量，面对汹涌的市场洪水和诚信地震，砌出一垛相当于城墙的人墙。可灾难初露端倪时，阶级弟兄们却要舍他而去。

当然按丁文福的想法，他景精神可以不来。若是单纯地解决问题，只需发个指示，说明结款时间就可以了，这是事件的触火点。可景精神又敏感地意识到，事实决非表面这样简单，当前方的战船冒着硝烟前进，后方的大堤却要随时发生管涌，请问是否还有比这更难过的事情？

景精神的心上，感到了阵阵的揪痛。

再大的揪痛，却只能若无其事。

来了，看见了，一辆辆的"蚂蚱子"，刺眼地挡住了厂区的几道门口，让景精神简直是在喝油的越野车，只能消停儿地搁在大门外。景精神既是讲究天人合一，环保到了骨头缝里，恨不能屁股后面挂块三角兜，将每泼屎尿搅拌后均匀地撒到自家的土地上，却为何要用粗轱辘大排量的重型汽车？莫非这里面也有看不见用得着的哲学，或哲学之另外一种，庸俗哲学以及实用哲学？景精神不予说清。

装载货物的车和车主们，都焦急或无奈地干耗着。看到传说中的英雄人物景精神，一时都忘记了焦急，眼里闪出惊讶好奇的光亮。他们愿意关注眼皮底下正在发生的经济社会新闻，待差不多了，也许会爆料给城里的几家晚报，告知这处山洼洼里发生的事件，虽然想告知也未必有人接听。这天是大年初三，许多晚报都不出报。

这个大年初三，景精神认为是他尚未走完甚至可能还有很长道路要走的人生中，值得雕版印刷的日子。

早有人赶下楼来迎接景精神。他们关切地看着景精神，带着决不相信大厦将倾的表情簇拥上来。非常时刻，他们都怀着无比沉痛的悼念心情，但又看到了料峭春寒中迎春花开的暗抖，相信一场纸蝴蝶般的冰冷花季即将艰涩开放。

平素热闹的养殖户们为何讪讪的,他们短了谁,还是谁短了他们?

雪这时仍下,踩在脚上发出软嗒嗒的声响。众多的嗒嗒声响,形成了噗噗声。景精神被围在噗噗声中,围在越来越多的噗噗声中。

众人看到,丁文福仿佛上前解释:"我正在调查。到底谁组织的,一定要查清楚。"

景精神没有理会,既没有点头,也没有说话。像所有终于历练成熟的干部那样,景精神在天灾人祸面前目不斜视,神色凝重地径直向前。向前,向前,向前。

隔过裤兜

眼见景精神到了,养殖户们心忽然就安定了不少,办事处的人心也安定了不少,全体在场的人心都安定了不少。景精神真似一根定海神针,只要它在,不拘立定或歪斜,哪怕疲软,都不会波翻浪涌。即便波翻浪涌,也不会巨浪滔天,桅折船翻。核心人物的作用啊。

景精神冒雪而来,让大家看到了解决问题的希望,因为事情的根本不在养殖户,而在景精神。解决的办法不在其他人的劝,而在景精神的嘴。那张基本不跑冒滴漏但这次确需跑冒滴漏的嘴啊,那张既是他个人的也是大家的嘴啊,他们盼望它动,说出带有丰富哲思的人话来。

至于丁文福,不过是话中的微沫或者"呃",一个缺乏控制的"呃"能代表什么呢?

养殖户们的表情变得懈松起来。一旦懈松,脸上的狠和残忍没有了,悄悄爬上枝蔓的,是些许的羞愧。遭冻的叶子似的,稍微的震颤,便要重重地跌落。七倒八歪的坐相,个个梗起脖子,故意不去看他。

以上缕缕丝丝的都收进景精神的眼里,也再次验证养殖户们并非死木疙瘩,而是拥有感情立场。一阵心疼涌上来,景精神叹了口气,像是看着做错了事情却又连着心的孩子。

丁文福大着嗓门说道:"董事长来了,这回有话都说吧。不过说话之前,咱得先把大门让开,那么多客户搁厂子里头,你们供吃供住咋的?大年初三,董事长的车都给撂大道上了,事儿出得忒暴。"

景精神瞪他一眼。彼种不满,很像是外人插手了家政。心疼肯定没有的,却看得出冷漠和微愠,跟看诸养殖户是截然相反的神情。

丁文福也是一惊，以为往常那样，先给打个场，景精神不说高兴，起码也给个面子，按着他铺的话茬往下揎。可这次没有，热脸碰到了冷屁股蛋，却又不能说什么，只好权当什么都没有发生。想给王文艳那个肉蒲团打个电话，刺探一下相关信息，又想问她干什么，冷热就挂在景精神的驴脸上，难道自己没长眼睛！景精神一直有远香近臭的毛病，越替他负责任越不受重视，成阳在此前摆着的。不过又能咋的，抽去丁文福这根筋，协会立马会拔骨头，不信就试试。

景精神张开既可以一字千钧也可以废话连篇的嘴，他要说话了。他缓缓注视周围，一张张粗糙不堪神态各异的脸。彼份深沉凝重，虽非生离死别，却起码分隔了两个世纪。

是的，足有两个世纪。不是他身处未来，就是养殖户们仍处落后，再不就反过来。父老乡亲们，请原谅我。不断告急的销售，各类琐碎标准的制定，每道生产环节的亲力亲为，它们将我推进了录音棚，不，是重症监护室。它们让我们彼此看见，却隔层身形分离的玻璃。而今年的大年初三，它再不能封掩而需要敞开了，它需要冰糖一样消解了。为你们服务的景精神，将从录音棚里神情懈怠地走出来，从监护室里意犹未尽地被推出来。

真想与你们分别握手各个拥抱，倾诉眼望而分离的感受。录音棚里的麦克风前就无所谓了，监护室里置身病床才叫不易啊，有谁知呆看屋顶而心如瓮水的滋味？一个人不管是否有钱，不管这钱多或者少，不管做有机还是房地产，开足疗还是建洗浴，办歌厅还是养道德猪，只要置身病床，他就是河底守望岩石的乌龟，能有群小虾窜来窜去地游，已经不错啦。

河底的景精神谢谢你们。

按捺着以上想法，景精神立起身来，熟练地走到田间地头的农民兄弟中间，报幕员一样双足分开，丁字步，十趾前抓，板板正正地向前鞠上一躬。报幕员是靠轻佻取悦的，他这一躬则是郑重认真的。这一躬鞠得来不易，当资产达到一或两个亿，普天下董事长的鞠躬就越来越多或越少了。镜头前的鞠躬越来越多了，人前的鞠躬越来越少了；对着围满鲜花翠柏的遗体鞠躬越来越多了，对单个员工的鞠躬越来越少了；对着选票的鞠躬越来越多了，对着黑压压人头的鞠躬越来越少了。

还有呢，对着山川河流的鞠躬越来越少了，对着养殖户的猪圈以及道德猪鞠躬更少了，少到几近于无。

正因如此，此鞠躬弥足珍贵。

弥足珍贵的鞠躬，含蕴丰富的鞠躬，代替说话的鞠躬，养殖户们都有些受不住。他们听见景精神哑声道："对不起，公司的工作没有做好，耽误你们过年了。"

又听见景精神补充："我谨代表公司全体员工，代表我的家人，代表我自己，向你们以及你们的家属，致以深深的歉意。"

说完又是一躬。

真的希望二躬以后，周围的所有养殖户、协会及办事处人员，包括被憋的客户及卡车司机，能像若干群众演员一样按照要求深情地包围上来，一迭声呼唤，然后热泪盈眶地说不出话。可惜没有人那样。所有人都是呆子，都太过普通，都没有机关作假的习俗。若想改变他们，除非喝酒失控，犯了癫痫，被下了蛊，否则一律泪腺干燥。不过景精神董事长不干燥，而且顺畅成形。他看不到牙齿地嘶叫道："农民不容易，再没钱，我卖房子卖地，也要归还。"

还钱不叫还钱，叫归还。

因为匆忙表态，景精神直呼了农民，这在平时是极少见的，即便是匆忙表态也不应该的。它说明景精神对紧要关头养殖户的表现失望了。他意识到面对的这个人群是农民，丁文福是农民，景秀敏是农民，老杜是农民，徐家辉小和珅洪宝昌是农民，他景精神也是农民。

他们都不如那个受气挨打的养殖户刘桂珍。

接下来的是，和农民一般齐，他们这些生产道德猪的养殖户便不如种地的了。因为他们失去了淳朴，失去了信赖，失去了待人的友好。一时间，他们几乎使景精神失去了对道德猪的信心，也使景精神斩钉截铁地咬牙表态："宁可我掉到坑里，也不让你们掉坑里头。"

因为用情极深并且内力耗尽，景精神的眼里沁出极细碎极微小的暗淡泪珠，心中却涌动起滔滔的大江大河。那份大江大河，快要冲垮堤坝了。

想　说

据说景精神为了不欠钱，把整个最值钱的预混料车间都卖了。欠农民的钱连本带息地还，弄得农民们老大不好意思。

不过若是知道景精神卖给了王文娟，农民们就会认识到，用不着不好意思，左手倒右手嘛，夫妻间的体位转换嘛。却又禁不住疑问，既可如此，何必要拖出半年，生发的感激以及不好意思便消弭了不少。

景精神对此须微一笑，不置可否。

那个预混料车间的处理，对景精神确是一个重要打击。对王文娟却是好的，因它属核心车间，是整个饲料厂区最具价值的，它相当于钱。

景精神没必要说，他与王文娟从事业上分开了，这个分开既涉私事，也兼公事，既关乎理念，也关乎经营，既缘于到底搞事业，更缘于还是搞产业。两个方向两条路线的斗争，它关乎企业的发展和后劲。而没有后劲是不行的，它会导致临门一脚，望洋兴叹，败兴还巢。

这个窃取了景精神枕边位置，又成功地生下孩子的女人，是不同意景精神的道德猪事业的，更不同意景精神把饲料业看成是夕阳产业，把道德猪看成朝阳产业。景精神可以无限地引进哲学提倡主张，但他永远不能忘记，企业以盈利为目的，不盈利的企业不可以叫企业，而应叫医院，叫学校，叫养老院，叫公交车。景精神既搞协会又搞有机有可能是正确的，但它们是三五十年以后的正确。王文娟的深刻见解是，人是生活在当下的，事业同样如此。二十年以后的事业对只活在当下的人类来说，没有意义。

景精神只有通过教育他人，来实现自我安慰了。他人不是别人，是窃得权力和财富的王文娟。景精神在床上深刻地教育道："预混料车间是你的。"

王文娟不吭气。

景精神说道："而你是我的。"

见王文娟仍不吭气，景精神拿手抚摸身旁这个英气女人的两条长腿："说得不对吗？我每天提供多少鱼苗给你？我有过小金库吗？我有过留存吗？我有过不出力吗？"

王文娟搂紧景精神的腰，柔声吭气道："老公别说了，我的都是你的。"

王文娟如此，令景精神全身充满暖流。情不自禁地想起一首歌，印度萨朗吉演奏的《欢迎》，他想哭。

第三卷

叫作五户联保

第九章

急嚷嚷

  时光穿越琐碎的时空，跳进同样琐碎的现实。这个现实是，猪肉的价格依然保持高位，既超出情理也超出市价规律。喜好热闹的传媒们以价格为题，借机邀研究经济的专家们、养猪人士以及中介机构评议，与其说关注猪价，不如说吸纳视听。央视的视角放得更远，将电话打给景精神，请他谈对目前的行情分析及对今后产业的影响。盛大的邀请却被婉拒了，婉拒的理由是，若借此推介产品，不想趁机而做；若借此给亲爱的观众答案，那不是景精神的责任。关键是难以平心而论。

  景精神的眼里，市场经济固是大背景，可无序涨价是个瘤子。对待瘤子怎么办，让它自己割？便是市场经济有只看不见的手，非常时期也需另一只看不见的手，导引把控这只看不见的手。

  盲人过斑马线一样，光靠虚拟的前摸是不够的。

  那只手不来自他人，也要来自拐杖。

  每个人都在走斑马线，因为每个人都进入其中。这条你争我赶的斑马线上，驾车急嚷嚷的，走路急嚷嚷的，飙车急嚷嚷的，停车急嚷嚷的，红绿灯也急嚷嚷的，它们都被叫成了速度。

  因速度关涉发展，景精神当然想要。景精神恨不得今天是明天，今年是明年。可哲学指导下的景精神，又希望冷静地把握客观。他告诫自己，加速度或者玩速度都不要，为官一任发展一阵也不要。这种杀鸡取卵或提前消耗，景精神就不想涉及，虽然无法不涉及。

它们车灯频闪，令景精神无处藏身。

文以载道

景精神不愿意称苗曼妙、王伟为对手。不是恐怕激化矛盾，而是对方提不到格次，有这样的对手，景精神不好看，景精神于是称他们"违约方"，认为这样既客观又科学。

违约问题虽然继续存留，却不影响景精神的新想法新设计。从习惯性和必要性上讲，景精神把它们视为女人的月经，虽正在作战或行军，但该来的也得来，它既不能拖，也不能等。该来的没有来，就可能谁有麻烦了。不过正常的女人每月行一次，而景精神的想法，每月可以行四次五次六次。所以称它们为月经并不合适，称为鸡蛋比较合适，可以一天一个，也可以一天两个，因为自古有双黄蛋，如今环境及各类污染作祟，又有了蛋外蛋、蛋中蛋。

这次的月经或者蛋中蛋是电视剧。不是为了拍摄自己，进行树碑立传，而是为了道德猪这个有机事业。景精神特别申明，一不塑造自己，二不歌咏董事会集体，要认真地把目光投向人民，主要是投向养殖户，描述他们在道德猪事业中的温暖亮点，包括可歌可泣的事迹。

若再绕晃一点，是借电视剧这个时兴载体，打造有机事业的概念。让道德猪生动地出现在千家万户的荧屏上，因此要进央视一套黄金时段。因此央视的其他套不行，一套的其他时段也不行，其他的电视台更不行。要组织最好的力量，打造最好的精品，取得史上最高的收视效果，展示有那么一群人，他们在浮躁的今天从事着前无古人的事业，进行着食品观念的革命。可是最好的顶尖力量因要价高而请不到，景精神只好聘请二类力量。景精神总结二类力量的好处，景精神可以自由地加入其中，他们断不会轻易"崩"他。

景精神以前设想并实施过一些广告，包括硬性广告和软性广告。曾和省电视台的某个频道做过道德猪杯科技养猪大赛，进行过全省十大养猪状元评比。由景精神出钱，电视台方组织运作播出，台上台下弄得红红火火。可景精神不满意了，这些做法已俗了滥了，景精神希望能有一个更纯的文艺形式，担负"文以载道"和"高台教化"，让有机的理念深入人心，进入大脑，不仅成为全社会的理念，而且化为有力量的行动，即大家都来买猪肉。

这样的想法激发了景精神的激情，让景精神想到了电视剧。

写电视剧就要有素材，有素材就要有正面人物、反面人物，就要组织采风。景精神由此把苗曼妙和王伟之流考虑上了，认为与苗曼妙王伟之流的斗争虽尚在进行中，未来结局仍不知道，但这给设想的电视剧提供了良好素材，应当做好抓取。景精神说："在革命战争年代，有冒着枪林弹雨勇闯前线的战地记者，市场竞争年代也要有战地记者，你们几个编剧就是战地记者。要背起行囊，拿起纸笔，不惧天寒地冻，深入到与落后分子斗争的第一线。"可是"落后分子"不接受聊天怎么办？景精神想出个小花招，让景秀敏和老杜告诉他们，这些"战地记者"是总部派过来，专程了解违约纠纷的。景精神承认这是个小骗术，但不涉诚实，不涉公道，是革命需要，所以心地坦然。

落后分子苗曼妙挺配合，因为她简直快被逼疯了。虽然厌恶公司总部，但几位毕竟是来了解情况的，而且肯出耳朵听她的，几个白眼后，她开始敞开襟怀，嗷嗷地大诉苦水。

苗曼妙说她这一年顶十年过。回娘家时，昔日钦佩她美貌的伙伴们都说，你怎么这样老了。一副副惊呆的面孔让苗曼妙痛心，也倍加痛恨。二百头猪这时仍在圈里养着，还得喂，还不能卖，结果它们长到了三百多斤了，而它们二百二十斤便应卖出的呀。重要的是猪到此时便不爱长了，一天五块钱料，只长两块钱的膘，真是要多闹心有多闹心。

当着几个假称的工作人员，苗曼妙毫不掩饰这个闹心。

苗曼妙闹心，景精神就开心。一头猪一天定然赔三块，二百头猪有多闹心，让苗曼妙算去吧。而且猪还得不死，还得活着。"战地记者"们绘声绘色的转述，让景精神咯咯地笑出声来，景精神轻易不笑的，每日不断杞人忧天，因此笑也只是微笑。苗曼妙的难处，景精神当然不想开口就笑，之所以笑并且失控出声，只能说明一点，景精神也被折磨坏了。

猪为什么不能卖？因为景精神依照法律，成功申请了财产保全，法院也给予了财产保全，不让动弹了。所以只能养活着，除非由法院动，或者经由景精神同意再动。

财产保全真是个好办法，不过猪只也有渊源，也能找出几千年的养殖文化，因此申请非物质文化遗产可能更是个好办法。正是因此，苗曼妙对几位"战地记者"大吐苦水，说法院不是个东西，向着富人说话，批准财产保全的依据是"鲜活"动物。苗曼妙说，海鱼河鱼是鲜活动物，道德猪是什么鲜活动物？海鱼河鱼出水就死，道德猪能吗？苗曼妙把这方面呈递送上去后，法院却予以驳回了。法院说道德猪既是养殖动物，也是鲜活动物。苗曼妙对此急眼了，她发扬泼辣作风,当面斥责法院工作人员"放屁"。

蒙汗药都麻不翻

一切都在适应,都在锻炼成长。

景秀敏、老杜和柴师傅一干人,由于没少往交县跑,对苗曼妙有了斗争经验,对自己也有了斗争经验。明白追讨虽非二人转,却也要"跳出跳入",需义愤时义愤,义愤得才有力量。不需义愤时义愤,就白瞎那义愤了。彼种情形虽然可能声震对方,却无益于追讨。

这就等于说,每次追讨虽然并非兴高采烈,起码心情不必沉重,包括家里的景秀敏。心情不沉重,就有了调笑的乐趣。几个人便拿苗曼妙开涮,说她自以为有人,可她再有人,不信她的人大得过县乡政府,大得过伊藤洋华堂、沃尔玛这些国际企业,大得过省里和中央。她的有人分三类,一类是身上没人,二类是身上有人但不硬,三类是身上有人也硬但不使劲,就不如有些人那样的,身上有人也硬还使劲的好。

这都是老杜说的,但大家听得开心,都感到一种粗鄙的畅快。景秀敏虽嫌老杜粗鄙,但因为见惯了粗鄙,便也不由得跟着畅快。有关判断也随之明确了解,即地头蛇战不过强龙。虽号称坐地虎,却终不过是狸猫。这话有演绎的,浅山区的方言有"炕上狸猫坐地虎"之笑谑。不过心情如此放松自信,也终是缘于对苗曼妙的了解。

须知女人最了解女人,想了解苗曼妙,只需猜测景秀敏自己,这样想时,便知苗曼妙多么盼望身上是景精神。柔道、摔跤、拳击、格斗、桑巴、探戈、贴面,只是尽管别样情愫,也可能风情万种,景精神却只打太极,旁的不扯,弄得苗曼妙空对江月,做成了白天鹅中的黑天鹅。

几小时的长途,不能总谈苗曼妙。景秀敏就不收费用,主动传授几招劁猪的重要常识,告诉几个男人,劁猪的刀子分笔式、筒式和其他式。笔式的一边带刃,上刀片,适用于公猪。

柴师傅聪明地求问:"母猪怎么办?"

老杜偷偷地乐,不怀好意地看景秀敏,景秀敏才不在乎,毕竟说猪而不是说人。说人也没关系,这个难不倒景秀敏。就算产科怎么样,就算生殖泌尿门诊怎么样,真若假咕起来就没得做了。景秀敏瞪老杜一眼,嫌他没魄力兼没能力,搞假道学，而景秀敏呢，坐在月亮下的谷堆旁一般，亲切而矜持道："劁猪最早不用刀而用木槌的，后来注射甲醛，现在是甲醛和刀子并用。"

柴师傅咧咧嘴，似疼得嘶嘶成汽。

景秀敏不动声色地说："怕疼也没用，猪对麻药不敏感。就是说，蒙汗药都麻不翻。"

柴师傅惊奇地"噢"了一声。景秀敏说："不怕猪叫，猪越叫劁猪越好办，叫时有腹压。"

老杜挤挤眼："猪肚子里有气功。"

柴师傅更加惊奇地"噢"了声，充满敬意地应和："声乐中的，叫作胸腹联合呼吸法。"

景秀敏充满喜爱地看柴师傅，更加稀罕不够似的，传授得不厌其烦："劁母猪时，筒刀伸进去一厘米，两侧的小疙瘩带一截花花肠子，就会直接地蹦出来……知道吗，那小疙瘩就是卵巢。"

景秀敏又说："那根小花花肠子，跟蚯蚓差不多，外带些附着物的，学名'子宫体'。"

快赶上生理卫生课了，景秀敏感到了柴师傅情绪上的沉浸，便满嘴飞溅白沫子，继续细说"子宫体"："一般的肠子外表直、均匀，呈游离状态。这根花花肠子发白，也有少数是粉的或者红的。操作中，若是手法生疏割出肠子，不要怕，顺着眼再给塞回去。肠子非常'快'，除非肠子跑出来，拿刀硬往上扎，否则在里边和弄都没事。有名的'肠子躲'。你问我是怎样掌握的，只能说是跟架子学的。什么是架子？就是一根木架，上面搣着U形弯，用它扣住脖子，下面再扣住脚，想咋的就咋的。"

老杜故意重复："想咋的就咋的？"

景秀敏说："想咋的就咋的。"

柴师傅听明白了，明白得比景秀敏还要早。柴师傅便笑，景秀敏也早明白，却愿意比柴师傅明白得晚，她狠劲地撑搡老杜："就知你狗嘴吐不出象牙。"

车里热热闹闹，笑与说的都起劲。柴师傅眼光灼灼，就很想拜师而学。

景秀敏鼓舞他："都是熟练工种，敢下手，再找准部位，就基本没事。大岔村有一个人，先干木匠，后学瓦匠，又学的水电焊，转了一圈儿才学劁猪，这都练成了。成阳是看会的劁猪，伸手就操作，比干了多少年的都有方法。猪特别听他的摆弄，不疼。"

老杜暗自撇嘴，又给柴师傅使眼神，想交流景秀敏的虎吵吵。柴师傅才不随从，眼神亮亮地附和道："电视台之前播个卖鱼的，拿过鱼一拎，目测到二钱。

还有一个卖糖块的，拿手抓，一把即准，秤都可以不用。"

景秀敏兴奋道："就是呗。交县有个劁猪的，每天雇人开车，只干这一件事。公猪两块，母猪三块，整个一片都找他。"

老杜觍脸逗试："母猪咋比公猪还贵？"

景秀敏回应："回家问你媳妇去。"

柴师傅还想再引景秀敏几句，电话却冲进来了。景精神的，打到了景秀敏的手机里。这样的电话，打的未必在意，接的却特别在意，因它体现着信任与莫大的信任，被视作值得珍惜的荣耀。

那么为什么点击景秀敏，因为近期点击她的太少了。实践愈发地证明，景秀敏确在忠心耿耿地对待景精神，虽然总是领悟不到景精神的准确要义。不过众人都看见的，无论何种情况，提拔与不提拔，人家可是坚决从命毫无怨言哪。景精神要她向东，她不会向西。这就不像先前的成阳，动辄年轻冒进，更不像驴哄的丁文福，要求顺毛摩挲。

景精神问是否在路上，到了哪里，不是问何时到达交县，而是预测回返的时间，因他接着作出指示，交县暂时不去了，苗曼妙也不必急着见了，几个人需迅速折返到养殖户张喜那里。

景秀敏犹豫一下，就想问发生了什么事，却没有说出口。景精神的脾气她太了解了。已确定的不可质疑，不该问的一句不问。既是不问，便只有等景精神说了。景精神极短地停顿一下，果然说道："张喜那里有动向，要下'黑手'了。"

七　寸

景秀敏全身的某处咯噔一下。这样重大的事情，景精神知道了，身为基层领导的景秀敏竟不知道，于是顿感内疚失误，要进行自我检讨，不过却没对柴师傅说，也没对老杜说。有什么好说的，该知道时就知道了，若一定要说，只需皱起眉头说，董事长要求往张喜那里赶就足够了，别的让他们自家寻思去。

说归说，笑归笑，闹归闹，场上场下永远分开。

此乃领导处人之秘诀，需景秀敏时习之。

不过气氛却依旧紧张起来。再不灵透也会明白，以景精神的持重，若非一般的情况，又怎肯让他们中途折返？至于个中缘故，眼前的大娘们不说也罢，权当她故作神秘，绷脸起屁了。

遗憾的是真就没把持住，私自起出了一个屁。

那屁不是自家有知有觉而他人无知无觉的那种，它比较臭，不仅带有浓鲜的煮鸡蛋或者新排的小鸡屎味儿，还带有景秀敏独自早餐的馊牛肉酸菜蒸饺味儿。柴师傅开车在前，老杜坐在车后，既然跳车不得，这一左一右的只好饱饱享用了它。好在都有修养，彼此沉默着隐忍着。老杜麻木些，柴师傅有些麻烦，他的表征是突然不吭声，既不喘息也不言语，只是敛神屏气地开车，仿佛攒足了劲儿，等着瞬间爆发的某个欢乐时刻。直到气味散去，先前的调笑氛围早顺车窗溜了，剩下的只是屁后的倦怠。

及至赶到东阳办事处，才知被景秀敏狗宝般守护的，早已成了公开的秘密。继苗曼妙王伟之后，新的违约户又出现了。它意味着一场遭遇战即将打响。办事处的全体人员除了出远差的，基本都集聚一起，就算过年也没有这样严肃齐整。他们或坐或站，以虔诚地等待新年钟声的神态，等待二百里外省城总部的一声号令。

而突发事件的面前，景精神董事长虽依然保持嗓音沙哑，但在组织策略和斗争艺术上，却体现了浓墨重彩，做到了从容不迫，并先后发出了三声号令。第一声号令是派人探听虚实，得知猪仍在圈里头。有猪在圈怎的都好说，景精神的一颗心也放进了肚子里头。景精神旋即带领班子，研究制订新对策，商榷新理论，探讨新办法，并游刃有余地通知写电视剧的"战地记者"们，拿起笔，拎起行囊，随时准备出发。不是战斗，用不着他们战斗。

第二声号令是亲自向李县长汇报并要求支持。不得不如此啊，永县没有软办，有软办也没用，而且有用的是县里的主要领导，景精神只好请县主要领导充当硬办与软办。

因此第三声号令是拜托李县长给法院打电话，请求法院要积极干预此事。而法院主动联络公司办事处，迅速制订了兵合一处、直奔疆场、全力出击的作战方案。

可当一切正迅疾进行的时候，法律程序上却出了些麻烦。它要求公司的人先行赶到法院，履行完相关手续。应该说这既是法院的意思，也是景精神的意思。法院再积极干预，却不能丢了法律依据。虽然这样做无伤大雅，而景精神要求名正言顺，不名正言顺都不行。认为既要做到重锤出击，也要实现师出有名，对张喜违约事件成功打击阻止固然重要，对众养殖户起到有理有据的震慑作用更加重要。

总之在他们的周详安排下，东阳办事处前往永县县城的油漆路面上，出现了两辆乡村中显得很是气派的轿车，车里面坐着总部及办事处的人员，他们携带着公章和资料，在山区初冬的暮色苍茫中，擦过家家屋顶升起的炊烟，气宇轩昂地驶向永县法院。而县城的法院里灯火通明，十余名工作人员班都没下，大家怀着焦急的心情，等待着他们的到来。

再次强调，听取汇报的李县长是永县的而不是交县的，交县不会有李县长，有景精神也当看不着。景精神为什么要看得着？他战略重点转移尚未实施完呢，那些人已动作更快地撤了梯子，笑看骑墙头的景精神怎样爬下来。

可人家永县的李县长呢，先是任由景精神选址，选到哪里支持到哪里。及至景精神当了真，选到花艳水甜臭氧浓郁的星星哨水库，李县长又以保护水源为由反悔了。可景精神怪罪了吗？它赢得了景精神的更加尊重。景精神以为猪粪是香的呢，没有想到它的渗漏会造成人民用水污染。可李县长想到了。因此春节期间景精神专门派人给李县长送购物卡。才区区两千元啊，李县长坚决予以谢绝了，后来景精神亲自上门也不行，反而请景精神吃了一顿饭。老朋友是嫌钱少，因而不值当承担风险吗？景精神认为绝对不是的。李县长若是想要，景精神若是想给，二十万都是不在话下的。钱景精神决定不了，股份还决定不了吗？

好样的李县长，换来了好样的景精神，各类公益活动只要张口，景精神毫不犹豫地赞助。看到李县长的名字就赞助，而且做前决不与李县长通气，过后绝口不谈，只保持会心的一笑。

这会心的相视一笑啊，让人想起了革命的战斗友谊。

得知景精神在交县的发展境遇，李县长要主动给交县打电话，都是同地区的官，是百分百存在沟通的可能的。可景精神凭什么要愿意？景精神在任何地区任何县域的发展，不能沦落到依靠同情的程度。它应依靠规定，依靠标准，它应该依靠法律，傻瓜，懂吗？

可既然如此，信用社的王伟违约，以及今天的养殖户张喜出现违约，为什么又找李县长了？以为景精神僵化到那种程度吗？企业是河中的渔船，若想顺风顺水，网网出鱼，不仅靠水，还要靠风靠雨。某个意义上，决定出鱼的是让不让捕，而不是脚下的船和手中的网。

若不遵守合同，纪检委会查他的账。这样的指令让景精神且喜且忧。它是个最有效的办法，也是个不是办法的办法，是个最佳的命题，也是个不是命题的命题。它的前提是王伟惧怕纪检委查账，它的七寸是王伟不惧怕纪检委查账。当然王伟不会不惧查账，可普通养殖户张喜呢，他的七寸在哪里？

咬人的狗鸢下口。王伟和苗曼妙都是先放出风声然后去做，张喜却是尾随在后，直接出手。当然前两个并不想放出风声的，只是刚要瞄准时，群众雪亮的目光已看穿了他们。那么如何没看穿张喜？蛤蟆塘虽然不大，沟沟岔岔的却不少，而张喜的猪舍坐落在最远的沟岔，遮隐在稀疏的坡林里。

可景精神不能不承认，没能看穿的另外原因。

张喜是群众，群众是景精神心中最可信赖的。可如今景精神却猛然想到，在显著的利益面前，即使是群众也不能完全信任。

以上不能不影响到景精神方针政策的制定实施。

景精神当然有方针政策，即便范围仅限于公司。对它们进行思考，是景精神很在意的权力，只不过通常情形是，你们研究你们的，我研究我的，你们研究全省全县的，而我研究公司内外的。

景精神就有这么个劲儿，而且景精神很自信，就探讨的本质和深度而言，不见得小的不如大的，下的不如上的，个体的不如集体的。就此的问题是，假使拥有更广泛的社会资源，那么将会如何。景精神对此不去设想。所说的可能性曾经存在，将来也未必不存在，但现实没意义，景精神要看猪和抓猪。

报春鸟在叫

一行人先将车停在村外，熄掉大灯，然后依靠步行悄悄地接近猪舍。若有可能，这时要匍匐前进的，可惜都不会。如此小心翼翼，除了防止打草惊蛇，还从自身安全角度着想。尽管有法院的法警，有柴师傅的太极功夫，办事处的工作人员大都懂得刣猪且手法利落，但对猪贩子的"霍霍"砍肉，仍是心有余悸。人的内脏结构与猪最为相像，论起实战演练，别人都不行，唯有职业屠夫。

没有车，没有灯光，棚屋里一片漆黑。夜虫原来还嘶嘶叫的，人群近时忽然就没了动静，远处的丛林，枝叶应是拂摆的，它们的声音此时也隐到耳后，听不见了。

法警不上前，柴师傅却想上前。景秀敏揽住柴师傅的手，暗示他且慢。非常时刻，俩人各伸一只手，很温暖地紧攥在一起，临时汲取力量，谁也不嫌弃谁。

"战地记者"们此时也在，景精神安排的。今天的"战斗"将是道德猪发展的一部分，是重要的核心事件之一，景精神有理由要求并安排他们参加，鼓励他们将视野投放到波澜壮阔的时代风云之中，不反映都不行，不深镌都不行。

黑夜沉沉无边，可潜伏千军万马，所有人都心怀忌惮。任何一个微小的导火索,都足以引起人肉混战,导致刀光剑影,一片霍霍的砍肉声。

既是都不上前,便让手电筒的光柱上前,让群起的吆喝和怒吼声上前。这样的效果是,夜虫彻底没声音了,村里的狗吠却跟着呼应起来。棚屋依然没有动静,众多的吆喝声里,不禁泛起了道道迷惑。最让景秀敏惊奇的,是平时看不上眼的老杜,此时居然显出了惊人的傻大胆。他独自潜到猪圈的旁边,要去察看那些猪只。景秀敏客观地承认,这个老杜知道根本并且也抓住了根本,非常时刻他抢先了,而景秀敏认可这个抢先。

景秀敏的手主动撒开了。两军对垒的关键时刻,便是太极高师不上,也应咋咋呼呼地自己勇闯啊。可算不了什么的老杜却上了,着实令人惭愧。

接着听到老杜报春鸟一样的惊呼:猪没了。

众人的心都被这鸟声给激闪了一下。声调是报春鸟,内容却是猫头鹰。一阵恰当的风吹过,祛除了额上与腋窝的汗意,就有不少人开始上前,呈蜂拥状态。踹门而入是不可以的,因为门是向外开的,可混乱中居然就踹开了门,请问门是怎样踹开的。人闯进屋,手电筒横七竖八地乱支,十分地没有礼貌。这回是景秀敏,细心地拉开了灯的开关,让满屋内的真相大白于众人眼前。破旧的跑腿子行李没有动,在那里塌散着,灯台边上摆着简陋的碗筷,还有一只污浊的水杯。景秀敏阻止众人,先可着她弯腰向前,拭摸肮脏腥气的被子,让众人看她是如何机警地判断,又几分留恋地抽动鼻子,再迅速分辨其中的信息。可是众人觉得,她就差脖子上戴套环了。可是她却不觉得,而是迅疾果断地指挥:被子还温着,人没有走远,搜!

然后一个人跑到稍僻静处,在"战地记者"的注视下,抄起电话就往景精神那里打。电磁波穿过浅山区的沟沟岔岔,向着省城的方向呈涡状传递。涡状的另一端,景精神预测到结果似的,只问两个字:"猪呢?"

对呀,猪呢。

以前还不断埋怨乡级公路的收费站,收取了费用,耽误了时间,想不到这时却起了作用,成了有利的制高点,猪被潜伏那里的法警扣住了。

谁安排的?自然是景精神。事前安排了线人,事后设置了堵截,赶上捉放曹或七擒孟获了。车子的大灯雪亮,照彻着不可知的寰宇。一行人气汹汹地赶到,从人数和惯性上,压倒了磨刀霍霍的猪贩子。猪贩子们却没有慌,也不狗急跳墙,而是故作镇定,拿出和张喜签订的出售合同。

知道这批猪的特殊,这些猪贩子们,早把主动权掴手里了,他们同样占据了事先和事后。

公司可以找张喜，却找不到猪贩子。从法律上讲，对公司的猪，人家已拥有无可争议的主权。因明白这个道理，一行人恨得牙根直咬，收费站的人看着也都生气，法院的人同样大眼瞪小眼。

分明引起众怒了，但是没有用。

一水水的黑猪，都是从小看到大的，动了感情了。而前方的销售，也在翘首以待。猪价越涨，肉走得越快，那些饱受房价欺负的人们，越跟着推波助澜。

众人面前，景秀敏的眼泪都快疼出来了。为了她的亲叔父，她严肃地对法警说道："这是我们的猪。"法警们说："是你们的猪，可现在更是人家的猪。"柴师傅上前辩驳："就算是他们买的猪，可买时没经过我们。我们和养猪户有法律协议，对这些猪是有权益的。"

受柴师傅的启发，景秀敏发挥道："小偷偷了车轮胎，卖到了收购部，收购部就犯了窝赃罪，这是同一个道理。"法警们耐心道："人家有手续，也花了钱的。"景秀敏痛心疾首："小偷偷了我们的东西，看见了也不能追回？也得说是小偷的？"法警说："这个到法庭上说吧。"仗着性别优势，景秀敏火了："别跟我扯法庭，那是下一步，我只问你，猪怎么办？"

然后临刑前一样疾呼："总之猪不能走。"

猪贩子们脸色变了。个个胡子拉碴，眼露凶光，青筋暴突的手拎着锓刀，比手枪还要凶残地比画起来。

结果比画就好使，一行人又没有敢上前的了。于是众目睽睽之下，猪贩子们向法警招呼过，大摇大摆地上车开走了。

景秀敏满脸戚色，气愤得手攥成拳。法警主动说道："你感到受辱吧？我们也是。但法律就是法律。你若不服，可以上法庭，告张喜去。"景秀敏气冲冲道："告个屁，柿子专挑软的捏？"

张喜虽然贩卖成功，对于景精神的大业，闪多大的腰，岔多大的气，答案可不得而知。恰在这时某上市公司主动上门评估，单道德猪这个品牌以及生产系列，给出了两个亿的估价，当然包括无形资产，并且主要是无形资产。接着的问题是，既然有这样雄厚的实力，却为何如此闪腰岔气？是因为这个闪腰岔气制止不住，气崩气漏也可能是它，所谓的千里之堤，溃于蚁穴。而且这个张喜是站在农民养殖户的阶层里的，这就让景精神的身体反应，比听到了苗曼妙和王伟的违约还明显。仿佛吃了外表暗红里面青涩的问题柿子，又仿佛怀胎三月妊娠不受。景精神确没怀过孕，但景精神又确有类似的反应，若不是武术的功夫，讲究站如松坐如钟脚生根，真想奔到墙角的垃圾筒，张开嘴巴呕吐它一番。农民，养殖户，有机，它们倾注了景精神太多的精力，吸纳了景精神太多的心血。它们是景精神的血脉妊娠，一举一动都与景精神牵连，都让景精神牵挂。妊娠动则事业动，妊娠晃则事业晃，妊娠摇摆则事业摇摆。

可既是如此，提提价不就结了？苗曼妙也罢，王伟也好，加上这个张喜，不都图希多卖几个钱吗？如此而言，景精神是太会算账还是不会算账？

第十章

那　晚

那晚徐家辉他们并不平静，全蛤蟆塘也未必平静。相隔着一里路，人群喧嚷，车灯集中地晃，哪有不知道的道理，知道又哪有不探看的道理，平时找还找不到呢。尤其是小和珅，撺掇着洪宝昌，早赶了两回热闹，一回是猪贩子来，一回是猪贩子走，公司和法院赶来时已算是第三回，若肯做爆料，可挣三次钱了。不过小和珅不稀得做那个。总之情况就搜揽了一大堆。看够了的洪宝昌，急着回猪场替换父母，小和珅则兴犹未尽，非要跑徐家辉的家里卖弄所知。

徐家辉在家里没动，知道小和珅必然过来。而小和珅的媳妇也闻讯跑过来，嘴说怕小和珅唠得时间太长，影响妹夫一家休息，其实是忍不住凑份热闹。两口子一副架儿，真正的投缘匹配。

徐家辉他们便分析，张喜并没有占到什么便宜。这个蠢货由于紧张匆忙，没拿住价儿，竟同意猪贩子成堆估卖。当然不同意也不赶趟儿，要么一只只上秤，就得被闻风而来的公司和法院逮个正着，要么这样依着猪贩子直接装车。不过非得卖吗？再躲几天风声不行吗？所以张喜他是个蠢货。

合着张喜的意思，是宁可成堆估卖，也不跟公司扯了。

徐家辉就忍不住慨叹："事情到达这个程度，除了张喜愚蠢，公司也有责任。去年冬天张喜的猪病了，公司说给补款，补来补去的，半年都没有落实。早补利索了，他未必就肯走这道儿。"

小和珅一拍大腿："活该。不这样，公司还睡大觉呢。"

徐家辉纠偏道："也没睡大觉。猪肉接连涨价，又是王伟又是苗曼妙的，公司顾不过来。就算调整，也需要个时间。"

小和珅口齿伶俐："可市场不管什么调整。猪贩子六块一斤收的，就已经比公司收价高了，到了市场上，你猜他们出手多少？十块都不止。一头猪挣五百来块，一百头呢，都赶上杀人越货了。"

大家便惊异小和珅的头头是道："你是打哪儿听说的这些？"

小和珅得意扬扬："这可是国家机密。"

小和珅媳妇撇嘴戳穿道："除了成阳，还能有谁？"

徐家辉惊奇道："你们还保持联系哪？"

小和珅很是得意："当然了，啥叫哥们？不过他只跟我联系，让我谁也不要告诉。"

小和珅媳妇醋意道："没见俩人近便的，成阳撅根鸡毛，到他这儿都是令箭。"

家辉娘把鸡毛听错了，觉得忒唐突，不免嗔怪小和珅媳妇一眼。想到小和珅媳妇脏字惯了的，也只能原谅。又想起自家的媳妇，若不是全家人都是正气凛然，压制住了小蹄子，任其耍起泼来，也未必就不是这样。屋子里这时倒有些静，只有小和珅媳妇的余音在响，看来听错的就不止家辉娘。小和珅两口子感情奔放，能够当着大家的面撩骚，同样听错音的小和珅便做出鬼脸吓唬她，也算递上个台阶。小和珅媳妇则夸张地捂住脸，任止不住的那些笑声，一段一段地从指头缝中巧妙地流出来。就让人想到两个人的夜晚生活，都是肉轴子的身段，又都特别结实，想不到怎个被翻红浪，起码炕面要每年一修。铺砖面勾水泥缝都不成，需直接打成水泥板的。

待大姨姐笑得差不多，徐家辉摆出一副惯有的沉思表情说："道德猪按普通猪出售，对景精神来说，就应比违约还难受。对公司和养殖户，也都算莫大的嘲讽。"

家辉爹点点头。徐家辉每说话，不管有理或者没理，家辉爹都要郑重地点头。家辉爹不仅点头，还要点评："这也说明，公司还是缺少火候啊。像方才说的，公司的收购价五块钱一斤，可市场收购价达到了六块，搁谁都容易动心呢。"

家辉爹的这番话，点评得大家都点头。到底是当年的大队书记，想问题看事情，真的就有道理禁琢磨。家辉娘看家辉爹的眼睛便潮乎乎的，虽都年近七十了，却仍改不了潮湿的好习惯，一旦有了这样的眼神，夜深沉时便要热乎热乎的。热乎不了就代替，对此俩人的意见一致。世间万事总归如此，具备能力的时候挑日子，不具备能力的时候捞日子，管它梦还是影，是船是桥，捞上一把是一把。

乘以十亿

小和珅说："这个公司就有点傻，猪贩子的车都开来了，还这手续那手续地装模作样。结果咋样？手续拿到了，猪毛都没有了。早安排两个办事处的往猪场一蹲，控制住张喜，不信猪就能卖了。猪贩子能咋的，找两个黑社会，照样整得服服帖帖的。"

说罢转动圆胖的头，跟徐家辉逗试："你怕不怕黑社会？"

徐家辉说："我不怕。"

小和珅再问："假使遇到了呢？"

徐家辉认真回答："遇不遇到不是问题，正不压邪还是正能压邪才是问题。"

小和珅说："这话我赞成，可是面对几个杀猪匠，法院和公司的人，怎么就哑口无言？连我都跟着痛心。"

小和珅媳妇说："那不就合牙了吗？"

小和珅品咂内涵，不失时机地向媳妇挑起大拇指。

夫妻俩的勾当，徐家辉视若不见，说道："景精神说话办事喜欢光明正大，不联系黑社会。这样的人不说正能压邪，起码正不惧邪。"

家辉爹补充："人家有理，干啥不光明正大？"

小和珅喊了一声："可倒光明正大，窝王八壳子里不出来了。"

小和珅媳妇说："也别说不出来。那年围堵办事处，天上下着冒烟儿雪，景精神不都窜过来了？""窜"的字音就挺重，一股二人转的腔调，显然是特意咬的。因不大有人笑，便显得突兀。小和珅媳妇伤了自尊，打个哈欠要张罗回家。

小和珅说道："没唠够呢，要不你先回去。"

小和珅媳妇不肯，一定等小和珅，说她害怕。

村子距两个连桥家猪场不很远，两个猪场之间相距也不远。可以说很多的猪场相距都不远，相互只几百米的距离，成年人的步幅，也就一忽儿的工夫。星星在夜空浮现，下弦月也冰凉地挂在天边，几声乌涂的狗叫，因山村的夜深与熟睡，自动吞咽在喉腔里。

小和珅的确唠兴奋了，继续探究着一个人："家辉，你说他为什么不过来，他能够坐得住？"

唰唰的脚步声中，徐家辉语调沉稳道："董事长干啥都讲个意义，张喜的违约已突破底线，没有教育意义了。"

小和珅说："可他以前说过惩前毖后，治病救人。"

小和珅媳妇说："那不是他说的。"

徐家辉纠正："不是他原创的。"

几个人便都笑。

小和珅说："没见每天那范儿，快赶上伟人了。"

徐家辉严肃地纠正："要说赶上伟人可是胡扯，他得乘以一千吧。"想了想又说："得乘以一亿。"

小和珅手摸左胸，姿势像犯了心脏病："乘以十亿还差不多。"

徐家辉便笑道："伟人肯定不是，倒真是个正人君子。这种人，打仗都得先通禀一声，绝对不带下黑手的。"

家辉媳妇很少说话，说出话挺叨骨头："不黑手归不黑手，可是会安线人呢。"

徐家辉说："耍埋汰谁不会，就看耍不耍。"

家辉媳妇说："那么线人是谁呢？"

徐家辉连忙摇头："不知道。这事别乱说，也别乱猜。"

不猜归不猜，这样的话题让几个人兴奋，又不免毛骨悚然。

小和珅挤起眼睛，趴到媳妇的耳边，故意小声说："明个儿拿你当线人吧。"

小和珅媳妇大声地夸张道："我掐死你。"

青灯之下（1）

确认猪在收费站被大摇大摆地拉走，景精神很生气。知道猪贩子有凭据，景精神更加生气，一当确认张喜逃匿，景精神手里的话筒，就忍不住重重地扣了下去。当然没有使全劲，否则就碎了。话筒它没有罪过，还有景精神不能破坏公共财物。财物是公司的，就相当于公司的，他有责任爱护并且带头爱护。

接下来的消息，使景精神的生气变成了恼怒。当他吩咐彻查张喜这个人时，得到的回答却是张喜不是这里的户，公司因此找不到他。那么如何取得的资质，此时细问方知，原来是投靠了蛤蟆塘的一个远房亲戚。而且远房亲戚早和办事处申明的，他只负责介绍，并不给予担保。结果给张喜轻易跑掉了。

可是关于担保，早就有过规定和限定的，为什么规定和限定？就为的防止此类逃逸啊。

人们啊人们。

想到此时景精神不恼了，反而冷笑起来。法律程序一定要走的，景精神也许偶有不遵守法律，但会一辈子尊重法律，一辈子拿法律跟他人说事。景精神指示："对于张喜，公司要立即提起诉讼。无论何时何地，一定抓住并且请求法院依法处置。"

只是心里头清楚，没有杀人越货，没达到相当的经济数额，即便是诉讼了，更多的可能却是跑就跑了。断不会因为他，而下达全国通缉令吧。这样的情形，令景精神计无所出。

可是就这样计无所出了吗？不。于是总部的二十八层楼上，景精神这样口述："由于市场活猪价格涨势很快，收购价格已超过公司的回收价格，所以有的养殖户铤而走险，违反合同，私自销售猪只。等待他们的将是法院的公正判决！"

两小时以后简报正式印发。只是这期简报既没给县政府，也没给公司其他部门以及全体养殖户。它的下发范围只限副总及以上级别。有些虚晃一枪，却终算个态度，帮助景精神出了一口气。

那晚景精神久坐在办公室里看月亮。说看月亮，其实是没看月亮，不过月亮映入眼帘，眼球它接收了月亮。如果有人静候在走廊或者其他房间，景精神倒会打打太极拳的。耸几下腰，抽动一下臀，顺带活动活动腿。关键是做个样子，摆个姿势。可是没人在场，景精神便没有了类似的兴趣。一阵疲倦袭来，景精神像晚课后的和尚，想再行诵经，却坚持不住，于是青灯之下蒲团之上，闭眼小憩。想起初任乡宣传委员不久，他便决心离开岗位，组建国营养鸡场。他甚至为此托了人，景秀敏的爸爸，他的做中学校长的大哥。大哥后来在河边钓鱼，甩竿时连上了高压线，生活中现实存在的而不是政策规定中的高压线。一个生命中顶重要的人，以料想不到的方式走到了生命尽头。彼时与赵贤子的紧张不睦，也到了一定的阶段，赵贤子不同意景精神的选择，赵贤子的家人也不同意。景精神的选择跟赵贤子的家人有什么关系？可那些家人认为跟他们有关系，因为赵贤子嫁给了他，以后便不能再嫁给别人，因此景精神有责任保证赵贤子一辈子的享福安康，而景精神的这个做法不安康。

冷战、争吵，又一轮的冷战、争吵，景精神最终仍是奔赴企业了，凭五百块的借款以及磨炼出来的经验路数，景精神创设了一份属于自己的道德猪产业，锻造了一片个人的有机食品排练场。也再次成为新闻关注的热点。但景精神拒绝采访了。不是婉拒，而是生硬地拒绝。所有的表扬关注报道都是外在的他人的，它们与景精神这个肉体，肉体里一颗从跳到最后不跳的心无关。人间的景精神做不到事事遵从自己，但总要有一件两件、两件三件，让它听从内心，哪怕为此放弃原本坚实的水泥路，踏上貌似绚烂实则是水汽的虚空彩虹。

景精神不愿用对与错，来框束自己的行动。抱着一颗不想混，想做事的心，他组建起那个国营养鸡场，开始了他作为小草或者大树的生长旅程。

青灯之下（2）

楼下不远，是省城的一条死河，也是唯一的河。以往蓼草丛生，满鼻的烂泥河腥，如今死水微澜，带出浅浅的波光粼粼。算是近十余年房地产努力不懈的结果。一旦意识到河流对土地价位的影响，河流的命运就是，终归成河流，不再是河流。

起码不再无视，而是迅速成为城中一景。

夜色依然璀璨，车流和灯光像泼开的河水，与桥下的死河交错。出租车像个见缝就钻的老鼠，大排量的私家车越来越多，且开车的多是年轻女性。车前是情爱史，车后隐着一部又一部的暴利史。还有深藏不露的公车，似水中的黑鱼时隐时现。至于那轮月亮，在城市灯光的逼视下，早躲到云层和夜光后，而变得可有可无。月光糜烂的省城，生活糜烂的省城。月光和生活一起糜烂的省城。

久坐观月的时候，赵红过来一趟。职工的宿舍在顶楼，和公司的办公楼隔着许多层，往来很不惹人注意。注意也不惧。作为董事长兼总经理的助理，看望深夜加班的核心领导，看谁敢说三道四，谁肯说三道四。

张喜的卖猪风波，赵红一直想探问一下的。知道景精神惦记什么。见景精神不提,最终却也不问,走来走去的,给景精神添点水,又简单归拢没必要归拢的文案,拾掇足可倚靠的台桌。

那台桌大得,像张大尺寸的单人床。

宽宽绰绰的,两个身子都不局促。

可是再没文案可以整理了。赵红口吐香兰,轻声提醒道:"该休息了。"

见没回音,仍沉浸在思想中,就轻叹一声,拙巧地往外走。个子虽墩且矮,走路却踏雪无声。到门口时,又踌躇地转过身来,做稍微滞留。见景精神正盯着她的背影,脸霎时羞红了:"您需要什么,请给我打电话。"

最后一句话,便令景精神呆了呆。先是听作"有什么需要",后又自动还原成了"您需要什么"。无论怎样听,都觉着赵红非常懂事。又省事,又舒坦,可适当放送些小温馨。

虽没女友近便,却比女友近便,并且放松。

景精神的身边,这样的女子可以再多一点。

总之景精神的心情略好一些,却又不禁欷疚。虽才三十,终属大龄姑娘了,不过如此努力,总会走上副总岗位,董事会也通得过的。

开车发动,转向驶离。每个动作,每道声音,尽管有隐隐的车流背景,仍听得出夜深人静的夸张变形。车子缓慢地开,逐渐驶上快车道,景精神的脑海中,开始构想另外一个问题。不构想不行的,这个脑袋闲了,立时会空,会疼,会逛荡。

若干年来,景精神靠的什么?是超前的眼光,和不折腾难受、不反叛活不下去的习性。

二房妻王文娟已睡着了,这时又醒来了。落地灯柔和的光泽,抚慰着白天束紧此时散开的发卷,和俏挺的鼻梁,使硬线条快节奏的五官多出了一丝柔婉,有了些当年的影子,令景精神突然看出了与平时的不同。饲料厂厂长兼种鸡厂厂长王文娟,景精神缔造的大业在她的掌控下稳步运转着。那些大业过去都是景精神的,现在也是景精神的,景精神撒得伟大,给得放心。

青灯之下(3)

薅着头发把自己拔出来,栽到国营的树坑里,再把自己拔出来,栽到民企的树坑里。参天大树也栽得动,因有大型掘土机的整体迁挖。

可国营也好民企也罢，如今无须再迁挖了，而是榕树一样地生枝繁蘖。无论枝或者权，让它们沾土就生。

王文娟是首先繁蘖的一个分支。以后还要有大儿子男一、二儿子男二，还可能有柳芭。柳芭只是可能，也许正变得不可能。赵贤子是不可能了，不过她的可能将在男一男二的身上承继。因为这种承继，最终她的可能性反而最大。景精神的有生之年，赵贤子不会找人了，不是为景精神守活寡，但确实在为景精神守活寡。赵贤子就是要守给景精神看，用她的余生，看景精神心疼还是她自己心疼。这个拿擀面杖吹火的粗女人，这个死爹哭娘的犟眼子。

躺在王文娟的床上，景精神有些睡不着。不是怕王文娟趁他熟睡时反攻倒算，实施突击，而是擅修理念的景精神，感到了一种春阳高照碎花飞扬的气场。王文娟确在施发气场，盼望一次甜蜜的体力合作。接二连三的事件，包括张喜联系猪贩子并成功逃跑，王文娟已有所知晓。虽然划分产业时说得明白，景精神不干涉王文娟的经营，王文娟更不可以染指道德猪，可景精神只要在操心在经营，这份惦记就没得说的，心碎的时候给予安慰，也没得说的。

记得老母亲去世的当晚，景精神悲恸至极。趁着景精神难过，王文娟由表及里，由外及内，由上到下，由前到后，细致耐心地实施了一次暗算，让景精神在身体淫乱的同时更感到灵魂的放松。沉浸在思母情绪中的景精神欣然看到，老母亲正驾着一缕祥云而不是白云，彩鹤而不是白鹤向西而去。王文娟的慰安带来了景精神的安慰，它再次验证了二房妻关键时节的宏观大略和耐心体贴，也再次有力地旁证，王文娟未必是景精神发展道德猪的好助手，却肯定是景精神实现爱好的小天梯。

至于缘何那般主动，因为赵贤子出现了，举家同悲的庄严时刻，她引起了王文娟的羡慕嫉妒恨。作为男一和男二的亲娘，匆匆赶来参加昔日婆母的葬礼，王文娟只有礼让和感谢。但王文娟认为这个老妇不该来，她正确的做法应是猫在家里，跪在暗柜旁边的蒲垫上烧香祷告。这里显不着她，众人面前显不着，私密场合更显不着。

但王文娟能够说，是羡慕嫉妒恨而不是心疼，才是王文娟实施慰安的根本原因吗？能说非常时刻的一次慰安，让王文娟觉得她的根本权利得以享用和验证吗？不能的。

而此刻的深夜呢，景精神他太累了，奔着花甲的年纪了，正因如此，面对着姣好的盘中餐，景精神是如此苛严节俭，断不肯举起箸筷，在色香味俱全的盘子里乱戳乱夹。而一切如同料想，王文娟不急亦不躁。王文娟相信，景精神是记得歉意和懂得表达的人。如何把握景精神的主动，就是让景精神有歉意，这才是掌控景精神的精髓。那么就让景精神睡吧，让他在婴儿般甜美的睡眠中，领会硬朗妻子王文娟的一番心意。

而一切如所期许，闷闷地睡过一觉，身体机能如期恢复以后。

想起寝前的情形，景精神果然坚持禀性，实施投桃报李，不仅主动犒劳了王文娟一把，还在王文娟的身上反复签下了不少的字。楷体，行体，魏碑，篆体。虽然匆草并难免狂放，但是敬请斧正了，祈祝白天愉快了。

纪检的力量

其实景精神不惊讶张喜违约卖猪，也不惊讶逃掉，而是惊讶为什么没得到群情踊跃的报告，没听到一声声自动自觉振聋发聩的呼喊："偷猪了！"为什么没看到全体乡亲们手执火把，在微微的细雨中，顺着山道"之"字形走来？为什么没能发动一场运动及斗争，让一小撮违约分子的每个举动处在密不透风的监视中，让人民群众的天罗地网严密地罩住他们，汪洋大海淹死他们？

若说惊讶，这才是景精神最大的惊讶。

随着惊讶转化为惊醒，那个久积的想法也再次随之而出，不由自主地管涌。景精神想回避它，可桩桩的事件不由他不看，不由他不想。

休怪蛤蟆塘的养殖户不帮忙，是从来没人要求他们帮这个忙，他们便是真的帮忙，也不知从何帮起。他们苦苦地寻找组织啊，组织却漠视对他们的组织。这样的组织是可怕的，它意味着隔壁藏着敌特，楼上匿着罪犯，地窖圈押着性奴，都会浑然不觉。

总之很难说是不是张喜卖猪催促了王伟事情的解决，不过景精神腚沟子打雷急了眼是真的。不急眼不行了，养殖队伍里，工农兵学商各个层面都出了严重的溃疡点，它既是大面积溃疡的征兆，更是免疫系统低下的标志，既要求景精神哲学思考，更要求进行标本兼治，为此景精神跟李县长连夜进行了友好而拘礼的交谈，通过电话拘的礼，没见着面。法院也派人于次日上午来到李县长办公室，做了态度沉重的汇报。违约卖猪破坏了软环境，也捆响了李县长的脸。因为捆响了李县长的脸，治理软环境的脚步加快了。

怎样加快的？纪检委明确告诉王伟，倘若违约，就查他的账。

不是查他养猪的账，而是查信用社的账。他不是信用社主任吗？

养猪的账不怕查，不过纪检委也不想查。

这种思路是否违规不敢说，不过换个角度，也算纪检委为软环境作了贡献，否则谁还讲信誉了？连信用社都随便违约，金融放贷怎么凭信？叫作信用社，不如叫不信社或者无信社。

法院也不甘落后，先予执行的态度，就比景精神积极，景精神还想网开一面，法院连网开一面都不想了。拍苍蝇一样，动作又急又快，虽然落空了。

景精神便挺服气，因他没这个权力，所以想不出来，不过就算有这些权力也未必能想出来，因想出来想不出来，跟手里的权力有关也没关。

景秀敏想一想都跟着高兴。觉着纪检委真的是服牛黄，没有它，治脑的药顶多到鼻子，既上不了头，也通不了七窍。有了它，法院的药就上头了也见效了。法庭调解时，看王伟时便不免有些下俯。下俯也不愿的，王伟的那张黑胖脸，肿眼泡，大腮帮，透露着掩饰不住的心肾两虚。满屋子的人，包括平常一眼都不肯挑的老杜在内，就找不到这么难看的。

景秀敏不愿看王伟，王伟也不愿看她，越过她直接和老杜说话。景秀敏挑理了，王伟固是不应跟她说话，不过也不应跟老杜说话。按正常程序，双方都应跟法官说话，然后由法官像翻译一样，从这边接话译到那边，再从那边接话译到这边。

因为生气，景秀敏也违了转译的规矩，不客气地撩拨或挑衅："王伟主任，你现在可出名了哈，全永县都认识你呢，差点没上永县新闻。"

王伟才不理会她。猪只不卖市场卖公司，虽是损失了几万块，跟理会眼前这个女人相比，简直就是愉快。老杜则趁所有人不备向他眇。老杜什么意思？同情他，暗示他，巴结他，帮助他？平时在一条街上住着，连王伟猪场的羔子都是他给劁的，可如今老杜什么意思？虽然不知什么意思，却也知这个眇，在景精神那边就是叛将投敌，而自己这边则是中坚力量。心如此想，呈现给老杜的，仍是傲慢无礼。

不过很快就知道老杜为何眼眇了。老杜在提醒王伟，适当地降下身段，搭理搭理这个女人呢。只是意识到时，已不赶趟儿了，法庭调解之前的预案，明明议定每头加价七十元，公司多付一些，王伟也收入一些。这是李县长提出来的主张，景精神对此接受，可眼前的这个女人，一点情分不讲，铁了心似的只肯加五十元，坚决咬住不放。像是料定王伟的心态，知道他急于摆脱，不想再理会这烫手的山芋了。而结果真就成功了。

王伟恨恨地想，可以到景精神那里领功了。

趁着王伟闷气，协议又滚动出两条，王伟承担全部诉讼费用，并向公司道歉，同时取消饲养道德猪的资格。

取消养猪资格没有争议，因为取消王伟不养了，不取消王伟也不养了，管王伟叫爹也不养了。当然反过来，管景精神叫爹，景精神也不让养了。社会资源享用越多越反动，用在交永二县的这几个干部和职工们身上，景精神觉得恰如其分。

可诉讼费用的承担是实际的，也是争议点。王伟对此有异议，法院严肃地驳回了他。

王伟道歉的事情，景精神就想整得大扯些。通过永县报、永县人民广播电台、永县电视台、永县信息网络管理中心四个媒体，向全县乃至全国发布消息。向全世界也行，欢迎外国人民点击永县以及公司的相关网址，总之要扩大宣传，最好杀一儆百。李县长不同意，李县长此时体现出了大将风范，因为他既要教育干部，也要保护干部。别看王伟同志在景秀敏眼里是个熊样儿，却是金融战线的先进，获得过省级先进工作者的荣誉。

对于这样的思路，景精神没有二话。人家说的不是没道理，景精神这样尊重，除了李县长是县长，主抓一方民生，还因为李县长真就很有眼光。

总之公司为王伟提高了收购价，王伟也为公司诉讼买了单，双方你一拳我一脚，虽未见得匀平，却总算有去有回。

不过所有养殖户都将迎来提价，执行这个新标准，就未必为王伟所知了。这是公司的绝对机密，只有几个人知道。它意味着，王伟若不打官司，只消听天由命地挨和等，也会等到这个结果。

清水煮肉

景精神总是这样，猪刚交配，已想到肥猪满圈；牛刚育种，已设计牛肉包装。

不过这是生产和销售较稳的时候，产品刚进超市时，景精神是没法落实上述远见的。天价的猪肉不合乎人们的消费观念，见多识广、朴实理性的北京人民，不肯品尝他们失之当代终于又久违重逢的绿色有机猪肉，因此各销售处所门可罗雀。作为新的社会阶层，造成收入差距无限扩大的企业家，景精神他苦苦求索，不停思考，寻求答案，然后他表情痛苦眼神坚定地说："打出广告，猪肉不合格退货。"

柳芭听后都有些急："老大，咱这不是家电汽车，咱这是'鲜活动物'，退回来怎么处理？"

见景精神先生脸色铁青，目光狠狠地盯在柳芭上数的第二粒纽扣上，柳芭才不吱声，而是求援似的看着白头贾。知道当着白头贾老大哥的面，景精神不能咋的。当然那个目光一旦出现，就如同太阳的周边出现光晕，刮风下雨的日子不可避免，但柳芭依靠聪明，还是硬躲了一回。

白头贾说："精神。"

从相识之初到现在以至将来，白头贾一直是这样饱含尊重地叫。

白头贾说："精神，果真有退货的，猪肉怎么处理？降价打折会影响正常销售。送食品厂做饺子或猪肉罐头，我们又无法尽快联系。而消费者的道德，你知道买时是好肉，退回来时可就不行了。猪肉毕竟是猪肉，它可不是咱家的闺女啊。"

白头贾自觉失言，因为白头贾家里虽没有闺女，可景精神与王文娟却有一女，是个可爱的小学生。好在景精神没有在意，也知不是别的意思，便说道："事已至此，只有破釜沉舟了。"说的时候咬牙却不露齿，类似于喉音。

见白头贾苍白的头发下面双颊尽显苍老，柳芭也是不由一脸的愀然，景精神特地乐观道："你们想想，北京人民这样忙碌，交通又如此耗时费力，有谁能认真研究退货？老头老太太们倒有的是时间，可别忘了这些关心政治的老市民，有那工夫儿宁可凑到一堆儿，用国家大事涮嘴，谁又有兴趣搭理咱们？还有最重要的一点，自家的产品啥样子，我们自家应该最有数，你们就说，我们的产品是不是超越其他产品一大截儿？"

说罢狰狞地看白头贾和柳芭，就等他们说出不是。见白头贾和柳芭称是，才收回牙齿及目光，鼓劲道："一定要有充分的自信，我们的道德猪不仅国内是排头，在全世界也敢说是在前列。"铺垫至此，才又说出后来被反复渲染、最终赢得顾客青睐的节点，即现场烹煮以及无偿品尝。慷慨的东北很早即用此法的，为证明不是王婆卖瓜，那些卖香瓜的和卖西瓜的，都要拿尖刀挑上一块，供买家免费品尝，但景精神硬说是他憋急之后的点子也没办法，最早提出点子的人早已入土了，没有人爬出来跟他争抢创意及注册商标。

想不到这样一个简单做法，效果却并不简单。只是清水煮肉块，不加任何调料，却以原始肉香吸引了一批又一批的广大消费者。北京人民真的识货，鼻子又真的灵敏啊。他们从超市的各个角落、各个楼层寻味而来，虽然品尝者过千，而购买者不足十，不过有这十就足够了，道德猪终于迎来了第一批张嘴品尝的消费者。

纽扣自是不能白看的，尤其目标明确的第二粒。新招法出台的那夜，景精神仰躺柳芭趴卧，向日葵味道的长发倾泻到景精神的耳畔，仿佛在哗哗不停地流，流也流不尽，流也流不到头。

中青年搭配真是一件绝妙的图画。它们的结合如此风光无限，蕴含深深，让景精神躺在床上，仿佛倾听到溪水在身边流淌，嗅闻了秋天的大榆树漏下的一瓣追光，感受时光的圭影如何斑斑点点地洒到彼此的身上。

柳芭嘀咕什么听不到了，景精神不想听，什么都不想听，只想给柳芭宽怀的笑。只想拿粗硬皮皱甚至悄悄长了一颗老年斑的手，理智而绺顺地抚摸柳芭圆滑的头。景精神仿佛看到，柳芭的哥哥在北京郊区的屠宰场开了间作坊，专门加工猪肠猪下水、猪头猪蹄子、猪鞭猪尿泡。既不知谁让加工的，也不知道加工后运到了何方，但是凭什么景精神知道？又凭什么以为景精神想知道？不是公司的人，不属公司的事，景精神不想闻和问。

最看不惯的是那个叫作小荀荀的，长相风流，走路甩腰。不像走在路上，像走在比赛的游泳池边上，录取前八名，刚刚拿了个第九，也向周边的观众挥手。景精神也知，是柳芭提拔他做了出纳员，安插最放心的人了。

月亮论

景精神把道德猪断货，归咎为个别养殖户违约，这让景精神关注终端销售的同时，更加关注基地关注人。为了更好地做到关注人，他大会小会接连开了十三个，包括高层会、座谈会、通气会、恳谈会、征求意见会，却仍嫌不够，因为他想一气儿开三十三个。把不同的参会人员弄得，有线衣不整的，有只穿衬裤忘了外裤的，有左右脚鞋穿反了的，疲于奔忙。当然景精神如此开会，也还有客观的无奈。因为组织统一的大会并非容易，动辄大会肯定影响养殖户的饲牧，往返车费也会加重个人负担，景精神只好送会上门，送会下乡。他的这种苦心受到了广大养殖户的热情好评。

那天开完养殖户会，又接着开高层会，桌前摆着特制的黑陶杯，杯中的绿茶清气袅袅。景精神穿着整齐朴素的白衬衣，随意地绾着袖口，露出一截黝黑少毛的小臂，透视出大领导特有的神气，以及长期开会熏成的散漫气质。前面给养殖户的会太短，没多说话，景精神便把劲儿留到了这个会。他一气儿讲了两个半小时，而且条理清楚，眼光深远，事例生动，语调亲切。鉴于较长时间在北京搞销售,他给大家带来了北京的见识和春风,让人感到入脑入心,比经过审读的事迹报告动人得多,让人听出了人话的味道。可是翻车倒垄的只一句啊,猪肉价格的涨跌都是正常,不能听风便是雨,更不可违约,景精神却加以激情铺展,不可抑制地条件反射式喷泻。只是苦了跟从记录的赵红,记还是不记,真记还是假记,赵红秀丽的字写得跌跌撞撞,人也几乎累吐了血。可赵红咬住牙根坚持,为什么坚持,因为除了工作岗位,赵红视为这是她与景精神特殊方式的合作。

他的讲话多有感召力,哪怕周围坐一百人,并且扎堆了,哪怕中间有几个极有女人缘的高大威猛的外国男子,赵红觉着她仍会毫不分散,一眼透穿,不差分毫。而人群中的他呢,哪怕他投来的只是无意的一瞥,缘由是一个蚊子经过,惊了他的眼,他下意识地朝那只蚊子眯了眯眼皮,赵红也觉得那是给她的,是钟情的他在聪明地透过蚊子翅膀和尖嘴之间的缝隙看她。他在高明地掩人耳目。

而别的呢,而光是看吗?而别的纵有需求,还能需求什么?而纵是无所需求,又有谁人替她惋惜?看到这个年逾五旬的壮汉她就心安,听见企业发展的喜讯她就怡然。这些与她都没有关系,但与她都有关系,信赖的魔力会焕发她的斗志,让她不知疲倦地记录,纷忙有序地扎那些长长的永远扎不完的、因为每天每日都要说话的"鞋垫子"。

回返途中路过一座叫星星哨的山,天已擦黑,山肩膀上担着一轮圆月,令景精神想起了哲学,便带动车内的人陪他一同观看,一同启蒙。路随山弯,车随人走,一会儿月亮在前,一会儿月亮在侧,一会儿月亮在后。景精神故作惊喜道:"看,月亮前了,月亮侧了,月亮后了。"

前后侧都说到了,便问为什么,随行的人都慎重。赵红也不说。貌似简单的问题,蕴藏着随机的答案,结果是他们说对就对,想怎样就怎样。

景精神点将道:"赵红你来说。"

赵红的材料记录能力及卖力程度,都是眼见并公认的。在此有意突出她一下,也算是景精神的体恤。只是赵红并不居功自傲,大嘴唇将所有外突的板牙紧紧一敛,敛得景精神直闭眼睛,又控制着睁开眼,尽量充满亲切期待地看赵红。

而若是能站,后座的赵红就会小学生一般站立起来。因不能站,只能倍加地严肃其他的体征,譬如双腿闭紧,譬如力争表达板正,朗朗上口:"看的角度不同。"

景精神外表不动,却在心内耸肩。文笔好不等于智能高,记录速度快不见得脑袋快,看来就是这样。换一般人就不说了,因要继续启蒙,便摇头纠正道:

"No，是人的方位感。"

赵红不好意思地吐吐舌头，却充满幸福，因为景精神"No"了。景精神是极少"No"的，这个"No"不说空前绝后，总可说绝无仅有。赵红的错误答案，反衬出了景精神的智慧聪明，赵红愿意犯错误，愿意做小女生，做景精神的好学生。

这种启蒙的效果便是，错的高兴，对的也高兴，大家彼此都高兴。尤其和景精神同坐一辆车，不开车窗的情况下，一口接一口地共同呼吸着掺杂在一起的口腔味。这个掺杂让人感到了密实，想到了私密，提供着心照不宣。

回到顶楼上，一个人的女职工宿舍，赵红孤零零地闲倚在床上，体味着形而上的幸福。把赵红当作核心话题聊上一聊，这还是首次，赵红由此高兴，又由此叹息。

月亮哲学不过是假说，赵红岂不知方位感？可是赵红的嘴巴那么一敛，居然惹起景精神的条件反射，还装模作样地一闭眼睛。看来无论对或者错都不重要，唯有相貌才重要，唯有风情才重要。既然如此，可奈何，奈若何，一切也只有听之任之了。

就想下到二十八层的楼上，就着董事长办公室的灯光，和景精神唠上一唠。

可是上帝，跟他唠些什么？唠道德猪需交配三个波次，通过三代繁殖，才能把子孙后代交与人宰割，还是唠猪只堆积或供应不够都有可能的，倘说得清楚消费者都会给予理解，因此不必矫饰，把断档的罪恶推到违约者的身上？可老太太的尿盆——你挨呲没够吗？景精神需要的，也许是调笑、戏谑与轻松。

可俩人之间，应该谁捅破那层臆测的窗纸？精神啊精神，赵红小妹给你讲故事，让你轻松，让你在故事的意念中徜徉流连。

某对夫妻上山参观牧场，农场主指着山下的一群牛介绍："此牛每天交配一次。"妻子埋怨丈夫："看人家。"走到半山腰，农场主指着几头牛介绍："此牛一天可交配两次。"妻子更加埋怨："看人家。"待走到山顶，农场主指着一只悠闲吃草的大花牛说："此牛一天可交配六次。"妻子简直懊恼不堪，对丈夫说："看人家。"

农场主接着说："但有个条件，需跟不同的母牛。"

丈夫将妻子手一甩，振振有词道："看人家。"

精神，你是哪头牛？请问你有几头牛？

第十一章

颜色光鲜的果子

那桩围堵事件的直接效应,是预混料车间卖了,附带效应或者后效应,是协会的自行解散。没人关注协会是谁弄黄的,只不过提起它的时候,众人都会想到丁文福。

没人关注的另层含意,是更多的人认为这个协会没有用,它属于理想主义者的美好泡沫。只是大家这样认知,却都不去说,事关董事长这个层面,需靠他独自一人慢慢反省。作为最大的股份持有者,许多事情只有他死后,大家才能帮他纠正和反省。

协会的解散促进了王文娟的认识。这个貌似充满疑点的协会,这个对着空气使拳弄脚的协会,它除了佐证景精神在进行一项前无古人后未必有来者的事业以外,它顶多属于一具行尸走肉的遐想。

行尸也好走肉也罢,原以为可以跳过或者略过的,可此时王文娟不这样想了。貌似形式的东西其实可能很强大,并且具有攻击性质。一个颜色光鲜的果子,外表无一丝斑瘤,无一个洞眼,咬开时却发现一条白色的软体小虫,在果核里安静地啃咬。越是外表光艳的东西,越具有内部腐烂的特质。都是一样的道理,再不能跟着走了,是表态分离的时候了。因此趁机收购预混车间,归到王文娟的名下。

从长远的、爱护景精神的财产和未来的角度,再不能任他瞎折腾了。

事实是王文娟刚模模糊糊地考虑到这一点,景精神已敏锐地替她开掘了。

开掘的景精神因此满足而悲壮,寡合而落寞。

不待王文娟张开嘴巴，他已对王文娟说："我同意了。"

同意是什么意思，接受还是妥协？景精神这样同意王文娟，更像是在同意他自己。同意他自己的同意，妥协他自己的妥协，更主要的，是坚定他自己的坚定。

鹰派与小罢工

养殖户们的眼前，都有墙被扒洞、屋露椽头的感觉，眼前豁然一亮。景精神来不及豁然一亮，他需抹墙补洞，当然不是亲自缝补，而是急急调来成阳，让他逐项收回。

不过在丁文福的眼里，这就比协会被自动解散还恶劣。亲连桥不考虑王文艳，那么对不起，丁文福也不考虑王文艳了，东风吹战鼓擂，发展有机谁怕谁。具体做法是，成阳刚到办事处报到，饲料车间就罢工了。到底谁给谁下马威，自己寻思去。

待料的卡车停靠在空寂的院子里，二十吨的订货下午就需出厂。赞成罢工与不赞成罢工的，都认为选得挺是时候。

饲料必须得出，离开他们旁人做不了。

紧急起用的成阳却不信邪。过去不信协会的邪，如今不信丁文福的邪。积攒了将近两年的气，此刻找到了发泄口。若有可能，就想像几十年前江西的恶霸地主那样，鼓突着胖腮帮子威吓："我胡汉三又回来了。"

他双脚踏进协会的院子，面对停转的生冷机器和罢工的工人，严肃地说道："限三分钟时间，你们想好了，开工还是不开工。"工人们都不吱声，成阳紧锁眉头，咬住牙帮骨，掐着手机。嘭嘭，嘭嘭，嘭嘭。怀着倾听新年钟声的心情，众人共同关注着手机显示屏上的秒数，秒表刚跳到第一百八十下，不等第一百八十一下跳完，成阳迫不及待地庄严宣布："你们被解雇了。"

如此刚性，似可换个委婉说法，但成阳不换。公司出钱出料，工人出工出力，一切属于天经地义，又有什么好说的。成阳决不会像景精神那样，立足正面教育，深挖思想根源，分明是以剥削为主的资本家，却动辄一副改良者的面孔。改良怎么了，怅叹怎么了，培植又怎么了？所有的结果，都指向革命鼻祖们概括的："一个集团战胜另外一个集团，一个集团战胜了另一个集团。"

成阳的身后是蛤蟆塘的几个人，听说他被重新起用，雀跃着赶过来的。虽称不上四梁八柱，起码叫群众基础。这些基础让成阳有了基础，他斩钉截铁地叫号："中国从来不缺两条腿的人。"

刚硬的改革派哩。

鹰派。

鹰派毫不客气地指着以大岔村民为主的雇工们："限一个小时，把行李搬出去。"

又补充道："土豆搬家——滚球子。"

工人们有些蔫。蛤蟆塘的几个却感到解气。尤其是小和珅，旁人还有个稳当劲，这个跳马猴子早兴奋得不行，锣没等响，先绕场窜蹦起来。工人们的眼里，便是小人得志的嘴脸。所谓的行李搬运，若不涉及自尊，算是再简单不过的。因此他们不着急，要看成阳怎样收场，怎样收不了场。

没有金刚钻，不揽瓷器活。号称留过日、考察过株式会社或合作社的家伙，对正在绕场窜蹦的小和珅说："你马上打机器。"

小和珅眨动着圆溜溜的眼，看着成阳不说话。意思再明白不过：我行吗？我只是个猪倌呀。

周遭的人都看着呢，成阳捺下急火，嘎巴溜丢脆地启示道："你磨过米没有？"

小和珅咧咧嘴："看过。"

工人们嘴角一丝讥笑。成阳被激怒了："看过就行。"蛤蟆塘的几个也被激怒了。成阳瘦长的猿手一挥："上。"

小和珅有胆量，也果真不含糊，那些工人们能干，不信他小和珅不能干。手中有钱，别说一天交配六次的大花牛，一天配三十次的也培育得出来。况且有啥含糊的，家里头哪次磨米，不是颠颠地运到磨米坊，又颠颠地给磨坊主打下手。况且面向三农的东西，除了简单，又哪有复杂的？至于有机哲学或者太极，不过是有人在故弄玄虚。

小和珅找到电闸，利索地合上，机器轰隆隆地开动了。

机器的出口处，所需的料粉源源不断地倾下。

小和珅歪戴着义捐来的棒球帽，帽檐底下是红润饱满的汗脸，脸上一双机灵的眸子，闪出不服输的熠熠光芒。可惜连桥徐家辉不在，否则定会上演一出更好的戏。

徐家辉不喜参与此类挑战比拼。他属林冲的，除非妻子让人污占并且还要投井。

剩下的就看成阳了，成阳知道配方。不仅知道配方，甚至可以现场设计配方,毕竟是留过日的啊。在场围观的就兴奋了。一种挑战成功的情绪蒸腾起来,类似酒后亢奋或者服用兴奋剂后登台。成阳也很高昂,高昂就有些变形,他大声鼓励几个人:"学过加法没有?"

加法谁没学过?蛤蟆塘的新农民,函数与反函数都学过,只不过就饭吃了。

成阳语重心长地告诫:"记住,猪饲料就是两个事,粉料与拌料。"

成阳这样说,围观的养殖户们忽然就明白了一个道理,办饲料厂,其实比养猪简单。

急需的二十吨料如期加工出来了,并且成袋装上了车。饲料厂因此照常运转。

景精神击节赞叹的同时不禁皱眉,不错,景精神是希望养殖户知悉生产流程,甚至主动将配方交由协会掌握,可事情分对谁。若丁文福办,景精神会情不自禁地鼎力支持,但却是成阳伸的手,怎么说呢?不是景精神设计的方向,不符合景精神的设想。

刀　旗

成阳陷到事业堆里,成了有名的大忙人。清理账目,恢复生产,各类任务都落到他头上。尤其扔下的往来账,早乱成了一堆,需要成阳摧枯拉朽地解决。各要职部门的头头们都买他的账,见他都是颔首微笑。

那时公司给成阳配的摩托车。电视广告说的骑上后最有男人感觉的那个牌子。那则广告后来被撤了下去,草场骑马的感觉却依旧存在。高高低低、深深浅浅的山峦里,笔直或弯转的各类乡路上,成阳骑着摩托,像竖起的一面流动刀旗,在风中割来割去。

那时各家各户都欢迎成阳的到来,不管齐账、拢账还是还账。成阳是诸多业务员中最受欢迎的。那个阶段若进行投票选举,若在美国,成阳很可能被选上州参议员,而且不必拉选票送贿金。协会成了乱坟岗子,都以为一些账目算是完了,查无可询了,但是成阳这个可爱的人,却干脆利落地把问题解决了。这家六百那家七百,分毫不差地送到了,结果都有些意外之喜,不当作收回了一笔钱,而当作捡到了钱。

胭粉既可搽在脸上,也可搽在腚上,但主要是搽在脸上。这个道理成阳自然懂,但却不往脸上搽。为什么不往脸上搽?因那是表面功夫,景精神不傻不茶,不瞎不聋，所付的努力都能听得到看得到，因此只需做而无需说。因此成阳及诸同仁只需奔求结果而无须流连过程，虽然景精神喜欢过程，但成阳不相信他不喜欢结果。

如此，什么是协会，不过是更顺利挣钱的形式。成阳以为这个景精神应该懂。被放在过程里的丁文福咋样了，莫说协会流产了，连大队书记都给选掉了。如此结果是民意使然，还是出自景精神的影响力，成阳不予评论。不过成阳不解的是，景精神接着居然安排丁文福去了种鸡厂，让他到那里管事去了。

这样的安排就不知是景精神的恻隐还是王文娟的援助，不知是援助丁文福，还是援助景精神自己。这让成阳泛起了莫名的冷笑。围堵事件的后效应，不只是协会解散、饲料停工以及账目混乱，真正可怕的后效应是，没有人肯抓猪了。账结回来，养殖户们该干啥就干啥，贵贱不跟公司扯了。也就是说，更大的困难在等待着，让恢复生产的工作举步维艰。

这时内部还有些流传，听起来像是真的，也的确是真的。譬如公司让银行给抵押了，员工接连半年没开支了，老员工因此走了不少。而剩下的员工所以剩下，不过是担心另找地方费劲。

以上都算是重要的表象，根上的事还在于，公司在人们的眼里没信誉了，尽管它建树理论，标榜形象，但人们更看重实际行动，这也多少映衬了成阳所述的过程与结果。

景精神就很上火。因关涉地球人类的福祉，火就上得更加高远。真话每天必说，居然变成了腻人的鬼话，这是景精神意想不到的。至于成阳，早知景精神是有名的"一年乐"。纵是何样的人才，只要不是女人，一年后也会没了新鲜感，也要把目光投放到别处去，求贤若渴地挖掘人才。不过成阳管不了这些了。他似乎憋着一股劲儿，很难说这股劲儿不与对协会的判断有关，但它更可能的是一次年轻的好胜，一次热忱的瞧不上眼，一次基本的责任心，面对景精神交付的历史重任，他愿迫不及待地抢好码，甩开膀子大干一场。是的，他就是一匹上场的赛马，周遭的呼声、人潮与热浪将他忽悠得热血沸腾。栅门刚打开，不待动用鞭子，他已迫不及待地四蹄腾空，若有可能，恨不得马踏飞鸟。

成阳代表组织，先找的小和珅。事情应当说基本顺利。小和珅不管组织，只管成阳。具体说就是信任，而且是欣赏认定。扑扑棱棱的人，成阳不知怎么就给影响了，影响了就用上了。小和珅媳妇表达意见："公司是你爹，你管公司叫爹吧。"说罢剜成阳一眼，些微的不满，却直来直去不遮不瞒，倒也看得出爽利。

小和珅不让号，不让别人的号，也不让媳妇的号："我倒是想认这个爹，可惜人家不认我呀。"

在小和珅这里煽呼得动，到别人那里就煽呼不动了，因为别人不是小和珅，也不看小和珅。这个成阳早估计到的，因此目标就锁定到徐家辉，徐家辉爷俩有思路，为人做事不走板。若他们做了，必能产生相应的煽动力。有小和珅这个敢说话的炮筒子做急先锋，加上徐家辉爷俩的出列，应能产生不小的冲击波。

别处当然也要跑。光指望蛤蟆塘一棵树，就算满枝结果子又能有多少？于是成阳骑个破摩托，蛤蟆塘、大岔、狼头、白旗，整天各个村跑，挨家挨户动员，到哪儿都跟人商量："能不能养几头，超过五十头就行。"跟沿街行乞似的。

可是徐家辉不动心，不养就是不养了，此前乱糟糟的情形，以及所经受的不公正待遇，提起来依然止不住气咻咻。

成阳说话不绕弯子："家辉，养七十头吧。现在正是时候，公司保利润。等各家心思都活了，就没这个条件了。"徐家辉脸上的笑，就像正在拉硬屎，终于冒尖儿了，但又拉不下。换作别人，这个拉不下就得怀疑是假装的，换作徐家辉，成阳却相信是真正的发怵。这个发怵让成阳心里头发疼，发疼之后下定决心，一趟不行两趟，两趟不行三趟，一定把徐家辉拉扯到再养的车子上。

于是隔晚的十点多钟，成阳又骑摩托跑来了，只说是忙碌了一大天，心里又放心不下，因此夤夜而来，其实是晚九点来钟的时候跟景精神通了话，景精神仔细询问二次动员的事，又鼓励又鞭策的，让成阳感到了迫不及待和时不我待。

可是徐家辉却仍不表态，硬屎拉不下来或不肯拉下来。成阳猜测阻力的方位，有意识地试探家辉爹，看是否老人家反对。家辉爹饱含期待地表示，为了充分尊重儿子，爹妈的意见老早就只做参考了。开明的老人说着开明的话，令成阳感慨，也令成阳反思，同时也让成阳上火，便想此事是否过于迫不及待，所以才被动了。心内便有了打算，与其积极出动，不如守株待兔，先去拉拢腐蚀别人，爱养不养，淡着他，于是反倒神闲气定下来。

而这一招果然有效，从徐家辉家出来时，同时来的小和珅拉着成阳要再喝点，成阳高兴地拍小和珅的肩膀："都几点了兄弟，以为城里哪，饭店餐完了，还要再找地方'撸串子'。"小和珅笑嘻嘻地告诉成阳："别看家辉貌似无动于衷，背地里却在找人借猪舍，跟人说'把猪舍借给我，我干一批'。"成阳心里便托底，有这话就差不多了，徐家辉性子慢，定下的事不易改。却又判断小和珅，何以如此出卖。转念再想，既然是亲连桥，为徐家辉好是一定的，拉个陪绑抓个垫背，走共同致富的路也是一定的，不过记挂着成阳也是一定的。想到此，小和珅不张罗都不行了，一定窜到他家的炕头上，哥两个就着白菜心蘸酱，喝它个半斤八两。

文艺审评员

养猪时局如此，景精神为什么没亲自跑，就像因为他没必要亲自跑。就像一个号称计划单列市的市长，如何能深入千家万户，做起街道主任的活计；一个元帅虽有拼杀的愿望，却无法冲锋陷阵身先士卒，因为元帅也是个岗位。景精神亲近养殖户不假，但还是元帅与市长，这是毋庸置疑的。

至于将动员令交给成阳，是基于对一个人积蕴已久的热情的判断。而蛤蟆塘的几个人当初为什么主动跑到大岔村，除了有闯劲，还不因为想致富吗？就是说他们不是不想，而是曾经太想。太想就好办，寡妇生孩子——有陈底儿。至于拉硬屎，又拉不下，火撤了就拉下了。

事情交给成阳了，景精神便腾出精力，将思路放在制订和颁布指示上。彼时颁布的最新指示是，动员全办事处的人员，号召他们上山下乡，与全体可动员的农户打成一片，支持农户，鼓励农户，开拓农户。

这样的指示不等景精神指示，成阳就已经做了，可做了不等于做好了。景精神提倡背着行李下乡，是指不给养殖户添乱，同吃同住同劳动，坚决交伙食费，而不是成阳的屁股大嘴巴尖，见着吃喝不挪窝儿。

可成阳有他的理由。如果背上行李带上干粮再秋毫无犯，当军人打仗固然好，干部下乡更好。可挨家挨户地搞发动，起码在东北这疙瘩不成。坐养殖户的炕桌上吃他们的喝他们的，要他们出力办事，他们反倒欣然接受。当然前提得对撇子，觉着是兄弟，真处成兄弟了。此类的话当然不便与景精神交流，不过还是要各做各的，譬如再去徐家辉家时，好吃好喝的成阳，直接拎来了一条三指膘的猪肉。这种肉，燥油炒菜都实用，肉够吃上几天，油够燥半坛子了。拎来了肉更加不见外，坐炕上就挥掇徐家辉请小和珅和洪宝昌共进午餐。刘桂珍虽堪比中老年妇女，也把她找来了，不上桌，看几个男人吃。

喝到兴处，成阳嚷嚷道："你们一家搁七十头，就算维持我了。差了事，冲我说话。"

又嚷嚷："放心养，公司保你们利润。"

"相信我，公司绝不会亏待你的。"

"家辉，你大胆抓猪，果真赔了，我不让你赔一分钱。记住，董事长红嘴白牙说过，公司任何时候，不欠你们一分钱。"

成阳借着酒劲，满口酒气地逼问徐家辉："干吧。"

徐家辉说："干？"

成阳一拍桌子："干！"

徐家辉的气魄被激荡起来："干！"

　　景精神呢，他才不屑于此，即便成阳的举动见了效果，下一步和再下一步的事情很多，都是他要考虑的。虽受挫之后猪场空空，景精神却已考虑在各家猪场安装摄像头，将它们传到网络上，让全世界的用户可以随时调出道德猪们的生产生活情况。在财力紧张的情形下，还发动员工捐助了一批衣物交给市慈善总会，由着他们，爱咋发咋发去了。需要提及的是白头贾觍着老脸，这期间做了一件既让人振奋又让人窃喜的贡献。经过一番努力，他帮助景精神争取来了五十万元的中小企业扶持发展资金，这显示出白头贾的独特优势，也验证着景精神最初延请的良苦用心。当然有关部门此前已通过媒体发布了此类资金的申请信息，不过发布是一回事，争取来是又一回事。

　　相形之下，就越发怠慢董事会的另两位成员，包括爱写剧本的文艺钱厅长以及当年的副省长秘书、现在早已过气的俊俏赵厅长。那时还未约请撰写电视剧的文曲星们，待到那个阶段，文艺钱厅长简直要无地自容了。直到半年以后，连文曲星们也完不成景精神的臆想，钱厅长才借机找回自己相应的地位。不仅找回了自己的地位，而且被提升至全公司范围的文艺审评员。

　　不过怠慢不怠慢又如何，谁指望公司过活了？公司每月开点薪水不假，可每个人都有退休金呢。况且加入董事会是景精神主动提的，就算放掉这个猪董事会，还可以加入驴董事会、马董事会、鸡董事会。

孱弱的外表下

　　成阳受到重新起用，成了大红大紫的天王巨星，而景秀敏还是老样子，小角色，跑龙套，景秀敏是既替事业高兴，又隐隐有些难过。连老杜悄悄地说，成阳体型干练，若在床上，百分百是干将，景秀敏听后都不跟着热烈讨论了。

　　只是吸纳刘桂珍，让景秀敏觉出了险要，感到了担心。真要出了什么闪失，谁都担得起，唯有这个刘桂珍担不起。她男人不把她收拾死啊。为了一己之利，把这样的人都给划拉进来，在景秀敏眼里，成阳这个男人不咋地。相比之下，还是景精神更儒雅，有份善良的济世心肠。

　　以上是景秀敏的角度，同时成阳觉着无须辩解。成阳有他的角度，甚至可以振振有词。相较于景秀敏,帮助刘桂珍这样的人脱离苦海,唯一的方式就是让她挣钱养家,养她的男人和她的全家。即钱由她挣,活由她干,赔了怨她。

有谁知道刘桂珍是什么样的状态下养的?别人挣钱的那两茬,刘桂珍是错过了的。现在聪明人都不要养了,她却冲上前来。她也只有这个时候冲上前来,若再早些或者晚些,有谁会搭理她呢?只有需要人却没有人,或者人人不肯的时候,才是她存在的空间。

饱受摧残的孱弱外表下,有一份高贵的坚定,这是发展养殖户的重要品质,是养殖户的最高境界。

了解一下历史,就知道何以现在。刘桂珍是做过工人,进行过工业化大生产的。得到过实际行动的训练,尝到过集体组织的甜头和温暖。那是她唯有的真正快乐时光。之后作为集体一员的她死了,她成了一具行尸走肉,一个白毛女。

刘桂珍时常沉浸在乡镇缫丝厂的旧梦里。彼时虽做临时工,却常体验到集体的嘘寒问暖。职工们生病了,遇到困难了,工会领导都要带上鸡子儿和挂面探访,把职工们的苦乐放到心坎儿上。后来缫丝厂黄了,她这个临时工成为了生产队的普通女农民,嘘寒问暖的光景也随之没有了。她从此只能看着别人有了。她以为从此只能看着别人有了。

可自打与公司合作以后,这种幸福又降临了。是公司、道德猪、景精神这三件宝,祛除了她的白,唤醒了她的黑。

她因此由衷地感叹:"组织真好,成为道德猪养殖户真好!"

只是,只是并非人人这个处境,因此也并非人人这个状态。

桃花红,杏花白

下定决心的第二天,家辉爹便反桃子了。彼时成阳正带着几个人,拎着钱,奔向双阳的种猪场去提仔猪。那钱是成阳带领各家各户,手捧房照,以联合贷款的名义跑下来的,其间屡经周折。

徐家辉一家人先是同意的,可钱拎走了,又突然不同意了,都感到凄惶惶的。先是家辉娘凄惶,然后是家辉媳妇凄惶,然后是家辉爹凄惶。这个顺序就跟那个段子说的不一样。那个段子的顺序是儿子先得了病,接着儿媳妇得了,接着老公公得了,接着老婆婆得了,接着全屯子都跟着得了。这个全屯子都得了说得挺狠,也让人爆笑。不过家辉爹不爆笑,他面色凝重,一边估测着事情的进展程度,一边安抚家辉娘。其他几家也是如此,坐在屋内叹气,双眼望着篱笆,以为后悔也晚了。

不过亲戚们都认为不晚,匆匆赶过来埋怨,说家辉爹娘简直没正事儿,怎由着年轻人胡闹。家辉爹再次陷入凝重,在这些关心问询面前也失去了分寸,他一咬牙一跺脚,携带着家辉娘,赶往二十里外的东阳镇邮局。到那里干什么?通过邮局的公用电话,传呼徐家辉。彼时手机还没有普及,普及的是BP机,也有一种说法,叫它"跑皮机"。叫跑皮机的,不上十年就老了。这世界发展快,人的隔茬也快。

只是左等右等不见回话,不过家辉爹并没按亲邻们出的主意,说村里乱套了炸营了,或者他爹死了,虽然不那样说,徐家辉便难回话。家辉爹宁愿相信,徐家辉是因收不到信息,或者收到信息也无法回话,但却了解儿子,一旦下定决心,便不轻易放弃,便一遍遍地要求一身娇气的营业员帮助留言,直到营业员被弄得厌烦了。那留言发高烧似的说着:"千万别抓呀,都是忽悠啊。"

据几个人回忆,虽是相约着去,却也胆突突。十几万块才捂手里呢,如今还没攥热,又要拿出去换些个小猪八戒回来,这时才深刻地觉着,弄得不好,房子真的要没了。

房子没了,那么家还在吗?没有人回答。

都以无声算作回答。

徐家辉的BP机嘟嘟地一阵阵地响,十二道金牌般往回追,听得人百感交集。若是挂在洪宝昌的腰上,小和珅早就叫喊了:"关掉你那破玩意儿。"因是徐家辉,他不能说,也不敢说。

刘桂珍蹲在车厢的一角,这使她的周身缩小了两号。洪宝昌则脸色发灰,既没有媳妇,又没上牌场,原因便显得有些不明。

徐家辉与小和珅呢,在自信的成阳面前始终硬撑着,不断择些话题闲唠,都是与猪无关的,看来在有意回避。

徐家辉这时奇怪地胃疼或者心疼,又接连打了两个喷嚏。几个人心明镜似的,这是亲人在念叨他,却也知,每个家里都会急冒了烟。但将在外君命有所不受了,受也不受了。

临到抓猪时,仍觉着心被提溜了出来,鲜红的一块,"吧"地扔在砧板上,绷着恐慌的筋,渗出触目的血。

又好似缺氧的鱼,暴雨要来时,张着圆嘴巴浮在浑浊的水面,一翕一动,一张一合。

也可似临盆生产，应该剖腹产偏不剖腹产非要顺产，结果宫缩阵痛得快要崩溃了。

始知一个"信"字不仅是安定剂，还是治病疗疾的救心丸。

而成阳的心里，此时就如打翻了五味瓶。若说没有暗喜那才是胡扯，搞传销发展到下线啥样，成阳就是啥样。不过也因此难受，混到这等粪堆儿，自己都觉出有骗人的嫌疑。况且成阳的兜里，就揣着大哥大呢，特殊阶段景精神临时给配的，可是徐家辉咬定了屎橛子，说什么不肯回。把个成阳感动得眼睛潮潮的。结果BP机越是嘟嘟地响，在成阳心里把事情做好，把一批人扶植起来的决心下得也就越大。

而上述的种种经历，成阳对景精神说，景精神微微地笑。成阳的感觉是，景精神笑得特别好看。有了景精神的笑，成阳认为以往的努力有了所值，取得了回报。

回来卸猪的时候，不少村民前来围观，幸灾乐祸道："你们胆子太大了，还敢抓。"

徐家辉不予回答。说话已没用，不如让事实说话。

小和珅睁着溜圆的眼："咋的，羡慕啊？"

刘桂珍的话最决绝，夺命寡妇似的："公司多咱不干，我才不干。"

被"攘揉"的村民私下嘀咕："公司不干，她都想干。"村民话里的意思是，公司就不是公司，而是东北大汉，乡野勇夫，赶大车的。

成阳趁机鼓舞几个人的士气："该顶得顶，不能让他们见缝下蛆。啥叫傻狗不知臭，这些人就是。"成阳的话让几个人更加硬气。不过那些多嘴的村民们也不说了，是好是赖自己擎着，没必要费这口舌。

那么徐家辉的父母怎么办。他们就好比往家娶媳妇，先是不同意，可真的娶家里来了，就该着怎样待承便怎样待承了。

奉子成婚呐，心里头认了。

不过后来公司也真的长脸，不管是否出栏，每头保证了一百二十元的利润，有一头算一头。加上冬保冬补等一些手段，那批猪真挣着钱了，确切地说，非常时刻，是公司保证养殖户挣着钱了。

腰包不能白掏，也没有白掏。养殖户们看到了希望，开始重新打圈，自动自觉的，挡都挡不住。不让打圈便上访，找办事处申诉。而转过年来，桃花红杏花白的时候，养殖户们更是抢着抓猪了。

那年的年底，小和珅从公司捧回来五万元。媳妇搂住他的脖子，高兴得直打嗝："小和珅，没想到嫁你能有今天。"媳妇的话是有比照的，俩人结婚时住的是小下屋，恐怕冬天冷风打透墙，现拿苞米秆子围挡了厚厚一层，几乎把房子埋住。倒是什么事情也没耽误，孩子照样出生，公司的车库一样，开出了一辆又一辆，但毕竟是人家的说项。如今好了，可以扬眉吐气地举屋建房了。

第十二章

哲学与武术

  景精神的笑虽然好看，在成阳的眼里就难免有些苦味，因为无论是谁，都明摆着一个绕不过的问题，即没有协会，养殖事业照样开展了，而且开展得更好。

  这个问题不可以琢磨，因为它越琢磨越意味深长。好在大家不喜琢磨，没有精力也没有兴趣琢磨。

  若是琢磨倒应考虑怎样救助景精神，对他说现实并非他眼中的现实，没有谁需他拯救于水火；人群也并非他眼里的人群，他所求之诚信只是理想之一种，却未必是现实的一道需跨迈过去的门槛。

  回想初时，带着一身伏虎拳被推荐上学的他，对每日的大课小课，都有他的想法。按常规应该完成的东西，他不喜做出评价。他关注的是非常规和常规以外的。压腿、站桩、弹跳、走拳。武术占据了他生活中最多彩多姿的一部分，并在哲学老师那里得到了呼应。

  最早的呼应是在刚进大学的联欢会上，哲学老师被请到台上表演节目。他既不歌也不舞，更没有讲演和朗诵，在似乎无奈的情况下，将脚跟稳稳扳到耳边，权当表演节目吧。

扳到头顶也算容易，扳到耳边是怎样做到的？真的不简单。景精神感到隐隐期盼的精神源流对接了，这道三百八十伏特的电源找到了匹配的物理串联，它让景精神看到，追崇热爱的哲学与武术，正以电路开合的方式对接，那道蓝色极光从长白山下的大学开始，瞬间直至漠河，瞬间可抵南海。

怀着拜谒孔子的心情，景精神脚步轻移在哲学老师的备课室外。若需土路木荦，徒步焚香，景精神可以历经千里，从燕赵秦魏之地苦行至曲阜的孔子课堂，没问题的。可景精神不是拜谒人，而是拜谒追求拜谒理想，所以相较于鞠躬礼毕折道回返，他宁可从思想中对话，从交流中抵达心灵的某处孤岛。相较于面授机宜，他宁可独自在孤岛的那片野桃林中洒扫庭院，焚香敬读，以求终悟。

对哲学老师的拜谒大致如此。

办公室里，老师一手阅读，一手捶沙袋，节奏如沙漏点画，表针行走。而景精神在走廊中一遍遍徘徊，仿佛有种气场，令他不能推门走进。景精神并非敬畏一个人，一个与他生理结构相同并早开始老化的中年人，景精神是敬畏那种气场、那个思想的魅力。景精神在感受它们，交视的同时却尽量回避。

于是哲学老师走出时，他随形隐身；哲学老师工作时，他继续驻听于窗下、门前或走廊的地上。景精神陷入痴迷。

直至多少次之后的某次，景精神正程门立雪或悄然谛听，忽然门扉洞开，灯光雪亮，映照着哲学老师的鬓发如银："你进来吧。"景精神后来说，仰望那束灯光，他惶悚不能站立。

景精神承认，习武是思考的一种方式，也认定它的内在与哲学殊途同归，但仍不能完全领悟哲学老师的想法。那次景精神和练习拳击的武友共同找到了校霸。那个不可一世的家伙，欺负一位同学已经三年了，而再有一年就毕业了，景精神等不得谁说话，也不会再有人说话了。景精神和拳击武友渴望像所有的武林传说那样，脚底沙尘迸溅，树叶因此簌簌而落，双方回合多次直至难解难分。可是没有机会，欺人者在两个联手的武坛宿将面前，毫无志气地退缩求饶。

事情那样轻易化解了，景精神却受到哲学老师的严肃批评。哲学老师要求景精神一辈子不能以武欺人，哪怕别人不断击打他的头。这和以德报怨的佛理无关，和打左脸给右脸的教义也无关。哲学老师有他个人的封闭循环的思想体系，这个体系不为旁人理解，也未必为哲学老师所理解。它需要评论界的理解，因为只有评论界什么都能评论，亦什么都能理解。

未完全理解的景精神，却时刻谨遵教诲。在景精神看来，谨遵和理解有关也无关。

小苗初长成

而这个时候，景精神要开始计划中的行动了。

像是纳了童养媳，又经历了漫长等待，景精神的手早就开始痒痒了。

不过行动之前，趁成阳他们噼里扑棱地忙，景精神仍做了几件事。

一是种猪下放。就是种猪这一块，由原来的公司统一培养，下放到专业户培养。理论依据是"把私有化进行到底"。培育种猪跟理论有什么关系，景精神愿意扯这个淡，人们也都无所谓，反正自说自唱，愿意听就进耳了，不愿意听就出耳了。

要说的是下放给谁。下放给谁本来也可不说，因为按着资金、技术与实力，能干种猪这个活儿的不多，并非谁想干都能干，没能形成攀比。所以值得关注的是有限的几个种猪户中，有一位熟悉又特别，养殖户们觉着惊讶，不太理解。

理解丁文福何以养，不理解景精神何以给。

也许景精神在坚持治病救人吧。当初会长自然免职后，不是立刻将他推荐到鸡场了吗？那个鸡场虽属于二老婆王文娟，但王文娟总归是属于景精神的，因此不至于应对敌手那样，把他有意推荐过去。就是说，丁文福在景精神的眼里，起码是个正能量，不是破坏分子，景精神对他仍心存一念。那么何以心存一念？因为丁文福依然的人大代表身份，曾经的大队书记职位，这些都是决然不能。若可能的，只有一道解释，丁文福再怎样贴金，他仍是一位农民。在景精神的基本法则中，农民是要被理解被善待被宽容的。

这是一条过去、现在和将来都让人感动的解释。

二是继续做好先尝后买。消费者凭什么吃天价肉，做到以事实服人，具体办法除了摆上微波炉，搞清水煮肉，让嘴馋、好奇或者占便宜惯了的顾客免费品尝，鼓弄得商超到处荤香，景精神还吩咐拍摄专题片，徐家辉手持鞭子站在外围，他的儿子在牧放的道德猪中间快乐地跑来跑去，摸摸猪耳朵，拍拍猪脊背，揪揪猪的小尾巴。家辉爹脸上及时地露出吃穿不愁的笑。其中有些艺术处理，不过顾客看不出艺术处理，看出了也认可这些艺术处理，认为没这些艺术处理不行。

三是不满意可退货。食品行业实行这个，听起来有些悚然，不过一旦拉开架势，也真的没有退货的。后来摆出盼望的架势，终于在景秀男二负责的深圳卖区碰到一个退货，景精神果断地将其处理为"新售货员"不知情，将搁置一旁计划销毁的过期产品，误当成了保质期内的优质产品。可是那个"新售货员"现岗工作五年了。

算是白璧微瑕，不过终属圆满。

因为出了退货的，景精神特意把调研地点定在了深圳，专程听取男二关于肉市价格涨幅预警处理机制的汇报。调研活动在愉快和谐的气氛中进行，亲情上也取得了小收获，毕竟只有两个儿子，而景秀男二令景精神操过一些心，如今能作这个报告，说明小苗长成了。

应该说若与工作无关，景精神断不会跑到深圳的，景精神不喜因公情徇私情，可是一旦与工作有关，不是刻意为之，就另当别论了。景精神有套成熟的育儿论，简单地说，如果珠穆朗玛峰顶或者撒哈拉大沙漠深处、马里亚纳海沟以及月球的环形山洼设置了挑战人类吃苦极限的意志磨炼营，前提是免费的随便报名的，景精神会毫不犹豫地自作主张，把男一男二两个儿子送去。

男一和男二都是刻板正派的青年，一直没什么绯闻。他们的意志像景精神一样坚定，应试能力像景精神一样不济。虽然读书智力不高，可是见得多，思路快，嗅觉灵敏，局部开发很好。

相对于男二，男一很是内敛。景精神称男一为"景经理"，景经理则称景精神为"董事长"。人前如此，人后也如此，当着王文娟和柳芭的面也如此。直弄得柳芭瞠目结舌，让王文娟惊讶和暗喜。初到公司的人，不经历一段时间，是看不出他们的父子关系的。榜样如此，在公司做事的亲戚朋友们也逐渐低调，干的是工作，论的是业绩，他们共同努力，绝不让亲情成为资本扩张的桎梏。这也是景精神的理论成果之一。

男二相对男一有些稚气，景精神要坚决打击这个稚气，这也是最初将男二直接空降到养殖户家里的原因。空降的另一个原因是景精神已将养殖户生产生活的区域视作了自己的根据地。景精神因喜爱这些养殖户而喜爱根据地，又因喜爱这些根据地而喜爱养殖户。景精神不喜欢战争，但喜欢在根据地里读《论持久战》；不喜欢革命，但是喜欢搞上山下乡活动；不喜欢广阔天地，但喜欢在广阔天地里大有作为，喜欢让青年人到大江大河中锻炼成长。景精神不承认以上思想的专利，而是固执地认为这样的思想唐宋里有，秦汉里有，先秦里也有，它们是中华祖先们的集体智慧，有祖先的智慧在先，任何人没有专利权。

结果男二在徐家辉的结婚大炕上住了半年，对此景精神做了三件事，一件是替交伙食费，不给男二的农民父母，也是景精神的农民父母，也是全体员工的农民父母添麻烦；二件是不配手机不给零用钱，只带一套行李和简单的换洗衣裳；

三件是半年内看男二一次。景精神本计划看第二次的，可没等实行，男二就跑回来了。

可怜天下父母心哪！按景精神的设计，景秀男二要在根据地待上两年的，像知识青年下乡到集体户那样。不同的是景秀男二不需考虑抽调回城待业及安置工作，他只需从饲放和劁猪起步，逐渐擢升到公司高层，最后与男一以及同父小妹一起，在景精神辞世以后接管公司大权。但男二不管这些了，称再让去根据地就找赵贤子告状。赵贤子彼时虽在祖国东北边疆，但有一列火车可以拉她随时上门。

景精神是想克隆一个自己的，但最终屈就了。

嘴和腔

结束调研的景精神，将那个久酿的行动说出口，立即引得一片非议声。若是长辈或者亲爹娘，会抄起烟袋锅，敲这个小杂种的头。

不搞协会这个劳什子，原本挺好甚至会更好，搞了协会这个劳什子，结果弄得劳民伤财。什么培养农民？培养什么农民？它跟你景精神有什么关系？若是掏干的来实的，连市场培育都不要做。前人栽树后人乘凉？前人谁管过你，后人谁想着你？

虽然每次开会景精神都扮作政府，董事会只是群团，甚至连群团也算不上，至多是工会，但因这次忒过分，工会马上表态反对，恢复了它的群团地位。

成阳也愤怒了，什么意思？刚打开局面，又要将胜利果实交出去。想旧戏重演吗？这可不是白猫黑猫的问题，也不是摸着石头过河，这是受二遍苦遭二茬罪。

这个景精神，磨没卸便要杀驴。

成阳直接返回省城，赶到总部，找景精神面谈。

景精神倒挺高兴，他喜欢谈问题，各抒己见嘛。

不待吩咐，赵红已沏来两杯好茶。一杯夜尿似的徐徐斟进景精神专用的暗色紫砂杯里，一杯自来水似的斟进清亮透明的玻璃杯，递到成阳的跟前。绿色的毛尖根根直立，在八十摄氏度的开水中层层浮降，呈出高空跳伞的姿态。成阳冲赵红友好地点点头，赵红莞尔一笑，虽龅牙鼓突，因没有比较，看上去也挺动人。成阳暗叹："这老灯，真会享受。倘有机会，倒可以一染。"

景精神这时面色平静地问："有事？"语调仿佛刚从床上爬起，看天亮尚早，想兜头再睡。

成阳看着景精神："听说又要实行协会？"

景精神嘴角就奇怪地一笑："你怎样看？"

成阳说："听真话还是敷衍的话？"

景精神说："公司的准则你知道的。"

成阳点点头，说道："日本鹿儿岛也有协会的，但那里的大环境跟咱这里截然不同。"

景精神的眉峰隐隐跳动，复又平和："噢，是这样。"然后微仰起头，闭眼做沉思状。若不因长年习武导致腹背肌发达，此时就要装进椅子里的。

成阳狠狠心说："我赞成协会，但还是那条理由，咱这里实行不了。若硬要实行，将得不偿失。"

景精神放松眼睑，重新睁开豆角眼睛："说说看，咋个得不偿失？"

成阳说："自己能干的自己不干，非要聘农民干，两下开支做一套事，现在政府都不干了。"

成阳说到这里，就想给景精神讲讲英国的协会、澳大利亚的协会、荷兰的协会，但景精神不肯顺着成阳的思路走，更不肯从国内到国外一派海谈，而是波澜不惊的表情："噢，你是这样想。"

成阳不太高兴，觉着眼前的景精神未免有些装。景精神不是组织部，他成阳也不是后备干部，犯不着这样，便说道："不光我这样想。"

景精神半响不语，成阳诚恳道："董事长，我知道你的想法，很长远，有高度，一般人比不了，不一般人也比不了。但目前首先要做的是安定，安定胜过一切。基地这一步缓得不易。"

如此痛心疾首，全是出于公心。景精神一瞬间也被感动了。成阳热爱公司，愿为道德猪事业作贡献，是景精神的同道。心里有此热度，却尽量地不动声色："我知道了。"

不办协会了，给人的感觉，像是积极性更高了，像是走上了康庄大道，像只有这样才是康庄大道，这真的让景精神困惑，不过也更感到坚定。一般来讲，景精神有这等的本事，越是困惑越是坚定。坚定和困惑在景精神身上的关系是，因为困惑而坚定，也因坚定而困惑。

没让赵红通禀或者打电话亲请，景精神迈着快捷的脚步走进白头贾的办公室，一屁股坐到公司也是自家的沙发上。白头贾坐在大班台的后面，桌面利索得只有一本台历，一支笔，一部电话，风格跟白头贾在政府上班时一样，跟在人大的专用办公室一样。它们都以干净利落的桌面，向世人进行着各种暗示。

充沛的阳光照着白头贾智慧的老脸，左脑侧的一绺白发，葫芦枝蔓一样爬过头顶，奔到右脑侧，有效地遮挡了光葫芦顶。迎光的面颊有层密密的茸毛，茸毛间有一颗高粱米粒大的痦子，痦子上有根带弯儿的长蹿了的黑毛，光照之下激情地微颤，像是阳光带风，微拂着它们。

景精神欣赏白头贾的威仪。便是已然退岗，保持必要的威严也是必要的。这个威严运用得好与不好，都会先声夺人。景精神喜欢白头贾先声夺人，喜欢看到他们先声夺人，像草原上的红鬃烈马，当然景精神的手里，拿着韧度极好的套马杆呢。

白头贾意味深长地说："若在机关，就没有这样干的，起码不能失控，不能因为协会把主动权弄丢了。"

景精神诚恳道："老大哥，这个道理我想过，但如果脑袋里装着那么多弯弯绕，患得又患失，别说协会，任何一步进展都将阻力重重，难上加难。"

因为暗藏激动，此番话便比较多。白头贾耐心地听完每一个字包括声调，然后徐缓地比画："你如此努力，最终想达到怎样的状态？"

景精神长吁口气，心想老油条这回问到点子上了。于是被淹了一般，喘气困难地说道："通过协会这个恰当方式，最终实行一体化的农民自治。"

白头贾一时不语，有些听不明白。待明白过来，表情十分配合地渐至庄重，似从殡仪馆门口走进公用大厅，又走进告别厅，又走到菊花翠柏中一样，最后他站到焚炼炉的门前庄重地说："兄弟，你的理想让我感动。"

景精神亦感动，因白头贾的感动而感动，也因自己而感动。他苦笑几声，哑嗓道："可惜不是所有人都懂。"

白头贾仗义地说："指望所有人都懂是既不科学也不哲学的，它的概率接近于零。不过做事总得这样，认准了就干，干过头了再收回来。"

景精神欣赏地看着白头贾，觉着白头贾说什么都顺耳，说什么都情深意长。可景精神看不见此刻白头贾的耳畔一直响着的是另外几句话：

"让自己管自己，让农民自己管自己？呸！自古以来自己能管别人，别人也能管自己，就是不能自己管自己。"

这个白头贾怎样想的，景精神当然知道。世风之下，白头贾所有的赞同，都可能是面上的赞同。可还能求到实质的赞同吗？几乎所有人都在为钱奔波，图于对缝儿挣钱，盼望做梦分钱，如此还要求他什么？所以这就算不错的了，因为就算妻子们在内，又出奇到哪里去？都是同样的思路，都在一个鼻孔出气。不过景精神同样理解，因为她们也都长着嘴和腚，要求景精神原谅她们的嘴和腚。而且景精神也没啥稀奇的，他也不可避免地长着嘴和腚。

面对思想巨匠

　　随着当年的不断"叛离"，从毕业返乡，到弃政从企，再到转向私企，赵贤子把握不了景精神的那根筋。没有商量，没有尊重，哪怕行动前透一点点的信儿。这么多年唯一与赵贤子商量的，就是处对象时先把事情给做了。景精神想让赵贤子知道，他不必生米做成熟饭，也不是饭做夹生以后贪图占便宜。可对赵贤子而言，唯独那一次可以不商量，景精神却商量了。赵贤子好恼啊。而今呢，赵贤子仍不要对景精神的统治，但景精神必须同她商量，因为赵贤子是景精神的妻子，并且生儿子时很痛苦，像所有顺产产妇一样痛苦。因为不管景精神怎样发达，都掩盖不了两人的平等。这个平等的称量面前，床上的细调理慢功夫对红鬃烈马毫无用处，再好也可以取缔。赵贤子过岁数了，有志气，可以稀罕，更可以不稀罕，不像有些人贱。

　　这个世界上，亲友的范围内，唯有赵贤子和她的娘家人不只长着嘴和腚。可景精神这货他知道吗？

　　与小门小户的景精神比，赵贤子的家族源远流长，枝干茂盛，属于本地名门望族。打麻将抽烟喝酒吃饭，娘家都张罗得起，可景精神哪样能做，又哪样做到了享受呢？不乐观，忒心事重重，是的，景精神是有前途的，可这个前途是他自己的而不是赵贤子的，更不是赵贤子全家的，景精神是个好儿子好兄弟，可绝对不是一个好丈夫，更不是一个好父亲。

　　就算景精神志存高远，那他也真是一个自私的人。

　　彼时是景精神最灰暗的时期。景精神说逛逛县城，看看放花，赵贤子先说去，然后说累了不去。于是景精神独自去了。景精神可以背起赵贤子去，但景精神不背，因他要求的是并肩作战。年轻的景精神某次喝了一口酒，那口酒让景精神十分诗意，借着酒劲下跪求欢，却让赵贤子立刻骄傲起来，把它当作央求与悔改说了出去。于是所有人都知道赵贤子对了，景精神错了，因为景精神下跪了，跪在了赵贤子的双腿前。

　　十年的国企生涯，他们攒够了平头百姓的日常所需，还结余了一千元。赵贤子对这样的生活知足了，可景精神不知足。那么谁能阻挡他的反叛路线及理想道路，谁能改变他对官场的厌恶透顶？没有人能够。那钱经过一次法律上的划分，留给赵贤子五百元，景精神用其余的五百元购置了第一批个人意义上的鸡雏。

他放弃了国企及国企的职位，干起了个体。

那个体先叫作私营，后来叫私企，再后来叫民企。再后来叫成了企业。

那么——

私有制对景精神的意义是什么？答案是动力。与其说追求并承认它谎说中的合理性，不如说弃绝对生活掩盖的私与自私的失望。

因此不是私有制成全了景精神，而是不满与偏执，它们让景精神成为一个有身价的企业家。

可成为企业家就有身价吗？请问它在哪个层次，哪处褶皱，哪道层面？

景精神引以为豪的是他的第一桶金，充满了利润，但不存在原罪。

大多的资本积累是血腥的肮脏的，可景精神的积累，每笔每宗都禁得起社会道德的追问。为此景精神可以面对一切哲学的猜测、现实的怀疑与诘问，也可以坦然面对思想巨匠马克思。

所以活该

不断的离经叛道而导致婚姻丧失的同时，景精神的新婚姻也迅速得到了补偿。

开始第一次之前景精神郑重地说："别了赵贤子，别了曾经的一段，别了孩儿他妈。"

然后咬牙切齿，呲呲哈哈，冷气嗖嗖，仿佛一跟斗跌进了艳光闪耀的盘丝洞。

然后及时收腿，凝神打坐，搜听极静中的声响。

盘起腿来的景精神不再谈丢失，只想谈所得；不再谈劈腿，只想谈收腿；不再谈有理，只想谈垂青——命运的肆无忌惮的垂青。

垂青之一，是坐在落地窗的后面，看街上的人潮汹涌。都是道德猪肉的客户和潜在客户，某天中的某人，会因经常食用道德猪肉，被邀到基地观赏游玩。景精神需要这种设想。生命像山泉水般向山下流逝，在每辈人的身上流淌，只是每辈人都在故作懵懂。景精神碳水化合物的生命也同样如此，一方面自产自销，一方面流淌给男一男二，再流淌给其后子子孙孙。

都如礼花般浮游，礼花般神采，也如礼花般消逝。

或叫作"荫福"。

夜色弥漫,车辆繁杂。观几百万张城市面孔,谁能让景精神不断鼓荡,张开那具黑翼肉筋无毛的生命理想生育的风帆,那具蝙蝠的翅膀?

是柳芭,是王文娟,还是谁?

不是柳芭,不是王文娟,那么有谁?

柳芭若是月亮,能使景精神晓风残月,花影重重,王文娟就是月球,貌似遥远,其实密切,冷冷不停地吸引着他的潮汐。

那夜里,景精神闷起头来不停地潮汐着,一直到王文娟这个远距离的月球露出天光地光的异象。要地震了。这个没良心的,平常碰也不碰,摸也少摸,比道士炼丹还要持久,比风流尼姑更要拿捏,此时却仿佛去日无多,非要争个鱼死网破,你死我活。王文娟不是鱼也不是网,更不是渔夫和船,王文娟要做一道荷兰海堤,亲昵他拦截他承载他。满腔心情若此,眼里早沁出了细碎心疼的泪花,待终于潮起潮落,一片海上生明月的气象,王文娟抚摸着景精神的背,心疼地问道:

"是不是有啥事啦?"

如此相问,王文娟算是甘涉风险。因景精神早就明令,除了关乎潮汐的感受问答,探讨俩人谁出的力多,谁更能让对方也让自己满意,其他如公司及厂子的事情,绝对互不干涉。两个企业负责人要处得像两国一样。

可景精神并未表态,仍是闷起头来,准备再次潮汐,人为制造一场新世纪的天昏地暗。王文娟心疼了,喘吁道:"很苦恼吗?是什么影响了你?又是什么影响了猪只生产?呃,你说话呀。"

景精神游泳换气一样,吐出一串泡泡:"是协会。"然后继续闷下头去。

只几个字,王文娟便知道了"大概其"。她微愠道:"天下的所有公司,追求的就是利润,而你呢,整倒性了。我问你,你是行还是政,是城还是乡,是农还是村?"

景精神平时的豆角眼,此时就瞪成了凶狠的三角眼,然后又眯成一条缝,公安干警瞄准逃犯一样。王文娟看到了凶光,改悔道:"我不说了行不?"嘴上改悔,身体却不肯改悔,谁怕谁,练就练。你来太极,咱就瑜伽;你来少林,咱就跆拳道;你来滑板,咱就玩水浪翻飞。

景精神喜欢的就是这个劲儿。景精神起飞的时候,王文娟做滑道,景精神归航的时候,王文娟做引领。

景精神承认这位英气女人，是很懂得调控老公的，所以她有了今天。

所以赵贤子茕茕孑立，孤独一人。

所以活该。

很痛苦是吧？却依然往常一样别有天地。做的是这事，兼想着那事。限制灵与肉的结合是不可能的，谁也无权拦截他的思想，谁也休想做希特勒，谁也做不成希特勒。况且景精神想的做的，皆是关涉人类大义的正事，怎就限制，凭什么限制？

这些大义让景精神潮汐得更厉害了，都快晕海晕船了。

第十三章

各类誓词

所以景精神退而求其次，放弃协会，抛出"五户联保"的新方案时，大家几乎立刻同意了。同意得非常欢愉，集体的表情，像繁华城市的圣诞夜。

大家笑着夸奖，景精神的花样就是多。不过更知景精神的技痒和不甘心，倘不让他顺利提出，定会不断生出更新的点子，然后大会小会征求意见，谁也别想消停。与其如此，还不如早些同意，面子算是给了，而且给得充分。

况且，凭什么不给？事业是人家的事业，公司是人家的公司，怎样折腾都不跑偏。何况倒来倒去，都属于形式上的花样变换，不如就随他折腾去。

只是景精神隐隐不快，因知道众人是怎样想的。而心中的不快就不仅如此，景精神还不理解，众人怎就对协会不欢迎。景精神想不出究竟哪里出了毛病。

平时的各种条文、规则、细则，景精神本兜揽的。依此惯例，五户联保责任书也可由景精神亲拟。他却一反常态地吩咐赵红："弄个责任书，你起草一下。"

赵红脸红得不自然："我没写过。"

景精神略有不耐烦："不会上网查查，找个样子出来。"

赵红说："那不是糊弄吗？"

景精神想了想："找不糊弄的，各类誓词。"

第六感令景精神抬眼去看，只见赵红眼发苶，神发散，受过刺激似的。以为被所要求的公文压住了，又想到公文压不住这个女人，肯定有别的原因。就想起平时待赵红确有些过分，一个芳心无属的女人，对她客气就是不尊重，不下手就等于骂人。可让景精神说些什么，景精神又能够做些什么，这个可能是最理解景精神深度的赵红。如此便勾起了许多漫漶难辨的想法，不由得继续低下头去，任窗外的阳光，趁机烂漫地照着他婴儿屁股般的额顶。

偌大的办公室内，此时充满落寞与猜测的调子。仿佛某首忧伤的萨克斯曲子，正在暗角轻轻吹响。

景精神猜得对，赵红的眼神发苶，并非是惧惮讲话，而是确放不下那一霎，景精神涌上额顶的落寞。这让赵红心疼，感到了不忍，于是吞吐道："董事长，你不必过虑，协会的方向是对的。眼前的五户联保，也不是'没屁硌棱嗓子'，它很有必要，是一个必需的过渡。"

不等赵红吞吐费力地表述完，景精神的眼神已经一亮，眼角又是一跳，弹性而并不年老的嘴角可爱地向上弯起，弯成了弯弯的绵羊角。却又水纹般消失，继续涌出那层落寞的神情。她果真知我。

一句不起眼的关切，就笔直地延伸进景精神的心里。看来这个五户联保确是被逼的。赵红就体会到被逼后的落寞，落寞后的被逼。体会到一个人的一颗心，是如何被时光与事件、想法及变故侵扰，而千疮百孔、雾气沼沼、冒烟咕咚。就听到一个坚定的迷途者在叫唤，要求来一次超越恋爱、超越肉体的纯粹接触。而赵红这里也愿与他进行一次交流，包括首先肉体然后还是肉体的交流。

赵红愿意做这样的事，为此她可以对着刚撰写完的责任书宣誓。宣誓的时候，滚烫的字眼随着嘴巴的开合弹射而出，鲸吸与鲸喷一样，让景精神在发声的眩晕中震撼，在字眼的打击中嘴唇发干、眼神迷离。他古铜色的其实是暗黄色的扇形背脊，在誓言的烘烤中，云南烟叶一样慢慢地失去水分，逐渐吸干。

按名目去查，赵红果然找到一堆真假誓词。鉴于八股水平高涨，赵红只照搬了最套路的一句："我自愿。"

我自愿。

我自愿加入五户联保，接受联保者之间的相互监督，坚决执行道德猪技术标准。

我自愿为履行饲养提供担保。如被担保人发生违约诉讼，担保人集体承担被扣罚总额的100%。

等等。

这是过去、现在以至将来景精神唯一没亲手制订、遣词造句，而由赵红抄袭整理的责任书。不过草稿拟就后，在景精神的带领下，仍进行了字字推敲。具体的方式是景精神说赵红记，赵红念读后景精神又加以取舍。

俩人以放牧为例，界定了可抗力和不可抗力。在不可抗力的情形下不放牧，它包括火灾、爆炸、洪水、雷击、冰雹、触电、中毒、野兽伤害。

俩人从国民性的角度进行了深入的探讨，一致认为这个五户联保并不是过去的株连制和合保制，与它们有着截然的不同，可以说伪满时没用过，再早的封建王朝也没用过。面对新潮流新需求，它闪耀着时代的光辉，预示着可以欣喜的未来。

研讨到最后，俩人共同认为，想得够周全了，也就这样了，再折腾也没办法了。就这样吧，只好将就了。

景精神看了赵红一眼，赵红也看了景精神一眼。相互的一眼中，就包含着认定，是这么回事。

既然将就了，就要申明将就的理由，令其入脑入心。于是景精神跑到基地，大肆宣讲五户联保：

养猪形势一片大好，可质量问题也随之而来，近期抽查发现，个别养殖户私自使用违禁药物，还有个别养殖户不按时放牧。这里就不指名道姓啦，不过大家心里都得清楚。

国际市场从韩国进口鱼类，发现一吨中有四克禁用成分，这一吨与四克什么比例？就相当于每吨水里滴上了一滴钢笔水。钢笔水从哪儿来的，连续的探查追踪后，确定它来自别国。用别国的鱼骨粉喂了韩国水产养殖的鱼，这鱼卖到国际时卡壳了。

天哪，养殖户们张圆嘴巴惊呼。

景精神严肃地说："这个事例警示我们，每个环节必须完美，否则绕不过去。"

景精神板起脸："日本的标准厉害，欧美的标准应该说更厉害。这也回答了为什么要坚持国际标准，而且是欧洲国家的标准。"

接着景精神又痛心疾首地强调："同志们，家门连着世界。不要以为远，其实很近哪。"

◎、⊙或ω

由于景精神定了调，其他人也都有了调。

景秀敏说："五户联保是正确的，也早就应该的。有了它，不想自己也要想想他人。"

老杜说："有了它，出了问题谁都跑不掉。它是有法律效力的。"

柴师傅说："五户联保不伤根，符合现阶段的生产力发展水平。"

赵红真诚地服了，想夸景精神懂得多，盘算得周到，出口却是："哦，董事长可真有才。"因恰逢打嗝，调式便如京剧花旦的道白。景精神瞋她一眼，赵红脸颊红了，惭愧而畅然地想道：方才的腔调论其声线，可以用符号§、ζ或ξ记录。论其形状，可以是◎、⊙或ω，不可以是⊕、∅或Θ，最好是‰，不可以是¤、Ж。

因为浮想联翩，赵红不由沉浸其中。眼前与鼻前，传来海枯石烂的气息。嘴唇翕动，串串自语成文，题目是《精神·景》。

"你暗黄脸上流露的空泛落寞，如同通红的优质煤核，连着电流的马蹄磁铁，精心提炼的精油。

"如同一柄尖嘴小锤，一次次锤击着我人来人往的眼眸。

"如同月黑风高下一阵阵的强势抚摸，如同我一直暗自畅想的，我层层短衣服遮盖下的房颤。

"就在此时此刻，我可否要求你的大胆。可否要求你的精力与心情。可否希望你兴高采烈地将我洗劫一空。

"可是我什么都没有，一切只归于想象中的偎坐。

"眺望二十八楼的窗外，东南方的山际线后，天空渐渐由蓝变白，由白变粉，由粉变红。万道霞光出现了，太阳快升起来了。让我们更黏更紧，依得像不忍离弃的口香糖。"

对一头母猪的判定

那么成阳呢?

怎样的声线或调子?

那时他骑着大洋摩托车,每天在浅山里剪来剪去。小和珅免费吹嘘他的留日和一口呱呱叫的日本话。结果大家都认为他可以做翻译,比翻译还翻译。虽然从未听他说过用过,可大家不要求,都认可这个说法。除此还认可他对猪只的指导与管理,认为他比办事处的其他人,包括景秀敏以及老杜都明显地高一截。他还敢抗上,关键时刻向着养殖户说话,认为这个抗上比理论哲学制度更加管用,它实在得像钞票。所以在有些人的眼里,成阳比景精神都要高出一截,不过景精神有钱,做董事长,成阳才比他低一截。

抗上主要是抗柳芭,偶尔抗景精神。抗的结果是不白抗,因为最终柳芭都得让他三分。

身在北京却全面操控的柳芭,如何要让成阳三分,是因为对一头母猪的判定。不是对母猪是公是母的判定,而是对此母猪是否列为淘猪的判定。僵猪是因为什么原因僵化不长的,淘猪是某种情况需要淘汰的,成阳和景秀敏四处巡视,发现它们,决策它们。丁文福家的一头母猪两条后腿开劈,成阳果断地将它定为淘猪,并决定淘汰。景秀敏对此没甚意见,丁文福也没甚意见,可远在北京的柳芭有意见了。因从程序上是否定为淘猪不是成阳决定的,要层层上报给她。柳芭要维护集体和他人的利益。

柳芭开口批评成阳:"你怎么滥定淘猪?"

成阳毫不客气地反驳:"放屁!那猪没治愈的余地了,不定淘猪还养着?"

柳芭很生气:"你说话怎么不讲文明?你知不知道在跟谁说话?"

成阳底气十足地说:"没经调查研究就武断定性,这就是放屁。"

凡是敌人反对,我们就赞成,凡是敌人赞成的,我们就反对。所以柳芭有意见,景秀敏就没有意见。

景秀敏高兴地在一边挤眉弄眼,还向成阳竖起大拇指,弄得成阳有些不高兴。瞎配合什么呀,知道一根翘翘的大拇指什么意思吗?

千里之外的柳芭仿佛看见了,在那边赌气道:"我找董事长说话。"

"董事长怎么啦,休拿董事长吓唬人。"成阳看着眼前的大拇指,"董事长说这话也是放屁。不行把那猪撤回来。"说罢真就安排人，把那头后腿劈开的母猪撤下了车，留着不淘了。

成阳这样没遮拦，敢说董事长，景秀敏撑咕了他一下。是冲他竖大拇指的，但不意味着他可以没礼貌。作为一名优秀员工，对人尊重总要讲的，对柳芭更得如此，见面起码敬个礼，那可是董事长战斗过的地方。

不久那头母猪生产了。正如成阳预测的，它具备生产的条件，但不具备生产的能力。丁文福就把几个管理的都找来了，一行人站在猪棚旁，看着危在旦夕的母猪。成阳先不抢救，而是按着程序给柳芭打电话，向她请示怎么办。

柳芭知道怎么办，她的怎么办是发出指示，让成阳怎么办。而众目睽睽之下，成阳的怎么办是让母猪侧躺着，把它上面的一条后腿吊起来，让两条后腿呈现大八字。景秀敏经历这多年，就没见过如此助产的，可还算见效，不过猪羔子虽然活了几个，但母猪死了。

否则肯定全死。

这个方子算是绝，景精神也未必想得出来。它让成阳打压了柳芭的威风，将自己的威信树到了顶峰。

腥肉或青草

风头正劲的成阳，在鼓动五户联保的落实上就很关键，希望他起到先锋模范的带头作用。可成阳却令人失望地认为，只要不犯错误，这个联保责任书就是一张废纸。真正犯了错误，这个联保责任书仍是一张废纸。

养殖户这样脆弱，成阳担心，若真连带起来，会打消了积极性，使刚凑成的阵形前功尽弃。只因恢复到这个程度太不容易了。

景精神知道成阳反对，也知他所持的歪理，但事情不会以他的意志为转移。对于五户联保，所有态度中有个最高态度，就是爱同意不同意。

因它是制度。

这个或那个制度当然有毛茬，况且它并非不可改变，也可能需要改变，但恰是如此，它不能由别人改变，而只能由景精神亲自改变。

不过景精神不怪罪成阳，为什么要怪罪他呢？从哲学与方法论的层面看，一个人可以由不以为然变成以为然，可以从现象到本质，从外在到内在，最终实现认识的飞跃。

可是不怪罪不行的，所谓"峣峣者易折"，因为接着就犯说了。

在景精神的怂恿或主张下，柳芭享受着京城生活，有若干的手法和捞头，它们都成了众所周知。身在基地作贡献的成阳，面向农村埋头苦干，却只能挣点干工资。若说有指望，就是景精神以后不会白了他。不过应许入股也好，提他做副总也罢，都好比狗鼻子前边的腥肉，驴嘴巴前边的青草。这些腥肉或青草，诱使着成阳往前走，却始终咬不到。

成阳不是想与柳芭看齐，因为事实上是看不齐。和柳芭相比，成阳"多了一样又少了一样"。承认了这一点，成阳便只好继续等待，毕竟前面还有块腥肉，有把青草。可是想象得到的腥肉青草没来，想象不到的来了。所谓的腥肉和青草是，协会黯然解散后，所使用的药物由原来的协会统一采购办事处监管，变成了养殖户的自行采购，办事处指导使用。出现此种情形，是景精神故纵如此，还是属于制度的疏漏？有一点是肯定的，若不成功拦截，利润会白白流向社会，注入商家的腰包，而商家则不领情不道谢，既不感谢景精神，也不感谢成阳。不感谢景精神可以，景精神不稀罕，可不感谢成阳不行，成阳不给他们机会。想想柳芭的享受及待遇，成阳反复思量痛下决心，从厂家进了一批八万元的药，以永县某药店的名义卖给了养殖户。

九十元的进价，卖到了一百八十元。不过比药店的售价低，还送到了家门口。

成阳不认为他在给景精神出难题。既没巧取豪夺，也不违规违纪，就称不上什么难题。养殖户们也差不多这样以为，买谁的都是买，买谁的都得消费，何况买成阳的还要多上一层放心呢。

只是想不到，景精神会动那样大的肝火，将其提到腐败与反腐败的高度。腐败是何样的高度啊，成阳不服气，认为他没有腐败，应予他宽谅。何况他是有功之臣，又属买卖自愿。如此大动干戈，只能归到一条，在五户联保的支持上，成阳没拿出积极态度，装思想家了。若这个仍构不成缘由，就是景精神心胸狭隘，宁可利润全部流失到社会，也不让工作人员涉及，至死都容不得他人好。

果真如此吗？景精神是怎样考虑的？养殖基地不是市场，也不是个别人攫取利润的跳板，这是肯定的。可药店就不攫取利润吗？药店攫取利润就可以吗？所以问题不在于谁赚了，而在于谁挑战了景精神的制度，破坏了景精神的规定，触碰了景精神的底线。

规定与底线的面前，谁知景精神更深层次的苦恼。

一是苦恼"人"的改造之难。成阳作为一个"人"，占据了多少先知先觉的条件，讲科学，懂有机，利益自眼前飘过时，却翻起了小筋斗。不，这不是小筋斗，是人的改变之难。它让景精神重温了知识分子的劣根性，看到了农民的善良和好糊弄，也由此看到了改革的相对方向和希望。

二是苦恼还权于民的艰难。呕心沥血的要求，正在变成口口声声的空谈。光辉的理念就磕磕绊绊地落实不下去，如此对于今日哲学，到底是验证还是在"反证"。

三是再次想到了五户联保。越是有人反对，五户联保越显得重要，连五户联保都不能，景精神将情何以堪？农民们啊养殖户，需对你们时刻警醒。思想的敌人不定在人的哪里埋藏，包括任何一个人的内部和自身。它妄想指导行动，要坚决谨防此不良之根。

成阳，你的行为没有造成养殖户的损失，也没有造成公司的损失，但它不能成为可以截流的借口。所以对此事的处理是，你需退款退药，并对广大养殖户赔礼道歉。

倘容你肆意做了，人们的眼里，就和建设厅的职工直接搞包工、民政厅的为亲戚设置福彩点有何区别？和医院院长私设个人医院并截流患者，和老师上课故意不讲或少讲，余下拿到课外班去有何区别？和当官的却卖官鬻爵，财政管钱的私设金库有何区别？

道德与公德，精神与操守。在别处也许行不通，但在公司身上必须身体力行。具体体现就是遵守规定权限。

一颗中老年的心

那些药物，已经吃进猪肚、打进猪肉、流进猪血里的，也就是说消化得无踪可寻的就算了。没有消化进肚的要全部回收，由当事人成阳自己处理，所涉钱款全部返给养殖户。

做出决定并且发布的当夜，景精神是在王文娟那里过的。这是老制度老规矩，景精神自己给自己制订的。不在别处过夜是肯定的，因为它并不意味着不在别处干些别的，譬如办公室里的套间里，套间里靠墙的床上。但忙活完了终要回家的，因此也算遵守了规定与制度。景精神抚摸着王文娟成疙瘩的腰肌，一颗中老年的心就很不平静。咋说也是得力干将呢，虽然不支持甚至公开嘲弄五户联保，但毕竟越来越顺手，越来越得力呢。但是得力干将却干出这样不得力的事情，令景精神又觉出了不得力。

景精神此时就想起了一个"利"字，司马迁说得好啊，熙熙攘攘，皆为利来，皆为利往。两千年前就是现在，现在就是两千年前啊。

景精神当然知道成阳是个人才，也知他对恢复猪只生产的贡献，也不是学习诸葛亮挥泪斩马谡。可药的事情景精神容忍不了，痛痒得心直发麻。我们身边的干部怎么啦，刚行使点权力便走上歧路，反腐败斗争果真任重道远，需要警钟长鸣。由此景精神想到，公司的内部尤其需要建立一套监督系统。

新的机构就这样随着前行的波浪坐胎了。

因为坐胎，景精神又睡不着觉了。他披起上衣，光着下身，伫立在大落地窗前，眺看省城的斑斓夜貌。这座处处是热火朝天的大工地，因此处处埋藏着贪污利己的城市，除了街头崩爆米花的，提拎任何一个头上的毛发，都会带出大串小串的水泡泡。最吓人的，想不到体制之外自己的公司里，也产出了水泡泡，景精神都不敢轻易揪扯了。

天气有些凉，景精神不由打个冷战，重新躺在床上。王文娟评议："就别浮想联翩了。贡献上去了，效益也得跟上，工资不提，'外捞'再不给一些，心里能平衡吗？我看这个人的能力，就不照你们那些个副总差。除了白头贾算是好样儿的，其余个顶个都是吃屎的货。"王文娟说着说着，眼前出现一个高大丰满的影子，话语不由带上了气。

景精神脸色不太好。虽然和二房妻紧挨在一起，但提到涨工资要待遇谈条件，不管什么人，也不管为了谁代表谁，从哪里来到哪里去，景精神都不会乐意。适度的沉默不语，无非是人家的修养和年龄所致，但可不要以为光是修养，而没有别的。刚才说了，不是紧挨一起吗，那就意味着联通与移动可以随时发生。

王文娟这时侧转过身子，呈出标准的 S 状，姿态瘦硬得像橡胶模块："你们那个女副总，做外省员工，过北京生活，卖高价猪肉，公司还帮着促销，日子过得蛮舒服哩。"

景精神终于恼了："你怎么这样想呢？你这样想什么意思呢？不是说好了互不干涉吗？"

王文娟吊着景精神的脖子："经营互不干涉，可老公是我的呀。"

景精神听见这话，心情才不紧张，而且舒缓些。

王文娟说："我要说的是，你得会用人。成阳是你从人才市场挖来的吧？放把手，让他感恩，能给你整'背服'的。"

景精神摇头："可不放手了，结果打农民的主意，挣养殖户的钱，长此以往还得了？"

王文娟一乐，心想说谁哪，简直在总结自己。嘴巴却够老公的脖根儿，景精神暗喜，手就从腰胯往下走，习惯性的。王文娟倍受鼓舞，敞开道："给它加条规定，用药这块，要么养殖户自己买，要么办事处统一团购，所有员工一律不许掺和，还至于动这么大肝火？你这人哪，惯于瞎折腾。什么协会，五户联保，我听了都直迷糊。像那饲料，当初非得下放，结果咋样，笤帚糜子都给使上了，倒是绿色有机，那家伙把猪后门给糊的，开塞露都不好使，得拿糜子杆去抠，听说小拇手指都用上了。那丁文福根本不是个玩意儿……王文艳也傻透腔了，一个字，就是个贱。"

　　景精神酸道："那可是你姐。"

　　王文娟硬气道："我妈我都一样说。"

　　硬气的王文娟如此苦口婆心，尤其说得有理，令景精神很不愉快，火往上撞，突然就是一句："闭了。"这样的话出口，景精神自己都吃惊。每天的调气练武，思考哲学，似乎专解决心情浮躁的，怎么到了夜里脾气秉性竟变了，换了一个人似的。

　　王文娟就听得一愣："闭什么？"待明白景精神的意思，非常不好意思。不是从没听过这种话，而是它不属于景精神的语言系统。一定是某流氓养殖户经常挂在嘴上，又将景精神熏染的。惊奇又生气，王文娟果真就闭住了嘴。

　　景精神不由泛出一丝柔情，练惯推手的巴掌抚到王文娟梆硬起翘的染黑发丝上，正式地道歉："对不起。"

百分之九十九的情况下

　　此时的永县基地，送别成阳的心情以及隆重程度，堪比告别仪式。

　　养殖户们虽没有夹道，却家家比赛似的，逐家请吃，每餐都花上一百多块。眼看饭局安排不开，成阳主动换了办法，即不吃饭，每天赶到各养殖户家唠嗑儿。

　　徐家辉后来多次忆起成阳说的体己话，徐家辉认为这话在别的养殖户家里从未说过。成阳说："见过虚伪，没见过这样的虚伪。"徐家辉觉着不只是振聋发聩。

　　养殖户主动说些不着调的话，意在宽慰成阳。一些养殖户们说的是："姥姥的，不养了。"小和珅的话更直接："要不挑竿子另干，我们跟着你。"小和珅的这话出口,成阳就怔了半晌,眼神里火焰与水波交织,然后批评道:"别管我走不走的,好好养自己的猪,好好跟公司配合,就是对我最大的尊重。"小和珅因沾了酒,情感达到顶峰,拉住成阳的胳膊深情地央求他:"成阳大哥,有一天公司再聘你,你可千万不要拒绝呀。"成阳回答:"我这里有八百块钱的账,清账时帮我充作话费。"

后来成阳每次打来电话,言称话费不足,小和珅都是赶紧跑到东阳镇充钱,速度像处理烽火硝烟。几次充到八百块,成阳便不再打电话了。不过之后的某个中秋节,赶上手头宽裕,加上怀想成阳,小和珅又充了二百块。充习惯了。

看着成阳上车离去,养殖户们心情就无比复杂。成阳拎着兜的黯然样子,让人不免生发卸磨杀驴的感叹。

到了东阳镇,办事处的人又是一番惜别。尤其是景秀敏,心情格外地复杂。平素在景秀敏看来,景精神就没有错处。但凡景精神先生否定的,景秀敏都要起身声讨,起码与别人划清界限,这是原则,到了成阳却做不到。

景秀敏知道兽药的事成阳不对,可更知道这是个特别能干的男人。眼前的情形也许就有另外的解决办法,可说什么也不好使,也没有用了。成阳坚持要走,而景精神也僵起老脸,不再破死命地挽留。

柳芭这个贱人呀。就因为攀比你,他们僵在这儿了。

景精神耳朵被猪毛塞住了。

成阳的眼睛被猪毛挡住了。

成阳却想起一个人。想起那个人,就不免一声冷笑。

当初卖药的确没有在乎他,否则可以绕开。可即便是绕开,又能绕到哪里?进货的渠道,内中的鬼诈,尤其怎样运作,那人熟悉得很,是先行者。

是的,成阳曾拆过那人的台,堵过那人的路。可成阳为了谁,谁都清楚。而如今那人呢,他是为了谁,已没人能够回答。

景精神是中了一个套儿,若不惩戒就违背了自己,若惩戒仍是违背了自己。而站在一旁冷笑的,既不会是景精神,也不会是成阳。

事情常常这样,当年激烈的战场上,敌我两方的死对头,相隔多年后可以一笑泯恩仇。不共戴天的公仇,百分之九十九的情况下居然是可调可变的。由此仇恨面临的最大问题不是报仇,而是私仇变成公仇,或者公仇变成私仇。

不过成阳不会,成阳一辈子不会公变私,或者私变公。面对那人投来的讥诮眼光,成阳的回应是,毫不犹豫地朝路旁甩上一口痰:"呸。"

第四卷

分会长

第十四章

原省级领导

景精神似乎天生的忧患,哪怕与恩师交流。习武闲暇时师生漫议,老师说城市好,他就说农村好,老师说城市重要,他就说粮食由农村生产。老师说粮食可从外国进口,他脱口而出的是:"若人家联合起来搞你呢?"老师些微恼道:"我们可以出钱。"

景精神不往下说了。景精神忧患社会,也想对老师孝顺。

眼见一茬茬市领导上台,又一茬茬推出个人新政,景精神倍加恼怒。不是觉着尽不如他,而是迫切地追问,为什么不能连接以前和以后,为什么要另起炉灶甚至推倒重来,结果新炉灶所需的预热,占去了大部分的时间,待得正式发光发热,新一轮的推出又将开始。

景精神想,这就好比推行一个百年工程,能不能拿出五至十年的时间制定策略,然后用九十年以上的时间推行。能不能主要是干,然后还是干?景精神从不与人说他做了一套设计。一当闲得生屁,他会将相关的设计倒腾出来,充分品味与琢磨。

因此景精神愿做四个胃的牛,将想法有条不紊地存贮,以便疲劳休息的时候反刍。小学课本出现的文章里有一个孩子,他在格鲁吉亚的第比利斯森林里不知疲倦地学习。撂下这个科目便学那个科目,把科目的变换当作休息。那个孩子叫列宁。

景精神同志也是这样,具有一种优秀的政治家素质。他的设想里,相当多的部门可以除以十,也就是除去九成。至于文化教育与医疗卫生,他就不说了,但他的胃在说。他愿意操国务委员的心呀，不操国务委员的心，也操省长市长的心呀。不过以上他又不肯承认。因在未来的五十年之内，也就是他死之前，他将永远没有机会当上国务委员包括省长市长，他只有在私企的王国里，继续实现他国务委员的梦想。

那次专家组给予的冷遇，又一次牵动了景精神的忧患，忧患世界大潮中民族工业的步履维艰，担心它们将腾飞于何时。

说的是刚筹建饲料厂时，景精神没有车间，没有设备，用的是马棚，使用人工搅拌饲料。权威专家组考察评定后，带着奚落的语气问景精神："你们这个饲料厂的目标是什么？"景精神茫然而坚定地说："超越各种外资和假外资。"

那时正是合资以及外资当红的时候，神州大地上所有舆论与关注，都充满期待地投向它们。那么景精神凭什么装大？郑重其事的表述，与其说将专家组逗笑了，不如说将他们激怒了。专家组撇下景精神离去了，空留下渴求救助的他，站在凋敝的马棚里忧患。

景精神想不通，考察组何以如此青睐国外。这是对民族工业的抛弃还是保护？限制还是推动？是扯淡还是发展？须知别人的核心竞争力要始终握在别人手里的，那么你最终剩下了什么？

没人回答景精神。若要求回答，景精神需要自己回答。

自己回答的景精神，感到了无以诉说。

时光过得这般快与慢，在王伟、张喜、苗曼妙等系列违约事件的面前，景精神又一次感到了无以诉说。以苗曼妙为例，明明是西瓜皮揩屁股——喊里喀喳的事，却拖着不受理，然后是受理以后不开庭，搞屡次延迟，然后又是苗曼妙反起诉。它们以不同的面貌，呈现出拖而不办的相同质地，让景精神空自嗟叹，不断忧患。

景精神被逼得没招儿，趁原省级领导来玩，终于去惊动他。

听到景精神有意无意或者万般无奈的谵语，原省级领导立即收住玩心，吩咐秘书即刻拨通交县的电话。态度是漫不经心，效果却义正词严，令一旁的景精神浸出层层的苍凉与兴奋，赤黄色的脸膛，如同猪肉晒久浸油一样。

结果是欢喜地迎到了对簿公堂。

原省级领导需要当回事，因他是公司的特聘顾问，公司认真地按月发工资的。当然一辈子不发工资都不重要，因发工资是在玩，领工资也是在玩。原省级领导愿意孩子一样没有负担、全心快乐地玩，希望一直玩到八十，玩上一辈子。

而景精神有实力有能力陪着,并希望某天验证,这个玩很具远见卓识。

法庭的演讲

  交县的法庭很简单,比想象的简单多了。就是宾馆的一个普通房间,弄了个柜台似的大桌子。又刻意垫高了法官的席位,压低了书记员的席位。那些固定的折叠椅,很像是从废电影院拆卸过来的,夏天硬得硌屁股,冬天凉得拔屁股。

  景精神想,天下的法庭,哪有不简单的?又禁不住感慨,这是公司正式面对的第一桩公案哩。亏着苗曼妙有公职,不属于重点发展的部分。若对簿公堂的是纯粹的农民,此时的心头不知该几多的乱。

  陪景精神来的,是柴师傅和老杜。柴师傅驾车,老杜则根据提问介绍情况。景精神不放过一分一秒,要利用一切可能的时间扩增信息量。景精神很愿意那样,在两个小时内视察十个地方,每十分钟与一名被接见人谈话一次,而且都在车上。为此要事先画好路线图,谈话人在指定地点候立,这站上车,那站下车,新的谈话人再上车。真做到了惜时如钻啊,但时间仍不够用,因此景精神恨不能不吃饭,采用点滴注入营养。

  谁参与出庭,景精神想邀请白头贾的,但白头贾没有来。景精神对此予以理解。官员出身的人,得有多么大的心胸,能对法庭不保持天然的警惕。

  老杜邋遢的衣着,场合内外的又总控制不住屁,而且是有味道的,就熏得人直皱眉,却又不好发作。正常的生理现象,总不能明令限控吧。平时和景秀敏出门,就不知她怎样忍受的,也许景秀敏有鼻炎,或许欢喜这路气味。不过跟景精神出门,显系控制得紧,居然一连几小时都没反应。可见所谓的习惯也在管,内在的管和外在的管,自身的管和他人的管。

  未闻到屁味的景精神呢,他笔直地坐在旧椅子上,面对法官乌沉沉的帽子,脸上显露出神圣而正规的光芒。在走廊里时还气宇轩昂地接电话的,此时连电话都不接,自动调到静音的状态。

  像聆听一场宗教音乐会。

  相形之下,倒是苗曼妙更加休闲,行走坐卧都看不出修饰。好像此时身在乡党委书记的办公室里,屋子里虽然有床,但因是白天,又没拉窗帘,书记又没那个意思,只好泄气无聊地干坐在椅子上。

  庭长冲苗曼妙点头:"你说说吧。"

苗曼妙本应正面回答庭长的，却不由自主地将脸拧向景精神："你是董事长是不是？别紧张。电视台报道过你，中央八套致富栏目也采访过你。人有了钱，再做点事，新闻媒体也跟着溜须，是不？"

法官想制止苗曼妙，倒是景精神，阴柔大度地看法官一眼，意思是让她说。起码他景精神接受，把这个看成是听取群众意见的机会。苗曼妙继续道："你们说我们违约，你们违了多少约，你知不知道？发展养猪户时找上门来了，告诉送饲料时，几天都看不着人影儿。猪有病了不来看，告诉收猪不过来拉，你们是咋服务的？还有那些章程，早上变晚上变，今天变明天变，嘴长你们身上，说咋地就咋地哈。王八屁股长疖子——烂龟腚了。告诉你，就算我们违约，也是你们先违的约。"

法官忍不住打断："当事人陈述完没有？"

苗曼妙叫道："没有！"

因说得有些急，苗曼妙抚摸胸口。仿佛西洋歌剧中，女主角在舒展咏叹调："我原来的日子多消停，凡认识我的谁不说我年轻。现在回娘家，同学邻居都评价啥，你咋这么老了……我能说什么，我能告诉他们，一个优秀的女人是打着官司过日子的？能告诉她们就是因为上了你们的贼船，我这一年顶十年过？"

都以为苗曼妙要痛哭流涕，苗曼妙却没有。泪光未及显现，已被重新汲进眼球里，一张妆后像蒙上层保鲜膜的脸却近乎扭曲起来，像是眼泪憋的。她直呼道："景精神，跟着你们养这破玩意儿，我们受了多少罪？"

景精神神态依然庄重，上前给法官敬了礼。当然与其说给法官敬礼，莫不如说给法官庄重的衣帽敬礼，也莫不如说给中间悬挂的国徽敬礼，弄得法官好不自在，得到的荣耀一时半晌不能消化，却又不能作声。最好的方式是不作声。景精神不紧不慢地说："法官，我可以申诉了？"

法官点点头。

景精神也点点头，又看眼苗曼妙，不过眼神并不驻留，而是又转向法官："诚如苗女士所言，我们在很多方面做得还不够完善。作为董事长总经理也好，作为一名普通员工也罢，十分感谢苗女士，诚望日后继续监督以便改正。"

法官心想，日什么后，什么日后。这样程式化，显系话语真诚的老油条。

以苗曼妙的社会身份，县处往下的官场就没少见，也知景精神的对应等级。见景精神礼貌如此，心情愈加复杂，只好继续拧过脸去，将一张四十岁的脸拧成鞋拔子。

景精神心里就忍不住疼，咋就恁急呢？依着公司的主张，参照王伟的处理，是可以对苗曼妙做出让步的。考虑交县软环境建设的严酷性，甚至步幅会让得更大。可这个小妮子却不肯等了,真的让人没有办法。

景精神想想又气:"这个女人,见面她先开了炮。若论开炮,老子还怕她吗?老子的大炮还未开搂呢。"

法官期待地看着景精神。这是个有想法的企业家,身为董事长也阅历不凡,至于亲自出庭,既属应当,也足见其重视。至于对结果的判断,不仅简单,并且也无所谓。每年接触办理的纠纷太多太多了,交县不是新引了白猪生产企业吗?不用着急,只要涉及千万家农户,一年以后,该来的都来了,甚至更加形形色色。

景精神说道:"感谢地方政府,感谢检法部门对违约事件的关注。它不仅关系到道德猪的发展、品牌的打造、产品的销售、消费者的利益,也关系到基地的发展,关系到众多养殖户的经济生活,还关系到社会主义新农村的建设。

"那么——

"如何保证食品安全,避免环境污染,降低百姓的生活成本。如何面对挑战,创立一种人与自然、与社会和谐发展的模式?

"有机事业是个道德事业,它要求我们不仅关注人们的生产生活,还要关注人们的道德发展。一个民族若只关心脚下的事情,那将是没有未来的。必须有一些关注星空、关注环境、关注大自然的人,才能给我们的社会注入生机和活力,带来理想和希望。一个人也是如此,若只专心经营个人小巢,即使票子车子房子一应俱全,而不顾心灵失落空荡,灵魂漂泊无根,人生价值也将无从体现。"

苗曼妙撇了撇嘴,冲着一侧的墙。碍于面子,法官决心让景精神说下去,像是打定主意,看让他继续,他会说多长时间。

景精神不为所动,继续侃侃道:"涉及'三农'的纠纷,决不能大事化小,小事化了,听之任之,否则就是纵容。不仅影响企业的发展,而且耽误农民精神的培育,进一步说,耽误新农村的建设。没有合格的主人,新农村建设搞得再花哨,也终将归于浮华表面。"

狐狸的尾巴自动露出来了,苗曼妙终于找到了辩驳点和火力点。若是倒退十几年二十几年,苗曼妙肯定据此开炮,景精神他有大炮也不好使。他的炮筒子潮了,炸药没有了引信。

苗曼妙真要开炮了,可法官不喜欢任何一个人开炮,他只喜欢自己开炮。于是他不客气地摆了摆手,示意眼前的人们打住,听他说一番直来直去的大白话。这样的大白话,使景精神的宏论没有了落脚地,而显得有些腾空。

法官是这样说的:"现在猪肉市价那么高,这是个事实,公司整天又超重又罚款的，说道也不少。这么几下赶着，苗曼妙的损失已不在少数，就算她犯了错，也该抵消得差不多了。另外长期纠纷下去，市场缺货断货，公司也浪费精力，就不如都让一让步，把事情给解决了。"

法官面对景精神："老景，你看怎么样？"

又面对苗曼妙："小苗，你看怎么样？"

见两人都在琢磨，他迅速表态道："都没意见是不？那就这么的了。"

紧接着抻出脖子，低头吩咐书记员："做好记录没有，给他们读一下，做好签字。"

天 伦

五户联保又签合同又按手押的，令养殖户们觉着新奇，却有些不太得劲。凭什么别家犯了错误，我们也跟着受连累？不过也知景精神是想震唬一下，除此未必有别，不过有别的也未必落实得了。五户联保也好，连累坐桩也罢，总不能别人有病，这些人也跟着吃药吧？

不过按规定饲喂还是对的，适当的相互提醒也应该的，只是有五户联保要做，没五户联保也要做，跟五户联保又有什么关系？

至于总弄来些新鲜的东西，那没法子，你只听就是了，又没让你费脑筋去猜去想。作为法人或者总法人，人家有喜欢的权力，也有这拨思路尚未落地生根，新思想新想法又蛋茬子一样生出来的权力。

那时候猪肉的价格更加不稳。不稳的原因除了哄抬炒作，还多了疫病的因素。先是疯牛病，英国成批地宰牛；接着是SARS病毒，靠鸟类、风和喷嚏传播，大家都捂起口罩吃免疫中药；接着是禽流感，看见鸡就犯晕，一旦发现异常，村道上立刻画出白线警戒，整村屯的鸡全部烧死深埋。

以上种种异常，因知悉内部饲养情形，便并不触目惊心。以养鸡而论，自家划给王文娟的种鸡厂还好，部队弃留的军工旧址，屋深廊宽，鸡们不算遭罪。那些"公司＋农户"的养殖大棚，有一个算一个，哪个暴发疫病都算应当。

高浓度兼高室温，不得半缕阳光，半点新鲜空气。

从生折磨到死，没有一次鸽食菜叶，啄沙粒捕野虫。

跟多少个排风扇，多少个饮水机，多少次定期防疫就没有关系。残酷的饲养方式之下，借问养鸡的农户们，有谁肯吃自家的速成鸡，包括促生鸡蛋？反正他景精神不吃。

重要的是彼种理念。你可以不把鸡看成人,但鸡不能那样养。

只要仍是这种有违天伦的生产方式,猪也将避免不了。那个疫病或早或晚将出现在它们的身上,或者吃它们的人们身上。

并非是一句咒语,而是良心的督促。

这个浮躁的时代,景精神就听到了一种脚步声和钟声。脚步声自空中而来,走到眼前和心里。钟声则来自夕阳余晖,树木静悄,晚风轻拂。尖顶的楼身之上,传来阵阵钟声和祈祷。

令景精神觉出美感。

谁对牛顿的科学与笃信不可理解,那只能说明提出者的不可调和。以机械生硬去套用自然情怀,以不可理解去理解灵魂追求。让他们理解科学似乎是不可能的,理解"有机"同样难上加难,科学、宗教、哲学,这些灵魂安置的范畴,距离他们身处的现实太远太远,距离景精神也仍旧太远。

距离尚近的是,南方的猪真的发疫病了,而北方的猪肉价格也因此上涨得更凶。是鱼汛将至,还是山雨欲来,景精神感受最深的,却是更加的冲击与不稳。

透明的蓝耳

丁文福家的猪居然得了热伤风,把人心疼得够呛,也笑得够呛。

怎样得的热伤风——他的猪场过早蒙塑料布,结果闷圈了。

略懂养猪的都知道,此类事故显系人为。换句话说,猪得这病,损失了也是活该。至于丁文福家出现这个情况,更十分地让人暗笑。当年的协会会长,可是带领大家养猪的呀,若说事故,他也应得些复杂的、上档次的,而不是这种简单的。这种大嘴巴子,便不知是扇给"协会",还是扇给景精神。那个自行流产、黯然消逝的"协会"。

问题就在于兜里的钱忒多,徐家辉、小和珅他们都说,假使没钱买塑料布,哪怕因此拖上几天,就不会有这等事情了。

以前都认为丁文福有经验,是人精,因了这个情况,便知人精总是相对而言,或者说是哪一方面的人精。作为一个人,很难做方方面面的人精。

可以确定的是,此病果真跟南方疫病没关系,不具传染性。它符合和验证了景精神的判断。

景精神怎样判断的?即南方的猪发疫病不假,但和北方的猪得病没有关系。

南方的是疫病，北方的不是疫病，是疾病，两者同祖不同源。

什么叫同祖不同源？可不可以说同源不同祖？绕来绕去的，都知道景精神在发布暗示，即本地的猪虽然得病，但没有事。若不跟着说，而是擅自将基地疾病和南方疫病挂上钩，认为它们是南方的蔓延或者变种，景精神会阴沉下脸，十分地不高兴。

一双豆角眼只看着前方的虚空，而不肯看你。

猴子和狒狒同祖不同源，人和类人猿同祖不同源，所以既不能把猴子叫成狒狒，也不能把人叫成类人猿。倘若叫了，前者有违科学，后者会引起不高兴。

你高兴把人叫成类人猿吗？你也许在扰乱民心。

所以不看你也有道理的。

扰不扰民心，有一点都清楚，南方的疫病是难以挡住的。它如同天空的季风候鸟，地面的车辆物流，令人徒增隐忧。

南方的猪得的什么疫病？是口蹄疫和蓝耳病。主要是口蹄疫。畜牧专家及业内人士景精神知道，这个很厉害，主要是有后果。

洪宝昌的猪不太够分量，却一定要出栏。这个蔫巴猴儿，被南方疫病吓怕了，打起了自己的小算盘。以为他是蛤蟆塘的养猪元老，和办事处的工作人员熟，差一差二的，不信拉去了还能拉回来了。于是连徐家辉和小和珅的劝也不听，当然两人也没认真地劝。若是苦口婆心，兴许就收一收脚，但凭什么苦口婆心，又不是他的爹，他又不是三岁的孩子。

猪只送到回收点，真就被退回来，一点情面也没给。没面子是小事，关键是猪们趁机传递了口蹄疫。别家的猪传递后就从容地奔向了屠宰厂，洪宝昌的却需要回家。结果猪们的嘴丫子和蹄夹子同时烂，躺在栏里，既不能吃也不能动。

洪宝昌和老爹老娘来活了，他们整天蹲在猪场，一天四遍药，挨个儿往上抹，忙乱得像电视台的化妆间。大年三十了，别人家开心地燃放烟花爆竹，洪宝昌全家颤巍巍地端水饮猪，还得挨个商量："喝点吧，你喝点吧。"

一边忙乱，一边火上得腾腾的。因为后果在呢，若治不好，很可能变成淘猪和僵猪。淘猪是需要淘汰的，僵猪是猪从此不长，饯毛饯势地僵住了。想想僵挺僵尸僵硬吧。

洪宝昌虽属老实，却也涌出不满。徐家辉和小和珅也就罢了，多少算是提醒过，到位是人家的责任，不到位也怨不着。这个时候，还指望谁管谁？可办事处的几头烂蒜干什么去了？吃俸禄的呀，拿养殖户钱的呀。若早言明利害，洪宝昌断不敢轻举妄动，就没有现在的情况，若肯高抬贵手呢，早吃进肚子变成了人屎了，何至于这样折腾？不过接着又说不出什么来，因为别人家也折腾开了。刘桂珍的猪得的蓝耳病，这种病，猪的耳朵蓝而透明，像天空一样。听着浪漫，治着花钱，疫苗每支一百元，还得再购转移因子稀释。两下花钱，再乘以那么多的猪数，刘桂珍的爱人逼着她上吊。其他的养殖户们，也有不少得病的，以口蹄疫和蓝耳病居多。结果弄得养殖户不敢乱串门，更不敢去村中的小卖店。带去细菌不怕，怕的是带回来细菌。

景精神不怕疫病，从哲学来看，疫病是问题也不是问题，就看怎么看它。景精神学的虽是兽医，却也算医生，是医生就没有怕人得病的，不仅不怕甚至欢喜。尤其是给人看病，桌子往地当间一摆，活来了，钱也来了。

还有所谓的是福不是祸，是祸躲不过。

不过那也得躲，怎么躲？搞防治结合。

防是早进行的，南方刚传来消息，景精神就防了，包括丁文福那里。只是防"闷圈"的事没说，不过这事还用说吗？猪棚又不是产房，需保持温暖如春，丁文福也不是小朋友，教一句才听得懂一句。

景精神的眼里，洪宝昌倒有些屈柱。别人家的病猪逃进了超市，逃到了广大消费者的餐桌上，而洪宝昌的猪逃回了家里。逃到别人的餐桌上，就远没有逃回家里高尚，由此景精神对广大消费者深表歉意，祈望莫要出现彼种传播——由猪到人，再由人到猪，猪痘一样的途径。好在此途径可以否定掉，起码在目前。

刘桂珍那里呢，景精神时刻听着。倘真的上吊了，不劳这个办事处，景精神将亲自出面，迅速深入扎实地上诉，定把威逼她的人绳之以法，为此不惜找原省级领导。

想想办事处怎么管的，就不由想起成阳。

却又迅速地打发掉。

当然要打发掉，坚决不把一些混乱归于失去了成阳。景精神承认成阳的管理和实干，也看到养殖户们对他的口碑，可谁让他在官言商的？又不是体制内，叫景精神怎么办？

景精神永不靠哪一个人。若有所靠，也只是靠制度，靠人民，靠养殖户，包括心目中正在酝酿的农场主。借问反腐败靠一个包青天能行吗？答案是肯定行。可包青天一千年前就死了，还能指望这个人出现吗？这个人出现了就是包青天吗？所以得靠制度。

莎士比亚

　　景精神如何不急，做得不好或者稍有懈怠，就容易感染病毒啊。那怎么办？上管理，培养人，编织筐。得创意一个组织，一个设想，将人和管理都装起来。也即那只筐。

　　那只筐什么形状及编法，景精神时而清楚，又时而模糊。时而哑巴吃饺子，心里有数，时而茶壶煮饺子，倒不出来。

　　五户联保就不提了，压根儿没人理这个茬，景精神如今也顾不上这个茬。

　　当作放屁了，屁白放了。

　　不过并不可惜。因心里头知情，五户联保不是最终，它只算权宜之计。它源自决策者的灵光一现，但终不过是株连、连坐这些古方法的借鉴。

　　它证明了肠道的蠕动，但只能证明肠道的蠕动。当然还能证明肠胃将要继续蠕动。

　　过渡时期的产物，既不属终极的制度，更不是制度的终极。

　　那么谁是制度的终极，还有没有这个终极？若是有，怎样实现这个终极？面对新的内忧外患，景精神最急的是什么，最需要一并考虑的是什么？

　　哲学不能告诉景精神，太极也不能告诉景精神，是莎士比亚告诉了景精神。人，这宇宙的精华，万物的灵长，终极是它，永远是它。

　　正月初二是姑爷走丈人家的日子。景精神不去丈人家，而去养殖户家，一个是先前的赵贤子她爹已成为过去，二个是当下的王文娟她爹比景精神的岁数还小，三个是景精神觉得养殖户们都是他的丈人。比亲丈人还亲，还尊重的丈人。

　　这样的日子选得实在妙。原因是谁也想不到，景精神不好好过年，而是二百多里地跑过来，还带来了景秀敏、老杜、柴师傅一干人等。景精神不过年，他们自然也没年过。不过可以理解，因为景精神就是他们的年，他们把景精神与他们个人的年紧密捆绑，在景精神的资本和发展中安息、复活与永生。

　　景精神名义上是慰问，其实也是慰问，兼带查看各类情况。放心不下啊。没说嘛，想趁大年三十的晚上，中央电视台春节联欢晚会开播，全世界华人共同过年吃饺子的时候来的。考虑到东北村民没有夜晚拜访的习惯，彼时拜访或者抽查，其情形相当于扰民，才略微遗憾地将出行时间延后。

　　慰问的时间延后，不意味着可以闲着。景精神便想购低折扣机票，飞往北京、深圳、天津、成都几个一线、二线城市。赶往机场的路上，还可以搂草打兔子，顺带看望同方向居住的白头贾等，后来却也作罢了。

结果大年三十和初一的两天，景精神蹲办公室里，再次梳理了新的预防疫情的方案，构想了酝酿已久的组织形式，将重点人物一个个过了筛子。没办法，在景精神这里，就没有不重视的工作，也没办法不事无巨细。

事无巨细是对他人的否定，对景精神却是相当的肯定。试问火箭发射、卫星上天、太空飞船，哪个能够否定事无巨细？在景精神这里，一个罅隙可以泄露阳光四季，一个蚁穴可以引来大堤管涌。景精神既要关注那些罅隙，也要时刻掌握那些蚁穴。

这些坚定不移的工作，给景精神带来了深刻的案牍劳形。因案牍劳形，景精神一阵阵地感受到随暗夜而来的身心律动，随律动而来的哲学太极，随哲学太极而来的生命思考。

暗夜啊，你给人带来幸福。你的微光，辉映着我们的哲学理想。

景精神不由地想。

徐家辉和小和珅两个，那天也小狗似的跟过来。本没义务相跟的，之所以相跟，是因景精神先去了他们的猪场，被俩人视作了荣誉，便褪着袖子，趿拉着裤脚，主动相陪一下。

或者看出了抽查的想法，想凑份热闹。

热闹没有白凑，因为很快就发现两家在喂添加剂"一包肥"。"一包肥"属于激素，成分是硫酸铜、硫酸亚铁，都是会终生残留在猪体内的。

景精神多么希望这是误断。他是来慰问，搞下乡走访，而不是查看违规的。猪市潮起潮落，口蹄疫与蓝耳病的顽固与潜伏，这些都揪着景精神的心。它们揪景精神的心，景精神不想见到或者想起它们。

第一家墙边赫然丢弃着"一包肥"的彩印包装。第二家的养殖户正往饲料里面拌"一包肥"，被逮住个现行。判定这个第二家时，小和珅本想用身体遮挡的。小和珅是恐怕景精神太过伤心呀，可景精神的眼神已尖利地探过去了。

景精神气冲冲地解扣子，像要跟扣子狠狠地干上一架似的。随行的人都跟着紧张。因为景精神平时不随便做动作，包括解扣子和系扣子。平时若要做动作，最多是太极推手，再不摆出白鹤亮翅。或者耸腰收腰，提肛裹臀。看着要干架的景精神，小和珅心说完了，又捅咕徐家辉。徐家辉却不吭气，小和珅小声嘟囔道："这下完了。"

小和珅为什么遮挡？因为使用"一包肥"的是蠢货洪宝昌。这个老实人，从来以吃亏为乐，占不得人家便宜。如今却接连地投机取巧，又接连地露出马脚，变了个人似的。

自开展养猪运动，景精神就反复强调，要坚持标准，再坚持标准。便是允许的药，出栏前二十天也须停用，绕过药物在猪体内的滞留期。洪宝昌也知倘若违禁，将永不得参与养猪，如今的种种行径，令人猜想口蹄疫，是否由畜到人传播给了他。

景精神控制住情绪，嘶声却沉静地问道："这种东西能否促进成长，有什么用途？"

即便此情此景，景精神仍循循善诱，希望养殖户能够入脑入心。

洪宝昌支吾道："都说喂它猪毛光亮。"

景精神感叹地看着周围："同志们，这真不愧是咱农户的新发现啊。"

几个人都注意到，景精神将养殖户换成了农户，这说明了景精神的心中所想。

洪宝昌眼含热泪："我那些猪，得口蹄疫后都僵住不长了，不喂这个怎么办？"

景精神忧郁地看着前面的天空："不长就可以喂'一包肥'？我看宁可猪死了都不喂。同志们，这才是我们的养殖户何以成为养殖户。大雪压青松，青松挺且直，要挺且直。"

小和珅悄声对洪宝昌说："听着没，让你挺且直。"

洪宝昌捂着腮："我可是想直，我直得了吗？"

又咧嘴问："哎，你喂的怎么样啦？"

小和珅小声急道："说啥哪，我啥时候喂了？"

到第三家时，没见"一包肥"，却见满地的猪屙屙，黄澄澄的成堆成片。景精神眉头皱得更紧，抽抽巴巴的，像刚出生的婴儿。

这是猪没按规定放牧。熟悉养殖的都看得出来，除了猪屙屙发黄而不是黑，猪的形体也较肥，还有精神状态慵懒。这些细节就甭想瞒过景精神，只需他搭两眼或者听一声。

于是他忍不住问道："您进猪多长时间了？"

女养殖户抹着口红，烫着满头的小碎卷儿。随着嘴巴开合，荡出一股洗发香波的味儿。她大方自信地迎接景精神的脸，仿佛春光里铲地的农妇，迎接明媚而不刺眼的朝阳："三个来月吧。"女养殖户笑眯眯的，仿佛说起邻家的女人怀孕。

景精神别过眼，硬是不去看她。照景秀敏都差多了。他漠然的目光扫过随行而来的几个人:"看着没,这么大的猪不放牧!"又冷淡地朝女养殖户点头:"谢谢你养道德猪。"然后十分绅士地转身,将春节慰问活动提前结束。

景秀敏信不过自己的眼睛,趋前相问道:"还看吗?"

景精神一张黑黄长脸唰地撂下:"还看个屁。"

慢镜头

那天的天不太冷,甚至晴暖,白雪却立而不化,抓起一把,发出唰啦唰啦的声响。家禽们披着暄暖的羽毛,行走得悠闲自在。猩红的鞭炮碎屑,已被各家勤快的庄稼人扫到院外,集中到堆放草木灰和家畜粪便的地方。一两声杂碎的鞭炮声,晃晃悠悠地传到村旁的矮山上,秃枝的树丛里。

这样的乡村风景,以往景精神总要愉快地做出自然人文和社会农村的联想,此时却视而不见,心中只铿锵有力地想着两个字:开会!开会!而一道急急的声音就向着虚空发问:"明明三令五申,为什么敢喂?怎么就敢喂?"

都知道现有的技术手段,不能够溯本求源,检测得了肉品质量,却检测不到是谁家的猪只。可谁想到如此下去,景精神的有机养殖就是打了折扣,欺骗了消费者,就是毁灭了自己。

就是要了他的命。

众人眼里的景精神,就有了匆匆的神色,很像误吃了巴豆或者腐败食品,肚腹中活跃蠕动,急匆匆地要找地方倾泻。驻东阳镇办事处的办公室里,临时组织召开紧急会议,仿佛大敌就在江的对岸,且已然排兵布阵,黑黑的枪口直指这岸的我方,而我方由于麻痹大意仍不知危险。人们哪,景精神要拨去你们眼中的云翳,纠正迷途的前行。

景精神痛心疾首地说道:"还记得我讲过的孔雀石绿吧?还记得对韩销售中的几千里追查吧?今天我告诉你们,事情的结局是,不仅全部退回了货物,给予了相应补偿,还中止了海外销售。同志们,现在思考问题解决问题,决不能只着眼于家门口,须知家门连接世界啊。

"因此,建议取消洪宝昌等'一包肥'用户的养殖资格,对只顾自己浓妆艳抹却满地猪屄屄的养殖户予以罚款,扣除景秀敏和老杜的当月效益奖金,对东阳镇办事处的工作提出批评,要求及时做出整改。

"噢,赵红没来,就由柴师傅整理会议纪要。若有难度,可由柴师傅口述,赵红帮助整理,在公司的内部简报上刊发。记住,不能上公司网站。所涉题目就叫：洪宝昌等两名养殖户取消养猪资格，另一名养殖户被处以罚款。公司总部深入永县基地进行春节慰问时强调，应把美国、日本、欧盟的食品安全标准引入到我国的有机养殖中。"

那天回省城后，景精神没有直接到家，而是去公司办公室。这是他年深日久的习惯，在办公室可干工作，回家也可干工作，但只有在办公室干的，才更像工作，才更具工作的意义。而每天若不干工作，不搜寻他认为需刻不容缓解决的问题，就不仅失落得很，还会觉出生命的无意义。

人是为工作而活着的。

这个关系就好比心脏，只有认真工作，心脏才算有用。反过来心脏有用的标志，便是认真工作。当然这和某些领取皇粮闲得生屁因此由衷赞叹"工作最美丽"的论调，具有质的不同。

尽管夜深，各楼群小区的鞭炮声仍吵人地噪响，彩花无规律地蹿出，将大幅的玻璃窗映照得光影幢幢。每束彩花蹿出的地段，每间有灯光亮出的窗子，包括每条马路上往来的车辆，都是道德猪们将要奔赴的地方。它们承载着景精神永无止境的激情追求。

靠在椅背上，景精神闭目调整了一会儿，脑海中竟浮现出那个电话。景精神不愿意却不得不承认，对苗曼妙的解决，推动点在于原省级领导的那个电话。尽管景精神永远寄希望于规则标准，永远不寄希望于规则标准之外，可确是那个电话，它从内心深处动摇了交县的自以为是，推动甚至影响了交县理解和执行司法的方向。

景精神十多年前就认识这位原省级领导，从他风光在岗，到他光荣二线，也即是退休，但他们的退休不叫退休，而被继位者带头叫成了"二线"，景精神从没有张嘴求过他任何事。若一定要有求过的，那就是逢年过节拎些物品请他接受，后来就是卡。景精神不愿因为有所求而去结交智者，虽然分明知道，对于智者，保不准有一天会有所求，只要景精神想做事。

景精神不得不承认，从法院出来告别苗曼妙的过程，是电影的一个慢镜头。望着那个仍旧高挑却绝不臃肿的身形，景精神两眼就热潮潮的，就想哭。景精神分明看见，那个身影的臀部有两条斜线，勾带出浅浅的道痕，从大腿根内侧一直连到髋胯。景精神由此判定，她那天穿的是紧身的也许是磁疗的裤头。景精神为这个紧身心疼，因为它勒得如此之紧，就没什么必要。而人为的严格管事，又怎比略为懈怠的宽松。

越过髋胯，景精神的视线落到裤子的旁开口上。她怎么穿了旁开口？怎么竟穿了旁开口？亲切的怀旧的旁开口时代，景精神有多少年没看过旁开口了。景精神看到的现代女裤，都是低腰的大胆的前瞻的前开口，或者不给你开口。连赵贤子都是前开口了呀。正是从旁开口处的明显拧斜没能对齐，景精神看到了一场漫长的官司生涯，如此生涯对人的磨折，所带来的貌似精心却皮里肉外的粗糙。

　　景精神忽然觉得有歉意。不养这个道德猪，苗曼妙可能过着不穷并且平静的职员生活。养了道德猪，苗曼妙却开始了她不富裕但是折腾的，与法律保持联系的生活。极端的个人追求和利益面前的违规无忌，将她推向了法律的泥沼。幸亏原省级领导的电话，让她和他们从泥沼中滚爬了出来。

　　此番波折虽然难过，景精神又觉得何尝不是一次人生必要。有了它，起码再涉违规时，她可以有所忌惮，涉及诚信时，她需考虑坚守的要求和有违的代价。

　　嗟夫，生命中本可以接触的一个，竟以这样的方式交错了。它令景精神深思，也让景精神再次看到，光有制度是不够的，光有合同也是不够的，还应有什么，那是景精神一直探究，也从来不曾放弃的。

　　大年初二的几起违规事件，折射的不仅是服务与管理，它在大声呼吁，找到一直以来的那个合理形式，让它出水或早日下水。让那个不同于五户联保的新的合理形式，培训、感染和带动养殖户的提高。此话似乎八股也似乎遥远，但它既不八股也不遥远。它所以八股是人们缺少领悟，所以遥远是从未有机会进入人们的内心。

　　景精神觉着有些通了，通得有些宽慰。正月初二的深夜，激情在他的身体中涌流。他不能再想下去，也再想不下去。不能再想是不愿被人被己奚笑，想不下去是因倍觉一点一点靠近的艰难。类似轰轰作响的破冰船，在南极洲的冰面上前进，似乎力量无限，前面却依然坚冰耸立。虽然前进了十米，后面却更有千米万米。

　　景精神伸手按了按铃，想叫助理赵红过来，将生发的想法口述一下。手触按钮时，才寂寞地想起，赵红回老家陪父母过年去了，亲自向他请的假，他亲自准的假。深夜无所谓，景精神不怕深夜，可是赵红不在，深夜中的深思变成了深寂。

　　赵红的两只大眼睛，开始在景精神的夜空中有意无意地熠熠闪亮。如若赵红在，景精神真要将她找来，插上门，俩人练上一会儿太极拳，然后任由赵红悄悄地走。赵红虽同样贪恋床笫，在床笫上和其他女人一样，甚至有过之而无不及，但最终是否贪恋，还要看景精神的眼色行事。正是聪慧如此，景精神才肯不断破戒，而赵红也得以无限接近。

美德与容貌果然无关，诸葛亮说的，越是丑女，越具宽容的情怀。

第十五章

小凡卡

景精神觉得有话要说。不是说给养殖户，也不是说给消费者，而是说给政府。景精神热爱祖国，热爱人民，也热爱政府。可政府里的某个部门，某个权力机关，让他不能够全票通过。但也不能说出更多的什么，因为有一些是猜测和误解。譬如银行不是政府，可是景精神认为银行起码体现政府。起码不能够说，银行与政府完全隔开。这些银行在养殖户的贷款上总是大肠干燥，迫使景精神和养殖户们，像蹲在沟旁等屎的土狗。那些蹲在沟旁的土狗，等来的不是大肠干燥的屎，而是敲在头顶的一记烧火棍。景精神因此认为，它们影响了政府。

当然银行与银行也不一样，正如同省级银行与市级银行、县级银行与乡镇办事处的不一样。这里面的种种一样和不一样，养殖户们大抵能忍受，因为他们习惯了，可是景精神不能忍受。景精神吃过两次苦后，就彻底记住了种种一样或不一样，记住了由此带来的记忆和伤痛。在事情的嫉恨上，景精神的记忆如此之好。多年前有关部门的那个考察团，对他的饲料厂考察骚扰之后，居然没有项目资金和政策扶持，景精神理所当然地认为受到了屈辱和压制，相对于国企和外企他受到歧视了，被看轻了，他把这个歧视和看轻记住并且扩大了。

经过不断攫取坐到财富之巅之后，许多人会忘记这些不快。物质的快乐足以抵住取得的不快，可是景精神却忘却不掉。别人挨过一记嘴巴之后要祈求另一记嘴巴，景精神挨过嘴巴之后，像狗一样远远地躲在旁边，一边赚钱数钱，一边怀恨在心。

景精神知道怀恨在心不好,可谁知他怀恨的同时也是怀春的。

他深深地意识到,有些话得说给政府,关于价格的,关于疫病的。这个时候,他又觉着政府不是政府,而是可亲的人,应当对话并且能够听取对话的人。他仿佛俄罗斯地主庄园中的小凡卡,擤擤鼻子,面对着孤盏油灯,一笔一画虔诚认真地写信。

凡事预则立,不预则废。

南方疫病带来了猪肉涨价。如何变被动为主动,以计划预警市场?

一是应以法规的形式,各相关部门对各类产品价格进行调查分析,提前制定策略,进行有效的预警。

二是对农民及商贩哄抬农产品价格,各级政府应旗帜鲜明地教育,告诫不要见利忘义,要恪守诚信履行合同。对不法者应予制裁而不是狭隘偏袒,否则是对农民长远利益的最大伤害。

三是加快农村合作社组织的建立与完善。

一口痰上涌,他张嘴咔一声,将它吐到纸巾上,再放进纸篓里。然后呆呆地看着室内,信手摊开厚厚的本簿,逐项翻看各类规章制度和合同。亲自制定与修订的那些具体条款,已然构成繁复体系,任意抽取八分之一,无论从前到后或从后到前,抑或到中间截取,都可供其他大型企业整体抄用。

不过唯其如此,才无法更多地获得满足感和安全感,也因此更加起意追求、创新修缮,把各项各类制度、章程与合同,矢志不渝地改动好。

景精神抬头看天,呈现在眼前的是天棚。他掉转角度,将视线投向窗外,看那片相对璀璨的省城夜空。

土豆搬家

不断发生有意味的事,令景精神思虑重重。

一些婴儿因长期食用含"三聚氰胺"的品牌奶粉,相继出现了大头娃娃现象。兴奋的新闻媒体连篇累牍地报道,相关企业和管理部门广受诘责。

国内部分大型奶制品厂家检测,结果更加雷人。许多同类产品中竟都含"三聚氰胺",原来区别只在多与少。

不止奶粉,还有面粉;不止面粉,还有药品;不止药品,还有化妆品;不止化妆品，还有早已悄然混入的地沟油。

还能吃什么？吃什么才放心？

事件的影响越大，人们对景精神也似乎越有了认可。明白景精神原来是有道理的，景精神的道理原来是高瞻远瞩的。

一桩食品安全事件，引发了这等反证效果，是景精神不曾想到的。

令他暗自激动的是，人们的思绪一直延伸到他追求的那个组织，虽然此种途径而论，并非是他所希冀或者盼望的。桃李不言，下自成蹊。景精神愿意通过踏实的前行，得到人们的认可。是求证与印证，而不是反证。

正自喜恼交加，又传来一个好消息，某外埠财团主动上门，要投资包装景精神。以往景精神倾慕他们，但人家未必肯让。如今景精神仍是倾慕，人家给予了机会。为什么给予机会，就是此时的经济背景大好，只要有可能，民营企业家们个个思谋上市，都想通过上市捞取资金，上市因此成为一种绝顶的机会和风潮。

"捞取资金"是景精神的主观评断，通常的说法，叫"吸纳社会资金"。投资方才不在意怎样评断，他们直截生动地告诉景精神，要包装炒作，改组上市。

虽是主动上门，却不影响投资方的指手画脚，就很像巨腕级导演针对未出道的女演员，已出名的演艺公司针对未成名的歌手。景精神虽因此不悦，却也能够容忍，只要有可能，景精神愿意接受潜规则，不放弃任何合作发展的机会。

可涉及具体条件时了不起的景精神犹豫了，因为包装的前提和结果是按着投资方的路子。而路子中的第一条路子，就是改造销售业绩和财会表格。可这不仅不是景精神的路子，反而是景精神不能接受的路子。

景精神软中带硬地指出，这无疑是在作假。作假虽未必等同于犯罪，但它有悖于道德。

景精神接着指出，若肯作假他早就作了，而且比谁都会，比谁都接触得早，早到诸人不知道作假为何物。

投资方不禁生气，觉着景精神冥顽不化，简直啃骨头硬啃屁股臭。难怪许多商家都被吸纳，单剩这个家伙兀自独立。便有意刺激景精神，希冀有所推动，方法是信口评价景精神的协会，认为荒唐过时，不合世情，费力不讨好。

这下子坏了，把景精神整坚定了。

景精神委婉坚定而又毫不客气地说："对不起，这是本公司的方向。"

投资方说景精神一意孤行，抱残守缺，做无用功，任何组装上市的投资方，都不会认可这些徒劳的。

景精神断然道："我不可能因为你们的投资，而改变我们的企管模式。"心说："土豆搬家滚球子。"

景精神的坚定与耍倔，一举粉碎了投资方的狼子野心。可是投资方毫不客气的指摘，未免触及了景精神的内心痛处。景精神多少有些失落，于是对白头贾苦笑。所以对白头贾苦笑，因他从头到尾在座，见证了景精神的断然拒绝。

　　景精神要哭的表情，令白头贾心动。他安慰景精神："他们的这种做法，和企业精神相违背，更不符合公司的发展方向，决非长久之计。"

　　景精神不吱声。耸了耸腰，收了收臀。

　　又直起身，调整一下气息。

　　白头贾乐观地说："这伙人的到来，印证了咱公司的影响力，说明公司的发展已进入财团的视线了。"

　　景精神同意这个评价，却仍绷着不乐。白头贾语重心长地说："纵观中外名企，这时最需要的是坚持，坚持是最难的。"

　　这话景精神愿意听，他点了点头告诉白头贾，投机商人对他妄加鄙薄取得的效果是，更加坚定了自己沿着协会的康庄大道前行的决心。

　　此时白头贾深表赞同，却又不由感叹。若同意捆绑上市，资金将成倍增长，不知顶得上养多少猪。这个景精神，做好了是成大事的料，做不好也的确耽误事。八年的时间搭进去了六千万，时间和钱数都在证明，他不是个怪物，就是个偏执狂。

　　作为记录员，赵红也要在座的。因是公司的一个重要事件，便问景精神怎样报道，详还是简，接见还是会见。景精神不复多言地恼道，什么见都不是，而是不予报道。

　　景精神的不耐烦，造得赵红满面赤红。赵红高兴地想到，直不棱登的，拿过来就说，跟她是真的不外了。

如何展开想象

　　知道财阀们要裹挟景精神上市，和他共同欺骗庞大的股民，柳芭就从北京赶回来了。回来当然要研究别的事项，譬如怎样在天津和成都拓展。另外柳芭和北京分公司的司机兼出纳员小荀苟明确地同居了，他们的下一步怎样办，要景精神给予指示。两人同居凭什么景精神给指示，骨碌到一张床时怎么不要求？眼瞅着往结婚的道走了，这是要景精神的"口供"来了。

　　不过景精神不挑理，因为柳芭无非探问，是否仍要保持若即若离，以及不若即若离可能带来的后果。景精神自信即便此时，仍不排除柳芭副总经理和小荀荀一刀两断的可能。虽然小荀荀比柳芭小十三岁，而景精神比柳芭大十五岁，那个小荀荀相当于景精神的儿子。儿子虽然年轻，但并不可怕，若想请儿子闪开或者走人，只需用鼻子哼上一哼。

柳芭说："我们需要的是什么，不是资金吗？有了资金可以做多少大事。抓住机会一通和弄，各行各业不都在这样发展吗？亿万富翁不都是这么起来的吗？所以这个上市您需要考虑。"

白头贾和赵红几个人不知道，上门的投资方是先跟柳芭联系，柳芭又作为重要成果说给景精神的。全民都在招商引资啊。正因如此，柳芭才格外地关心。景精神却有些恼。不是恼会谈的结果，而是恼什么时候开始和柳芭看法相左，悄然失却了一起居住、一起进餐、一起攻克外资超市时的和谐。

景精神凝神看着柳芭，不由涌上一些感伤。一桩桩事物越来越像分离器，妄图把景精神的伴侣一个个地抛甩而去。这真是要了景精神的命呀，不过旧的不去新的也真的不来，而新的来了又要景精神多少的命呀。

景精神本能地压制住这份感伤，他谦虚平静地对柳芭说："谢谢你的建议，我会充分考虑。"

心想都贱得要嫁人了，考虑你奶奶个孙子。你可知早有人上门撺掇过上市，而且不止一个。怎么你撺掇的事情，老子就得上心，就必须要做？

拥有这样的想法，却搁藏在心里不肯说，只让柳芭看到平静。

晚霞在城市的远方呈现，一道浅色的山顶在天空中勾勒出一抹海浪线。省城平整得像片滩涂，如此那道蓝色的海浪便殊为难得。此时那海浪不只是蓝色的，而是镀上了晚霞的橘黄，那种颜色是透彻的动态的，因此是任何画笔都描摹不出，只可以模仿而不可重现的。

充分考虑的景精神，在柳芭试探的时候表现出一副聋哑状态，柳芭便知捆绑上市的事情没有了。柳芭深情体恤的眼神看着景精神，扑闪闪的就噙出一些泪光。精神啊，我可是理解你的，而你不能一意孤行啊。此话柳芭想而未说，柳芭相信景精神是个人精，能将柳芭的所想猜出来。这多年来，只要景精神想知道，包括每根头发的分叉与变枯，飘然落地与新生，都没有什么可以瞒得过他。可正因此，柳芭感到了轻视，柳芭委屈极了。柳芭不能说，她与景精神越来越像长白山顶的迷幻飞雪，不仅漫天飘洒，还要凝冻在大地上，发出嘎嘎的声响。不能说的俩人就像在溪涧中的漂流，丝丝升起凉气的水面上，枝丫旁斜的枯树中，两人各乘一个皮筏，各持一支桨板划呀划的。尽管两个人想并拢到一起，但两桨却并拢不到一起，刚并拢到一起，漩涡暗流就软而无声地将他们打开。

但尽管不能合拢，他们还在一条河里，还都是漂流状态呀，还可以在某个时刻，从一个皮筏跳进另一个皮筏呀。彼时怎知两个人不可以桨分两边，共同有效地对付不断迎来的古树枝杈、树根浮枝？还有因河谷落差而起的浪花，怎知两个人不是并坐或者对坐，而是畅快地侧卧在皮筏中？

柳芭不肯争辩，也不能争辩，柳芭知道景精神的大气，也知他在女人面前的小性子。景精神所有小性子都使在心爱的女人身上了，所有的大气都接替到心爱女人的道路上了。景精神大气得让柳芭这个心爱女人一路飘升，不仅在北京安身立命，还安家立业，因此不管怎样柳芭都感谢他。感谢的最好方式就是维持并做好道德猪销售的同时，尽力挑起别家公司产品的重担。

因为感恩，每从北京回来，柳芭都要搭乘景精神办公室的木床。柳芭喜欢床上淡淡的烟草味道。因为阳光充足，整天照射，被褥有一种暄软晒透的感觉。它们和烟草味道一起，让柳芭解困祛乏，睡态安详。

景精神不吸烟，哪里来的烟草味道？不能说景秀敏悄悄篡位了，只能说这是特意布撒的烟丝。

可今番柳芭不上景精神的床上了，果真让上柳芭也不上了，不是因为有的员工仍没下班，譬如办公室的那个赵红，也不考虑是否有人安装针孔摄像头，而是刚谈完小荀荀，躺倒休息的柳芭不知该怎样展开想象。柳芭那刻忽然感到了两难，既不能亵渎床，也不能亵渎以往。

佐藤先生来信了

投资方不喜欢协会这个生产组织形式，可是有人喜欢。

日本华堂公司驻中方总经理佐藤先生来信了，代表公司向景精神的公司表达了合作意向。这样的消息让景精神惊喜不已。若是进了，必将是继美国沃尔玛、法国家乐福之后的第三个收获，几个心想的外国大超市从此就算全进了。产品销售将相对稳固，道德猪的猎猎大旗将在超市的头顶上迎风飘扬。

信件由助理赵红接收的。赵红此女子真是个福星，这是景精神的最新发现。景精神从赵红读信的对眼中感受到了一股不拆分的支持力，于是看赵红更加顺眼起来。以前是看她的文字顺眼，如今是看她的相貌顺眼。因为顺眼，景精神就嗅到了一股浅浅别致的硫黄味儿，看来赵红经常用它洗头洗身子的。不刺鼻，很消炎，有利于治疗皮肤瘙痒。

景精神的反应是抖擞起来，惊喜得如晴空霹雳，咔嚓一声，震得浑身骨缝直响。最惊奇的是日方声称前来考核，不仅看基地是否稳固，还要看生产组织形式。天哪，日方居然要看生产组织形式，而且明确提出，要看是否组织了并非虚设的有实质意义的协会。My goodness，这真让景精神百感交集，心情无以表达。小日本啊，要不是你发达如此，要不是你贼一般长着单眼皮，要不是你瞧不起东亚及东南亚，你做事是真的有道道儿，纷纭中能寻到本，复杂中可把到脉。我景精神想不到，不谋而合的原来是你们东瀛。不过不管合作来自哪里，我都将高兴无比。因为你们的这项要求，我认为你们的未来比沃尔玛和家乐福更亮堂，更多扇天窗或气窗。

只是你们的天窗或气窗，它增加了我的急迫和潜忧。基地是稳固的，山山洼洼的可以随时走随时看，甚至可以掰开来看。可这个生产组织形式，它至今仍是个鸡骨架甚至不如鸡骨架，是个蛋茬子甚至还未形成蛋茬子。这个鸡骨架证明着公司的追求，也体现着我景某人的担心。

形式的事，需要依靠形式解决。景精神终能再次组会，论证协会成立之必要，为此不惜说得嘴唇发木。为了说明为什么让农民父母成长以及怎样让农民父母成长，景精神连续打了比方，先说学习飞机时新手在后，老手在前，学合格了再调过来，又说教授篮球时总需扔几个篮板球让他们去抢。针对有人说这样费事，告诉成立就成立，如何恁多的废话，景精神宽容愉快地说："小孩子做算术题，你是把答案直接给他，还是帮他认真运算？"

针对协会成立以后，不好干的公司干，协会只担当能干的，景精神教诲说："好干的他们干了，让他们节省我们的精力，我们何乐而不为呢？佛的境界是不执着，无住为本，道的境界是无为而治，什么意思？无这个为才有那个为。别人能做了我们退出，然后才有精力做其他的。所以要想改变农民，首先得改变我们自己。"

白头贾心领神会，一旁敲起边鼓：

"同志们，几年来公司一直探索协会的道路，譬如上次组织的协会，对不起，上次的是五户联保，大上次的才是协会。不过五户联保就是协会的初级形式，对不对？就是说不管协会还是五户联保，我们一直走在培养农民也是培养我们自己的大道上。"

白头贾心想，可不走在大道上？且看那次协会搞的，效果如同孔雀开屏，展示了想法，露出了屁股，走光了。而这次五户联保呢，又搞成了三个字——瞎扯淡。

见有人犯困，白头贾及时回忆起他同景精神为着协会做出的努力，即风尘仆仆地旅游。彼时俩人抵达韩国，租辆吉普车轮番驾驶，从韩国的仁川岛出发，行程十天，一直开到济州岛，如此辛苦为的是佐证一件事，即人家的协会是怎样搞的。所以佐证而不是求证，是因景精神的思虑已近成熟，既然成熟却为什么仍要看，只因他山之石可以攻玉。

"仁川岛就是当年美国人登陆的地方。"景精神插上一句，然后示意白头贾接着说。

白头贾郑重地说："就是从那次考察，我充分了解了景精神，下定了加入道德猪事业的决心。"正式退休的那天，上午办过手续，他下午便到景精神的公司上班了。

白头贾心想，若一男一女，当时就算顶浪漫的旅程了，各自带上一个也不错，有车有钱的，吃住都方便。可惜彼时只有协会的构想与描绘，美女的念头像饭一样，因为不饿，悄悄退到了一边。二十更更，三十夜夜，四十五五，五十月月啊，都是半百以上的年纪，外人面前又特别地尊重自己，竟然没让鸟事冲淡了高山流水的氛围。

白头贾底气充足，声若洪钟。因是河北老畬儿，音调兼有上下滑和扭动。见景精神眼光首肯，他继续宏论道："彼时协会的想法仍处酝酿阶段，需做好思想上、人员上、组织上的准备，但现在不了，由于主客观的原因，各方面时机都接近成熟了。"

以上说话，景精神欣然颔首，认为老白说得好，懂得煽情。而且煽得必要，也确是实情。

依着景精神是不用休会的，景精神真的不觉得累。景精神就像水里的鱼，终生都睁着眼睛，包括死时，终生都用着大脑，也直到死时。

可景精神行，别人未必就行。不是身体或脑袋不行，而是干别人的活不行，干自己的活才行。这也同样解释了为什么景精神行，而别人不行。

景精神所以休会，还因为开会的房间是借用的乡政府会议室。人家过春节还没上班呢。图于节省煤炭，暖气只维持到不冻。结果把大家冷的，先还装模作样记录，时间稍长都不记了，光顾褪袖或者搓手了。彼时就特别渴望抽烟，只因烟卷的烟雾是暖的，它们都可以熏上一熏。

猪舍都比这间会议室暖和多了。

养猪户们还好，里外三层地穿着。一些总部跟过来的穿得少，平时又习惯了暖气充足，此时的脸早已成了青白色。

那么非得乡政府没上班便开会吗？非得占乡政府的会议室开会吗？开会是因时间紧迫，中国人过春节，日本人不跟着过。过人家也不叫春节，叫大晦日，也不贴春联放鞭炮。总之你歇着未必人家歇着。至于占乡里的会议室，除了基地确没有稍大的会议室，还因为景精神要建立协会了。将来某一天，保不准吁请乡政府的。景精神愿意在这时做些铺垫，愿意乡政府既做婆家又做娘家，物质上做婆家，非物质上做娘家。

至于意义，当然是有意义的，景精神的会，哪次没有意义呢？拉屎揩腚的事情都可以讲出四层：水冲还是纸擦，手蹭或者墙抹。若是给猪揩腚，景精神可以讲出八层。

趁着休会，大家忙着上厕所，楼里的厕所不能用，当然这也是休会的意义。钥匙在更倌手里掮着，不肯往外拿，大家只得穿过公路，去对面加油站旁的一个废弃畜牧站。那个站原是国有事业单位，因为改革合并而废弃了。可那个站也没有厕所，好在依傍山脚又荒着院子，腾出了许多的空地、墙壁、墙根，给予了男人们做小号的空间。女人只景秀敏一个，不知道她怎样解决的，爱怎样解决就怎样解决吧，男人们已管不了她啦。

轻松了身体，站到外面晒会儿太阳，呼吸新鲜流通的空气。会议室早被几根烟枪弄得乌烟瘴气。公司的烟枪都跑到走廊里抽，几个养殖户代表却不自觉，把会议室缭绕得像灶炕犯风。景精神烦透了这烟，尤其他这种早年抽烟又戒烟的。不过景精神不皱眉也不展眉，眼看着诸多的人出出入入，他纹丝不动，坚决没尿，一脸的平静，就体现出非同一般的定力。

可是过了十来分钟，景精神终于又坐不住了。不是有尿，而是不能容忍时间这样白白地过去，因此临时决定义务奉献养猪常识。相关常识大家当然知道些的，但知道的未必有景精神多，多未必如景精神有趣，有趣未必如景精神讲得好。

撒尿的意义

猪出生，不能只顾掏和擦。拿抹布反复擦小猪，反而越擦越湿、越脏。

猪出生要剪犬齿，保护母猪乳房。要及时断尾，避免咬尾症。

典型的仔猪腹泻，会导致长得慢，出栏的时间长。源头在母猪，可能是孕间服药所致。

有乳香的奶粉一定是好奶粉。

影响猪感觉温度的因素有多种。猪垫草加四度，风速减十度，水泥地面二至五度，潮、露水蒸发减四度。灯泡加热的方法也可取。

不能一把扫帚既扫猪舍，又扫槽子，又扫地面。倘若一把扫帚，应先扫猪舍，再扫槽子，再扫粪便。

猪得病以后，最喜欢喝脏水。猪的休药期不等，最长的需四十天，添加料也需休。

讲得虽有兴趣，灌输多了也听不过来。景精神不管，抓紧时间，灌输一点是一点。

小和珅提问："胎猪在母猪肚子里咋呼吸？"说罢暗笑，冲徐家辉吐舌头。

景精神像优秀学生在做课堂回答一样，声音神态都充满着从容和自信，并且举一反三："胎猪通过胎盘吸收营养，通过血液得到氧气，仔猪通过母乳获得营养，通过呼吸得到氧气。"

说罢狡黠地看眼那俩人，心想：有些生命原理，人和猪一样，只不过人是灵长类，不可同日而语了。正因人和猪一样，掌握猪病的最佳思路是，如果你是猪，把你当作猪。

众人都在笑，气氛哄地抬起来。小和珅摸摸后脑勺，让景精神给涮了一把，却又很是得意。

景精神说："所以既不能拿你的标准衡量猪，又要拿你的标准衡量猪，这里头有辩证法的。"

一提辩证法，众人便慌神了，因它意味着长篇大论。好在上半身想辩证，下半身不想，因为景精神不得不让着它，因为尿来了。

还得是景秀敏，趁景精神去排尿，她接过主持的重担，神秘地扯道："放牧真的关涉猪肉质量的。牧放得好，猪肉就没有油，有油也镶在肉里头。一层肉一层油，形成五花三层。这五花三层口感可是最好，做蒸肉只需撒点酱油花椒粉。如果总不放牧呢，猪油就会附到肉的外面，形成膘。"

老杜咳嗽一声："就像人的赘肉。"说罢故意看景秀敏的腰。

景秀敏瞪他一眼，有尊严地问："看我做什么？"好像老杜占了她便宜似的。老杜冲大家挤挤眼，以示无奈。

景秀敏说："放不放牧，除了看猪屁屁，还有一个方子，上山看猪蹄印。新蹄印旧蹄印，结果一目了然。"有人觉得景秀敏扯得挺上路，便问如何给猪采血样。初冬暮春的猪易发病，需经常采血样，一百多斤的猪好采，几百斤的老母猪，一般的人都整不住。结果引发热议，这方法那方法的，大家七嘴八舌地凑热闹。景秀敏嘴角一撇："都不行，哪样也不好使，都容易秃噜扣。"

老杜问："咋样才不秃噜扣？"

景秀敏说："只有牙扣子最好使。"

老杜摇头反驳："老母猪劲大，牙扣子也扣不住。"

景秀敏十分有把握地说："老母猪的上嘴巴有俩牙，一套一挂，让它的前蹄升空使不上劲，这时候干啥都行。"老杜高兴地挤眼："干啥都行？"景秀敏肯定地说："干啥都行。"待众人哄笑，景秀敏便故意反应过来，抄起小拳头撑老杜："你这个坏蛋。"

景精神这当口回来了，他谦虚低调地踅回座位，任由诸人热闹闹地争论。他闭眼静修，貌似不听，实则谛听。因为过分的求异思维，力求与人不同，他撒尿也要思考人生，强迫症似的。别人是来尿就撒，他则一直到憋不住，然后一边尿一边思虑男人撒尿的意义：维持身体机能的必要排泄；调整体内的精妙；积极支持各种收集，推动有效入地形成氨肥；力挺站着而不是蹲着坐着或者仰躺着。

撒完尿是要收束家伙的，收束之前是要抖上几抖的，收束之后呢要系好裤扣。都是有步骤有程序的。他一边扣紧腰带一边想，待议得充分深入之后，就要起草再次成立协会的决议并逐层通过，而逐层通过的程序将是：集团工作会及养殖户代表会议、部分养殖户会议、全体养殖户会议。

而一俟大会召开并通过决议，正式的协会必将落地生根。

其实景精神若挥师向东，大家都会向东。景精神就是十字街头的着装交警，只要看不出神经不正常，是想怎样指挥就怎样指挥的。

可是为什么非得走通过的道路？只因为景精神喜欢。在决策的行径上，一定要把个人的事情变成集体的事情，或把个人的想法变成集体的想法。

下面是景精神若干次会议中总结性发言的一次，内容和以往的一样，和以后的一样。但纵使千百回一样，景精神仍要千百回宣讲。把每一次说成人生的第一次，把第一次大胆地说成每一次。

掺和着烟气的会议室里，回荡着景精神清晰嘶哑的声音。平时断没这样大的音量，此时的音量是因为肃静保持得好，加之景精神及时不断地补气和产气。阳光踱上窗户了，空气暖和过来了，听会的也都极其专注。有人认真地听半天记录一个字，有人记录的跟讲的没有关系，有人神情庄重地捉笔不动，从头一直保持到尾，有人手掐烟卷，把烟卷当成了笔。

一个养殖户代表悄悄地咬耳根子："听明白了吗？"

另一个养殖户代表说："要培养你。"

虽是悄声，但音量挺大，大部分人都听见了。景精神也听见了。

千条江河归大海，万朵葵花向阳开。

景精神如此重视协会，道出它的十分必要和迫在眉睫，参会人员终于同意并接受了。景精神感到了成功后的满意，深夜回到家里，忍不住向王文娟透露，得到的问话却是："必须这样吗？"

景精神严肃道："这是方向，必须的。"

王文娟看了看景精神，判断这个必须是真是假。一会儿得出结论，假作真时真亦假，便不说什么了。

王文娟不说，景精神却想说，因为要从王文娟那里拆借出几十万元的。完成协会的各种程序需要一定的人工费用，接待日本客商，什么也不给他，他什么也不要，也总得有些非物质的纪念品吧。日本人喜欢这个。倘他嘴瘾说找花姑娘，就扇他嘴巴，直接把他塞给母狗。可是王文娟紧张了，眼瞅还钱无望。直到景精神连摸索带揉捏的，紧张劲儿才褪了去，不过她想出了应对老家贼的办法，说道："还是那样，咱俩的往来账你记个数，我也记个数，但这回跟往回不同，得付利息。"

景精神故意捏出东北小品的腔调问："这是为什么呢？"

王文娟说："不为什么。"听起来就有些干瘪，可是景精神的手都伸到胯上了，王文娟却勉强坚持道："以后咱俩事事见字据，签合同，付利息。"

越来越像赵贤子了，景精神心想，这些个娘们，真的是惯的。平时的每个夜里，跟她们的确太不严肃了，暴露的点忒多了，明天剃度出家，谁都不见，谁见谁买票，高价限量版的。让她们守活寡，寡死她们。便涎起黄脸笑道："还签什么合同？我就是合同。"

母家贼王文娟也笑了，念白似的："你怎么是合同？你要是合同，我就是签合同的。"

哟嗬，小样儿，行啊。景精神就是合同，任你来签吧，看谁急得过谁。不信平时练出的一对多挺不过你个经常的一对空。王文娟果然急道："老公，鱼塘缺水哩。"

景精神不慌不忙地点拨道："缺水补水。可是泥塘里放养那么多鱼苗，该怎么算？"

王文娟不服气："谁让你放养了？没管你要放养费呢。"

景精神说："要放养费可以。先交鱼苗钱。"

王文娟服气了，要不人家上了亿，转而欣赏道："好老公，你该付咱的全免，咱该付你的连本带息，中不？"说罢很强势地去亲。景精神想推让的，详细探讨鱼塘上方的鱼声和水声，腥气以及空气污染。可是手脚不推让，很快地呈出积极姿态，不听大脑的话，景精神只好趋从。

第十六章

快来抢注东北亚

景精神记得一个月后，老师把在走廊里徘徊的景精神叫进了备课室。老师和景精神都相信，若不叫进，景精神会一直徘徊下去，直到某天毕业离校。老师问景精神是否学过武。面对景精神边疆草滩味道的伏虎拳，老师微微一笑。

后来偶然的机会，景精神体会了老师的笑意。老师做了一个蛇出击的动作，快到什么程度呢？景精神对眼前的胖瘦编剧演示。只见他的手像昂扬的蛇头一样，迅疾地伸到半米之外，又迅疾地缩回，令胖瘦编剧眼前嗖地扫过了一股风。景精神得意地说："这个速度不及老师的三分之一，俺老师出拳的速度，可以是眼镜蛇的三倍。"

胖瘦编剧看过苍蝇从猫的头上飞过，猫的两只前爪向上一扑，苍蝇已准确地掉落下来。看过一只苍蝇落到狗的后腿上，狗嘴出其不意地向后一搭，那只扰民的苍蝇也随搭而落。包括柴师傅的空中捉蝇，这都是能够实现的。可是景精神老师的出拳速度，居然快得过蛇，胖瘦编剧就觉出了有一个人在"吹"。不过景精神是可以吹的，因为他的老师不到七十就去世了。英年早逝对武术的健身延寿论是个不小的打击，但师傅及其品格定格在了景精神的心里，使他至今怀念。

　　景精神对他的怀念也增进了别人对他的怀念，景秀敏都快怀念得哭了。怀念有什么哭的？但景秀敏就是喜欢一边怀念一边哭。景精神是景秀敏的亲人，景秀敏对生身父亲的怀念，都不由自主地系结到了景精神的身上，让她一边怀念景精神，一边想起了生身父亲，或者一边怀念生身父亲，一边想起了景精神。

　　可是人们向他寻求依靠，他向谁人依靠？谁来解答他的悲怆，填补他的空缺，盛装他的内敛？师傅去了，景精神投向了女人。女人的怀抱刹那间满足了他的要求，又让他刹那间再归失落。

　　因为进入建立协会状态，自此景精神每会必提。每次提及都隐隐的激情，手势有力而诡异，看得出单臂开砖的功夫。景秀敏觉得很霸气。

　　县长的意见当然要征求的。李县长他们给的答复是，需要什么解决什么。何以如此支持？因这个协会发展好了，将促进道德猪产业，安排了闲散人员就业，增加地方性财政收入，所有舆论都这样的"调"儿，它们引发着一如既往的赞同。而这样的赞同让景精神赞同，忍不住卖弄他的顶层设计，即将事情分成三个步骤：分会长、会长、协会的成立大会。拿最简近的分会长来说，它将模仿村干部海选，而不是过去的直接任命，真正做到取之于民，用之于民。

　　这跟于民什么关系？显系用词不当。

　　景精神不管得当不得当，继续推出他的一个新思路新想法，即全公司统一口径，养殖户从此不叫养殖户，而叫作农场主。当然这也是老早的想法，以前曾稀稀棱棱地说过。但以前就不够正式，今番才算是正式，这个正式让景精神产生了快感，声音嘶哑而明确，听来像春天的羊叫。

　　景精神咩咩道："什么叫作农场主，听没听过农场主？"

　　参会人员各具坐态，却俱不作声。没有设想的一呼百应，景精神并不介意，因为是否一呼百应不重要，占有了先机并带头说了出来才是重要。因为这个先机作为先机先说出来，它就成了绝对真理。生活中这样的事例比比皆是，譬如你身处东北亚的某点并强调你代表东北亚的某点并到处粘贴，自称是东北亚上的某点，你就俨然成了东北亚的某点。虽然这样的点何止成千上亿，并且能够代表的人成千上亿。

　　以上难于理解吗？看看某县台某省台为抢标抢注"东北亚"所作出的努力，你就会豁然开朗，就觉着不难理解，就觉着应予景精神可爱的理解。只因他的这个理解不形式、不误人、不诬人、不害人。

　　小和珅说："董事长，我有个问题。"

景精神细眯眼一亮，振奋道："看到没，刚改换了名，我们的农场主就会提问题，懂得提问题了。"然后对小和珅亲切示意，小和珅则毫不客气地疑惑道："额滴神啊，刚才你说的农场主，和养殖户不就一个名儿吗？既然是一个名儿，整俩名儿啥用？"

小和珅说的俩名儿就含着典故：有个傻姑爷，听说丈人还叫作岳父，便惊奇道："小样儿，还俩名儿哪。"景精神知道并瞧不起这样的典故，心说傻啊，这样的道理都不懂，还觍脸自作聪明地问哪？却不回答，而是更聪明地交给大家："那么谁来回答呢？"

诸农场主都是你瞅我我瞅你，或者木然地瞅墙角桌椅。

景精神耐心地问："谁能回答？"

他用眼神不断鼓励，依然是没人回答，于是他决定自己回答："过去叫公社，现在叫乡，过去叫生产队，现在黄了。你们说这是一个名儿还是俩名儿，它们的区别在哪里？"

小和珅吐吐舌头，扮个鬼脸，被景精神貌似随意其实严密的比喻镇住了，却小声嘀咕道："我看差不多。"

徐家辉瞪小和珅一眼，大致是嫌他过分调皮。景精神捕捉到了，及时问他道："家辉你来说说。"

徐家辉有些不好意思，虽没当过兵，却仿佛刚刚退役的战士，仍不忘部队，时时处处都是好战士的做派。他挺起结实有力的胸脯庄重地回答："不同的叫法肯定有不同的道理，我看叫农场主挺好，比养殖户专业不说，还能和'东北亚'、'环渤海'这些时髦的国际性词语接轨，从叫法上占先。"

景精神感到满意，同样一件事情，同样一个答案，景秀敏答可能就不满意，办事处其他人答可能就满意，农场主们答简直满意得要死，认为他们的脑袋没白长。认为对养殖户的培养结出了可喜硕果。何况这个叫徐家辉的臭小子，回答得如此率真漂亮，直捅到景精神的心窝子。

景精神慷慨回应道："是啊，为什么提议叫农场主而不再叫养殖户？因为它不仅是名称，更是标准。尊敬的各位，了不起的农场主们，你们永远不要小看这个貌似普通的名称，它可不是白叫的。它要求我们不随地吐痰，不开会迟到，不动不动就旷会。要求我们相逢点头笑，握手问个好，笑容挂眉梢，心儿甜透了。要求我们，不仅从行动上出发，还要从举止上打造，不仅从品牌上淬炼，还要从规模上整合。我们将逐渐建立牧业小区，将全体农场主集中到一个共同的大型农场，每个猪场配上专业摄像头，让饲喂道德猪的全部情形，通过网络随时随地传给全世界，让全世界随时随地了解我们，代价是只需轻轻点击鼠标。"

景秀敏一旁听得着急，觉得董事长牛皮吹得太大，快赶上气管子鼓的了。不过如此专注投入，却又不能够打断。会上不能够打断，会后也不能够打断。若真要打断，只能拍着双手不断跷脚，做出烂漫少女的身态：董事长讲得真好，真有水平，大家多少天都议论不明白的事情，您三下两下就整清楚了。说的时候眼神还要张起小脚，野葡萄一般攀爬到景精神这根水泥横梁上。

　　可景秀敏不是柳芭，景秀敏骄傲地想。柳芭做得来，景秀敏做不来，曾经的苗曼妙做得来，景秀敏都做不来。

　　可景精神还不止呢。依着景精神的意见，国家邮政总局就应当发布一套新农村新农民的邮票，其中起码有一张是一手拎泔水桶，一手拿着猪食勺的农场主形象。当然猪场既不用泔水，也不用猪食勺，而是用太阳能消毒的自来水，长把儿的管锹和扫帚。不过没关系，适当地添加不影响描述的真实性。若可能，景精神还会提议，在公共汽车的票据上加印道德猪。一群闪着黑光的毛猪和公共汽车什么关系？可有没关系不是景精神管的，景精神管的是印没印上去，让乘客在乘车过程中没啥可干时入脑入心。

　　再有半个月，所处的省里将搞新一次的农博会，已诚邀景精神带着产品参加。景精神原以为又是好大喜功以及步人后尘，可后来想清楚了，如今谁不好大喜功，谁又不步人后尘？这家开了饭店不意味那家不开饭店，家家开饭店，才聚得来八方吃客。你步我的后尘，我步你的后尘，大家都在步祸害别人的后尘。农博会在外地属于老生常谈了吧，可拿到本地就是常用常新，正所谓地方政绩需要地方眼光，自我比照才能自得其妙。

　　况且景精神还另有打算，他要有效利用农博会这个平台，组织一次有创意的特色广告，用他的话说，叫实现生产与消费的首尾聚合。怎个聚合？就是届时组织大部分农场主参会，让人和肉都往那里一戳，告知广大游客同志们，如此鲜嫩健康的猪肉是如此红润饱满的乡亲们生产出来的，让他们以后在超市上见到产品，都不由自主地想到农场主和放心肉，迫不及待地排队抢购直至掏腰包。

向诚信洪水开战

　　景精神的口若悬河将农场主们调动起来了。他们群情激昂地问地点在哪儿，又现实地问参展多长时间。听到整个展览需要一周，他们不由吐了吐舌头，因为一上午或一下午的时间都很难倒出来。景精神竖起一根细长手指，噘起他的小圆嘴巴说，只要头一天或者头两天。因为那两天去的是东北亚各国政要、省内外政界要员及工商界大鳄。

各国政要不是各国政府，而是各国的驻外机构，大使馆、领事馆、办事处的代表或者办事人员，主要是办事员。

要员和大鳄则都很熟悉，总在地方电视上露面。

景精神告诉农场主，届时要用最土气的乡音回答最广泛的提问，要实打实。切忌港台味儿京片子味儿新闻联播味儿，要凭借最原始最质朴的农场主音调，激发游客们那点可怜的优越感。让他们觉着他们有钱，遇到了好肉，应当买。

各猪场离不开人，这景精神当然知道。而且学生可以放短假回家，猪们又回到哪里，别人谁又经管得了？但这是一次重要的外事活动，都当上农场主了，就得理解到位，听从安排，高兴参加。而且这样的重要活动以后还会有，相信诸农场主能做到工作生活两不误、相互促进。

说得如此明白恳切，农场主们愉悦地接受了，景精神对自己及大家都感到了满意。虽然返回省城时，为了节省过路费和过桥费，选择了车况复杂且要绕远的省级公路，而不是一马平川的高速公路，但景精神的心里充满了坦坦荡荡的未来展望及发展盛景。

农场主们回猪场看猪了，一小部分工作人员以及胖瘦编剧，还得空着肚子留下开电视剧的会。

因为投资方与决策者景精神，此刻已兴奋地想出了两条线索和几个主要人物。

两条线索是有机养殖和有机种植，景精神决心通过它们，展现中国农业以及中国农民的现状。景精神认为这是作为一名涉农工作者的责任。几个主要人物，经营猪场的叫山春，毕竟在山里养嘛。同理，经营农场的叫田春。还有一个叫悟生的，山林被毁坏了，他帮助恢复植被。还应当有一个叫仁义的，仁义的农产品不喜上化肥农药，即使上化肥农药也要注明剂量，严控休药期。他们几个人都仁义得不得了，都有景精神的影子，富含景精神的神韵，相当于景精神的儿子。

爱情线当然要有，而且是必需的，尤其在放牧的过程中。应是手持打猪棍，眼望着浅山绿水，唱着二人转味的小曲儿，让爱情在有机种植和道德猪的养殖过程中实现。

至于故事情节，剧中的男女一定要有一方不漂亮，从而体现经济财富的作用。具体来说，有钱人家的女孩子看中了没钱的小伙子。虽然小伙子帅，女孩子丑，可女孩子能扶植男孩子致富，结果女孩子追到了男孩子。

有钱可买并且买到了爱情。

这样的情节设计，就直逼当年的景精神与赵贤子。

胖瘦编剧不知缘由，直听得津津有味甚至诚惶诚恐。

大要求之后还有小要求。作为投资者，景精神要求写出田春与山春如何在缺乏诚信的环境下讲诚信，个别农户违规打针导致猪肉不好吃，公司严肃认真地进行了整改，还要写出公司虽执行收购合同但到期付不了款的原因，即商超的霸王条款对公司及农场主的影响。他说："一些农场主不是起刺，嫌养道德猪的利润低吗？不妨告诉他们猪价怎么来的，这其中公司是如何尊重人力资本价值。"

胖瘦编剧不免晕头转向，景精神却视若不见，天女散花一样，继续层出不穷地抛出。他郑重地要求："要写出新时代的《艳阳天》，走进央视'一黄'平台，让观众流着口水看，看一遍记住多少年。"

景精神的《艳阳天》让胖瘦编剧感到了望尘莫及，景精神却仍诗意盎然。因为盎然，还现场示范了由他设计的一句经典台词：

"咋的，咱和布什一样。"

"怎么讲？"

"他不也是农场主吗？我还是会长呢。"

就迎来了农博会的那天。农场主们将猪场安排妥当，乘着客车，怀着赶集一样的心情来到省城，如期出现在彩旗招展的农博会现场。

农场主们来得这样齐整，当然与景精神此前的描画有关，但也与之后的三天两头开会有关。景精神要求办事处的全体职工包干到人，以责任制的方式保证参会农场主的到齐。而效果也如景精神所想，圆乎红艳的笑脸，朴拙不堪的现场解答，协会农场主的离奇叫法，它们像刚出土的绿缨子红萝卜一样，很是吸人眼球，构成了最独特最出彩的促销队伍，让络绎走过的几十万游客眼前一亮，成为倍受记者关注的花絮。景精神的姜黄脸上，也由此布满祭红般的瓷光。

这样的新鲜出彩，农场主们倍觉美气。可过了中午就不美气了，原因是凌晨三点就往起爬的，而现在是下午两点多了，却既没有人供水，也没有人供饭。尤其出场效果这样好，为公司作出了贡献。农场主们不得不合计，这个出场算帮工还是雇佣。若算帮工，烟酒鱼肉的可要早早备好，一边干活一边嗅闻着肉香，来劲儿。若是雇佣呢，那么报酬该给多少？如今泥瓦匠的工钱都按天跑啦。

这时就有人悄悄地问老杜，老杜笑而不答。又跑去试探景秀敏，正自兴奋不已的景秀敏恨铁不成钢地答道："董事长还没吃哪。"

景秀敏没时间细说了，她沉浸在公司前行的亮光中。人头攒动的会场哟，有多少事需要她忙，不需要忙，她也得把自己调整得忙忙的。

有人霎时明白了。

什么农场主，分明是免费的直销员，有这么巧使唤人的吗？用我们的土气衬托别人的洋气，以为不懂是不？最后一班客车快到了，再不回走，住都没人管了，便一齐撂下往回走。由小和珅提议，还毫不客气地顺手拿走了展品，那些展品都挺好，估算一下价格，工钱也顶得差不多了。结果别家摊位生机勃勃，景精神的展厅像被洗劫过似的，也把穿梭忙碌趁机乱看的景秀敏和老杜给撂那儿了。

精彩变成了缺彩，锦鸡变成了秃鸡，闻讯而来的景精神鼻子都气歪了。不做直销员也就罢了，公司员工换上土气服装，可以照顶不误。那展品可是精确测算没留余地的，倘现订制，又哪来得及？所以急忙派人派车在后边撵，尽可能地追回展品。

那天本是没打算供午饭的，谁想农场主们要吃午饭呢，在家里可都是两顿饭的呀。他们若是牛就好了，可以一边营销一边反刍。至于工钱，更是没打算给。经过精心挑选的农场主，不能和明星大腕们一个素质呀，明星大腕还规定了每年度的公益活动时间呢。

况且景精神也真的不饿，况且便是让他想起吃饭，那样的饭又有什么意思？倘八个人在座，四道毛菜是顶多的，肉菜就不要想。饭每个人二两，因为稍微饥饿对身体有好处。酒更是绝口不提，景精神不喜并且不喝，看谁好意思张罗喝。还有就着饭菜下咽的各类工作构想呢，给你们增加佐料，让你们生发斗志，它们都是难得的好食粮呀。

农博会上的丢人场景，对景精神的打击就挺大，给他一副不饿的肠胃带来了震撼。最理解最信任也最悉心的人群啊，牢不可破的事业基础呀，却原来最起码的诚信都没有。

提前走掉或中途撂挑儿跟诚信什么关系？但他认为就是有关系，并尊贵地忧心忡忡。光辉壮丽的协会大厦，最基础的是这些碎砖乱瓦，可弄不好它们仍是碎砖乱瓦。不，它们不能是碎砖乱瓦，它们最低也得灌上水泥，添弥桥缝，浇砌桥桩，派大用场。

在二十八楼防打滑的地面砖上，景精神一边庄严地踱步，一边抻出脖颈激动地设想。倘地上有保证安全的泡沫垫子，他愿站楼顶随时跳下。倘没有金毛、藏獒或德国黑贝守护而且是夜间，他愿蹲在黑乎乎的树丛中狐狸一样地呼喊：

"诚信活，不诚信死。"

景精神当然不肯设想，也许只需几份盒饭或者少许报酬。此时不去想，以后也未必去想。可是景精神不骗人不蒙人，坚持大是大非，永远不会像火车站前的杂乱商铺一样，三天的免费试用期将满，便猥琐地打发走人，以此可怜可鄙地节省工资。景精神已经过了那个无耻的阶段。没经过或者正处于那个阶段，景精神也不会那样。

景精神感到了被与迫，要做疏与导。可不管怎样，他都将以积极方式，向这个能淹死人也能浮起人的诚信洪水开战，去跟它斗智又斗勇。

此时距宣传甚广的八荣八耻已经好几年，县区的文明办都不提它了。新形势新任务新要求正蓬勃出现，展示着时代新貌和苍翠生机。奇怪的是景精神竟然相中了它，愣要把它从社会文化的宝典中翻检出来，并变八为十八，在公司里迅速掀起学习它的高潮。

算是斗智斗勇的新方法吧，不过也可以理解，因为景精神一向不喜直白而喜绕扯，不喜果断出兵而喜理论先行。钢琴曲他喜欢古典的，诗词喜欢汉代以前的，竖版繁体的港台报纸都觉着不够劲，大篆小篆金文掺和着，再有两个查无出处的甲骨文才显高深。对农场主的培育也是如此，枯涩绕扯才尽显魅力，简明晓畅则形同白开水。

只是缘何如此，它仍需景精神做出更近实质的解答。而景精神的解答是量体裁衣。景精神认可这四个字，因为它说明了推广十八荣耻的实质，也阐释了开展行动的哲学依据。

褶 了

五百块钱起家建立养鸡公司不久，景精神就考虑转向了。这个转向不是放弃，而是另辟蹊径。这样的思路真是没有办法呀，景精神拿他自己都没有办法。撒完一泡尿，他不是抖抖便拉倒，而是忧虑下一波将撒到哪里，它是否通畅，是否因此防治了前列腺炎。这又好比空中跳水，转了三百六十度还不够，他要转七百二十度，七百二十度也不够，他梦想变成一只陀螺。

盆里的鲤鱼快下汤锅里了，可扔到地上照样扑腾，玩起另一种的鲤鱼打挺。土鸡被一刀剁去脖子，仍要直挺挺地跑上几步，当然只限散养的。鸡场圈养的速生的那些，只有本能的吃喝，站都站不直。四十天便出栏的怪物噢，激素将它们变成了毒物。

长白山区有句拙劣的土话，把景精神的这种不断超前，叫作"褶了"。一句属于失传的满语。有的没的乱说，做事爱起高调，铺垫升迁舆论，炕上玩弄花样,都属于"褶了"。这个褶了,它崇尚努力奋斗,不断进取,永不停歇。虽然井底陈冰,却要风生水起,虽然静若处子,却要高歌频传。

频传的景精神向酒糟进军了,酒糟成为他的新一届转向。那个时候的酒糟真的火呀,牛喂酒糟,猪喂酒糟,鸡喂酒糟,新型饲料尚未开发普及,酒糟成了它们的暂时替代品。似乎建立酒厂就是为了生产它,酒反倒成了酒糟的副产品。

与厂家的酒糟合同刚签订完,原来的糟霸找上门来了,说新糟霸景精神断了他们的生意,景精神要么退出要么接受他们的入股。"褶了"的景精神断了他们的生意吗?景精神才不考虑这个,此刻景精神想到的是,原始积累所要遇到的欺压坑蒙拐骗一样样地来了。来就来吧,我"褶了"就不怕你们人。景精神直腰站在几个蠹贼跟前,好比巨石站在浊水边上,看漩涡暗流里浮沉的几根废木。景精神虽不吭声,气势却不断狂呼:该来的就来吧,看看你"褶了"还是我"褶了",看看你们"褶了"得久还是我们"褶了"得久。

他一张姜黄脸上,青色的漆光聚集起来了。对这些一贯早晨霸早市夜里霸歌厅全天霸酒糟的费厄泼赖,景精神毫不客气地做好了掀翻入主的准备。

其他人员都被景精神打发上楼了。借景精神的打发,其他人员也巴不得上楼了。

谁上楼景精神都不在乎,莫说景精神的资财这时不过区区百万,就算是趁两个亿,景精神都不害怕。景精神永远不聘保镖。永远镇定自若。景精神承包了酒糟,符合法定程序,拥有法律武器,龟儿子们必须让步。

乖顺上楼的其他人员后来说,都以为景精神先生在楼下谈判呢。就听得噼里啪啦一阵声响,他们忙不迭地赶到楼下,发现六个彪形大汉连同片刀撬棍匕首散落一地。景精神像山林里獠牙横长的猪霸,斗鸡场上的彩翎鸡王,草原上仰天嗥叫的头狼。不,景精神就是景精神。他一脸干净气息平稳,仿佛只是身穿长衫的小学教员,看着操场上淘气摔跤的孩子们如何爬起来。

哇!

公司的其他人员第一次知道什么是神奇,平时只见景精神提肛裹臀前后耸腰了,没想到这些动作真有用。凭借它们,景精神出神入化地谱写了一部当代企业家的剿匪传奇。从那以后他们响应景精神的号召,也跟着习练武术。景精神练伏虎拳,他们就练伏虎拳,景精神练长拳,他们也练长拳,可爱练不练,景精神却不稀罕了。因为景精神就明白,如此的随从并非热诚,充其量是附和随从。方兴未艾的太极更不必说了。

我们事业的基石

　　景精神像嘱咐小学生一样嘱咐大家，一定要认真背诵十八荣耻。理由是背诵了它猪就好养了。还告诉大家，年末考试验收，合格的进行颁奖，不合格的继续学习补考，直到合格为止。一顿午饭都不供应的景精神，怎就发奖了？可怎就不可以发奖？它和吃饭一码是一码呀。饭可以不吃，一顿两顿饿不死人，十八荣耻却不能不背，它关涉我们事业的基石。

　　农场主们顿时有积极性了。农场主们就是这样，既心宽又心窄，既狡诈又好糊弄。只要前面吊个大饼子，哪怕这个大饼子是纸画的。

　　他们决心，不睡觉也把它拿下来。

　　最低也得"大概其"。

　　可经景精神草拟的这些字词，听看起来怎么都是一样的呀。行行叠叠地摞在一起，眼睛发花了似的。在它们面前，农场主们的记忆力是真的不行了呀。景精神微笑着鼓励道："毛主席语录当年咋背的，'老三篇'咋背的，这点东西背不下来了？九牛一毛啊。"小和珅说道："可我们没背过'老三篇'哪。"

　　老杜聪明地插话："要不唱着背，村里信教的都是唱呢。"

　　农场主可不是信徒，协会也肯定不是教会。景精神呃了一声耐心道："看进去就好了，背下来就理解了，死记下来就明白了。"

　　景秀敏顺势道："《三字经》好不好，听起来不也是顺拐？"

　　景精神默许地点点头，激发了景秀敏的能量，她热情洋溢地透露："背吧，这次的奖品丰厚呢，董事长特别重视。"

　　洪宝昌也学习小和珅，上前凑话道："都什么奖品？"

　　洪宝昌因违规用药，原被清除出队伍的。后来是徐家辉和小和珅鼎力推荐，驻东阳办事处又认真审核申报，他才重新取得的养猪资格。对他的相问，景秀敏可以给予解释，却不想轻易展示答案，她闪动密而长、卷而黑的眼睫毛说："到时就知道了。"

　　十八荣耻的背诵活动，把大家带进类似狂欢的情境中。若适时发些家居用品，就相当于乡村文化节了。他们都说：十八荣耻不用要求，每个人都应当会。如今董事长要求了，每个人就更应当会。那么怎样会，就得开展背诵运动。

　　徐家辉的脑子肯定没小和珅的好用。小和珅是看过就会，会了就忘，而徐家辉是看过不会，转身就忘。小和珅可以一边干事一边背，若媳妇不允许他这种用功，他能急腔猴儿似的把十八荣耻吞记下来，然后按照媳妇的要求全心全意地投入。徐家辉无论如何做不到这种特别背诵，徐家辉若这样做就两样都不会了。不过徐家辉还是跟世上所有用功的笨鸟一样，利用一切的时间和一切时间的间隙。他把写有十八荣耻的纸条贴电视机上，一边吃饭一边背，把纸条挂洗脸盆架上，利用洗脸时低头撩水抬头擦脸的夹空儿背。只是不管怎样诵不离口，结果都是囫囵吞枣。真若回答起来，张口结舌不说，还会串了笼子。

徐家辉媳妇夸奖徐家辉："见过用功的，就没见过你这样用功的。"

徐家辉说："这是在夸我吗？"

这样的情形，就很令景精神得意，也着实把他吓了一跳。他的感觉是，打开了一个神秘的匣子或者魔盒。想到每个人虽则用心，却不过是狠攥着一段绳子瞎使劲，一颗心才又放下来。

不待景精神布置，办事处的经理们也开始背诵了。景秀敏甚至为此扎起了两根小辫子。

为什么扎小辫子？因为她所有的背诵时光都是扎着小辫子度过的。小辫子既是她少女青春的标志，也是她当年攀登用功的标志。她漱口一样反复叨咕着背诵内容，迈动着相互纠结的两条腿，在被磨光的水泥地上有意地踱来踱去。若是国立图书馆并且铺着地毯，她真想踩出一条隐隐的马克思小道，以供日后圈隔，让游人们敬畏地观赏。她还愿意走过来再走过去，捷克诗人伏契克那样，可她走不过来也走不过去，因为蜗居的宿舍内，地上的东西已快堆满了。

背诵中，她想起了仲春初发汁液的杨树叶，想起长白山洼地吹拂着她青春身体的清风。青春已逝不再回了，正如她丈夫的离家出走不再回。想不到不堪中年的她，居然还能重温到青春少女时的某些情形。感谢由景精神首倡的背诵，希望这个背诵能延长，并长期地坚持下去。

因为思绪庞杂感受颇多，景秀敏背来背去的一句也没记住。理解固然重要，但机械记忆也是必要的。她只有死记硬背，走先嘴巴熟后脑子熟的路子了。她这个样子把老杜吓坏了，渴望关怀也不能如此的偏执啊，若这样老杜该怎么办？工作上经常被这娘们栽赃，可老杜还是愿意伸手打捞的。只是投去的关切，却遭到了景秀敏义正词严的不满，以为妨碍了她对十八荣耻自动自觉的探索。

景秀敏感慨良多地对老杜说："董事长真的了不起，从浩如烟海的语言宝库中精选这几条，就让咱背了这多天。而我呢，以前由于长期功能紊乱连出汗都不会了，现在因为憋得冒汗，毛孔特别通畅舒服，做了桑拿一样。"老杜一旁提醒:"这么说董事长安排你做桑拿了?"景秀敏严肃地盯住老杜:"请你说话注意。你知董事长为什么要求农场主背诵,却没正式要求我们,给予人一滴水需要自己有一桶水,他这是以无声代替有声啊。"

老杜心想她是多么傻呀。景精神将十八荣耻挂在嘴上,可是你问问他,看他能否一字不差地喊出几荣耻来。

不过看待景秀敏如此,老杜却也得拿起资料瞭上几眼,因为怕景精神偶尔发问,偏又问到他的头上。就想个法儿,把整齐的句子配上二人转的曲调,哼哼呀呀地唱背。景秀敏被逗得发笑不已,又略微带些微的赏析,忽闪闪的大眼睛放电,弄得老杜挺来劲。

在背诵的问题上,其他人也各寻办法。太极高手柴师傅把十八荣耻编进了拳法口诀中。赵红因是重点高校毕业,大三时曾被光荣地选举为系党支部副书记,结果看过几遍就一字不落地背下来了,还可以倒背,众人尤其是景精神知悉后,就十分叹服,直想拨开赵红柔黑的头发缝儿,端详一段泛白的头皮,观察那些好记性到底埋伏在了哪根头发里。

可是有谁知,在景精神的内心深处,多么希望安排的不是十八荣耻而是哲学辅导。若农场主们坚持不懈地学哲学用哲学,直接整到根儿上,景精神宁可牺牲更多的个人时间,苦口婆心地破解他们的难题。可是没有,落实到现实中的,仍然是十八荣耻。

景精神只好用"1+1=2"安慰自己。这道数学算式小学生用它,大学生用它,科学家也要用它,不同层面掌握着不同的含义,因此谁又能说,这个貌似简单的算式就没有了深度呢?从最简易最基本处入手,才会获取最有效最集中的效果。这就是哲学,哲学中能给人提供根据的实用哲学。下步日本人前来参观,决不能让人家误以为中国农民就知道养猪,而是要让他们知道,中国农民懂十八荣耻,正在讲哲学用哲学,能准确背诵并且指导行动,而且很可能是与黑格尔有瓜葛的哲学。

只是如此宣讲并提到哲学高度,到底在厘清还是在迷惑?

须知有机事业的这条路上,理智就敌不过蛮干,审度就不如胆大,精明它敌不过搜刮,必然很可能不及偶然。

第十七章

器官、感官和臆想

哲学对一个人的影响，就抵达到如此程度。景精神动不动就讲它用它，把它跟佛、道、儒联系起来。方法上杂糅百家，渠道上胡诌八咧，手法上类似直传销，效果却是明确清晰。

而将精神两字嵌进姓名的时间较早，所以公安户籍那里就很容易通过了。这样说的意思是，景精神原来不叫景精神，而叫景秃子。"秃子"它体现着景精神他老娘的意愿，希望这样有丑名的好孩子，扔在大道上都没人捡。可是它们不哲学，所以景精神富有先见地改换了。遗憾的是只换这一次，后来户籍管理严格起来，否则就有改成景道德、景哲思、景太极的可能了。

那么什么是精？精是微量元素，可分微观之精与宏观之精，狭义之精与广义之精，贮存之精与体外之精。它构成了食品之精华，永远与美国化肥农药除草剂无缘，与中国的化肥农药除草剂更无缘。对中国的三类产品偏激吗？对不起，任何说辞都将无以说服，景精神不信任它们。

那么什么是气？气是精与神的中间物质，看不到但感觉得到。要想不得猪瘟，圈舍要通风，人若防感冒，也要经常开窗。过去光知有瘴气，不知怎么回事，现在拿显微镜一看，里面净是微生物一类的东西。补精化气，气转为神，你若不信，就有违了方法论。

那么什么是神？心神累时和不累时一眼便看得出来。懒散的农民直接将地里的玉米秸秆点燃，产生了大量的二氧化碳。毒气升腾的同时，农民的优秀精神也降格了。精被破坏，神韵不美，气是毒气，人对于自然的慷慨气度没有了，作为万物灵长的神韵丢失了，就是这样。

协会要有会长，还要有分会长。会长人选尚不知是谁，因为景精神不说。分会长景精神也不说，终于说时竟重新提到了丁文福，这让大家面面相觑，就不知道发生了什么。他们猜测王文艳、王文娟和景精神，是否搞了一次枕头上的亲情传递。双飞不大可能的，不过单飞也不大可能的。可那到底怎么回事，难道是扯淡有理，歪拐斜拉才受重视？但此种情形，不应在这个民营企业出现啊。对此只有一种解释，就是景精神"惯卯"了。矫情的人使用惯了一种牙膏，别牌子的牙膏便不是牙膏；使用惯了一种手纸，别牌子的手纸便不是手纸，是手纸，用起来也不舒服。

丁文福可能就是那牙膏或者手纸。

景秀敏一旁牙根紧咬。如果景精神不是景精神，而是挨身而坐的老杜，景秀敏会毫不犹豫地咬上两口。不过老杜也予以撇嘴，都认为丁文福当然应该重用，但不是景精神用，而是经过组织程序，郑重推荐给景精神的敌人用。

徐家辉一向看事客观，不轻易发言。因被列入分会长的备选，不表个态，显不出对道德猪事业的关心，便简明扼要说道："他当我就不当了，我不跟他共事。"

让景精神收回成见的是赵红，景精神都没想到。

景精神一直将赵红搁置在臆想中的。并非待赵红不好，而是景精神这个年龄，不得不将快乐分成器官、感官和臆想，不得不从集中开发头一个或头两个，转到开发第三个。而到了赵红这里，就专享了第三个，这真的没有办法，景精神如今只能一个角度考虑问题。若是多个角度，就既得不到办法，也得不到发展，就会要了景精神的命。

也正因如此，赵红的参政议政挺让景精神高兴。江山代有才人出，各领风骚数百年。景精神预感到，赵红小姐要出山了，到了立足臆想、冲击感官、图奔器官的时候了。

赵红努力地扬起脸，对心目中的男神说："公司的决策我从没参与，这次也不参与，但有句话虽然不当说今天却需要说。"赵红原本不好看的脸都坚定得扭歪了，可她扭歪的脸却更好看了，因为五官由此变得端正了。它们让景精神不由自主地设想，因为设想，原本恳切的声音听不见了，以至于赵红不得不打破习惯提高声音："董事长您是讲哲学的，可在用人上是不能讲哲学的。既不能因循守旧，也不能治病救人，否则就是不懂哲学。"

既然开了口子，口子又开得顺畅，赵红就索性说到底了："您现在不是用不用丁文福的事，而是需要评判考虑丁文福的哲学基础。是什么样的哲学导致了您如此的用人观，影响了您对农场主的评判和未来方向的预期？"

赵红痛快表达着，心花都跟着哆嗦开了，最后她用更加坚定的蒙古喉音对景精神说："此番话您会不高兴的，可我宁肯遭了鄙薄，也不愿看见您闭起长满白翳的眼睛，骑着哲学的瞎马，得意扬扬地走向概念的深渊。"

我的天哪！景精神直听得眼前一亮，最内敛也最合适的哲学交流原来就在身边啊。柴师傅不过是武友，有学养的赵红才是预期，景精神也因此兴奋起来，霎时的。他撒开搁在赵红腰肢上的大手，不觉将它伸向空中，像要对着空气开展一场激情而理性的发言，却又依恋地跑回到腰肢，一边加紧摩挲，一边自我感叹：多亏赵红奋不顾身地点醒了你，傻瓜景精神你是真的执着，有时也真的糊涂啊！

那样一次净谏肯定做不了摄政的开头，不过打下强力的烙印却是真的。新生力量在不远的将来，是否引起与前三位女士之间的争端，还有待于景精神去世时再看，不过由此促使景精神动心并且动摇，却是肯定的。

动摇的地点是在略作装修的二十八楼总部办公室。此前景精神叮嘱，把他的办公室安装了十二盏灯，以便看起来更像某座艺术工厂或者灯具店。节约用电肯定考虑的，因为安装了六个开关，每个开关分别控制着对角的两盏。彼时一盏灯斜斜地照着景精神，另外一盏斜斜地照着赵红，两束灯柱因为斜斜而交集，而景精神温热的大手，就伸在了那个交集处。

那只大手让赵红觉得，越位净谏应该是成功的，被抚的腰肢也是成功的。因腰肢让抚它的大手惊奇地发现，肌肉虽硬但线条蛮好，腰筒虽粗却无一丝赘肉，尤其是闭起眼睛时。可腰肢归腰肢，发硬归发硬，和向日葵般潮湿新鲜的柳芭相比，眼前的赵红多么像一位提前退休并且发福的女体操教练。这样的判断应该说由衷改变了手行的方向，使景精神不再像对待柳芭一样上下游走，而是让那只大手泊下，最终止于行动而浮于臆想。

山村小会

选择徐家辉做分会长几乎不消说的。三十岁的年纪，一米八几的个头，虽然跟他爹一样侉，但站在猪群里正合适，方便道德猪的昂头行进。一副冉冉升起的中国农场主形象。

以前徐家辉断不肯出任村干部，认为眼见的一茬茬，都不是好途径上去的。

这次对分会长也不大感冒，他宁肯在家里养两茬猪。管这个管那个，得罪那个人干啥，不如消停地过日子。但就经不起办事处的怂恿和景精神的暗示，主要是景精神的暗示，因此就予以考虑了。

另一个拟任人选叫李满喜，名字虽然充满喜气，外表却并不喜气。既然不涉及腐败与廉政，怎就如此干瘦？便是自己吃自己的，也可以肥胖些，太苦大仇深了。挺大的青眼袋，一脸的猥琐老实，深入农场主家联络指导时，就很容易激起别人的疑惑，大好精力用到了老婆身上吗？养猪就那么折磨人吗？听说小日子过得不错，屋里盘的地炕，地炕上面还砌着一个小炕，却不让邻院住着的亲娘进屋。十八荣耻是怎么学的？不过在村子里尚有威信，身为村会计，能考虑为大家服务。若村里不拉选票不拥立家族，尤其再增加两个村副主任职务，基本就被选为了村副主任。针对此，景精神有些炫耀地说，公司将让协会实行会员会费制，借此筹出会长及分会长的工资。若会费无以收缴，则把公司的部分管理利润让出来。这样的话令李满喜劲头倍增，因他看到一笔闪闪发亮的工资，种地、养猪和村干部收入之外的。

景精神看出来了，就赌气地问：当时间精力发生冲突时，将怎样处理村干部和分会长的关系。然后嘲弄地望着他。景精神知道这样不好，显得不够有机和哲学，但他就想问，问过了才舒服。

而李满喜是如此坚决，显示出一位优秀的村干部经受审问的素质。他满心喜悦地对组织说："保证以全部精力投放到分会长的岗位上。"见景精神的豆角眼纹丝不动，他咬牙道："不仅繁忙的时候以分会长为主，关键时候还可辞去村会计的职务。"

如此重话是李满喜自己说的，景精神可没让他说。在没有人逼迫的情况下，他自己给自己上了条子。而李满喜明白自己受了蛊惑，虽然回答坚定，却由里往外地受窘。

景精神就分外感慨道："是什么动力，让他宁肯辞去村上职务投奔到公司来？是因为钱。钱是硬道理，它能使鬼推磨。"

话虽如此说，景精神却吃了冷汤饭一般难受。景精神是不允许自己带着这样的讥讽语气的，包括对待任何一个人，因它关涉到景精神的哲学及哲学指导下的生活。况且不管景精神满意不满意，李满喜都是他亲自圈定，所有的投票与征求意见都是形式，都在遵照着他的意见，可是景精神就这样大放厥词了，为什么？想起过去的曾经，真的是既留恋又伤心哪。景精神多想与农民中的精英分子产生联系，可这些村干部的状态让景精神怎么办？试问他们被大学推荐并且留到城市机关，谁人能同当年的景精神一样，坚决混同到广大村民中？试问如果与某村妇女有了染，谁敢像景精神那样负责到底，虽然最后也照样整"秃噜扣"了？

每日的热闹中，景精神越发意识到，修得一份内在的安静多么难得又必要。尤其他这种占到历史便宜和时代风光的。伟大庄严的有机事业仿佛晨钟暮鼓，它需要焚香打坐、禁欲素食。只是如此的清苦修敛，一贯热闹惯了的村干部能指望上吗？包括景精神一直尊重的农民父母们也指望不上。除了和尚姑子就没有能指望得上的。其实和尚姑子也指望不上的。

以景精神当下的心态和眼光，如今还有谁可以指望？指望复杂不如指望简单，指望伶俐不如指望拙笨，指望精细不如指望粗糙，指望满纸狂草不如指望一张白纸。可是为什么还指望农民，将理想圈定到他们的身上？是因为仍然只有农民，永远只有农民，才可能让他随心所欲地画出最美的蓝图。

景精神习惯性地咽口唾沫，让身体的津液滋润他虽未说话却已然发干的喉咙。这世间有几人闲来无事却仍坚持苦思冥想？有几人能抗拒和抵挡金钱欲海的热浪？而你既然搞自问自答，对不起，你所有的最终情形必将是寂寞和归于寂寞。

分会需要工作，因它不能白设。怎样才不白设，最简单的就是开会，传达景精神的讲话。办事处的经理们列席会议监测效果，也算扶上马送一程。

李满喜主持的分会，在村头的小卖店兼麻将室顺利召开。因为天冷墙薄，参会的农场主们蹲坑狩猎一样裹紧棉袄。尽管炕面烧得滚烫，窗子里外蒙起塑料布，门上也挡层厚厚的棉被帘子，但能保持七八度已经不错了。各猪场都比这里面暖和。

许多农场主都是烟枪，再加上慷慨散烟，把个小卖店弄得像冒烟犯风的炕洞。守摊卖货的媳妇并不反感，她喜欢人丁旺盛，也喜欢这些男人，被动吸烟自是知道的，知道却不当一回事，没有丝毫的不耐烦。

分会长李满喜同志，从开头讲话到组织发言直到会议总结，驾轻就熟地主持了全程，有力地保证着上层讲话精神的传达落实。村委会多年的熏陶锤炼，造就了他的同时也造就了大家。多么好的农场主们，凡会上讲不清楚的，大家都努力凑合，主动帮助理清头绪。

蛤蟆塘分会场选择的是一处民宅，因为同村的小卖店店主不太好说话。那么为什么不选徐家辉的家里？只因为这家农场主热情相邀、破车揽债？当然徐家辉也跟人家打了招呼，人家给他面子，肯买他的账。而这家宽敞，素来十分的招人，因此也的确合适。旧货市场拉回的两张单人床，看得见斑斑的污渍，一条长沙发是从过气的歌厅淘弄的，它们都成了端庄像样的实用家具。大炕上的陈旧炕革，记载着曾经的岁月风貌，把个徐家辉弄得，只觉得分会的目标任重而道远，带领致富的重任在肩。

论经受的开会训练，徐家辉显然不如李满喜，可并不影响思路清楚和腔调顿挫。它再次证明景精神的知人善任，也提醒着了不起的生命遗传。家辉爹这个退休的大队书记是准成的，村里妇女见到他便主动相邀也是有根源的。

优秀的生命遗传能走多远，景精神由人及己，充满着胜利的自信。自己的爹不是养道德猪的，可景精神创造性地饲养道德猪了。没安排后世养道德猪，可男一男二这两个儿子，已自动了解猪的交配以及品系的提纯和保纯了。至于孙子，虽尚未确认母体，却也保不住儿子们已悄悄地备战备荒。这些传宗接代的生活琐事，或以生活琐事名义进行的传宗接代，早令他们乐此不疲了。

总之浅山区的小小村子，从身体和思绪上，都躁动着春夜里野猫般的情愫。景精神感到满意，他表面稍显安定，内心愉悦不已，激动得来回搓脚。协会按着设想一步步走向正轨，景精神获得了快感的同时，也有了放松后的自责。不过那些沉重的轻松或者轻松的自责，都归进浓重的春夜里了。当然这些团队还要朝着既定的方向一步步地努力，因为还有那么多分会等待着建立，还有数不清的千难万险。但是景精神有一万个理由相信，它们都将解决也都可以得到解决。

胖瘦编剧也跟着兴奋不已，根据火热的现实生活，以为摸到了电视剧的剧情要点。虽然危险未除，但敌人尚且遥远，因此不影响他们书写标语，排练节目，戴红袖标，站碾米场上演讲唱歌。总之战前宣传队什么样子，他们此时就是什么样子。胖瘦编剧认真感受着，按着景精神的要求和建议，听取分会长每一句推心置腹的话，记录着农场主们参与协会以及分会的神圣表情，倾听和回想着来自远方和头顶的那些声音。声音从景精神姜黄脸上圆圆的小嘴巴里嘶哑地发出，优良电波一样在山村的上空周游振荡。

可是景精神仍要开会，而且开总会和扩大会，开许多直至无数次。因为分会是代替不了总会的，总会也代替不了扩大会。广大农场主对各种聚会怀着真诚的思念，他们强烈要求既要开好分会也要开好总会和扩大会。

可是开会的实质是什么？

景精神本指望分出许多会，成为承担工作及内容的形式，也由此找到农场主教育和自我教育的新途径。可他发现所做的只是传达，也只能是传达。

可景精神不只喜欢传达，他还需要研究。研究不是景精神的空气，起码也是氧气。而作为分会莫说开展一些探索性研究，单是传达意旨，内容稍微繁复些都不见得行，都传达不了和传达不准。所以分会虽然宣告成立，景精神的各类工作非但没有减少，反而由此增多了。

看来有机的事业不是谁都能够统领的，协会的发展也不是任谁都能够摆布的，它永远不是人人能做的吃饭喝水拉屎撒尿，某种意义上，它只能归属一小部分而不是更广大人群。

景精神告诫自己，不能轻易表现出失望。这才哪儿到哪儿啊，万里长征不过第一步或者第八步、第九步，遇硬则硬，这些新增的责任与压力，更加助长了他"烈士暮年，壮心不已"的英雄豪情。

手　法

这次全会或者扩大会议由景精神亲自主持，议题是人工授精与建设分精室。按照计划，首先探讨人工授精的伟大意义，其次是如何建设分精室，谁来建设分精室。可开会时与会者却议起了价格，他们希望涨价，因为原材料及猪行仍然悄悄地涨，两年过去了，肉市价格起起伏伏、跌跌撞撞，越来越成为人们摆脱不掉的梦魇。人们对它的关心，显然胜过分精室。

景精神早看出来了，忍不住有些愠。心想总叨咕这玩意儿，就能不能整点有用的。须知所谓的价格，它并非独立的存在。只要外界不稳，谁能摆脱它的影响？可以说它将贯穿有机事业的始终。况且外界是景精神所左右的吗？景精神想让物价平抑，可市场听景精神的吗？景精神想让大家吃几十年前的粮油蛋奶，可是景精神能管化肥、管种子还是管农药？

心里这样想，口中却抑制道："你们关心的价格有两条道儿，一个随市场走，一个保底，那么到底应怎样走，大家敞开谈。"

小和珅挤挤眼："不是我们想涨，是市场饲料涨，我们不得不涨。"

小和珅总是抢话，大眼珠子一转，故作阴阳怪气的，还有些卖乖。惹大家一阵轻笑。不过也许会场上需要这么个宝。

景精神看了看徐家辉，新培养的分会长，希望他有所把握。徐家辉不得不说道："跟着市场走，白猪一旦跌到底，黑猪肯定不可避免，那样的话农场主损失更大。而且果真赔掉了底，谁还来养猪？到时公司怎么办？总之不能单纯地跟着市场走，既要考虑现在的涨，也要考虑日后的跌。"

一番话有理有据，挑不出毛病，痒痒挠得还算行。

景精神颔首微笑，用机场候机大厅语音播报的语调，而且是外文的："这里提请大家注意，协会是你们的，你们都是协会的主人，因此得像家事一样关心它。刘桂珍你怎么看？"

冬蚊子一样躲在角落的刘桂珍啊，如此的小嗓儿轻声，却让人听到一种振聋发聩的坚定，仿佛说完此话，可以一甩坚毅的短发，去背老虎凳喝辣椒水："别人挣座金山我不羡慕，我只要求把握，因此我要保价。"

便是蚊子在哼，态度如此坚决，也显出了它的力量。敬爱的力量真的是无穷的，就把景精神拨弄得十分感动，鼻涕都快出来了。他哭过似的嘟囔道："对不起我拦你话了，你要求的保价代表了大多数农场主的观点，引发了大家的思考，这真的很好。从今天起我们设立优秀发言奖，但凡有见地的发言都给奖励，而这个奖的首奖就给你了，你回头去办事处领一件纪念品，就说我说的，不要往昔的印字茶缸、白羊肚手巾，也不要钥匙链、小汤匙、不锈钢的厚底隔热碗，你不是有条做伴的大黑贝嘛，就给你一条粗大的狗链子了。"

景秀敏也激动得够呛。就没法不激动，怎么的？景秀敏若是参与养猪，将比谁都养得好。腰粗压得住福，钱财打不了水漂，尤其猪、鸡、鸭这类浮财。否则公司财会中心那么多人，景精神为什么单选熊腰圆背的那个女人做主管，以为光是开拓赏玩吗？景秀敏的这段熊腰当然不错甚至更粗，只可惜不懂财会啊，不过景秀敏懂得世事人心，能将它们揣摩得很透。技术就莫说了，她连身板都比别人强，尤其那些蚊子般纤细的。景秀敏朝刘桂珍耳旁的虚空处漫不经心地扫一眼，又满意地下俯自己的粗腰。

这个景秀敏显然激动了，众人交换眼色。景秀敏不能不激动。赵贤子和王文娟也就罢了，柳芭也罢了，赵红因为貌丑有文化也罢了，藏獒般的财会中心女主任也罢了。这个天天让人奴打奴揍的刘桂珍算什么货呀？逼景秀敏同志比腰粗呀？

嫉妒的凶光下，刘桂珍好似遭霜的树叶，浑身都哆嗦起来了。若有可能，连尚未到手的大铁链子都能献出去，看得景精神直闭眼睛。

醋味儿太重了，若不是亲侄女就出手勾兑了，浇上一壶酱油或者泼它一瓢凉水。

景精神清了清嗓子咧咧道："所以价格是非常复杂的事，不是想涨就立马可以涨，想降立马就可以降的。如今不仅仔猪涨价，豆粕也在涨价，许多菜品都跟着涨价。咱们的台湾那么遥远，它们的菜价也涨了一倍多。这说明了什么？食品涨价有它复杂的大背景，可能关涉社会全局，带来经济风暴。

"从培育到饲养再到商场，这是一条漫长的链条，我们无法做到别人昨天涨了我们今天就涨，而是需要各产业协会做出综合性评价，再决定是否需要涨，需要涨多少。"

"那么就不涨了？"

景精神屏住气，耸腰抽臀地一番调整，把自己弄得激动起来："待眼下的协会完全确立，道德猪的整个链条肯定要做一次高水平的分配。要考虑终端价格的空间有没有、有多大，当然也要考虑提价。养道德猪必须比养白猪赢利，这是公司给出的承诺。"

"终端价格"是有所指的，就显得颇有深意。景精神的话总像石碑，显露地面一半，埋在土里一半。虽然此次仍埋得较深，可是大家听出了他心头的隆隆声响。

"人工授精怎样才能不影响动物福利和动物幸福，这似乎是个哲学问题。今天尊重动物的生存权以及福利，已成为地球上一道文明之光。尊重这个星球上的一切生命，即使它们既非天敌也非朋友，它们是有机生产的前提。所以奸诈的狐狸可以大摇大摆地进城，猫狗可以安然地流浪，鸟儿无粘网捕杀之虞。烧烤店外的笼子里，更见不到肥胖的鹌鹑，而是眼睛晶亮双足赤红的白鸽子。

"那么猪呢，它们和牛羊一道成为人类蛋白质的重要来源，也就是作为食物的命运不可避免。但它们的生长过程应有质量，短暂的生命应得到尊重。

"这也可以解释，为什么与省城的屠宰企业合作后，我们又选择了北京郊区的。不单是关涉肉质保鲜，还因为尊重动物的理念。北京郊区的企业是用二氧化碳的方法宰杀，可以尽量减少猪们肉体以及精神的痛苦，接近安乐地结束它们的生命。

"以上对我们有什么启示？就是今后更要坚持快乐的方向。猪进食、生产以及配种都要有音乐，贝多芬的《命运交响曲》和肖邦的《月光曲》都行，但需纯钢琴演奏的。猪们也喜欢高雅哟。邓丽君的情歌我看就不要了。民乐《茉莉花》很好，小提琴协奏曲《梁祝》也不错。《二泉映月》不行，《思乡曲》也不行。

"要建造运动场，让它们在音乐中跑出猪舍快乐地玩耍，快乐地拱土吃草排便，快乐地溜达一圈再溜达一圈。那种集中营式的养殖剥夺了猪的快乐，使它们从生至死都积累着怨气。那怨气像蛊一样下到它们的肌肉里，通过人们饮食，抵达人的身体里。"

景精神的声音越来越小，但听起来越来越大。特有的嘶哑声音，像四野上隐隐的教堂钟声，让人懒散平静，眼含温热。景精神继续温柔地说道："也谈人工授精。

"平常情况下，二百头母猪需七八头公猪供应，推广人工授精以后，它们将只需一头公猪，还绰绰有余。这个诱人的功效，使我们不得不暂时摈弃人道。来到世上一回，猪们确实太不容易了。壳郎猪不必说了，从小就把生育快乐权给剥夺了。但它们的种类里，毕竟还有被人类留存的公母猪代表。希望我们的道德猪不仅喝山泉水吃有机食料，经常地玩上一玩，还可以唱歌跳舞谈恋爱，当然是超越行动的恋爱。

"对照举世公认的动物福利，我们可以关注它们生活得是否舒适，关注它们的痛苦、伤害与病痛，关注它们的恐惧与忧伤。我们要尽心尽意地考虑为它们做了什么，还没有做什么，还需要做什么，支持它们表达天性的自由，尽量让它们有尊严地活，无痛苦地死。"

小和珅向徐家辉撇嘴："我的妈呀，这是养猪公司吗？快成动物保护协会了。敢情是一边杀人，一边同情杀人哪。"

徐家辉说："那也比一边杀人，一边说杀人有理强。"

小和珅说："人都杀了，要理何用？"

徐家辉说："这人心软。你忘了上次运猪，他跟司机说得垫上木板，让猪尿能够顺出来，还要求盖块苫布，省得猪冷遭罪。"

小和珅说："哼，再盖苫布，也是往屠宰场拉。"

徐家辉说："跟你说不清楚，你心里就没有十八荣耻。"

小和珅说："是我心里没感动。"

徐家辉说："那你找点信仰吧。"

会场上，景精神继续笑看各位农场主："采精室和分精室是人工授精的硬件要求，它绝不是乡村饭店的后厨，或者村卫生所装废品的棚屋。它的无菌标准相当于酒厂标准的恒温培菌室，封闭程度堪比音乐制作的录音棚。因要求承包这个工作的人不少，我们将通过考核予以择选。选择的标准为：一定的畜牧知识，较长期的饲喂经验，较好的资金优势，懂得爱情，热爱生活。除了这几样，还真得有好手法。比如牛的冷冻精液存放几年都行，猪的绝不能超过三天。猪只这块儿更是娇气，主要是尝过母猪滋味的拒不接受模具，同意模具的也不好说话，辅助人员的手法变上几次就算作废。雪花膏都不能抹，否则就没用了。"

大家的劲头都被和弄起来了，原来这方面都有一手的，都算半个行家。行家们热烈讨论人工授精工作的又一难点，如何判断母猪发情。

有人出招说，不妨让公猪爬爬试试。

有人说不行，母猪会把公猪咬得够呛。

这时有人给老杜打电话，报告猪下崽子的事。猪下崽子最是景精神爱听的，老杜便故作高声道：

"张三下了？噢，下了。

"李四下了没有？噢，没有。

"王二麻子下了几窝？"

老杜故意问，对方认真答，听得十分欢乐。讨论人工授精的氛围下，大家十分乐和。

刘桂珍这时回家喂猪了，人群中只剩下一个景秀敏是女的。因工作的需要，她也开始扯闲篇儿。

她昂起头说："我看过交配录像。"

在座的一愣，她瞪起眼睛看大家："猪只交配的录像。"

见大家吁口气，她又说："我还用过显微镜。"

见大家再次惊叹，她接着说："查看猪精子的活力。"

景精神就想制止，可这个时候爹娘老子都无法制止，因她的积极性被调动起来了。

第十八章

自我、本我与超我

雪后的路有些个滑，碾在脚下发出轻微的破裂声，景精神却从中觉出了快意。协会及有机生产的理论架构正按着他的设想一步步进行，他从中感到了快意。这种快意不同于踩雪破裂声的快意，它属于执行的快意，偏拗的快意，不由分说强迫进行的快意。分会如许建立并且开展工作了，下一步就是成立总协会以及酝酿其他的相关分会了，虽然景精神心知，这些形式可能只是形式，但形式也要的，景精神需要这些浮光掠影，哪怕别人看来，这是老母猪晃荡尾巴——闲磨。

连续的涨价与诚信风波后，景精神好歹进入了相对的顺利期。以后有没有艰难期？肯定要有的，有没有顺利期？肯定也要有的。波浪式起伏与螺旋式上升，景精神同意这个发展规律。

有机猪肉坚决地顶住了别家的呼呼涨价以及自家的要求涨价，造成了销售形势的一片红火，近乎供不应求。这样的供不应求惠及了柳芭和她的团队。当然是她的团队，因为肯定不是景精神的团队。那么到底惠及多少，景精神知道却不想知道。柳芭和她的小老公荀荀都在北京城里买房子了，按揭都没使用，车就更不在话下了。

想起这点景精神就面色平静，眼如深井，一言不发。坑爹呀，没良心的小婊子。什么团队，简直是伙同他人在景精神的躯体上钻眼打井。景精神只好劝说自己，柳芭发财固然与柳芭有关，可分明又无关，因为根源在景精神制定的政策，是景精神的政策让柳芭发了财。可柳芭真的发了财，为什么不给公司返点，或者主动降低公司给的个人提成？或者主动回来好好侍弄景精神一把，将景精神弄得神魂颠倒，也好让景精神知道她柳芭在试图补偿。而若是这种情况，景精神定会有所原谅，因为景精神不仅心是肉长的，身子也是肉长的。可直到景精神为防大变，将身材苗条"满脸雀斑"不适于灯下看的刘敏，派到北京建设第二个销售公司，柳芭仍没有打来电话。景精神服气柳芭了，承认这个女人其实比景精神沉稳。

看来多恩爱的感情，就抵不住金钱这个关，可景精神应对的就不只是这个关。想她柳芭不过钻了政策的空子，她不钻别人也一样钻。既然谁钻都是一样，怎么别人钻得柳芭就钻不得呢？因此不是景精神接受不了柳芭的钻，而是接受不了钻以后，在景精神的手下，又眼睁睁地出现了贫富差距拉大，这个拉大让景精神的一颗正义之心受创，并夜不能寐，他无法面对农场主们无声的质问。农场主们亲自抚摸下一天天长大的道德猪，最终成了个别人连夜暴富的台阶和跳板，而暴富的人们呢？却对农场主们抱起了膀子端起了架子。景精神不胜惶惑，心里一阵阵凄迷呀。景精神意识到若任其发展下去，柳芭及小荀荀一小撮，不仅将趁机攫取更大的有违公平的利润，而且极有可能走向分裂景精神、分裂道德猪事业的不归路。自私的人哪，何时能重提雷锋的奉献精神，何时能以小我换取大我，走出自我和本我。作为道德猪事业的集大成以及思想薪火的传播者，你真该择时好好地讲它一讲呀。

于是董事会部分成员及扩大会议上，景精神开讲了。他语重心长地提出别人早已提出但他却未提出的人性现象,并从哲学的角度审看它们。旧米翻新,为的是抛光见亮,敲山震虎,以实现猴子听音。

"人要善于跟自己讲道理,自己跟自己讲道理的时候,心态就平和了。它涉及本我、自我和超我。自我这个社会提得多,大家耳朵都听出茧子来了。那么什么是本我和超我?本我是本来的我本真的我,说的是人的客观性。那么超我呢?大家知道美国电影中的超人吧。当然超人是超我的一种主观映射,它只占据超我的百分之一。

"在此岔开一句,文化渗透与侵略呀!

"大家经常看些美国大片,这个鄙人不反对,不过也得拿出时间看看怎样养猪吧。近期咱们将制作一套光盘,拟由赵红编辑,贾厅长及外聘专家指导审看,力争经济实用、内容前瞻。届时将按成本价提供给各农场主。为什么不免费?因为计算成本是一种好习惯,它有利于提高农场主们的经济意识。

"自我、本我与超我这三样,从实质上认识和掌握了它们,就知道跟谁都可以不较真,但要跟缺点和错误较真,尤其跟自己的缺点和错误较真。要经常地检视自己,是否由自我实现了本我,再由本我实现了超我。就周围的人群看,大部分人达到自我就不错了,达到本我很难,实现超我更难。"

所有听会人员都应注意到,景精神讲述"三我"时曲径通幽的表情。他的眼神以前没有神这时更没有神,霰雪黄昏般灰暗无光。一张姜黄脸,历时八十年的老胃病患者一样褶皱无奈,纵有笑容也那么勉强。异样的表情生动地告诉人们,在谈及自我、本我和超我时他并不兴奋,心内反而充满了酸涩与惆怅。

景精神觉着他大把大把地吃着免费的安乃近超过牛剂量的十倍了,超过猪剂量的十二倍了。安乃近把景精神安晕了、乃晕了、近晕了,把他强烈的体痛和心痛遮蔽了。而他的意识、他的毅力也跟着大把大把地吞吃起来。它们阴险地联合着,把景精神娇小的嘴巴糊住了,让景精神不得不心事重重地将"三我"谈话提前结束。

然后就心神失落脚步发飘地回到办公室。那天的暖气烧得很不好,室内温度有些个低。往天可以悄悄地洗洗屁股而不觉水凉,这时却连喘气都嫌凉。未溜窗缝的玻璃上挂着一层轻薄的霜,不知谁在霜面上顺手划了一道,长长溜溜的形状,就不知是有机玉米棒子、道德猪的大腿,还是似曾相识的一个什么物件。呆呆地看了一霎,景精神觉得有些像柳芭昔时的腰条。近两年的红润发胖,那个腰条眼睛是看不到了,不过丰腴暄腾还是有的,如此眼前的这道霜花印痕,便徒然勾起景精神的感叹。

　　景精神坐下身来，拉开大班桌的抽屉，无意识地摆弄从来不用的上海友谊牌老式护肤脂。这是办公室里唯一与工作无关而与身体有关的日用品。避孕套和印度神油是放不到这里的，景精神从来不用，用也不放到这里，它理应由合作者自备。那么老式护肤脂何以享受如此高格的待遇？因它令景精神想起单纯迷茫的岁月和久逝不再的青春。就如同当年的同学有的选择肥皂加水，有的什么也不用。当然后来景精神也实现了什么都不用。不是需用时什么都不用，是真正的什么都不需用。景精神实现了注意力的超越与升华，把旺盛的似乎无可控制的精力，放到了心爱的需要缩阳收精的武术上。

　　及至后来进行的道德猪事业，景精神就意识到自己包括一些同学的意志力，就比不上一头品质优良的公猪。景精神是好不容易才实现注意力的艰难转移，进而完成本我对于自我的超越，而一头雄壮的公猪则是起初就严词拒绝，坚决本我，努力超我，无论工人们怎样往木架上涂色抹香予以诱惑。

半　身

　　景精神心情寂寞地摆弄护肤脂的时候柳芭回来了。景精神并没有召唤柳芭，她柳芭也没有什么急迫的公务事项，可她柳芭就回来了，她柳芭真是神通啊。可景精神也神通。为什么召开"三我"会议？景精神就预料到这种情形。景精神要不动声色地观察柳芭怎样处理，观看以向日葵著称的她怎样由自我、本我升华到超我。

　　可柳芭若无其事一脸的茫然无知呀。景精神都气愤得抄起护肤脂了，她却做出了茫然无知的表情。可景精神怎知柳芭她为何茫然无知，只因为哭笑闹都不行而这才是最好的办法了呀。景精神他的面子矮呀，修养极其丰富呀，这两样构成了他旺盛的节点和拐点呀。哪怕柳芭女士在外给他戴了绿帽子后畅意归来，景精神能做的至多是转身即走，让柳芭独自痛苦地反思。没办法，因为节点或者拐点，练太极的总抵不过空手道的阴或者跆拳道的狠，搞哲学的还是心软。

　　景精神这回是先躺在床上，耐住性子，任凭柳芭在洗手间忙活。女人总是装啊，貌似庄重其实故作拖延，虚情假意地觉着对不起小老公啊。有什么对不起的，看这个小荀荀敢蹦出半个字来，瘸了他的第三条腿。盘算柳芭的时候就得盘算柳芭的过去、现在以至将来。柳芭可以和景精神明来暗往，但他小荀荀却永不能进洗浴中心，进了就赶他出局。以为景精神修养深厚品质内敛是吧？景精神的身体永不内敛。

可景精神一小时前还生气的,怎么见到柳芭就不生气了?景精神原想从机会上休掉柳芭的,可真的想休掉时,大脑不听身体的了,上半身不听下半身的了。

柳芭的上下半身可谓跟随得紧啊。猪业长年不景气柳芭没言离开,半年不给开支农场主们雪夜围堵办事处柳芭没离开。可是窘境时不离开,不意味着顺境时不离开。无论柳芭还是景精神,都难扛过存折的加厚和财富的增多。涉嫌教唆的小葡萄其实只是个由头,允许柳芭致富和怎样致富才是关键。在此问题上,柳芭的上下半身以难得难见的合力姿态争取了反叛,而景精神的上下半身也一齐发怒了恚恨了。原来在金钱与暴富面前,上下半身是可以团结起来固若金汤的,是可以一齐出动应对来敌的。

知晓了上下的道理,景精神怎就不能宽容一点呢?俩人有各自的上下半身,俩人也互为上下半身嘛。如此还埋怨柳芭什么呢?听到一些风声能主动赶过来就不错了。至于柳芭的另个上下半身小葡萄,景精神为什么不想,人家替景精神担负了多少责任哪。

月光穿过了路灯的橘光,浮游到二十八楼窄窄的内间里。景精神当然可以随心所欲,但屋旷不如屋小,床大不如床低,让窄窄的空间里,突显出一张凌乱的实木硬床,景精神喜欢这样的情形。

此时柳芭凌乱地躺在床上,一张粉脸湿津津的,透着花开的活力。

柳芭抚摸景精神的脸:"瘦了。"

景精神说:"不瘦。"

柳芭说:"瘦了。"

景精神哈一口气,算作认可。

柳芭说:"亲亲我。"

景精神问:"亲哪里?"

柳芭认真地想了想:"这里。"

景精神拍了柳芭屁股一下,试图应付。

柳芭不让:"要亲。"

景精神果然亲了一下。

柳芭扑哧一笑:"那个赵红挺有意思。"

景精神问:"怎么个有意思?"

柳芭说:"反正挺有意思。"

景精神说:"说说看嘛。"

柳芭说:"挺像你的。"

景精神问:"像我什么?"

柳芭说:"模样儿。"

景精神不说话,有谁知对于赵红,景精神所有的理会仅限于手部的摸触,无论赵红有艾滋病或者景精神有艾滋病,都不存在传染的嫌疑啊。它们令景精神自得又感伤。

柳芭甜湿的舌尖舔他暗淡无光的眼:"咋的,生气啦?"

景精神虚假道:"生什么气?"

柳芭甜湿的舌尖又够奔景精神的嘴:"愿意生就生,反正我不气。"

景精神觉得柳芭说得有道理,适用于她也同样适用于他。

柳芭淡淡道:"猪只的事,以后应考虑在本地屠宰速冻,直接真空速冻。"景精神的姜黄脸上现出惊异。这样的建议一旦付诸实施,柳芭在北京做猪下水的兄弟们就要失业了。不过景精神喜欢这样,会给予补偿的。心想如此,脸却板严道:"噢。"

柳芭不计较板严,而是蹲下身帮景精神系鞋带,香气上溢,景精神仿佛置身于夏日菜园,一边是婆娑的向日葵,一边是蓝瓣黄蕊的土豆花,都是连接成片的。耳畔隐隐的音乐响起,有仙佛意味。

柳芭又直起身,替他整理衣襟,端庄亲密的做派,仿佛送夫夜行出门的妻子。

景精神不禁羞愧,像是忽然明白,不管柳芭如何建立团队,心中总是有他的。而且就应当自信,公司的任何一个人,不管资历多深,占有的股份有多大,安插过多少个人,只要景精神高兴,可以立刻大权独揽。只要不高兴,可以立刻命其下岗解散。想至此又不禁愉快。

场

景精神不承认此番的精神愉快是由于经历了一次酣畅淋漓的体力运动,但承认伴随着体力运动的精神交流,心头压抑的石块搬掉了不少。搬掉石块的景精神如雨后的食草动物,因天空出现的彩虹和地上淋湿的青草而高兴,愉快的目光不断睐向周边的草原树木和云后的黛青远山。

彩虹或者青草之一,是日本的佐藤先生确定一个月后来道德猪总部和基地考察。这是压倒一切的大事件,它关乎企业今后的发展。让景精神高兴的是,佐藤先生在考察细目中再次强调了生产组织形式,提出有协会合作,没有协会不合作。这样的要求让景精神想到了天作之合。如果佐藤家里有待字闺中的女儿,景精神简直要主动提亲。不是亲自做佐藤的姑爷,而是将男一或男二挑选一个,由他代表景精神,向臆想中的日本少女表达情感,主动出击。但佐藤先生的考察再次触发了对赵红重要性的思考。景精神认为这是应当应分的。当初搜觅到电子函件就是赵红之力,有些人还以为不过是简单的日语阅读,具有偶然性,如今布置各种迎接准备时才了解到,赵红不仅可以用日语阅读,还可以流畅地用日语对话。小妮子真是潜心低调啊。怪不得柳芭说跟景精神像,在潜心低调上俩人简直一个模子造出来的。内在的合炉啊。如此看赵红就更加顺眼,不觉得对不起王文娟,更不觉得对不起索取回报的柳芭。矮个子雷公嘴小眼睛单眼皮的赵红,竟这样符合东瀛美女的标准,若能唤起佐藤先生的思乡情绪,令他生发睹见亲人以及家乡青梅竹马之感就更好了。

某世界银行组织也来信了,要主动给予景精神贷款,这真的令景精神扬眉吐气。桃李不言下自成蹊,这些成果高度说明着道德猪的品质,有力佐证着景精神的执拗,提示他进一步发扬呆瓜精神,在分会的基础上做好协会,在协会的基础上更好地指导分会。

总之景精神怀着兴奋的心情去找永县政府,请求对世界银行的贷款予以担保,这是世界银行开具的条件。并郑重约请李县长在佐藤抵达时候出面作陪。佐藤抵达省城就不麻烦李县长了,因为有其他人可以陪同。眺望永县政府巍峨的大楼以及门檐下庄严闪光的国徽,景精神忍不住为之骄傲,禁不住浮想联翩,油然生发出了亲切感。

李县长正有件棘手的事情需要办,就请景精神在他的办公室暂坐稍等。门侧一面干净冲南的大镜子很亮,因闲来无事,它勾发了景精神的种种想象。景精神看了,这个大楼所有的办公室无论面积大小规格高低,都在同样的位置安排了同样的镜子。这面镜子就不知有谁去照。

景精神想起自己多少年没照镜子,多少年没对着一面镜子仔细看自己了。趁李县长不在,他猫一样试探,又虎一样地跳开,再猫一样地上前。最后对着镜中的人像,连他自己都不相信地扮了个鬼脸。

然后颇为感伤地端详起来。

当年河滩上肌肉成块的年轻人不见了,镜像里面是一个相对陌生的中老年。这个中老年,省城的标准是中年,乡村的标准是老年,在更大的城市可能是青年。那么究竟是中年、老年还是青年,它们构成了代代苍苍的世纪问题。若当着众人除衣验看,会发现中老年人仍然肌肉成条成块,有形状有硬度,不是待下热锅的面片或者锅贴。可跟咬肌一动带动整个面部、身体一转全身活力无限的年轻人相比，就不得不显老了。若不是创下来一片基业，这个时候就得靠边站而不是考虑靠边站了。当然作为众人瞩目的董事长，两瓣沉重的屁股坐在事业和金钱堆成的江山上，情形又会不同了。也正因此，亮闪闪一面大镜子里的那个人，哪怕长期的疲惫劳作将他的头发薅掉了一半，哪怕这副面容总是引导表象而误导真相，只要聚光细看，他一双豆角眼是如此坚硬透亮，伸出鹰隼般的硬爪可以捉得住岩缝中露出半截身体的蛇妖。

就在那个时候，中老年人感到了一种气场，一种潜滞在空中的熟悉而陌生的气场。如同走进厨房嗅到了臭豆腐，走进药房嗅到了猪苦胆，走进单位菜窖嗅到了食堂师傅的尿液。景精神忽然阵阵恶心，刺激得待不住，想夺路而逃。起码寻条窗缝，让街头霾动的汽车尾气及各类人气体气牲口气迅速涌进。

转身去看阳光下的桌案，端正摆放的服务卡上，李县长正舒展着温和书卷气的微笑。平静的目光让景精神想起，此处尽可以宽心并且安心。窗缝早已适当开启，既不对流也不憋闷，类似闻腥的反应也已消退。臆想中的气场虽然恶心，但它们既不是李县长的也不是大楼的。个人的无理歪曲了办公大楼的气场，身为中老年的他应该坚决地锁定和控制住臆想气场。

野　战

李县长和景精神一齐坐到长沙发上。李县长本可以背靠书柜，和景精神隔桌而坐。但李县长不那样，因为景精神是可以亲近的老朋友，他更愿意和老朋友促膝谈心。而因这坐姿，景精神就知担保的事情李县长会答应，陪同的事情更会一口答应。而李县长答应，就等于是永县政府答应。这样的猜测及判断，体现了景精神对自己的信心以及对永县政府的信心。

担保及陪同的事情果然只说了一句甚至没到一句，就转移到了其他话题上。因它就是一两句话的事。李县长感慨地看着景精神，心中涌起某些感触。一段时间不见，他们都有些老了，可是他们仍在坚持奋斗。他们不是为活着而奋斗，也不是为奋斗而奋斗，那么为什么而奋斗，这个就别问了，只需知道李县长因此才器重景精神就够了。景精神这家伙早已攒够不奋斗的资本，只要老天让他活着，他可以为所欲为。可现实中的他呢，现在李县长明白了，人家不是为活着而奋斗，而是为奋斗而奋斗就够了，这样的人不应只是被器重而是应当被敬重。

被敬重的景精神说："我走了。"

李县长说:"走什么呀,多唠一会儿。"

景精神说:"恐怕你忙呀。"

李县长居然粲然一笑,笑出了惊人的满脸瘦褶:"你不来更忙。"

李县长这样说笑,景精神也笑起来。这就对了,忙不忙的在个人把握。可景精神真是忙啊。景精神对忙的要求不仅是日理万机。但景精神此时还是按捺住了。景精神也许应该放松,珍惜和神交已久的李县长聊或者长谈的机会。这样有水准有内涵的聊天,对白天布置工作晚上布置女人的景精神来说,其实是太远太远了,远得让人伤感。

李县长眼里闪出快活的光芒,是老友重逢的真诚光芒,而不是应对造访的厌烦光芒。景精神就更加珍惜起来了。李县长有多少的场合需做李县长,又有多少场合做不得李县长,此时分明在抓紧时机不做李县长。李县长问景精神:"贵公司总是讲太极讲哲学尤其是讲大道至简,今天就给咱讲讲,越来越指导你理念和行动的'道',到底是滑道索道还是尿道产道。有人跟我说了,你张口闭口离不开它。"

景精神可以说惊骇万分,李县长的理解能力果然强,知道景精神受"道"的支配,能透过烟幕看清最核心的东西。

其实李县长比景精神要忙得多得多。李县长显然许多时间属于自己但更多的时间属于他人,每一分每一秒都需用在刀刃上用在针尖上。洪水雹灾或者特大丰收来临,头发丝一样的细节他都要考虑,因为领导下来视察了。

这些景精神都知道,也都想象得到。所以李县长一旦聊天有问,景精神绝不推托。因这不是一般的聊,它的背后跟着机会。友情再好,景精神也需调动情绪准确答疑,帮助李县长就着"道"做出更加透彻的理解。景精神收敛散漫,认真地说道:"那我就说了。"

李县长点点头,递景精神一支带着金边的烟,被景精神谢绝了。景精神已迅速进入状态,神情特像证婚的牧师。

无论太极或者哲学,它们都有个相应的"道",也即所说的大道至简。大道至简也即方法论。这么说吧,想看树有多少树枝,应从树干开始找。因为把握树的整体很难,进入树的主干才好办。这个主干办法就是"道"。

道德经里的一生二、二生三、三生万物,它讲述事物从空开始,经阴阳交变而产生三,三再经过无限级变产生万物。这么多的"道",它是科学研究中的原知识,人体中的干细胞。作为科学的奇数模式,它引发着一场旷古烁今的认知活动。

景精神把自己说蒙了，把李县长也说蒙了。俩人都感到了大"道"带来的"场"。他们从道到佛，从墨到法，在离题万里中畅游，又从形而上抵达形而下，从探讨打击黑社会为什么需要武警，到有时甚至需要找野战部队。

最后他们一致认为，不是野战部队的战斗力强，而是和地方彼此不认识，瓜葛较少。

黑丛丛

需要说的是回返路上，景精神又去看了丁文福，顺便的。可为什么不顺便看马文福或者张文福？原因容易说清又很难说清。容易说清是顺便，不容易说清是在去和不去的念头上，景精神曾犹豫再三，绕晃了半天。

既如此，在分会长的选择上，为什么依然考虑丁文福，景精神觉着难以说清。对别人难以说清，对自己也难以说清。它印证了旁人眼中的印象，即景精神一直在顾念丁文福。当初开创基业，丁文福是慷过公司的慨的，客观上为基地的拓展作了贡献的。不过景精神警告自己，这样的顾念虽有据可依，却并非就情有可原，因为一是一、二是二，顾念不能往事业的里头掺。

环视丁文福的偌大院子，大腿似的几排猪舍雄健而气魄地伸向前方，将中间的老房子衬得黑丛丛。这景象若在别人家就好了，景精神会由衷高兴，特意认定大腿的投入与气魄。因不在别人家，景精神非但有所保留，而且一阵无语，一阵感叹。想到猪舍里的那些可爱的小家伙，只觉光明可以和黑暗共存，天使果然与罪孽同生，这种错落就抑制了他的情绪。

不过猪只是无辜的，它们永远是好孩子。它们符合景精神的认知，也符合任何一个农场主的认知。正因如此，景精神彼时的心情，像眼见女儿离婚的娘家妈似的，想着混蛋的女婿生气，看着可怜外孙子心疼。

不是了解听取吗？景精神这时就听取到有关补助的要求，理由很充分也很不客气：逢农田大旱或洪涝绝收，皇上还减免税赋或赈灾补助哪，公司凭什么不补助？

还有猪肉的市价，市价高涨却坚持合同，对公司有没有影响咱不管，对养殖户就是不负责甚至是出卖！

补助和出卖的话令景精神愤怒。虽是深入农场主家调研探望，口口声声说是来听取意见,却并非什么都可以"瞎胡咧咧"。否则就是在开玩笑,一种十分不适当的玩笑。

不动声色的景精神,一张姜黄脸都灰了。

那么翻个底吧,知道景精神为什么要来,是有人又起了高调,利用公司无法也做不到精确只数,私自将仔猪下放给亲戚们代养。如意算盘是,计划外土法偷养的猪只长大后,行市好就搭公司的车卖掉,行市不好就自行处理了。

这样的情形,令景精神的心里"咯噔"一下,又连续"咯噔"几下。心眼都让他们长了,拿别人当傻子了。

还要考虑分会长呢。景精神觉着有人在打他的大嘴巴子。打了一个,又打了一个。

公司不是无主的废墟,想盗就盗,想挖就挖。可为什么没及时处理?因不能及时处理。猪放到哪了,放了多少只,需要掌握证据,做到师出有名。

倘若辩驳,某人会信誓旦旦地以共同致富的名义辩驳,公司不反对任何的共同致富。公司这个傻子正带领诚信村民共同致富。前提是支持并加入有机事业,给公司一个撬动的支点。同时公司用不着任何人不经同意,搭公司的车搞共同致富。那样的共同致富是别人的,滥用的,虚假的,骗人的,与景精神无关的。

此刻公司的代表景精神就平下气来,悄不作声地观察前村干部丁文福,曾经的意念中的分会长人选。他黑胖的身体已有些抽搐,歪斜的下搭眼皮沾着几根血丝,鬓角平添出许多刺眼的花白。

他斜厚眼皮下,眼光寸步不离地跟着景精神。那眼光令景精神不悦,却又佯作不觉。

有这些就够了,就明白怎么回事了,就说明一切了。

抽搐、血丝、花白,它们让景精神觉出了正义的力量。

而丁文福却佯作不觉,不仅不觉,一边留请喝酒吃饭,一边还相当尊重地送出老远。

第五卷

附红细胞体

第十九章

汽水里的酒

景精神开始宣传一个主张,即通风的重要性。

此主张早在丁文福猪场闷圈的当天就应当提倡的。但为什么拖延到现在,对此景精神不作解释。不过通风是必要的,下发通风的通知也是必要的:

> 猪圈需要通风。保持适当良好的通风是集体猪舍的必备条件。各有关单位及人员要将其学习传播好。要千方百计不失时机地开展一场"通风"活动,把通风当成一个重要的职业及生活习惯。

因为下了通知,景精神对此身体力行,言传身教,走到哪里第一件事便是通风。熟悉他的人们常见到如下情形,景精神将下榻房间或会议室的窗户嵌条小缝,眯起豆角眼嗅闻风向,转身对人说:"室内空气中病毒浓度太大,因此不通风不行。"

有人恐怕夜里通风招致中风、鼻歪眼斜直至半身不遂。景精神说,那恰是通风不够或不彻底,并且心脑血管早显病灶。只要常开窗户修养得法,请问又何来的中风?

除了通风,景精神还保持着良好的政治嗅觉。他口口声声远离官场,但不得不承认,他对官场的热情像蔬菜水果里的农药残留一样。可景精神又多希望这样的热情与欲望被掩盖,于是调研就成了他晴雨两用的伞。

其实无须遮掩,哪怕他热爱的是狗屎,景精神尽有热爱的自由,谁又敢上前干涉？就不必难为自己，一边远离官场，一边试图留香，结果让自己绊住了自己。

以神鬼不知的方式深入群众，站农场主的中间接受拍照。或者深入村屯，让闻讯而来的村民看秧歌般地踊跃相跟，再就是尽其所能地召开各类大小座谈会并亲自讲课，热诚鼓励景秀敏柴师傅等员工跟农场主同吃同住，深入了解他们的各方面需求。老杜当然就不必了，因他早年即实现了同吃同住，虽然他的媳妇进城，跑白头贾那里同吃同住去了。

同吃同住的范围不包含景精神，普天下都知他的忙碌，没工夫同吃同住。但也不能说从来没有。某天的中午或者晚上，或者既不中午亦不晚上但可以吃饭的当口，景精神深入到了徐家辉的家里。徐家辉的儿子上了县里的重点初中并因此宴请。上个初中还要宴请吗？周围百余公里的范围内，这已算是矜持的了，还有因屋里铺地面砖、老母猪下羔子而请客的哩。不过果真因猪羔子请客，不仅景精神不参加，也不会允许别的农场主参加。不是不准给猪羔子祝贺，而是此风不可长。对农场主们，必要的时候景精神有令行禁止的权力。

但为什么参加这个宴请？那是因为事先不知，下乡时恰好赶上了。赶上的景精神恰好心里一动，恰好想与民同乐一下子。

当然与民同乐一下子，不意味着就一定同吃同住。但这回不同吃同住怕不行了，因在徐家辉父子不知情但徐家辉的媳妇知情的情况下，小和珅悄悄往景精神喝的汽水中加注了一滴酒。

都说景精神不喝酒。小和珅想看看景某人喝了怎么样，是真不喝还是真不能喝。于是端起加注了一滴酒的饮料，毫不知情的景精神只喝了半口，便停在那里了。

姜黄脸瞬时变红的景精神，盯着杯子绝望地问："酒里有汽水？"

小和珅不知所措地点点头。

景精神眼光散乱，又一阵迷茫："汽水里有酒了。"

家辉爹顾不上谴责小和珅，心疼景精神道："酒进到胃里了？"

景精神点点头。

家辉爹说："能不能吐出来呢？"

景精神摇摇头。

家辉爹叹口气，沉重地低下苍老硕大的头颅。景精神无力地闭上眼，又勉强地睁开眼，瞄看公司的旗帜是否加盖在他的身上，说道："可害苦我了。"

因为酒热伤身，徐家辉父母没敢让景精神睡炕头，而是安排在了炕梢。清冷的山间空气从景精神的鼻尖上走过，耳畔的毛毛上挂着纤纤的月光。景精神觉得是娘在怀抱着他，胳膊酸了的时候又把他放进画花的摇篮里。幸福的感觉过去也忘记半个世纪了，想不到在这样一个农场主的家里追忆起来了。

景精神额头蒙着定时更换的湿毛巾，坚决打破每天不忙到后半夜不睡的习惯，破天荒从那个惊人的热闹傍晚直睡到次日的鸡啼头遍。他越睡越沉，越睡越香，直到阳光满屋，才安静地睁开婴儿般纯洁惺忪的细眼。徐家辉的爹娘都赶到炕梢来了，满脸惦记一往情深地看着景精神，景精神张着细嫩的小嘴叫了声娘，又补了一句爹，虽对的是口型，却以实际行动交了一份同吃同住的完美答卷。

看来景精神是真的喝不了酒，也真的可以同吃同住，只要一滴或者半滴酒啊。

完成任务的他以一副乡村新郎的面相，沐浴在穷且益坚的乡村空气中。他笑眯眯地问是谁坑害了自己，然后亲昵地伸出手来，照着小和珅的后脑勺，弹了一个象征性的脑瓜崩儿。

可是几百里外的王文娟不悦了。董事长喝不了酒，这是原则。不可以跟董事长闹，这是原则之原则。换了任何一名员工，哪怕是柳芭、赵红包括王文娟自己，试问谁敢争宠这个脑瓜崩儿，谁能争得到这个脑瓜崩儿？不待争宠已被追责了，因为设计并酿成了一场政治事故。

可小和珅是彻头彻尾的农场主，且平时确实调皮捣蛋，王文娟只好不说什么了。因王文娟也知道，景精神打心眼里喜欢农民，原谅他们，为他们争利益，为此不惜跟外界绕圈圈。譬如在保险的事宜上，提出一头猪交八块赔五百行不行，保险公司先是接受了，一年后反应过来的他们不干了。景精神提出所有的猪捆绑起来，交一百万赔二百万行不行。半年后保险精英们又不干了。景精神再次提出，一头猪交十六块赔一百块行不行，保险公司连机会都不给，索性不谈了。

保险公司终于认识到，他们对待所谓董事长太过尊重了，而董事长这匹老贼对保险公司又太不尊重了。账算得狠，立场也不公正，只顾及农场主的利益，拿保险公司的大头。心眼都让老贼长了啊，不过合作基础也让他丧失了。

同理跟信用社也是如此，不过提到信用社景精神就想呕吐。凭什么不多放点款少要点息？凭什么连房屋都不能抵押，息款追得那样紧，以至于景精神不得不布置协会，以它们的名义管公司借钱，先还上信用社的贷，回头再由协会管农场主要。

景精神和广大农场主需要发展资金啊，断不了这个血脉啊。

可是另一个问题是，公司直接借给农场主，再由他们还信用社不行吗？非得经过协会这个中间人吗？

这个问题很复杂。信用社都不稀得问，都问不了。

《希你赋》

不说这个。

还是唠唠分会长。

肯坐徐家辉家的席，未必不因徐家辉是分会长的缘故。虽非景精神所倚，却是景精神应器重的，尤其在会长和秘书长还没产生的情况下。当然有了会长和秘书长，分会长仍是不可或缺，按景精神的设计，叫作一环扣一环。

会长就交给白头贾做了。属景精神的授意，没征求农场主的意见，也没征求白头贾的意见。就没什么可征求的。他官做得久了，只习惯于张口说话，却无法深入人民群众火热的现实生活，所以得物色一位秘书长。设想中的这个秘书长，他应热爱劳动，又懂得搞关系。也就是听景精神的，时刻拿景精神当老大，唯景精神马首是瞻。所以这个秘书长不应是农场主中产生的。景精神为此决定征求永县县委书记的意见。

无论会长及秘书长，景精神当然想全起用农民的，可越起用越觉出了难度。选择两个分会长尚且费劲，他不得不将目光投放到广大基层干部身上。上级组织已遴选过一遍或者多遍的，景精神对此基本认账。

如此便向永县慎重递交了请求人才支援的报告。李县长称赞报告"作得像样"，景精神认真地说公司是真的需要，也愿他们真的为公司需要。

李县长满意地点头："你不会觉着地方政府对企业干涉过多吧？"景精神郑重其事地摇头："不干涉是不对的，我们请求干涉。"

推荐的秘书长老孟这年五十六岁，是县人大的科教办主任，原始学历初中，做过林业局局长及监察局局长。

这个老孟应当是荣幸的，有书记的推荐，老孟可以光明正大地兼职，光明正大地挣薪水。而预想中的薪水又断不会太低，比财政工资高是肯定的。

景精神带着几个人风尘仆仆地赶来考核时，老孟正热情地寻找茶楼。找个中档饭店连吃带喝带唱是最实惠的，可景精神不喜喝酒怎么办？宾馆会议室应差不许多，但谁肯花那大头钱？肯德基麦当劳和咖啡厅倒是简单洋气，可惜这些地方不是尚未开业就是尚未引进，老孟便提议去蛋糕店。那里洋气又奶气，窗玻璃也出奇地大，阳光懒散地直射，让人想起温暖幸福的猪棚。勤快的景精神并不反对，可随从而来的总经理助理兼董事会文字秘书赵红不干了。什么蛋糕店，扯的什么淡！景精神的董事长身份，岂是一间蛋糕店两袋爆米花就可以答对的？况且这样的话赵红不说，随行人员景秀敏也要说；景秀敏不说，司机兼办公室主任柴师傅也要说。但景秀敏女士为什么不说？因为赵红女士说了。赵红不比景秀敏好看，又整天地不说话，景秀敏就不跟她竞争了，竞争也没什么劲头。只是赵红本来是写材料的，却如何又当了秘书？因为她除了倾听景精神先生的指示或暗示，除了"嗯、好的、好吧、不错、还行"之外，每天就说不出别的话。这让景精神觉得，她简直是天生的生活秘书或者私人助理。因此这份头衔真不是赵红"剜弄"的，而是景精神主动授予的。是公司需要这个岗，赵红需要再添加一些无偿劳动，如此而已。

总之赵红小姐的反对就显现了效果，因为景精神小小的嘴角露出了笑意。老孟猜不透此女子与景精神的关系，估计离不了床上，因此招惹不得，只好对不起似的继续带路，让车子咯吱吱辗过永县城区的冰雪大地。老孟的一举一动，景精神观察着呢，看来专员在故作不熟灯红酒绿。不过这倒可以理解，因为包括景精神在内都是在故作不熟，虽然比谁都熟，知悉防火通道，能够摸黑上楼和下楼。

总之故作不熟的老孟终于寻到了一处，即依着河边开设的歌厅兼咖啡厅。本来奔着咖啡来的，可咖啡厅停业了，只好进了仍然开业的歌厅。不能再胡乱转悠了，再转悠就出城了。只是半地下室的包房里没有空调及通风，并且时时上返下水管道的气味。老孟却不败兴，热情介绍说，此半地下结构属于新潮，整座小城里属头一份。县政府门前的商业广场正修挖地下室，那一个更先进，把一个好好的正在营业的商场掘了个底朝天。说完就嘻嘻地笑。

"承蒙董事长和县里看重，其实我没那么优秀，许多方面都不能算出类拔萃。当年做林业局局长时我还犯过错误，主要是为了给县里争取项目，违反了有关规定，送给审批部门几部手机。虽然为着公司为着事业，但方法途径都是不对的，教训很沉痛哦。"

说完期盼的眼睛就溜溜地看景精神，令景精神不能无视，只好简单回应道："这个错误跟人品无关。"

老孟肯定地点点头，继续数说自己："二个不足是学历低，性格急，有活不干心里难受。大肠干燥，嘴角起泡，喝白开水尿黄尿，火腾腾的。刚到人大那咱真不习惯，整天啥也不干，觉着对不起工资，适应半年才渐渐习惯了。现在做了县人大常委，工作有抓手了，也着点实了，到哪里都给个面子，这颗为组织服务多年的心才好受一点。

"三个是我的文字功夫好，单位那些正规的大学生也不行。我还是国家级'性'学会会员。"

听到这里景精神不禁皱眉。真是什么破称号都敢晒出来说，喜欢的话私下里叨咕算了，赵红和景秀敏还在呢，胡说乱讲岂不污染了她们尚未金钱化的心灵？至于平素愚钝的柴师傅，真把他的蒙昧之心拨亮了，不知以后需多安多少路灯以及监控录像，增加采购人间"天眼"的借口。

对于景精神的皱眉，老孟并未察觉，因为自吹的兴致撩拨起来了。殊不知此次细说既属头一回，也将是最后一回，下次就只有侧耳谛听的份了。因为历次场合只能有景精神一个人说。不过此老孟也果然会说，可此公说的分明不是不足而是优势，相当于一场得意扬扬的就职演说，便忍不住点评道："话要简洁。"老孟反应倒快，立马收口道："是的，再给我两分钟，只两分钟。我坚决反对养猪毁坏林地的说法，因为猪会拉屎，屎能肥地，是一次十分必要的增肥育肥。"景精神心想，说的什么呀？县人大常委就这样当啊？"性"学会会员就这样看问题啊？简直无耻到流氓。只是他景精神再怎样以为，老孟也要将话说完，否则误解了更麻烦。于是便任其抢说道："林场不少分场长都是经我提拔起来的，只要我在这个岗位，什么养猪破坏林地，看谁敢支毛？"

景精神看了看表，心想这还控制着没让展开呢，否则不得嘟嘟两个小时？便板起脸道："你说完没有？"老孟忙不迭地点头，脸上是犯了错却过足瘾的悔意。面对此公此类的滔滔不绝，自诩善道能说的景精神决定来个绝的，即张口做篇《希你赋》，借以打击此公的嘟嘟瘾。

　　希你知道，对你起用乃是县委县政府的推荐，而不是经历了星探。
　　希你知道，所谓学历不必有负担，因它更多的只是一时。
　　希你知道，道德猪是猪，但它要求管理者的境界尤其是思想境界。
　　希你知道，你有冗长的机关经验，但切忌玩虚的。
　　希你知道，今番的提醒打压，为的是让你豆芽遇重般成长。

十三顶

一篇《希你赋》，令老孟点头称是。说来他和董事长还同龄呢。不过曾经的小学同桌，N年后有的当了高官，有的依旧在大地里耕地上粪，因此也没什么惊奇的。

　　赋完后景精神就不赋了。赋得戛然而止，赋得釜底抽薪，赋得耳目一新。

　　赵红则面颊桃红，心潮初起。看惯了景精神的冗长，此时倍加感到景精神的赋短，就渐次地意识到，景精神是多么喜欢短，开短会说短话讲究短小精炼。包括赵红的短胳膊短腿短脸，十分矮矬的身材。以为景精神就那么喜欢向日葵吗？屁。就那么喜欢王文娟吗？也是屁。模特不用高的怎么办，打排球不用高的怎么办，跳高不用高的怎么办？都是急功近利的所谓标准，可就影响了景精神。而今天景精神终于翻了一把盘，以短促有力的《希你赋》，实现了自我跨越之旅。

　　赵红这时才知景精神也对平时的冗长厌烦极了，山区寂寞黄昏的冗长，江南梅雨季节的冗长，守着变态婆婆而与丈夫艰难度日的冗长。尤其秘书长老孟同志又为冗长加了一道蹩脚的注脚，当然这个注脚也反衬了景精神短促的、少见的、鸟叫般的光亮。

　　而赵红亲切的鼓励又是多么及时。她短短的眼睛放射出短短的光，唰地短了景精神一眼。不是短在景精神的嘴角和耳垂上，那几个破地方这些年就没闲着，被多少个妇女长过或短过。赵红的短另辟蹊径，它直取景精神的颧骨上眼窝下，那块带着皱褶的泛着油光的暗色皮肤。赵红不停地欣赏，麻雀啄谷般上阵，一口接一口地往上叨，雪后的清爽小风般呼呼地往上撩。

　　赵红的顾短和护短景精神感受到了，也令赵红感受到了，俩人彼此都暖暖的。虽然半地下歌厅或咖啡厅上返的气味，充分反映出永县人民的能拉屎和多拉屎，反映出永县人民的屎和全省人民的屎一样臭不可闻，但它们真的体现出亲切民风，尤其经下水道走过一趟沤过一回以后。

　　一旁的景秀敏也跟着暖暖的，甚至流出两滴风情感伤的眼泪，只是没有掉下来。景秀敏祝福他们，虽然她也缺乏和渴望，而且缺乏和渴望的程度更强烈，哪怕不是爱也行。她情愿一个人怨悒地走在没有路灯的大街时，套黑丝袜的蒙面强盗唰地掏出短刃亮相，那会给她带来可亲可爱的惊喜。

　　可是没有啊。

　　孤独渴求如此，所有的卑微下作都成了可以忽略的细枝末节，所有的高尚正派都成了应该。景精神是她的血亲啊。亲人的幸福就是她的幸福，这个幸福足以使她孤傲地面对柴师傅和老杜，坚决地不为所动，虽然这两个中没有任何一个坚决地表露出，可以豁出遭罪破釜沉舟地为她所动。

　　一场漫天大雪，楼屋街道都是白雪皑皑，车身也毫不例外，臃肿得像漫画里的卡通形象。景精神不喜诗情，也不玩弄浪漫，见车门被冻住了，就迅捷地从咖啡厅的门后找出把扫帚,仿佛他提前搁置在那里的。然后将扫帚担到车顶上,粗粝地往下扫雪。又用胳膊咣咣地捶门,那样子,倘捶不开就要下脚踹了。

总之就看不出愉快,谈得再愉快也不肯愉快。协会这个领导班子只有由他的农民爹妈组成他才愉快。他儿子组成的都不行,都不乐和。

不过所有的不乐和,只限于咣咣几下,然后就看不出来了。

然后就主动给大家讲起太极。不是主动,是赵红要求的。请问赵红喜欢太极吗?赵红除了喜欢那个"太"字,别的就看不出来了。想想学习太极的那两下子吧,别人哈腰她岔腿,别人马步她撅腚,可是既然不喜欢,却为什么提议景精神讲?这其中就埋着一份苦心。要分散景精神先生的注意力,不让他情绪过分低迷。而景精神先生果然没有低迷,他十分配合地重新振作起来。

头向上顶,脚底生根抓地,胸和两肋放松愉快。

景精神特意提醒,胯和臀要裹紧,叫作"提肛裹臀"。景精神如此强调,搁别人还好办,接触牲畜多了,动词可以当作名词了。可是赵红当不了名词,她坚持当动词。她先在身体上当动词,然后在心里当动词,最后又在身体上当动词。景秀敏觉察了,憨直地问:"蚊子叮你了吧?"赵红说没有。景秀敏悄声说:"是不是来事了?"赵红颇为忧虑地说:"没有。"

景精神这个傻子,赵红心想,他知道有人至今没来事的情况吗?看来他真的毫无察觉啊。他还天真地在那里卖弄呢,全不管他吐出的小巧蚊子,对赵红轰下去又扑上来,再轰下去再扑上来。

吁……呼……吁……

太极拳有十三要领,素称"十三要"。

坐在副驾的景精神尽可能地示范,沾、连、粘、随、顶、添、抗,等等。

学好太极拳,有利于和领导相处……

工作指令要执行,否则就是顶……

景精神稍作甩动,赵红的内心已跟着舞扎起来。从一个人的莲步舒袖,到两个人交颈对错,再到三个人的金蛇狂舞,交替实现着她独舞、双舞以及三人舞的梦想。

景秀敏也跟着讪讪动起来。只不过赵红的动似在浴池,如此坦荡,没有顾虑,靠着蒸腾的雾气及弥漫的水珠增加影响力。而更加正派的景秀敏不是,景秀敏好比脸蒙黑布身穿黑装手握黑枪的女保镖一般,站在景精神的身旁或者身侧。她又像未婚的妇女主任一般浑身上下充满了严肃与正义。

可坦荡的赵红此时顶不住了,她的意念在沾,在连,在顶,在添,在告饶:

行啦，可以啦，老景你别再比画了。直到心内也是大汗淋漓。

车内的几个人一起闭目折腾，任凭比蜜蜂还辛勤的柴师傅，在半厚不厚的积雪中开车前行。可是车陷住不动了。拟协会秘书长老孟从后面疾步赶上，稀落的楼群中扬起老脸，问他的车是否在前面开路。永县的县城，有车仍是件可以荣耀的事情，景精神却不免生气。想到他的车是二手并且接近报废才又不太生气。装什么啊，逼着景精神买排量大的坦克、私人飞机及邮轮是不？景精神摆了摆手，意思是别烦他，因他此刻又构思新的工作了。

是的，随行和送行的人们都以为景精神在构思新的工作了，可景精神确实知道，他并没有构思新的工作，而是跌宕进种种奇怪的回想之中。岁月如此浮泛，意识片断如水面上的花瓣一般，在眼前片片浮现。景精神再次感到累了。他需要两条女人的胳膊和一个女人的怀抱。不问姓名，不问民族，不问籍贯，他愿臭烘烘地枕着两条胳膊入眠。

日　报

景精神的通背拳始终不叫老师满意，因他出拳再快也不够快。那么什么才叫快？老师说要如蛇出击。臆想至此的景精神下意识一晃，吓后座的女人们一跳。觉得蛇出击虽达不到，起码够得上狗下口了。可狗下口是不行的，甚至蛇出击也是不行的。因为一旦实现了蛇出击，老师的蛇出击标准又会提高。不仅成功咬啮，还要身形一晃，悠游进草丛中。

认识到这个层面，景精神就突然醒悟老师不是不满意他，而是不满意老师自己。因为老师也达不到，甚至一辈子都休想达到。这种高境界的不满意，令景精神仰视，并且加倍"魔练"不止。也令景精神家财亿万后仍不敢看望老师并奉上代金卡，因为此时景精神的人和钱已太浊了，送代金卡的想法也太浊了。若果真看望，应送老师一处庭院，石桌石凳石阶，偶有晨钟暮鼓。老师每日焚香煮茗敛气，在苍松下打太极拳。可彼种宏愿需要财力，而景精神的财力并不足以支撑。何时能够支撑？地球上十分之一的人口都香喷喷地开吃道德猪，或者中国人民拒绝垃圾猪泔水猪激素猪注水猪时就可以了。

被景精神顶级尊重的老师，正是看到了可能和不可能，带着焦灼的微笑满足地驾鹤西归了。不到七十二岁耶。老师的离世催生了景精神的怀念，让景精神每每回忆联欢会上老师单脚扳至脖颈，比京剧团武生亮相更牛的光彩，也更加回忆起护卫久受欺凌的弱势同学却因此心生羞愧的情形。

为什么仗义出手？眼见那个同学被欺负三年，再不出手人家就熬到头了。

为什么心生羞愧？因它违背了老师起初便提出的，练武只为强身健体而非打架斗殴的滥俗要求。景精神对此认真答应过的。它成了师徒二人合力遵守的共同信仰。

不管滥俗还是信仰，景精神都是出手了。当然景精神的出手只是仗义执言："若你们再不停止欺负，我们就出手了。"只凭这一句，三年的纠缠竟就此化解了。欺负人的同学有理由相信，身材上长下短，习武时长臂平伸的景精神，只要腋下给股气流，就会像大鹏鸟一样飞起来。

可为什么不早说？为什么要忍看同学被纠缠三年？种种感触令景精神心生悔意，就想与老师探讨，可老师不予探讨。他在天堂的豁口静静地看着景精神，然后就转身往里去了。

眼前又是县酒精厂墙外收酒糟的情形。签得独家糟权的景精神，对前来搅混的争食者噼里扑通一顿拳脚。几个怀揣片刀的渣滓趴到地上，刀也飞扬到各处，横七竖八地闪着寒光，都是开过刃了的。

钞票，一张张钞票，有人为你行霸道。有人为你卖儿卖女，有人为你去坐牢。

钱哪，你这杀人不见血的刀。

彼时回坐到老板转椅上的景精神，满耳都是喧嚷的鸣叫。看着跑下楼来的员工和一地的狼藉与告饶，心内却没有制服的轻松。老师啊，景精神多想一辈子尊崇咱师生俩的共同信仰，可钻进了狗肉馆门前吠声一片的笼子，除了在撕咬中躲避撕咬，再没有别的意义。

而这个时候，为什么倍加想起赵贤子？事实在一步步地印证她的远见高明吗？不，景精神就想大叫，如此境遇跟赵贤子有什么关系？纵使她一千个一万个道理，禁不住景精神身怀太极，胸中有义，傻干乐和，刚猛不怕。

景精神就想起了非洲的眼镜蛇和王蛇。都是剧毒，也都是巨无霸。相互对峙中，王蛇仅比眼镜蛇快百分之一秒，可靠这百分之一秒，王蛇实现了对眼镜蛇的吞噬。

骑自行车的人不见了，各类奇形怪状的机动车穿梭横行。景精神嘴角挂着似有似无的微笑，看远处的积雪浅山与街上的车辆行人。路边的细树干旁，堆积着不打算清除的积雪，它们和一茬茬瘦弱的树干一起，等待着春的消融。

永县的县城，没有工业，只有居民与商业。因为人口集中，衍生出浴池、网吧、旅馆、饭店、二人转小剧场，都是生活中紧密相连的。以小城的消费能力，养道德猪可以，却不会有道德猪的销售点。不过景精神不指望。道德猪肉永远嫌贫爱富，越是开车打酱油、打车过街道的越欢迎。这份欢迎，与一辈子服务富人的定位有关，与景精神的心向穷人无关。

有谁相信，赵贤子甚至没有看过王文娟与向日葵柳芭，更无从看过矮矬的赵红。可是赵贤子看她们干什么？听都听得腻了。

几个女人亲他的嘴，绊他的腿，揽他的腰，掏他的兜。赵红倒不大像，不过见了景精神，也是不由自主地笑眯眼。不过赵贤子若仍属正宫并且说话好使，以为会提擢赵红为东宫西宫，那才叫瞎掰。分明的豆腐渣工程啊，提擢了对不起景精神啊。豆腐渣跟赵贤子什么关系？赵贤子的这颗心早早硬了，硬成了死面疙瘩。那面本来稀软的，可做馄饨皮儿、炸油条，可长时间没有人理会，风儿捎着它，阳光晒它的皮，它不由得硬了，快变成化石了。

那么是什么原因，让赵贤子怀揣着颗硬硬的心，要找景精神谈上一谈？核心厂区让王文娟和她的未成年女儿拿过去了，对外销售让柳芭签约了。虽因此派出个刘敏，去北京拆柳芭的台，但终不过是从外围到外围。男一男二这两个儿子呢？景精神说给他们留下宝贵的概念和思想。可是鬼都知道，这个概念和思想既可以是石油富翁的，更可以是街头乞丐的，它属于全世界所有的无产者。说什么穷养儿富养女，魔术、空谈与笑话。

都看着景精神好是吧？赵贤子还未必就稀罕。不是故作矫情，而是那张冗长的脸，总让人想起一部血迹斑斑的压迫史。但赵贤子咬咬牙，仍是把景精神约家里来了。

本来一辈子不打算约的，如今却约了。

根据需要而定，实施大国外交了。

不为了自己，只为了孩子。

赵贤子当然可以去公司的，可赵贤子不能迈出那尊严的一步。知道景精神早就觍脸想来了，老家伙盼望不正经呢，可是男一这个畜生留在家里，景精神不能不正经了。不过这样也好，否则如何能穿越时空重新携手，共同回到生产队小山一样的豆秆垛？又如何能抖搂出边防线上小河滩前那般使用不完的精力？如今的景精神真要被淘空了，若不是每日依靠太极与哲学这两部大书糊弄别人，耍嘴皮子功夫，他早就脸色灰白瘦脱相了，瘦脱相都不止，怕是形销骨立呢。

迎门的客厅里有条长沙发，景精神四肢摊开，主人似的坐下。房子是他买的，家具是他买的，觉着他是主人呢。可曾经十年的婚姻，如何就变成了印着雕版宋体的日报？认不认得上面的字？认得。可是看到了吗？

赵贤子就突如其来地一片感伤。

负　责

赵贤子不愿看那张苍老浮肿的脸。能看的前提是想想儿子们年轻生动的脸，否则就得把眼前这张脸按下去，一直按下去。景精神鬓角和下巴上的胡子全白了，他的腋毛也会花白的。是的它们可以染，王文娟那个阴谋家会一根根地梳染，而柳芭那个贱人则会怀着刻骨仇恨和对小荀荀的畸恋一根根地吮染。可无论梳染或者吮染，白是挡不住的。

赵贤子想自己的体毛不仅花白，而且差不多掉秃了。想起止不住的掉秃，赵贤子就鼻音加重。涌起的万千话语，只断断续续地说出一句："他们可是你的儿子。"

又说："他们不是别人的儿子。"

苍老的声调，满屋的秋风寂寥。

景精神感到了赵贤子的吞吐和隐晦，也借此知道了她的一番心情。他不由得动情，就想对赵贤子煽情：他们是你的儿子，也是我的儿子。他们是我们共同的儿子。

可景精神万般没有说出这样的话。景精神若说出这样的话，就需要先找些小苏打水灌上。否则胃里特别泛酸，张开嘴哇哇地往外吐。

赵贤子忽然就涌止不住了："听说男一男二不仅人前，人后也叫你董事长。"

赵贤子依然涌止不住："你装什么呀，我还不知道你呀？你把男二关在农民家里头待了小半年并且一分钱不给，直到男二借了车票钱才逃回到城里，最后又被你打发到深圳去卖猪肉，待遇和普通销售员一样。你想怎么的呀你？若做实验别拿我的儿子，你尽可以拿那些狐狸精，拿你自己，拿你和王文娟的那个宝贝女儿。"

赵贤子的这张臭嘴，当年起劲反对景精神辞掉公职搞民企，已觉得臭不可闻，如今仍敢触碰景精神的底线和痛处，真是鸡改不了上架或者狗改不了吃屎。景精神的脸色便是一变，而赵贤子也"激灵"地噤口了。这个噤口让景精神及时收拢——好男人是疼女人的，以前没做到，现在却要做到，对王文娟和柳芭已然做到，对赵贤子也要做到。

景精神才耐下心道："避免企业的家族化，整合最优秀的资源，它涉及今后的发展。公司亲属本来就多，不能因此造成其他员工的先天性疏离。"

说到这里景精神就要起兴，想滔滔不绝。

赵贤子却不想听了。因赵贤子知道，只需拿出每次董事会上三分之一的说话时间，便足够她这个饱腹之人消化得饥肠辘辘，令她的糖尿病出现酮体反应，血压增高，眼神迷离，脚尖不稳，脑瓜仁子崩炸似的疼。

男一端着茶水及时出来了。好懂事的儿子。茶叶来自董事长办公室的专用茶罐，景精神一眼看出的。却不知某夜已被柳芭激情要泼，遍掺了唾沫，说要进入景精神的每一个日子，每一具茶杯，每一次口水。景精神没换呢，一直接受这惊天的秘密呢。心里面惊世骇俗，表面却是没反应，既不看茶叶，也不看茶水，更不看男一。

不过男一却看了，忽然醒悟这样在家未必就好。有了茶水供应吧，却影响了爹的行动。男一便及时向二老告辞了。告辞的男一惊奇地发现，老爹似乎很高兴，而老娘恐惧长篇大论的症状也不明显了，甚至好了许多。男一不由得生发感慨，不怪景精神先生未委以重任，男一你还真是个孩子。

终于得手的景精神注视着赵贤子的一双手，回想她全身上下最好的地方就是手和脚了。尤其脚比手还要好，一年四季不起皱，冷水热水都不怕。上边的手也不错，浸在冷水里似剥皮的笋，呈出骨森森的白。就不似王文娟的老肉粗糙以及柳芭的红肉滑腻。赵红的手更不行，天生的卷曲扭歪，烫过似的。

赵贤子愈加白皙的手将景精神蛰伏的心肠蜇醒了。挨来春天的景精神就情不自禁地去握，想替她暖上一暖。虽不能每日同衾，执手相握还可以的。泪眼相对也可以的，前提是赵贤子没跟别人。而赵贤子确没跟别人，而且是多年。赵贤子挥着小蛇一样的五指，一边喊着不不，一边惊喜地把景精神给弹开了呀。历经沙场的景精神顷刻受了打击，就想萎靡而退，可想退的景精神怎能想到，赵贤子是嫌景精神进展太慢，比轮船靠港还绕远，比飞机着陆还盘旋呀。倘挣脱了万有引力，景精神是可以率领赵贤子静静飘浮在万劫不复的时空中的呀；倘能返老还童，赵贤子定当娇滴滴地要让他负责的呀。

不，赵贤子不要景精神负责，景精神对她已负不了责，要负责的反而是赵贤子。赵贤子得替生产队小山一样的豆秆垛负责，得替豆秆垛地震一样的抖动负责，得替经历了痛定思痛而主动开始的吟唱负责呀。说得穿了，得替承载着景精神基因的两个儿子负责。想起景精神过去的那些跳槽，赵贤子至今心有余悸。这家伙是真虎啊，倘看不住，最终便宜了连桥和小荀荀而亏待了儿子男一男二，也是完全有可能的呀。不过真到那个时候，赵贤子就跟他手刨脚蹬，血战到底。

望着赵贤子的一张老脸，景精神感慨万千。这个跟景精神的反动征程较劲的老货，到了今天仍不改悔，仍对景精神指手画脚。看来不批评她不行的呀，不拾掇她是真敢起刺呀。

那么请问你是公司董事会成员吗？是农场主吗？是驻东阳办事处的工作人员吗？你只是景精神的老前妻。

有为才有位，没有为就缺位。今天你不管做什么，都弥补不了你长期以来的缺位。

以为本董事长怕手刨脚蹬，本董事长是怕手刨脚蹬的吗？

第二十章

正、清、硬

仅有徐家辉和李满喜两个分会长是不够的，景精神要马不停蹄地考核更多的分会长。具体人选通过海选和自我推荐已经搞定，初步审核甚至都已做完，不过仍需要景精神的决策。事关协会的队伍建设，景精神放心不下啊。

不过也没什么放心不下的，因为每步都是按景精神的意见做的，于是放心不下的前提下，又有了些游刃有余。

眺看窗外快速闪过的村庄，感受大排量轿车带来的快捷和沉稳，就忍不住心猿意马。就想到女人的曲线好比两旁的村庄，看似散乱不整，拥有若干的走势，实则来来去去不过那几样，喜新厌旧终所难免。不过回顾怀恋也在所难免。离婚多年为什么仍舰脸探望？哪怕出于邀请，腿终究长在自己的身上，其实是一样的道理。

及至坐到会议室兼寝室兼食堂兼接待室的办事处，一颗浮散的心仍旧沉寂不下来。没有办法，只好用肃穆的神情弥补，将五官排列得像倾听教堂的晚祷钟声。可穿着鞋子的双脚却不严肃，除了分腿之外，它们不是平均地摊开，而是一条摊得长，一条摊得短，很像是刚从田野调查回来，随意坐进劳动人民的饭桌前，带着亲切的微笑谈天说地。

周围的随行人员包括电视剧的编剧，他们也都跟着表情肃穆，肃穆到像是在集体默哀。而他们的鞋子和腿也都跟着随便，不是沾满尘土就是式样随便。景精神知道这是出于仿效，可他们怎知景精神朴实无华的鞋子来自意大利街旁的手工作坊，怎知穿上这个鞋子，需要热的时候可保温，需要凉的时候可透气。又怎知这双鞋子顶得上农家的一间偏厦子，够买一年的包括来人去客的大米。

景精神不忍心肃穆了，脸上的五官松弛下来；不忍心随意了，而是悄悄地将腿摆正，将脚上的鞋子收起。

本次真枪实弹考核的只一个人选，因此属于等额。景精神颇不在意，凭什么非得两个或两个以上？凭什么非得有一个陪衬并被差下去？凭什么没被差下去的非得保留或者上？一切不过形式。当然有些形式是必要的，比如产品的外包装，甚至形式比内容还重要。再比如女人的一张脸。但分会长既不是外包装也不是脸，因此所谓人选可以只有一个，也可以一个没有，也可以两个以至多个。

这回考核的分会长是农电所的。身上有股淡淡的雪花膏味，不知抹的手油还是护肤品。景精神有些不满。不满不是因为抹手或者护肤，景精神也抹手或者护肤。景精神的皮肤神秘地发干，每次起床都要挂上王文娟、柳芭或者谁的体味，搜觅证据不必偷留内衣或保存地上斑点，只需皮肤科大夫拿毛玻璃片在任意的皱纹处重刮一下，直递到太阳底下就成。

应该说不满的原因与以往雷同，即凑热闹的这个人选为什么是农电所的会计，而不是自己钟爱的纯正农民。当然在全省的农民运动会上，农电所的会计也要被加入农民方阵的，在城市的视野中，他们一起属于农民工范畴，可那个跟景精神没关。景精神带着气，对秘书长老孟说道："你来主持主持。"按景精神的意思，老孟这就算上岗了。有些陡，也的确不客气，但凭什么客气？一个月开付好几千哪。只是这个老孟有些跑，开场便说企业以及协会的宗旨，讨论两者的辩证关系，净整没用的。景精神乍听起振奋，因为这话怎么就那么熟悉悦耳？接着开始皱眉头，想起某次有个外国人参加的国际研讨会上，景精神言不由衷地啰嗦了一大堆，被赵红手欠发到了公司文化论坛上。那堆东西肯定被老孟搜罗剽窃了，误解篡改了。多年的机关干部就这么干出来的吗？引英雄景精神恶鄙。想不到老孟狡猾，只点了点剽看的，就开始联系自己，便又把景精神闪了一下。老孟自得道："我虽长年在机关，但对经济并非没有观察，现阶段要考虑四挣，挣老人钱，小孩钱，大款钱，女人钱。"

驴虽大噭，叫不过如此。景精神毫不客气地阻断道："好了，具体细节以后再聊。"然后理所当然地主持起会议，把刚进入主持的老孟给排挤掉了。

景精神听见雪花膏分会长说："我的优点是从小在东阳长大，熟悉的人多。当然熟头熟脸也有弊端，因为一旦抹下脸'造'，会被当作六亲不认。可想挑重担就不要顾虑，为着董事长的信任。"

景精神打断道："是董事会的信任。我是董事长，可倘不做董事长的事，即便在董事长的位置上，也代表不了董事长。"

雪花膏硬着头皮："可是我得对得起您给开的工资。"

景精神说："请注意，不是我给开工资，是每个人在给自己开工资。"景精神觉着他此言非虚，当年的财政工资他早都混没了，而今只是象征性地挣一千块，年薪。原来他想挣一块来着，也是年薪，可自己的企业也不能胡抢吧？要人家国企的老总怎么办？于是只好涨了一千倍，达到了一千。这且不提也罢，景精神继续不客气地纠正："你的工资来自农场主的会费，而不是我。目前一头猪是两块五的管理费，下一步要考虑收取会费。至于按人提还是按猪提，还需讨论确定。"

雪花膏似有不堪，试图转移话题："我在农电快二十年了。"

景精神快嘴道："农电危险，不能乱合闸呀。"

雪花膏继续躲避："我还当过兵。"

这话景精神乐意听，当兵的有素质，并且不能太过难堪，便放宽道："当兵好呀，当年我也当过兵，当然我当的是民兵，先当民兵连长，后当连队指导员。"

算是摸到了脉，不过雪花膏却再不敢说，因说也是挨呲。至此景精神颔首道："打铁还需自身硬。做任何事情，关键看你正不正，清不清，硬不硬。而要想正、清、硬，就是一个词，标准，再一个词，依据。"雪花膏连忙点头称是，景精神却忽然不说了，景精神倏地想起了另一件事，不由自主地沉浸到正、清、硬的思考中。

再有一个月，也就是北国隆冬大雪飘飞的时节，日本华堂超市的中方总经理佐藤先生就该莅临了。届时将以什么样的质量及生产模式，面对一双精明严苛的日本眼睛，届时只有那两个词：标准，依据。让日本鬼子随时可来，随时可看，随时可叹。

簿　册

所需的各种簿册,在赵厅长和钱厅长的带领下已做上百件了。有赵厅长和钱厅长准备条文及材料体系,景精神确实省了不少心。平时褪袖干闲的,想不到还有如此之用。那些材料论平摊可铺满半个会议室,竖挂则可布满墙壁,令景精神看后担心,佐藤先生及相关日本客商看不过来怎么办?就算赵红小姐可做简单翻译,文件材料的量在这里呢。还得是赵红小姐,提示可用一种现代动感文件PPT,也就是幻灯片配文字,来解决读字的问题。

只是PPT虽好,可是需要找社会上的文化公司来做,对此景精神又不同意了。景精神喜欢自力更生,不喜欢付费出款。不过这事不提就罢了,提了景精神就记下了,隔段时间一定组建青年突击队,由赵红率领,将这个PPT攻克下来。PPT是好的,花钱做PPT不是好的,自己人免费白做才是最好的,如此才符合性价比——所以正在抓着的电视剧,它应是价低而不是价高的写手完成的;出演的将是普通演员而不是一线明星;而所有预付资金,它们最好是股份的形式,当然至今还没说,说了怕人家不干。

除了上述条文及材料体系,还有几百次大大小小的研究成果,近千次长长短短的重要会议记录。它们都有记载,也都应予恰当展示。可是不久前由公司组织、全体农场主隆重参加的大规模的十八荣耻考试就暂不提了。为什么暂不提?因为还没出结果呢。为什么没出结果?因为农场主们几乎都得了满分。这样的应考能力令景精神很不满意。农场主们不应该比参加过大量机械训练的奥数班学员强,也不应比虽然事先审题并知道答案,真的坐那儿答题却未必实现满分的景精神强。

后来再看试卷,就觉得出的题目确有些浅。确应当如赵厅长和钱厅长提议的,出些十八荣耻和时代发展关系的哲学大题,每题铆它三十分,彻底地拉开档儿。

那么如此优异的团体成绩,到底应该什么时候奖励?等到年底协会成立大会时再说吧。景精神定下的事,不信还能黄了。黄了也就黄了,看谁敢吱一声。

金杯银杯不如

在回省城的路上，景精神就显得比较放松。放松就想泡澡，躺在洗浴大厅歇着，足足地抽袋烟，然后想干啥就干啥。泡澡已不能的，自从身家过亿，便痛别了大众浴池泡澡习惯，不敢轻易进澡堂子，更不可让人醒悟人有他有，他有人也有。想干啥就干啥更不行，如今景精神已不是自己的，他是几百名员工及农场主的，是人类有机事业及未来的。

如何用好路上这段时间，景精神有习惯性的差不多持之以恒的做法，即掀起一次讨论，提出一个或几个鱼泡一般的问题，让大家猜测上面的五颜六色。

闭眼假寐当然可以的，悄不作声地感受赵红带着乳酸味道的呼吸也是必要的。只是惯常的呼吸味，如何就带有了乳酸味？这丫头白天一定偷喝了酸奶。可是这丫头是不喜喝酸奶而是偏爱吃榴莲的呀，因为向往榴莲而经常往饭里拌臭豆腐的呀。若是车内只有俩人而无他者，哪怕景精神正在驾车，景精神定会腾出只手抚摸此女的手，问她究竟吃了谁的奶，牛奶马奶还是羊奶，骆驼奶还是袋鼠奶。可现在景精神不能够问，车里有那么多人呢。只俩人景精神也未必问，问也不是用嘴而是用眼用手，用脚用毛发，用呼出的气和吸入的气。

"大家想一想，面对激烈的市场竞争，道德猪用什么一招制敌？"

什么叫一招制敌？其实就是一招鲜。轻松的气氛不免紧张，因不知是何等古怪的答案，却又需要回答。包括赵红也猜测不到景精神，尽管几秒钟前俩人还玩弄气场。

这个变速或者变轨，他的答案可因你的回答而变。

于是大家集体搜寻景精神时常挂在嘴边的。有的强调放牧，有的强调标准，赵红独出心裁提出要涨价。因为坊间流传这个笑话，一条裤子一百八没卖出去，标价一千八后卖出去了。太不严肃了。讲笑话的不严肃，卖裤子的不严肃，买裤子的也不严肃。应该说赵红也不够严肃。针对这个回答，景精神问赵红怎样想的。赵红明知景精神看不着，车内的其他人也看不着，但还是严肃认真地脸红了。而景精神恰就接收到了这个脸红，便闭紧了要开说的嘴巴，又忍不住品味这张红脸。直到赵红调整状态，声调仿佛扎着小抓鬏的天真幼女，爬到爷爷的膝腿上询问答案，景精神爷爷才一代宗师那样盘坐，抚须沉吟后道出一个"吃"字。

大家均不免吃惊，因为都想不到，复杂的问题答案竟是这样一个简单的字。赵红平时确不多嘴的，不管在公司还是基地，户内还是户外，白天还是夜里，人少还是人多。人多时不宜张嘴，人少时顾不上张嘴。不过这时还成，她克服了自闭，脆生而又口吃地问："您说的是哪个吃？"到底岁数小，怎就这样笨，比照王文娟与柳芭，还真就多出层蠢。景精神心疼地想，哪个吃也不能是吃屎的吃。

景精神当然不能这样说，于是继续拈须缕析道："这万千的环节最后都是吃。不过一个'吃'字又岂止上述？若好吃就需要放牧，不仅饲料有机，连包装也是必不可少的，因它意味着肉质最佳，保鲜最上乘。为什么422天仍不觉异味？因为它的包装总是别具一格。它达到了国际顶级的标准，已为欧美的中产阶级所通吃通用。"

景精神他知道什么叫通吃，不过如此的胸襟和气魄让人心潮澎湃。弄假贩假都成什么样了？相形之下，景精神的眼光多么靠前。多么像废旧河道上悬浮的一截灯塔，广泛地给沉船指示方向，照亮着腐鱼垂钓者一颗颗失落的心。

后座的赵红不禁一沉一震。猪原来是运到北京保鲜屠宰的，搞上包装，就断不再添北京的麻烦了。如此柳芭的亲属怎么办？他们在市郊的屠宰厂外等待猪下水，然后与市区的各农贸市场有关系，可如今亲戚们都要失业，或者都要断财路了。当然柳芭什么都不会说，而且没有理由说。可是好姐妹呦，你和你的小荀苟做好了转身的准备吗？你打算从容起舞吗？以你的聪明，你可能一句旁话都不讲，因你深知咱们的他无论曾经怎样相处，你的同胞兄弟们都算不得他的小舅子，而且最好也算不得。因为倘若算得，连曾有的这些也不会有。

我们的老公可以是老公，但他不会是姐夫，也不会是姑父、二大爷、三侄子、四外甥。

头抵在副驾驶的座背，嗅闻前座景精神的体味，赵红忍不住阵阵走神。在哪里杀猪跟赵红有什么关系？赵红愿做个涉世未深的赤足少女，草兔般惊慌地观望花园隐处的男女情事，也愿意身穿睡衣，呆呆地站在景精神这只老狐狸的面前。赵红愿将这个样子的自己交付景精神，若景精神不要，就舍予未来的尚未见面的那个天生王八命的他。

回想未曾谋面的赵贤子，偶尔一见的王文娟，自在大方的柳芭，包括囿于亲缘而终于亲缘的景秀敏，赵红奇了怪了。赵贤子不来公司也就罢了，王文娟居然也做到了一次不来。她们每天都在被窝里相见，可被窝里相见就可以办公室不见吗？白天想了怎么办？将景精神交付食堂的女服务员，还是广播站的女播音员？关键是赵红多么的受累。

几个女人一律可以做赵红的姨了，起码是小姨，赵红颇为自负地想，赵贤子与景秀敏还可以做姨姥。仰望天边的星星，赵红无以想象她们与景精神的密切交叉，也无以想象之后的王文娟怎样全身心地投入到伟大也是末路的饲料产业，柳芭如何克服俗世的口蜜腹剑与层层舌剥，借力发力地开展起个人的商业。就是说都没有白交叉。

而傻透腔的赵贤子呢？赵贤子果真来到总部或者每日下榻的府邸，景精神肯定怕她。王文娟也要怕。凭什么不怕？赵贤子的两个龙虎儿子，他们既是赵贤子现实的墙，也是赵贤子未来的靠。那么是什么让赵贤子甘愿放弃，退隐山洞，蜗居遥望？赵红相信不只是金钱和事业，也不只是懂太极的头脑和练武术的身体。那个并不顶用，也不成正比，否则少林寺的墙会千疮百孔，漏筛似的塌掉了。赵红相信是领导力，它们让女人们心甘情愿、眼噙热泪地沐浴在取之不尽的正能量中，不由自主地产力发力，舍出脸来，全部回馈给了伟大的力量之源。

赵红感叹领导力的用处。在景精神的领导力下，周围的女子们关爱照顾，互相构架温暖，毫不利己地出让，把机会和快乐让给别人，把空守留给自己。

对于前三个，赵红起初服气，熟悉后就不服气了。有不服气的条件和动力。她虽腿弯个小但皮肤白，且懂日语有学历能动笔。拿出其中的任何一样，不信有谁能比。

摔碟子

车已走出永县地界，却为何折返一趟？因去接公司的女会计。不是女会计重要，也不是女会计办的事重要，而是景精神的心情好，想和大家多打会儿"连连"。

元旦快来临了，女会计先跑到永县政府，给李县长捎去景精神的问候，并告知元旦过后仍要看望，因为彼时春节也要来到了。景精神的授意，这些礼节之事都交给女会计了。

景精神是多么惜时的人，在街角左等女会计不来，右等女会计不来，就下车跑到拐角处小便了。苍茫的暮色掩护了他小便的身影，也掩护了赵红观看景精神小便的深情目光。撒完小便，景精神并没有怕冷上车，而是站在马路旁，迎风踏雪地打起了太极。这才是景精神下车的目的。景精神真的是矫健勇猛啊，似苍鹰擒兔，又似猫头鹰捉鼠，又似猫头鹰吃到毒老鼠后二次中毒的折腾。赵红欢喜得心潮起伏，清雪中就想走上前去，与景精神同武或同舞。臆想中的组合动作将包括，赵红一个劈叉稳在地面，抬头仰视上帝般俯身的景精神，然后一个收腿利索起身，快速踮脚转移到景精神的身后，立起足尖，深情地贴搂他内衣潮湿的后背。赵红的侧脸将景精神的后背贴紧又贴紧，一直贴成连体婴儿，两个大脑，一套行动，实现人类的雌雄同株。

同株的景精神说："小红，回去把老孟的任职令拟出来，往各部门各基地下发。"管赵红叫小红，赵红不知听对了还是听错了。对错都让赵红惊跳，也更加爱慕眼前这个她唯一爱慕的人——爱慕他对违规和虚假的不屈服，爱慕他对命运的反动。倘若赵红有钱，她必将打造一个金身塑像，座底横镌上六粒儿草绿色的辉煌大字：反抗精神永存。

赵红深知，景精神他不能待着啊，谁让他待着谁就是在骂他啊。因为没人敢骂他，所以他得赶紧找活干，得从省城赶到基地，再从基地返回省城。鸡毛蒜皮的小事，来回瞎折腾。得北京、上海、深圳之间坚持不懈地穿飞，金卡咔咔地消费，实现梦寐以求的不消停。

不消停的景精神，多希望白天和晚上同时过，多希望半年在北极半年在南极，由此永远处在白昼中。甚至希望在大气层外安排一间工作室，没有狂风闪电，不关飓风海啸，全无声音杂质，太阳辐射肯定有的，但可以穿防护服。

景精神诚信，每晚睡三个小时是天才，睡四个小时是英雄，睡五至六个小时是凡夫，睡七小时是猪。景精神他希望每天睡两小时，但白天得有半个小时打盹。

若会谱曲，赵红定然创作一曲《景精神之歌》。歌曲将突出这样的一个主题，他为了主义不怕被押解法场，敢将脖子置于屠刀之下。届时最能坚持的肯定有别人，但最突出的当是景精神。没尿裤子，因为尿不出来了。大义无言，因为舌头被系住了。

按着习惯，景精神应回二十八楼的总部办公室一坐的，顺带找赵红一聊。因是白天意念相跟了，此时再诚谈便没有了感觉。女会计似可以诚谈的，但对宽背肥腰的这类，景精神目前仍止于想象，暂不能受理。这种特别适于安眠的白囊臌，景精神某天愿意独置空间，闭起眼来慢慢享受。

既然没回办公室，景精神先生去了哪里？这关涉他不回二十八楼的另条理由，即出席简单质朴的生日晚餐。

他自己的。

王文娟在家等着呢。

依靠严厉批评，景精神每年都会打消别人给他过生日的妄图。今年更加严肃，对男一男二也只限于短信和电话。就是不过，坚决不过，谁提过谁就是骂他，就在讨他的骂，就是逼着他做联排别墅的邻居。

联排别墅的邻居怎么啦？去年社区搞创新服务，各家各户免费贴对联，欢欢喜喜贴到邻居门上时，却被邻居给痛骂了。联排邻居死了爹，今后三年禁忌贴春联。联排邻居旨在告诉世人，好事是可以办不好的，所有亲戚们都应当谨记社区物业的教训，尊重景精神先生，支持他过一个最简单质朴的生日，一直质朴到不过。

可景精神就挡不住，王文娟早晨起来煮的六个红皮鸡蛋，也挡不住晚餐时多掂对两个菜。包括景精神自己，也挡不住趁此之机悄悄放上个"小长假"，早回到家里歇上一歇。

早晨煮的鸡蛋吃了仨，还剩下仨。景精神不吃，宝贝小女儿也不肯吃，王文娟因此一口一个地剥皮吞吃了。她剥皮的动作熟练又连贯，吞咽的动作似曾相识，称得驾轻就熟，唤起了景精神旧有的回忆。那么所有的生日晚宴就这六个鸡蛋吗？不，王文娟准备的生日晚餐里，有印尼的王八煲汤，日本的浅海大虾，中国温州的鱼翅，还有景精神平素喜食的干白菜叶子蘸酱。巨富与赤贫，昂贵与不值，高蛋白与粗纤维，它们奇怪地组合在了一起，共同体现着景精神向往的庄重素朴。

看着王文娟吞吃鸡蛋，景精神就有些上心，盯着老婆脸上的表情。王文娟以为表情之后有行动哩，可等了半天也没有，于是渐收起小老婆的扭媚，也大老婆一样正襟端坐。

别的既求不来，王文娟也不求。

她拈拾起掉到衣襟上的蛋黄碎屑。

为什么要正襟端坐？为什么不正襟端坐？钱几辈子花不完，怎么花也够祖孙三代的了，一句话，有钱，健康。

所以王文娟和她的女儿要很好地活着，为了她的女儿也要很好地活着。王文娟被自己无怨无悔的崇高想法搞激动了，就将脸贴在了自己的手掌心上。

王文娟想了想说："我给您讲个故事。"

"一个保姆'啪'地把碟子摔碎了，男主人很不高兴。见保姆弯腰捡碟子时露出半个胸，便不责怪了，而且遂成了好事。第二天保姆趁没人在家，又摔碎了一个碟子，于是俩人又遂成了好事。感念男主人的好，第三天保姆又摔碎了一个碟子，男主人惶恐地说：'你不能三天摔一次吗？'"

保姆和主人的故事终于让景精神心疼了。干啥呢？端啥架子呀？王文娟自喻为保姆啊，可连保姆的待遇也没享受到啊。再不鼓励摔碟子，再去心疼碟子，就真的对不起人啦。

于是景精神说:"谢谢你给我过生日,可是我还是不能。"

内紧外松

分会长的考核结果,雪花膏没有通过。为什么没有通过?景精神不予说明。不说明就得挺着。无论怎样考核与投票,决策权都在景精神这里。他想通过就通得过,想通不过就通不过。

景精神不想说,雪花膏通不过,是因雪花膏的味道令他想起了给猪采精过程中对于雪花膏的忌讳。因为那个雪花膏,景精神不喜欢这个雪花膏。

如此便意味着还要继续地找。当然也不必着急去找,因从实际来看,有他们五八,没他们也四十。现有分会长徐家辉和李满喜倒是上任了,可所有的工作仅限于一样,就是传达。为了这个传达,景精神得不断开提供传达内容的会。其他人也得负起责任。此时秘书长老孟已经确定了,会长白头贾也指定了。这就意味着在生产组织形式上已经有管事的了,景精神可以摘一摘钩子了。可却做不到,因为老孟在等着白头贾招呼,因他是协会的总瓢把子,而白头贾在等着景精神的招呼,因景精神是凌驾于协会之上的总瓢把子,请问自己家的事情如何摘得下钩?真要摘下钩了,意味着白头贾和老孟的麻烦来了。

而白头贾还有他的情况,就是不想尽快走马上任。为什么不尽快走马上任?因为他不想走马上任。真若走马上任,也需要拖上一拖,等协会成立大会召开的时候再说。

总之秘书长考核完了,分会长也考核完了,协会会长也基本定了,这一系列却都没用了。不过今天没用不意味着以后没用,再者凡事不能完全以有用没用衡量,便是以有用没用衡量,结果也未必完全一样。很多事情的有用与没用,要看由谁来看,由谁来说。

决定有没有用的人,正常来说应是景精神,但在这个特定阶段更应是佐藤先生。日本的佐藤先生的意见成了公司的行动指南。

这个时候世界在发展,人类在进步,有机事业方兴未艾。

许多不同姓氏的董事长都瞄准并开发黑猪市场,及时打起了有机养殖的旗号,这对景精神构成了威胁,也形成了陷害。一个品牌异军突起,其他品牌肯定假冒模仿,如此不是陷害是什么?

那些不法商贩,他们肆无忌惮地将普通黑猪充做道德猪,甚至将去了皮的白猪和黑猪掺在一起,这些都让景精神恚怒不已。

忧中有喜的是,佐藤先生是坚定的也是识货的。别的黑猪、仿黑猪、假黑猪和真黑猪,在他的眼里均不好使。这个宝贵的不好使,给景精神增添了动力。

这期间赵红与佐藤先生联系,并促成了佐藤与景精神的通联。景精神是摸着赵红的后脑勺与佐藤通的话。摸后脑勺是对赵红的肯定。景精神一边谦和愉快地通话,一边信马由缰地畅想,这个身材酷似日本女性的赵红万一激起了佐藤先生的思乡欲怎么办?无偿赠予是必需的,也是势在必行的。权当组织需要,每一个员工及其家属,都要敢于付出。她们还能为有机事业做什么呢?当然作为公司,也要考虑相应的肯定与表彰。尤其贡献大到一定程度,就需要提供销售股份,用利益将大家拴结起来。

届时负责销售的柳芭会不愿意吧?不过言明利害就会愿意了,不仅愿意而且怂恿。倘有可能,亲自上手也并非没有可能,前提是佐藤先生由审丑变为审美,由欣赏内在而变为欣赏外在,由喜欢龅牙而变成喜欢葵花。

景精神站在徐家辉家的院子里,看下屋里一张弃用的炕桌。家辉娘虽为老太,却仅比景精神大上几岁,相当于学姐,如果读过书,并且同个学校的话。家辉娘柔婉地站在景精神的身边,顺着他的眼光,判断并关注着那张桌子,就说:

"独板,梨木的。"

家辉娘的意思,只要景精神张口,就可以让他扛走。景精神顿时感慨无语。那张桌子起码百年,明显的民国做工,但景精神没有说。却不再看桌子,而是抬眼微笑地看桌面上的冻鱼。当年长成的红鲤鱼,有一百来条吧,带着好看的冰碴,呈梯形摆放着。

那张桌子可以是景精神的,他们都热爱景精神。景精神因此而感动。既感到了大地般的深沉,也体会到了亲情带来的压力。

徐家辉此次请客的理由很简单,新一茬猪出售了,又有新一茬猪进圈了。农场主们都乐和,景精神也跟着乐和。相较于上次升学宴的办事收礼,这次请客纯是为着吃饭,它突出强调了友谊,因此是特别美好的,也因此才千里迢迢地赶过来,全不考虑吃进肚子的那点食水,不抵油费的五十分之一。

当然光是猪的出栏与进栏,或者一顿白吃饭,仍不足以请动景精神。拨动景精神心弦的,还有十天前特意寄来的请柬,以及对它的认真填写。它是全村屯的第一份,起码是景精神入村以来收到的第一份。它让景精神看到,在公司的倡导下,农场主的文明礼仪开了一树的繁花,结出了硕果。

会议的议题是研究有机农业的生产,包括如何施农家肥,不上害人的农药化肥。它涉及两件事，一件是成阳做经理时，曾鼓动一个叫老田头的种植有机玉米，算是开了有机种植的头。可后来成阳走了，公司没人搭理了，于是老田头的有机玉米都当作普通玉米卖了。老田头因此窝了一腔的火。

景精神态度明朗，并且给出了办法。他的办法是，计算因为搞有机种植多花出的人工及其他费用，并饶有兴趣地带领大家开算。一群人围着炕桌算来又算去的，算得欢喜又热闹。其实景精神的心里就明白，这个事情不解决，谁还敢跟公司合作，谁还能信得着公司？

又涉及一桩农家肥事件。也是某农户一直反映，却没人理会的。某农户的稻田被农场主的猪粪尿浸泡了，稻子贪青不肯上籽粒，结果大大降低了产量。

这既是有目共睹，也是一直向公司反映的。可凭什么才列出架势？可凭什么要过早列出架势？

猪粪尿的主人不是别人，他是丁文福。也就是说，是丁文福猪场的猪粪尿，浸泡了某农户的水稻田。准确地说没有直接浸泡，而是隔着一条小水沟，实施的地下渗透。可后果却是显而易见的。

景精神是多么的气啊。以丁文福的智谋和财力，得有多少办法预防和解决这种事情啊。他可以雇人，把粪肥收集到荒坑里自然转化，也可以做成农家肥出售，还可以修沼气池，制造沼气烧饭取暖。修沼气池要费些资金，可新农村建设的资金是可以争取的。

可景精神就知，丁文福会硬挺不管的，还会振振有词。是你景精神的猪在拉屎，请问你景精神为什么不兜揽？对不起，丁文福既不管直接排放，也不管地下渗漏，一切就与丁文福无关。

可它并不影响景精神的心情。他笑眯眯地说："这事怎么不早说呢？早说了不就解决了吗？这才叫有心栽花花不成，无心插柳柳成荫啊。大自然给我们安排了一次有机生产的机会，叫我们进行了一次生动的有机生产的实践。"

景精神接着对大家说："问问这位农民家有多少这样的大米，有多少咱要多少。现成的有机大米呀，过几天制成礼品包送出去。当然我也要留一些，坐家里头吃。"

景精神又高兴地眯起豆角眼："各位请注意，支付的都是有机大米的价格，咱们这位农民兄弟可算挣着喽。"

景精神还主动约定了明年的有机大米。不过约定不等于签订合同，也就是说，一切要等明年再说。不过因事故而造成的大米，就这样变成了妙手偶得。可无偿提供的粪肥怎么算呢？这样良好的有机肥料可不可以计算价格呢？

景精神不怕这样问。倘丁文福这样问，景精神就该派人反问，对小河沟的污染怎么算？那小河可是山活水，汨汨地流向大河支流的。

景精神不怕整事儿，尽管他希望平静，不整事儿。他狭长的豆角眼笑眯着，内心的弦却悄悄地绷紧。

风泪眼

会议结束的时候，天色又近傍晚了。时间可以说刚刚好，符合日落而息或贪点小黑的一贯要求。贪大黑或者通宵当然更好的，不过那是景精神而不是其他人的。景精神不要求其他的人，这会铸就亿万与普通的差别，景精神宽慰自己。

返回省城的时候，景精神忽然想，若某个丈人在村子里就好了，他也许可以就此住下。回想多少年没睡过乡村的夜晚，没呼吸过带着刚拉的猪粪味道的空气了。上次醉酒后倒是住下了，但那样的住是不能叫作住的。真正的住，应是一个人潇洒地裸着身，仰在洒满月光的南炕上。窗帘决不能够拉上，要大大地敞开。窗玻璃也不能是小块的，要过去的满族大扇。若非考虑受风，要将所有的窗户全部敞开。可是景精神能这样睡，敢这样睡吗？除非在山野独居，四周几里之内无人。但他能保证野兽、蚊蝇不看不叮吗？

就算城市貌似安全的超高楼也不行，景精神能保证对面的窗帘后面，没有一杆伸出的立架望远镜吗？除非迪拜那样的八百米高楼，对着的是团团白云。

许多事情都要归于想象，甚至永远不能实现了。虽然补偿它们的方式，是新生事物以更加丰富的形式迭生。乘车回家拉屎，打飞机回家睡觉，在不可能的地方进行各种可能的交合——不是金钱越来越认生，而是身体越来越娇贵了。它需要想象，需要别致、讲究和不同。

景精神不由想起，炕桌上面摞着的那些淡红色的鲤鱼。一天一条，够吃到来年开春了。炖或者清蒸，再随意地吃掉，将带着残肉的鱼骨倒给鸡鸭。这算不算小康？关键是与道德猪，它们是否有内在的关系？景精神想。

鱼是水稻田里养的，它们不是直接游在稻田里，以鱼屎滋补稻秧，而是稻田的中间有一片天然洼坑，头脑有数的徐家辉没有把它填平或者放弃，而是趁村里修路，用两盒烟的代价，找来掘土机挖那么几下子，又从水库买来鱼苗撒了进去。

日子在人设计，事情也在人设计。长大脑和不长大脑不仅是有区别的，而且区别很大。当然用与不用区别也很大。

隆冬的季节，不少农家彻底闲散下来。鸡不养了，猪不养了，嫌乎它们埋汰。不嫌埋汰也不养。防疫若做不好，坚挺到来年春天，一场鸡瘟会将它们全部扫光。刚好开张下蛋，却连一根鸡毛都不剩。

　　本来就是没有账算的事情，因为算账，就更没有办法做了。这样养鸡，就不如想吃的时候买上几只，管它肉食鸡或者什么鸡，吃了后对身体好还是不好。明知道不好，因没有死在当前立刻见效，就当作没有了，否则自家栽种土豆，为什么还要撒上化肥？"土豆干"倒是分开来晾晒的，搁水泥台上的卖给小贩子，搁秫秆帘子上的留给自己。可晾干后胡乱倒几次地方，就把秫秆上的误卖给城里，自己反倒吃水泥台上的了。

　　过去的那些忙，大都误在了烧炕做饭挑水上。相比之下，现在的烧炕还叫烧炕吗？苞米秆子都不打捆，整个往地炕洞里一塞，都是给懒人设计的。若掺点乱锯末子，可以管上一周。若光是碎锯末子，可以管上半个月。而做饭呢，用的是电饭锅和液化气罐，有想法了才掀一次大锅。蒸豆包，撒粘糕，包饺子，让记忆与市场存贮它们吧。至于挑水，屯子里的老井早都填了。家家的小水井，电闸一合，清水会源源不断地喷涌出来。

　　如此而来，剩下的时间干什么呢？

　　麻将整宿地搓，各种影片都看。"滚地包"里的粗口似更有趣，这些二人转草台班子，它们比爱情片更有情节，比大片更热闹。又因其是现场表演，因此更加感同身受，直接而火爆。

　　养猪的农场主们，相比就有些麻烦。每晚不在家里睡，需要和上百头猪们一起。别人可以随意地进城串门走亲戚，他们却不能准时准点地走开。村里传来阵阵的麻将声，村外的山坡上，他们却一天两遍地放牧。相较于每日的饲喂与成车往出推屎，这个放牧就更显其难。既难在气候，也难在坚持。

　　可若陈述如此，办事处的几头"蒜"会说："干什么不难呢？养马添夜草不难吗？养牛见天遛不难吗？养车坏半道上不难吗？"小和珅反驳道："那些马呀牛的，哪个见天放牧了？哪个用得着防疫了？至于养车，凭什么坏半道上，有几个坏半道上了？"

　　又意味深长地说："养这养那的，若是待遇一样，就不如出去当农民工。"

　　的确意味深长，大家都听得明白。这时的社会发展，包工头子拖款不给或携款逃跑的少了。都提高了认识，觉着欠谁都不该欠农民工的。进城打工于是成为可选的了。之所以没成为首选，是因为这时种地也较稳定了。而且舆论又起，都喧嚷要关注他们的家庭生活。

　　以上就引发着景精神的思考。觉着若只是进钱多少的比较，而没有团队精神与文化引领，农场主们太容易多想和被多想。哲学和太极这个老两篇看来要继续讲的，十八荣耻作为老三篇也要坚持不断。经常地开些大会套小会、总会带分会，电视电话会与传达讨论会也更为必要。

总之要带他们走到公司的滑道上来，让他们在设定的轨道上来回地溜。

至于为经济服务的文艺活动，也要坚持不断地搞。

譬如对农场主们虚张声势的采访。让胖瘦编剧眉飞色舞地告诉农场主，他们的事迹及以他们为原型的人物形象，将出现在电视的荧屏上。

可即便注意与尽量把握，有些想到与想不到的，依然像放马草滩上的蚊子，轮番向景精神汹涌侵袭，依然像浅沟中的水蛭，悄悄地、暗暗地张口。

景精神以为，这是符合事物发展的辩证法。

所谓辩证法是，向景精神袭来，也向别人袭来。向景精神张口，也向别人张口。

首先袭来的是老杜的私生活。因为老杜老婆去白头贾家里照料病人去了，老杜耐不住寂寞，如大家预测的，在镇上找了一个相好的。

老杜跟白头贾沾着亲，这个前文已有交代。

景精神本以为这是老杜的私生活，没有理由转变成公共关注。可是相好女人的丈夫在监牢狱里蹲着，而且不久将出狱，它以未来的风险性抵消了老杜现实的安全性，并引起了办事处景秀敏的注意。

不过至此景精神仍不感兴趣，因为早都看遍了。

不过景精神不认为老杜找个相好的就是对自己的模仿。况且老杜未必就没有理由。怎知老杜媳妇在白头贾家里做了什么。怎知老杜媳妇正在客厅弯腰揉面，白头贾的手是否已安抚在了农家妇女的胖圆腚上。怎知老杜媳妇的嘴巴严肃地指出，请尊重我的人格，我到你们家里是帮这个忙而不是帮那个忙的同时，一双长年劳动的红酥手是否已欣然接受了长年握笔签字的细白魔爪。

至于白头贾，也似更有理由。平时既不热心老干部书画，也不顾问各类协会，如此想方设法泡在家里头，请问真的是为伺候一位长期卧床不起的病老婆子吗。

老杜别开生面的私密生活，就构成了日常笑料，给传播者与听取者带来了快乐。

景秀敏快乐地直挤咕眼睛，像猪得了风泪眼。景精神即便不感兴趣，听时的耳朵也不免竖得很高。景秀敏怕他不可或缺的耳朵果真竖成兔子的，就没再添枝加叶，说那个女的某天来办事处了，急迫地向她打听老杜去了哪里，看样子是真的上心了。也没说她当即高傲地扬起长着巨颚的脸——那只好比大刀的螳螂巨颚，可以咔咔地将草斫断，骇得人落荒而逃。

景秀敏更没有说，看着灰颓的逃跑身影她恨恨地想：吓死你，老娘的弃食你也敢捡。

只是所有的快乐均在事情未发生前，之后就没有了。

曾经的快活笑料变成了自我指责的原因和理由。

彼时景精神的手按进裤袋里，内心充满了深深的悔意啊。听到老杜快乐刺激的私生活时如何没迅速反应，如何没想到一个人总共才有多少精力。可景精神真的想分辩，事情虽逃不了干系，但却真的无辜的呀。

景精神严肃地想，一个训练有素的航空战士，是可以一边开飞机一边当狙击手的。虽然它的难度与精准度都不允许心有旁骛，但心有旁骛的却取得了好效果呀……很多心无旁骛的并没有取得好效果呀，因此景精神的自我指责是没有理由的呀。

秧叽秧叽

话还是说回来，或者回过来说。

本已平息疫病的南方，那时出现了新一波的疫情。当然那个疫情，很可能是原来就没制止住的。

景精神并未过于惊慌，因为他不惧怕疫病。一是从哲学上讲，疫病是问题也不是问题，就在怎么看它。景精神学的虽是兽医，却也算医生。是医生就没有怕人得病的，不仅不怕甚至欢喜。尤其是人医，桌子往地当间一摆，活儿来了，钱也来了。二是按着惯例，景精神要给各猪场死亡指标的。不明着下拨，但彼此心照不宣。这个指标是给也得给，不给也得给，因为只有死几个才是正常的，百分百的成活率很难奢想。而若是病因清晰，治疗就是了，不足以交付太多的精力。不是做董事长的没有正事，两万来头猪呢，如何能亲自救治？所以经常是做好批示，下达指示就行了，有下边的坚决贯彻落实呢。

总之猪只死亡的消息，就没令景精神太过忧心。因它未必就比公司的发展大计重要。三年纲要，五年规划，整体布局，总体构架，它们是景精神更应抓好的大事，也包括其他的重要事项和对外交往。

接受纽伦堡国际农业会议的邀请，届时飞往德国开会。

考虑带着农场主代表团出席会议。

预检日本佐藤先生莅临后的诸多事项，必要时提前演练。

考虑对向日葵柳芭销售股份的改造。

股份改造可能是最迫在眉睫的，因柳芭的小孩子生下来了。凭直觉既不是景精神的，也不是那个小荀苟的，当然更不是白头贾的。倒像是北京沃尔玛超市獐头鼠目的业务经理的。就是那个业务经理，最初洽谈时十分无礼地将脚举到了茶几上，并遭到柳芭女士义正词严的喷斥。喷斥是剂想不到的良药，它令獐头鼠目记住了向日葵，并为日后的勾连创造了条件。

看来柳芭是真的准备出徒了，景精神想躲避和她的亲密接触都不必了。因为孩子，最有意义的交合将是獐头鼠目，而那个叫荀苟的小男人，戴绿帽披绿巾挂绿战袍的时候再次隆重到来了。

仿佛呼应南方，又在独具一格，有几家的猪耳朵悄然变成了淡蓝色。像不慎掉进了染料池，或者让恶鬼悄悄掐了几把。

农场主们猜测它们是蓝耳病，和原来的刘桂珍、洪宝昌家猪病的症状一样，几乎可以判断的。便打电话给老杜，向他报告消息。

为什么不向别人报告？因这是老杜的业务。

那么可否报告其他机构，包括新诞生的协会与分会？没有人去探讨，都觉着无须探讨。因相较之下，都觉着办事处靠谱，毕竟它是公司的。协会与分会们说得穿了，更像个华而不实的花架子。

而老杜此时正忙着呢，忙得有些乱糟。相好女人的丈夫快服刑期满了，它起码带来了两个情况：俩人继续还是分手？犯人找上门来怎么办？

老杜知道没有人帮他。倘犯人举刀过来，景秀敏等几个货会出黑手往前搡，让他大胆地挺身迎接。最让老杜难办的是，那女人居然真的跟他好了，铁定了心要跟那犯人打八刀。

而老杜的老婆似有觉醒，正张罗着回家，白头贾的家务再忙也不管了。看来还是跟老杜的劲大。不过种种杂事并没耽误老杜，他不仅及时过来，还迅速做出了判断，指示农场主去县城买治蓝耳病的药。如今办事处也好，老杜也好，都只有处方权而没有进药权。意即无论集体或者个人，都没有权力进药。不过进药的事终将交给协会的，最初这个方向，以后也这个方向，因为它是景精神头脑里的方向。

而既然来了，察看各家的情况也是不可缺少的。对那个让他挠头的相好女人，老杜已暗下决心，哪怕她这面彩旗再飘摇，家中的红旗绝不能倒。带着这样的决心与思考，老杜一连气深入了好几家，看到了不少蓝耳猪。虽不至危及生命，但它们让老杜生发一些感慨。猪如此脆弱，人也只有一生，都要好好珍惜。

因要好好珍惜，便劝大家不要多想。得病了就得花钱，到了这段，它属于不可避免的。蓝耳病的疫苗当然不用说了，稀释用的转移因子一瓶就是两千五百块。多亏用它做稀释，否则一天就不是几百，得干出几千。如此想来，岂非不幸之万幸了？

可是报还是不报，老杜犹豫了几天。蓝耳病或者口蹄疫，说穿了也没什么大不了的，对其要一防二治。农场主们经历得多了，都有相当的处理经验了。而他赴了诊，掌握了情况，还出了药方，在他的手上，就算处理完了。于是老杜选择了不报。

老杜的不报是有社会理由的，那时遮掩与瞒报似乎是习俗，矿难可以瞒报，疫情可以瞒报，江河污染可以瞒报。它们都能获得一定的理解和宽恕。当然有跑路费和封口费跟着。只是无论怎样封口，大多数的还是兜晾了出来。因为纸它就包不住火。但一小部分也真的埋住了，因为最终要看包火的是什么纸。至于老杜，也许没当回事，或者就认为遇事上报只是一种简单的上交，老杜有能力承担并有效解决。

彼时景精神和同志们忒忙乱了，他们忙乱不如老杜忙乱。老杜忙乱是快人快己，直接落实到下半身。他们忙乱是莫名其妙、成年累月，不瞎忙瞎乱就活不下去。

那么此时的景精神，他到底在忙乱些什么？

他在得意、放心而周密地谋划协会成立大会。

那个预想的超级规模的大会，将在年底召开。永县与交县的农场主都要参加，双阳种猪厂的人员也要参加。不说全体农场主，起码一家要出个代表。

地方政府也要邀请参加，它们包括县委县政府、县法院、县检察院、县农林牧副各局，县财政局和县财办，研究哲学的省社科院、省社科联，推广太极的省太极协会也要出面壮威。欢迎省市县的新闻界代表到会报道。

日本的佐藤先生最好能参加。为了迎合他的参加，必要时可将会期提前或延后。提前和延后由景精神的嘴说了算，更由佐藤先生的腿说了算。德国的先生们是不能过来了，但纽伦堡国际会议之后，是可以考虑邀请他们的，而他们也将接受邀请的。

关于那个纽伦堡，景精神确有一份畅想，即带几个优秀的农场主出席。须知那是真出国，它应会引起轰动的呀。

顺便透露一下所去的农场主人选。徐家辉和李满喜只要听话守章，都要列入其中。秘书长老孟不行，因他不是纯粹的农场主，哪怕他有财政的背景，可以承担自身的旅行费用。除非他把几个农场主的费用也担了。景精神的不用他担，但他一定要担，景精神也不反对。

景精神相信，他组织的是旅游形式的考察，不是考察形式的旅游。至于赵红不是农场主却在出国开会之列，那是因为考察过程中需要外语。虽然赵红懂的是日语而不是德语，但日语也是外语。况且赵红还学过英语，简单的英语对话虽不能，个别单词比如 hello、welcome 或者 shut up 却听得懂，用得好，分得清。倘谁对景精神这样说，景精神反应不过来，赵红可以反应过来，并及时有效地做出礼貌的回应或是反驳。

景精神还相信，柳芭若去他们也不能攀比。他们只禁得住一问，跟柳芭比他们多了什么又少了什么，就知道此类想法当有还是不当有。当然生孩子更不应影响柳芭，不管孩子的父亲是谁，都无法阻止柳芭最终成为一位了不起的母亲。

还是说猪吧

几家的猪接连生病，而且病情特征相同，早引起了农场主们的警觉。接着又发现病情特征的不同，既像是蓝耳，又像是感冒，让他们觉出了触目惊心。

于是以往那样，得病不得病的主儿，都不胡乱串门了。包括谨慎的徐家辉和爱说爱笑的小和珅，还有他们的大小姨子。几个人见面都不是在猪场，而是跑到家辉父母的家里。猪场的消毒药也自不必说的，早用上了，用足了。所以疫病莅临时小和珅惊愕地说："万万没想到，大雹子来了。黄面饼子大的雹子，落到我头上了。"

小和珅描述道德猪的霸气："平时它们嗷嗷叫着，跑得一溜烟儿，跟种马似的。"

又描述道德猪的不霸气："现在它们'秧叽秧叽'的，好歹喝口凉水，还能靠上两天。"

这个"秧叽"是什么意思，小和珅也不知道。应是满语，过去传下来的。

发病当晚小和珅便给老杜打电话，并给猪只用些常备药，一点没敢耽搁。

老杜是第二天来的。小和珅说，他糊弄人一样拿出"猪防一号"，跟小和珅说是推广药品，五十块钱一瓶。

小和珅宝似的买了，然后张罗着打针用药。"张罗"又是一个满语词。这个"猪防一号"打完后立刻见效，它让猪跟人抽过大烟一样精神，进圈出圈都跑起来了，那架势很像跨栏。

小和珅由此疑惑："这药这么有劲吗？啥药能这么邪乎？"这时一头猪照他"咣"地咬一口，小和珅大叫一声，并条件反射地抓住它的耳朵。松开手，那头猪仍直起脖子跑。折腾六小时以后，它们都躺下了，扁扁儿地不动。踢一脚，吭一声，最后声都没了。每头一千多块呀，白白地扔掉了。

老杜闻讯赶过来，从别的病发场地。小和珅媳妇很不客气地点评他："你还有脸来，这是治病的药吗，是疯病的药！"

老杜嘴巴吱拉一下："这药你别打了。"

别打不是不打，而是打别的药。可各种药都用了，病症都止不住。猪很快瘦得抽档了，还到处咬。没有屎，乱尿。

这个老杜，早年念过农业高中的。先在双阳种猪厂打针，后来当防疫员，再后来又当了区长。种猪厂有多栋猪只大棚，每个大棚为一小区，负责小区全面日常工作的称区长。

说这些的用意是，即便不内行，起码不外行。并且在办事处工作长了，就算没正经学过，也总能自修大半。果真瞧不大明白，还可以联系专家。景精神早建立起专家库，随时向基地、向办事处提供指导。

这样好的设计，是给防疫防病加了保险的。可一直没起作用，众人把原因归到老杜的身上："没事闷着，一直闷到冒烟了。"

还说他："找相好的胆大，当经理胆小。"

"既怕顶头的上司，又怕底下横的。"

"早晨说的话，中午就转轴子。"

"原本双阳厂喂猪的，当生产经理不懂得，是门外汉。"

都是埋汰老杜的话，大意是说他不能和办事处的任何人比。更别说从日本留学回来，一口哇啦哇啦的日语，至今让人肃然起敬的成阳了。可是成阳远去了，远得不知去向。在大多数人的记忆里，他成为了记忆，相当于活着，也相当于死了。

疾病迅速大面积地爆发了。三天之内，小和珅一百四十九头猪全部得病，一个没落。不光得病啊，最多一天死十五头。小和珅媳妇冲着墙哇哇直哭，小和珅他爹气得直骂祖宗。

看来是瘟灾了。

确是瘟灾无疑了。

小和珅媳妇的心跟着哆嗦。每天早晨不敢直接进圈，需先探头看看墙里，猪又死了几头。小和珅眼含热泪给猪打针,一天两遍,手都打肿了。猪屎蹿到脸上也顾不得擦。照照镜子,脸灰饯饯的,眼窝子都青了。

小和珅说:"猪快把全家人死木了,瞎蠓叮到肩膀都不知道。"

当然给老杜的电话也快打爆了,从早到晚十几个,连急带嚷,连吵带骂。

老杜很是抱屈。他并不是医生,凭什么打他的电话?可以给公司挂,也可以给景精神挂。猪治不了跟他什么关系?他跟猪商量好了,让猪得的?再者那么多的人,谁能说跟养猪没关。景秀敏敢说,还是徐家辉和李满喜敢说。还有秘书长老孟呢。爱找谁找谁去,他老杜还就不管了。

但农场主们就是找老杜,咋的吧,得着这口了。淹死鬼似的,箍住他了。

老杜快被箍蒙了。对于箍人者,最好的办法是打昏,打昏的办法就是关机。于是老杜关机了。

若是成阳在就好了。怀念成阳的人这个时候想,就事论事的人这个时候也想。可成阳走了呀。有人平时装惯了,不肯留住人家,结果怎样,自己配药自己吃吧。

若不论其他,都不如起用丁文福呢。

起用丁文福都比这个老杜强。

丁文福是怎样想的呢?

好热闹啊,真是热闹。

热闹这样的辞藻,丁文福并不想用。毕竟是一天天看着猪死,毕竟猪死得都成堆了。可不叫热闹又叫什么呢,叫不热闹?

眼下猪的价格仍在走高,这些未出栏的猪可是值许多银子哩。为什么猪贩子层层地围上来,苍蝇似的盯着?以为这些腌臜货是盯着肉吗?不,他们盯着钱哩。

景精神有钱,不在乎这点银子对不?那么景精神敢不敢说他不在乎希望?敢不敢承认,死去的一层层的猪,正在剥去他的一层层希望?

他们都希望丁文福有事吧?可丁文福的猪没事。一直很平稳,一头也不死。若当初的闷圈事件没发生,就相当于太平无事。老丁家的猪槽子好啊,老天真是有眼啊。

可若说不惊恐,怕也不可能的。疫病袭来了,只要猪场里还养着猪,就没有不惊恐的。丁文福的猪只相对来说更多,应该说更惊恐。而且他的心头,就不止这一层惊恐。

丁文福深刻意识到,家财万贯,带毛的不算。跟这些猪屁股后边,捡到的只能是猪屎，而不是鸡蛋鹅蛋，或者鹌鹑蛋。

对于计划中的想法，丁文福本有一丝犹豫的。不看景精神还看道德猪，不看社会主义新农村，还看曾经零距离的王文艳。可王文艳与景精神什么关系？就别自作多情了。试问景精神把饲料厂给王文艳了？让其占有股份了？没有嘛。况且就算给了大姨姐王文艳，跟他丁文福有一毛钱关系？一毛钱关系都没有。

人不为己天诛地灭，这是屁话对吧？可上至富豪下至百姓，哪个哪天离开了？若有一天离开了，第二天都加倍地找补回来。当然景精神这种二货除外。

此时猪肉的价格更高了，尤其素称有机猪的道德猪。

而瘟疫的趋势因无法控制，听起来更加惊心动魄。

一个肾和半个肝

公司不是不指望，是指望不上了。

那些省管专家都是树丛的麻雀，没事瞎喳喳，有事秃噜飞了。果真提出方子，不是看不透彻，就是头疼医头、脚疼医脚。

逼着小和珅找自己雇的名医了。这个小鬼头，舍得让利，也算得过来账。只是为什么不早找？只是为什么要早找？撒手锏总应最后撒的，有没有效全指望它了。

从外县赶到猪场的名医，手脚麻利地割开一头活猪。这可是活体解剖，太残酷了。大恶是为了大善，所以猪啊活活对不起了。

名医取出一个肾和半个肝，血淋淋地拎着它们，皮影似的走了。

小和珅心想，知道这个不如拉两头送过去了，既抢出了时间，也省得名医费事。不过这个亲临终是必要的，因到现场后才能决定活体解剖。小和珅问名医，用不用解剖第三个乃至第五个，到第十个也行。因若不找到病根，这些不进食水直打蔫儿的货，几天之内就得蹬腿儿。可名医只肯解剖一头，而且只要躯体里边的下水，下水里边的两样。

解剖到第二头就是屠夫，而不是名医了。

小和珅媳妇埋怨她家的佛不保佑，并把这话跟徐家辉的媳妇说了。话传进家辉娘耳朵里，家辉娘直言不讳地当着家辉媳妇批评她姐："佛哪有不好的？信就好，不好就别供。平时上香都不虔诚，脸不洗算了，手总得洗吧？还有那张骂人的嘴，和小和珅说好就得腻死，说骂就揭疤癞。那还是嘴吗？小和珅他爹都说，能过就过，不过离了算了。"

把个修养深厚的人，给逼到了这个份上。

话传到小和珅媳妇耳里，小和珅媳妇不禁脸红发烧。无意中给家辉娘说中了，平常两口子做事总不背着佛，不知最低起码拿块红布遮挡一下。结果咋样？他家的猪就出了疫病。

转念想这话也不全对，甚至就不对。洪宝昌连婚都没结呢，可上次口蹄疫在他们家闹得多凶，蓝耳病也沾上了。

而这次呢，按说他该躲过去了，干啥就没有可着一家的。可是照样卷土重来了，比小和珅家轻不到哪去。猪刚进圈就死五头，活体解剖了三头，哩哩啦啦的，啥病也没看出来。最严重的一天死二十六头，景秀敏都惊动了，再不管谁的权限谁的范围，亲自进到猪舍里查看。只见黑乎乎趴了一层，都是给活活饿死的。景秀敏进去一句话没有，出来也一句话没有，只是眼睛红红地看着洪宝昌的父母，顺便劝他们节哀保重。

刘桂珍家虽没躲过，不过还好，死的不超过十头。也不知咋整的。刘桂珍死一头猪号一场，整天着素，带彩的衣服都不穿。倒是刘桂珍的熊老公听得烦了，骂她道："败家娘儿们，你爹死也不带号的，猪死你号上了。"刘桂珍抹着红肿的小眼睛，理直气壮地说："猪就是我爹，咋的吧？"

此话因为恰当，被景秀敏听了去。她理了理粗硬的鬓发，准备作为素材，有朝一日郑重地向景精神反映。

而老杜呢，再出现时居然没骑摩托，而是没心没肺地开着二手小轿车。看来出狱犯人的事情解决得较好，经济上也没遇到太多压力，起码不似农场主这样悲惨。

小和珅媳妇瞄眼小轿车，诚恳地告诫他："你开车也得撞架翻车。"

拎走下水的名医，晚上不到九点就打来了电话，麻利地告诉小和珅：百分之二十的蓝耳病，百分之六十的猪瘟，剩下的是附红细胞体。

小和珅有些傻，问什么叫附红细胞体，是否从南方来的。又问猪得这奇怪的病，是否有救了。

名医仿佛站立病床之前，周围摆着许多绿叶黄花。他沉痛地低下头说："猪的状态非常不好。"

小和珅慌慌地说："不用担心接受不了，告诉我，能治到什么程度？"名医沉吟一下："大保证没有，不过不能死绝了。"

听见小和珅的哭腔，名医继续沉吟道："能让你保住一半。"看不白看，接着开了三样药，算是小偏方，让小和珅去抓。

见小和珅稳定下来，对病情接受了，名医告诉小和珅："这是道德猪，若果是普通白猪，很有可能净圈了。知道什么是净圈吗？"

小和珅听得阵阵冷汗，决心把诊断埋压下去。小和珅再不能用血的代价，换得别人的知情，虽然以前也不曾有。

而名医所言果然不虚，因为收死猪的贩子们也提供反馈了："这批道德猪果然皮实抗造，普通猪场养五六年的老母猪，肉皮子刀都割不透，却也不到两天就死了。这些道德黑猪能挺到这样，佩服。"

然后不要脸地问："还有没有死猪了？"

那时景精神拉着省管专家终于赶来了。他一拍大腿夸张道："我太官僚了！"

话里话外的意思，原来他是官噢。

而一拍大腿呢，则表示他的懊悔不迭。

景精神撸搭起了姜黄脸，不知何日何时才能开晴。

他自己都不知道。

撸搭脸是有根据的，不开晴也是有根据的。这个不开晴，老杜、景秀敏、办事处，甚至刚搭建的协会都有责任。

只是对于协会，景精神有些说不出口。

五脏六腑的某一块，在隐隐地痛。

来自贝加尔湖的冷空气，它的阴影在飘移。

禁不住一问的是，协会的秘书长尤其是分会长们在干什么？即便疫病防治由办事处做，仍让人感到有所或缺。

它们到底是不闻不问，还是相对麻痹？

是不大想管，不大深管，还是压根不想管？

就需想上一想。

当然对于它们，对于所有的人，理由都会多得很。可说伸手就抓，俯身即拾。譬如如此他们不能也不想僭越。譬如说开会就开会，说进城就进城，吆喝来吆喝去的，却至今未给开支，没见到所说的一分一毛。

这样理由景精神都能接受。

景精神不能接受的是，骨子里把这个看成了试验，或者样式。

至此景精神不得不承认，办事处才是家喻户晓的"正桩儿"。开工资，有专干，成熟的经验做法，遇事让大家指望。而这个协会或者分会，目前为止，它仍是个新鲜玩意儿。

是的，它总应干些什么，可它什么都没干，没榨出他们的油来。

景精神马上批评自己，他们不是办事处，也不是你的员工，你榨取他们什么？他们能供你榨取什么？

你不是信仰哲学吗，此时就要使用你的哲学。要坚信凡事有个过程。既然有办事处存在，就要理解人家的指望。既然明确了办事处的负责与分工，就要理解并原谅协会乃至分会，分会乃至协会，如何没有一个请示，一个电话，一声报告，一封十万火急的鸡毛信。

虽然曾经的时候，你们团团坐到了桌子旁，往水杯里注酒。伴着乡村的淡淡月光和一团山风，一觉睡到天亮。

而丁文福呢？那么丁文福呢？

顺便透露一下，就到了他丁文福作出决定的时候了。

而那个决定，又岂止一朝一夕，也许早就想好了的。

生猪贩子不是问题，即使没有上次的闷圈，也可以迅速联系好的。谁的心眼一活，不待农场主表露，猪贩子已然嗅到，并追逐了过来。

秃鹫啊。

敞亮的收购价格，比卖给公司的高多了。

斜疤歪眼的贼们。

这片地皮上，谁能对付这些地癞子？是他丁文福。谁敢横刀立马，面向刀丛觅得小诗？仍是他丁文福。

第二十一章

楔子头

公司的高层几乎倾巢出动了。他们面色如此凝重,脸上长满了火疖子。针尖一戳或者手指一挤,渗出的不是细血珠,而是一摊又一摊的黄脓水。

景精神一语不发地走在楔形队伍的前头,做楔子头。

他手拎个兜,穿着大靴子。大靴子要穿的,有它不必考虑猪屎和猪尿。兜也要拎的,里面除了茶杯、本子、笔,还有一次性的替换裤头。这些都是形影相随方便要用并且可能随时要用的。人生的许多阶段,景精神展现给世人的,不仅是约见贵宾时的春风体面略具媚眼,会见同行时的冷峻自尊,更多的是手拎兜子衣装简素风尘仆仆地行走在乡村大路上。

作为一个人的内心及行走姿态,可以印张邮票,在公司及永县的范围内发行,并供部分猎奇邮迷者收存。可惜没有人批准发行,也没人张罗操盘,而景精神又不肯出钱。景精神不喜欢宣传,尤其这种明星填塞式的宣传,堵得慌。景精神喜欢的是海上冰山的范儿,即露出三分之一,让大家品三分之二,可称之为"景氏宣传"。只是身后如何跟着几个死猪贩子,耗子似的。就让人想到,要掉队的野牛还在向前走,狼已跟上来了。食鲜的鹰、食腐的秃鹫都赶来了,在林梢张开翅膀,缓缓地盘旋。让死亡的气息如影相随。

景精神不嫌晦气,也不管晦气,管也没有用。无论在乡村的大路,还是纽约城市的第几大道,没人规定他的身后不能有死猪贩子,也没人规定死猪贩子不能尾随在他的身后。董事长不是皇上,起码死猪贩子这样认为。景精神也这样认为。虽然景精神在村屯里出现,农场主们像见到了阔别多年的父母、资质良好的倾诉对象、明确直指的冤大头或债主，但景精神先生是理智的，他一不当皇上，二不把自己当成皇上。

皇上算什么，景精神愿意当神。凭借神格的光亮，把死猪贩子驱进暗影，把他的团队、他的农场主、他的道德猪烘托进朦胧温馨高耸清冷的光影中。

小和珅媳妇戴着口罩，手拄铁锹，站死猪堆里迎接他们。头晚猪又死了十二头，还有三头干喘气站不起来的。外县名医的偏方刚刚用上，效果如何尚且难知。

小和珅媳妇面容呆滞却目光如炬，见猪死这么多，景精神先生却仍举止得体不温不火，已然生气。所以及至问她用的什么药，早气冲冲地走到墙角，拎出两个装化肥的塑料袋子，哗地兜底一倒，各式的包装针剂，跟头把式地翻滚出来。

景精神忍不住摇头："有病乱投医啊。"

景精神惋惜兽药的耗费，小和珅媳妇听来却不对味儿，不啻舔舐到了脚后跟上："问是啥病你们不说，问买啥药你们不知道，可不有病乱投医，不有病乱投医咋整？"说完摘下口罩抹眼泪。咦，抹眼泪还用摘口罩吗，只因泪珠儿滚滚地流到了鼻洼鬓角。景精神最怕鼻洼鬓角了，忙放下架子，京戏小生似的相劝："不要上火，不要上火嘛。"

小和珅媳妇大声吼哭："五年的钱都投上了，全部的家当呀，白干了。这日子咋过呀！"

景精神眼圈一红，放硬道："事情已经发生，愁得过，不愁也得过。有我景精神在，就不会让你们倾家荡产。你计算一下死了多少。"

小和珅媳妇涂抹眼角的余泪："多少？三天走四十四头。"

即便有所准备，闻听此言仍不免惊讶。景精神再次失禁道："哎呀，我太官僚了！"

此时声音又好比是粉妆彩饰的京剧武生，披挂齐整，直跌入陷马坑中。

景精神立刻明白了猪只的总体损失。若有可能，他才愿意大放悲声，甚至跪地号啕。但那得站在山尖对月亮，或者游弋在村外的野地中间，绿茵茵的目光瞄着屯子里的牛与羊。牛不可照量，但羊是太好擒捉了。

小和珅媳妇，她有自己的眼泪，不需要别人尤其是董事长的眼泪安慰，包括任何董事长不甚宽广却比小和珅更有型有款的怀抱。

她扬起头，仇恨地指向老杜："你啥也不是。猪病成这样，你干啥去了？电话左打一遍不通，右打一遍也不通。"

小和珅媳妇说老杜，周围的人面子却挂不住。老杜面子更挂不住，本可不屑争辩的，此时却驳道："这不在解决吗？公司这么多领导都来了。"
　　小和珅媳妇对付景精神，小和珅收拾老杜，两口子分工协作。小和珅毫不客气地暴损老杜："解决个屁。我问你，猪得的什么病，你现在就告诉我。"
　　忒没礼貌了，还背十八荣耻呢。老杜不禁支吾。他肯定说不出来，谁都说不出来。但现在说不出来，就成了他的错，连景精神都这样认为。
　　于是猪场的现场，针对三头干喘气站不起来的猪，省管专家剖开了它们之中的两头。还想接着剖第三头的，毕竟取证越多，判断越准。可是死猪贩子在外等着，若接着再剖，怕影响小和珅的收益。依小和珅的德行，也可能处理成好猪呢。于是尽量肯定道："猪瘟的迹象不大，主要是附红细胞体。"
　　接近真理的结论，徒增了小和珅心内的鄙夷，又陡添了私下延请名医的庆幸。至少早知道两天，也早下手两天哩。怪不得国内外都有私人保健医生，看来是有其道理的。
　　去刘桂珍家之前，景精神做了一件出乎众人意料的举动。他站在小和珅的猪场门前，猝不及防地向全场深深鞠了一躬。他脸色凝重，好比当时联邦德国总理在犹太民族墓碑前的一跪，替他们的先辈也是替他们自己赎罪。他低沉无力地说："我代表公司向受灾户道歉，请你们不要上火，相信最终会尽力解决。"
　　景精神保持猫着腰，扭脸对老杜说道："杜经理，你应及时反映这件事情。"围观者本希望景精神此时咆哮的，可景精神并没有咆哮，而只是一句普通埋怨的话。不过围观或随行的知道，这句话够重也够用了，因景精神从不明说和直说。这一句饱含太极精神的刚柔话语，应该说它蕴含了横扫千军的壮力。

　　众人都知道刘桂珍的特殊。她长年因猪因人因钱因怀疑，遭受到各式各样的家暴，有的是她不喜欢的，有的呢，是她喜欢的，众人便不提倡景精神探视。景精神是海啸，却何必到处涌浪，是春风，却不宜各路跑骚。选几个着重点足够了，情况如此大同小异，不信刘桂珍会别出心裁，提供出一份花柳病让景精神沾染。能耐的她。
　　景精神却不同意。对附红细胞体的摸底意识和对世间万物的伟大博爱，远远超过对刘桂珍丈夫的顾忌。所有的流言与狎语，奸情与猜测，都让他置之度外了。只是没有想到，一行人抵达刘桂珍家的猪场时，刘桂珍丈夫竟猥琐得不肯出面，见光死一样躲进了角落里，后来经过说服，才缩脖鸡般的终于上前了。把个刘桂珍怜爱的，就算是丈夫要剜了她的心吞下去，她还得来上一句：当家的，别噎着了。

更让景精神骇异的是，当着丈夫的面，刘桂珍对公司的人，包括景精神及办事处的一切工作者，没有感激，没有惶惑，没有泪光闪烁。而是展露出女农场主常见但作为她来说难见的坚毅泼辣。似可火中取栗，又可从容赴死，还可忍痛盖住油锅，若当锅里的油燃着喷火的话。总之特别地凛然超越，一腔再苦再难也要活下去的勇气。

景精神知道没事了。即便有人随猪而死因猪而亡，那个没出息的人既不会是刘桂珍丈夫，也不会是她刘桂珍。

想不到要求赴亡的是洪宝昌。他带着哭腔对景精神说，他的猪快要死光了，一百头死六十头，赔了三万元。说到三万元的时候洪宝昌失去了控制，带着酒劲猛烈地大哭起来。若坐在地上就会蹬腿，之所以没蹬腿是因为站着。就搞得众人很震撼，比见小和珅媳妇的泪光还难受。景秀敏都快放下女组工干部的架子，去怀抱洪宝昌，并给洪宝昌小弟擦鼻涕了。

见多识广的景精神知道，别看猛烈如此，倘明确补偿或给上两块糖，洪宝昌立刻不会赴亡了，而是破涕为笑。于是景精神不想再说了，先让他哭或者赴亡吧。

这正如小和珅私请兽医的事，早传进景精神的耳朵。对此做法景精神不支持也不赞成，不提倡也不反对，但多少也有些不愉快。咋的，信不着谁，分明在说公司的医治工作没到位嘛。倘住进北京的协和、三〇一或者积水潭，不信还有谁另寻他治。除非转机取道，去美利坚、法兰西或者四周被海洋浸泡的夏威夷。

有烟吗，来一棵

乡村的积雪很大，村屯就不像是村屯，像散落在原野里，专供打炮的古墩台。光秃秃的背景下，丁文福气派的两栋大猪舍，就把他院子里的正房给淹没了，把村屯里的其他房子也给淹没了。猪舍成了大殿，其他房子成了点缀或者陪衬。丁文福果然把资产都押上了，不过这个不能去想。需要想的是，如此硬件放在他人手里该多好。

可惜事不由想。

一辆运输卡车大摇大摆地横在丁文福家后院的大门前。静寂的村子里没有轿车，也没有其他卡车。村子任由这辆可以挡住别人又不会挡住别人的卡车，显眼地矗在那里。

两条大狼狗凶狠不安地吼叫着。院子里面听不到任何说话声，也没有猪叫声。猪们的躁动被砖墙和塑料布严实地遮住了。结实的铁门上有个小方洞，可以将手伸进里面。景秀敏大起胆子往里看，只看到一条裹着皮筒的腿，金针菇似的长在墙边。只一雾就自动采摘了，摘到房屋的后面，肉眼看不见的地方。

真理肯定在公司这边，但真理持有者感到了害怕。柴师傅怎样，太极功夫高强不？此时也远远地闪开了，直让无奈大胆上前的景秀敏瞧不起。多少次景秀敏对柴师傅寄予厚望的，认为他是秀敏敢死队的重要环节，承担景精神殷切期望的中流砥柱。可多少次了，砥柱变成了渗汤泥柱。泥柱的柴师傅啊，景秀敏越来越看透你泥的本质，你是真疲软啊。老杜治病防疫没胆没识，可他终究还有个色胆。可你柴师傅呢，连个色胆的资格都没有。

月黑风高。风声阵紧。狼狗嗥叫。

考量一个战士意志的时刻正在到来。

想想西南的革命英烈江姐，想想东北的真理坚持者张志新，景秀敏挺着胸脯毅然接活了。她壮起胆子，将铁门拍得嘭嘭山响，扯开嗓子对里边喊："喂——有船么——"

她要找丁文福，研究研究工作，估计估计产量。

即便丁文福搞恨屋及乌，因景精神而迁怒景秀敏，总不能对估计产量给予拒绝吧。他可是原大队书记呢。真若扮嫩装羞不肯下手，英勇的女流之辈就要扯开偏襟，给他来个主动。

应该说，景秀敏对此蛮有把握。

盯梢丁文福的线人，到底是景精神还是景秀敏布置的，这是个无从知晓的秘密。因景精神在任何场合只字不提，景秀敏则故意杯弓蛇影。它们阻断了人们的各类猜想。据说确有几个神秘线人，特高科一样和景秀敏单线联系，可他们之间又确没有联系。哪怕咫尺对面，却谁也不知道谁。以其隐秘保证了敌中有我，我中无敌。

知悉了情报的景精神，当时真的是抓心挠肝呀。真是心黑，简直在整事呀。是狗改不了吃屎，一贯地乘人之危呀。白瞎了以前对他的信任，简直在给优秀的村组干部抹黑呀。

因为一边撒尿一边想，便池里显出了丁文福的幻影。景精神给吓上一跳，这个时候都跳出来跟他作对呀。前列腺炎患者景精神先是躲，后来一咬牙，索性将半泡干黄尿坚决使劲地尿出。尿死这个幻影！尿完的时候还使劲抖了几下，只可惜没抖出尿，而是抖出了尿颤。

被召集来研究对策的白头贾关怀地看着景精神。景精神在白头贾关怀的眼光下，心事重重地呼出了一口气。烟本来已经戒的，这时却神不守舍地问："有烟吗，来一棵。"待一旁侍立的柴师傅找出烟来，却又面色疲惫地说："不用了。"

面色疲惫的景精神，切实感到了六神无主。

起码有些个六神无主。

是因为猪们发生疫情，或者小分队去制止某种行为而无主吗？非也，消息传来时，神可能走了，但主永远在。

那么为何面色疲惫？又因何显得六神无主？

忍不住地自羞自责啊。

景精神曾经以为，他是多么英勇的将帅。刀光剑影变幻莫测的战场上，他就是身处刁斗镇定摆旗的指挥，手持画戟巍然阵前的大将，独坐城门观星摇扇的智者。可如今呢，却徘徊于问题之中而百思难解。

最盘旋于脑海并令他陷入构想的，是诸种情况引发出来的，一个低于宗教哲学而高于物质形态的问题。一个起于根源又突破根源的，因而可追溯到根源的根源的问题。

也即母问题。

有人称作母题。

额头一阵阵的冷汗，肚肠也咕咕地叫。

直到重新坐在大班台前，啜饮赵红细心沏来的暖胃红茶，而不是平时常喝的绿茶，脸上的呆滞才渐次退去。细长的豆角眼放出活润的光，一张姜黄脸逐渐变得线条柔软、颜色生动。

本次猪的疫病从哪里来？是从疫病而来，还是从人而来？事实正做出良好的验证与回答。

规则中的人和人对规则的遵守，越来越显得重要。它无疑在提示景精神，接受规则和自发执行规则的人太重要了，督促规则的人也太重要了。

依靠一两个人的尽职尽责来实现对规则的遵守，可能是最简单的，简单到晴天朗日下的马放南山，而不是七米大风中的浪遏飞舟。依靠几乎所有人的尽职尽责来实现规则，才可能是最难而必须实现的。因它承担着公司的救赎，是有机产业的必由之路。

那么怎样实现几乎所有人的尽职尽责？景精神心中早有了答案，只不过越来越不敢硬气地说。怎就不敢硬气地说？因为不想硬气地说了。不是害怕了，而是成熟了。

几根白毛

　　景精神感到了层层的灰，也感到了湿漉漉的冷。这个灰好比景精神的心情，而湿漉漉的冷，冰雨一般，让景精神感到了无处躲藏。

　　昨夜与王文娟并没有淘气，淘气也只是习惯性的"逗试"。不逗试睡不着觉，逗试也没浪费身体的任何指标。至于今番肚子咕咕叫也好，冷汗直劲儿冒也好，又灰又冷也好，它们都说明的是心情，景精神这样以为。

　　出了疫情，农场主们跟他嗷嗷叫，仿佛他是救世主，要求他做救世主。可谁来做他的救世主呢？他只有勠力前行，做他自己的救世主。

　　老杜不值得想的，已经自动蔫退了。事情至此，白头贾不会说话，老杜老婆也不会要求白头贾说话。所以仍旧提及，是因为有人据此想起了成阳。尤其徐家辉、小和珅、洪宝昌几个当初就跟成阳好的，鼓吹如果成阳还在，病不可能到这种程度。而一些病倘发现得及时，莫说这药那药，青霉素就可以修理。话里话外，就直指公司的用人和没人。

　　可是成阳怎么走的？不是规定所迫，而是公司太能装。丁文福可以进药售药，成阳就绝不可以。多亏成阳把药推给卖兽药的，否则就算掉进债务的大坑了。

　　可是事实就没那么严重，若进的是真药，怎会推不出去？凭成阳的精明头脑，又怎会推不出去？

　　而且倘真的推不出去，又怎知景精神不会伸手？一切情形只是不说而已。

　　况且后来给成阳机会了，让柳芭出面挽留了。至于成阳决意离去，那是腿长在了他自己的身上。景精神没办法管到成阳的腿。

　　可是何以对老杜的不满越多，对成阳的呼声就越高？小和珅还提供了成阳的电话。见公司的人有顾忌，不肯要，小和珅就说，他私下聘请名医是因成阳的指点，是成阳告诉他眼下的形势，应该个人聘请名医，并且聘请哪个名医。

　　仿佛一场疫病之战，已由他料到了似的。

　　如此想起来警醒，还是后怕。

　　景精神思忖半晌，主动给成阳打了电话。景精神怎知成阳的电话？成阳已换号了的呀。可农场主们又怎知俩人的偶有联系？成阳每年都要电话问候景精神，并且聊上一句两句呀。只是一当亲自试探延请，成阳立刻毫不客气地开了高价，仿佛等着这一刻似的。令景精神好生不快，觉着碰了一鼻子灰。

可是成阳凭什么不开高价？连续出问题后，猪成批地死，下边都乱了套了，这才显到的他。想当初蛤蟆塘、大岔及永县基地的开创有多难，在丁文福会长的负责下乱成了什么样子？是成阳接手后才逐步捋顺的。重臣啊！如今再次不成样子，又找人家收拾残局了。岂止收拾残局，相当于重整河山。那么就钱上找补吧，也不需太多，顶上每年卖兽药的就行。

就料想景精神会无法接受。祖国需要，成阳应义无反顾，景精神要的是这个概念。可景精神不是祖国，也当不了祖国呀。若景精神是祖国，要命成阳都给。

那么斗争最前线的一行人怎么样了？

虽然是大白天，他们的眼前，却仿佛黎明前的黑暗。

他们的心头，有军鼓在敲。

临战的时刻到了呀。

终于有人开门，刚刚推开门缝，景秀敏毅然昂然地走进。豁出去了。有法院的相关人员后面跟着，怕啥的。还有一个箭步可冲到前面，主要是挡住景秀敏身体不受侵害的柴师傅。当然此为景秀敏的想象。屋子里收拾得空荡荡，显然可以随时逃跑的。确实的狂命或者亡命之徒啊。可他是张喜吗？他能做到张喜吗？不能吃亏不肯受屈又不愿付出的，他到哪里能够好使啊？当然他到哪里都可能好使。景秀敏这时扭过头，就看到丁文福鼻孔里，寥寥黑毛中的几根白毛。大岔村前书记的鼻毛原来都白了，眼泡子也肿着，脸粗糙发青。庄重的景秀敏心头一软，不知这个"还愿的"经历了多少的彷徨与徘徊。景秀敏不知道，也永远不能问。

景秀敏告诫自己，丁文福不硬，景秀敏也不必硬，甚至可以软。好孩子是夸出来的，好丁文福也是夸出来的。夸人还不会吗？只要闭上眼睛，把丁文福想象成景精神、成阳或者白头贾就行了。谁在意他们的区别？他们能有什么区别？

景秀敏闭了闭眼，咽了咽唾沫，盘算了一下自己。若让夸赞涎水一样汇聚，流淌成为潺潺的小溪，不信丁文福还有什么可说的。他真若想说，就更下死力夸。让浸润的小溪欢乐暴涨，让欢乐的河水淹没了他也淹死了他。

总之站在叛变者丁文福的大院子里，在掉脑袋或者可能掉脑袋的关键时刻，景秀敏忍不住地思潮涌动，心里不禁发问，景精神先生为什么不来，躲危险还是躲清闲呢？

景秀敏接着批评自己，有这样臆想董事长的吗？试问美国惩戒伊拉克，美国总统去了吗？去个女国务卿就不错了。景秀敏愿做那个女国务卿，敢于站队，敢于分担，尤其敢到丁文福的院里分担。因为除此，她不知还能分担什么。除此的那些，都让那些水性杨花的女人给分担了呀。

回顾桩桩件件与一路走来，她真的骄傲啊。几乎所有的打家劫舍都让她给主持了，性别像是与事情整反了。可她不如此谁如此？一股英雄末路的悲壮，彼时就涌上胸口。尤其进到猪舍巡视时，胸脯子都哆嗦起来了。

她时刻准备牺牲。虽然她知道任何牺牲都是可以避免，积极争取都争取不来的。

柴师傅终于说话了。这个貌似迂腐的二货，故作天真地问丁文福太极坚持得怎么样。这是多么荒唐啊。不过这个荒唐可能是有理的，因为它是诗歌的引子。

柴师傅果然作诗般地问，外面停着的卡车是不是丁文福新买的。连景秀敏都知道，这是个虽力求但不可触摸的敏感点呀。

丁文福果然并不确认，反倒是他干丝瓜一样的瘦高老婆说，那是邻家亲戚的车，停在门前已两天了。

看看，邻家的车，停在了丁文福的门前。

柴师傅似乎满意这样的回答，景秀敏却觉出了不是人话。看来还得景秀敏套，柴师傅在这方面怎么讲，太小儿科了。那么且看景秀敏是怎样"鼓涌"的。

景秀敏跟领导视察似的，伸出食指而不是中指，亲切而居高地点画："这边的顶棚坡度太低，那边的跨度应该加大。这个扫帚啊，一定得先扫猪窝再扫猪食，最后再扫猪粪，绝不能扫完猪粪再扫猪食。"

景秀敏泼辣有力地指导。"这不仅是尊重动物的问题，它涉及个人的环境卫生。就好比手纸的使用，"她负责任地看干丝瓜一眼，抹脸造道，"应是从肛门往后揩，而不是由肛门往前。"

对于干丝瓜的干皱眉，景秀敏视若无睹。不过丁文福的脸红了，继而呼吸粗重。景秀敏得意地耸了耸胸脯。仿佛眼前是繁忙的湖上冬捕，原来是白茫茫的冰面，现在凿出了冒着新鲜水汽的冰眼。下步若是顺利，就可以马踏冰面，拽网出鱼了。

丁文福的手里白光一闪。景秀敏虽不会武，也不懂太极，轴实的手臂却迅疾闪开。可定睛再看，那白光却只是一支烟，而不是突兀的一劈掌或一刀片。娘希匹的，不如接招或者出招了。

说到烟，景秀敏忒喜欢了。她坚决反对细长红嘴的女人烟，明确喜欢粗鲁雄壮的吕宋岛大雪茄。那种燃了熄熄了燃的大家伙。此白光烟虽然不是雪茄，但可以权当雪茄的,而丁文福的大雪茄既是缓解气氛,也是可以渴望的,于是就迅疾稳快地接过了。若是比武较力,此时就算接招了。若是以表意愿,就算万福或者屈礼了。

此时的胖瘦编剧两个人,正站在那片寒风凛冽氮肥丰富的稻田地里,跟景精神通话。以编剧专家也是文化大家的判断,报告丁文福私自售猪如何无以进行。起码在这天无以进行。我方如此重视且大义凛然,丁文福受到了震慑,因此请尊敬的景精神董事长阁下放心。

董事长阁下听后不仅放心,而且感到了高兴。该咋是咋的,健康活泼的道德黑猪,它们再也不能出现闪失了。前方市场等着它们呢,广大客户等着它们呢,景精神新一轮的价值和希望等着它们呢。

当然这样的事情景秀敏尚未得做,胖瘦编剧却抢了。

不过他们也有资格汇报的。因为公司的一行人与他们相比,真的是丢脸呢。说句公平话,大家如履薄冰的样儿,就不如随行观察记录历史重大进程的他们。

编剧们早想好了,恶狗怕啥,伸出一条腿够它们的。咬完就去打血清。

景秀敏聚起眼光盘点,忽觉出这两个家伙的可爱。以前没往这上想的。历史最紧要的关头,忙里偷闲地想上一想,觉着真挺好玩的。那个胖的,体格健壮却不患"三高";那个瘦的,行走坐卧彰显出良好的"功夫",堪比"绣花柴"呢。景秀敏扑哧一笑,以后就叫柴师傅"绣花柴"吧。"太极柴"没叫过,也不打算叫了。柔中有刚的修身功夫,这家伙是做不到了。

电光石火

一场兴师动众的折腾以后,丁文福似乎消停了。他敢怎样呢?不占在理上嘛。不过仍需严密监视,观测他的新动向。

因考虑从内心深处解决问题,景秀敏他们希望景精神约谈他,从思想上解决他,景精神以为然也。

可为什么又不予约见,因为景精神暂不想见。如此这个人真像个蛔虫,它生存在景精神的肚子里,让景精神如影相随,却见他就得打药。

不过这是对他,对待别的农场主,景精神可以踏访慰问了。大事要事的关口,景精神是需要退后的,叫作坐镇指挥。可大事要事过去了,就到了景精神总结大事要事的时候了。

知道徐家辉的猪只没出问题,景精神的心里稍感宽慰。到底是选任的分会长，懂得科技，猪也养得清醒。可是徐家辉猪养得清醒，别人养得就不清醒吗？进猪时各家都是二十多万哪，两捆半大钞往桌上一放，谁的心里不突突？刘桂珍每天给猪挠痒甚至不惜按摩；洪宝昌脚飘吧，猪有了毛病哪儿都不敢走，赶上伺候月子了；小和珅的猪场，防疫员进来都得先消消毒。如此一想，猪只得病的原因就不只是技术。那么具体的原因在哪儿，它需要景精神做出迅速的判断。

这个判断将是王八下蛋的沙坑，虱子产卵的缝隙。

景精神捋着徐家辉的猪只琢磨。令他的脑海电光火石般灼亮的，不是徐家辉的猪只没有受灾，而是徐家辉的猪只早抓了半个月，比群发病的那些。

也即是说，与闹灾的猪不是一茬，所以他才经管好了。

景精神敏感地意识到，群发病情可能与受灾的商品猪户无关，而与实力充足的种猪户有关。种猪户们喂羔料，调高温，只管自己省事，贪图猪羔速成，然后往商品猪户那里一交，来个一推六二五。景精神想起了带病上岗这个词，同时感到心痛，恨恨地想起了地沟油、问题奶粉。种猪户肯定不是地沟油或问题奶粉，应该说不待他们是，景精神早就出手封杀了他们，让他们彻底消失于人类社会的各类生产，除了因维持自身而进行的拉屎撒尿。可是所谓杜绝或者封杀，说到底只归于一厢情愿。试问景精神能封杀什么？谁又是景精神封杀的？这些乍富的富人们，景精神压根与他们不亲。虽然他们从未参与地沟油或者问题奶粉，或者以前参与现在洗手了。但参不参与、生不生产的，景精神对他们都不感冒，因为除了作秀与捞取更大的噱头，景精神就看不到他们的任何公共意识，更无须说担当。这些上了公交车就催喊快走的过客，这些进了笼子就往出推猴子的待宰猴子，这些稍有了钱，就急不可待地为富不仁的人。他们做的第一件事，就是让别人替他们吃药。做的第 N 件事，仍是让别人替他们吃药。

电光石火的景精神，急令东阳办事处的所有人全部下乡，迅速了解种猪户们，是否按着各项密密麻麻然而极其必要的规定进行了防疫。一干人打电话的打电话，发短信的发短信，登门的登门，将近一天的时间，结果是种猪户们都说做了。

景精神摇头又踱步，思虑半晌，让继续调查，半天之内必须再出结果。景秀敏她们只好又重新踏访。这回是分头深入，不只听种猪户们的嘴说，还要查看相应记录。查看的结果，仍是大部分做了防疫。

景精神有些急眼，声音虽然嘶哑并且永远嘶哑，眼光却是雄赳赳。他一拍桌子直接下令，不再听种猪户的各类说词，要求办事处连夜进入各家强行采血，所有种猪户统统地进，所有的种猪一个不落。

一切如预料判断，有八个猪场感染了附红细胞体。由于往商品猪户派猪时是一户对多户，多户对多户，形成了散乱交叉，于是在原有范围的感染情况下，又带来了更大范围的传播。

第二十二章

星　空

一场可怕的瘟疫由于找到了源头，终于有望彻底制止。

知悉了这个情况，小和珅一个劲儿后悔，不该急着抓猪。抓也要晚两天抓，拖过疫病的集中期。可像是该着似的，以往抓猪这个费劲，需要反复跟老杜商量，请他帮助安排指标，这次迅速畅快，却带来如此的麻烦。于是就继续骂老杜，又觉着骂他没劲，就盼望新政策。景精神红嘴白牙说过的，不让农场主倾家荡产。

新政策已然来了，并且在会上发布。只是发布的气氛不够喜庆张扬，仿佛在一边念悼文，一边向因疫病而死的猪们起立默哀。

一样都是生命啊，并非不可理解。

猪其实和人一样，只是人更自私和霸权。

至于相关补偿，公司每头给予四百五十元，让农场主们每头猪损失一百大多。为什么不能全补？当然不能全补。若死跟不死一样，那不是公司追求的。不过景精神据此又设想出一个奖，即安全生产奖。提倡防灾光荣，对不受灾的养殖户年底给予适当表彰。

政策是好的，到下边执行起来，就又走了偏。已埋的死猪要刨出来核数。喂狗的查找剩下的头骨和皮毛。头骨可以啃掉，皮毛总得留下吧，那就以皮毛为证。可是卖给熟皮匠了怎么办？那就问到熟皮匠那里。那么卖给死猪贩子了呢？他们既没票据，找起来又费劲。景精神指示，可以探访周围知情的农场主，发动群众的力量。因为群众的眼睛是雪亮的。

事情到了这一步，就得凭诚信和良心了。学习十八荣耻看来是有预见性的，没白费苦心的。而且实际认定中就有了新的发现。农场主手里，竟有做好拍照留存的。早就算计到公司的赔偿或者补贴，或者计划索要赔偿或补贴了。景精神的心头难免多了些滋味。

不过谁不算计呢？公司不也算计了吗？所谓的赔偿截止时间，包括理由，不是恰把丁文福家因闷圈而死的猪排除在外了吗？

事情稍有明朗，景精神董事长却再睡不着，躺床上辗转反侧。

反侧的他抬头仰看城市的星空。

这样一个东北省城，三线城市中的二类地段，十四楼以下是看不到星空的。可因为想看，又处在了二十八楼，就摆脱了各种各样的亮化工程，而终于看到了星空。

> 呜喂，风儿在吹着我的船舱
> 船儿随风荡漾
> 故乡快要和你见面
> 向你诉说心中的惦念

耳畔回响起《星星索》的歌曲。景精神恍若置身城市中纵横交错的河谷，一时又忍不住抬头仰望星河，脸上挂着吸过大烟般的虚妄迷惘。

而那些迷惘，很快让夜里的迷离给遮掩了。让夜里的泪光充盈了。

以下是景精神关于仰望星空的想法。

貌似接近理论，其实很具体实际。是景精神面对星空所说的，他人无法料知的悄悄话。

面对星空，状告富裕阶层的——

星空啊，你知为富不仁不是空口说的。它是祖先包括再早的祖先实践总结的。它并非专属华夏，而是涉及全人类的。

富是小富、乍富与暴富。包括贪官奸商、地痞无赖、二奶情人、三代炫富。他们参与了掠富，推动着炫富，管控着暴富。

谁说小富即安？这纯是瞎扯。小富才不会安。他们最装屁驴子。相比之下，真是爱死了那些赤贫。历史与素朴的他们，一次次证明着历史与素朴。真的赤贫当然不受人待见。这里的赤贫只是一种夸张和修辞，一种相对的说法。主要指农场主里的普通农场主，亦可称群众。

他们是公司的基础，景精神有机事业的根脉。因为相对贫困，他们最容易听话。因没人顾及他们，一旦有人顾及他们便高兴得很，便义无反顾、前赴后继地知恩图报。

星空啊，社会各角落有为富不仁，你知咱公司也逃不过。为富不仁发生在种猪户中，令他们做此又做彼。他们有主意有底金，心眼子都不少，胆儿也都肥大。他们大多数比较奸猾或善于识别奸猾，因有主意而逼着公司想主意。他们滥思考而逼着公司不得不思考，因此产生未来进步的动力，或成为历史的一道刹车闸。

那些公司惧怕吗？惧肯定不惧，哪有狮子惧野牛的？可全然不惧吗？也未必。否则狮子为什么只是尾随牛群而不轻易招惹？为什么只针对老弱病残的牛，且做好观察、培植与趁机？

星空啊，这些乡村的中产阶级，他们和国际商超一样难办，都不是组织的贴心人。丁文福不是，这些撒谎撂屁儿的种猪户同样不是。他们遵守规定不是出自个人品质，而是害怕猪死损失。他们采取种种办法甚至不惜拔苗助长，只是为了仔猪的尽快下放。可下边的商品猪户没法接纳了。喂惯了进口奶粉的孩子，如何终日喝三无奶粉？住惯了空调豪宅的公主，怎可一下子扔进周遭透风的牛栏？

既然如此，防疫诸事为什么敷衍？因为按着计划，疫病发作时他们已经推出去了。

星空啊，满地汽车是现在的事，石油枯竭是以后的事；满地挖煤是现在的事，未来的子孙没煤是以后的事；农药化肥是现在的事，余毒不尽与土壤消失是以后的事。

现在的事让人寒心，以后的事让人揪心。

景精神如神附体般起身了。他一边唠念星空，一边裸体下床。他不由自主地双手合十，双膝跪倒仰看银河，嘴中念念有词。

第六卷

通 牒

第二十三章

二号奶

　　景精神大抵是用情专一的人，即便他泡着洗浴，混迹在舞厅，和婚外的女性寻欢作乐，给人们尤其给女士们的印象，仍是用情专一。他和朝鲜族妇女赵贤子离婚，并不代表不忠诚。他和柳芭温存，也不意味着脚踏几只船。王文娟自扇他一记耳光后，也认为他是狗改不了吃屎，却仍不妨碍对她的有情有义。女人们都深切地感到，情感上的专一和数量上的专一不是一码事，前者有特殊的数学意义，可以涵盖、替换和清除。依靠这种数学理解，女人们抵达了某种满意。

　　可是景精神和柳芭的关系，却不觉开始自动转换升级了。升到男女之间的第四种情感，即爱情、亲情、友情之外或它们之间的，什么都不是的那种情感。他们日常像夫妻，却全无贴心的照顾；相帮像亲戚，却缺少出手的仗义；做事像股东，不存在着谁对谁的感激。

　　景精神只好拿已有的经验不断提醒自己，譬如情人少有能保持一辈子的。拿这些参照，景精神和柳芭的时间已经够长了。莫说他们这个关系，就算是夫妻吧，若不因社会舆论和生活习惯，若没孩子挂牵，最后能不能转化成亲情，其结果都未必好说。

　　当然进入哺乳期的柳芭真是风韵哪，更加挺拔的胸脯逼使着景精神以公司的发展布局和宏图大业作提醒，逼使着景精神，将它们怒视成非洲原始部落的鹅羽矛尖。

　　所说的发展布局是，长江以南广大省份的销售尽数交给景秀男二，加大另一位负责人也即刘敏的北京销售市场份额，同时将天津、石家庄的销售交给了柳芭。

地球上的人都知道，公司最大的销售地在北京，处于核心位置。天津刚刚试探，石家庄只是想法。它们就和景秀男二的长江以南的销售区域一样，只属于未来。可是未来和未来不一样的，景秀男二的长江以南是增加个人声势，柳芭的天津和石家庄呢？对，它们只是个想法。

可不如此怎么办？从柳芭决心生下说不上是谁的孩子起，景精神就意识到这株向日葵疯了，不再围着太阳转而是围着磨盘转了。一个周身零件没听说有缺少的傻瓜青年，找个大十几岁且带孩子的女人做老婆，这将是一个什么样的磨盘啊。哪怕全世界的人都看到流淌的是豆浆，景精神也觉着他碾出的是狗屎。而一个疯女人加上一个碾狗屎的磨盘，将不再是通过销售为公司产多少枚金蛋，而是公司为其添多少饲料，赁多少房舍，提供多少饮水，眼睁睁地看着这只鸡为自己孵多少只蛋。

彻头彻尾的阳谋和危机啊。

柳芭是一号奶，王文娟就是二号奶。景精神委屈地扎到略输文采的二号奶怀里，几乎要流淌出稍逊风骚的眼泪。然后主动操盘，自觉控制住眼前出现的大片向日葵，不分青红皂白地让它们转化成女子拳击场上的万头攒动。

王文娟对此充分感觉了。肌肉条块状的王文娟激动得哭了。多少年没有完整献身和被整体占有了，发誓还愿的小景精神哪。所以景精神向她暗示，种鸡厂饲料厂是她的也是他的，但归根到底是他的，因为归根到底她是他的，王文娟坚定而急不可耐地点了点头，她双膀较力，将景精神夹抱得紧紧："是的我是你的，归根到底我是你的。"

可是情感就那么容易完结吗？第四种情感也是情感呢，弄翻脸了都不好看呢，景精神也需感念旧情呢。景精神的办法是再加一道身份，满足柳芭的权力欲和名誉欲。

柳芭表现得很痛苦也有些煽情，而且泪水涟涟。景精神心想，若不是你与老子分心，长江以北都给你的，不派或者召回那个刘敏又能怎的？心想如此，却仍不免咯噔一下，觉得有些对不起。可也只能这样了啊，面对着人家的夫妻同盟，景精神也需提防王八蔫下口啊。

连锁饭店的设计及论证肯定没头没尾的也永远没头没尾，因景精神的思维永在设计的路上。在他的设计下，道德猪全身都成了菜，包括鞭头蛋尾、内脏血肠。单是饺子馅就设计出猪肉酸菜、猪肉大葱、猪肉豆角、猪肉玉米、猪肉松仁等二十几种，名目特别地繁多。可仍是远远不够的，因为景精神要求不能就食谱而论食谱，而要通过食谱传达意义，意义才是最终的食谱。

总之一俟初步方案确定，不仅带头的柳芭同志，整个研究团队连吐气的想法都没有了，想到的只是咽气，都想不如咽气。景精神当然除外，他手捧彩喷效果图，长挂脸上露出干瘪的笑，姜黄脸色因为连续熬夜，变成了熟不透的青黄，眼神暗淡而且柔情，毫不掩饰兴奋、疲弱与满足。

店名题字挑选的是患胰腺癌的省城书法泰斗。随着泰斗的不久辞世，牌匾将翻番增值。只是褚体的字体瘦颤，不似隶书的丰满敦实。个头也不太大，如成年猪卵。不过无所谓，制作招牌时可以将其等比例扩大。

房子自然是租的。不是没有钱，就算房价再高吧，公司仍可以采购成百上千套。租是景精神一直以来的理念，房屋也不例外，要讲究低成本运作。

效果图上，两层的店堂赫然设计了五栋猪棚子，或叫作塑料蔬菜大棚。每棚里间隔出数目不等的圆形太空舱。只是太空与猪肉有何联系？难道吃了道德猪肉才能遨游太空？不过就把柳芭给折腾稀了，北京省城来回地跑，机票自是由公司报销，列到有机大饭店的名下，可孩子和小老公受不了啊。可受不了又怎样？只要是公司的员工，说去蛤蟆塘就不能去大岔，说去东阳镇就不能去永县的县城。而无论柳芭还是小老公，首先和最终的身份是公司员工。以为给公司卖几天猪肉就是北京人了，那才叫一个"呸"。

第二十四章

务　虚

诸多的潜意识呈涡流的形状，在头脑里迅速流转。

景精神希望农场主们跳出小我，奔向大我，而不是乱炝汤，胡埋怨，瞎嚷嚷。

虽是套话，但又不是套话。它隐含的是真知灼见。

瞄到这样的效果，猪才没有白死，猪血也才没有白流，公司和农场主们的损失也才没有白费。若在培养农民的道路上，前进那么一丁丁点儿，就更求之不得了。

不过这样的目标和姿态，就容易陷进务虚。什么大我小我，它们和现实离得远，永不受人的待见。景精神当然知道并且看到了这些，可却要硬犟到底。景精神不管所有人是否这样以为，他的眼界和脑海里，思想这个务虚永远是最大的务实，关键是它是否有四梁八柱的落脚点。譬如关注事还是关注人，关注长期建设还是关注短平快，关注百年宏图还是关注急功近利和投机取巧。

什么叫急功近利和投机取巧？公共汽车上那个广告，为它们作了圆满解释。

广告含蓄地问："开始了吗？"

又含蓄地答："已经结束了。"

开始了吗？已经结束了。

它们一齐在景精神的脑海里嗡嗡地转，摆出一副跳跃翩跹的姿态。它们以它们的裙裾勾引出景精神过去的一些"篇儿"，带出他旧日的记忆与时光。

北京的出租屋，某大型连锁超市旁，柳芭风情地问："开始了吗？"

省城的饲料厂，厂长的办公室里，王文娟领导般深情地问："开始了吗？"

中俄边境的小河边，冒烟咕咚的绿丛下，赵贤子刚毅而坚忍地问："开始了吗？"

二十八楼总部的办公室，董事长的大班台上或者大班台旁，赵红痉挛而渴盼地问："开始了吗？"

景精神叉开大腿，扬颏向上，一丛粗卷的白鼻毛飞探出来，并且昂扬冲天。他向她们狂喊："不要问老子结束，更不要问老子开始。"

他声音旋叠，在九重云霄飘渺。

景精神用高薪聘请了省内顶尖的畜牧专家博士。

让他跟着参会，参加连篇累牍的会，屡试不爽的会。

寻找想寻找的，沟通要沟通的，打造需打造的。

寻找什么？沟通什么？打造什么？是不是诚信？是不是规则？是不是守纪？是不是科学？景精神不想回答。若有可能，景精神想把这个问题支到西天取经的唐僧那里，请各位施主探问，唐师傅为什么不打发四徒弟中的任何一个，腾云驾雾直奔大唐的西南，释迦牟尼的家乡印度？

景精神不喜欢取经的九九八十一难，但一难两难是可以而且必须接受的。豆芽是压着生的，路基是夯碾成的。既然追求充分必要，从里到外的一致，对不起，景精神就应不怕磨难也不怕压力，更要放稳心态不急不躁。

否则就不是取经也取不来经，对不对？

既然延请了博士，还得说说博士。

从签约打款的那一刻起，景精神就下决心不让他闲着。要动辄带着他，让他讲疫病讲预防，讲相互配合讲信息通畅。办一所机动灵活的畜牧大学，把课堂安放在会场、猪场与农场主家的炕头上，把农场主们培养成畜牧的中专生、大专生、本科生。

那样可就赚得狠了。

当然若非疫病，赚得狠也不会投资的，因不是投到景精神的身上。智力培养总有这点好处，常常是替别人培养，或者培养了自己的对头，甚至掘墓之人。

可如今因为疫病，再多的钱也得投也得花了。

听到景精神关于博士的介绍，农场主们就去寻找心目中的科技精英：秃顶微驼富态，或者花白枯槁深邃。一些眼光因此落到胖瘦编剧的身上。景精神却使用太极云手，指向一个岁数和徐家辉相仿，笑起来亲切粗糙朴实的人。仿佛是农场主中的一个，或在农场主家里打工的。

景精神对他的评价是，本省之内行业顶尖的。

别人感到了新奇，小和珅却觉出了花心甚至惬意。想当年也这样鼓吹成阳的，开着吉普车逛遍了永县。恨不得捧起屁股亲几口。

小和珅因此服了。孔雀有尾并且开屏，景精神是先站在前边，接着就不看前边，而是绕到屏后。格路的思路，格路的人，搁谁都没有办法了。简直没救了。疫病传播时敬请的那个省管专家怎么样了？惊鸿一瞥，转瞬即逝吧？都比不了农场主的延请。如此外县名医仍得勾连，并且一直勾连到底，谁说也不好使。

至于眼前的这根黄瓜，小和珅相信，即便抹了顶花戴刺的药，终是摆摊贩卖的货。看他能挺得了几天。他挺得了抗击疫病，就挺不了指挥抗击的景精神。

可景精神还没够呢，他介绍博士十五万的兼职年薪，引得满屋子的喔喔声。景精神要的就是"喔喔"。以为景精神在说钱吗，景精神在说疼啊，却硬摆出一脸的矜持和庆幸，仿佛该出二十万，是博士让了利，因此占了人家的大便宜。可景精神是否知道，众人的心如此明镜，都知若留住成阳，有十万就够了，也许顶得住眼前的仨。

人有时候真的是贱哪。

侧看徐家辉什么反应，身为分会长他纹丝不动。身体纹丝不动，五官也纹丝不动，仿佛落了一层灰的仿制兵俑。

大凡隐隐激昂，徐家辉便一副大气沉稳，还是那句话，天然的憨厚安静的品种。

景精神平静的目光越过他的头顶，不肯与他们对视。却又侧眼看了看小和珅，仿佛咨询他的需求。小和珅回扮个鬼脸，大概想引得景精神一乐。扮鬼脸是调皮男生的行为，可小和珅是调皮男生吗？景精神收回了目光，似闭目养神谁也不看。视线却如直升机的螺旋桨，吹得草低伏摆，尘土四起，吹过在场每一个人的头顶。

伏　卧

景精神指示博士，从专家角度解读本次疫病。也算开展系列讲座的第一讲。

博士认真地说："蓝耳病的症状是蓝色耳。母猪得此病形成繁殖障碍，仔猪得此病呼吸困难。母猪一年产仔二点二次，妊娠期一百一十四天，断奶期三十五天，然后是四个半月的育肥。"

正掰扯得起劲，景精神插话：

"这是特指咱道德猪，白猪没这样长的育肥期。那么为什么不可以再长？想法当然可以，但要考虑实际。猪太大了肥肉多，顾客不欢迎，猪太小了农场主的利益得不到保证，因此要找好最佳时期和体重。伪狂犬病有假疯的症状，实际是疱疹病，猪刺挠了没人给挠，猪自己又挠不了。"

景精神为什么插话？因博士讲得太好，激发了景精神的说话欲。

博士却不挑理。来自董事长的任何插话包括责怪都是正常的，博士所能选择的就是妥协，只要给付年薪。博士说，他将二十四小时开机，一般情况电话解答，急事两小时内赶到。但周二和周五的上午不可以，因为他是硕导，那个时间他给研究生们上课。

这种话有必要说，它令农场主们起敬，也令景精神想起对博士的尊重，以及高薪聘请的理由。

博士博古通今地讲解，景精神见缝插针地忙别的，那些更忙而且不能拖后的。

这样的忙，符合景精神的自主安排与节奏，因此反倒安谧。

作为真正的将帅，景精神永远在需要干这件事的时候思谋那件事，思谋那件事的同时还思谋更远的事。就好比穿衣服的时候考虑穿裤子，穿裤子的时候考虑穿鞋子，而不是穿鞋子的时候考虑穿裤子。在长年的磨炼与极端的严酷要求下，景精神早开拓出一套惊人的思维模式，即越是容易忙乱分神越专注。夜深人静独自一人时他不能笔算两位数的乘法，万人大会上可以迅速地心算三位数的除法，甚至开平方，做根式和进行行列式计算。

景精神都惊讶地承认，越应该专注他越分神，越是容易分神他反倒越专注。

当然他的分神并不影响效果，因彼时是一心多用。

惊人的禀赋就影响到了日常生活。有几次伏卧王文娟的身上，景精神充分倾听省内新闻联播。怎么省内有新闻联播？为什么不可能有？只要不考虑专用和特指，乡里和村屯都可以有新闻联播。

而此时，省内的新闻联播正在播放。

民间的新闻联播也在播放，它们源源不断地汇总到景精神的耳朵里。中俄边境发生里氏三级浅源性地震了。某省煤矿发生矿难，省领导现场办公的时候新的矿难又在屁股底下发生了。这样的矿难十分地不恰当。耗资甚巨的"天眼"工程，让被盗车辆从眼皮子底下水汽般蒸发了，简直在给"天眼"涂眼药。

这把景精神乐得嘎嘎的，也把檀木手工雕花大床乐得嘎嘎的。

嘎嘎的景精神试图再度开发，收听股市风云，阅读康德哲学，联想包括王文娟在内的一切所爱之人，做到多者兼顾。充分体验专注与分神共舞，效率携飞翔齐飞。直到王文娟将他掀翻，很不满意地反其道行之才罢。

会场上，博士哇哇地讲解，景精神完全不受其干扰。只见他时而皱眉，时而微笑，时而龙飞凤舞，时而掩卷沉思。针对全场的形势，还能够插科打诨。真的是绝了。

正在忙碌的事情，是白头贾草拟的请钱报告。市发改委的钱已要来了，但是省发改委的钱还没要来，财政部的钱更是遥遥无期。不过景精神并不特别指望，虽然在别人那里它们的重要性不亚于猪只生产，甚至为的就是它们，但别人是别人，别人不是景精神，景精神也不会是别人。在景精神这里永远不会出现明明生产药，却又开发房地产的事。明明生产电影，却把电影一干人员遣散了干黄了，以期实现招之即来、来之即战和战之即胜。也正因如此景精神才淡然又淡然。淡然地探讨道德，淡然地养猪。

正在不由自主地动用乡村粗语，以期骂人解恨时，"嗡"的一声，赵红发来一条短信，报送佐藤先生的最新联系，称他现正在日本呢。在日本有何可说的？可他走在冰面上滑了一跤，造成了右踝骨骨折。景精神听后一惊。再听赵红说，这不会影响到考察计划的施行，才又呼出口气。景精神问佐藤先生有多大了。赵红说虽从未正侧面接触过，但平面照片还是看到过的，看样子总有四十六七岁了，也可能五十大多了。怎么说呢，这日本男人长得精明古怪，看不清岁数。

景精神说这个岁数应该骨折一回了。

赵红理解地点点头，问用不用慰问慰问，景精神泛酸地说："你是想去日本吗？"赵红充满希冀地摇头说："我不去。"景精神说："你若不去那就发个唁电吧。"又纠正说："唁电似不合适，不如发个商务邮件或者代送一束康乃馨，如此也就行了。"

啰嗦了这些，又不免想起柳芭。柳芭啊柳芭，鄙人决定开有机大饭店是好的，让你两地跑着"张罗"却是不好的。可从大局从发展来看，关涉你的绝地重生呢。你总得给老公找个机会，争取哪儿跌倒打哪儿爬起来吧。自诩的"老公"二字令景精神心房颤动，不禁随风唏嘘感怀，连忙掏出叠得方方整整的棕色手帕佯作擤鼻涕，又把手帕揣回衣兜，一点唾菌不传示会场，也不传给众人。却不禁走神。想起与柳芭的恁长时间，可不曾考虑过安全措施。如此凭借的什么？是对体温的敏感还是对安全期的把握，才做到了山泉石缝不渗水，破屋漏瓦不透光。

这是多么天才的难度，又想到如何交到小白脸手里，便迅速地受孕并发育。究竟是小白脸的技术手段不高，还是柳芭昏聩之中的大意疏忽。不是的不是的，景精神霎时反应出两种可能，一种是柳芭早悄悄布设了防线，再一种是景精神已不能够了。如若此种，就不是渗不渗水透不透光的问题，而是既渗水又透光。

而且很可能是，要渗的水没了，要透的光弱了。

东北农民

这样的工作会座谈会或者总结会，景精神没有邀孟秘书长等重头人物。邀他们也不懂，这是景精神感受越来越深的。

而优秀青年徐家辉呢。

当上分会长，徐家辉说话就不一样了。不是打起了官腔，而是里面有了主观。有了主观就"老猪腰子"了，就不再生动耐听了。

可是怎样让景精神忘记前场瘟疫，忘记一些行为和不仗义？景精神他不知道。

不过临到事前光顾自己，没有一点帮助和提升他人，景精神以为他看到了典型的中国东北农民的不自信、不交流、不仗义的一面。

博士仍起劲地上课。他需要起劲地上。兼职三个公司，一年赚出来三辆好轿车呢。还有课题费和项目经费呢。工资和灰色收入当然不在话下了。

景精神此时感到安然。不是普通的安然，而是战时的安然。战斗的间隙，伴着强烈的令人不安的寂静的安然。

不过景精神喜欢这样。若这个时间谁拿出针线纳鞋底子，景精神都不反对，若谁站在土墙根的黑板前讲课，或在人群中演出一场"活报剧"，景精神更是欢迎。

景精神的耳畔，仿佛回荡起清爽的山村空气中，悠长脆生的朗读声："奶，猪奶……"

猪奶的确没有什么传奇。羊奶第二好，因它最接近人奶，接着是牛奶。驴奶也可以，山西陕西一带就有制驴奶糕的。内蒙古大草原虽有马奶酒，但马奶应该一般。

人奶当然第一好。人的奶嘛。

说课的博士摇头晃脑，小学生一样将手背到身后，因此不像讲课，倒像在背诵。

猪奶白天每四十分钟分泌一次，晚上一个半小时分泌一次。由于乳池不集中，小猪吸乳时间只有十几秒。

小猪为什么采取拱吸？因为需要刺激母猪分泌。

有人在笑，景精神也难免发热。拱吸的话太过专业，让人想起了什么。看来他们和景精神一样。可景精神知道，他们真的就比不过自己。不过景精神不动声色，示意博士继续说下去：

"根据猪的声音，可知吃没吃奶。母猪一叫，小猪跑来，找好位置。母猪二叫，告诉小猪快点吃。母猪三叫，没奶了。"

真解渴啊，做到了润物无声。若是赵红来，一定会谨遵盼咐，在所编的快讯上挥就一篇文章，叫作"科学普及作用大，农场主脸上绽开了花"。

其他呢——

"猪眼睛不好，味觉也不好，对苦味却有感觉。所以食物拌药，猪不爱吃。

"猪依靠的是嗅觉。猪的嗅觉是人的三十倍，比狗还要灵敏。因此单凭嗅觉，担负缉毒或者搜救的应当是猪而不是狗。"

小和珅捅捅徐家辉："猪挺厉害耶。"

徐家辉沉稳地提示："小点动静。"

要的就是动静。小和珅看眼景精神及种猪户，大声问道："猪药都不吃，怎么爱吃屎，特别是人屎？"

农场主们都哄笑，小和珅得意地挤眼。

博士认真答疑："屎是臭而不是苦，它们不是一个概念。而且就苦来说，猪虽不爱吃药，捂发的饲料却吃。"

保持闷骚的景精神，他的劲头终于上来了。撂下快要阅完的文件和正在心算的四位数除法，他随意地打断博士："问你们个问题，知道现代人头顶上为什么没有虱子？"

现代人们面面相觑，连博士也猜不出。答案如此之多，回答了这个，就等于封闭了那个，而那个可能更加有理。

见众人都转不过弯儿，景精神高兴道："药物中毒，都毒死了。"

莫名其妙的提问及作答，让农场主们都兴奋了。小和珅由衷赞叹："我去。"景秀敏和柴师傅，任何一个觉着跟景精神近便的都责怪他一眼，不过更多的是窃笑。

众人的反应景精神装作没听见，因为他响亮地听见了。他归拢卷宗，草草地签几个字，像是写同意或者签名，其实写的是"瞎扯淡"。然后不快地合上本子，将尚有余数的心算戛然而止。

"那场疫病，我们都挺过来了，虽然挺得不易。一些受灾户不动摇不抛弃不放弃，公司在此感谢你们。

"输钱不能输理，我们可以先算道德账，再算金钱账。那么怎样算道德账？就是各买各的单，不能找理由，大家谁也别躲避毛病。"

有谁在插话："听明白没有，各买各的单。"

"是买还是埋？"景精神侧过脸问博士。

这一下子又把博士问住了。到底买还是埋，博士觉得都对，但都对似乎是不可以的。

景精神一笑，不再问博士了，而是拿眼深情地全场扫瞄。似扫瞄到，又似没扫瞄到，效果就是不偏不倚，将会场全部看到。

小和珅嘻嘻笑道："董事长要我自己算账，我倒想算算别人的账。"

景精神说："还是那句话，我们提倡知无不言，言无不尽。但不能光算别人的账不算自己的账。"

小和珅挠挠头："那也不能光算自己的账不算别人的账对不？像我这样一个

普通的农场主,既然坐这里就得提点意见,要不就白来了,就不如在家里喝点小酒,董事长您说对不?"

景精神虚怀若谷地颔首,算是予以肯定。

小和珅敛起笑:"那我就说说。不管你干啥,哪怕人躺炕上呢,只要没倒气,就得起来放牧。天气预报还允许有个误差呢,一个放猪的,怎么就得做到丝毫不差?"

倒气的下步几乎就是咽气了,小和珅却觉着不够:"每天用哪些料,用多少料,都给硬性规定出来。结果不买到量不行,不吃下去还不行。请问有人天生吃得多,结果也不长,有人天生吃得少,却累个屎瓜肚子怎么办?"

真个是羊圈里跳出头驴——羊也吃惊,狼也吃惊。景精神暗想。可是能告诉这头驴,执行标准虽可能导致僵化,不执行标准却导致乱化吗?能告诉对这些驴宁肯僵化也不要乱化吗?答案是不能。

虽想至此,却不动声色。还拿起笔来记录。

徐家辉是分会长,他也要发表意见。不发表也不行,景精神肯定要听他的意见,所以对他来说不是该不该说,而是要说和必须说。而一旦开说,慢悠悠的极有条理的腔调和语势,就仿佛他爹的配音。使众人再次想到爷俩仿佛不是父子,而是兄弟:

"譬如猪只回收吧,到了规定斤数才肯收,差一斤或多一斤都不肯。这个数字就不能是绝对的。市场缺猪的时候,差二十来斤公司也收过,连傻子都知道,那时候送猪是要蒙受损失的。可公司动员出栏,农场主们宁可蒙受损失,还是积极送了。

"可怎么一旦不缺猪,条件就上来了,而且毫不通融?

"所以结论是,公司这一块,绝对僵化的事情不是没有,而是太多。"

七嘴八舌的跟帖果然起来了:

"对啊——"

"告诉收猪,公司不及时来人,结果猪超重超大了。"

"超重超大的猪要降等级,二百斤的反而卖不过一百九十斤的。"

"那就宁可扔十斤,变成一百九十斤。"

小和珅得意地高叫:

"谁有办法降低这十斤,我请他吃饭。"

好一对连桥,真的穿连裆裤了。可此时,无论种猪户或者商品猪户,大家都起兴了。有说饿两天的,有说吃泻肚子药的。

可猪饿两天会叫,吃泻药会导致药物残留,这些都不得当。小和珅则公布了他的好办法:"一脚将猪踹进河里头。"

见众人皆不解,小和珅做起鬼脸道:"猪游上一圈,上岸拉泡屎,正好减十斤。"

景秀敏跟着嘿嘿笑起来。这些个男人,汉子,调皮鬼。她翻动着乌黑又亮的大眼,留心看着景精神。像是河边的母马,貌似放松地吃草,却时刻留心跑到一边的马驹。

而众人的乐趣这时就离题万里了,都集中到踹猪进河的系列问题上。包括:猪不肯进怎么办?进了立刻往岸上游怎么办?只肯游半圈怎么办?上岸不肯拉屎或拉不出屎怎么办?这都是可能的,惊吓了上火了,结果拉不出屎来了。

这些系列的怎么办,都源自村里说的那几个著名的"怎么办":

上不去炕怎么办;

上炕了没用怎么办;

用到一半停滞了怎么办;

下不来炕怎么办。

老太太

父老乡亲,拜托你们。

今番找你们算账,不是让你们算别人的账,更不是算公司的账。别人的账别人算,你们只需算好自己的账,这才是会议的终极目的。

可现在的风向,让景精神悄悄地嗅到了什么。

锻炼他们说话,但是他们已太敢说话了,弄得景精神不知说些什么。一个人谈哲学是先知,人人谈哲学就是魔乱。

一股气体下蹿,抵到肚子里咕噜一下,景精神想把它排出来。此前吃的是炒豆腐渣,属于安全有机无味的。由它产生的甲烷也应该没有问题,不会串带出异味。

于是景精神徐徐地排放。

一边排放一边无厘头地畅想,这是豆腐渣,若是炒黄豆就不行了。

商品猪户当然是可靠的,他们是房屋的墙基。墙基和墙基是不同的,正如普通农场主和分会长的不同,当然对他们的要求也不会相同。以插话为例,搁小和珅身上是顽皮,搁徐家辉身上就可能是唐突,即便徐家辉更想接近问题的实质。可是实质它如此的千奇百怪,怎见得就如你所想,怎见得你想的就是实质?

而这时麻烦来了。原来判断豆腐渣甲烷是不带异味的，可事实上它们是带着异味的。景精神不由得想起，吃了豆腐渣之后，王文娟还盛过几块用道德猪肉做的红烧肉块。景精神是严禁自家吃道德猪肉的，认为吃自家的道德猪是很不道德的。不是猪肉的质量不好，也不是质量好尽可量让别人吃，而是产货卖货的都是这样，肉得吃进别人嘴里，钱得揣进自家兜里。可景精神架不住王文娟的筷子，三口两口就吃了。

亲，肉香屁臭，真是难堪啊。

景精神左绊腿右踹腿再并腿，想坚持到窗前，把这个气味顺窗带走，可怎样做都是徒劳的，它们竟绕梁不绝。景精神多想此时是在露天厕所而不是在会议室，因为久蹲不下时，总遇个别雅客先燃一支烟，再屎尿俱带，芦笙吹响。当时还以为人家矫情，现在看来是有用的。可是雅客在哪？尽快地大声喧哗，燃烟除屁啊。

可景精神董事长确实多虑了。此时虽没有人抽烟，也没人高谈，却全部若无其事，鼻子都不肯筋一下。哎呀，兄弟们太好了！董事长的不小心盘带让你们难过了，董事长他十分感动了。

感动的景精神决定规拢一下方向，开启一下心智。

道德猪事业是一条龙，它要求每块骨节都吻合柔韧，都不能突出或者膨出。它要求每个人都坚守岗位，当螺丝钉。

当螺丝钉是对的，都当螺丝钉是不对的，可当一颗革命的螺丝钉又是绝对对的。当然大家不可能都做螺丝钉，否则谁去做车轮，谁去把方向盘，谁去操纵革命的果实，谁去经管革命得来的钱袋子，拿着钱袋子里的钱去利滚利？

当螺丝钉，需要和主人翁的责任感连在一起。这样的螺丝钉才有荣耀感，禁得起利诱。

任何事业在提供主人般享受的同时，都要求予以奉献。据景某人所见，从古至今不要求享受只要求奉献的只有两位，一位是多年前的雷锋，一位是用四十年的时间什么都没干，每天唯一的工作就是去美好的食堂吃饭，然后陪着领导打扑克的某机关老太太。

机关老太太的扑克是每午餐后必玩，玩法是打"升级"。为什么坚守？只因这个玩法的名字吉利好听。

老太太在相当于离休的退休后坚决要求继续工作，履行主人翁的责任和义务。但没办法，继续工作不了啊，有个中年人已接任了啊。不过它难不倒机关老太太，在愉快地拒绝了老干部书画大学那样一个修身养性的组织后，她光荣地加入了关心下一代委员会。当然关心与不关心、成长与不成长都与他们无关,更与老太太无关,不过她的早餐和午餐有伴了,她午餐后的打升级也有了新地场。

在职级上,由于她临退休前突击了一级,因此遗憾地没有办法再升了。不过身居巡视员也就行了,正厅级呢。正厅级是她一生追求进步的结果,打升级是她一直到死的革命追求。

每当夜深人静,呕心沥血之时,她总是对着长空、对着漫长的大床声嘶力竭地狂吼:"工作是最美丽的。"

第二十五章

谁热爱猪,景精神就热爱他

那天会没开完就休会了。因为就没想将它一两天开完。那天休会的原因是省中小企业局审批的扶持资金下来了。

暂停下来的座谈或者会,景精神当然可以继续让它开,一天两天三天都没关系,直到意见揉透耐心丧失诉求不开时再说。每天一顿吃不饱的午饭,景精神也供得起的。不好好说就坚持不散,饿也饿昏他们。

不如此做的原因是景精神的会议诉求。他走了会议就不能够开,因为他走了他就听不到了。而除非极特殊的情况,否则他必须要全程跟随。因为所有会议都是他张罗的,他张罗之初,就有了张罗的意义,这个意义是永不倒的。

而若是别人张罗的会,景精神不是中途退不退会的问题,而是断然不肯参加。永县政协早就力邀景精神参与的,还许诺他做政协常委,可景精神坚决给予了拒绝。景精神是这样想的,除非是地震洪水,否则谁都休想要他的时间。若真是地震洪水,不必开任何的会,景精神也要冲锋在前。让深入灾区就深入灾区,不让深入灾区想法深入灾区。亲自开着车，带着捐赠的大米白面豆油帐篷，绕过崎岖危险裂缝的道路，一直送到灾民的手中。而且不提他叫景精神。

鉴于上次会议没能开完，以下的时间当然要开，组成系列会议，形成系列探讨，直到透彻到底，否则不罢休。那么探讨的什么？想出疫情传播的预控办法是一个，更主要的是厘清责任，辨析他我，纠出自我。

具体探讨中，种猪户仍欣赏和坚持原来的，即"下放"猪只时抓一个泡秤一个，直接装车。商品猪户们不同意，说猪们个个饿毛饿刺，好的赖的不运动看不出来，若它们不走两步，连腿瘸的都看不出来。

"下放"是景精神首倡的，这样一个历史名词，它回归本义，成了猪只交接的专用术语，并在养猪户中得到了广泛使用。

景精神深受启发。根据大家所议，他提出分栏饲养。即在商品户的猪场里分设几个栏。这样一旦有疫，便可知道病猪来自谁家，就可以顺藤摸瓜了。徐家辉小和珅们提出争辩："倘从八个种猪户抓猪，还要设置八个猪栏不成？"

景精神被造得没电，不过商品猪户也似有道理。为了弥补和解决这个问题，景精神又现场拍板，提议设置观猪台。这个观猪台有创意，让人想起威风凛凛的点将台、领操台，想起坝棱子与生产队冬季的大粪堆。站在高高的大粪堆上，能将半个村子看得清清楚楚。

可商品猪户认为观猪台想法上清楚，事实上却看不清楚。譬如赶上刮风下雨怎么办。博士插话说可以罩几块玻璃，或者蒙上一层塑料薄膜。

"不罩玻璃都看不清呢，何况罩块玻璃。"商品猪户们当即反驳。

而景精神还没说完呢。他按着自己的思路补充道："光是观猪台当然不够，还要将猪们赶到一块空地，让它们可劲儿走、跑、跳，增加荣膺被选的机会。"

不过商品猪户们仍不同意。他们说猪只还没跑动，人眼已经花了。

总之几番提议，可以说话音刚落，就被商品猪户们给驳回了。都在探讨问题，也都是正常的。可怎么说呢，景精神就有些不太愉快。它说明在商品猪户的眼里，景精神开出的这几招不高妙或者不高深，可只是招数不灵吗？

此情形下，反倒是种猪户们没太吱声，很心平气和。似乎任由商品户来说。若在以往，景精神的理解是，它源自种猪户们众所周知的优势。可如今的景精神，心头忽然就有一说，似乎可以印证此事和对于此事的理解。就是眼前的种猪户和商品猪户，好像对面相逢的大狗和小狗，事前汪汪叫的准保是小狗，事后汪汪叫的仍是小狗。

那么由商品户说。他们出的新招是："猪只到家后，发现毛病得退回来。"

种猪户说："看准了就不能往回退。"

商品猪户争执道："商家卖货还有几天保质期呢。"

种猪户则针锋相对："猪只不是大苞米，是大苞米就好办了。"

景精神及办事处的人员俱不作声。大苞米是有道理的，而猪只是"鲜活动物"，它们也确实不是大苞米。

种猪户们就此说道："猪上车就得定下，决不能往下卸，往回拉更不可以，这不是针对谁。平时拉猪的车你们都不让进场，怕的是疫情传染，这是同一个道理。"

商品猪户们有些个气。

不仅有些个气，而且是很有些气。

受害的甚至受大害的是商品猪户，怎么谈论间就没有理了？

还有，董事长没有话，办事处也没有话，在场的都没有立场，这是什么意思？是否有钱人向着有钱人？不至于啊。就算他们种猪户"趁"一些，也不至于这样啊。

有没有钱是比出来的。他们的有钱和景精神相比，连小巫见大巫都不算，只能算大象身上的虱子。当然他们是虱子。所以景精神没必要让他们三分，也断不能让他们三分啊。可事实是摆着的，景精神在明显地客气相让。那么客气相让的是什么？

闷了一会儿的徐家辉，突然激动地对种猪户说："带毛病的猪，白给你们要不要？"

种猪户摇摇头："不要。"

小和珅溜缝儿："那得要，白要谁不要。"

徐家辉咄咄逼人："白给五头呢？"

见种猪户们不吱声，徐家辉继续逼近："白给十头呢？"

种猪户接茬了："十头以上认可要。给不给，在哪里？"

种猪户们摊开双手，看着景精神："顶多给他们搭一个圈。"

景精神的一双豆角眼微阖着，似闭目调息。既不看他们，也不看他们。

种猪户陈述道："带病的猪谁都不愿意要。又不是干部派遣，要不要都得要。可我们的猪都好好的，本来没有毛病。"

商品猪户们急道："附红细胞体咋回事？没毛病咋死猪？"

种猪户说："那不过是个例。要知道猪有毛病，让给我们都不给，怕传染其他的猪群。猪养一百多天，都培养出感情了，我们也不想让它们遭灾。"

又有种猪户说:"光你们爱猪是不?你们就不知道,猪只下放时我们的心情。那就好比女儿出嫁。我们也很想挑个好户,不愿下放那些条件差、经营糟糕的人家。"

谁热爱猪,景精神就热爱他,景精神便有些感动。一时竟觉得,种猪户同样朴实动人,怎么比商品猪户还朴实动人。这样的念头出来,就吓了景精神一跳。

想法在悄悄变化

趁间休时博士又讲授了一些专业知识,勾芡似的。他需要勾芡,这是他的使命,也是他的任务。直到某天他反感不做。可他说,他受不了农场主们那一双双渴求知识的眼睛,并且感动于它们。

猪是群居动物,多了会打架争斗。猪识别猪的数量可达二十一个,而人识别人,能提供详细信息的是二百五十个。猪用于吃的大脑比例是百分之三十,人是百分之十,兔子是百分之八十。所以兔子整天寻思吃,给啥吃啥。

面对参会农场主们的疑惑,博士强调只属臆说。

什么是臆说,分明是胡说。

博士的胡说引导着景秀敏的喜欢。她一副专注倾听的少女神态。恨不能将博士带脚气的脚丫子搬到膝上,津津有味儿地按上两下。就把柴师傅饿得直翻白眼。虽然柴师傅从未跟景秀敏交手过招,但被关注权却一直独享的。如今江山易帜了,不过却没法子。景秀敏说她是自由的,莫说喜欢博士,就是喜欢猪狗,柴师傅也得消停眯着。

就在那时候,或者比那更早的时候,或者稍后的时候,景精神感到他进入了一个思维的怪圈。经验告诉他这样,客观却在说明那样。经验提示他应多亲近商品猪户,客观却显示在这个阶段,两者未必亲近得起来。经验提示他曾对种猪户不感冒,客观却在告诉他,这时候他和种猪户唠得挺投机。

如此商品猪户该怎么看待?是否以为景精神站在了种猪户的粪堆上,做了人家的利益代言人?

虽然不予吱声,可一双双的眼睛都看着呢。

景精神自己也看着呢。

以往看种猪户,总觉得不如商品猪户亲近,经常是分而不隔、隔而不分的奇怪状态。说得再透彻些,农场主这个称呼都没他们的份,虽然人家压根儿就不稀罕。种猪户的经济实力以及由此产生的社会能量,让景精神感到了难以摆弄。正是由此，他失落地咏作了一篇"星空赋"，貌似满腔对社会的忧思，实则控诉为富不仁。

可如今想法在悄悄变化。

它在往哪里变？

所谓的种猪户或者商品猪户，也许只是一种技术标号，它们彼此不应人为画线，更不应划分利益阵营。因为事实就可能，就可能相差无多。

那么人啊人，该怎样认清你们？不认清你们，何谈人类的有机食品？认清你们，又何谈人类食品的有机？你们都使景精神困惑，也使景精神告诫他自己，无论怎样，都需保持足够的耐心。权当是没有子弹没有弓箭的猎人了，去专心狩猎空中一只矫健的鹰。

鹰肯定是目标，景精神肯定在狩猎。鹰永远是目标，景精神永远在狩猎！

办事处的对面，简陋的乡村饭店，十几个人围了两张桌。景精神的想法，最好围坐一张桌子。可饭店没有更大的桌台，有也不打算提供，即便以前他们常来，以后他们还要常来。

饭店的眼睛里，抠搜的印象早就生了根，尤以景精神坐镇为最。两桌饭菜的价格，就不如两个人吃的。把乡村饭店当成了农民工的伙食点，只是你公司可以办农民工伙食，可饭店不想做露天食堂。

总之就带搭不理，毫无热情。而室温似乎也跟着降低。地面尘土飞扬，到处是脏乱不堪。外面明明有覆冰的水井，屋里是哗哗流淌的自来水，却不肯冲洗地面，或者拖上一拖。

视若无睹啊。

景精神却若无其事。大家觉着景精神只能若无其事。因他能管着点菜，却管不着人家的态度。你对人家抠搜饭菜，人家就对你抠搜热情。

事情的关键似不在这里。

方才还在争论和较量，桌子旁坐下来，却都是若无其事，仿佛没有争论过一样。吵归吵，争执归争执，谁都不想跟饭菜生气。先混个七分饱再说。那么这究竟是个好态度，还是个要不得，景精神就不知该怎样评说。

不知怎样评说的还有，面对稀稀拉拉的饭菜，面露不满之色的不是种猪户，而是更应朴实的商品猪户，令景精神觉到接二连三的反差。

就怀疑自己对还是不对。

景秀敏胖而结实，饭量却并不大，没见怎么动嘴就饱了。若算出肉率高，真是难得的好品种。因为有精力，别人吞吃的时候她可以低声神秘地聊侃，还不影响进食速度。基地办事处的唯一女性，有责任相陪每位她感兴趣的新人。成阳、柴师傅、胖瘦编剧，包括退出历史舞台的老杜，哪个不被热心地引领过？这是一方面。另一方面，被引领的那些，蜂房的工蜂一样，哪个不为这位蜂王提供了可喜的热能？

至于博士讲的许多，不光她知道，办事处的大多数都知道。都沾些兽医的底子。没兽医底子，经年的熏陶也差不多了。只是大家只管倾听，都不肯说破而已。

景秀敏很有磁性的中低音嗓子扑哧一笑，借着博士的话捅咕柴师傅："哎，大师，你知道猪的剞法多少种？猪的剞刀有几类？"

一点知识，不知贩卖多少次了。

柴师傅老实而气愤地答："不知道。"

知之为知之，不知为不知。面对景秀敏，一旁的博士也诚实地说："我是学兽医的，不过我也不知道。"

博士也承认他的不知道，这个太了不起了。景秀敏一边抱歉一边感动。非但不觉得博士可能存在知识缺陷，反而更感觉到面对科学的一腔美德。博士真好。那么借着他诚实求问的东风，请由她介绍管状的或直尺状的剞刀，定会生动形象，没问题。

景精神听得直闭眼睛，却又不忍纠正。自从丈夫携款出走，这么多年就害苦景秀敏了。工作起来像男人，忠诚起来像仆人，花好月圆只一人。既没有男仆，也没男人。如此只要不特别越格，就由着她做吧。看着简陋的饭店，暗算两桌的花费，感受伢毛伢刺的商品猪户，这些他情感上的战友，曾经最惦记的合作对象，心上就涌起一层深切感慨。就想说：

"饭菜虽然简单，可我还是爱你们的。"

只是此意思尚未充分表达，景精神他又休会了。继上次临时休会后的再次休会，这便显得蹊跷。因为景精神是计划此饭后直开到晚饭前的。而且在遣散他们后还要有一个短会，短会后呢还要一个更少数人的核心会。然后连口头许诺的晚饭也干脆省了，趁月朗星稀的时候径返省城。之后到此时可都是底细人了，想挨饿就挨饿，就没什么可说的。

可是容不得计划中的几个会后，他们就需要草草收碗，即刻径返了。而且比照上次的喜上眉梢，这次就哀悼般的肃穆。为什么上次是喜上眉梢，这次却是哀悼肃穆，两者以截然不同的形态引起了农场主们的好奇。只是景精神不肯说，别人也不会问，问也没地方问，因为办事处的人都"噼哩扑棱"地相跟着走了。

按着往常，徐家辉和李满喜似可跟从的，但没有人招呼他们，他们也就只好不跟从了。清闲的同时却被闪了一下。说到底还是外人哩。不过是外人就对了。试问不姓景的能跟着姓景，还是姓景的能跟着不姓景？既然都不能够，就更没什么可说的。

如此徐家辉他们是继续坐桌子上吃，还是各自回家，就构成了一个问题。

种猪户肯定回家去的，一番认真吞咽，他们早吃饱了。愈是有钱人愈不放过吃饱机会的。而农场主们呢？更在乎的是消磨。若有饭菜，哪怕已杯盘狼藉，他们也可以陪着盘碗再泡它两个钟头，前提是续上一箱啤酒。可象征性的几瓶过后，景秀敏同志早利索地把酒账结了，把本次的所有菜金与酒钱都结了，于是他们只好回家。

对于那天的交流讨论，他们都感到了得意。因为有了争辩，很给力。"给力"这个词是一时流行的，连重要的领导人偶尔也会幽默地说上一句，以体现出与时俱进。可后来它就不流行了就没有了，它铺展得如此迅速，也注定消亡得如此迅捷。

可细想这给力，又觉出诸多不给力。即争辩得再多，不过是向种猪户的手里要权利。可是要来了吗？装车还是原来的装车，过秤还是原来的过秤，防疫还是原来的防疫。除了废弃了一些唾沫星子，一切就没得到什么改观。

有两多

种猪户们都是地主，这时有的开车，有的打车，都满意地回温暖的窝里睡觉去了。农场主们却心有不甘。蛤蟆塘的这部分，他们都没散回各自的猪场，而是不自觉地凑到了一起。

是想继续喝点酒，还是有些意犹未尽？

犯了开会的瘾了。

这是一次自行自发的会议，没人要求和组织他们。

它具有景精神要求的一切形式、规模与内容，因此要衷心感谢景精神。是景精神不断的要求催生了他们的这种意识，是反反复复的有机事业锤炼了他们。

总之景精神一直想象的自发的会议，就以这样的机缘，在这样意想不到的时刻悄然降临了。

它如同天上降落的流星，轻轻地划过林间。降落是带着翅膀的，可以擦过林梢向上飞行，带着青草池塘的香味，最终悬挂在湛蓝的天际。

它又会向下。如一枚憋红了鸡脸的蛋，带着血丝落到了草窠里。

邀咱参加这几个会，是不是以为很有面子？须知三年一会是荣耀，一年一会是形式，一月一次就是例假了。而像这十天八天一会的，简直是扯淡。

若是开会给钱就好了，咱全家老少都过来，按人头领钱。

至于叫养殖户还是农场主，随董事长的便。起个外国名咱也不反对。反正有一样，叫什么都是形式。

"啰唆这半天，你话痨啊。"徐家辉带气地说。

"有这么跟姐夫说话的吗？"小和珅夸张地抱屈。

刘桂珍看看左右，仿佛怕谁听见似的："损失的那些猪只，咋不让种猪户赔一些呢？"

洪宝昌说："问问他敢吗，只怕溜须还来不及呢。"

刘桂珍嘟囔："别那么说，手心手背都是肉。"

小和珅说："什么手心手背，人家眼里，咱们都是猪脑子。"

屋里快乐地哄笑。

小和珅看星星一样地歪起头："他是董事长，他怎么就不敢呢？"

洪宝昌也歪起头："是啊，不欠他们不缺他们的，他怎么就不敢呢？"

徐家辉稳重地分析："不是敢不敢。是种猪户那块儿一直不稳定，董事长轻易不能动。"

家辉爹咳嗽一声，痰按着他老人家的意思，熟练地射进了地角的痰盂里。他声音苍老却中气很足地说："那么商品户这里就轻易动吗？猪的疫病怎么来的，连我这老头子都清楚。都说是管理不到位，其实程序早规定明白的，问题是谁去做。种猪户有一半做了，疫病就不能这样爆发，这是可以肯定的。"

徐家辉说："是必须肯定的。"

小和珅冷笑："可是遭了损失，跟人家没关系，却让咱们承担了。这是跟人家不敢，跟咱们敢。"

家辉爹说："公司负责也好，种猪户赔偿也罢，都是皮里肉外的事。有个最关键的，市场的猪价至今仍是走高，可对你们的收购价还是那些。"

说完摇摇头，不再说。

满脸宽厚的笑。

小和珅竖起大拇指："扔下这个说别的，就是喳喳鸟瞎叫唤。"

刘桂珍眨了眨可怜的小眼："那这个事，种猪户咋不提呢？"

小和珅说："跟人家什么关系？猪只要生出来，人家利润就已经保了。"

一石引起千重浪。农场主们纷纷议论：

"没猪时你们得奉献。"

"猪多时拖着不收。"

"市价上涨你们不涨。"

最后气愤地说:"柿子专挑软的捏。"

小和珅说道:"这些事搁在种猪户身上,起根就不会这样。搁到前方销售的身上,也早会调整了。到了商品猪户这里,对不起,得拖就拖,得缓就缓。永远忙别的事,永远绕着走。"

刘桂珍不明白地问:"谁绕着走呀?"

洪宝昌瞪她一眼,嫌她总是跟不上趟儿。

徐家辉这时说:"猪只当然还要养,它们没有罪过。景精神同志仍是好样的,他不仅是企业界难得的好董事长,拿到社会中也是一等一的好人。若他做商贩,起码生豆芽不上化肥,若他做菜农,种植西红柿不带涂抹药水的。"

这样的话,大家似都理解。觉着应该有几句这样的话,应该由徐家辉说。这样才叫作会。

外屋地一阵菜下锅的声音,吱吱拉拉的很响。

有爆锅的油烟味飘过来了,随着冷风,倏地吸进众人的鼻息里。有小小的嘀咕声传过来:"都说董事长有两多,大会小会多,秘密情人多……"

第二十六章

民情研究会

景精神如此清楚地记得,就在那个下午,或者下午刚开始的时候,中国电信的一个信号顺畅地传到他的耳旁。短暂的僵硬后,他全身开始冷战得厉害,不得不强制性地收腰缩臀，再收腰缩臀，声音喑哑地宣布休会。

挨千刀的丁文福啊，他卖猪了。

朗朗乾坤之下，大摇大摆的下午，连月黑风高都没选。安排的眼线死啦死啦地。长年坚持反特和保密工作的景秀敏死啦死啦地。曾做出错误判断的瘦编剧死啦死啦地。

丁文福这个家伙，他是太了解景精神了，太知道普遍的疫病后，会掀起一场轰轰烈烈的学习教育活动，深入开展彻底的思想讨论了。趁全体员工及农场主认真开展活动和讨论之际，他悄悄伸出了罪恶的黑手。

只是猪们恐慌的叫嚷线人怎么没听到？是睡着了还是双料？各电视台谍战片如此繁多，它在告诉人们，做人可以双面或多面，做线人则可以多年潜伏。鳄鱼一样，从浑水中游过来，突然跃出水面，将角马、野牛、羚羊诸等拿下，拖进水里翻滚。伴随着每一次肉开身裂的翻滚，血水喷污了大片的开阔河面。

由于毫无所知，没人安排路卡，也没有盘查拦截。丁文福和猪贩子们，车头插着胜利的旗帜，在猪们公然的号叫中开出永县地界，出演了一场胜利大逃亡。

卖得好顺利呀。

连大带小、连公带母全卖了。

景精神要疯掉了。

疯掉是需要意义的。景精神感到了疯，却一时找不到意义。但他还是要疯，也因此更加懊丧。

为什么此前的违约或卖猪没疯，甚至很冷静，面都不肯露，因为那时是有意义的。那时他事先有知，能有所把控。

因有所把控，大敌当前之时，景精神觉着实现了某种情境：水泥凉亭下，一边吸烟打牌，一边品真正的大红袍。暖风习习，头顶的葡萄"滴里嘟当"悬挂。各路人员早已安排妥当，他们渔翁一样钓鱼，蜘蛛一样蹲守。

那么此时呢？

不仅是把控失当，还有一层别的意义。这个丁文福，既特别演绎了当年的大岔村带头人，也深刻嘲笑着今天的景精神。它涉及了阵营，也加深着侵害。苗曼妙若是瘙痒，王伟若是钙流失，张喜若是腿抽筋，丁文福就是一次深度的胃溃疡。不，是狂欢后的胃出血。它让景精神满满一口掺酒的血，哇地喷射到干白粗糙的墙壁上。恐怖的余血，在终生少须因此省却了多少刮胡刀的嘴角边，伤口一样醒目，蚯蚓一样爬行。

叛徒。异己分子。

是说丁文福，还是说景精神？

景精神，给了你一个响亮的大嘴巴。让你嘚瑟，让你不知香臭，抱着屁股连啃带亲。

景精神想光着大腚裸奔，站楼顶上拉出条幅呼喊，站广场的木制铁腿板凳上演讲。奔的什么喊的什么演的什么，不是丁文福违约卖猪带来的损失，而是人类的终极命运，种猪户的终极命运。还有他这种讲哲学、爱太极、恋农民的资本家的终极命运。

那夜景精神做了梦。老妻赵贤子在日本属的华堂超市搞脱衣秀，将一件一件小上衣不断除去，向众人展示她已然黑瘦干涩的粗糙皮肤。景精神站人群外焦急地示意她停下，赵贤子却视若不见。景精神拨开众人去抓她，她扭头便往外跑，结果她跑脱了。一绺带着头皮的血头发攥在景精神的手里。

景精神心疼难受欲哭无泪，忍不住蹲在地上捧脸呜咽。而赵贤子一扭头，干瘪的脸变成了大斜眼皮的丁文福。景精神急忙扭头避开。

手中的那绺血头发，霎时变成了翻卷啮咬的湿冷细蛇。

对待这次早有预料的违约，李县长不仅打了电话，还亲自召集会议。要以丁文福卖猪为专题，当然又不仅以丁文福卖猪为专题。李县长决意跳出这个思维，将它列为涉及整体的个案，关涉个案的整体。决意通过此案，告诉人们它不仅是违约不违约的问题，而是地域经济发展的问题，既涉及软也涉及硬，涉及对它们之间的关系的校正，即软是它的客观形态，硬是它的外在感受。

记者们都应邀准时赶来了。除了不敢不来，专题会的立意及影响，也激发着他们的采访欲望。而丁文福这种颇负盛名的原村主任，果真做起引子来，影响力肯定超出一般的农场主。想到农场主，李县长不由得皱眉。叫养猪户就挺好的了，非得弄出个新名来，景精神也真能整。

李县长要求记者们不仅要做好会议播报，更要就着事件做好纪实，激发关注，展开讨论，增加此经济新闻的感染力。如此脚踏实地关注国计民生，体现了李县长作为一位好县长的风范。

景精神知道事情要透亮了。李县长不是亲妈，不是亲爹，但李县长是把正义之剑，是丁文福这厮的克星。丁文福是蜈蚣，李县长就是雄鸡。丁文福是母狮，李县长就是壮年大象。总之李县长及代表的永县政府真的是做到位了，跟外国比也做到位了。

景精神独坐大班台后，玩弄着一支签字笔。像所有的中学生那样，景精神可以让签字笔在手上奇怪地转个圈，再转个圈，再转一个圈。成年人一般是学不来的，可景精神瞬时就看会了学会了。景精神是在王文娟女儿景大花的课桌旁学会的。女儿自小就比男一和男二用功，遗传了王文娟认真学习的好品质。若遗传柳芭就更好了，柳芭是学旅游的大专生呢。若遗传赵红才真正好，她的文案让景精神相信，若果真承接了赵红的衣钵，就算寄养偏远山村二十年，女儿仍能有所发展。

李县长如此正派正义，景精神就想安排赵红弄面锦旗。可是锦旗送给李县长，就定格了高山流水的情谊。景精神希望流动，希望发展，希望增添，况且县长办公室里悬挂这样一面锦旗，就不是在增加荣耀，而是在呈示俩人的关系。这样不符合五湖四海。好的关系应是潜行的，应是当面鼓励，背后说好，起码当面肯定，背后说好。

景精神知道李县长是真心的负责的，他什么都不需要。

景精神决心找丁文福。掏他的心窝子，看是三角的还是四棱的。三角四棱对景精神没用，但景精神得掏。景精神的社科天赋又上来了，发烧一样挡不住，三五天都撤不下去。难受不舒服的劲儿，类似于空旷的稻田地里，大雨淋湿无伞，或者夜里睡觉，几只蟑螂粘到了他光着的身上。

可丁文福凭什么要来？可景精神相信丁文福会来，甚至相信丁文福想来。那么这个不是对手却总跟自己对立的家伙，安排谁去找？景精神派的不是景秀敏，也不是柴师傅和老杜，景精神派的是永县道德猪协会秘书长老孟。

丁文福可以不买景秀敏的账，却需买老孟的账。只要他想待在永县的地界。至于怎样把丁文福带到二十八楼的总部，那是老孟的事，景精神不愿问也不想管。

门后拄着一截拖布杆，可以随时抄起来。给丁文福准备的。景精神完全有能力徒手。别看丁文福车轴似的，三个他排成纵队，未必抵得住景精神兜胸一掌。因此准备拖布杆是公平也是必要的，因为景精神并不想出掌。景精神怕由于出掌，把设想的对撞或对决给影响了。

对撞或对决是因为重视，重视是因为关涉心中久已树立的理论体系。景精神就不想说，他将带人成立"丁文福个案研究会"，利用丁文福这桩案本，研究今后的阶层构成和发展倾向。行政级别参照正处级待遇，拨款没有编制不限。

当然这些都是景精神的"嘴吹灰气"。如此不负责任地定岗定员定编，实属景精神的借喻或者类比。而且以上研究会，直接贯以丁文福三个字是不合适的。因为不定歪打正着，会把这个狗做的给炒红了。

景精神对此的办法是，把丁文福三个字更换一下，叫民情研究会或者民情研究院。

太 像

　　可是真的见了丁文福，却忍不住气从中来。这家伙居然喝酒了。他居然有心情喝酒，居然敢喝酒，被景精神一眼给看出来了。

　　景精神再次意识到，对这个人太熟悉了。

　　若不是太有修养，景精神就想跳到大班台上敲他的头。心想你个兔崽子谁也没有你给我带来的祸患大。你卖猪就不是卖猪，是卖猪把猪圈给刨了，是偷东西把人家女人给祸害了。只因为预设了对撞或对决并且要谨遵程序，景精神才调气运功，勉强控制住了自己。

　　景精神说："有句话我可以问可以不问，你可以答可以不答，但是我既然问你就必须答。"

　　丁文福奇怪地看着景精神说话，像是突然断电或者突然来电，突然地失去了反应或突然间有了反应。他油厚的嘴角忍不住下拽，斜耷眼皮露出酒后挡不住的大胆讥讽：

　　"许多问题与其问我，不如问你们自己。"

　　就是这个人，尽管灌了黄汤，却不曾耽误绕扯。想像我一样绕扯？景精神心想，扒了皮我知你的骨头。便一字一句道："是得问问你自己。跟咱们道德猪这么多年，可以说起用你又重用你，可最终与组织对立的是你，违约卖猪的还是你。"

　　丁文福叫道："老景你别这么说。什么叫与组织对立？因为什么对立？什么叫违约卖猪？因为什么卖猪？老景你知道我要说的含义。"

　　违约对立还有理了，这就是大骗子和小骗子的区别。不过就不怕你说理而且要的就是你说你有理，哪怕你满嘴满身的理。

　　丁文福说："价格标准合同规定，你们从来是想怎样就怎样，不想怎样就不怎样。市价这样走高都压着不提价。为什么不提价？名义上你们是对消费者负责，实际上你们是对农场主不负责。"

　　景精神使劲地点头。因平时对所有的人与事只是颔首相许的，这时的点头就有些过分和夸张。令旁坐的白头贾和孟秘书长感受了犯贱，想到了自取其辱。

　　丁文福说："不是问我为什么违约卖猪吗？因为你们的道德猪养也不合算卖也不合算，只有直接处理给猪贩子才合算。"

猴子再能，就跳不出如来大佛的手心。景精神决心让丁文福说够了。那刻景精神意识到，若说找丁文福谈话是奇怪突兀的，那么丁文福选择这个酒后也是有意的。

看了看门后的拖布杆。拖布杆还在，白头贾和孟秘书长也在。在也不让他们插话，非要独自敲打丁文福不可。于是嘶声威胁道：

"鉴于卖的猪无法收回，我们已经把你起诉了。"

丁文福禁不住冷笑几声。猪只当然无法收回，因为早跑进消费者的肚子里了。而因此起诉也是真的，有关传票正在送达。不过又能怎样？丁文福跑路了吗？遁形了吗？不是应邀而来了吗？

孟秘书长就有些坐不住。人是他找来的，可是怎么喝了酒？自己可是戒酒多少年了，他希望丁文福有素质些，起码不让景精神难堪。而白头贾就要发话，白头贾相信他若是发话，会比粪肥还有劲。可景精神就是不点头，于是他们悟到，景精神是想让丁文福说够了说透了，亮出他的本性，猜透他的本质，看穿他的原形。

丁文福大嘴咧咧道："你们整天这协会那协会，你们是需要的时候协会，不需要的时候不协会。典型的花架子，充其量小儿科。"

景精神自认为擅长听取意见，哪怕是接近事实比较苛刻的意见。可如此往心窝子上捅，这是意见吗？这是煽动，典型的反攻倒算。虽然已在生气，却显然尽量克制，头也不晃荡了，而是保持一份应有的矜持和冷静道：

"怎么是花架子呢？农场主们分工协作，各环节合理有序，这都是明摆着的。尤其面临疫病，广大农场主不动摇、不放弃，也是有目共睹的。这都是我们重视协会追求精神素质培养的结果，它预示着道德猪事业的良好未来。至于不同意见，别说一个公司，就算一个国家怎么样，经济繁荣发展吧，也有不同的声音。"

丁文福说："你别恼也别躁。"

丁文福接着说："今天我不说明天会有别人说，明天别人不说后天会有千千万万个人说。不管我说还是别人说，你们都要相信，站在你们面前的这位曾经的村干部和老党员，他将永不同意按你们的需要打造。你们就别想按着你们的需要，改变他的一根头发一根汗毛。而且就你们这个形势，今天我不养了，明天我也不养了，一百年我都不养了。千千万万个人都不养了。"

若不涉及协会，若非涉及农场主及改造教育，丁文福啰唆的这些，就要把景精神笑疯了。可此时景精神是气疯了。这卑污的灵魂，这两扇斜耷丑陋的大眼皮，这片鼻洼鬓角正淌馊汗的臭脸。还曾经的村干部呢，简直给这三个字抹黑。

丁文福啊丁文福，你个拙劣不堪、冥顽不化、不懂得哲学的熊货，老子听够了受够了。你等着，看老子怎样狠狠地反驳回击。

可酒后的丁文福不唠这些了，而是带着眼前的几个人回顾。大意是凭什么这样对待丁文福，还弄两个线人看着。就这么不自信吗？以为丁文福不知道吗？须知景精神曾是村主任，丁文福也是村主任。景精神曾做过民兵连长，丁文福也做过民兵连长。人生的前半截儿，等于步了景精神的后尘。当初为什么起用丁文福？还不是因为视丁文福如自己。后来为什么不迁就丁文福？就因为丁文福太像景精神了。

想不到丁文福有如此的怨气。这个怨气不再是怨气，而是不服气。不只对景精神不服气，还是对景精神和他生前身后的不服气。而一旦抵到这种不服气，想不决裂都没理由了。莫说景精神不让，丁文福都不让了。

决裂的丁文福突如其来地哭起来。那个哭不是酒后的哭，不是下属对上级的哭，也不是小弟对大哥的哭。

那个哭没把景精神打动，却把景精神的劲儿给泄了。

跟你说一句话

云在空中低低地飞。宽敞的路面点点痕迹，是汽车的排气管漏出的。让人想起摊摊鸟粪。此时的景精神站在公司总部，看着对岸宽阔的体育场上，寥寥几个锻炼者。热爱生命却互不理睬，景精神相信这只是一面。

马路边有车停下来问路，被问路的人很高兴。明明在免费回答，却比问路的更加耐心，车开走了还撵上前告诉。体育场巨大的墙体电视里有记者采访："如何看待取消插播广告。"被采访的群众焦急地担忧："那电视台可咋办啊？"

随时可以冷面相对，随时可以热情指路，随时承当电视台的托儿。他们令景精神哑然失笑。

种种情形说明，丁文福早就预料并等待这么一天的。这样的见面，与其说创造机会给自己，不如说创造机会给丁文福。

哭过的丁文福提出单独说话。这个要求显得重要而神秘，却不能不考虑景精神的人身安全。白头贾的脸上继续着宗教式的忧郁，孟秘书长则皮笑肉不笑："怕我们听着呀。"

丁文福脸上的表情怪怪的："对，怕你们听着。"

景精神听到柳芭轻轻地说："我辞职了，不干了。"景精神心房不禁一颤，又是一颤。就想搞清是谁在逼柳芭。若是小白脸，景精神会派出心狠手辣剑术快捷的景秀敏，先是一笑吓晕他，然后毫不犹豫地动手。相信景秀敏不会临时叛变做珍藏家。冲着柳芭，景秀敏也会对小白脸怒火中烧。

可若是柳芭自己苦逼自己呢？若是他景精神苦逼的呢？

如此柳芭会不会翻脸不认人，借机倒逼景精神？那才是笑话。就算跟她有过什么又能怎样。就算柳芭私藏过一块枕巾、一件内衣、一个平时擦地又被临时征用的抹布，那又怎么样？只要景精神心里头不怕。

可景精神仍不免郁闷。只因一个人辞职，常常是无路可逃。

若是挽留柳芭的辞职，除非降低和改变要求。可是景精神能吗？若能降低和改变，当年就不会放走成阳。

可成阳能跟柳芭比吗？

景精神用焦烂的声音问："真的不干了？"

柳芭说："不干了。"

景精神说："我不逼你。"

柳芭抬起脸，扇动着长睫毛，杏核眼里蓄满深厚的泪水："你逼我。"

景精神一张姜黄脸上浮现出苦笑，柳芭最熟悉不过的表情。不好看，但永不反感。因它连接着柳芭的记忆，疼痛的快乐的身体的生命的记忆。

景精神语调苍老地感喟："都弃我而去了。"

柳芭嘴角牵动，咽声道："放屁。你看看我的结婚录像，临上车前对着镜头的口型，看看我说的是谁——景精神。"

景精神突然吓了一大跳，眼里心里充满了纠结。想揪着自责的头发升空，可却只归于徒劳。它们让他使不上劲，短短地揪不起来。

"要不我退步，你继续留在北京吧，啊？"

"不，没不让你留在北京。但北京决计不变，必须两个团队，这是原则。而且省城不会亏待你，还会加倍优待你。先给你有机大饭店，干好了可以创办生态园。怎会是空中虚拟，开发区都列入重点项目了，届时你做它的总经理。

"还要怎样啊。北京的一半也够你干了。你的亲戚们尽可以不变。也可以回来，安排在生态园打更、保卫、厨师、管理。至于小荀荀那个白脸子，就是不能让他待消停了。他想顺利过渡成北京市民，先费点劲再说吧。

"可是你不惜辞职而去，那就没有办法了。行，也知北京的路你已经铺好了。那么你谨放心,道德猪里的股份你什么时候都有的。退股也可以,把它换算成金钱,相信有愿意接的。

"没有人接,咱们公司接。"

应该说从来没有任何人,以任何理由那样说。丁文福的那句话,令景精神觉得失败极了,瞬间的反应是眼冒绿光,里面放射出凶残毒狠。绿光之下,丁文福显然犹豫了,要夺门而出,或者抄拖布杆。

要求单独说的那句话是:"你不就有俩钱吗,比我强哪儿去咋的?"

景精神想说就比你强,咋的吧。但这话景精神一辈子不能说,说了就"唰"地和这头孽畜拉平了。而景精神只消拍一下桌子,老眼昏花的白头贾和满脸皱纹的孟秘书长就会跌跌撞撞冲进来。更多的人会冲进来,全楼的人都会冲进来,闻讯的农场主和种猪户会冲进来。人群由乍冲进时的三角形变成后来的半包围或者全包围。但景精神硬是不拍桌子。

景精神说:"你今天来就是为了这句话吗?"

丁文福放赖了:"有能耐你把我送进去。"

景精神不送丁文福。景精神觉得现在的丁文福已不够送监狱了。而且景精神放心了,觉着探到了底,一个缺少底线喜欢整事的人所能有的最深的底。

几幕对话与场景

随着柳芭的辞职而去,如何将王文娟当作柳芭,成为景精神不可避免的长久话题。破解它靠的不是太极和文史哲,也不是彼此身体的似是而非,更不是硬贴在脸上的一幅照片。当然王文娟是不会允许这样一幅照片出现的。景精神只好凭借记忆想象,闭紧双目,在王文娟总经理的脸上,悄悄描画一幅最美蓝图。

自信霸道的王文娟,面对景精神的暗示居然闭关锁国,扭怩着不肯开放。办理边防证或者出入境证件也不行。恼得景精神接连警告:"小心老子要弹劾你。"因自恃资源大国,王文娟不惧怕来自任何一方的挑战。她迎头驳道:"弹劾吧,有能耐把我弹劾到太平洋去,也省得回来了。"

后见景精神恼火了,脸上出现雨湿或者雷电的表情,才哼哼着将僵硬的身子松软下来。却不料多处管涌,失控强撑的意志大堤随之溃塌。

辞别了严冬坚冰,大地终于变得土质酥软,鹅黄渐绿,渐至泥泞成河。

王文娟放下架子积极配合，景精神也没得说，十分的风生水起。王文娟由心软到积极，由积极到卖力，由卖力到先进。搂着景精神的脖子直说："我的是我的。"很像个小孩子，抱着棉花糖不肯撒手，仿佛谁要跟她全力哄抢似的。

　　反倒是景精神保持头脑清醒，向王文娟调研道："廉颇怎么样？老将军尚能饭否？"

　　佐藤先生的考察，应是越来越临近了。景精神计划挤时间去北京一趟，按着国际惯例与其约见。介绍有机事业的全面情况，有礼节地欢迎他带着秘书过来。届时代表农场主们告诉他，现在是华堂给道德猪机会，将来不定谁给谁机会，就很有可能倒过来。

　　这个将来可能需要十几年、几十年甚至几百年。

　　去时理所当然要带着赵红。冲着王文娟的吃拿卡要也要带。

　　将来华堂这一块的经营，就没有比赵红更合适的了。赵红能让佐藤先生想起家乡啊。

　　这时就有闲言说景精神不爱国，使美人计讨媚日本人。景精神心说：使用别人是美人计，使用赵红是吗？产品进到华堂，在当下就是最大的爱国。谁不承认谁才是不爱国。佐藤这小子敢掀起狼子野心，经济侵略，景精神就用真金白银砸他，敢用武力侵略，景精神就用伟大的中华太极给他打回去。试问哪个敢这样喊，哪个能做到？

　　月上柳梢人倚床头，柳芭对着身边男人开始她的独语。

　　男人不是景精神，也不是成阳。

　　更不是小白脸荀荀。

　　对不起，虽然最符合法律，但暂时轮不到他。

　　柳芭床前的男人来自超市。原来希望给他们的总经理留着，可是经销产品的女子太多了，便只好放宽条件，降至负责进出货的中层。

　　倚在中层的身旁，柳芭脸上露出了笑容。一副标准的城市女人面庞。若喷上一些精细的清水，就叫梨花带雨。从向日葵到梨花带雨，那株清新健康带着潮湿土腥气的向日葵渐行渐远了。

　　可是为什么，满脑子里面仍旧是他？

　　真应挠上几把，或在他仍显结实的胸前又狠又嫩地咬上一口。留下个圆圆的紫牙印，吃刚出炉的孜然肉串一样。

　　为什么如此挠咬？在长白山的大森林里穿行，需不断地在树干上刻下记号。

可景精神不是长白山也不是大森林。而她柳芭，汩汩的气味已经足够，弥漫方圆四十公里，又何需留下记号？

汩汩忒浓，太多了动物性。应是占据鳌头，领军花丛，一派梨园风情。

柳芭认定景精神会惦记着她，无论走到哪里都想着她。因柳芭深知，景精神是何等的负责任。

柳芭啊，你可知？

在景精神及众人的眼里，小荀荀的野心该有多大，行为又何其诡异。一个打工的小伙子，借着感冒打点滴便拿下了大十五岁且带孩子的小姨，这样的能耐让人瞠目，又怎不让人起疑？不怕少夫老妻合手，怕的是老太婆子跟着小白脸的野路子走。

况且怎知小白脸的狂蜂戏蝶，就没有景精神的成分，就没有小姨是公司副总的成分？可如今几样都不在了耶，而光阴却不可抗拒地流走。

小荀荀五十的时候小姨就六十五了。小荀荀六十的时候小姨就七十五了。七十五的小姨能干什么呢？当然会有办法的。倘若小白脸真的过分要求，还有神奇的中医呢。就算不找中医，一天一捆香菜也把他吃废了。

中层这里怎么办？什么怎么办，让柳芭维护中层，让中层维护销售，让销售维护有质量的生活。楼有了车有了经验有了人脉有了，最勒脖子的启动资金也有了，由此还怕什么呢？小白脸的老家有几亩口粮薄田呢。柳芭也早买好了连儿带女的养老保险呢。

可是精神啊，你知我此时的悲怆吗？你知我曾经，所有的忍耐都是为了一份惦记，所有的宽容都是为了一个你吗？可我不得不承认，我的确离你越来越远了。

那么请回来吧，我心中的永远的、金色的向日葵。

可是精神啊，我深知回不去了。一棵肥大的向日葵，它正稳重而轻盈地越走越远。不过若有可能，我希望发出呼吁。世界上所有的人，都请相信一个人，相信一个中壮年的老男人。相信他的品性必伴他到老，他的道德猪也会一如既往。

柳芭啊柳芭，让我可怎么说？谢谢你啦啊！

可是不必说啦精神，我眼中的极品，心中的绝响。

第二十七章

微晃才是结实的

老师的实际死因,景精神是后来才知道的。此前景精神一直纳闷,长年精练通背拳的他,何以七十出头便驾鹤西归。原来是师母十分爱惜面子,一直隐瞒着事情真相。师母不喜欢老师死在工作和会场,更不喜欢死在家里的床上。尤其下半身赤裸并且戴着计生用具,还有破案人员视若珍宝的不明渍痕,师母并没在场的渍痕。

此情形令景精神对武术精神产生了终极怀疑。到底哲学能够净化,还是武术能够净化,还是它们都不能够净化?得出的结论是某些人淘粪都可以净化,某些人浸泡到消毒池里都不能净化。

永远不停的一系列会议,虽按着预想取得了一些效果,但并未取得预定的效果,因此景精神要打起精神再开。为什么再开,因为开是唯一的,除了开就找不到别的道路。要通过开和再开、几度开直到 N 度大开,最终让农场主自己把自己克服了,进而实现设想中的超越。

在继续的会议上,新增的几个现眼事件,景精神不想提也不想讲,可不讲不提就躲不过。丁文福卖猪早弄得哄哄乱嚷,柳芭辞职虽一般人不知但早晚得知。因为柳芭虽居北京销售,却是生产基地的副总,届时突然变换了新面孔而不说明旧面孔的去向,农场主们是会猜议的。不猜议突换了新面孔,猜议景精神又有了哪些新变化。

柳芭的跨距离任职,当然出于景精神的谋划。但把养猪和卖肉拴结起来也是有原因的。不好好养猪就会卖不出肉，而体会了养猪的不易和精心，才会对卖肉更上心。这是景精神源于工作的逻辑，而不只是因感情而起的特别安排。

连续系列的会议当然也有其他的用处，譬如提供农场主们因会议而起的庄严感。打开电视，在全民狂欢与"嘚瑟"的时代，这个庄严感是很必要的。它所引发的正能量，和"嘚瑟"带来的热量是不一样的。前者不会固若金汤，后者肯定不堪一击。

当然自始至终的庄严感也是不够的，应走向庄谐并举，以便坐住凳子。根据这一想法，博士将继续插空，讲述很可能人尽皆知的养猪常识。而白头贾也要讲上一讲。白头贾那张老嘴简直不是嘴，磕磕绊绊的净是入脑入心的人生大哲理，它们精彩极了。白头贾不张开老嘴则已，张开就是最新抄编的《意林》杂志。

若搞些庄谐，东北人就不在话下。赵红因为总参加并记录会议，也能现学现卖地整几句。专业出身的景精神更不用说，张开小圆嘴巴，就是牲畜大讲堂。譬如狗对香臭不敏感，不管多娇贵的宠物狗都去吃屎；譬如鸡对苦甜不敏感，所以爱吃婆婆丁和清明菜；譬如猪对发霉不敏感，因此捂发的草籽照吃不误，等等。

景秀敏的飼猪系列更不必说了。为避免与博士撞车，博士有意倾向于科技答疑，而景秀敏则捞干的来实的，一色儿"干嘟噜"的故事。景秀敏最想不到的是，与博士的避让合作收获了眉眼传情的愉快，体会了知识性、趣味性和意会性的最佳结合，使景秀敏一阵阵冒汗，一阵阵脸红，一阵阵轻微发烧。

受幽默风情的鼓舞，瘦编剧也想试一试。某次会上，他走了飘，说他要做个长篇，叫《冻土黄花》《伯都讷》或者《艳丽》，具体哪个名字还没确定。景精神正运气思考，突然睁眼问"伯都讷"是满语还是蒙语，译成汉语什么意思。瘦编剧说它既是满语也是蒙语。满语是老虎，蒙语是鹌鹑。

景精神说道："名字不重要，重要的是故事核。"

瘦编剧想说，很多名字它体现了故事核。但瘦编剧忽然警醒，景精神才不关注什么伯都讷，他是在揣摩瘦编剧是否全力投入。签了约就算立了合同，立了合同就要保质保量完成。主动卖给公司都不成，景精神要的不是行尸走肉。

瘦编剧有些后悔，便及时刹住了口。

作为科技答疑的践行者，博士述说的内容包括：供猪只玩耍的铁链，就是弄几根铁链子吊在梁上，让猪们没事咬着玩；供猪瞎拱的易拉罐，里面装上苞米粒子，随着盒罐的翻滚偶尔掉出一颗，让猪得到觅食的野趣和快乐。

好的猪舍应坐北朝南，采光斜坡。三面用土堆砌，舍顶用泥草抹严，地面安置供猪趴卧的垫板。如此既可保证采光又可保暖采暖。

只是一个猪舍，不用土墙用什么，什么也不抵土墙便宜。而坐北朝南是东北民宅的长期优选，有阳光和没阳光毕竟差别太大了。地板的要求挺高，但它可以隔凉热，防痔疮。

大家议论："还防痔疮，赶上人了。"

人也比不上。

见大家希望听些猪以外的，博士顺势调整道：

"狗对高蛋白吸收差，但直肠发达，吃了就拉，所以应给它们易消化的。

"马得了前结肠炎蹄子刨地，得了中结肠炎晃荡身子，得了后结肠炎好回头看。叫前结刨、中结摇、后结瞧。

"牛有四个胃，可以快速吃，然后反刍。牛吃草的速度是马的五倍，以弥补它的慢。马可以慢悠悠吃，遇敌情再迅速奔跑。"

每天和五谷六畜们打交道，居然有那么多的不了解。农场主们发出连续的哇哇声。

博士也兴奋了，又说：

"人患了结肠炎，早晨四五点必须上厕所。"

待博士讲住了口，景秀敏就讲刹猪。由于专业人士在场，特别是当着闭目休息的景精神的面，景秀敏的嗓子很容易发紧。但为了活跃气氛，衬托博士，减少景精神董事长不必要的说话量，景秀敏豁出一张老脸了。

可是大家都听得入迷，包括博士。半张半合的嘴都流淌出了口水。只觉着被畜牧武装起来的景秀敏煞是好看。夕阳般的光泽衬着她方正硬朗的面颊，显示出一种绝望的凄迷。

景秀敏也意识到了，她的声调、身体、手势因此而调整。原来的声调是锣鼓钹，现在是小号加塞子；原来的身体是斜阳晚照，现在是夜雾初起；原来的手势砍瓜切菜，现在是显见的云遮月。

趁博士和景秀敏表演，景精神满意而松弛地打了一会儿盹。这是新添的毛病。添了这样的毛病，大家便都知道他有些老了，单靠闭目屏息抽腰提臀已经不够了。

打盹的他手不再握笔，脚也未紧紧抓地。他的腮边堆起了无法抽油提炼的褶皱，一颗浅褐色的老年斑，白天潜藏在褶皱中，夜里发出暗淡的光芒。

景精神原来和普通的退休老人一样。这个情形惹起了大家的心疼。

而被大家心疼的景精神，此刻正浮想联翩，想得很近又很远。

随着有机事业的深入，由他亲自缔造的协会应该频频出列了。它们一段时间没有频频出列了。协会是有机事业的供氧站，农场主们是协会的重要组成，若他们不发挥作用，协会就没有了意义。而协会没有了意义，有机事业也就出现了致命的短板，很可能就无从谈起。

　　已是他的套话。

　　但套话要继续说。

　　知道近来他们有些气不顺，个别环节甚至显得不如种猪户，但景精神理解些许的误会和怨声。有误会和怨声是正常的，它们映照着新农村新农民的波动，也提供着调整角度和深度焊接的机会。

　　空气流中万丈高楼，微晃才是结实的。不晃就要倒了。

　　此刻他们就在对面坐着。只是景精神想他们，他们却无所知。因为他们不是蛔虫，也不肯做蛔虫。而景精神不允许除了蛔虫之外的任何物品，钻进他的肚子里看上一看。包括一块纱布，一块脱脂棉，一根头发丝。

一片空茫带雪

　　因为淡然坚定，那件事情突然来临时，景精神才感到了稀里哗啦。景精神都有些视物不清了。瞳孔有一样东西在飘浮，像头发丝，又像个什么圈。眨了眨眼，还是个什么圈。

　　景精神定定神，将那件东西再读一遍，仍是既知其然又不知其所以然。

通　牒

景精神您好：

目前我们对道德猪的饲养，有以下几点意见。

不同意买仔猪付现金。

不同意账期。

不同意掉杵①。

必须按合同执行冬季一小时。

---

① 掉杵：猪只称重的一种方法。是指去掉猪头、毛发和内脏之后的肉杵称重。相对于活猪称重而言。

......

以上几条限五日内答复。如果不答复，小猪不抓，大猪不卖。

签名及手印（略）

一页 A4 打印纸，小半是通牒，大半是签名。三十几个签名，密密麻麻的一大片啊。上面覆着的那层鲜红手印，像农贸市场粗暴刮过的鲤鱼鳞，厚浅不一地撒落在地面上。又像刮掉鱼鳞的鱼身，粒粒腥味的大浅麻子，引得景精神阵阵赞颂和恶心。赞颂敢于表达意志，恶心对景精神的表达。

景精神在心里说话：

这就是你的农场主吗？

这就是你悉心挑选可信赖可依赖的骨干吗？

这就是你的协会吗？

蛤蟆塘以及周边的散户，差不多给一网打尽了。他们几乎一个不落地加入了。景精神绝不相信签名时的争相踊跃，但必须承认他们曾经的默契配合。

一直想象的燎原之火，竟以这样的反方向和反姿态出现了。想不到啊。景精神手持通牒书，干咸鱼似的不动，感到了从未有过的凄惘。

景精神能说，一纸通牒动摇了他的理念基础，影响到了他的大政方针吗？

能说他永远喜欢缔造新秩序但不喜欢将世界打个落花流水吗？

能说他永远不喜欢缔造新秩序，也不喜欢将世界打个落花流水吗？

景精神得承认，到头来他的嘴脸，和天下的有钱阶层一个样。

望着景精神的样子，景秀敏不忍上前。通牒书是她拿来的，却不是亲自呈送的。她怕引爆。智慧的白头贾和其他几个幕僚啊，快出个方子，安个引流。没见过景精神如此震惊，相当于接到外星球的战书。即使收到外星球的战书也不会这样震惊，没准景精神高兴得跳起来，因可以有新的拓展了。到外星基地上去，和外星人交朋友，讲授哲学，传播太极，发展有机。

白头贾知景秀敏的心思，很想伸手安慰她。但对于景精神，让他自己蹦吧。白头贾相信景精神能够自己蹦，相信还是让他自己蹦的好。蛋壳一分两裂，小鸡从中蹦出来是最完美的。白头贾相信景精神能蹦出来，稳步踏上人生的新阶梯。

白头贾如此想，因他认为此事也没什么，请问它厉害得过附红细胞体吗？厉害得过口蹄疫吗？厉害得过违约卖猪吗？景精神只需咔咔处理，不必连心连肺。

可白头贾很快知道，对景精神而言，它不是事情而是事件，不是事件而是地震。

景精神手抚胸口，想说爹呀我这里疼。又觉着太碜软弱。想说大哥呀我这里疼，又觉得倍加寒碜软弱。他叹了口气，惹得白头贾也开始心疼，决意献谋献策，设计紧急处置预案。主要是照扒久已有之的应对套路，一是迅速封堵新闻报道，堵不住就疏导；二是着手建立事件调查小组，查找早已想到的事发原因；三是处理相关责任人，确定那些顶替背黑锅的罪魁祸首；四是派驻新的临时性领导人。

不过景精神却摆手制止，说他要想想。这样说时，他的头颅无力地垂下，露出头顶上遮挡不住的大片头皮。比姜黄的脸色鲜亮，硫黄熏过的毒姜似的。原来景精神早就拔顶了。白头贾也拔顶了，拔顶又白发，一样也不落。不过白头贾暴露的头皮是白亮泛光的，透露出长年喝海参汤的底子。虽然现在不喝了，海参素的累积却可以发作五到十年。而景精神呢，他是不喝海参汤的，因此头皮不够白亮泛光。不过他夜里嚼吃唾手可得的大葱，因此同样体壮气虚。

白头贾或者众人，都以为景精神会自责。景精神肯定要自责。但自责的内容白头贾想不到，其他的几位幕僚诸路人员也想不到。而自责的话出口之后，大家又觉得应该想到，因只有这样的自责才既接地气，又老到且常规："群众有这么多意见，分明是我们倾听得不够啊。"

这样的话令白头贾和众人一震，很感动。

继而深入想到，景精神果然克己奉公，善于想到他人，不这样自责都不行。

景精神继续感叹："如此集体联名，分明是没有提供更多更好的发言渠道啊。"

白头贾说："精神，你即便一千次让大家发言，一万次言无不尽，也不能做到人人尽其所言。就是说，你做得够多够好了。"

心里却想，你兴致勃勃地组织这个发言那个发言，也不想想你听到不同声音的态度。恨不得拿起猪毛，把自己的耳朵和人家的嘴巴堵上。而那些个发言，内容虚虚实实，形式蜻蜓点水，有哪个言由所衷了？都是坐在那里放空屁。

景精神诚恳地摇头："不，相对于搞传销和做直销的，我们分明是关注群众生活不足，倾听底层呼声不够啊。"

白头贾想：还关注和倾听不够，再关注你都关注到人家饭锅里了，再倾听你都倾听到人家被窝里了。似你这般关注就是形同搅扰。

景精神似没听见白头贾的心声，继而感叹并自责道："发展需要代价，改革允许失败。若是给我时间，我会考虑他们的要求和利益，可总不能说做就做吧。"

白头贾说:"精神你说啥哪?我们啥时不考虑他们的利益,啥时不把他们放前头了?这些年来,我们给予和出让的还少吗?"

白头贾心里头却说:不考虑他们的利益也行,前提是大家都不考虑利益。包括他们不考虑自己的利益,你也不考虑自己的利益。不过你觉着这可能吗?这还是人吗?

景精神此时的眼神露出温柔:"可根本问题是,我在培养他们哪!"

白头贾也感动地说:"精神啊,你为农场主和有机事业费尽了心使尽了力,我都不知说什么好了。全世界倘十万分之一,不,倘百万分之一都如你,我们的地球准保到处蔚蓝环绕,放眼绿意葱茏。"

心里却说,凭什么人家接受你培养,谁用得着谁培养?你说你培养农场主,你不如说农场主在陪你玩。你这是精神上的自慰或者自娱自乐。

景精神这回像是听见了白头贾的话,因此他半天不说话或者说不出来话。他的眼里一片空茫带雪,类似东北冬天的广袤冰原。那种空茫带雪的状态,直让白头贾想起一句话:辛辛苦苦多少年,一夜回到解放前。在白头贾的眼里,景精神至此就确实应反思自己,多问几个是否:

是否系列地开启心智引导了反叛?

是否深入地悉心座谈激发了恶感?

是否敞开心扉的同时打开了潘多拉的盒子,把魔鬼放了出来?

是否革命的理由引发了反革命的种子,或者反革命的理由引发了革命的种子?

是否培养建设者的同时培养了自己的奠基人,不,是掘墓人?

对话与自白

景精神盯着一个个签名,思量着谁签谁没有签,有多少签多少没签,结果就十分地惊心。景精神不怕丁文福,因视丁文福为异己。景精神不怕柳芭,因不行就再度收纳她。可景精神怕他们,因他们是他的理想,他的寄寓之地,他的天国。可这个天国开始要挟了。不仅是要挟,而且在抗议,反抗,行动。他们要景精神像地主老财一样头戴尖顶白帽游街被批斗,要景精神像帝国主义一样夹着尾巴逃跑了。

景精神呈给白头贾的,更多的是一脸苦笑。苦笑是因为庆幸,庆幸是因为此类事件多亏发生在日本客商到来之前。若是到来之时就麻烦了。若是到来之后就更麻烦了。到来之时将达不到佐藤的要求,到来之后则违背了景精神自己。

至于日本客商延迟来访,原因不是佐藤先生的脚又崴了一下子,而是他要去更加东北的某个养鸡场去考察大米。否则景精神就真的主动要求延迟了。协会这个软件也是硬件搞不好,有什么脸让佐藤先生来看?让看后的佐藤先生怎么说?

景精神在为协会的现实和前途担忧,更为协会的骨干人员担忧,这点白头贾看出来了。白头贾因此意味深长地说:"世上最难做的,是人的工作。"

景精神知白头贾明白,所谓的心有灵犀。他生发感慨道:"人的成长有多难,协会的成长就有多难。协会和人,它们都需要坚挺啊。"

此番信任与交心令白头贾感动,白头贾祝福景精神坚挺。带领这些难塑易变的农场主,一直坚挺到理想的百花深处。

李满喜打电话来了,声明他不知此事,是被人代签代按的。如此声明反而增加了景精神心头的震惊。真的坏呀!没良心哪!

另外一个呢?另外几个呢?另外一些呢?想起另外,景精神心头的一盏小灯酸楚地亮起来。若他们拒签,或者如老奸巨猾的李满喜一样,属于被代签,景精神的酸楚才更少些罢。可另外的一些,一些中的几个,他们居然就签了,在可以不签的情形下,自动地走到与协会为敌的道路上。

景精神微仰头。光秃的睫毛使眼皮看起来不像是眼皮,而像是面片、馄饨皮儿,因此显得奇怪而虚假。他心说:没人拷打你们是吧?没人威逼利诱你们是吧?李满喜都没有签,你们反而签了是吧?那么你们为什么不予阻止,反而往里头掺和?请问你的屁股坐哪里去了?你们还是协会的分会长吗?最具曙光最引领未来最代表新新人类的你们呀。

据此我不得不说你们真的是年轻,"油梭子"发白——短炼。我相信你们永远不是丁文福,可你们得承认,你们再次伤了景精神先生一颗坚强热诚的心。

可是董事长,面对你的郁闷和一颗坚强热诚的心,我们不知道说什么好。

我徐家辉同样不知道说什么好。

小和珅曾劝我不要签名按印。小和珅理解我,大家都理解我。我也可以借坡下驴。但大家都在看着我,我需做个决断,是将自己的名字郑重地落上,还是不予参加。我想我需要有个态度,我的态度就是和他们一样。

结果引起了预想的震动。这个震动是大家都预料到的。在这个时段,在这个问题上,它相当于反戈一击。我不喜欢反戈一击,但事情的主客观效果确是反戈一击,于是我成了反戈一击的人。

我承认您对协会的重视和培养，作为分会长我更是深受惠及。全体农场主都看到了这一点，承认它不止惠及几人几十人，它惠及了农场主集体或者整体。可这个惠及，就代替不了大家激烈上扬的渴望。这个渴望需要聚拢需要蒸腾需要疏引，否则会转化成愤怒和破坏，它不能够被长期随便地压抑。

签名按印时，我知它可能意味着，从前的好感和今后的认可化为灰烬，可我仍然签了。我不粉饰自己也不想粉饰自己。我不能离开他们，因为我是他们中的一员。

对此您应当理解。

因此我仍要说。

有些职责应该说我确实没有做到和想到，可有些想法我就不想讲，因为事实上它们总是掰扯不清。譬如对于您，全体农场主没有不念叨好的，却又没有不同意在通牒上签字的。他们是矛盾的对立统一体。

还有就是我并没意识到我是个分会长。

为什么没意识到呢？

我凭什么意识到呢？

我觉得它是我的问题，也不只是我的问题。

工资一分没有，协会形同虚设。它不是根本原因，但肯定是主要原因。

通牒之后，在您亲自主持的农场主会议上，我头一次看到了您老年的眼光。虽然只隔几天，但真的堪比几年。您木滞地看着我们。顺着您那道特殊眼光，我们感到了没脸，也感到了您的没脸。

我谨代表我个人，愿意接受您可能的严肃批评。

若令您过分恼怒，请让我说声对不起。必要时也请您接受我，一个素称希望之星的协会分会长的辞呈。

果然如此，以后的任何一个场合，只要我们碰见，我的眼眶都将忍不住发热，眼球也布满感情的血丝。因为再见到您时，我们已不再是研究生见导师，更不是骨干力量见上司。我们彼时的见将不同于以往任何的见。它是江湖上的小弟见大哥，腰里可以别着刀子的。刀子不是冲着大哥，而是维护大哥和替大哥行道。刀子将用热情的锋刃和收敛的刀鞘说话，虽然大哥早不是人了，但小弟这厢有礼了。

新一轮

道德猪在交县基本撤离了。官养户没有了，种猪户没有了，只有几个商品猪散户，凭着对景精神的信赖，又暂没其他可干的，继续保持着业务。

以为景精神愿意这样吗？景精神从来愿意进，何时愿意出？除非战略性的撤出。可事实和现实是，景精神得撤出。不过听说引自山东的那家大型白猪企业，上市的财务报表出了问题，被炒得沸沸扬扬。景精神被这些利好惹得嘎嘎笑。

不，要说的不是这些。而是经历了若干以后，景精神的这架感情天平应该往哪里放。

此前自以为对商品猪户是天然走近的，对种猪户也不得不有所提防，可此时怎就有些理解种猪户了。虽然骨子里不和他们亲，但怎就觉出了他们的理性与通达。

可不是这样的啊，怎么变成了这样的啊？景精神不是商品猪户的代言人，更不是种猪户的代言人啊。却如何就出现了这样的想法和状态？

景精神的眼里有一幅情形，即川藏线上陡然出现在天际上的雪山。它具有绝对高度，但它更是相对高度。作为雪山，它意味着在平地之上，更在众山之中。

如此究竟重视平地，还是重视群山，究竟做绝对高度，还是做相对高度。景精神的哲学答复是，身为这片地域的雪山之巅，景精神愿意从所谓的相对与绝对中走出来，从各类偶然与必然的事件中走出来。

告别狭隘的小我，投奔宽恕的大我。

似乎是一个铺垫。意味着一个方向，一种可能。

可就在这时，新一轮的通牒来了。它并非商品猪户的二返脚，而是来自一直暗享重视和优待的种猪户。他幻想中的众山或者群山，高度和相对高度。

景精神的头脑中，激灵地，有一道闪电亮过。

且看相关内容：

请交董事长
纵观天下大事，母猪每窝生产仔猪达不到十四头，并且久不发情的比例高，达不到二点二窝每年，加上饲养成本过大，正常情况下已经是无利经营，若遭遇疫情将是负值经营。故此提出以下要求：
回收仔猪价格不变。

母猪饲料价格降价至两千五百元。

仔猪饲料降价至一千元。

以上要求一周内明确答复，过期停止出售仔猪。

全体种猪户
×月×日

屋漏偏逢连夜雨。不过因为身家两亿，屋漏得就有些勉强。不过说的是感觉，是感觉到屋漏有雨了。还感觉到树欲静而风不止，一片倒戈之声。可是笑话，谁的事业，谁的天下，想不止行吗？想倒戈就能倒戈得了吗？什么叫民营？民营就是私人。

爱咋咋的。

咋的。

面对此番通牒或者檄文，随着激灵一道闪电过去，景精神正变得心头明朗。

原来雷电不是雷电，而是露水电。

对这些种猪户，原本是尊重而不器重，上心而不伤心，客气而不纠结的。后来态度似乎是亲近了，可这时偏不亲近了。不亲近是藏在心里的态度，埋在水里的狗头，这时狗头露出来了。

景精神冲着天棚，失态地叫喊："不正在调解吗，还想让人咋的？要不是因为暗地里不惹乎你们维持你们，商品户那里能出现种种情况吗？你们以为老子不敢吗？"

就在那一刻，景精神感到自己迷途了，又庆幸自己醒悟了。醒悟此前忽略了最愿意珍重的，结果丢掉了西瓜，但也没有捡起芝麻。

第七卷

是谁亲近了大地

第二十八章

既是无法抗拒

　　景精神认为现在是他身处最难的时候。以前的难是违约的难和委屈的难，现在的难是漠视的难和没有方向的难。景精神对秃鹫一样赶来的难说：你们来就来了，来了老景就接着。可是以后别让老景这样难了。又跟自己商量：难怕什么？怕什么难？人死没死，灯灭没灭？人没死灯没灭就都好说。

　　可是面对着难，特立独行的他渴求慰藉了。慰藉在哪里呢，它在赵红小姐的身上，景精神当初最想不到的。

　　赵红小姐每时每刻的关注下，景精神成了撤到后方医院疗伤、很快要再赴战场的将军。赵红则是医院里戴白色帽子的干净护士。这时她柔软油黑的眉毛根根油亮地耸立，每逢开口说话，眉梢都颤动出雨后麦草的光芒。赵红不满足光芒，还拿板刷一样的眼睫毛不断地刷，拿清晨麦地上空的空气一口一口地哈。刷子和哈气着急地要求将军：给你吧，重返战场之前谨让我怀着肃穆的心，把它庄重地敬献给你吧。刷得景精神的心一揪一揪地疼啊，他克服着疼说：我就是不要，我决不能坑你。麦苗、刷子和哈气一齐严肃反驳：你不要才是坑我们。景精神于是狠狠嗅闻着它们，像饿了三天的肠胃健康的长跑运动员，眉眼纠结地看着小巷饭店油料丰富的熘三样：你们简直在坑爹啊。

　　奢华的要求终归于满嘴溢香，场上长跑的景精神气喘吁吁地对场外陪跑递水的赵红说："知道《钢铁是怎样炼成的》吗？知道它最动人的情节吗？"赵红回答的声音盖过赛场的呼出喇叭："资产阶级冬妮娅小姐要求保尔取她的宝，可是保尔没有取。"景精神痛苦地承认："这就对了。"赵红激动地用结果反驳：

"可是她的宝被坏蛋攫取了！原始森林被盗猎分子盗伐了！最后的恐龙被当今的污染河水溺毙了！"

强大的事实令景精神灰溜溜的无以回答："我说不过你，可我说得过我自己。"

什么都不曾给的，反哺景精神的却总是最多。这似乎是景精神的一道命题。赵红不再是冬妮娅，而是动物界的一只母企鹅，生下一颗滚圆大蛋后，就急潜到南极的海水中搞千里捕捞去了，把最冰冻的季节留给了公企鹅和捂在它肚下腿中的蛋。别以为她逛街去了，待解冻季节回来，全身肥胖的她将把嗉子里的美食急不可待地哺喂给刚出壳的小企鹅。

那么景精神是那只小企鹅吗？若是的话，和赵红合作生蛋的公企鹅将会是谁呢？冬妮娅让景精神破解了禁束，而母企鹅让景精神在将近花甲之年体会了襁褓，重温了父母之爱。

假使景精神瘫痪在床，给予情人和襁褓之爱的赵红，却难以服侍景精神后续的生命里程。因为景精神不让。景精神宁肯抱残自沉，也绝不让赵红放弃自己的婚姻关注一位有钱的瘫痪老汉。伺候瘫痪的重担必将加到老妻赵贤子的身上，景精神对此都感到吃惊。但想法就是如此霸蛮，曾经的老妻原配，不加她又加谁？景精神甚至把这个重担视为赐予，而且相信事实将是，不等景精神将此赐予赵贤子，赵贤子已心悦诚服地接受并主动赐予了她自己。

不过景精神终身习武，节食不节欲，又凭什么瘫痪？因为这个赐予和接受赐予，景精神就情不自禁地想作诗，虽然景精神从不作诗，也不写戏剧、散文和小说，但那有什么关系？它阻挡不了景精神南极沿岸海浪拍冰的激情，遮蔽不住带着海腥味的呼叫昂飞的诗魂。诗魂大肆呼叫的同时，身体却在思虑王文娟和柳芭怎么办。不过就不必思虑，因为情况一旦好转，她们会主动贴近上来，把赵红和赵贤子远远地蹬甩在后面。而景精神也将一如既往地对待和认可，就当什么都不曾发生过一样。

于是出现了原本该有似乎依然的局面，即精力体力优先供她们采用，资金薪酬也将继续投放。不过表面的葱郁就装饰不住无矿的山沟，外表的沙漠也许集成着顶级丰富的石油，虽然这个集成已历经一万亿年，仍需继续历经一万亿年。

它们将一齐映衬景精神的明白、糊涂和装糊涂。

景精神分明记得揪掀赵贤子头皮的那场梦，太残酷啦。也记得梦后找一找赵贤子的想法。景精神这样的层面，是有想法就要落实的。有想法不说出来的要落实，没想法瞎说出来的也要落实。因此这个层面成了各类枭雄们所以努力的目标，也理所当然地成为誓死抵达的动力。由于这个目标和动力是集体的，因此人们看到，所有上属跟下属说一句话，哪怕薄薄如纸屑的雪花，下属都当成了滚滚的滔天洪水；淡淡如"稀里哗啦"的马尿，下属都当成了浇地的甘霖；淡淡如没味儿的人屁，下属已涌出过耳不留的最新传达。

儿子将成栋梁，应该说赵贤子也确受到影响。虽跟景精神仍然劲儿劲儿的，却体现出一股清新的改制之风。它让景精神疑惑，是否连续闭经十来年后又重新开了经。也让景精神想到，尽管地球这样污染，温室效应加剧，海水将要漫过日本列岛的海岸线，但亘古的冰封之地却因此开出了春天之花，征荒占地的时代也将重新来临。撒老虎的尿，告诉其他的兽类，老子用过和将用的东西，嗅闻都是犯错误，一般来说要闻尿而逃。

趁某夜月朗星稀，喝点酒，捻暗灯，带着柳芭的大照片或者不带，不带的时候解开有线电视的机顶盒密码，免费收看收费的成人频道。只是由此激活了赵贤子，并且以男一男二两小儿为勇气和暗器，不间断地实施干扰怎么办？那就追查一下历史和自身，让赵贤子忆起当初如何同景精神先生分崩离析的。是的，她曾黑粗而光滑，颗粒状的皮肤富有胶质感，仿佛独具特色的漆布或者印刷车间的铜版纸样。可那又怎样，能抵替她如今的粗糙掉皮吗？能抵替她每天落枕一样的歪脖子吗？更别说一副裸身干巴如鸡骨架，兴奋如烧烤后的鸡骨架了。

赵贤子居住的房子里，过去的箱箱柜柜都拿来了，青年景精神的什物也都拿来了。结婚时的那口柜，柜上的那座钟，钟旁的彩锡纸笸箩。大肚小口的坛子也拿来了，作为一名优秀的朝鲜族妇女，赵贤子和坛子以及盛装的辣白菜是永不可分的，和拉馋费饭的大酱汤也永不可分。

她的着装如今也似有意设计。多年一贯的对襟中式羊毛衫，衣服是四十岁，配上五十岁的身体就变成了六十岁。真的是老到家了。可景精神就嗅闻到了老旧而稚嫩的气场。老旧得熟悉自在，稚嫩到可以只穿条红布兜，人参娃子一样地撒欢儿。可以迎着妈咪的喊声跑到家里吃口奶，哪怕此时已经五六岁，因为妈咪一直未戒为他留着的奶水又上来了。

景精神用仍具中年味道的老花眼注视着赵贤子，心说：这多年你这头母驴跟咱扭头别棒，可咱何时又跟你有过节啦？你若从头到尾地支持咱，而不是"鲁蛮虾臭"，又何至于长期守着活寡。性格即命运，你为什么不向人家王文娟学习呢？当年咱跟人家柳芭说劈腿，人家王文娟说什么了做什么了？唯一行动就是加紧把饲料厂盘进她的手中。那样的奸才叫真奸。哪像你，也不容咱对情人佳丽有染。可是你挡得住吗？挡住咱的所好吗？莫说你挡不住，任何人都挡不住，包括咱自己也挡不住。但说到底终归是咱对不住你。

景精神气息粗重起来,心跳加快,鼻孔钻出的一根白毛趁机胡乱扶摇。他的手突如其来地揽住了赵贤子的肩,他所有的儿子的妈妈的肩。

而一旦无数次熟悉又无数次忘记的老手,顺着黑瘦而不失光溜的脖颈往下伸探,赵贤子迫不得已失去了想象的推拒与反抗,并且显得急切慌乱。不能不慌乱,十几年没有了呀。在这十几年中,轰轰烈烈的中年开过去了,秋风般的老年迎头过来了。对于受宠的大部分女人,活着就是在春天里,可对于赵贤子,在边境线的小溪旁把全身心无偿地奉献后,春天就贱价地结束了,深秋就越过夏天直接光临了。

因此十分感谢景精神这只不听大脑的手,它继续下探直至定点勘察。感谢赵贤子先听大脑接着不听大脑接着又听从大脑的手,它做到了有所为而有所不为。"既是无法抗拒,就不如变成顺从。"这是哪个混蛋的著名诗句?景精神的,柳芭的,王文娟的,也许是赵红的。赵贤子啊,搁在前二十年哪怕是前十年,相信你有精力也有能力将这个下探变成轰轰烈烈针扎火燎的女权运动,可如今你一定得控制好自己,积极顺从这个久而未至不久可能令景精神悔青肠子的下探。以前你听身体的,现在你仍然要听身体的,努力实现由只对景精神一个人封闭到完全对景精神一个人开放。

就没有谁能

亲,此人间至道你懂吗?

赵贤子当然懂。只要赵贤子想懂。

懂的赵贤子扭捏着说:"你怎么想起看我来了?是怎么动的这截肠子?"

景精神的手停了,有些僵硬地握紧。

赵贤子仰头看棚顶:"是神的指示吗?是上边派来的人吗?"

景精神不说话,手继续下探。

赵贤子赌气地说:"你何必对我们好,好得我心里头不踏实。"

景精神的手有些颤,像是恐从树上掉下来,便抓握得更紧。嘭嘭的血管声越来越响,寓示着彼此共处在暗红温热中。而声响渐至深情款款,温柔错落。仿佛不是闷鼓,而是有把干胡琴在拉,特适宜倾诉衷肠。

赵贤子一把鼻涕一把泪:"你这么对我好,你早干啥去了?"

景精神不太好受。若心上有伤口,伤口就又被撒上了精盐。景精神想说亲人哪，以前就是以前了，我不说什么也不想说什么了，以后就看我的行动吧。拿出给农场主这三个字二十分之一的精力，就够你们所有人吃用三年了。

不好受的景精神知道去看赵贤子，绝不只因为那个揪头皮的梦。而是桩桩件件的事情，让景精神怀念一种以前回避现在忽视的力量。那个力量有些远山呼唤的味道，让草原上的景精神忍不住打马飞奔。

  没有谁，就没有谁能
  一心依附
  景精神，因此要关注
  那些疼爱
  让他反思的亲情
  那是种彻底的
  无可阻

若是诗，这就是诗，怎么地吧。动不动就通牒，就离他而去。

景精神不知有何可依，为何可依。不知谁是他的亲人，谁又是亲近他的人。景精神想找娘了，想奔到村头柴垛和门前树下，看娘被晚风吹拂的白发，昏老盼望的眼光。

景精神就不想说，以往忙于协会与管理，景精神是有意疏忽了亲情。更不想说通牒事件让景精神无奈地觉得，最无须代价或代价最低的也许是亲情。这样的想法让景精神失望。景精神要扼住失望的喉咙，不许它稍有放纵，因为景精神清醒地意识到，此想法会牵涉他的理论大厦，继而影响到道德猪事业的整体构建。景精神永远同意那种说法，南太平洋深处的某个岛屿上，一只蝴蝶不经意地扇动翅膀，会引发北太平洋沿岸的一场飓风。景精神要影响一只蝴蝶的两片翅膀，进而控制这场飓风。

可内心的委屈却无以诉说，哪怕对赵红或者白头贾，这些关注他思想成长的人。只因景精神是这个情形，他可以关注这个群体中任何个体的成长，却不接受群体中的任何个体来关注他的思想成长。有资格关注他思想成长的只有首长和学长。

景精神防范企业家族化的理论及行动，它们既是有来由的，也是没有来由的。起码它们不是简单地以史为鉴或以他者为鉴。日本韩国的某些跨国企业衰退于家族化，但那能说明什么？与景精神什么关系？国际案例如此之多，多到不胜枚举，多到养汉老婆扮尼姑，要哪出来哪出。至于理论界，他们做得了时政的通信兵，做不了经济的预期监测。就是说他们在景精神这里只能做参量。

如此促使景精神接受理论的根由是什么？是对世袭制的叛逆，对接班制终身制的痛绝，是与大众村民普适的天然联系，它们为理论提供了行动和政策基础。

为什么打发男二去乡下？因为男一的基因更像赵贤子，在总部可以担起一些琐碎小事，如雪落扫车、出行开门或掀门帘子。还有子从父业，在很多时候是偶然的，在更多时候是必然的，景精神要纠正它打破它，起码不是被动无奈地接受它，而是挑剔地审视它，不客气地刺激它，最终被动满意放心地启用它。

法院判定丁文福赔偿违约金六十三万九千元，景精神认为基本合理。当然还不够，不过也就这样了。但丁文福不服，要提起上诉，因此将涉及二审。总之过程会很漫长。过程漫长是正常的也是必然的，景精神对所有漫长都做了充分准备。

不过道德猪与丁文福终结了，或者胜利地把丁文福给终结了，这还是比较顺气的。对参与通牒活动的也是无言的震慑。丁文福如此，谁还敢吱声不成？景精神不想杀鸡给猴看，但猴们确实无语了。

如此还有什么说的。今后无论是谁，面对景精神的各类设想和规则，都得"消停地""煞愣地"。

不过摊着这样的官司，不信丁文福还能做什么。他的精力全被占有了，还有他的心情，他的运气。景精神可以腾出五十个人专打官司，专门研究审判，他呢，若是纠缠，被拖着走吧。

情形虽然如此，景精神仍需防备。因为丁文福被终结时，曾对其他农场主散布："瞧你们怎么上套。"这样的话证明，丁文福极可能演变为养殖户权益的呼号者和域外指导者。

盘瑟俚

久而未至的体验，是这样令赵贤子身体滚烫呀。它使景精神意识到，真的很久对不起人家了。只是如何像第一次一样哆嗦，想伪装作宝啊，没碰过还是没见过，车都开出过两回了。便愈加手重。

赵贤子表示，她可以复出工作，替景精神分担点事情。景精神吓一跳，定睛看赵贤子是否善意，又故作睡眼惺忪道："等男一男二结婚，给他们看孩子吧。"赵贤子略微不悦，意即景精神是在推辞。景精神便略思索道："有个事情正想开展，就是建立分精室，要不你做这个？"见赵贤子没吱声，又往回拉呱道："一看你就没有学过畜牧，不知道分精室多重要，眼下又多需要。"

赵贤子说："恁大的产业，终端销售、基地生产、品牌宣传，哪个不重要？哪个不需要？"景精神揉搓着眼："你懂得倒多。"赵贤子说："你以为只有王文娟、柳芭那些个贱人懂。"景精神拍赵贤子病猫背脊似的屁股，手掌都感到了难过："人情敦厚这块，她们确没有你懂。要不怎么你一连生两个儿子？王文娟吃多少中药，又是事先抹醋又是改变弱碱的，还靠枕头调整，最后仍是女儿。"

赵贤子倔不登地说："女儿好，知道疼娘。她要不喜欢，把女儿交给我经管。"一番话把景精神感动了，手掌都肯在猫背上停留了，而且激动得乱抚："噫，这才是朕的大娘子，有风范，好样的。"说罢亲了亲赵贤子枯槁的头发。赵贤子却不领情，而是伸手拧景精神的猫背。景精神边躲边说："干什么干什么，请尊重朕。"赵贤子说："尊重个屁，都老驴了。"

景精神不怪罪，而是再度亲赵贤子的头发，喑哑深情地道："咱猪的基础种群，是六十头母猪配六至七头公猪。可是采用人工授精，几百头母猪一头公猪就够了，这么说你明白吗？"景精神边说边坐起身穿衣服。搁别人就要慵懒风情地爬起来，帮助景精神系扣整领，赵贤子却古板不动，被子怕冷似的拽到下巴颏，挺直着身体，像随时接受牧师的洗礼。

赵贤子幽幽地说："请问猪的幸福感呢，你们考虑了吗？"

景精神无语了。

赵贤子说："草木一秋，人生一世。都是一辈子，从来只一辈子。"

景精神内心一震，重新宽衣解带躺下，称感到了很少有过的哲学光亮。赵贤子却收紧猫背，要彻底起身下地。景精神轻扳住她："草有草命，猪有猪命，世间万物皆有其命。不过听你说话，朕这颗心忽然甚为感动。多少年不感动了。"说罢不由分说地将头塞进赵贤子的腋窝。赵贤子也感动了，因此有了托奶相喂的冲动，将景精神当成了她哺爱的大孩子。

大孩子有板有眼："分精室工作的巡视员，就是你了。平时不必坐班，想溜达了就巡视巡视。届时景秀敏配合你。"

赵贤子哼了一声。

景精神知道哼的什么，松弛而充满感情地评价景秀敏小姐："真是一员难觅的女干将。那次市农业局人工授精比赛，她是作为观摩去的。为什么不参赛，因为比的是牛而不是猪。你知她多么愣头，又多么虎势敢造，看别人操作一遍就要跨界上场。我的天哪，要临时报名参赛。全场都轰动了。一位普通的养猪妇女，可敬的有机战士，一个虽未被提拔却不改尽心尽力的中层，毫不犹豫地要对牛伸胳膊动手，这里面包含着多么令人钦佩的勇气。"景精神说着用食指悄悄轻揩一下眼角，没让赵贤子看见。他自己也没看见，因是臆想中的。

赵贤子干涩地道："她没让人给授了吗？"

景精神适时批评："你怎么又犯毛病了，总是格局不大。"

赵贤子说："我格局再大也不要叛徒。谁认识她最长？谁看着她长大的？她吃过我多少大酱汤？可你的那些女人她哪个告诉我了？个个都给鼓掌欢呼，就差没给保媒拉纤儿了。"

景精神满脸无耻地笑："你扯哪去了，这跟她什么关系？"

赵贤子冷笑："那我也不跟她扯。"

景精神也不想跟赵贤子扯了，因为她不上道儿。便重又起身穿衣，强调道："巡视员这项工作，也并不是消化食晒太阳那么简单，要把农场主们的呼声及时反映给我。"赵贤子惊呼："原来你是让我当线人。"景精神诧异道："这样神圣的工作，怎么可以说是线人？记住不是线人，这经过了本人的亲口提议，要给你开支的。"

白给开支，赵贤子谨记了。

景精神兴致勃勃地带领赵贤子畅想："届时我们将建五个左右的分精室，那将是多么大的一片事业。我们的目光不止放在道德猪的养殖上，还将放在道德牛、道德马、道德羊、道德兔上。要将配种业务拓展到东北亚，成为东北亚配种育精事业的输出中心。东北亚，你知道吗？

"你的月经早停止了吧？我相信在巡视工作的带动和滋润下，它会类似于林间的溪水，载着几片金黄的落叶，活泼可爱顽皮地重新唱着歌漂流。倘若有诗心雅兴，还可以作诗泛舟。"

赵贤子不行了，脸庞布上一层黑土沟里的晚霞。她半痴迷地问："亲爱的，你作诗还是泛舟？"

景精神也夸张地哈着嘴。俩人分别被溪水和金黄落叶的畅想挑拨起来了，都回到了年轻时代，都愿意在年轻的大筐里张狂孟浪。

门外有敲门声，赵贤子紧张道："收水费的。"景精神说："不开门。"赵贤子又惊道："收物业费的，一直欠着呢。"景精神粗声道："拖着它。雪没人扫，冰不及时除，交个屁。"门继续响，赵贤子推景精神："不行，男一男二回来了。"景精神不免紧张，像走串了家门，做了错事似的，却又挺直腰身说："兔崽子们。"

景精神底气涌上来。他严肃地提高嘶声,给外面的耳朵开会:"国家对申报种群的规模、只数及品系均有严格规定。我们要从精神的领域、人类的高度,用哲学的眼光、太极的思维,把道德猪的繁殖培育工作做好。我们的道德猪品系一定通过必将通过。通过了就白给钱哪。"

　　门外的敲门声不见了。估计谁敲错了,或被景精神的嘶声宏论吓跑了。

　　可是,如此狎昵泻火,旧情复燃,多管齐下,景精神仍觉不够透彻。一颗心难免阴霾密布,冷雨斜吹,好一派北国的原始荒凉。为什么如此?问题还没解决呢。因还没解决,给了景精神这般感觉,想过戏瘾,却裸体站到了露天舞台上。肚子里有屎,却身处在海拔八千米的山顶。一遍没有拉净,却没了再拉的力气,只好忍胀憋着,待下到五千米时再说。

　　景精神这时就意识到,都说钱能做的事不是事,这话才不够全面。自己能做的事才不是事,与人商量的事才是最难的事,与人商量改变则是更难的事。因主动权不在商量者的手里。

第二十九章

倾　诉

　　猪肉的价格问题上边都知道了,新闻媒体也提前或跟着知道了。只是他们料想的未必就是景精神的问题。同时景精神也不喜欢他们的问题成为自己的问题。他的问题和他们的不一样。

　　但随着对问题的重视和关注,景精神感到了思路的拓宽、渠道的通畅。没有阻碍了,正哗哗地奔向大彻大悟。农场主说到底是可爱的,应该拿出原有的劲头培养他们。走有机这条道路,只有合作,不同他们合作就没有了基础。

还有种猪户也并非一无是处。以前对他不热情，不听他的吆喝，以为改造他们很难。但从实际接触来看，并非尽是如此。不过相对于农场主，他们仍需放在第二步。没串到第一步，也没有退到第三步。因为总共只有两步，不是第一步，就是第二步。

况且所谓的易或者难，解决或导致它们的不外乎三种，或者依靠规则，包括法律以及道德；或者依靠群众运动；或者依靠人整人。办法听着少，看你站在哪个角度。若是角度对头，可说使不完用不尽。

如此大彻大悟时，景精神就觉着自己成了娘。具有了当娘的心态，而且是个贤惠的娘。因为是娘，种猪户或者商品猪户都成了儿子。因为是娘，永不能迅速说出哪个好哪个不好，也永不想说哪个好哪个不好。因为是娘，无论怎样的误会或者其他，他们都成了八九点钟的太阳，而且是早上的而不是晚上的。为娘不言弃不放弃，大河一样的宽心和耐心，永远站在彼岸，等候儿子们最终赶上队伍。

风物长宜放眼量。什么娘不娘，儿子不儿子的，这些东西都不管，景精神只需管一样，即是否遵循科学与规则。所有的起点，都需回到这个终点。所有的终点，都需回到这个起点。

因此若不当娘也行。

无须景精神邀请，相关不相关的各类媒体主动上门联系来了。景精神淡漠地回绝了一拨又一拨。所有的想法及把戏均被他一眼看穿，而所有的想法及把戏虽从未做，却不稀罕也不待见。

可某次景精神却未予回绝。也由此证明非是不喜欢媒体，真正有影响力，起码客观上带动广告关注效应的大报大刊大社大网，景精神还是在意的。略微遗憾的是来者门市头虽大，却属大门市头下面的小门市头，小门市头下面的小小门市头，小小门市头里面做网页新闻的。不过仍属大门市头里的，景精神恰有时间，打算重视并予利用。

因为同意接见，景精神日理万机的脸上便尽显平静，一派从容的待客之道，不似往常急腔猴儿似的。他耐心地坐到六角形的会议桌旁，让赵红送过蒸腾着水汽的绿茶。一杯专沏在固用的紫砂杯里，供景精神用，一杯先沏进茶壶，再从壶中倒进带塑料托的纸杯。

而就在开门的那一刻，一种奇怪的气场哗地涌上来。景精神忽然明白，在宽敞的董事长办公外间，他为什么接见，他在候着什么，他需要的是什么。

倾诉，倾诉。一旦实现倾诉，露天舞台的裸体将得以遮羞，八千米山巅的硬屎也能够拉出。虽然拉出的结果不只浑身轻松，还伴着些肚子疼。不过那是正常的，因为这颗硬屎，它憋滞了太久太久。

身材匀称手指细长的女记者以前见过的，并且吃过饭，给过红包。但那时近不了景精神的身哪。景精神老守田园，不肯施予与给予啊。不过现在时机来了。女记者梳披肩长发，那披肩一样的长发，不似卷着浪花的瀑布，而似久存箱底的压婚布，工整、平直、规矩，带有实木家具的味道。亲自送茶的赵红副总微妙地瞥看一眼，走时特地将门掩紧。办公室里发生了什么，尽量去想，照量着办吧。些许想法如溢出的硫黄或醋酸，自然瞒不过景精神好使的豆角狭眼，再行添水时，景精神温和地提示她不用掩门。只此轻轻一语，赵红副总自感惭愧了，看到了他人的大与自身的小。看来光天化日下景精神不考虑赵红副总，总要考虑他自己的身体，不考虑他自己的身体，总要考虑权威新闻单位的名声。即使权威新闻单位自己不考虑，景精神也要负责任地考虑。

想至此赵红副总心安了，龅牙轻咬，礼貌地将门推开一条缝儿。

这样的一条缝儿，外面望得见里面，里面望不见外面。

据说某些倾诉只能在互有好感的陌生人之间。而且它随机派位，这回遇上这位，下回却不定是谁。而若是表演，即便入戏快，也需有人导戏。给个时间，彼此酝酿情绪。景精神无须这些过程，面对女记者，他不仅自动入戏，而且要求直接过渡，激情出演华彩段落，大胆展现实力号歌。且听啊——

"亲，农场主是农民史上的千古绝唱，也是我心之悲怆。它风寒般渗进我的皮肤，体温般在我周身游荡。

"心之悲怆可问李县长，交县的组织部长也行。作为官场代表以及特殊身份的农场主，他们知道我有若干的路可以走。所谓的财产、发展和前景，合作之前他们就比我有数。

"亲，二十年前我已可以移居国外，任何一处以前现在今后都让人向往的地方。但我去那里干什么？创业要在中国，挣钱也要在中国。可我不走不是因此，不走的唯一理由是，我去外国干什么？

"若只追求钱数的增加，我可以购买矿产，建楼卖楼，开办洗浴。只要是头猪，又肯于下口，定能从槽子里分几口。若肯圈钱，还可以接受恐吓并积极上市。虽然买期货搞融资，未必都是我的强项。

"若什么都不干，凭着已攫到手的钱，做个大款阔佬，也会相当快乐。"

女记者额头轻点："我相信。"

景精神语调顺利，激情侃谈。

"我相信对于我，某时刻终会决然。决然而生，决然而争，决然而死。我相信若早生几十年，在东北这疙瘩，大雪封山中，我会成为杨靖宇将军第二。爬冰卧雪，艰苦抗日，以我的太极身手打小鬼子。这话当然不能说给将要来的佐藤，起码不轻易地说给他。

"还是交县的组织部长会讲话，他对农场主说：'干事要看人，看准了人，就算选准了事业。'典型的组工思维啊。不过他确实对。他看准了我的决然。还有一点他不肯说出来，即商场、职场、官场、市场，所有人都在急功近利，唯有我荒唐透顶。他理解我这个荒唐透顶，所以我说他的组织部长够格。小和珅说他身为组织部长，做农场主是为着漂白，徐家辉没有旗帜鲜明地反对。这些事情我都听说了。但我不想责怪和追究。小和珅惯于这种怪话，而徐家辉越来越老到而滑头。

"别跟我提媒体上报道的那些协会与合作社。那些走形式的样子货，我不想听不想看也不感兴趣。

"我为什么草拟并签订八十余部合作契约？为什么提倡最底线的十八荣耻？因我总在坚信，因我一直坚信。

"坚信什么呢？坚信过程和结果。我不会直奔结果，可我肯定要结果。虽然结果如此高远，我摸不着它的毛，也挨不到它的边。"

老　大

景精神眼眶已禁不住湿润。景精神一直以为别人可以湿润，他这样的决然坚定才不会湿润，可今朝他湿润了。

女记者眼中闪出鸽子般的光芒。鸽子不是来自烧烤店的笼子，那里的鸽子毛色干净目光晶莹，但充满死亡的恐惧。鸽子是欧洲小镇广场上的，灌足了海风，安闲美丽地啄吃游人撒喂的面包屑，燕麦做的。与结队而游的小鱼安然相处，逐水嬉戏。景精神喜欢这样的鸽子，于是眼眶更加湿润，以至周边闪出细碎的钻石光芒。

景精神以为他一湿润，全世界都可以湿润，也都赶来湿润。

感动于景精神的湿润，女记者十分仗义地表示："拿我当你的贴心，我就是你的贴心。拿我当你的闺蜜，我就是你的闺蜜。拿我当你的湿巾，我就是你的湿巾。"

景精神不必用湿巾。他抽动一下鼻翼，掏出方方正正的手帕，擦后合叠，规整地塞进兜里。老干部式的优雅啊。怎样学来的呢？女记者赞美的目光，令景精神的湿润分洪了。若不分洪，怕的是分泌过量引起内涝。治涝有术的景精神抬起他细眯的豆角眼，望着暗夜碱滩上的稀棱火苗，目光凝重深远：

"农场主的形成不啻一场革命，具有里程碑的意义，可说终极模式，千古绝唱。"

镶黑的火色舔舐着景精神刚擦过的鼻翼，也舔舐着倍受鼓励的女记者。女记者拊掌笑歌："滴自己的汗，吃自己的饭，自己的事自己干，靠人靠天靠祖上，不算是好汉。"

哇。

哇个屁。

女记者断不肯嫁给这样的人，景精神的生活太枯燥了，两个儿子也丰富不到哪里去，爷仨没有一个可以选的。他们既不能下了飞机就奔赴海参馆，也不能上飞机之前还要灌它一碗。既不能依靠山珍海味保养泥沙俱下的身体，使牙齿减少脱落，脊背减缓弯曲，双腿蹬床有力，更不能生活中那样，将女记者从县城调到地区，从地区调到省城，从 A 行业转 B 行业再转 C 行业。使女记者随着自身的转身，完成工作生活的一次又一次转身。

不过景精神这样的人越来越少了，这样的有钱人更少了。尤其有机事业这样难，难到了这种程度，它激发着女记者感慨的同时，也激起了保护欲望。

女记者于是慷慨道："给你引荐个领导吧。"

景精神当然不指望引荐，但由此更看重女记者，认为有种傻瓜式的仗义。但景精神嗖地拿出了两千元钱。两千元什么概念？搁到老手那里，能在娱乐场所找不少的乐子。可景精神对女记者，连手都没有摸啊，虽然女记者的手如此细长光滑覆膜。

景精神为什么不摸？只因摸手会更亏。

女记者显然知道此啊。她不想让老实人吃亏，于是主动说道："给你们上头条吧。"又说："分两次做吧，这样效果更持久。"如此主动负责令景精神感动，认为手虽没摸但是也值。认定女记者不仅仗义还讲诚信，好感再近了一层，眼眶也于已然干鲜后重新变得湿润。

不摸女记者的手，景精神给自己找了好几条理由。一是实现了倾诉或者倾吐，已属意外之喜；二是都在一个城市，不差一朝一夕；三是摸了女记者的手，它相当于打了某人的脸。

景精神着重考虑这个第三条，并非是惧了这个第三条。

景秀敏见到领导就想凑上前使劲贴。比照景秀敏，景精神虽做不到，但拍拍打打总是可以的。就是说景精神是不怕领导的。是钱让他不怕，太极与哲学也让他不怕。钱、太极、哲学，它们共同给景精神插上了强硬的翅膀。至于某次让人以为他怕，那只是突兀而不应叫怕。彼时某领导下到双阳区的祖代基地考察，景精神和领导被记者团团簇拥在了中间。伴随着镁光灯的不断闪烁，景精神声音忽然就变得很小，咽喉封肿了似的没法张开。

不过大家并不为景精神难过，如此局促和喑哑很正常，因为对面站立的是领导。领导胜过最好的广告。他一高兴，百八十万的扶持就来了，他嘴一歪呢，除了他的不测，景精神的各类不测也都来了。

可过后景精神真的恼火呀，与领导站在了一起，人格居然站不起来了。在漫漫长夜，在工作室里，在寝床之上，景精神曾何其张狂。可领导的面前，景精神悲哀地觉得，他算是完了。就算有十个亿，也终是勃兴一隅，做不到人家的气贯长虹。

直到后来携手上床，女记者的睿智和广见博闻，给景精神解了心疑。一是前进两步后退一步，是苗寨异人徒手攀岩的秘诀。这时的后退是缓冲调节。另个意义上说，你若向上攀登，就需知退而进，敛放自如。二是为什么身家两亿见到领导仍声带充血。不是两亿算什么，而是领导是行业里的老大，可拥有两亿并不是行业里的老大。即是说在是否是老大上并没有形成对等。

女记者接着向一根筋的景精神灌输老大的重要性和必要性，鼓励景精神拉拢老大争做老大。因为具备景精神的这个程度，是可以做到老大的。前提是想做到老大，坚持做到老大，倘做不成就尊重老大。

接着女记者以新闻哲学的思辨启示景精神：

既不要因争不上老大而消沉悔恨，更不能因不争老大而虚掷光阴。

既要看到老大的园子里百花争春竞相开放，有地方的老大、团体的老大、行业的老大、部门的老大，也要看到老大总是相对而言的，多少个老大并非在外表，而是在眼中和心中。

咱

赵红不生女记者的气，可是生董事长的气了。见面头一天就拿下了，赵红的好几年不如女记者的一天吗？

景精神不承认，说："没那回事，咱别祸害人好不好？"赵红说："那好咱不祸害她，那么请祸害祸害我行不？"又讥讽说：还作势开门，以为开门就想不到关门啊，身在办公室就想不到在宾馆啊，貌似不做别人就想不到做啊？

景精神说："赵红你吃什么醋啊，看到给女记者两千块钱是不是？给你报一次出差票据吧，自己弄票据去，一定要正规的，不能是市场买来的。"

赵红气得直掉泪："我就图稀你的两千块钱吗？若是图稀这个，我的一个处女身价值多少？就算没有姿色，还有那多年的矜持。就算没有矜持，还有那多年的咬牙忍耐。凭借这些矜持和忍耐，难道就值两千？"

景精神说账可以这样算，可我还是没拿女记者怎样。赵红冷笑着说："还想怎样？她的眼眉都塌了，嘴角也开咧了，走路外摆着腿。你还没听到……"

景精神说："赵副总你真的很毒。"

赵红坐在偏僻的办公室里生闷气，一边忍不住胡思乱想。半天以后赶过来敲门，外间里面没有声响。赵红心内不免恐慌，很怕景精神羞惭自杀——赤裸的肋间插着一把尖刀，腥湿的黏血注满到了床脚。穿过空荡的外间屋，急奔到柳芭过去经常栖住的暗屋，贴着门缝往里观瞧，只见景精神正跪在床脚面对着墙壁祈祷。

景精神也祈祷吗，还是赵红一时的臆想？赵红断定是景精神先生在祈祷。侧耳辨析嘶嘶的呢喃，听得出语调，却听不清发音，辨得出节奏，却不明语义。想进屋拉扶景精神，却硬是不敢，因其在高贵的祈祷之中。便只好悄悄退出，任景精神继续谵妄与狂想。

景精神，你觉着自己委屈是不？虽已经倾诉却倾诉不够因此还想倾诉是不？你倾诉吧，无论怎样倾诉，农场主都是你爹。摊着这样的爹，你能把他怎样，你打算把他怎样？

带领爹们挣钱致富，你觉着有功了是吧？可成为亿万富翁的为什么是你而不是你爹？成为亿万富翁的你可以前往任何国家进行移民，甚至参与火星开发计划，可你爹你叔呢？被竭了汽油塌了煤矿破坏了土壤的他们呢？束手无策地遥看火星吧。

至于祈祷或长跪自问，你当然需祈祷或长跪自问。你需明白你做了什么，做错了什么。农场主让你伤心，你就思谋让他们难过，须知让他们难过，你自己将更难过。

景精神打摆子似的从暗屋里出来，坐在大班台的后面，一时竟体虚得很。本可坐到六角桌旁的，那里才是促膝谈心的好处所。可几次同车回返后，景精神感到此刻前来的胖瘦编剧，一个有股子生蚝味，一个淡淡的哈喇子味，照汽水般清爽的女记者差老鼻子了。而景精神自己也生发了痛苦的尿臊气，伴有尿频、尿痛和抖不净，祛除不掉啊。看来"前列县长"是做定了，只是不知缘于自身的增生，还是受到女记者的吹捧。应与吹捧有关，记者嘛，尤其优秀的女记者，想想她采访过的队伍吧。可如何解释女记者的清爽，景精神只能以此敷衍：森林里的湖面清爽不？滞留的却都是腐水。

而作为景精神，虽然已有尿臊，却保持着瑕不掩瑜。高级的乳白色纺绸衬衣，袖口挽至半个小臂，一望便是经历过大阵场的。绝不是普通的机关工作者，而是高干。疲倦随和而严肃的气场，寒冬里的乡村暖窗一样，外面看着暖，里边却蒙着层哈气，挂着层轻霜。

胖瘦编剧是景精神主动召见的。与其说以工作填充空虚，不若说借谈电视剧浇心中块垒。景精神显系意犹未尽，渴望另种形式的胡说八道，滔滔不绝。

"草多了没人铲，拿除草剂撒一下就完事。秋天收玉米秆子，不考虑秸秆还田或者拉回家里，都是拿火直接烧掉。满地的火光满天的浓烟哪，慌得机场紧急通知，环绕二十公里内不许焚烧。食品呢，自己吃的不上药，往出卖的化肥农药都使全了。大棚的西红柿还确青呢，涂抹上药水，一夜就变得外红里青，看上去毒艳无比。

"养活自己的土地啊。

"最直接的受益者啊。

"都不当回事了，一切都变得正常了。

"此前选协会分会长，为什么涌现那么多报名竞争的？因薪酬由公司直接提供，并且执行省城的工资标准。记得我毫不客气地问李满喜：'如果分会长和村主任中选一个，你选哪个？'李满喜毫不迟疑地说：'宁可不当主任，也要当会长。'"

景精神此时的声调，是历经沧桑者回顾往事的声调。声调像吸光的黑洞一样，把胖瘦编剧吸了进去。也把景精神的注意力渐吸了进去。

"一是背着行李下乡蹲点，不是让你们搞行为艺术，而是不给农场主增加负担。当然可以住在重点农场主家，譬如徐家辉或者小和珅的家里，但要一分不差地交纳伙食费，并适当地考虑宿费。是的谁家都不缺被褥，但那跟背行李没关系。不动农场主一针一线，让他们集中精力养猪，是我们现在，也将是我们永远不变的原则。

"背着行李像耍猴儿是吧，但它是好作品的必须。

"二是剧情中绝不可以突出个人。无论他级别多高，资历多老，位置多重要。"瘦编剧抬眼看景精神，景精神说明道，"不是不突出，而是不突出咱，要突出农场主。为什么突出农场主，对此咱不予解释。"

胖瘦编剧既点头又惋惜。景精神强调道："谁若写了咱，别说跟他急眼，签了合同也别指望给钱。咱是真的不想给自己树碑立传。指望树碑立传，等死了再说吧。死了一把骨灰扬到大海里，让景秀男一和景秀男二望洋兴叹，让小女景大花望洋兴叹。也让王文娟和景秀敏一干人等望洋兴叹，前提是她们死在咱后头。现在咱胡子白了，头发也白了。某天眉毛和胸毛也会白的。体毛皆白的时候，树碑立传的日子就快了。"

胖编剧兴奋地说这真是精彩的评论，要从网上往出推介，调整点击次数，刺激粉丝人群。可这个用他做吗？别整没用的，他只消做好应该做的就行了。

"三是可以扣人心弦。这点不必提是不？可是咱想提。"咦，看胖编剧抱膀，瘦编剧埋头记录的姿态，怎么想起皇帝的新衣里的骗子？如此咱就是那个光腚国王，正在众人注目下上演一场裸体秀吗？

咱岂不知这个团队半上不下的实力，但相信凭他们普通稍好的文笔，加上咱的思想及指导，就能把剧本的架子搭起来。换了国内的一流大家，谁能理会咱无休止的唠叨与调遣，谁接受咱颐指气使直至参与创作，还有每集的天价呢？

"四是，四是道德猪生产的不容易。"

说到不容易，咱的心禁不住梗一下。

本来滔滔不绝的，这时有些说不下去了。

眼见两个编剧走远，心禁不住又酸一下，忍不住再次走进里间的暗屋。

外间屋的门此时插严了，赵红不会轻易跑进来窥视了。这些天把她给惯坏了，从修道院的女学生惯成二人转女演员了。咱双膝跪地，双手合十，头向上抬。未曾忏悔，早已喉头发热，鼻腔发痒。平整的屋顶仿佛涨起了尖，周边飘浮着羊毛般的白云。

内心隐抑的炽热蓬勃上涌，最后一家伙把他拱进暗黑的跳动着血脉的腔道里。四周一片混沌暗红。那个暗红来自经验而不是感觉。经验告诉景精神，他已身处养育过他而今要重新培育他的子宫。子宫给他养分给他安慰，让他在有限的空间做肆意的无限飞翔。

而一旦进入此状态，上空的尖顶不见了，仰视的诸神诸物不见了。跪着的景精神感到了夏风般的柔软和痱子粉的清爽，感到了从未有过的奇异和全身心的放松。嘴巴不听大脑的了，它琐碎而真切地叨咕：是的我爱你们。我爱你们像星空眷恋着大地，像婴孩如此眷恋衣不伸手饭不张口舒服得要死的子宫。是的你们是

319

我最不可靠最终却最可靠的强大支持。你们对我的支持将似大地支持江河，身体支持心脏，心脏支持血脉，都是须臾不可离开，离开三分钟就开始脑昏迷，三分钟以上就变成植物人。

而我对你们的支撑，也将像大地身体心脏血脉一样重要而不觉存在。试问你们能觉出它们的存在吗？你们若觉出那颗了不起的永动小水泵，若觉察到身上涌动的无数条内流河，不是它们出麻烦了就是你们出麻烦了，归根结底是我们共同出麻烦了。

所以我们的关系真的是不可言喻。这就好比你们是我的亲爹，我是你们的孝顺儿子。你们生我的气了，我也感到委屈了。可这阻挡不住我对你们一生一世的爱。尽管你们造就我时，百分之九十八是贪图舒服，与动物的精心准备和严酷争斗相比，我们一代一代的都是贪图舒服的副产品。

第三十章

帕萨特

景精神犹记着女记者走下床来，穿上衣服，禁不住眼前再闪一亮，鼻洼处漾过一片留香的情形。女记者脖子上戴着的珍珠项链，一望便知是成色极好的。皮包是LV的，显见国外带回来的。但女记者不炫富，说她是在北京的商场买的。不过就算是省城的商场买的，也是专柜的正宗货。

女记者穿着乳白色的精纺绸衬衣，配着黑色的镂花礼服。景精神喜欢地说："你这个黑白配是最好的了。"

可女记者此前就是黑白配呢，却为什么此时才想起来。因为一切没来得及注意呢，景精神就被逛荡迷糊了。

除了逛荡迷糊和黑白配，还有景精神耳目一新的"帕萨特"。不是帕萨特的牌子如何强烈持久，而是帕萨特三个字音，经女记者小中有大的嘴巴说出后，闪耀出一道霓虹光芒。

那时景精神闲聊似的问女记者有没有车，听着像要赠送香车宝马，但景精神与女记者都知道不可能。

景精神相信女记者的路子野，比白头贾会要钱。见闻和要钱将使女记者兀立在任何优秀女人之中，也与从前的任何女人有了本质区别。女记者因此注定不属于景精神，注定属于善喝海参汤的人。

女记者笑吟吟地说她的车叫"趴着射"。见景精神疑惑不解，她满面春风地又重复了一遍。

反应过来的景精神立刻就笑了。五官痛苦而愉快地纠结到一起，像是肝病胆病一起疼。或者瞬间丢失了十万元钱，却又终于找到了有价值的破案线索。女记者给景精神带来从未有过的新奇快感。景精神后来闭目回想，女记者说得多么好啊，道理又多么深刻。

于是景精神的眼眶再次湿润，汇聚的湿意茂盛规则地顺着鼻洼嘴角以及腮旁的老褶子畅快流淌。它们的映衬下，景精神的脸好似水帘洞，而垂直而下的不是清凌凌的水，是兜头泼洒的一舀子高粱米汤。

诸种倾诉与祈祷，交流与狂野，它们分散了景精神的注意力，放松了景精神的神经，使景精神获得了海风吹过的开阔，也产生了对宇宙万物保持愉快关注的精力。

他把白头贾和其他几位幕僚找来，共同听取关于地球和太阳的讨论。此讨论虽关涉现实与未来，但真的惹人笑话啊。不过几个人予以理解。都是同时代人，谁笑话谁啊。经历了九灾十八难以后，景精神也需要这种方式发泄一下了。就算是撒娇耍赖也未尝不可。当然讨论地球和太阳是有由头的，就是看了专门探讨宇宙边缘的外国片子，引发了关于时空之边的微震，导致了感觉的慌乱。

景精神严肃地说："太阳还有三十亿年的寿命，之后将变成红色星球，再变成白炽星，最后变成黑洞。"白头贾不明就里："咋的啦？"景精神沉重地说："还有三十亿年，地球所有的生命都要不复存在了。也包括我们人类。"

白头贾没有听清："多少年？"

景精神说："三十亿年。"

白头贾放心了："我寻思三十一年呢。三年我都不怕。"

景精神想你可是不怕，你也就剩一年两年的。几位幕僚也都跟着笑了，说三年都够长的，剩下三天才好。

都是些什么人呢？都什么素质呢？景精神便不理会他们，而是顾自沉重道："这个研究提示我们，应建立一种新的哲学来应对它。"

白头贾和几位幕僚相互看了看，觉着景精神放下倾诉的病，又犯起了痴妄来。什么新哲学，论起糊弄人，就不如拉磨驴的蒙眼罩。因此上好的应对办法不是哲学，而是戴上蒙眼罩后的盲从无知。几位的讨论影响了景精神，他皱着的眉头解开些。平时看不习惯的及时享乐原来是有道理的，其间也许就埋藏着大智慧，关键是怎么用它看它。便打个呵欠说："有时真就想放松下来。看到公园的湖里那种透明的水上漂吧，供儿童在里面玩耍的，真想躺在里面无牵无挂地睡上一觉。"

几位幕僚都止不住笑："可以弄条游船，租它一秋一夏。"

景精神摇头："游船不行，这个才离水最近。接近躺在水上，相当于水床呢。"

水床的说法让几位幕僚哄笑，因都想起保健品店的水床来。

知几位幕僚想的什么，瞪他们一眼："你们是不是想到'水床'了？"

说完景精神也愉悦地笑了。找几个同龄人做顾委会是对的，即便每月需要一笔开销，但同龄人是不可代替的。设想朋友们都是八十岁走了，而景精神荣幸地活到了一百一，也终不过是苟延残喘。因为百分之九十八的生命源自一次舒服，而百分之九十九的生命状态，是在同代人中存留。

景精神高兴，白头贾和几位幕僚就成功了。哲学太极这些烦人的话题不见了，水床顺利地升成了共同的奢望和想法。水床让景精神感觉到轻松，体会了尘世的快乐，领悟到人很需要粗俗。粗俗真就好比粗粮，让人维生素健全，不大肠干燥，可以哼着愉快的歌谣上厕所。

行家一出手，便知有没有。景精神不是行家，可人家真的懂。它印证了有人半路出家，却成为行业翘楚，有人穷极一生，却为什么终在门口转悠。

景精神的剧本构想，稍微延展便是完整提纲，让胖瘦编剧感到无话可说。之前偷看了不少电视剧是一定的，疯狂地补了一阵子课也是一定的，私下找三流的制片导演们聊更是一定的。因为景精神是那样清楚地设置了两条线，即农业合作组织和有机种植。某身处行内却永远外行的人极擅评点剧名，他所有能够看的评论都绊在了剧名上，动辄说这个名好，那个名棒，有那个名就成功一半了。这里不吝套用他的话，有这两条线就够了，就成功一半了。

说到某农场主为什么违约卖猪，景精神是这样设计的：生活窘迫，老伴有病，孙子上学，儿子残疾。到了人生的十字路口，处于进退两难。看着猪场里的合同猪，老汉直转磨磨儿。倒是穷死不做贼，说什么也不能卖，可看病需花钱呢，上学也需钱，上哪里讨这几样的钱呢？于是辗转了大半宿，痛苦地抽了一夜的烟，最后的结果是一个字："卖"。

卖掉自家养的合同猪是否算贼，景精神对此表述得很痛苦，仿佛那个老汉就是他，正进行人生路口的一次重大抉择。

因是景精神的意图，因此后续设计十分符合景精神的理想。法院审理结果，老汉败诉，被抓进监狱，去蹲一场久违的笆篱子。为什么是久违？这个笆篱子是景精神盼望的，它迄今依然没有建立，可说构成了景精神的失望之源。

依景精神的想法，整个家庭都震荡了。作为违约的代价，家庭亲友一定要处于不幸之中。一步的错误带来了步步的错误，最后导致彻底的得不偿失。按着这样的逻辑，儿子恨自己残疾，孙子想弃学，老伴日思夜想几乎哭瞎了眼。痛苦是一场可怕的传染，所有亲人都跟着寝食难安。层出不穷的思念之痛和后悔之苦，有力反衬了愚蠢的铤而走险。

监狱里的老汉呢，面临着无情铁窗和冰冷手铐。刻骨铭心的教训把他击垮了，也培养了，他决心出狱后做一个坚强诚信的好人。

景精神的这些设计，听的人都赞不绝口。不怪人家几次暴发，几番腾跃，挣了大钱，做事是真用心真厉害。本属吃专业饭的，都跟不上人家的趟了，这让胖瘦编剧既钦佩又痛苦。景精神则充满得意，就忘了倾听并夸赞的人，都是交好的朋友或下属的员工。

道德猪歌

景精神递胖瘦编剧一个单子，上面列着永县七十多家农场主的名字。胖瘦编剧快速过了一遍，备注栏里标着正面、反面、正反面。有的还画#或※。#是正面里的重点，※是反面里的重点。它们体现着景精神的思考，符合进步的社会阶层分析。反面的几个里面胖瘦编剧看到了王伟、苗曼妙，正反面里看到了小和珅，丁文福则哪个里面都没列入。但凡重要人物，景精神是不会漏掉的，如此景精神对丁文福的判断是什么？胖瘦编剧据此猜测，却是没有答案。

瘦编剧便问："日本客商的事带进来吗？"景精神的眼神满意地一亮，显系瘦编剧此问甚好。不是弥补了他的思维漏洞，景精神的思维没有漏洞，更谈不上弥补。所以此问甚好，是他喜欢思虑周密，认为这是做好一切事，包括编好剧的保证。景精神像导师看自己的研究生一样看着瘦编剧，像看别人的研究生一样看胖编剧。不管自家的还是别人的，景精神希望在他面前都像学生一样，在实践面前都像学者一样，在猪只面前都像高薪聘请的博士一样。

哪个行业都做行家里手，都手到病除。

胖编剧耳朵不好，却也看得清楚，说道："老景口气忒大，做有钱人了。"瘦编剧说："有钱也是口挪肚攒的，就没占过公司的便宜。"胖编剧说："怎么没有，没沾过转企改制的光吗？"瘦编剧说："应是没有。"胖编剧说：怎么没有，没参与倒手转卖，没培养他经验和思路吗？"

瘦编剧拍了拍胖编剧的肩膀。

协会成立是个硬杠杆，在日本客商那里是硬杠杆，在景精神这里更是硬杠杆。日本客商来与不来都是硬杠杆，因此只是在客观上促动了一下。在佐藤先生过来之前，景精神仍时常考虑他是否应先去北京，双方进行一下外事接触。后来想到有赵红副总就够了，对她是可以舍出去的，而她为了他也是可以舍出去的。还有日方既已主动关注我方产品，我方还是端住神稳住架为好。

景精神还研究了日本人是否收礼，当然不特指佐藤先生，而是他们的商业文化背景。景精神一向反对送礼，也反对日本人收礼。若日本人也收了礼，景精神的失望或冷笑就会增加一分。澳大利亚是不收的，否则就丢失了饭碗，那么日本人呢，得让赵红上网查查。后来却没让赵红查，因为收不收的，景精神都决定不送了。景精神要在日本人面前打出不送礼的形象，让点头哈腰的日本人理解，景精神先生做有机，靠的是产品，而不是送礼。

趁道德猪发展十周年纪念，景精神号召在农场主中间，开展广泛的回顾活动。农场主这些没良心的需要回顾。需要通过回顾，赞颂了不起的发展历程和光辉业绩，高唱一曲聚民心鼓干劲的有机之歌。只是这样的设计出自景精神，令景秀敏、柴师傅一干人等大跌眼镜。景精神为此翻起细长的豆角眼，一本正经地对他们讲设计的重要性。指出正常的工作是定了型然后设计，非正常的工作是出现后再设计。强调正常的工作需要设计，因设计是它的重要环节，非正常的工作更需要设计，因只有设计它才能反设计。

按照景精神的设计，新兴的灵活多样的回顾开始了。

为什么回顾？因为需要回顾。为什么展望？因为回顾了。回顾的眼光中，丰厚感人的事迹，朴实新奇的视角，不曾注意的生活，化成了一首首动人的养猪之歌。

铁娘子的礼品

刘桂珍的婚姻是小姑子介绍的。那时她在缫丝厂上班，做纺织女工，得过两床被面一支金笔。相看对象时邻居刚结婚，男人把人家的缎子被、缝纫机都借来，摆到大姑子的房子里。登记回来的山路上，男人拉着刘桂珍的手开始哭。刘桂珍原谅了。不原谅不行的，山沟里头早把事情做了，能哭算好样的。

会哭的男人开始打，打完又后悔得直哭，不过脾气上来仍是打，刘桂珍就麻木了痴呆了。因为禁得住打，村里人称她"铁娘子"。直到养猪后才好些，虽然猪跑了抄搬子打，猪回来仍抄搬子打，但抄搬子时有所考虑了。养猪增添着刘桂珍的尊严，也培养着她的仇恨，自打四间瓦房建起，小姑子大姑子这两门亲就断了。

刘桂珍不知怎样感谢。若是肯于接纳，景精神、白头贾，驻东阳办事处的男人们，不拘哪个，她都可以报答。

人间快乐是其次的，报答是起初和最终。

赔挣我都养

进第三批猪时逢市场走低。有人散布说："这回赔了，景精神都赔不起了。"刘桂珍坚定地说："赔挣我都养。"

刘桂珍没有理由不爱猪，是猪解救了她。因此每日再苦再累，猪圈也要收拾干净。她还给猪挠痒痒。她特别感谢景秀敏。有次男人冲刘桂珍叫嚣："你给我滚，用不上一年，我再说个大姑娘。"正巧赶上的景秀敏黑红着脸，眼睛瞪成了铃铛，嘴张成了马蜂窝："你吐口，我马上给做主。"

这是亲妈才说的话。

刘桂珍感谢景秀敏一辈子。

不能没有她

自从洪宝昌腰包有几个臭钱，媒人渐至登门了。今天一个寡妇，明天一个离婚的，后天来个带堆孩子的，可以扒拉着挑。洪宝昌的士气也渐涨。

双龙镇的二十六岁，大岗子村的二十九岁，口前屯的二十八岁，名字都记不住了。现在的对象原来在饭店。俩人一见钟情，当天就上岗了。虽是个离婚女人，不过洪宝昌非常爱她。娶她那天的喜酒，是满沟里最硬的。迎娶仪式也棒，彩球、钢炮、拱门都用上了。

不是夸对象，干活收拾屋子可好了。最近洪宝昌又犯了赌博瘾，对象跟他吵吵吵的，还拎包回了娘家。洪宝昌怎么认错也得把对象领回来。

不用你张罗了

一天到晚瞎忙，早晚要靠墙。扑腾一下，完了。

我是个半生苦命人。结婚七年，人家蹬腿死了，我领着孩子过。

女搭档前后找过两家。第一次是婆婆歧视她。第二次找个社会人，总受欺负。离婚好几年还来，吓得她到处躲。我当时外债累累，女搭档揣几个钱来找我，说合养一批猪，挣了一家一半。

第一批猪挣一万三，我没要，都给她了。也没想要，来人不比要钱强吗？第二批赔八千，我没给她拿，她把我骂了。她没安好肠子，我也不安好心眼。瞪眼没给她拿，俺俩结束战斗。

就她那样儿，花俩钱咱能找多少"卧子"，哪个不比她强？

第三批她上县城做买卖了，我要自己干。有人说：离开她你养不了。我非养不可，赔死拉倒。出栏时徐家辉给算账，净挣两万四。我当时心里咯噔一下，高兴的。喝完酒回家，又捡到五十块钱。

第四批命苦。猪是腊月进的，因为烧炉子，猪场着火了。好在火是从一头着的，猪躲到了另一头。塑料是报废了，猪还真没伤着。我请大家吃的喜，大家帮我挪的棚。

别人都是两口子养，咱一个人忙不过来，就去市场雇。先找个老太太，听说看猪人家不干。又问个老头，老头倒是同意，可他腿脚不中，万一咱不在家，猪能把他"跶跶"了。后来用我舅，头七八天行，接着就不上心了。嫌我挣得多，他挣得少。可贷的猪底子十三万块，我半辈子都挣不来，他咋不考虑？我对他说，养猪这活太臭，你别干了。

公司要求放牧到山尖，可那么陡，猪不肯上，得拎棍子赶。不赶景秀敏来了，罚你没商量。结果猪累出肺炎了，死了八个，剖一个炸肺子，再剖一个炸肺子。我生气了，接连九天没放牧。他们挣命似的罚我呀，交罚款时，嫌钱少又扔到地上。

去年养了二百三十六头，想挖个井。井没挖正，一场附红细胞体，死了五六十头。猪都把我哭死了。爹死我都没哭成那样。

再婚的事，有人给介绍对象，一张嘴就问："你有多少钱哪？"

我说："趁一百万，屁股后成串了，不用你张罗了。"

让他跳

当时饲料厂没完全划给王文娟，因此景秀敏有一定的人事大权。招工的时候，景秀敏也没有细问，就把一个苦孩子招进来了。不久那个苦孩子从最高的石碇子上跳进了水库，而且双脚捆着，腕子割破，还抱块石头，看得人心惊胆战。受了什么样的苦，决绝到如此。景秀敏哭得够呛，不由想起了她自己。

景秀敏向景精神请求，由她担负主要责任。

节假日尤其是元旦春节，用工都好请假。为聚拢人心，景秀敏胆突突地组织大家聚餐。为什么胆突突，因为每次聚会都要出事，尤其喝酒之后。果然就有酗酒闹事的，一个职工站窗台上要往下跳。景秀敏哑着嗓子喝令别拦着，让他跳。

职工站的是二楼窗台。

人命关天，景秀敏开车赶往总部汇报，迎面开来一辆大车，打着大灯，直晃景秀敏的眼睛。景秀敏稍微往路边避一下，结果把一个骑自行车的擦碰着了。

夏天的猪瞅着大

柴师傅也不闲着，他总结：
夏天的猪，瞅着大，没分量。
冬天的猪，瞅着小，有分量。

红布与粉旗

一连串的设计后，景精神觉着可以忙点别的了，搞些小清新、小浪漫、小私心。譬如是否在几个女人中开展很有意义的回顾活动。她们不需回顾，景精神也要回顾。感谢命运，回顾她们，或者回顾她们，感谢命运。她们诚然没决定景精神的命运，但她们陪伴了景精神的命运，景精神因此要回顾她们。

回顾柳芭不能空手。像以前那样甘付体力节省财力不行了，招之即来，来之即战，战之即去更不行了。需要事先有约。有约是充分必要的，否则柳芭就忙活不过来，也会因此不乐意。不乐意是会影响效果的，这正如西湖泛舟和划旱船不一样，划旱船和旱地拔葱不一样。

那么不空手怎么办？景精神的办法是，豁出一个橘子或者两个梨。视柳芭的兴趣及接纳程度，偶尔也会升格到一挂放久即烂的黑边香蕉。黑边香蕉并非取其暗喻，它体现了价值的略有攀升。

水果们让柳芭感动坏了。

想不到一点点的水果就让柳芭感动坏了。

拿橘子或梨时，柳芭会主动抚摸景精神的头顶。头顶的头发已经脱落，只剩一层胎毛，柳芭带着表姐的心疼抚摸它。拿黑边香蕉时，因自觉报颜，景精神尽可量婴儿般柔软地俯到柳芭胸前，撒娇耍赖，使小性子，搞小动作。此招甚有效，因柳芭成了景精神的表姨，起码有了表姨的情怀。

回顾到王文娟那里，黑皮香蕉的黑皮都不用了。不仅不用，王文娟还体现出高度的不胜欣喜。按着接待上级考核的标准，准备好椭圆的美国提子及稀缺的东南亚臭榴莲，以实际行动明确表示，时刻欢迎征服了系列情人的英雄壮士凯旋。

宁可天天摆仪式。

必要时还可烧香。

王文娟为什么如此？这还用说吗？谁不知道饲料厂总经理王文娟所得的实惠？这个实惠的实力，足以让她任意挑选全厂的任何小生，而且一包就是二十年。只是实力如此，王文娟却反而不做了。并不是对景精神先生负责，而是居高临下的感觉和颐指气使的气派，它们直接替代了对广大普通群众的身心需求。

这个时候王文娟总不由自主地想起某老牌女星。传说在王文娟还是幼女的时代，该老牌女星在省城的星级宾馆下榻，市歌舞团新招来的年轻小伙子引起了她的注意。她带着天使般的美貌问陪同："那个小伙子是谁？"问话如此意味深长，直让人想到夜深的歌舞佐宴和彼时床前的迷魂月光。老牌女星的迷人微笑照亮了小伙子的日后，鼓励他以流氓的手法通吃一切爱情。人到中年的时候他有幸成为王文娟的初恋，并且毫无疑义地始乱终弃。

如今的王文娟也可以始乱终弃了。可是能够始乱终弃的王文娟既不做柳芭，也不做那个老牌女星。王文娟的金钱与该女星的名气虽永不等量却能等量观之，尤其在全厂的范围内。王文娟的一盏烛光可以轻松照亮全厂男职工的今生，不照亮今生也要照亮今年今日今时，因此所有的差异仅在于不用与滥用，肯做与不肯做。

知情知义的王文娟自然不用不做。王文娟要用和做的只有反哺与心甘情愿地反哺。纵观几年的发展，可以说正因为王文娟的各类反哺，才有了景精神持续的种猪投入和协会实践。

说到哲学，景精神自认为早到了博导的水平。若在高校，本科课都不给上了。可生活中的他却依然致力于农民日常哲学的普及。只要有机会，就舔嘴巴舌地讲。尽管有录音笔及电脑辅佐，赵红仍被这些低幼哲学累坏了。量太大了，简直不是人，快赶上大象了。不过这样反而好，先进工作者跑不了，优秀团员也跑不了，董事会的所有男性成员更是囊中之物，个个惊叹她的能干。芳龄已过二十八是吧，芳龄才过二十八呢。而青年已由三十五扩延到四十五，中年则直接扩延到六十五，今后退休都可能是六十五呢。

身处中年的景精神很少突破赵红，想来确有不当。不过正因如此，余留的空白才大，时代赋予的责任也才大。还是那个原理，一张接近空白的生宣纸，越是山色空蒙，越可以任意想象。可以画月球上的桂枝，还可以画西王母的蟠桃。与之相比，提子和榴莲算什么，黑皮香蕉又算得了什么？

表面貌似繁多，其实悲喜交加。

到底谁在悲喜交加？

较真的赵贤子反对吐故纳新，结果只落得守活寡。生一千个儿子，生一万个儿子，最终儿子们比他爹还理解他爹。而身为某厂总经理的王文娟，又何时真正控制住过景精神这头老驴？

说到底，他更爱自己罢了。

相较于女记者的昙花一现，柳芭怎能想到，她和成阳坐到了一起。

都在人类食品行业的筐里晃荡，都没跳到哪里去。

俩人都想谈谈，而且谈得较深。

柳芭叹口气："现在想来，若咱俩当时积极配合，岂不是更好一些？我不会被人抄后路，你呢，也兴弄个高薪挽留。"

成阳嘴巴笑得生动灿烂："你当时怎能跟我配合？"

柳芭一笑："去。"

成阳呼口气："我现在挺好，收入比原来高，还不把身子。南下北上都给报销。"

柳芭嘴梢一动，心想给报销还值得一说，看来也是强打精神浪。成阳却对此笑纳，继而道："这个世界谁都能离开谁，所以谁也别依赖谁。一定依赖就得拿住谁。"

柳芭倏地脸红，被较暗的光线遮掩了。

窗外雪下得飘飘悠悠，雪花将天光吸纳和阻挡不少，像给屋子拉上了薄纱帘。这间朝鲜族风格的饭店包房，进屋就是炕，它要求柳芭和成阳盘腿对坐。

柳芭便说道："当时我为何生气？和景精神那些事情，没一件不是你先预测的。你就是个神汉呢。"

成阳说："那你是神婆了。"

柳芭说道："没那个德。要不能被取代吗？"

成阳转动豆似的小眼，又牵了牵招风耳："你彼时不被取代，将来也要跑开了。因你没编制，不在序列里，懂吗？"

柳芭扫兴地"喊"了一声。

成阳说道："除非你啥也不要，抱定跟从信念，认可当驴作马。像赵红那样。"

柳芭说："你怎知赵红不要？我看赵红正经会要呢。"

成阳说："长得那样丑，她怎么还会要？"

柳芭高兴地说："那是人的本性。"

成阳的声调开始莫名地发潮："什么本性？"

柳芭吃吃地笑。酒劲将她的脸染得像红布，将成阳的脸染得像粉旗，类似锅蒸肉肠。

屋内忽然很静，成阳不吭声，似要有所躲避，又似期待发展。

柳芭这时大方一笑，柔软的手搭到成阳瘦挺的肩。肩没景精神的宽厚，不过年轻些，有股凛冽拿人的味道。

成阳不说话，许多念头在往上走，又往下走。不由回想这多年的桩桩件件，谁也好，就别标榜不唯利，也别标榜不商人。至于思想、哲学、太极，说好听点是故作虚文，说不好听是乌贼后腚喷出的墨水。

那迷惑人的墨水是真黑呀。

成阳禁不住嘎嘎大笑。

柳芭也咯咯地笑。

"大哥，今天动用你相好的了。"

去洗浴，去桑拿，去二十八楼，去咱家。去就去，不拘哪里。顺应我们的激情，怀念我们的过去。

可是大哥，我们实在是想你了，那么就以这种方式回忆吧。虽然想你的日子一去不复返。

第三十一章

一掬秋雨从脸上淋过

诸回顾曲报送景精神的案头，景精神甚感满意。他大段批示道：

> 知其蕴藏丰富，没想到这样的丰富。知其十分动人，没想到这样的动人。
> 请编剧同志们把这些都写进去。请赵红副总宣传策划好。请鼓励全体职工及社会人士都予点击并成为粉丝，积极互动，参与评议。
> 转贾厅长等四位传阅。

如此批示仍觉不够，又弄了个"另起"：

> 回顾农场主的工作生活历程，有的因养猪结下良缘，有的因养猪站起来了，有的因养猪实现了小康。遵规守法的农场主们走在有机事业的阳光路上。还有什么比这更让人高兴的呢？农场主的幸福就是我们的幸福，农场主的快乐就是我们的快乐，农场主的烦恼就是我们的烦恼。它承载着扬帆远航的理想，构成了我们进步发展的动力。
> 潺潺的小溪欢乐流淌，动人的旋律久久回荡。
> 转列位董事、特聘畜牧专家及各处室、单位负责人。

另起之后景精神的手有些哆嗦，脖子筛糠似的细颤。知是因激动来的，却仍是吓了一跳。颈椎神经越来越脆弱了。若非长期习武练功，恐怕影响日常生活了。它提示景精神，太极与气功这些国粹，更要长期坚定不移地修炼，把它们化成生命及生活中的一部分。

深悟生命要义的景精神日有所思，天擦黑时把胖瘦编剧找来叮嘱："农场主的儿女们要在大城市的商超做销售员，家里父母掺假违规，影响到了产品的质量和信誉。所以公司还未来得及处罚呢，一场来自家庭的正义与非正义的声讨开始了。

"这些农场主的儿女们，由于在外面做销售开眼界见世面，在万物复苏草木萌动的春天，把城里的儿女们领回来了。了不起的道德猪事业改变了农家儿女的生活走向，优化了农村后代的生命基因，其意义影响到了第三代。"

大家都注意到，签署赞同的赵红，在董事会里的名次不觉提前了。有人肯负责任啊。看得出重任在肩了。不过赵红学历高，长相丑，野心大，也真的符合提拔框架呢。

而赵红，一旦真的端起班子成员的架子，主要是向外龇出两颗龅牙时，也真的开始拿公司当家呢。明明可以沉默的，这时非要耳语。明明可以耳语的，这时非要文字。明明可以沏茶端水时说的，非要在独自的办公室里形成文字报告、议案和宜于抒发心曲的建议。

尊敬的董事长：

这次朴实无华的回顾活动，真的是不可或缺。它让我们倾听到来自最基层的波纹。建议将它传播到销售前沿的广大员工那里，让他们倾听后方的声音，了解后方已经迈出的可喜脚步，知悉后方在支持他们，期待他们。

还要考虑大型连锁超市的经理层，以电子信件或文字的形式发送。也许到他们那里后成为永不打开的废纸，甚至他们会厌烦。可哪怕是厌烦，也恐怕必要的。谁不厌烦蛇，可谁不知道蛇呢？在名声的广为人知上，我们确不如蛇。

眼下的这些成果更应与华堂的佐藤先生对接。在他需要了解的时候，让我们送上一份了解。在他需要知悉的时候，让我们送上一份知悉。

赵红写完这些的时候，顶好看的手指捋了捋鬓角。那里有一缕碎发掉落下来。其他的头发都条分缕析地编进一根粗粗的闪着黑光的辫子里。通过头卡的规控，所有额顶的碎头发都有效地向后脑勺靠拢，看上去很好。只是由此突出了面部，再次不可避免地暴露了两颗龅牙。但是不碍事的，那两颗龅牙，它们被赵红副总严肃的具有执行力的神情笼罩了遮蔽了。

而阅后的景精神先生呢，觉得赵红不仅是恰当的副总人选，更是一个恰当的秘书长人选。不扰人的心思，不乱人的性情，却带来年轻女性的别样气息。就是用她啦。因为用，景精神就想作首诗了。他张开嘴巴苦吟，让他无声的声音在二十八楼的房间内漏水般流淌。

> 那夜里
> 我们躺在了一起
> 虽然不曾突破
> 但是我们挨着了

作完了诗，景精神的眼睛都潮湿了。对任何一位以道德猪为怀的人，他都充溢着作诗的心情，诗歌毫无遮掩地表现了他的潮湿。他在赵红字迹规整的建议上批示：思念道德猪甚矣，令人湿泪笑。

正在湿泪笑，赵红慌张地送来了一份急信：亲爱的佐藤先生不来了。

预计的提前会晤不来了，大会之后的考察不来了，农场主的迎新春联欢也不能来了。国际会谈的通常结果，无限期推迟了。这样的消息让赵红灰颓。正在培养的瓜嗒瓜嗒走路变得黏滞无力，仿佛每步都踩到了鸭屎。

景精神的脑袋嗡一下，增生或者阻塞正水滴石穿地影响着他的腰胸和颈椎。他往昔般耸了耸腰，左右前后甩头，嘶着声音问："是什么原因，为什么推迟？"

赵红摇头，仿佛有一掬秋雨从脸上淋过。

景精神心疼又恼火。换成柳苞，当时肯定会质问清楚的。这种莫名推迟，有时相当于否定和羞辱。面对否定和羞辱，请问你客气什么。他是你什么人，敌人。

赵红吞吐道："佐藤先生说了，有些事情需再了解。"

既再了解，便不算推迟，景精神心稍安一些。可是了解什么？集体的还是个人的，内心的还是行为的，道德的还是伪道德的。景精神脸腾地就红了。那刻就疑虑，是否因自己男女关系混乱传出了绯闻，导致了忌恨。真若忌恨是没有办法的，因按拟定和预想，赵红将以投桃报李的方式，逡游在佐藤先生的怀里的。可事实怎样哩，先欢游在景精神这株莲藕旁了。

那怎么办,实施他补吗?可就算佐藤先生同意,人家也未必就欣然接受。比如柳芭,这株向日葵虽田畔地头到处开,却也并非胡乱。哪怕它早晨向阳绽开,夜晚低头收拢。而王文娟和赵贤子莫说不在范围内,便在范围内,一个是佐藤他妈,一个是佐藤他姥姥,不信佐藤还想怎么的。女记者倒初露苗头,可说出单位的名号,足吓佐藤一个倒仰。如此心障在先,又岂肯细细研磨?

那怎么办?

景精神要求赵红再打电话,且不要自卑。请问何处来的自卑?要优越如上海女子,娇滴如东京小妹,拿情致风韵勾住他。决不能如佐藤老家鹿儿岛的山区婆娘,缩手缩脚满口土腔。

道是明人不做暗事,未及赵红吞吐之间正式开口,佐藤先生已告知原因,即有人写上访信。真若忌妒景精神的花柳,景精神还不生气也不在意,可上访信算什么呀!谁没有上访信呀?没有上访信多奇怪呀?有上访信就影响了你佐藤啊?请问你佐藤不会鉴别吗?

景精神难免羞恼,想对佐藤说你尽可以重视上访的人,但凭什么不重视被访人。你完全可以掐着信过来考察一番,或者负责任地将信交给咱们。所以你这样当宝似的留着信件,让信件拖着大家走什么意思?

你若觉着上访信新鲜好玩,咱也可以指派赵红,专给贵公司的日本总部写信。一周四封,每周必寄。一封董事会,一封监事会,一封人力资源部,再一封你们那管事的消协。看看谁把谁折腾得体无完肤。

一封上访信就如此大惊小怪,即便你秉承了贵国的谨小慎微,不能不说你仍然是个雏儿。

王 蛇

想到暗中的窥探与身后的潜伏,心里一道焊弧之光闪过,惊悚而刺目。

如此方式破坏咱的名誉影响咱的前程,此公的居心何在?

景精神问董事会,诸人都面面相觑。这确不能随意,因要说出根据。而眼前的三缄其口,更让景精神叹服。简易随手的办法,便折腾了如此多的人和事。看来此公除了知悉道德猪的所求和七寸,定是能打善斗之辈。不信哪个普通农户能有这般头脑,即便他被叫作农场主。

景精神想到毒性高强的响尾蛇和专食响尾蛇的王蛇。凭借快出零点零几秒的反应和速度,在响尾蛇未来得及用毒液攻击的情况下,王蛇成功地实施了吞噬,闭阖住了它的嘴，甩着细尾，享用起高风险的美味大餐。

此公若是响尾蛇，景精神就做王蛇。不，景精神要做巨雕，迅疾地抓住响尾蛇的七寸，令它全身肢节扑簌簌地软瘫。迅疾地腾入空中，松开利爪，将蛇穿云破雾地摔落到山间的巉岩上。

摔得扁扁的。

经过赵红的一番陈情，佐藤先生把那信转过来了。

景精神只扫一眼，只肯扫一眼，便唰地把信合上。

动作变转之间，他抬头警惕地扫眼周边。赵红知是瞬间的下意识，并非针对她，却因此看到了深不可测的腾腾烟雾。赵红吓了一跳，不由想起前几天看到的情形。心理医生们测试活泼可爱的小狗，请它们做动物医生，给久病的患者带去快乐。测试办法是，趁小狗不备，上前撕拧小狗一下。小狗回头看心理医生一眼，只这一眼，小狗动物医生的资格取消了。不过小狗那一眼里的意味，终究比景精神柔和多了。赵红再次感到了噤然，哪怕景精神瞬间搞清旁边站着的是赵红而非别人后，细眯眼里已跳跃出愉快的黑色光泽。

赵红即刻的想法是：离远点儿。

景精神此刻所有的思考集中在以下：丁文福啊丁文福，如此反社会反人类，这是你前行的最后一招吗？那么让农场主唾弃你，让景精神不稀搭理你。

本来要去北京找佐藤的，甚至有些日思夜盼，但这么一搅和就不想去了。为什么要去呢？丁文福不是反映农场主普遍作假，使用违禁药品，大哄大嚷的所谓有机只是对外吗？"小佐"你们不是偏听偏信吗？对不起，本公司不申辩，你们照量着办吧。未来的合作时空如此之长如此之大，一封不怀好意的普通平信，居然给双方带来如此阴影，这种合作也忒脆弱。

景精神需要态度。

需要说话。

音乐起。

"小佐"呀"小佐"，你了解中国吗？你知东北普通村民对猪类传统复杂的感情吗？你知你们的轻信多疑多么伤人吗？你知景精神这三个字怎样写，又怎样写出的吗？

仅四十年前，一个山村老太太赶着老母猪，横穿村间的公路。老母猪哺乳太消耗了，需要出来寻点野菜，增加母乳的营养成分呀。道路的拐弯处，汽车突然气汹汹地冲过来了。危险临头，老太太本可以躲闪的。可老太太毅然放弃了躲闪，而是猫下老腰，伸出一双粗糙的手去推老母猪：你走啊你走啊。老母猪非但不前，反而紧张得后退。老太太复杂感伤的泪流下来了：冤家啊，快走啊。要不咱俩一块儿交待了。

汽车恶煞般地冲过来了。

那个山村老太太，便是景精神的姑奶。

每每回想至此，景精神总忍不住潸然泪下。不为老太太是景精神的姑奶，为的是姑奶居然把老母猪看得比她自己的命还重。景精神读懂了其中的难，也体会了其中的坚忍。

"小佐"先生，你以为你姑奶奶只是穷的吗？全世界的范围内，哪里去找如此的人猪亲融？农场主给猪掺假？你们是怎样想的？即便它是个别的事实，却决非我族的传统。即便它偶尔呈现，但终将得到改正。猪嘴獠牙的小佐藤，若你们长了脑子，就应该想上一想。

那辆横冲直撞的汽车，在离姑奶不到半米的时候，嘎地停住了。

就算如此，景精神仍觉不透彻不解气，心里有许多的话要说。尊严的景精神虽不在官场，但同样厌烦私下写信的不光明正大，更厌烦对待不光明正大的不光明正大。若有机会，景精神很想告诉佐藤一句人生箴言，即有他五八，没他也四十。语出古老的中国民间笑典。一男子托友往家捎钱，伴有裸体女子手捂私处的家书。妻子见信知捎钱四十，而不是捎钱人呈出的三十五。因为"捂八"了。

说此箴言或笑典什么意思，农场主们就有这等的才智，面对现世的各种丑陋混乱，完全可以发挥愚朴的智慧，创造自己的语言，咬牙坚挺下去。困难很长很远暂无尽头是吧，但何必考虑有无尽头，不是没死吗？这就足够了。

所以小佐藤呀小佐藤，你可得注意了，不要动辄日本人的脾性，只顾眼前丢掉了长远，总是丢了西瓜捡了芝麻。更不可灰暗生毛腐化变质。以为忘掉了你祖宗当年犯下的滔天大罪吗？以为识不破你们政客的不轨图谋吗？老天爷头顶上平静地看着呢，他打盹的时候早已过去了。

总之铮铮铁骨如此冷傲，令大家看到了景精神的愚不可及。愚不可及的景精神终于不管佐藤了，而是决心让佐藤这个傻子自己去品去想，得罪了景精神并不是好玩的。

决心让大家认识到，小小的变故之后，景精神有能力有办法，处理一切冗杂多变的日常事务。丁文福之流将被远远地抛进历史的垃圾堆中，去与苍蝇老鼠蚊子为伍。经过景精神的指挥和调教，道德猪的荣誉旗帜将插遍全球各座富庶的山峰。高福利国家的人们身着亚麻的白色休闲服，一边听钢琴曲一边喝猪油汤，一边抽雪茄烟一边吃烀猪肉，竞相品尝来自遥远中国的有机美味、肉中极品。

上级这时终于下了文，控制猪肉价格上涨。它意味着多个部门要联合执法了。农场主们的心落得实些,接着就有些羞愧,想起两年来的亲疏起落,觉着对不起景精神。不过景精神不感冒不介意,因为最难的时候过去了,虽然更难的时候尚未到来。

更难的时候尚未到来,它符合景精神的哲学。体现着一个人、一群人的世界观和价值观。也体现着一个有钱人难得的居安思危。

这样的文虽说没能迅速落实,但给了景精神定盘星。有了定盘星的景精神,工作更加积极主动了。本来决心淡着佐藤的,淡他几天,再淡他几天,相信坏不了年成。可是因为积极主动,没几天贱心又起了。趁着贱心又起,便决定改变坐等守候的姿态,而是毅然违反自己的原则,携带着赵红副总飞抵北京,赶往王府井的一座高档大楼,大楼里的一个局促房间。

"哈着来"

很多年以前,老家的某壮汉村长千里迢迢来到北京,向交警打听哪里是王井府。交警问是否是王府井。壮汉村长自倨地说:"王井府就是王府井,哪里来的王府井?"交警问壮汉村长是哪里的,壮汉村长大咧咧地说是红星的。交警问红星是哪儿,壮汉惊怪道:"你可真坷垃,红星挨着八号都不知道。"

红星和八号是相邻的两个乡镇。这样的回想,让景精神的圆嘴角漾出一丝嘲笑。不过只是一霎,因为伴着点头哈腰,佐藤先生已毫不客气地发问了。

佐藤问:"景桑,信的您看了吗?"

景精神半笑道:"佐桑,信的我当然看了,不看我就不来了。佐藤先生你可不能够偏听偏信呀。"

佐藤说:"我当然不偏听偏信,可信在这里摆着,我总要鉴别真伪。"

景精神心说八毛钱一封信,还鉴别真伪。冲这点脓水,信访办你是别干了。你干不了。却嘶声开朗道:"那么既然如此,我代表公司全体诚请你鉴别,欢迎你指正,也包括不予合作。"

面对景精神的硬气,佐藤的反应是耸肩。

想法如此硬气,此时却难免心酸。小佐啊,我景精神付出多大努力,某个关键节点,却抵不过一封平信。便语调沉沉道:

"佐藤先生,我承认华堂是我们的福音,甚至是心中的海洋之星——那颗钻石据说是世界上最大最好的。但你们若偏听偏信不问实际,我们也只有深表遗憾。商业是共赢的,没有你们提供的商超平台,肯定影响我方的产品拓展。可作为同行业的先进与领尖,我们的道德猪正声名鹊起。我省的相关扶持项目资金,已主动把我们列到了毫无争议的遥遥领先的位置。我们全公司的人都愿意白纸黑字地联袂书写:我爱我省。"

佐藤似有所动,俯身倒杯茶水并示意:"景桑的慢慢谈,请不要激动。"

景精神手指点了点桌面,算作回礼:"一封无事生非的信件,让我们在北京见面,而不是白雪皑皑的长白山脚下,这既让人感到幸运,也无法不让人感到遗憾。因为这遗憾,我曾想不来的,但不来又怎么行?话不说不透,我不喜欢温吞水,我喜欢雷厉风行。

"老弟我告诉你,无论怎样的无事生非,都无以影响我们的人品与产品。总有一天会有这样的情形,某天你回到贵国的东京,会发现我们的道德猪赫然摆到各大商超的柜台上,摆到你们爱吃猪肉的董事会餐桌上,摆到你们贵族人家的餐桌上,在音乐伴奏下,你们喝一口清酒,吞两口猪肉,再喝一口清酒,再吞两口猪肉。"

如此的狠绝竟有了效果,算是景精神意想不到的。后来才知佐藤这种人,张口就是亿,花钱却元角分,凡事多疑唯利,却喜欢听别人忽悠或者颠。尊敬与尊称都无法打动,凶狠和谩骂才能使他安宁。得"哈着来"。

挨骂的佐藤满意地说:"景桑,我早相信事情可以搞清楚的,并且按着我们希望的方向。如此权当我们的洽谈桌挪移了方位,发生了贵国影视剧中经常出现的莫名其妙的穿越。"

你一副幽默倒好,可折腾得老子跑两千多里。景精神想起来便要愤愤。待要调整气息,耸腰收臀,当着佐藤的面又不便,便只好硬挺着,勉强动了动脖颈。

景精神说:"跟您说,多时筹备的协会很快就要成立了,我代表全体员工以及全体农场主,欢迎佐藤先生的光临。如果佐藤先生喜欢早起,届时我们可赶往长白山,一同欣赏日出。"

佐藤嗨了一声:"景桑果然爽快,如此我的更加明白了。因这几天要回鄙家乡鹿儿岛,协会成立我就不去了。至于具体的考察洽谈,待协会成立之后一定的。我可以和赵红小姐说几句话吗?的确,她使我想起了家乡的表姐。"

景精神心说好啊,终于惦记赵红小姐了,有利因素啊。又想:混蛋,待合作已成定局,再敢打赵红的主意,或者对赵红下手,小心把你的脑花挤出来。

因沟通比较顺畅,骨子里的傲气重又上升。景精神不屑地想:明白怎样,不明白又怎样?须知从来不送礼的老子本想给你送礼的,可你拖延了计划,分散了老子的心神,预备的礼就算取消了。可人家别的超市都得到了呀,你没得到活该呀。你这思维没人家敞亮，因此是工资再高也难免受损的穷鬼。

第三十二章

捉虫子的虫子

　　协会成立的那天天气响晴，和每年同时段的节气合拍呼应，也和景精神激动的心情合拍呼应。成立地点在永县文化馆干瘦的旧礼堂。县委礼堂当然可以利用的，但那里正召开县乡村三级干部会议。不过旧礼堂也挺好，它符合景精神坚持的庄重朴素。而且会场的装饰更朴素，比文化馆的装饰还朴素，朴素到台上不设座席，只有一张立桌，供讲话的人陆续地站在后面。

　　除了朴素当然也要隆重，于是台上也进行了简单装饰。譬如天幕上挂着徽标，一头不分公母的壳郎猪和一捆谷穗随便地挨着。两侧挂着景精神和当年的成阳杜撰的对联：天赐机缘道德猪事业蒸蒸上，地讲诚信农场主财源滚滚来。横批是"有机道德猪产业总结暨协会成立大会"。

　　农场主们对那个"暨"有些不懂，不知它就是及。对此的办法是，把那个字跳过去，或者干脆不看。

　　他们能在同一时段陆续赶来，是景精神下了狠令，全体在册在编的人员按片包保分工。农场主不来不但扣农场主的款，还要扣他们相关人员的款。只是如此多的农场主，带着同样的装束与神情，成堆出现到大街上，就给人一种异常感。而且越聚拢越让人心头发慌。农场主他们自己也慌，刚爬四楼就夸张地往下瞅：天哪，这么高。其实会场在七楼呢，平时所爬的山有这十倍高呢。不过到了七楼，他们又不嚷高了，而是咋呼椅子凉，拔屁股。甜尖的《辣妹子》"辣辣辣"地回荡，也阻挡不住他们的吵嚷。

然后就兴奋地论地打粮，粗门大嗓，没遮没掩。全世界所有的群体碰面，都不是这般大谈本行。大部分的群体都是上了班见面，便渴盼下了班别见，然后幸福地坐着班车，幸福地赶住集体宿舍集体小区。

而他们也终于谈跑了，开始转向日常的吃喝拉撒。

也终于开唠协会和董事长，说这个协会可以替农户说话，景精神特别实在，不坑蒙拐骗，欠钱给利息。都是给人听的。知道有人愿意听这个，及时把它归拢成基层心声。

刘桂珍激动得够呛。这样多的人，这么美好的聚会，让她想起了当初所在的乡镇蚕丝厂。在她的心头，一千只猪蹄子同时敲响大地，烟尘美丽地弥腾。此时若选举妇女主任或大嫂子队长，即便男人一旁抄搬子威吓，她也要毫无畏惧了。为了奉献和割舍不掉的曾经，她豁出去了，一定要当，坚决要干。

赵红拿手机咔咔拍照，上传微博并附留言，展示农场主们一张张兴奋、粗糙、质朴的笑脸，体现一幕幕神采飞扬的情形。见赵红忙活得厉害，自觉繁忙的景秀敏也凑上前，在赵红简单地演示后，景秀敏高兴地抚摸她的头顶。不是用手，而是用目光，心想傻呵呵的还真挺能整。胖瘦编剧也不闲着，第一笔款还没到呢。他们激情洋溢地写道：就算是农民，也有集会聚会的热情。景精神有思路有想法的协会，激发了人们这份可贵的热情，它将带领农场主们奔向美好的前程。

景精神喜气洋洋，像家里办喜事，乡亲们都赶过来捧场，兜里揣着薄厚不等的红包。会议时间已到，他不是站在台上眺望，或者坐在前排有尊严地等，而是大堂经理似的迎在门口。晚来的农场主慌了，低着头要往里溜，想泥鳅似的入水就找不到，可黑压压的人头之中，身怀绝技的景精神已幽默地拉住他。

景精神说："迟到了，罚站五分钟。"

农场主老实地站住，嘿嘿地笑。

景精神说："咱俩都站着，我陪你。"

农场主好难堪啊，景精神陪他罚站，全体农场主不骂死他啊？

景精神和蔼地问："错没？"

农场主说："错了。"

景精神问："错哪儿了？"

农场主说："来晚了。"

景精神问："罚你款服不服气？"

农场主抬起头，眼泪汪汪地嘟囔道："服气。这是为我们好。"

景精神好开心啊，他眼角微翻，亲切徐缓地扫视全场，转角或摇头相机一样。嘶哑的声音虽然暗淡，却充满了喜色："今次会场秩序不乱，没有吸烟和打呼噜的，这很好。农场主只有提高素质，才能适应产业发展。以后开会不来的罚三百，找人替开的罚二百，迟到早退的罚一百，吸烟喧哗的罚五十。罚的钱统一支出，对不迟到不早退不吸烟的进行奖励。

这样的布置与嘶声让农场主们感到亲切。整个会场像是依赖爹吃依赖爹喝，又未到分割家财时的幸福一家，在听爹的说话。爹是正在势没退休的爹，也是已退休但早提拔了后来人的爹。爹的在场让全场亲昵迷荡。可是爹接着闭嘴了，因为楼下看门望风的电话，李县长如约来了，从县乡村三级会议的间隙。

李县长一看就是福相。他白细发胖，眉眼敦厚，看不出一根白发。他身穿长袖白衬衣，特意不打领带，更加突出了朴素高贵的质地。他暗自强壮的身体，让人感到福相的同时，也感到了凛然的官气。

由于李县长的抵达，记者们也跟来了。他们肩上的摄像机好沉啊，强光弱光拍照摄录地弄了半天，直到李县长感到晃眼睛并略有不耐烦了，才恋恋不舍地收了镜头。

景精神高度尊重李县长，李县长对景精神多么好啊。景精神的肩头落着一只瓢虫，李县长亲自拈起胖软的指头去捉。那幅情形像虫子在捉虫子，只是捉虫子的虫子过于胖软不太灵活，结果让被捉的那只虫子飞走了。

飞走了就飞走了，只要不落景精神的肩膀上。李县长给谁捉过瓢虫呢？赵红很机敏，抄出手机想拍照，记录下美妙感动的瞬间。可景精神更加机敏地看赵红一眼，将赵红看得戛然而止。景精神是对的。这类细节虽温暖友好，却不宜面向大众，只需独自珍藏，退居职场时揣摩体味。

大社的编外女记者也来了。在赵红的注目下，她大方得体地跟景精神握手。景精神高兴地想，不知她今次手上抹的什么油，蛤蜊的还是獾子的，纯植物的还是黄瓜汁加了羊奶。编外女记者的到来不令景精神意外，因为是他派人相邀的。赵红对此也嫉妒不得，若是赵红身为记者并且稿子做得好，关键是能让上级领导每早打开电脑，有关道德猪的画面唰地跳出来，景精神也会邀请她。况且也没什么可挑的，都当上副总经理了，境界难免要高些，高到既不和编外女记者相提并论，也不和公司的新聘女会计较得失。新聘女会计是国家银行退休的，年龄四十五岁，在壮年男子的眼里，一朵花正在盛开哩。可是不退不行呵，新的花已在开苞和打骨朵了。不过这样也好，真若熬到六十岁退，又没暗自培养第二第三梯队就麻烦了。

不得不说的是，女会计的声音好好听啊，既不是港台的大舌头，也不是台湾的琼瑶腔。她的颧骨有些高，让共鸣的嘴巴有了回弯之处。像松花江水遇到了金瓶似的小山，结果是不急不缓地绕山而行。她走路有些甩，甩的是大腿而不是胯或者臀。浑圆的大腿带动胯带动臀，就有别于一般的刻意甩动与扭动。如此的两条大腿真的好味道啊，景精神几乎断定她学过芭蕾或者练习过跳远。及至兴趣盎然地聊问，才知女会计既没学过芭蕾也没练过跳远，可是跑过一百一十米女子低栏，能代表县区参赛，跟许多冒名顶替的体院运动员比试。跨栏和跳远相通，和芭蕾也相通，它们源自于一个母亲，即人类运动。它们再次验证了景精神独到而具判断力的审看眼光。

歌　　唱

　　那天的会议由白头贾主持。他阔步走到了台上，站立在讲桌的后面。他两手抓住桌子的两个端角，看上去像个历经沧桑而身体犹健的大猩猩。在亲切地说了番套话以后，他突然庄重地提议：每逢此时，我们不由想起那些为人类有机事业做出贡献和牺牲的先辈。让我们对他们表示深挚的追思和敬意。白头贾各类会议一直主持得熟练，但此时的追思却提得莫名其妙，让农场主们觉得拿错了稿子胡扯了羊皮，也让景精神惊惧不已。作为第一代的实践者，他还想好好活几年呢。不过该站也得站，事已至此，敷衍着进行吧。好在白头贾不再胡扯了，而是利落地引出了李县长，景精神才在环顾后认真地吁了口气。

　　李县长不拿稿子，给农民讲话，拿稿子才是傻蛋。李县长发言的大意如下：

　　上级下了稳定肉价的文以后，李县长本要找景精神鼓励的，如今恰好借这个机会说了。李县长相信道德猪的产业好，拥有自主产权和核心竞争力，是可以打入国际市场的产品。

　　李县长又洋洋洒洒地说，道德猪耗费景精神十年精力，投进亿万现金至今不见盈余，这样的投进不叫投进，可说是赔进。若非做道德猪而只是轻松地捣鼓饲料，景精神早成为全国第二或者第三了。第一不是做不成，而是不想做。所以从商业角度看，就没有比养这道德猪更傻的了，可以说傻透腔了。不过谁若以为景精神是傻子，那才算低看了人。产品佐证人品，李县长相信产业的带头人绝非败家子，而是个大手笔。

　　李县长说，景精神对协会如此执着，原来他也不理解，后来逐渐明白了，景精神的这个协会，不是人云亦云的花活儿，更不是为了抢抓新闻报道。协会惊风雨，道德泣鬼神。它让李县长和众人看到，当今的一个人，尤其拥有了亿万家产以后，诸多不可能中的奇迹般的可能。

方才有捕捉瓢虫，今有高调煽情，景精神内心的激动无以言表，并倍感到李县长的好。

可李县长没说完，他还要继续煽情呢。

河北当年的放马户，兜里揣着条儿，主顾告诉哪儿，就将马放到哪儿。哈佛大学博物馆委托德国玻璃匠制作玻璃，前后用了四十六年时间。父母不在了，儿子接着干。有别人来买玻璃，儿子骄傲地告诉买主："不行，这是哈佛的。"

养育一代又一代人的信誉啊。

景精神不知道，李县长下楼的时候十分感慨。真不知景精神怎样坚持过来的，没一股傻劲肯定做不到，太执着了。莫说做药、搞房地产、采油以及开矿，建普通厂房总可以吧，怎能连厂房都不建呢？什么做科研、做市场、不建厂，大脑瓜子出毛病了吧。城市摊大饼式的发展，给不断外迁的厂房提供了多少机会，它丝毫不影响理想和赚钱啊，景精神同志。

知道什么叫执着吗？知道俺为什么说你执着吗？某摄影记者在沙漠里时间久了，要和所骑的骆驼调情。每次将骆驼牵到坡处并摆好位置，骆驼总是动。直到对面走来一美女，某摄影记者着急地说：哎，帮着牵好骆驼。

大方之家的出场是不一样的。它正如明星唱歌要若干个伴舞，电光四射，艳丽纷呈，而歌唱大家只一个人拿杆麦克比画。而且离着口腔要远，不低于八寸。为什么不低于八寸，因为声音条件太好，是天生唱大歌的大嗓儿。为什么是不超出八寸，因为超出八寸又太长了，不是观众的耳朵受不了，而是不能够保证音效。因此八寸是非常适宜的，它恰好体现了大家的尺度和功力。

景精神是不可以八寸的，甚至在尺距上不能有要求。因景精神肺活量大，声带振幅却小，只适合贴麦气声。这种贴麦气声，尺距上相当于零。不过可以转换思路，将台式麦克调换成立式的，将立式的拿到台下，放在场地中间。当然这也是一种尺寸，它是心距而非物距。它离农场主更近，是低低在下而不是高高在上。景精神喜欢这个低低在下。

会场上，赵红仍在各角度拍照，发送微博并搞互动。受照最多的自然是景精神，却不知已引发景精神的隐隐担心。今后睡熟时，定当捍卫肖像权。内心的惊醒自然不能落在脸上，麦克风后的景精神，比任何的国外议员都要精神。议员演讲时前面还有个发言台，此时的景精神发言台都不用，直接站在立式杆后面，用他小公鸡般的嗓音，进行雄鸡般的歌唱。

"为什么要搞有机种植，它和中国人探月是一个问题。不是我们的嫦娥在那里待得烦了，而是人类不断的繁衍祸害，月球可能成为下一个栖息地。

"回看人类在地球上的生存，刀耕火种之时，虽然农民们辛苦，但空气和水未曾污染。可是文明发达的今天，南极冰川融化，石油煤炭越来越少，菜汤里一股六六粉味儿，苞米种到了山尖上。一垧地打十吨玉米，得削进去一吨化肥。大地天天在滴血，却没有营养造血啊。

"不久前上海举行的国际纽伦堡有机食品展会，我们的产品被视为最具科技价值和合作前景的。我们凭什么让人家信服的？亲爱的农场主们，我们凭的是产品。家乐福、沃尔玛与华堂，它们都是世界五百强。可进入它们的超市，并不意味着已走出国门。如何走出国门？得让人家信任我们。如何信任我们？最起码的是遵守规则。不遵守规则就会失信，就会带来严重后果。使用违禁添加物，屠宰的道德猪就会出现黄膘肉，肝表面就会有白斑。喂猪时私自加米糠，就会使道德猪一层肉一层油的五花肉，变成普通白猪的肉油分离。

"过几天日本的佐藤先生就要前来考察了。一次次的假想风波之后，他们不仅接纳我们的产品，还考虑到品牌共建。日本人是最谨慎、最不容易相信他人的，做到了这点，可以说我们相当不易。目前我们道德猪的肉质和风味已处世界水平，可仅此是不够的。飞机有737、747、757、767，电脑有奔一、奔二、奔三，我们的道德猪也要做出系列来。除此我们别无选择。"

工作人员在发矿泉水，每人一瓶。有农场主存起来一瓶，接着又嚷：缺一瓶。声音不知节制地响，满礼堂都听着了。大家观察景精神，景精神恍若不知，继续说道：

"本次给佐藤先生提供四个农场，分别是徐家辉、李满喜、刘桂珍和洪宝昌的。小和珅的备用。其他各农场也要做好迎检准备。经考察合格的农场，今后要佩挂'华堂专用农场'的牌子，也将作为年度评优的重要条件。"

被提及的几个都很高兴，人前露了脸。徐家辉眼里闪烁着愉快的光芒。小和珅也兴奋得不行，虽是备用，也几乎手舞足蹈。徐家辉甚至想到了日语学习光碟，打算会后就去买，组织几个农场主轮流着看。迎检的事情如此重要，决不能让这盘菜坏到他们的手上。

"按着宇宙全息统一论的说法，采纳几个点，可以体现事物的整体水平。酒店是否干净，冲店门一瞅就知道了；一根头发丝上凝聚了生命的全部，克隆技术已证明了这一点；甲午海战时，日本司令看到我方军舰上，大炮杆晾着衣服，日方据此说我大清海军不堪一击。须知当时我大清海军的战舰装备并不照日本的差啊。

"所以我们一定要注意每一个点，不可小看每一个点，哪怕是毫不起眼的某一个点。

"今后我们要用互联网，追溯到每个牧场的每一头猪。如果某天验出我们的产品是假的，我们要百分之百地负责退赔，由此产生的车票机票也负责拿。要让产品符合国际标准，我们最需要的是做人。各位农场主，为什么都是农民的底子，在有机事业的大道上有的前进有的倒退，有的继续干有的没法继续干，不理解道德的力量，不晓得厚德载物咧。

"因此我们一定要求林业部门罚款，不罚都不行。猪只破坏了林地，我们要在被破坏的林地上栽种更有价值的林木，更有价值的苜蓿草。谁也不能影响我们的被罚，因为它属于我们必经的脚步，是前行的进程。

"现在说说为什么叫农场主而不叫养殖户。农场主是发达国家的概念，它标志着人的思想境界、产品利润和文化水平。而养殖户作为小农经济及家庭作坊的符号，它应该结束了。名字是符号，对人的心理有潜在的影响。试问当今的孩子为什么不叫二狗子？因为它会给孩子的成长带来不良暗示。社会上有些人看不起农民，我们不能自己看不起自己。怎样看得起自己？就是自称农场主。先把它叫起来再说。

"希望某一天，我们的农场主能发展到和国外农场主自主合作的程度。既可以到国外参观交流，也随时欢迎人家到国内来。要让他们切实看到，中国农民站起来了。"

全场响起长久的热烈的掌声。掌声里，农场主们都觉得自己站起来了。

按着计划，会议转到下个环节。博士上场免费讲课，培训协会旗帜下的农场主。景精神倒在下边走神，主要是换脑筋休息。他舒服地张开脚，不由得想起了女会计。景精神从来都是坐如钟立如松，因此张开脚是不知不觉的，由于脚没听脑袋的话造成的。张脚的景精神示意女会计过来，忙里偷闲、见缝插针地督促和布置工作："孤儿院的八百斤饺子送去了吗？"女会计用清脆美韵的声音说："送去了。"景精神闭了闭眼："几箱猪肉呢？"清脆美韵的声音笑道："肉就算了罢。真若送去，不够校长们吃呢。"

景精神完全闭起了眼，品味和想象口舌的生津。

女会计的脸色多么好。国家大银行给她开着稳定的退休工资，她老公也用心滋润，因此每天小脸水汪汪的。撒点非地沟油的油星儿，再扔几片翠绿的葱丝都可以啜饮了。

倘老公不那么爱，景精神真想出手相帮呢。

可忙的什么呢？预计中的法兰克福还没去呢，还要对韩国进行回访呢，还要出席德国的纽伦堡会议呢。几次外事活动都需随行人员的。白头贾岁数忒大了，让他在家休养为主吧。赵红有些迷恋微博，让她制造她的粉丝，或者会见她的网友吧。到时肯定繁忙女会计了。为什么不繁忙她呢？她说话真像唱歌呢，连外国人也会喜欢。年龄大些算得什么，跨栏的大腿加上天后的声音，有效地摒弃了年龄论呢。莫说她刚刚四十五，就算七十五又当如何？优秀的中壮年男子善于选择年轻女子的同时，从不会避讳中老年妇女。

一次美好的交流肯定要开始了，只不过掐着把着就没急着开始。

开不开始的，料一切也无妨。

一切料也无妨。

景精神满意地对自己说。

第三十三章

你终于来了

佐藤先生来了。

小佐藤终于来了。

景精神一颗心可是等麻木了。这顿紧锣密鼓的张罗啊，让景精神说个啥好呢？盼儿子一样地盼，盼到后来都不盼了，结果不盼的时候来了。

因为佐藤的到来，景精神不惜动用最优质的人力资源，比如邀请前副省长亲陪。这多年的时间，景精神只求过前副省长两次，一次是给交县打电话，催问审判苗曼妙，一次是本次的亲陪吃饭。吃饭是苦差事，可苦差事前副省长也得应了呀。前副省长除了副省的资历，还因为长得像只大马猴，声音也洪亮贯耳。马猴已让人大骇，更兼有官级和贯耳的声音助威，几者构成的官架子，令小佐藤也不敢小觑。

在有架子的前副省长眼里，佐藤肯定不是中国人的种。虽都是黄皮肤的东亚人，但彼此远得像来自两个星球。

副省长大驾如此，佐藤竟格外钦佩，令景精神高兴又郁闷。高兴的是副省长请对了，对佐藤是个震慑。相当于日本的"知事"呢。郁闷的是佐藤竟敬重架子喜欢威严，这让景精神倍加体味到，架子真的有用，威严也真的有用。看来没架子不可以的，不威严也不可以的。尤其在佐藤这厮面前，否则就无以架出泱泱大国的风范。

佐藤吃起肉来不吧唧嘴。干练得给根骨头都可以吮净，轻松得不像是在吃肉而像是在喝紫菜汤。他一边吮裹一边点头，点得全桌人心花怒放。更心花怒放的是，他提出猪肉再肥些才好吃。景精神以为佐藤会要求增瘦增品呢，那将是很难很难的，因为已经做得差不多了没有多少水分了，想不到佐藤竟是降格以求。如此世俗要求，令景精神轻松又悚然，由此反思以往的要求是否固执偏高了。可高就高了，偏就偏了，偏高就偏高到底了。不是绝不能承认错，而是要防止懈怠。须知增瘦难增肥同样难。瘦是雅中之瘦，肥是品上之肥，都涉及调整饲喂、延长出栏等一系列环节。故此景精神的心态是，别人心花怒放，景精神不心花怒放，反觉重任在肩，新添了一层崇高的荣誉感和使命感。

漫长的夜晚怎样相陪？它给了公司机会，也给景精神出了难题。有人提议带佐藤去看二人转，被景精神立马否决了。二人转不是佐藤所需的，即便他猪肉吃得那么走俗。如此怎样让佐藤度过这充满乡愁的异地之夜，怎样让已做好准备的赵红随时舍身饲虎，为了有机事业和景精神，为了佐藤也为了她自己，人们都拭目以待。

可人们失望地发现，陪佐藤先生去料理馆的不是赵红，而是北京跟来的由景精神承担费用的女翻译。农村婆母般的女翻译啊，应有两个孙女一个外孙子了。如此初通日语、能够借助工具书翻译资料的赵红在干什么？她陪同景精神在二十八楼加班加点，开展大量的案头工作。包括连夜修订说改就改，说变就变的多项操作规程，以落实佐藤先生增肥添香的要求。而那些积极调改的要求，第二天清早就可以晨报一样迅速下发了。

当然景精神并非不管佐藤的。因为按着景精神的吩咐，新聘女会计要随从埋单，并伺机相陪到底。什么叫相陪到底？为什么又要伺机？新聘会计在提前埋单后气愤得一头扎回家了。有婆母女翻译，还要她新聘女会计干什么？新聘女会计可是有家的人，她幸福的家在等待着她。虽然回到家里她也是一人，她的丈夫在外面找了小姘并且生下了孩子。

人们不禁要问，落实增肥添香的要求必须这般快吗？过了这夜不行吗？等佐藤先生走了不行吗？非得让佐藤先生看到吗？没办法，这个得问景精神去呀。

景精神就没法解释，不是他不开化不义气，生把着赵红不放，而是佐藤先生吃完猪肉那个时段，除了喝酒哪儿都不去、什么都不做，连婆母翻译也给打发到大厅等候。他一个人端起两脚独居室内，燃起蚊香默默打坐哀思。如此，景精神有什么办法？人家喜欢静默喜欢哀思，喜欢头上裹着孝带子，喜欢有危机感，景精神能强迫他不吗？

知道岛国的人喜欢洗澡兼按摩，景精神何尝不希望借着酒劲共同潇洒，成为一起干坏事的铁哥们？见了面才知道，佐藤年届五十还没结婚呢，不是离婚而是确实未婚呢。而且就他描画的眉毛、下垂的腯肉和内八步来看，他不是不想是可能真的不行。景精神胸中腾地升起一股骄傲之气，心想暂没安排赵红算是对了。虽然赵红一直联络佐藤，但景精神怎可保证佐藤是否接纳以及接纳之后的事？怎可保证是否据此损伤了赵红一颗未经世事的心，促使赵红不辨真伪带着怨气破罐子破摔，最终却把责任全拍到景精神的身上？

当然凡事仍需考虑主次利弊，而这些利弊是明摆着的。一旦景精神打造了这个叫作佐藤的连桥，日后再把其他国际超市的攻坚任务压上，产品的对外销售可就厉害了。而集异国爱情和国际超市关系一身的赵红就更厉害了。可说是牛气冲天。掌握工厂的王文娟，前赴后继的柳芭，生过两个儿子的赵贤子，包括衣食无忧生活快乐的新聘女会计，哪个都得承认活生生演绎在眼前的一条规律，即红颜薄命，貌丑福憨。

深夜下榻的总统套房里，荡漾着一股淡淡的土腥味，它引起了景精神的好奇，让精神想起了河龟也想起了猪，尤其是想起了猪。猪离不开土腥并且依赖于土腥的，这样的嗅觉及判断进一步增加了景精神谈话的兴趣，鼓涨了对佐藤的乐观与信心，至于相唠的内容，既不是景精神臆想的鹿儿岛风光，也不是早年听过的拉网小调，更不是所感兴趣的哲学话题，那样的夜深人静，俩人唠的居然是工作，居然真的是工作。共同热衷的工作让俩人胜过连桥赛过损友，居然置随同而来的赵红不顾，既不充分发掘利用，也不活化固化，修旧如旧，而是共同沉浸在对道德猪的无尽向往之中。

彼时虽已夜深，省城的华灯更加璀璨成片。所有的临街都安上了节日的楼灯和流动的彩灯，个别高层建筑的顶端还安置了窥望天空的探照灯。庸俗暴发的璀璨衬托着攫取式发展的物欲格调，层出不穷的辉煌中，谋取着永无止境永不抵达的明天。

夜色深沉，景精神需要回去了。景精神告诉佐藤，明天将不陪他去永县考察，因为还有其他的工作。佐藤以异样的目光看着景精神，意思是景精神你真行呀，你是摆姿态呀，你分明在以不去表示你的扎实与实力呀。你们不是提供四户人家吗？对不起，除了那个叫刘桂珍的女农场主家之外，其余三个臭男人的哪家我都不去。我偏要信马由缰边走边看。你让我看猪舍，我偏要看运动场；你安排我看饲喂，我偏要看粪便；你安排我看上墙的制度，我偏看安在各家各户的摄像头。

看着佐藤的样子，景精神忽然就诡笑着问："需要洗澡按脚吗？可以安排一下。"见佐藤似未听懂，景精神补充道："什么都不用你管。"

不用管是有着深刻宽广范畴的。佐藤先生听见了就明白了，明白了就脸红了。他摇着满腮的暄肉执意谢绝。

景精神高兴地想你执意就怪不得俺了，怪不得俺俺也就毫不客气地走了。

至于满脸飞霞的赵红是否留下，或者回去了以后是否偷偷地踅回来，俺是可以不闻不问的。一是赵红已经具有成年人的心智，二是早具备了成年所需的身体，三是具有利用它们猎取情感的权利。

幻　听

因为景精神是最不擅陪的，结果身在异乡异地的佐藤没怎么样，景精神已火上得有些便干了。蹲在马桶上半天拉不出一粒屎。景精神的久久如厕，加上嘴唇起泡，让长于计算的新聘女会计给看出来了。却不说原因，只是自费买来米蕉让景精神吃。感谢新聘女会计入木三分的惦记，景精神并不肯吃。原因也需列个一二三。一是景精神不愿被入木三分，二是景精神自觉惭愧，三是惭愧的原因不在新聘女会计自费，而在女会计为什么单挑买粒小式微的米蕉，而不是豪放饱满的帝王蕉。

女会计飘忽幽怨的眼神，令景精神心虚地想到了自身，不觉体会到了影射，终于一口没动，而是任米蕉摆在总部办公室的六角形桌上。直到女会计幡然醒悟，怀着歉疚的心情重跑一趟，买来水分充足的苏联黄瓜种。想不到景精神更加上火了，认为女会计是提出了新目标，确定了新标准，设立了新航道。

感谢香蕉，不管大香蕉还是小香蕉，米蕉还是帝王蕉。也感谢苏联黄瓜种。它们都说明女会计是个既精明又愚蠢的好女人，正如景精神是个且大且小的好男人。可无论好女人还是好男人，它们都没有解决不擅相陪导致的便干。而可靠的解决办法最终来自景精神，来自他一直沿袭并且有效的老办法，即做事和不停做事，开会和不停开会，说话和不停说话。应当说三个"不停"的效用不在于直接调节肠胃，事实上它们非但不直接调节肠胃，反而影响肠胃，令肠胃疲累不堪。可它们能够转移注意力，能激发劳动激情，客观上就调解了肠胃，解决了便干。也令景精神带着积火方泄便干才稀的身体，趁佐藤先生在辽阔的大地上奔驰考察，积极全力地投入了新的工作，即主持又一项相当重要的高级别会议——讨论如何过年。

角落里有块立式黑板和专用笔。一旦景精神坐得累了，或者灵感来袭，或者胳膊腿想活动了，就颠颠儿地跑到它的前面，抄起笔给大家讲配方，画图示。

但这次没有，因内容不涉及配方和图示，仅凭一张嘴巴就够用了。而景精神也因地制宜，始终盘踞在会议桌的横头，从头到尾白话，追求口若悬河。

春节要来了，要设置并评出十六个奖项，召开大会隆重表彰。奖品一律为电脑，但划分出了原装和组装等不同档次，并且全是国产品牌。要举办文化艺术节，每个农场主都要以家庭、个人或几家联合的形式出演节目。主题是欢乐祥和，宗旨是美好生活，起因是忙碌一年了，该娱乐娱乐了。还要创作并传唱一首会歌。这首会歌企盼多少年了，但企盼的时候它不来，不企盼的时候它很可能来，以歪打正着的方式。歌词的问题上，希望胖瘦编剧和几位幕僚出些力。待会歌做得顺了，还可再考虑两首。一首是道德猪之歌，一首是有机之歌。现在四分之三的职工都会太极了，对其基本道理可以说三道四，因此今冬明春拟开展一次太极拳扇操活动。除了职工们交流，还要充分带动全体养殖户以及部分村民，最后实现人人太极，村村太极，天天太极。针对公司大龄青年以及农场主的儿女们部分闲置的情况，要组织一次相亲活动，促进婚姻的良良结合。这方面景秀敏同志又带了个好头，她的好女儿不仅到公司工作，还相中了总部一个身体很壮但有些娘气的家伙。景秀敏家里真的需要一个大老爷们了，不过不是这样奶气的，而应是车老板子或者放马倌那种的，一顿八碗高粱米饭，一水舀子肥猪肉片也不在话下。景秀敏宁可供着，也供得起。当然恁多的猪肉只能吃普通白猪的，道德猪就别妄想了，没别的原因，它太费人民币。

谁又提起了猪肉降价，因为眼见的今非昔比，所以景精神硬气又霸气：

猪价肯定不轻易降的。今后谁若再问降价，就请告诉他们，我公司永对消费者负责，调价永不跟市场的临时规律走。

还要告诉他们，土豆烧牛肉，不许放屁。

回望窗外，空中飘着小雪。街头开始摆放烟花摊了。黏豆包干菜、大豆腐二豆腐这些特产也早都装箱待运。县城送往省城，省城送往京城，县城送往京城的车络绎不绝。卡是便捷的，红包更实用，但特产却也代替不了的，起码不能全部代替。而道德猪肉的销售旺季，也因此到来了。可以说，这也是佐藤突然上心的原因。

不是仅凭的感觉。

景精神心里头有数。

那天的会议用餐，景精神特意嘱咐上两条鱼，配以周边的几道毛菜。两条鱼中一条是花鲢子，一条是白鲢子，均能达到一斤。如何点得好菜，是景精神为道德猪的发展高兴啊。

赵红每隔半个小时就要报送情况，称佐藤先生一路满意。于是此时的吃鱼，也就暗含了庆祝之意。景精神饶舌道："花鲢子吃浮游活物，所以肉细价格也高。白鲢子吃草，所以肉味没花鲢子鲜美，价格也低。"说着竖起筷子，给每个人搛上一坨。因是景精神搛，大家非但不责怪没用公用筷，还因筷子涮过景精神的嘴，都觉出了弥足珍贵。柴师傅就说，鲢子鱼是好吃，但他觉得道德猪更好吃。景精神想说两者不属同类，但感于柴师傅的比附，就没什么反应。心里却想，才多长的浸淫，武术大家也开始谄媚了。果真是易倒的人，不倒的武术精神哪。

然后就按着计划，冒着雪前往基地，去与佐藤会合。佐藤这时考察得已差不多了。俩人要在驻东阳的办事处会合，再一起赶到永县的政府宾馆，出席李县长的接风饯行宴。而宴会后的深夜，佐藤就要回返北京。那么次日早走不行吗？不行，北京是全世界人民赞颂的地方，佐藤要赶回那里。

景精神却有些心神不定，因此时知晓了一个情况，那个信用社主任王伟，原来是李县长的亲戚。景秀敏去李县长家里送道德猪肉，恰好碰见王伟身穿毛衣从内间走出来。把景秀敏吓了一跳，以为李县长整天在外忙活公务，王伟趁机把李县长家里的给忙活了。但王伟并不是同级官员或者企业家，也并非司机、警卫以及秘书，如何能做到登堂入室的呢？面对景秀敏的惊疑，王伟不得已唠上两句嗑儿，才知李县长的妻子原来是王伟的表姐。那么王伟就是李县长的表小舅子了。而此前居然毫不知晓。如此李县长该经历了怎样的家庭风暴。总之传到景精神的耳里就几乎唏嘘了，感动和震动如同过气的水泥，顺着墙边一块两块噼拉叭嚓地往下掉。至此就应询问表小舅子是否还要养猪了。可人家是真的不必了，因为调到县联社做副职领导了。若非执拗，若非真要做大，猪肯定不养了。至于交县的组织部长养猪，世间总得有些特别的，正如组织部长的诗歌美文，抵达了一定层面，是可以将此张扬的。搞流行乐，研究音乐史，做京剧票友。想当初所以忍弃方面，就是为奔求层面。而今定型了层面，就可以捡拾起方面，也算圆未竟之梦想吧。

以上当然是针对组织部分，或者如组织部长般情形的。那么王伟呢？开玩笑。丁文福呢？不够格。

耳畔响起一些奇怪的声音，像是幻听，却比幻听更分明。有些像朝鲜族盘索里，再听是日本的樱花谣。仓啷仓啷的，让景精神心情苍凉发沉。

进入华堂的事情，如今应是有胜算了。景精神早看出了佐藤的态度，即装模作样掩盖下的超欣赏。至此景精神终于可以说，不信这些国际超市一样猪产品不进，不信进的话能把道德猪甩下。

这个世界上再不会有人像景精神这样抓和做了。他们从里到外都玩花活，有谁像景精神这样把肉埋进碗里面。埋进碗里面也不是留给他人，而是伺机填满自己的一张空洞的嘴。

第三十四章

看 山

长白山浅山区一条弯曲的公路上，很有国际范儿的商务车在快速行驶。一辆银灰色的国产车在前面引路，显出商务车的不同凡响。

商务车的车厢里，坐着已经会合的景精神和佐藤，以及赵红、乡村婆母翻译一干人等。车里轻响着某乐队的演唱。司机服饰休闲，戴着茶色墨镜，有些轻飘。

景精神看了司机一眼，想提议换成《拉网小调》或者《北国之春》，后来想起两首歌属同一曲调，就没再吱声。又想什么时候布置的几首歌子出笼就好了，灌制成歌碟，走到哪里传播到哪里。

山间很有些银装素裹，但裹得不太严实，因此露出簇簇丛丛的黑。及至一个荆榛茂密的丘陵，佐藤提出下车撒尿。尊贵的佐藤先生怎会提出这等要求？若提出也应以下车活动活动的名义，伸展一下胳膊腿，然后伺机跑到大树根下将尿排出。可是佐藤先生没有，他毫不避讳地提出要小解，使景精神感到佐藤先生的坦荡，也感到入乡随俗的力量。

一行男人一字排开，冲着眼前的小山哗哗地尿。景精神也位列其中。搁在平时是万万不能的，景精神一定要憋到总部或者宾馆，标记着烟袋和裙裾的场所。实在不行了就悄悄地拿矿泉水瓶子接。所以这个时候，真正入乡随俗的是他了。

也好，与佐藤的距离更加拉近了。

不远处是方圆百里最高的大砬子山，它的下面是暂时看不见的星星哨水库。当年招商引资，景精神拟在水库边选址，李县长起先曾同意，斟酌再三又不同意地拒绝了。感谢李县长没被蒙蔽，否则今天的景精神将多么后悔，非骂死李县长不可。李县长心中有人民有地球，有科学也有良心，是二十或三十年一折腾，而不是三年五年一折腾或者年年月月折腾。冲着不同意水库旁边建厂，加上暗自弹压王伟却不让景精神知道，景精神诚挚地判定，李县长是一名升不上去的好干部。

天色逐渐变暗，正是"雀蒙眼"的时候。

景精神趁撒尿的工夫儿如此畅想，佐藤先生对眼前的斑驳山影却看也不看，收束好裤子便面色冷冷地猫腰上车。天确是挺冷，何至于脸这样冷，分明是对山水树木没有感情。没有感情就对了。当然景精神要有感情，并且要时刻表达这个感情。路面有些微冰，景精神站住脚跟，指着眼前的一派山色，欣然对随行的胖瘦编剧说："将来的电视剧可在这里取景。"

一辆运载卡车呼呼地开过来，又呼呼地走过，景精神眼光一亮，又欣然地说："这是我们的饲料。"景精神这样欣然，可汽车并不欣然，它吭吭地载着小山似的袋子远去，荡进人们鼻息的是臭屁般的汽车尾气。雇佣的终究是雇佣的，见到路边的公司车辆及老板，竟连鸣笛致意也没有，你能怎么的？也许着急赶活儿出效益呢。

天稍微黑，前方迫不及待地升起一轮丰满的圆月。路随山弯，车随人走，圆月一会儿前，一会儿侧，一会儿后。佐藤先生显然也注意到了这轮圆月。景精神的兴致由此上来了。他狡黠地问赵红这是为什么。赵红咧开大嘴脆生生地说："是人所处的角度不同。"景精神笑眯眯地纠正："No，是人的方位感。"景精神不说方位感，赵红就以为自己的对，景精神说出了方位感，赵红就聪明地醒悟到是景精神的对，并羞怯地承认是她的不对。

佐藤先生正襟危坐，既不看窗外也不看车内，就不像日本人。呆呵呵的像德国人。景精神决定逗他一逗，便对赵红说："来来来，我说你翻译，让佐藤先生乐和乐和。"又冲婆母翻译点头，意即婆母翻译不必当真，误以为赵红由此抢夺了她的饭碗。赵红才不管婆母翻译的心情，赵红早学会不管了，尤其当了副总以后。她不含羞涩地说道："董事长在考人家嘛。"

景精神抿起小圆嘴巴，微笑着说："就算考你了，且听着。"

　　看山是山
　　看山不是山
　　看山还是山

还貌似哲理呢，是真山哪。赵红知其难度，却架不住景精神的鼓励，仍是跌跌撞撞地翻译了。佐藤先生显然听懂了，并迅速表现出盎然的兴致。看山是山，看山不是山，看山还是山，认知事物的必然阶段哩，有机种植和养殖也要经历它们哩。

而景精神哩，就想不到佐藤先生思想的山门如此宽敞。尤令景精神惊喜的，是佐藤先生对哲学的兴趣和理解。景精神这回觉得找到了有机的伙伴，哲学的知音，它们超越了供求合手的乐观。

而赵红呢，淡淡的暮光下，她崇敬地看着景精神的脸，觉着那张长脸像夜雪一样奇异肃穆。又崇敬地看景精神扛大活儿的肩，觉着那副肩像橡皮泥一样软钢铁一样硬。那个时候倍觉着景精神的可亲和最好，对佐藤先生看都不肯看了。

这对佐藤先生太不恭了，不利于睦邻友好，景精神坐都坐不住了。这死妮子，你装也得会装啊。

洗　礼

　　车身嗡嗡，车行沙沙，佐藤先生在微盹。几日来他疲惫了，景精神也疲惫了。但景精神不能疲惫，面对永远的事务和永无尽头的发展，景精神愿做一架永动机。

　　景精神有些莫名的气闷，很想把车窗摇开。他心情奇怪地看着窗外正模糊下去的景致。陡峭的大砬子山下，星星哨水库偶露峥嵘。湖面原来清爽得可以溜冰。几场风雪过去，正在变成一张发白发胖的脸。那张脸似因中风而显得呆滞。

　　快过年了，景精神收回目光。盘山路上平时车辆就很少，此刻更显得旷无人烟，也更显出车辆的孤独。而那份奇怪的心情，自心底渐延至体外，又自体外延至心底。正想关注地投看佐藤先生一眼，身子突然跟着一耸，失去了前行的惯性。同时随车甩靠，漫滑到公路的左侧，接着漫滑到公路的外边。不可控制地。

　　眼前是威严高耸的石砬子，势不可阻的。不过有几米的减缓余地。景精神沉住气，等待着商务车的控制。下面是冰雪，有可能撞了，但撞也不会太重。可戴茶色墨镜的司机紧急打舵，妄图重返路面。结果横穿过马路，直向右侧滑去。

　　右侧的一面是低陡的山坡，一直向下，延伸到那张发白发胖的脸。

　　可以打开车门或者拉开车窗跳出，似有这样的机会，但却没人这样做。包括身手矫健的景精神，以及阴沉无语的佐藤。大家都等待车的控制，没有人叫喊跳车。

　　车体这时越滑越快，在稀疏的灌丛与梢条间横冲直撞，几乎无以控制。

　　而那张白脸逐渐明显清晰，越来越明显清晰，直至清晰得变形。

　　有十来年了，逢年过节都是思念老人。这回是否要见面了？倘得见面，爹娘啊，精神再忙也要拿出时间，认真地膝前敬奉，床前尽孝。

　　儿女们呢，以后靠你们自己了。大花还好，偌大的工厂，王文娟会发展壮大并最终交付。男一和男二呢，你们得自立了。照顾好你们自己和你们的母亲。我亏欠你们太多，今生恐怕还不了了。要知道饲料厂还有爹的股份，你们可以通过法律继承。

　　为什么没你们的股份，因为不想给你们股份。景精神要你们自己去闯。自己闯的儿子们，莫忘人类有机事业啊，须知男人的意义并不只在祖坟。

　　心爱的女人呢？你们叠加交错，在脑海中出现。珍惜公职的赵贤子，窃厂要权的王文娟,私拓空间的柳芭,忠心图霸的赵红。相伴每个阶段每个关头的你们,终于迎来了共同道别的时光。请黑衣长裙曳立于石碑前,一起静默回想与你们厮混玩耍的逝者。记住,都要及时嫁个好人,是我辜负了你们。但景精神因你们留恋,也永远因你们庆幸。

只是协会与道德猪,有机种植与养殖,却如何不再想。终其一生的理想,一切的苦心经营,在死亡的面前,原来可以瞬时丢弃,爆竹般开放。这是真正的可怕。可真不真的,景精神都不管了。不是不管了,是管也管不了了。

就如何想起若干年前,生产队的苞米地里。雨后的天空经受了洗礼,地面也经受了洗礼。山川万物都经受了洗礼。景精神的周围是无边的绿,并不挤窄,疏密相间。彼时头顶上一道彩虹出现了,它的一端跨过天空,连接到遥远的森林山脚,而这一端,氤氲柔和地笼罩在景精神的身上。

身在彩虹之中啊。彼刻的景精神,觉出了他的异象与异禀。

可是所谓美丽彩虹,不过是清新的浮荡着极微小水珠的水汽。

商务车上,景精神微笑地看着赵红,看着乡村婆母翻译,看着佐藤先生面色惨白的样子。景精神看他们的眼神,就仿佛朋友临终时的老母,眷恋不舍地盯着仍将存在世上若干年的朋友。朋友老母的目光终于越来越如豆,越来越暗淡。最后倏地跳了一下,消隐了。

可景精神霎时清醒了,也下狠了。他紧咬牙肌,耸腰提臀,再耸腰提臀。齿缝间咝咝地吐出冷气,狠狠地威胁戴茶色墨镜的司机:"左打舵,再左打舵,冲着那棵树!贴过去,给我迎面撞!"

婆母翻译不断祈祷。佐藤先生哭了起来。而赵红爬过来,当着佐藤先生的面,紧紧搂住景精神的腰。第一次也似最后一次,将头埋在景精神的胸前。

图书在版编目(CIP)数据

精神 / 景凤鸣著 . — 重庆：重庆出版社，2021.11
ISBN 978-7-229-16550-5

Ⅰ . ①精… Ⅱ . ①景… Ⅲ . ①长篇小说 – 中国 – 当代 Ⅳ . ① I247.5

中国版本图书馆CIP 数据核字 (2022) 第 001460 号

精　神
JINGSHEN

景凤鸣　著

责任编辑：张继佳
责任校对：何建云
封面设计：苏静宇
版式设计：李巧娜

重庆出版集团 出版
重庆出版社

重庆市南岸区南滨路 162 号 1 幢　邮政编码：400061　http://www.cqph.com
重庆博优印务有限公司印刷
重庆出版集团图书发行有限公司发行
E-MAIL:fxchu@cqph.com　邮购电话：023-61520646
全国新华书店经销

开本：710mm × 1000mm　1/16　印张：23.25　字数：416 千
2022 年 8 月第 1 版　2022 年 8 月第 1 次印刷
ISBN 978-7-229-16550-5
定价：62.00 元

如有印装质量问题，请向本集团图书发行有限公司调换：023-61520678

版权所有　侵权必究